行知 著

伴你上青云

中国言实出版社

图书在版编目（CIP）数据

伴你上青云 / 行知著 . —— 北京：中国言实出版社，
2022.12
ISBN 978-7-5171-4311-6

Ⅰ . ①伴… Ⅱ . ①行… Ⅲ . ①长篇小说 – 中国 – 当代
Ⅳ . ①I247.5

中国版本图书馆 CIP 数据核字（2022）第 242531 号

伴你上青云

责任编辑：王蕙子
责任校对：王战星

出版发行：中国言实出版社
   地 址：北京市朝阳区北苑路180号加利大厦5号楼105室
   邮 编：100101
   编辑部：北京市海淀区花园路6号院B座6层
   邮 编：100088
   电 话：010-64924853（总编室） 010-64924716（发行部）
   网 址：www.zgyscbs.cn 电子邮箱：zgyscbs@263.net

经 销：新华书店
印 刷：北京中科印刷有限公司
版 次：2023年1月第1版 2023年1月第1次印刷
规 格：710毫米×1000毫米 1/16 28.5印张
字 数：476千字

定 价：78.00元
书 号：ISBN 978-7-5171-4311-6

目 录

CONTENTS

第一章　解职

今年的春节来得挺晚。

春节过后没多久，扬江省省会扬城市的气温就一下子冲到了20摄氏度上下。让人感觉，春天一夜之间就到了。

原本就充满着年轻人青春与活力的扬江体工大队院子里，在春天的气息中，更是热闹了起来。

在办公楼外的公告栏上，一张不太起眼的A4纸，吸引了不少人的围观。其中，有扬江跆拳道队的运动员，也有其他项目运动队的队员和教练。

那是一张盖着省体育局红色大印的公示。

"喂，省体育局怎么给你们跆拳道队派了这么一个人来当主教练啊？"扬江游泳队的吴涛说着，望向身旁站着的扬江跆拳道队队员王炎。

吴涛和王炎是从小一起撒尿和泥巴长大的挚友。两个人也是从小就喜欢体育。

吴涛在小学二年级的暑假参加了少年宫的游泳兴趣班，他在碧波荡漾的泳池中找到了属于自己的天地。王炎却被每天忙于工作和照料生病的妻子而无暇照顾他的老爸送到了自家楼下的一个跆拳道道馆。那家道馆招生有方，在暑假专门开设了小学生专场。为了招徕更多小孩子，道馆教练不但每天上午、下午都会安排训练活动。训练之余，他们还会督促、看管着来道馆训练的孩子认真完成暑假作业。

这地方名为道馆，实际上倒很像一个跆拳道主题的"假期日托所"。也就因为这一点，解决了王炎老爸老妈的后顾之忧。不过，王炎的专业跆拳道运动员之路，也从那个道馆开启了。

此刻，早已身为扬江跆拳道队一员的王炎，却对眼前的公示毫无兴趣。对他来说，无论是原来的柯进，还是公示上写着的，即将走马上任扬江跆拳道队主教练的这个陈天河，一切都不重要。

因为，他几乎已经是扬江跆拳道队一个自生自灭的"弃儿"了。

一个瘦削的身子突然从王炎身旁挤了过去。王炎一怔。

这是一个高挑的短发女孩子。她挤进了围观的人群中，挤到了公告栏前。

她看了看那张公示，竟然伸出手，一把将公示从公告栏上撕扯了下来。

她的这个举动，震惊了所有围观者。

"我去，这小丫头干什么呢！"吴涛惊讶地扭头看了看王炎。

"这不是你们跆拳道队那谁嘛，她要干嘛？连省体育局的人事公示都敢撕！你们跆拳道队的人……真牛！"

王炎虽然心底也被她出人意料的举动搞得相当震惊，可望着她紧紧攥着公示，一路冲出人群，跑上办公楼的背影，还是冷冷地哼了一声。

"我哪知道她要干嘛。"王炎不屑地说，"还有，准确地说，她现在还算不上是我们跆拳道一线队的队员。她，哼，只是一个被教练宠坏了的小丫头……"

这个"被教练宠坏了"的女孩子，叫林寒。她今年十六岁，身高已经 1 米 72 了。虽然一头干净利落的短发让她看上去显得有些"假小子"气，可丝毫没有给她那大眼睛、高鼻梁，明眸皓齿的颜值减分。她的身子还有些单薄，不过她的手臂、双腿修长，只看外表，就是一个练跆拳道的好身材。

准确地说，十六岁的林寒目前还只算是扬江跆拳道青年队的队员。

然而，被誉为"跆拳道神童"的她，已经在去年代表中国队参加了青年奥运会，一举斩获女子 49 公斤以下级金牌！

即将卸任扬江跆拳道队主教练的柯进是她的恩师。

柯进不仅亲自从扬城市跆拳道队挖掘、发现了林寒这个百年不遇的好苗子，还力排众议，把本应放在青年队训练的她一直带在身边亲自培养。

这使得林寒可以和其他扬江跆拳道一线队的成年选手们一同训练，享受到最好的训练条件和各项保障。

她的进步速度，自然也就很快。所以，当听说恩师柯进被省体育局解职，即将离开扬江跆拳道队的主教练岗位，对于林寒而言，无异于被晴天霹雳当头劈下。

她决定，要去找体工大队的领导，问清楚这到底是怎么一回事。然后，尽她所能，挽留住柯进。

这是午休时间，整个体工大队办公楼空旷安静。唯有林寒快步跑上一阶阶楼梯的急促脚步声，打破了这样的安静。

体工大队大队长的办公室在最高的五层。

林寒一口气跑上五楼。跑到门口，她果然听到了办公室中传出了有人说话的声音。

她凝了凝神，敲敲门。

"请进。"办公室里传来了回应。

林寒推开大门，走了进去。

办公室里，体工大队大队长张君正和一个男人在聊着天。

那个人五十出头的年纪，身材中等，穿着普普通通的藏青色夹克、休闲裤和一双休闲皮鞋。这种装扮看上去似乎并不是什么体育项目的教练员。不过，男人眉宇之中透出的一股不怒自威的气势，还有他眼中的光，不禁让林寒多端详了他一阵。

"哦？是跆拳道队的林寒啊。"张君笑吟吟地看着她，"怎么没去吃饭？大中午的，来找我有什么事情啊？"

"张大队……"

林寒说着，走上前几步，把手中那张攥得皱皱巴巴的公示放在了张君面前的办公桌上。

张君讶异地看着面前的公示，又抬头看了看林寒。

"林寒，这是怎么回事？"

"张大队，我也想问问，这是怎么回事？为什么柯指导要被体育局解职？"

"你先告诉我，这张公示怎么会这样了？"张君说着，伸手试图抹平这张皱皱巴巴的公示。

"张大队，我觉得这样的公示，是对我教练柯指导的侮辱。我不能让它就那样贴在公告栏上。"

"这是省体育局的公示！"

"我觉得它不合理！"

"怎么不合理了？柯进教练在上个周期并没有完成他应聘时承诺过的成绩

指标，省体育局要求我们体工大队和他解除聘用合同，也很正常。"

"可柯指导培养出我来了啊！我拿到青奥会冠军了，为国争光了，也为扬江争光了。这难道不算柯指导的成绩吗？"

"林寒，你的成绩大家都认可，也确实很出色。可一码归一码，柯进教练培养出了你，但他总归还是没有实现他当初上任时的承诺嘛。再说了，扬江跆拳道队这几年……唉，算了，有些事情，你们运动员是不清楚的。"

"张大队，我只想问一句，柯指导能不能留下来？"

"我们只是不再聘用他担任主教练，他本可以继续留在扬江跆拳道队或是由体育局安排其他岗位的工作。可他已经决定要走，体工大队也已经尽力挽留过他了。"

"你们没有！"

林寒突然吼了起来："你们没有尽力，你们根本就没有尊重过他！"

"林寒，你怎么能这么说话？你不要意气用事！"张君说着，也有些生气了。

"张大队，我还想最后跟你说一句。柯指导走，我也走。柯指导留，我才留！"

林寒这番话，一下子让张君愣住了。

扬江跆拳道队已经成立二十多年了。在成立之初，算得上是一支全国劲旅。然而由于各种各样的原因，最近几年，扬江跆拳道队的成绩下滑明显，也没有什么人才涌现。

比如柯进在上个周期应聘主教练时，就提出在全运会力争一金的成绩指标，最终却没能完成。

不过，由于林寒这些年在青少年赛场上的脱颖而出，她被整个扬江体育局视为扬江跆拳道队打好翻身仗的希望所在。这，也就成了林寒敢于在今天的此时此刻，跟体工大队大队长张君"叫板"的最大资本。

张君的手在微微颤抖。他不禁瞥了坐在一旁沙发上的那个男人。

那个男人脸上的神色，没有任何波澜。但他不是无动于衷，而是在认真审视、观察。

他要好好看看，眼前这个"被教练宠坏"的女孩子林寒，究竟还会说些什么、做些什么。

就在这时，办公室的门，又被敲响了。

"谁啊！"张君怒气未消，声音显得有些不耐烦。

"张大队，是我，柯进。"门口的人自报家门。

办公室里的三个人，都愣了。

"请进，柯指导。"张君捋顺了自己的心态，说。

柯进推开大门，走了进来。

柯进四十多岁，身材高挑，留着锃光瓦亮的光头，穿着一身绣着国旗的国家队套服，倒显得精神十足。

他一进屋，就看到气鼓鼓的林寒，和同样气鼓鼓的张君。

而一旁沙发上坐着的男人，虽然出乎意料，但他也熟悉得不能再熟悉了。

"呀，陈主任……不，应该喊你陈指导了！怎么，今天就过来接掌帅印了？"

听着柯进这番话，林寒才意识到，那个沙发上始终一言不发的陌生男人，就是公示上写着的，即将接任扬江跆拳道队主教练的陈天河。

陈天河微微一笑，没有说话。

他依旧平静地看着，看到林寒收敛起不羁，立正站好，向着刚进门的柯进恭恭敬敬地鞠了一躬，大声喊着："柯指导好！"

林寒在柯进面前的举动，正是跆拳道选手从小接受礼仪教育的成果。

可这，却与她刚刚横冲直撞闯入体工大队大队长办公室的那番无礼举动，形成了强烈的对比和巨大的反差。

看到陈天河没有接他的话，柯进又转头看向张君，看到了张君面前的那张公示。

"我刚刚听队员说，这丫头扯了公示，冲着大队长办公室就来了。"柯进说着，拿起皱巴巴的公示，看了一眼，"她没给领导们添麻烦吧？"

"柯指导，我刚才跟张大队说了，要是你走，我也走，我也不干了！"林寒在一旁插嘴。

"你瞎说什么！"柯进呵斥着，抬腿往林寒的屁股上轻轻踢了一脚。

"这是省体育局决定的事情，谁都改变不了！我也是无条件接受，你怎么可以跟张大队说这些话？快，跟张大队道歉！还有，这位，就是你以后的主教练陈天河陈指导，你也快跟他道歉，认真道歉！"

林寒按照柯进的要求，向张君鞠了一躬，又转向了陈天河。

陈天河却摆了摆手，说道："林寒，你不用跟我道歉，你又没冲我吼冲我叫的。"

林寒诧异地望着陈天河，搞不懂这人的葫芦里究竟卖的什么药。

"明天上午八点半，扬江跆拳道队新一期的春训就正式开始了。"陈天河平静地对林寒说，"跆拳道训练场的位置，你比我熟悉。希望你明天训练不要迟到。"

看到林寒还发着呆，柯进拉了拉她。

他和张君、陈天河打了招呼，便领着林寒离开了办公室。

寂静的走廊中，林寒揉了揉发酸的鼻子，支支吾吾地问柯进："柯指导，我……是不是又给你惹事儿了？"

柯进笑了笑："我都要走了，不怕他们。"

"我不想让你走。真的，柯指导，你要走，也带我一起走！"

"怎么，你怕我不在这里，他们欺负你？放心，你是扬江跆拳道队的宝贝，他们不敢把你怎么样。所有人都还指着你去给他们拿成绩呢！"

"不是的，"林寒说，"从小，就是你带我训练、比赛。我……我只信得过你一个人！"

柯进点点头："你是我付出心血最多的一个队员，我也舍不得离开你。可是现在，我自己都还没有落脚的地方呢。这样吧，你还是先留在扬江跆拳道队好好训练。你不用管别人怎么说，怎么做，就按照我以前教你的那些去练。等我找到更好的机会了，我会想办法把你从扬江跆拳道队接走的！"

"真的吗？"

"真的！"

说着，柯进的脸上露出了一丝不易察觉的狡黠。

第二章　下马威

虽然被恩师柯进劝着离开了体工大队的办公楼，但直到走进运动员餐厅，林寒的沮丧和怒气还一点儿也没消散。

中午用餐时间接近尾声，自助餐台上的各色菜品也都快被人打光了。

林寒本就没什么食欲，她拿着餐盘，每样菜品随手打一勺、捞一筷子，杂乱如麻的心思始终不在吃些什么上。

站在一盆豆腐烧肉前面，林寒拿着长柄勺子扎了几下。

裹着浓稠黏腻芡汁的豆腐已经有些凉了，变得很难扎起，仅剩的几块，也从勺子边缘噗噜噜地纷纷滑了下去。

"喂，你能快一点吗？"

这时，一个声音从林寒背后传来。

林寒扭头瞥了一眼，一个比她健壮得多的高大男生在她身后抱怨着。

他穿着满是汗味的拳击背心、短裤，头发还湿漉漉的，显然，这是个刚刚结束训练的扬江拳击队队员。

林寒哼了一声，不耐烦地把长柄勺子重重地扔回到盛菜的不锈钢盆中。

飞起的菜汁，却"砰"地溅到那拳击队男生的身上，把他背心的胸口位置，弄脏了一大片。

"唉！你这人弄什么呢？"拳击队男生不满地喊了起来。

"谁让你挨着我那么近的！离远点，不就溅不到了！"林寒强词夺理地说。

"我们这不是在排队打饭嘛。站在你后面不是很正常吗？我站那么远的话，怎么打啊！"拳击队男生不解地看着林寒。

他还琢磨，这看上去瘦削文弱的小姑娘，怎么一开口却是如此蛮横不讲理。

"那你想怎么样吧？"

林寒说着，把手中的餐盘放到了餐台之上，冷冷地瞪着拳击队男生。

"哦，对了，我认出来了。你是跆拳道队的吧？你们跆拳道队的，都这么没礼貌吗？弄脏了别人的衣服，至少说句对不起啊！"

"对不起！"林寒恶狠狠地说，语气中丝毫歉意都没有。

"一点诚意都没有……"拳击队男生嘟囔着。

他不想惹事，也不想跟林寒过多纠缠。他轻轻推开她，准备离开。

可本就在气头上的林寒，却觉得自己受了莫大的委屈。望着拳击队男生的背影，她抢上一步，抬起了腿……

下劈！

现代跆拳道技术中，最常见的一种攻击方式。这也是林寒的得意技。

林寒的腿上带风。

幸亏这个拳击队男生平日里训练扎实刻苦，敏捷性高。听到林寒从背后发起攻击的声音，他灵活地一侧身，闪开了这一腿背后偷袭。

可林寒却没注意，她脚下的地上，有一摊刚刚被她溅出的汤汁。

她的脚恰好踩在了滑溜溜的汤汁上。

没有踢中对方，林寒自己却失去了平衡，猛然向前摔去。

好在那拳击队男生身手敏捷，一伸手扯住了林寒后背的衣服，才没有让她摔一个大马趴。

咦……我扯住了什么？拳击队男生觉得手上的触感有些奇怪。

原来，他情急之下一把抓，扯住的不仅是林寒的外套和内搭的 T 恤，还有……

林寒的脸色腾地红了。

她觉得胸口一阵憋气，只因自己的内衣带子，隔着外套和 T 恤，被那拳击队男生从后面紧紧地扯住了。

她挣扎着站起身，扭头看着那拳击队男生。

"放手。"她说。

拳击队男生顺从地松开了手。

"啪！"

她却抬手就是一个响亮的耳光。

拳击队男生脸上的神情从惊讶、不解，变得愤怒："我好心好意……"

他话未说完，却见林寒又是一记横踢，踢向了他的肋部。

林寒咄咄逼人的攻击，终于把拳击队男生逼到了是可忍孰不可忍的地步。

他把手中的餐盘一扬，身子一转，避开林寒的横踢，然后飞速地出了一拳。

可是，拳击队男生惊讶地发现，他的拳头，竟然被人牢牢地抓住了！

"再怎么样，也不能对女生出拳。"王炎平静地说。

是他，抓住了拳击队男生的拳头。

"还有，你刚刚说什么？"王炎故意问道，"你说，跆拳道队的人，都没有礼貌？"

……

第二天一早。

扬江体工大队的跆拳道训练场里，所有运动员、级别教练员和队医都到齐了。

穿着道服的运动员们，整整齐齐地按照前女后男的顺序站成两列。

三四位级别教练员和队医，面对着运动员也站成一排，等待着他们的新任主教练。

墙上的电子钟刚刚显示出 8 点 29 分的数字，陈天河就走进了训练场。

今天的他，换上了一身运动装。虽不是最新款的省队队服，却洗得干干净净。

他走了过来，站在教练员队列的最前面。

那是大家专门给他留出的位置。

按照跆拳道的礼仪，所有运动员向着他和其他几位级别教练、队医恭恭敬敬地鞠了一躬。

"教练好！"

陈天河虽不动声色，但他对这声问候不太满意。

声音听上去还算整齐，可并不足够响亮。这让他觉得，这些年轻人的干劲不够足。

"我是陈天河，"他说，"从今天开始，我会和大家一起工作。"

说完，陈天河的目光扫视着面前的每一个运动员。

无论是运动员，还是旁边的级别教练、队医，都有些面面相觑。

这样一句话，就结束开场白了？所有人，都这样想着。

"林寒，出列！"陈天河突然喊。

在运动员队列中，林寒站在第一排的显眼位置上，恰好和陈天河四目相对。

林寒一怔。

但她明白，陈天河单独点她的名字，是有原因的。

"王炎，谁叫王炎？"陈天河又喊。

站在后排的王炎举起了手。

"你也出列。"

王炎晃了晃脑袋，大大咧咧地走了出来，站在林寒旁边。

"林寒，十六岁，青奥会女子 49 公斤以下级冠军。"

陈天河看着林寒，一字一句地说完，目光又转向了王炎。

"王炎，二十二岁。最好成绩是全国青年赛男子 58 公斤以下级冠军，"陈天河说，"不过，那是四年前的事情了。进入一线队的这四年，你一次全国成年比赛的前四名都没打进去过，对吗？"

"对。"王炎回答。

"你们两个很牛啊。昨天我还没正式接队，你们就给我来了一个下马威。"陈天河说，"你们在运动员餐厅和拳击队队员打架，被体工大队保卫处刘处长批评教育了一下午。听说，当时餐厅后厨两个大师傅加上保卫处三个工作人员都按不住你们。你们这战斗力，那是相当可以啊！"

王炎咧嘴笑了笑。

"怎么？你们的成绩也不比拳击队好多少啊，怎么就不把人家放在眼里了？"陈天河说着，走近王炎。

王炎颧骨上还有一处乌青，左眼也有一点肿。

显然，这些伤，都是昨天被那个拳击队男生打的。

"我听说，你当时不是让人揍得站不起来了吗？"陈天河看着王炎，大声说。

"陈指导，我那是……我那是让着他。"

陈天河又走近林寒。

"你挨揍了吗？"他冷冷地问。

或许面对女生，那拳击队男生没有下重手，至少林寒的脸上没有任何伤痕。

林寒摇了摇头。

"刘处长说，是你先动的手？"陈天河又问。

林寒沉默了几秒钟，点了点头。

伴你上青云

"柯指导就是这么教你的吗？"陈天河追问。

"不是！"林寒咬着牙，恨恨地喊。

"那是怎么样？"陈天河再问。

"礼仪、廉耻、忍耐、克己，百折不屈！"林寒嘶吼着，声音在空旷的训练场中回荡着。

喊到最后一个词"百折不屈"时，她的嗓音都有些劈了。

"看来，你都懂啊！"陈天河的声音也提高了许多，"啊，我差点忘了，你是青奥会冠军嘛，是国际奥委会主席雪莱先生亲手给你颁发的金牌！你还是'跆拳道神童'，是扬江跆拳道的希望。谁都得宠着你，让着你！"

林寒默默地瞪着陈天河。

她觉得陈天河这番话，没有一句不是在针对她、嘲讽她。

"怎么？我说得不对吗？"陈天河反问。

"对！"林寒大声回答。

所有人都被林寒这出乎意料的一个"对"字震惊了。

陈天河点点头："有自信，那很好！这样吧，林寒，你是不是真的牛，不要靠打架来证明。就现在，你来跟队友打一场实战，让我看看你真正的本事！"

"打就打！"

林寒说着，扭头望向身后站着的其他队员。

和她一样打女子49公斤以下级的队友叫宋曦，年纪比她大了十岁，但身高却比林寒矮了不少。

宋曦脸上的神情有些为难。她知道，她绝非林寒的对手。

其实，在整个扬江，在女子49公斤以下级这个级别中，林寒也很难找到实力相当的对手。

"别看别人，我来给你安排一个实战对手。"陈天河对林寒说。

说罢，他的目光再一次转向了王炎。

王炎一怔。

陈天河却冲着他点了点头："就你吧。"

"我？"王炎惊讶地脱口而出，"我……不能跟她打。"

"怎么？"

"我不合适啊。"

"怎么不合适？她是女子最小级别，你是男子最小级别。况且，你俩的身高也差不多。”

的确，49公斤以下级，是跆拳道成年比赛中，女子最轻量级。

而58公斤以下级，也是跆拳道男子成年比赛里的最轻量级。

况且，王炎1米75的身高，和1米72的林寒比起来，的确肉眼都难以分辨出差距。

“陈指导，”王炎故意调侃着说，“你这是嫌我个子矮吗？”

陈天河和王炎的对话，不禁让其他队员和级别教练都忍不住想笑起来。

还主教练呢，他懂不懂跆拳道，懂不懂交手对抗类竞技体育项目啊？

别说男女选手在力量、速度和敏捷反应方面都存在很大差异，林寒和王炎两人的体重还差了几乎10公斤呢。

这10公斤体重所带来的动力优势，在交手对抗类项目比赛中，简直如同一道难以逾越的鸿沟！

他们想着，突然产生了一种等着看热闹的念头。

“林寒，你呢？”陈天河不理会王炎的调侃，却问林寒，“你怕和他打实战吗？你不是青奥会冠军吗？整个扬江都没人是你的对手，是吧？”

“我不怕！”林寒喊道，“王炎，来！我跟你打！”

王炎撇了撇嘴。

双方穿戴好护具，站上了垫子。

所有人都围了过来。

没有裁判，大家都是裁判。

主角，只有垫子上的林寒和王炎。

“准备！”陈天河用非常标准的韩国语发音，喊出了跆拳道口令。

林寒抱好双臂，左脚在前、右脚在后，站稳了格斗势。

王炎却垂着胳膊，随意站着格斗势。

在他身上那件宽松得几乎大了几个尺码的道服衬托下，王炎的模样，更显得吊儿郎当的。

“开始！”陈天河给出了实战开始的口令。

林寒猛然启动，上步横踢。

王炎看似随意垂着的胳膊一挡，化解了林寒的攻势。

“王炎，有机会为什么不打反击？你这么怜香惜玉吗？还是想糊弄事？”陈天河突然喊道。

嗯？王炎一怔。

陈天河的目光比他想象的要"毒"。

刚才，他格挡了林寒的进攻之后，原本就有机会反击林寒。但他没有。他不想全力以赴于这场他觉得毫无意义的实战。

随便应付应付就得了，他想。可陈天河的话，却让他的小心思无从遁形。

"王炎，你的侧踢哪里去了？当年，你的侧踢不是很牛吗？这四年你是怎么练的？技术都让狗吃了？"

陈天河一连串的质问，一下子让王炎心底的火焰腾地燃烧起来。

林寒的攻势不减。

在她以往打过的比赛里，她的对手要么技术逊色于她，要么身高腿长的优势不如她。

这些，都让她养成了"以我为主"的风格打法。

看似她的进攻积极主动，其实，并不是每一招、每一式、每一个技术动作都是针对对手做出的最恰当选择。

比如现在，她觉得，王炎的速度比她慢，他回撤防守时的空挡，是她最好的打击时机。

一组连续横踢抢攻之后，林寒已经把王炎逼到了垫子边缘。

她的支撑脚甫一落地，身子立刻旋转。她要用衔接紧密的后摆，给予王炎的头部以关键一击。

可……她忽略了王炎的核心力量和技术能力，那是任何同档次女选手都很难具备的。

王炎在垫子边缘竟然不可思议地绕开了她的后摆踢击。

紧接着，王炎久违的侧踢反击出现了。

林寒只觉得自己的身子奇异地划过训练场的半空中。

时间似乎被拉长了。

她眼前的景象突然变得像慢镜头一样，很慢、很慢……任何她所经历过的对手，都不曾给予过她这样的打击和体验。一刹那，林寒深刻地意识到了，"雷霆万钧"这四个字的含义。

没错，她被王炎踢飞了。

第三章　浑水

林寒躺在垫子上，瞬间的黑暗之后，眼前出现了陈天河的脸。

"能自己站起来吗？"他问。

"能！"

林寒咬着牙，从垫子上爬了起来。

"被人一脚就踢飞了的青奥会冠军，哼哼。很了不起啊！"陈天河看着林寒，故意讥讽地说道。

"他和我又不是一个级别！"

"那你的意思就是说，你只能和比你弱的对手较量？"

"我不是这个意思！"

"怎么不是啊？"陈天河反问，"你不总是觉得，你在你这个级别中，是最强的吗？"

林寒语塞了，陈天河示意她和王炎归队。

他自己转身走回到了运动员们的队列前，重新审视着面前的这十几个人。

"今天的训练课开始之前，我先代表扬江体工大队党委和扬江跆拳道队教练组，宣布一个处分决定。"

所有人都静静地看着陈天河，整个跆拳道训练场里鸦雀无声。

"关于2月27日中午，扬江跆拳道队队员林寒、王炎在体工大队运动员食堂打架斗殴事件，经体工大队党委研究决定，给予如下处分。第一，林寒、王炎留队查看，记过一次。"

林寒愣住了，王炎却一脸满不在乎的神情。

"第二，本周末之前，林寒、王炎要上交一份3000字检讨书，检讨要深刻认识到自己的问题。"

三……三千字！我的天……

每个人都这样想着。

王炎咽了下口水，轻声地自言自语："昨天在保卫处，我们都已经写了一份检讨了啊。"

"那叫保证书，是交给保卫处的。这个检讨，是交给大队的。"陈天河看了他一眼，接着说。

"第三，扣发林寒、王炎三个月的训练津贴和奖金。两人不允许代表扬江跆拳道队参加5月31日之前在国内举行的任何一项比赛。"

"啊！"林寒和王炎不约而同地喊了出来。

其他队员也都惊讶地窃窃私语开来。

"陈指导，要不要罚这么多啊？三个月的训练津贴和奖金呐！这三个月，我怎么活啊！"王炎苦笑着说。

"陈指导，5月初就是全国锦标赛的第一站了。你的意思就是……我没资格去打这一站的比赛？"林寒嚷了起来。

"这三项处分决定的内容我说得很清楚了。"陈天河说，"王炎，之所以还留你在队里，就是给你留了一碗饭吃。跆拳道这碗饭，你还想不想继续吃下去，就看你自己的表现了。至于林寒……"

陈天河看向林寒，眼神突然变得犀利。

"林寒，这不是我的意思，是体工大队党委的集体决定。你仗着自己以往曾经取得过的成绩，平日里不懂礼貌、不守规矩。昨天的打架，是谁先挑的事？是谁先起的头？你还想打全国锦标赛？让你去全国锦标赛给扬江跆拳道队丢人现眼吗？你先好好反思反思，你是不是一个合格的跆拳道运动员吧！"

林寒这辈子还从来没被哪一个教练这样狠狠地当众斥责、教训过。

"好！我……我去反思！"

她的泪珠在眼睛里打着转，就想拔腿往训练场外走去。

可突然，她的道服袖子被人拉住了。

扬江跆拳道队队长郭昊宇从队列中走了出来，一把拉住了林寒。

"林寒，不要再闹了。"郭昊宇平静地对她说，"跟陈指导道歉，然后归队，好好准备训练。"

说着，郭昊宇压低了声音，用只有她和自己能听得到的声音说："小寒……记住柯指导临走前跟你说过的话。你要忍耐！"

林寒愣住了，她看着郭昊宇。

郭昊宇和林寒都是柯进的弟子，是柯进一手从扬城市跆拳道队把他们培养、提拔到扬江跆拳道队这个省队来的。

如果说，林寒一直把柯进视为自己亲如父亲般的师父，那么她也是把郭昊宇当哥哥来看待的。郭昊宇在平日里，更是对林寒呵护有加。所以，和对待其他人不同，对于郭昊宇的话，林寒始终是百依百顺。

柯进离开了扬江跆拳道队，林寒更觉得，自己的"亲人"就只剩下郭昊宇。既然郭昊宇这么劝了，林寒就点点头，揉了揉自己的鼻子，按照跆拳道的礼仪，对陈天河鞠了一躬。

"陈指导，对不起。"她咬着牙说，"请你原谅我，我会好好训练。"

"这是第一次。林寒，下不为例。"陈天河说，"你要记住，你们所有人都要记住，在扬江跆拳道队，没有任何一个特殊的队员，也没有任何一个特殊的教练员！扬江跆拳道队缺了谁，都可以！我这里，只要成绩，不养'大爷'！"

看着队员们在各自级别教练员的带领下开始热身，刚刚站在训练场虚掩着的大门外、听着陈天河向队员们训话的体工大队大队长张君，这才悄摸地走了进来。

他站到了陈天河身旁。

"老陈啊，"张君说，"宣布处分决定这种事，让我来就好了。你没必要非得亲自做这种出力不讨好的事情嘛。"

"出力不讨好？我要讨谁的好？这帮小丫头、小崽子们的好？"陈天河冷冷一笑，"我是来给他们立规矩、长记性的。不杀杀他们的坏风气，接下来怎么推进工作？要想当老好人，我就留在省体育局办公室了。"

"我明白。省体育局让你来，就是下大力气收拾省跆拳道队这个烂摊子的。无论是局里，还是体工大队，从上到下都很支持你。我今天过来就是告诉你，你那个教练组分工改革办法，上午的大队工作会已经批了。你就放手干吧。"

听着张君的话，陈天河点点头，似乎这些都在他的预计之中。

"唉，老陈，其实，我还不太理解你那个分工方案的意思。你能不能再具体给我解释解释？"

陈天河看向了正在训练的队员、教练。

他抬起手，一边指着，一边说："张大队，你看。那个徐彬教练，原来是分管男子大级别的，其中几个主要队员都是他从家乡前江市一手带上来的。"

"嗯，徐彬能力很强。"

"那个李静教练，原来就是富岭市跆拳道队的主教练。富岭出男子小级别的好苗子，咱们男子小级别里，除了王炎和郭昊宇等少数几个之外，其他的队员差不多都是从富岭上来的。"

"是。小李别看年轻，在基层的工作很有成绩。"

"再看那边，张小清教练你最熟悉了，扬江跆拳道队的'三朝元老'，礼河、红石、广昌三个地、市的跆拳道队主教练都是他的学生，咱们队里的优秀女子选手也大多是从这三个地市选拔出来的。论资排辈，那些队员得喊他'师爷'吧。"

"对啊，我跟老徐共事也很多年了。"

"别说这三个级别教练了，就连咱们队医刘大夫，人家回到老家，也是响当当的石门口市跆拳道协会秘书长呢。石门口市这次也有两个队员上来省队，刘大夫平日不都得帮市里头照应着啊！"

"哈哈，老陈你说的都是大实话。"

陈天河的眼睛却一下子眯了起来，语气猛然一变："可是，恰恰正是每个人都有来头，每个人都有自己的队员，就导致了拉帮结派、以己为重，缺乏大局观和省队上下一盘棋的意识……扬江跆拳道队是怎么一天天乱下去的？张大队，你应该比我更清楚！"

"老陈，咱们是省党校的同班同学！"张君说，"咱们两个人说话那是有一说一，绝不藏着掖着。对，你说得太对了。扬江跆拳道队这些年的问题和乱象就是这样，我也一清二楚。可我……一时半会也没有办法彻底捋顺。把整个扬江跆拳道队的水搅浑的，不就是柯进那个家伙嘛！仗着自己在圈子里有一点人脉，仗着自己挖掘出了林寒一个好苗子，就把扬江跆拳道队当成了他谋私利的地方！上行下效，他那么做，下面的级别教练也不得不自己找出路，没办法……唉！"

说着，张君深深叹了口气。

"不过，老陈，让柯进走，已经是我能做到的极限了。接下来的拨乱反正、激浊扬清，就看你这个新任主教练的了！"

"所以，在我看来，改革教练分工就是第一步。"陈天河说，"我准备安排徐彬和李静分管女队，让张小清主抓男队。虽然一开始，他们可能需要适应一段时间，但一方面他们也有自己的成绩指标，要完成好，必须得更加努力工作。另一方面，他们自己的重点队员都在对方手里，他们就得想办法认真带好别人的重点队员，才能让其他教练也认真带好他们自己的重点队员。这虽然也算是一种利益交换，但客观上，却把他们更加紧密地联系在了一起。能够让整个队伍打破原来明显形成的一个个地域小团体，慢慢地让扬江跆拳道队可以开始整合成一个真正的集体。再一个，这帮教练的小九九我也猜得到。这样重新安排分工之后，为了让自己的重点队员能够保证训练质量，想必在大课之后，这些教练还会千方百计把自己的重点队员叫出来'开小灶'。这样，良好的训练氛围就有了，也会形成一种良性竞争。"

"我懂了，这就叫'牵一发而动全身'。老陈，真有你的啊！"

张君这一下彻底明白了陈天河为什么要从教练员分工入手，对扬江跆拳道队展开改革了。

"不过……"张君说着，突然欲言又止了。

"不过什么？"陈天河看着张君为难的样子，似乎什么都明白了。

"你要说的，肯定是那个丫头吧！"陈天河指了指林寒。

林寒正在教练的带领下踢着脚靶。

她的腿法出众，力量和柔韧性也比同龄人强很多。

或许是因为刚刚的处分一直让她心怀不满，林寒把一腔怒火和怨气，都发泄在脚靶上。

她一边"嗷嗷"地吼着，一边把脚靶踢得"砰砰"山响。

"是啊，从现在的情况来看，实事求是地说，短期之内能够让扬江跆拳道队的成绩有起色的希望，还都在林寒那个丫头身上。不仅省体育局的分管领导十分关心她的情况，咱们体工大队也都关注着她。你知道，如果将来她真的能够代表国家队走上奥运赛场，甚至升国旗、奏国歌……那咱们扬江跆拳道队和扬江体工大队的队史上，就是写不尽的光荣啊！"

张君说着，甚至有些激动起来。仿佛他已经看到，林寒脖子上挂着金牌，站在奥运会的最高领奖台上。头顶，是五星红旗正在雄壮的《义勇军进行曲》旋律伴奏下冉冉升起……

"柯进只留下了她和郭昊宇两个人，这也是柯进的精明之处。"陈天河平静地说，"个人项目，培养人才贵在精而不在多。两个队员让他可以集中精力、集中资源去培养。把他们两个都培养成尖子，也就增加了他在跆拳道界的话语权。其中，最有潜力也最出色的，的确就是林寒。"

"那你准备怎么样对待他们，尤其是林寒？"

"郭昊宇跟着张小清教练训练，完全没有问题。我相信张指导的能力和工作态度。至于林寒……"陈天河顿了顿，"就跟炼钢一样，要锤炼，也要掌握好火候。她现在已经被柯进烧得太红了，火候如果过了，就废了！我得先给她淬淬火，再好好敲打敲打她，敲掉她身上那些黑色的渣滓和杂质。我承认，她是百年不遇的好苗子，她不仅对于扬江跆拳道，甚至对于中国跆拳道来说，都是不可多得的可造之才和未来之星。但……她能不能在我这里经受住考验，能不能把她身上那些坏毛病扳回来。现在，还是一个未知数。"

"如果……万一扳不回来呢？"

"钢要是练废了，就只能扔掉重来了。"陈天河说着，凝视着不远处垫子上的林寒，"但真正千锤百炼的好钢，是不会废掉的……"

第四章　竹马与青梅

　　一上午的训练课，在快节奏的科目转换中，让人觉得时间过得飞快。

　　慢吞吞地收拾好护具、装备，看着其他队友差不多都离开了，王炎这才背上自己那个有些破旧的双肩背包，就准备回宿舍。

　　"王炎，你等一下。"一个声音突然叫着他的名字。

　　王炎一怔，抬头看去，果然是新任主帅陈天河在喊他。

　　他只怕是又要骂我一顿吧。王炎想着，缓缓走了过去。

　　"陈指导，你找我有事？"

　　陈天河上下打量着王炎，似乎在仔细观察着什么。

　　"这里，"陈天河突然伸出手指，指向王炎左侧脸颊的一块伤痕，"是被人用后手摆拳打中的。对方出拳的速度太快了，快到你想躲，也做出了躲闪的动作，却还是没能完全躲开。"

　　"这里，"陈天河接着指向了王炎右边眼窝下方的一点瘀青，"是被人用前手直拳打中的。跆拳道抱架防守时，肘部抬起的位置太高，所以正面露出的空当就大了。对方就是从这个空当中打中的你。"

　　"还有你的两条胳膊，"陈天河又说，"是防守对方重拳留下的痕迹吧。抱架一点都不稳，只能纯粹地被动挨打，是吧？"

　　的确，王炎那两条小臂上，有好多块乌青，从宽大的跆拳道道服衣袖中露了出来。

　　听着陈天河的话，王炎不禁更是惊讶了，问道："陈指导，昨天……你也在食堂？"

陈天河摇摇头，反问："我要是在那里，会让你们动手？"

"那我这些伤是怎么受的，陈指导你怎么都知道得一清二楚？"

陈天河没有回答王炎，却在王炎面前，左脚在前、右脚在后站好了格斗势。他的双臂也抱好架势，稳固且牢靠。

"首先，站架要稳。你看好了，出拳要用腰腹核心力量，而不仅仅是靠身子前冲。"陈天河说着，打出了左右手的直拳。

拳风凌厉，拳线明晰。

只是为了让王炎看清动作要领，陈天河才故意放慢了出拳、收拳的速度。

王炎看着陈天河标准的直拳动作，突然觉得，面前的这个男人，似乎并不简单。

"跆拳道所谓'九腿一拳'。腿法丰富，拳法却只有一种——直拳。比赛时，按跆拳道规则打，这毫无问题。但要是跟其他格斗选手较量，尤其是和拳击手打近战，只会一种直拳，是绝对不够的！"

陈天河对王炎说着，一边做出了摆拳、勾拳等拳法动作，一边给他简要地讲述了动作要领。

"王炎，你也来做一下看看。"

"哦……"

虽然王炎不明就里，但还是按照陈天河讲过的动作要领，站好格斗势，依样画葫芦地做着摆拳、勾拳。陈天河在旁边看着，随时纠正着他的动作。不一会儿，王炎的几种拳法竟然都打得有模有样了。

"好了，就这样吧。"陈天河说着，摆了摆手，"你回去吃饭吧。"

"陈指导，"王炎突然说，"我还是有些纳闷，你为什么要教我这几种拳法？这些动作……跆拳道训练、比赛又都用不到。"

陈天河看着王炎。

"格斗技术都是相通的，我教你几招拳法，是希望你能触类旁通。另外……"陈天河顿了顿，接着说，"虽然，我绝对不会允许我们跆拳道队的队员出去和人家打架。但，我们跆拳道队的队员和别人打架，也绝不能给我打输了。敢打，就得打赢！"

王炎咀嚼着陈天河的这句话，突然心中泛起一阵无法压抑的快意。这种快意，他已经好久都没有体会到了。

"行！我明白了，陈指导！"他大声说，"我保证以后绝不会输……啊不，我保证我以后绝不会出去和人家打架！"

……

林寒却完全不知道陈天河专门在训练后留下了王炎，还教导王炎拳法的事情。憋着一肚子委屈和怒气的她，训练课结束之后，就第一个离开了训练场。但她没走多远，就被郭昊宇追了上来。

"小寒，还生气呢？"郭昊宇轻声说道，"是我不好，你要不开心，就冲我来吧。"

"我为什么要冲你来。"林寒说，"哥，你没有对我不好。都是那个臭老头对我不好。是他赶走了柯指导，又把我当作眼中钉。哼，我知道，还不是因为昨天中午我去大队长办公室，劝张大队不要让柯指导走，这就得罪了他……"

"唉，小寒，我也听说昨天的事了。你太冲动了，那样不管是对师父，还是对你，都不好。所以，我刚才当众让你给陈指导道歉，并不是要为难你……"

"哥，我知道你那是为了我好，所以我不会生你的气。"

"师父昨天晚上临走前，专门找到我，就是希望我能替他好好看着你，照顾着你，保护着你。"

"哥……"

"师父离开了，身为他最信任的弟子，我们接下来被别人针对，被别人刁难甚至被别人孤立，都是有可能的。但，小寒，你记住了，要忍耐。忍耐也只是一时的。这段时间，无论遇到怎么样的挫折和困难，都要咬牙挺下去。我会一直陪着你，一起渡过难关。"

"嗯……"

郭昊宇下意识地抬手轻轻地摸了摸林寒的头。

十年前，郭昊宇和林寒就是在扬城市的昊天跆拳道道馆第一次相遇。

昊天跆拳道道馆的馆长是郭昊宇的父亲，郭昊宇自然就成了道馆里的"孩子王"。那时，只有五六岁的林寒是道馆里年纪最小的学员。在所有的孩子里，她身高最矮、样貌无奇、资历最浅。或许就因为林寒小小的，做各种练习都一直落在别人后面，反而让郭昊宇油然而生出对林寒的保护欲来。无论是林寒被教练批评了，还是别的小朋友把林寒踢得痛了，或是林寒因为压腿、拉筋的疼痛而默默落泪，郭昊宇都会跑过来耐心地安慰林寒，摸摸她的头，变着法儿哄她开心。

后来，郭昊宇和林寒开始参加全市的各类比赛，成绩突飞猛进。他俩也双双被柯进看中，被选入扬城市跆拳道队，直至进入省队。但无论年龄如何增长，郭昊宇和林寒几乎从未分开。他们两个不是亲兄妹却胜似亲兄妹般的情感，也在日积月累中变得越来越强烈。

所以，郭昊宇还像小时候那样，一边安慰着林寒，一边伸出手来摸了摸她的脑袋。

突然，郭昊宇看着林寒白皙而淡淡泛着红晕的脸庞，他的手仿佛触电一般，立刻收了回去。

虽然只是十六岁，可林寒已经不再是那个瘦弱、矮小的道馆小丫头了。

她的身高已经蹿了一大截。对于扬江本地的江南女孩而言，她已是鹤立鸡群般的存在。

她的身材也开始发育，容貌更是蜕变得如出水的小荷，清新无瑕。

去年获得青奥会冠军之后，林寒就在网上引发了许多热议。

除了原有的"跆拳道神童"的外号业已进化成了"跆拳道天才少女"之外，她甚至还被一些网友赞誉为"最美道服女孩"，拥有了一批自己的粉丝。

或许是长年累月地共同生活，甚至让郭昊宇忽视了林寒年龄、身材和容貌上的变化。

她已经是一个大姑娘了。

郭昊宇也已经是二十出头的大小伙子了。

所以……郭昊宇收回了手。

林寒不知道郭昊宇想到了什么，但她还是敏锐地察觉到了一丝丝的异样。

"哥，你怎么了？"她眨着眼睛，纳闷地问郭昊宇。

"没……没什么。"郭昊宇尴尬地笑笑，"我以后……不应该随便摸你的脑袋了。"

"啊？"

"你大了。"

郭昊宇垂下眼帘，不敢去看林寒那忽闪忽闪、充满灵气的大眼睛。

"哥，你啥意思？"

林寒发现郭昊宇的眼神低垂，还误以为他看到了她什么……

林寒的跆拳道道服偏宽大。透过领口，她开始发育的身材，在道服下已是若隐若现。

"哥！"林寒轻声吼道，"你太坏了，跟我开这种玩笑！"

说着，林寒抬腿，轻轻一个横踢，踢在了郭昊宇的肋间。

郭昊宇"啊"地夸张叫着，捂住了自己的肋部，弯着腰，表情装得十分痛苦。这也是他们俩从小玩到大的一个"游戏"。

一开始，林寒常被教练说，她的踢击力量不够。于是郭昊宇就让林寒踢他，还装成被踢得很痛的样子，借以增加林寒的自信心。渐渐地，这也就成了他们俩专属的默契。两个人打打闹闹一番，林寒的心情变得好了许多。

一抬眼，她看到王炎背着双肩背包从训练场的方向走过来。

她停住了脚步。

"王炎！"她喊了一声，等着王炎走近。

可王炎看了她和郭昊宇一眼，并没有因为林寒喊他，而走得快一些。

他依旧迈着散漫的步子，终于走到了二人面前。

"怎么，有事？"王炎看了看林寒，又看了看林寒身旁站着的郭昊宇。

"对不起啊，王炎。"林寒不好意思地说，"让你受牵连，也被大队处分。"

"处分不处分的，对我来说无所谓。"王炎随口说，"你用不着跟我道歉。"

"昨天……还是你出手帮我挡着那个拳击队的小子，要不然……"

"小丫头，你想多了。昨天，我不是为了你。"王炎说，"是那拳击队的小子不知好歹，当众骂咱们跆拳道队的人没礼貌。我能忍吗？其实啊，我早就看他们不顺眼了。"

说着，王炎竟瞥了郭昊宇一眼，似乎他的话不仅仅是说给林寒听的，也是说给郭昊宇听的。

"拳击队的那帮人平时不就总是到处说，咱们跆拳道是'花拳绣腿'，不经打。所以，我就让他们好好见识见识。"王炎接着说。

林寒还是认真地说："不管怎样，王炎，我也要谢谢你昨天帮了我。要不，我请你吃饭吧？"

"请我吃饭？"王炎哼哼一笑，"不用了，食堂吃得好好的，出去吃饭，花那冤枉钱干嘛。"

"那咱们一会一起去食堂吧！"林寒脱口而出。

林寒的话，不禁让身旁的郭昊宇一怔。

王炎却撇了撇嘴："算了，我喜欢一个人安静地吃饭。你跟郭队长两个人吃吧。"说着，王炎迈步走向宿舍，只留下林寒站在原地发呆。

"对了！"王炎走了几步，突然停下来，转头看着林寒，"你要是觉得非得做些什么感谢我的话，就帮我把那三千字的检讨写了吧。行吗？"

"王炎，你这有点过分了啊！"郭昊宇不等林寒表态，就抢先说道。

王炎毫不理会郭昊宇，只是盯着林寒，等着她的回应。

林寒愣了几秒。她咬咬牙，点了点头。

王炎嘿嘿一笑，似乎心满意足了。

看着王炎远去的背影，郭昊宇皱着眉头说："小寒，你干嘛答应帮他写检讨？让他自己写好了，你多余理他嘛。"

"可他昨天毕竟在食堂帮了我，还因为这事儿受了那么重的处分。我要是不做点什么，心里始终过意不去。"林寒喃喃地说，"可我觉得，他……他好怪啊。他是不是有些讨厌我？"

"他不是讨厌你。是因为，我跟你站在了一起。他只是纯粹地讨厌我罢了！"

"啊？为什么啊，哥？"

"多简单啊。"郭昊宇反问，"你想想，他打哪个级别？我打哪个级别？"

林寒恍然大悟。

二十二岁的王炎和二十一岁的郭昊宇，都是扬江跆拳道队男子 58 公斤以下级的选手。这就意味着，两个人在队内就是直接的竞争对手。

第五章　大学生

王炎让林寒帮他完成三千字的检讨书，固然是利用了林寒对他的些许愧疚之情，但王炎却也绝不是借她这种愧疚之情来欺负她。

王炎这几天晚上，的确有事情要做。

混完下午的训练课，王炎就第一个跑到食堂，狼吞虎咽草草吃完晚饭。

然后，他赶在其他队员、教练还在洗澡、吃饭，整个体工大队管理最为松懈的时候，换上便装，一个人悄悄溜出了体工大队大门。

刷了辆共享单车，王炎飞快地骑着。只用了半个多小时，他就来到了扬城市西北角的大学城附近。

那儿有一个"弘武跆拳道道馆"，正是王炎此行的目的地。

他一推开道馆的大门，等候在前台的馆长张博轩就眼前一亮。

"行啊兄弟，说六点半之前赶过来，一分都不差！够意思！"

"这不还是为了帮你的忙嘛。"王炎哼了一声，说，"本来说好了，是周末来帮你带私教课的，为什么这次非要叫我今天和明天晚上都过来？"

"嘿，这不是有特殊情况嘛。"

"什么特殊情况？"

"附近扬江大学的学生社团跟我联系好了，说这两天来咱们这里搞团建，上体验课。这机会多难得啊，咱们不得抓住这次机会，好吸引更多的大学生，让他们以后继续来咱们道馆学跆拳道啊！"

"上体验课的话，那有你就行了。大学生又不是小学生，给他们讲讲动作要领，带他们活动活动，用不着费多大劲儿的。"

"我哪儿行啊，兄弟！我又没你那么帅，还没有你那个头衔——扬江跆拳道队队长！把你这个头衔甩出去，就够让那些女大学生们尖叫了。"

"你得了吧，我哪里是队长？早就让位给别人了。"

"不不不，曾经是，就算是！"

"我跟你说，你可别吹牛骗人啊，人家大学生们都机灵着呢。"

"兄弟，咱们道馆的宗旨可是'真教实会'，你的本事也是真才实学。要不然，柯进教练也不会推荐你来咱们道馆教私教课，不是吗？"

"我跟你说，只有这一次，明天晚上我可不来了。"

"别啊！说好了两天的嘛。"

"柯进他辞职离队了，现在扬江跆拳道队的主教练换人了。新官上任三把火，管得正严呢。新任主教练要是知道我晚上偷偷跑出来干私活儿，非得开除我不可！"

张博轩一怔，还是笑着拍了拍王炎的肩膀。

"没事儿，兄弟。这里天高皇帝远的，怕什么。再说了，万一真的队里不要你了，你正好就顺势下队，过来给我当教练算了。赚得保证比你在队里当队员要多得多。"

王炎瞥了他一眼，不置可否。

"咱们这里，怎么着也算得上是为传播跆拳道文化、为增加跆拳道人口做贡献了，不是吗？"张博轩知道王炎的心思，故意说着。

王炎不愿再跟他扯皮，走进更衣室换好教练道服，扎紧了绣着他名字的黑带。刚走进道馆不大的训练场地，王炎就听到道馆门外熙熙攘攘的，似乎有一大群人进了道馆的门。

果然是那群大学生，男男女女总共十来个人。他们穿着样式各异的运动服、休闲装，却没有一个穿着跆拳道道服的。自然可见，他们的跆拳道知识和习练经验应该也都几乎为零。

看着大学生们跟着张博轩走进训练场，站成了两排，张博轩开始做着开场白："欢迎扬江大学的同学们来我们弘武跆拳道道馆指导工作！"

张博轩不伦不类的开场白，引得大学生们一阵善意的嬉笑。

"那个，我们今天的体验课，主要是给大家普及一些跆拳道知识、礼仪。还有，教大家几章品势的动作。今天的课，我们很荣幸地邀请到扬江跆拳道队的队长王炎给大家担任教练。大家欢迎！"

这混蛋，果然瞎说！

王炎想着，脸色微微一红。但他还是走上前，给大家鞠了一躬。

"哇，队长啊，一定很厉害吧！"

"就是啊，他长得也好帅啊。"

"虽说个子矮了一点……但，真有韩剧里欧巴的范儿呢！"

"可是他……脸上还有些伤痕……"

"不懂了吧，伤痕是'男人的勋章'。有了那些伤痕，才显得更帅啊！"

几个女大学生在队列里一边鼓掌，一边窃窃私语。

"那个……我曾经当过一小段时间队长，现在不是队长了，只是扬江跆拳道队的一个普通队员。"王炎赶紧解释着。

他觉得有一点尴尬，于是立刻转移了话题，问："同学们，你们有谁练过跆拳道吗？"

没有人举手。

"那有谁了解跆拳道知识吗？"

还没有人举手。

这时，一个女生指了指身旁的同学，对王炎说："我们小晖晖以前练过武术的。"

王炎一怔，看了看被喊做"小晖晖"的学生。

那是一个女孩子，年纪看上去和王炎相仿。她的个子不算高，穿着一身红白相间、半新不旧的运动套装。她有鹅蛋一样的白净脸庞，眼睛大而有神，微微翘起的鼻梁下，是薄薄的嘴唇。她的头发也是半长的披肩发。或许是为了参加这次活动，头发被她专门束在脑后。最吸引王炎的，是她眉宇之中透着的一种气质。

有些知书达理般的温文尔雅，却又带着些似乎是骨子里就有的坚毅轩昂。这本应该是相互矛盾的两种气质，却不知为何，在这个女孩子身上一同散发了出来，却融合得很自然。更让王炎觉得奇怪的是，女孩子的五官样貌，总是让他觉得似乎在哪里见过。但一时半会儿，他也实在想不出，应该在哪里见过。王炎不禁多端详了女孩子几秒钟。

"我叫陈晖，"女孩子大大方方地说，"王指导你好。我小时候跟着我爸爸练过一段时间的武术套路。不过，上中学之后，我就没再练了。"

哦，怪不得呢！王炎听着陈晖的自我介绍，恍然大悟。

陈晖身上的那股英气，应该就是她从小习武所带来的吧。

王炎点点头："好！那一会儿如果有需要请哪位同学配合我演示动作的，就麻烦你了。"

"没问题。"陈晖说。

接下来，王炎简单地给大学生们讲述了跆拳道的历史、常识和礼仪。然后，王炎把跆拳道品势《太极八章》中的一小部分教给了大家，却也消耗了当晚这堂体验课的大部分时间。

休息时，突然有大学生向王炎提出了一个尖锐的问题："王教练，如果我们出去遇到什么坏人，跆拳道到底能不能让我们自己保护好自己啊？"

王炎嘿嘿一笑，反问："你们很多人其实就是想学学，遇到坏人该怎么办吧？"大家异口同声地喊了起来："想学！"

"不过，今天已经不早了，这堂体验课也到了结束的时候了。欢迎大家明天再来！还有，大家如果对跆拳道有兴趣的话，也欢迎你们以后继续来我们这家道馆，我会……"王炎顿了顿，还是说，"我会把跆拳道实战和格斗的技术，慢慢教给大家。"

不少女孩子欢呼雀跃起来。

王炎看着她们开心的样子，却有些不是滋味儿。

之前，柯进担任扬江跆拳道队主教练的时候，正是他介绍王炎来弘武跆拳道道馆担任兼职教练的。这家道馆的创始人是柯进的朋友，让他帮助物色几个教练。柯进知道王炎的技术不错，而且家里条件一般，王炎早就想多赚钱帮助改善家里的经济状况。于是，柯进就让王炎在训练之余来这里上私教课赚钱。一方面，柯进想通过这种手段笼络王炎。而另一方面，柯进也有更深层次的想法。他想让王炎把精力和时间更多地耗费在训练之余的这种兼职上。这样，王炎就很难在训练中付出百分之百的努力。那么，柯进的另一个弟子，和王炎同样打男子58公斤以下级的郭昊宇，就会很快超过王炎，直至从王炎手中抢走扬江跆拳道队男子58公斤以下级重点队员的位置。

甚至……扬江跆拳道队队长的职务。

王炎不是不知道柯进的真实想法和"阳谋"，但他还是全盘接受了柯进的安排。他确实想趁着年轻，给家里多赚点钱。而他也明白，在跆拳道不断改革竞赛规则的当下，小级别男子运动员的身高优势越来越凸出。比如郭昊宇的身高，就达到 1 米 85，比王炎整整高出了 10 厘米。身高的差异，意味着腿长和臂展的差异。这些，恰恰是现代竞技跆拳道中，相当重要的身体因素之一。王炎的身高和其他同级别的选手相比，已经逊色不少。与此同时，电子护具的引入，让竞技跆拳道比赛的得分评判更加公平，却也更加"刻板"。以一定的力度击中有效部位就可以得分，无论是使出了百分之百的力量，还是只用百分之七八十，效果上没什么区别。所以王炎那种靠力量猛拼猛打的技术风格，也很难在现在的跆拳道比赛中获得优势。想在赛场上拿到好成绩，对于王炎而言，已经越来越难。不是他不努力，而是他已经与时代和规则渐行渐远……就算扬江跆拳道队已经换了主教练又能怎样，王炎有自知之明。

像他这种无法帮队伍取得佳绩，无法帮省市在全国大赛上摘得荣誉的运动员，换哪一个主教练，也不可能对他委以重任。那么，或许……就像张博轩刚刚开玩笑时说的那样，干脆下队不干了。就来道馆当个教练，赚钱、养家算了。不也是一个正经出路嘛！反正，那么多专业运动员，其实都是"金字塔"的"塔底"。真正大浪淘沙后，能够站上巅峰的人，最后只能有一个。

王炎想着这些繁杂的心事，瞅着自己腰间束着的黑带。黑带上面，一边绣有"中国跆拳道协会"字样，一边绣着"王炎"的名字。字，都是用曾经色彩灿烂的金线绣的。现在，字迹黯淡了。这条黑带的边缘，也已经有些磨损、起毛的现象。这些，其实都是他日复一日努力在训练场和比赛场上付出的汗水和心血的象征。

我辜负过这条黑带吗？王炎想。

我没有！

"王教练。"

突然，有人喊着王炎，把他从思绪中拉了回来。王炎抬头一看，喊他的人是陈晖。

"怎么，有什么事情？"王炎笑着问她。

"我有点好奇，"陈晖说，"你是扬江跆拳道队的现役队员？"

王炎点点头。

"那你怎么会有时间来道馆做教练的？"

"哦，我……最近正准备退役，不打了。"

"我看你的年纪和我们差不多。这么年轻就退役……你是有伤吗？"

"我没什么伤。只是，可能扬江跆拳道队后起之秀很多，队伍也不再需要我了。"王炎自嘲地笑笑，"呵呵，看不出，你对运动队和专业运动员还挺了解的啊。"

"我不太了解，只是随便问问。"陈晖又问，"可是，你……就这么退役，不会后悔吗？"

"后悔？"王炎纳闷地看着陈晖。

"哦，我只是从我自己的角度来说。我小时候……练过一段时间武术，也拿过市比赛的冠军。我很喜欢武术，可后来，我生过病，我爸妈也觉得我应该好好学习。所以我就不再练了。但我其实……觉得放弃了武术挺遗憾的，也后悔过。"

说着，陈晖的眼神有些黯然。看得出来，她的"后悔"，绝不是嘴上说说而已。但陈晖还是很快扬起了头："不过，人生可能就是这样，总会面临各种各样的选择。正确的选择，也不一定只有一种。无论怎样，我祝你好运。"

说着，陈晖给了王炎一个灿烂的微笑。

第六章　陪练

"啊？"宋曦瞪大了眼睛，微微张着嘴，却惊讶得一句话也说不出来。

虽然宋曦一时半会儿还不能完全理解陈天河刚刚对她说的话，但她依旧深受震撼。她甚至觉得，陈天河是不是把话说反了。

"宋曦，你听明白了吧？"

陈天河看到宋曦惊讶的样子，重新强调了一遍："这是教练组的安排，让林寒做你的陪练，帮你好好备战今年的全国锦标赛。三个月之后就是第一站比赛了，你要努力啊。"

真的……不是……让我……给林寒……当陪练！而是让她……

宋曦想着，下意识地点了点头。

"凭什么让我给她当陪练！"林寒的喊声却从训练场的另一边响了起来。宋曦转头看去，只见刚刚安排分管女子小级别的李静教练正在和林寒说着什么。

林寒的反应却异常激烈。

发生了什么事情，看上去应该一目了然。在陈天河告诉宋曦陪练安排的同时，李静也向林寒转述了教练组安排她给宋曦做陪练队员的事情。

然后，林寒一下子就炸毛了。

"林寒，你过来。"陈天河大声喊道，给一脸尴尬的李静解了围。

林寒气鼓鼓地冲了过来。

"你跟李指导嚷嚷什么？"陈天河说，"有什么意见，跟我直说。是我让李指导向你转达教练组的安排。"

"我就想问，"林寒看了宋曦一眼，又看着陈天河，"为什么教练组要让我给宋曦当陪练？我有哪一点比她差？"

"为什么让你给宋曦当陪练？"陈天河平静地反问，"你不知道原因吗？三个月后的第一站全国锦标赛是宋曦去打！你有资格去打吗？"

林寒一下子无言以对了。

"我承认，你的技术不比宋曦差，所以，让你给她当陪练，才能让她得到提高。"陈天河又说，"但，若论为人处世，你比宋曦她差远了！这几个月，你继续跟着宋曦好好学学做人吧！还问凭什么让你给她当陪练？人家是老队员，第一次打全国比赛的时候，你还不知道在哪里玩泥巴呢！论资排辈，你也得喊人家一声姐姐！林寒，你给我懂点规矩，收敛一下你那骄横自大的臭脾气！"

"林寒！"郭昊宇也在不远处喊道。

虽然只喊了她的名字，但林寒知道郭昊宇喊出的这两个字，潜藏他的多少苦心。

她暗暗攥起拳头，拼命压抑着内心的愤懑和委屈，向陈天河和宋曦各鞠了一躬，默默地站到了一旁。

"好了，开始训练！"

陈天河喊着，看了看全场的队员们，一个人走到了训练场边。

这是扬江跆拳道队春节过后展开春训的第二个训练日，也是陈天河给教练组其他三位级别教练重新分工后的第一堂训练课。

他需要好好观察。观察这支队伍，也观察三位级别教练。

三位级别教练之一的张小清，年纪比陈天河还要大上不少。张小清身材不高，有些中年人的发福，让他整个人看上去一副和蔼可亲的模样。

之前，张小清麾下的几位女子选手都是扬江跆拳道队的重点队员。而他那温吞水般的说话风格，说不好是因为常年带女队员磨练出来的，还是他本来就那样不急不躁。

不过，他的这种性格反而受到女队员们的欢迎。

今天，张小清按照新的分工，开始带领男子选手们进行热身和专项技术练习。即便有队员的动作不合理，他也只是像对待女孩子一般，不说一句重话，细致耐心地给他们讲解着、纠正着。

一帮子荷尔蒙爆棚的大小伙子把慈眉善目、矮矮胖胖的张小清围在中间，整个场面看上去，略微显得有点反差萌。

这样正好！陈天河想。

扬江跆拳道队男队，前两年进行了全面的新老交替。现在的这些男队员身材条件都不错，但年轻毛躁，需要打磨。如果张小清能够把他那种细腻与耐心，都教会给这些小伙子们，他们的全面提高就指日可待了。

另一位级别教练徐彬年届不惑，他身材高大健壮，眉宇棱角分明。

徐彬本是男子大级别运动员出身，风格雷厉风行。以往他主要训练扬江跆拳道队的男子大级别选手，眼睛里揉不得一点沙子，越是自己喜爱的弟子，要求越是严格。

这一次，徐彬分管的队员却成了女子大级别。虽然都占了一个"大级别"的字样，但女孩子毕竟和大男生截然不同。徐彬几嗓子吼了下来，姑娘们都显得有些怯怯的了。他那一组的氛围也显然沉闷了许多。

不急！陈天河告诉自己。

扬江跆拳道队的女孩子们，尤其是大级别的女子选手本应该拥有强势的风格和天不怕、地不怕的品性，可多年以来成绩不够理想，也磨平了她们的性格和棱角。所以徐彬的大嗓门，或许能够唤醒这些女孩子们的斗志，让她们在比赛场上找到释放口。

三十五六岁的李静是三位级别教练里年纪最轻的，却也是学历最高的一位。李静在运动员生涯中，成绩不算突出。所以她很早就选择退役上学。她在体育大学深造多年，无论是跆拳道的专业课程，还是相关的训练科学、运动心理学等等学科都成绩斐然，顺利拿到了硕士学位。所以，当李静研究生毕业、年纪轻轻回到富岭老家担任市跆拳道队主教练后，三年就带出了三个省跆拳道冠军。

也因此，她被柯进看中，选调来省队，担任男子小级别的级别教练。

这一次，陈天河把她调整到女队，让她分管女子小级别选手。但陈天河知道，以李静的能力和经验，这对她并没有什么难度。况且，陈天河更希望麾下有一位女性教练能够在女队发挥重要作用。这种作用，不仅仅是单纯地发挥在训练场或比赛场上。毕竟女性教练会更理解女孩子们的心理。女孩子们有的心声，也只会悄悄跟女教练去倾诉。在陈天河看来，李静有能力扮演起这种"知心姐姐"的角色。陈天河一边看着这三位级别教练带领各自组别的训练，一边在场边缓缓踱着步。此刻，整个扬江跆拳道队，看似只是走了一个柯进，但实际上从上到下已经悄然发生了相当大的变化。在变化中，这支队伍开始运转起来。就像刚刚经历了大修，更换了零件和润滑油的机器。还在磨合之中，但至少已经开始运转起来。但问题和隐患，必须尽早发现，尽早解决。

陈天河打定主意，他绝不能像柯进那样，因为一己私利，就罔顾整支队伍的健康成长，放任问题自流。

想到问题，陈天河就自然而然地把目光投向了女子小级别组。

林寒。他默默地念着这个名字……

"好，接下来的一个环节是技术对抗。"李静说，"两两一组，强化自身技术薄弱环节。"

"宋曦、林寒，你们两个去陈指导那边。"李静接着说，"他亲自带你们两个打对抗。"

宋曦和林寒都是一怔。却见陈天河已经不再置身事外地站在场边。他已走上了训练场，稳稳地站在一张垫子旁。

宋曦快步跑了过去，向陈天河鞠了一躬。

林寒拖后了两步跑到，还算麻利。

她瞪了陈天河一眼，也还是恭恭敬敬地按照礼仪，向陈天河鞠躬致意。

"宋曦，今天我要你强化抢攻技术。"陈天河说。

"抢攻？"宋曦点点头，却不是完全理解。

"我看了你去年的一些比赛录像，几场关键比赛的问题都差不多。"陈天河说，"第一回合上来，你的表现都还不错，可越到后面，你的分丢得越多。你想过，是为什么吗？"

"我……我的体能……不太好。"宋曦支支吾吾地说。

"体能只是一个方面，"陈天河说，"宋曦，对手上前主动进攻的时候，你会怎么办？"

宋曦脱口而出："拉开距离，做好防守反击。"

陈天河不置可否地看向林寒："林寒，你做进攻姿态。"

"哦。"林寒木然地应了一声，站好格斗势。

宋曦也在林寒对面站好了格斗势，保持着一个不远不近的安全距离作为应对。

"林寒，上前进攻。"陈天河说。

林寒迅速启动。她的双腿修长、有力，后腿蹬地的瞬间，就拉近了与宋曦的距离。

宋曦下意识地后滑步，退出一大步的距离。

可林寒在启动之后，紧密衔接着的横踢，还是顺利击中了宋曦的护胸。

"啪！"打出了响亮的一声。

"好，问题在哪儿？"陈天河大声问道。

"我……我退的距离不够……"宋曦说。

"不对！"林寒却插嘴说，"你退得太远了。"

陈天河看了林寒一眼，对宋曦说："宋曦，你在比赛中遇到的对手，身高条件比你好的越来越多。所以你发现了吗，对手主动上前进攻的时候，你想后撤保持距离然后反击，却退到了一个对手能够打得到你、你却打不到对手的距离。你越退，就越被动。越被动，就越失分。"

"说白了，还不就是因为腿短……"林寒又在一旁自言自语般地插着话。

陈天河瞪了林寒一眼。

"这个时候，宋曦，你不应该选择后退反击。你要同时向前，拉近与对手的距离，破坏她的进攻距离。"

陈天河的话让宋曦愣住了。

这一次，她理解了陈天河的意思，但同样大受震撼。

"可……陈指导，如果我也向前拉近距离，那我的反击距离也没有了啊。"

"为什么要反击？"陈天河平静地看着宋曦，"你要打第一脚，把对方的主动进攻机会，变成你的主动进攻机会。你甚至可以先做向后移动的假动作，引诱对方向前进攻。你也同时起步，拉近距离之后，转身跳步后踢。打对手一个措手不及。"

看着宋曦还在一句句地琢磨他讲的话，陈天河说："来，宋曦你跟林寒试着做一次。经过实践，认识会更深刻。"

宋曦和林寒又面对面摆出了格斗势。

她看到林寒的身子一动，宋曦立刻按照陈天河说的那样，启动、向前。

咦，有点不对劲！

宋曦突然发觉，林寒并没有像刚刚那样，主动向前发起进攻。

林寒的身子晃动了。

她要启动！

宋曦想，那我就也启动，上前。

可宋曦没有料到，林寒的启动，其实只是一个假动作。

她的目的，是为了骗宋曦先启动、先向前。

而当宋曦身子前冲的瞬间，林寒才真正动了起来。

她也向前，如同陈天河告诉宋曦的那样，瞬间拉近了自己与宋曦之间的距离。然后，趁着自己前脚掌甫一落地接触垫子的刹那，林寒的身子以前脚为轴，做出了一个漂亮的蹬地翻转，她的后腿径直踢了出去。

这正是陈天河告诉宋曦的，那一连串的技术动作要领。

林寒的后踢，正中宋曦的护胸有效部位。

林寒的蹬腿力量本就很足，加上她身子旋转的动力加成，再叠加上宋曦前冲的惯性作用力……林寒这一记后踢的攻击力，指数般地激增！

宋曦的身子重重地向后飞去，"咚"地摔倒在了垫子上。

即便身底下是缓震的垫子，身上还穿着护胸，可宋曦只觉得五脏六腑都是一阵翻江倒海。

好在李静眼疾手快，冲过来施以援手。

拉着李静的手，宋曦这才缓缓地站了起来。

周围的队员们看到这一幕也都愣住了。

陈天河冷冷地看着面前的林寒，质问道："林寒，你做什么？"

"我是按照你的指导做的动作啊，这不是让她有更深刻的理解嘛！"

"我的指导是给宋曦的，不是让你做的。"

"可我……"

"你不要忘了，你的身份是宋曦的陪练！"

陪……练……

这两个字如同冰棱一般，刺进了林寒的心中。

她呆呆地站在垫子上。

原本伶牙俐齿的她，竟然一个字也说不出来了。

第七章　绝不推荐

　　林寒回到宿舍房间，还是一肚子的不痛快。就连同屋的队友宋曦回来，她都没主动打一声招呼。

　　宋曦今年已经快二十七岁了，是扬江跆拳道队年纪最大的女队员，虽然她运动生涯的成绩平平，从未在全国大赛上获得过奖牌，但她的性格和脾气都很好，平日里无论哪个队友有事找她，她都有求必应的。大家都很喜欢宋曦，很多年轻队员也都把宋曦当作大姐姐来看待。

　　或许也正是看中了宋曦的乐于助人，柯进当初就安排林寒和宋曦同住一个宿舍，希望宋曦能够多照顾一下这个全队年纪最小的妹妹。

　　"走啊小寒，吃饭去吧，过一会儿食堂的人就要多起来了。"宋曦换好衣服，喊着林寒。

　　"我还不饿，不想吃。"林寒坐在床边，摆弄着手机，淡淡地说。

　　宋曦走过来，看着林寒那小猫一般高冷赌气的样子，想了想，轻声说："对不起啊，小寒。今天你陪我训练，让你受累了。"

　　"没事，不累。"林寒随口应付着，依旧没有抬头，"主教练让我做你的陪练，我就好好陪呗。甭管是挨踢还是怎么着，都是陪练要做的。"

　　宋曦还想说些什么，林寒却抬起头："你去吃饭吧，真的，我还不想吃。"林寒找了个理由，"前一段时间过年在家，吃得太好。我想……这段时间控制一下体重。"

　　林寒的理由听上去冠冕堂皇，却只是一个理由。她看着宋曦的眼神，虽然

伴你上青云

没有太多的怨恨，却显得空洞。她用这种空洞，掩饰着心中的不满和委屈。

因为，这种不满和委屈，她也并不是完全针对宋曦。

宋曦点点头，不再多说什么。她走出了宿舍，轻轻地带上了门。

整个屋子重归寂静。

能够听到的声音，只有隔着房门，走廊上传来的熙熙攘攘的欢笑声和年轻人训练之余放松下来的打打闹闹。

这时，林寒手中的手机突然响了起来。

是柯进打来的。

林寒的眼睛亮了，她赶紧接起了电话。

"喂，小寒。训练结束了？"

柯进熟悉的声音，从电话里传了出来。

"柯指导……训练结束了。"林寒说，"你还好吗？"

"我挺好的啊，这两天彻底休息了，竟然感觉挺轻松的。我也跟朋友约好了，过几天自驾游，开车出去转转。这么多年，我都没有给自己放过一个假。这次好了，可以玩个痛快。"

"柯指导，我……想你了。"

"呵呵，傻丫头。这才几天没见？之前训练的时候，你不是常常恨我对你的要求太严格嘛。怎么？新教练对你不好？我听说，陈天河陈指导准备亲自带你训练，这不也挺好的嘛。人家之前是省体育局的办公室副主任，也是一级领导了。更早之前，他还是扬江武术散打队的总教练，是带队拿过多少次全国比赛冠军的金牌教练呢。陈指导在腿法上有绝活儿，这段时间你好好跟着他练，好好磨磨腿法……"

"嗯……"林寒答应了一声，只觉得鼻子发酸，眼眶变得湿润起来。

柯进似乎也从电话里听出了她的轻微哽咽。

"怎么？小寒，你哭了？"

"没……没哭。"

"到底怎么了？"

"柯指导……我……他……他让我给宋曦当陪练……"

"让你当陪练？给谁？给宋曦？"

"嗯……"

"为什么？这不是搞反了嘛，应该让宋曦给你当陪练才对啊！怎么，今年的全国锦标赛，女子 49 公斤以下级的好成绩，他陈天河不想要了？"

"他说，因为我……我前天在食堂打架，所以……所以处分我，不让我参加第一站比赛，要让宋曦去打。他就让我……让我给宋曦当陪练。"

"没事，小寒，今年的全国锦标赛不打就不打，没什么的。你听着，我今天给你打电话，是要告诉你一个好消息，你肯定会高兴。"

"好消息？"

"对，好消息！"柯进故意顿了顿，接着说，"你知道的，国青队主教练张涛张指导是我体育大学的同学。他正要组建新一届的国青队，今年也有不少出访比赛的任务。他已经主动找我问了你的情况，我跟他好好地夸了夸你，他已经准备把你调到国青队了。"

"太好了！"

林寒一下子兴奋地从床边跳了起来，差一点把手机甩了出去。

"柯指导，什么时候？什么时候我可以去国青队，不用再留在这里受窝囊气了？"

"我估计，征调意见这几天应该很快就会到扬江体育局和体工大队这边了。你做好准备，到时候去国青队报到吧。"

"嗯嗯！我会做好准备的！我也会好好在国青队训练，绝对不辜负柯指导的期望！"

……

林寒不知道，此刻，国青队的征调意见已经摆在了体工大队大队长张君的办公桌上。

"不同意？"张君看着坐在一旁沙发上的陈天河，纳闷地问。

"我不同意。"陈天河简单明确地表示。

"为什么？"

"我认为，林寒配不上国青队队员的资格。"

"哎呀，老陈啊，"张君好言好语劝道，"我晓得，你接掌扬江跆拳道队这才几天，林寒那小丫头就给你搞出一堆麻烦事，让你没少添堵。可你也别因为这个，就拿国青队征调队员来赌气嘛。林寒去年代表国家参加了青奥会，还拿到了金牌。她怎么就没资格去国青队继续为国争光了呢？"

"张大队，你这是觉得我心胸狭窄，公报私仇？"

"唉，老陈，我绝对不是这个意思！我知道，你也是好意。觉得那小丫头被柯进宠得、惯得有点不知天高地厚了。所以你准备敲打敲打她，打磨打磨她。可……国青队这个事吧，还是不一样的。往大了说，是为国争光。往小了说，这不也是咱们扬江体育局、扬江体工大队、扬江跆拳道队的一份输送培养功劳嘛。老陈，你今年第一年带队，如果林寒代表国青队出访比赛，又拿了好成绩，也是你的成绩，你脸上也有光啊！"

"张大队，你觉得我是那种人吗？"陈天河冷冷一笑，"首先，这是我带队的第一年不假，但假如林寒去了国青队拿了成绩，我绝不贪功，也不会认为是我的成绩。其次，我也不是因为她跟我闹腾，就用反对国青队征调的这件事报复她、打击她。我不是混不吝的人，我知道打击和打压，与打磨和打造是不同的。我拒绝国青队征调林寒，是因为我觉得林寒她还不配穿上胸前印着国旗的道服上场。她的技术和身体条件，或许是同龄人中很好的，但她的思想、品行，距离真正的国字号选手来说，差得还很远。为国家培养、输送人才，固然是我们这些基层体育工作者们的责任和义务，但我们也必须把好关，不能把不合格的运动员输送给国家。我们要做好我们自己的本分事情！"

"唉，老陈啊！林寒不是你想象的那样，小丫头其实……挺懂事的。"

张君还是做着最后的努力，希望能够说服陈天河。

陈天河沉默了片刻，竟然点了点头。

"老张！"他对张君换了这个称呼，缓缓说道，"我知道，我也亲眼见过以前那个懂事的林寒。"

"什么？"张君诧异地看着陈天河，"亲眼见过？老陈，你什么意思？"

"你还记得，两年前……"

陈天河说着，回忆起快两年前的那一次偶遇。

那时，省体育局领导班子来扬江体工大队调研工作，作为办公室副主任的陈天河也一同来到这里。走访了在体工大队训练的各支省运动队后，一行人来到跆拳道训练场，看望了扬江跆拳道队的教练员、运动员。

第一次进入省队的十四岁少女林寒，也被时任扬江跆拳道队主教练的柯进作为重点队员介绍给了大家。

等到所有人离开跆拳道训练场，跆拳道队的教练和队员们也都结束了训练。这时，恰好接了个电话所以一个人拖在了后面的陈天河快步走过跆拳道训练场大门口，却惊讶地发现，偌大个空旷、寂静的跆拳道训练场中，竟然还有一个人在。

那就是林寒。

她一个人留在那里干什么？

陈天河很好奇，但他默默地站在门口，悄悄地看着。

林寒一个人耐心地把其他大队员训练之后没有摆放整齐的护具、脚靶等等装备重新整理，摆放得整整齐齐。

然后，林寒向着训练场墙上挂着的五星红旗认认真真地鞠了一躬，这才背着自己的双肩包，离开了训练场……

"所以，为什么她现在变成这样了？"

讲述完自己当时的所见，陈天河单刀直入地问着张君。

见张君语塞了，陈天河自问自答道："其实当时，我特别地惊讶，惊讶咱们扬江跆拳道队竟然有这么好的小队员！我觉得，林寒去年参加了青奥会，拿到了青奥会金牌，甚至获得了国际奥委会主席亲自颁发金牌的殊荣，对她带来了很大的影响。小孩子正处在心智和世界观、价值观养成的关键时候，能否正确面对自己所取得的荣誉，是一个很重要的课题，需要教练员的正确引导。张大队，我认为，林寒本质上是一个好孩子，她之所以变成现在这样，骄傲、自大、自以为是，柯进要负很大责任！还有，林寒之前的运动生涯可以说是一帆风顺，她获得的赞扬和荣誉已经够多了，但她缺少的，正是挫折和大风大浪。既然现在我是她的教练，我就有责任为她补上这一课。为了她能够真正健康地成长为一个可造之材，我还必须把她错误的思想观念赶紧扭转过来。否则，我们把她送到国青队，只会让事情变得更糟。到那时，我们就不是给国青队输送人才了，而是送去了一个麻烦和隐患。张大队，你懂我的意思吗？你觉得，现在的林寒配得上去国青队吗？所以这一次我坚决反对，也绝不推荐林寒去国青队。"

听着陈天河的话，看着他坚决的神情，张君默默地点起一支烟，重新审视起面前的那张征调意见来。

第八章　为国争光

因为觉得自己马上就要得到国青队的征召，不用再憋屈地留在扬江跆拳道队看新任主教练陈天河的脸色，林寒这些天的心情好了许多。

她不再像受气的小猫那样，每天都竖着耳朵、炸着毛，看谁都是威胁，警惕到近乎神经质。

在往返宿舍、训练场和食堂路上，遇到了教练和体工大队的领导，她会像以往那样鞠躬行礼。就连她和队友们说话时的音调和态度，也恢复了往常的几多礼貌，几多乖巧。哪怕是继续给宋曦当着陪练，林寒也不再沉默不语。

训练发力时，她会像所有队员一样，嗷嗷叫着，全力以赴。她甚至会为宋曦做出漂亮的技术动作来喊一声好。总而言之，除了陈天河，扬江跆拳道队的所有教练、队员、工作人员都觉得，以往那个林寒似乎又回来了。

看上去，扬江跆拳道队似乎走上了正轨。

但陈天河依旧平静地冷眼旁观。他知道，事情远没有那么简单。他明白，林寒的心情转好，是因为什么。可事情终归会有揭开盖子的一天。

当林寒意识到，她所期待的只是一阵梦幻泡影，重新直面现实的处境，会让这个喜形尽浮于色的丫头，有怎样的表现，做出怎样离谱的事情呢？

心里藏不住事情的林寒，终归还是一个孩子。孩子做事，很少考虑后果。所以，离家在外的孩子，就更需要良师益友的帮助、教导。

该来的，总是要来的。

这天下午，扬江体工大队领导班子和几支运动队的领队、主教练正在开着工作会议，会议室的门就被人一下子推开了。

林寒走进了会议室。

她已是扬江体工大队的"风云人物"，可这个举动还是让所有与会者都惊呆了。

"我们正在开会。林寒，你有什么急事吗？"张君说着，抽空看了一眼陈天河。

陈天河并没有从自己的位子上立刻站起来，去管一管林寒这个"刺儿头"。

与其说，陈天河似乎在等待让与会者看一看这个"刺儿头"究竟有多少"刺儿"。倒不如说，陈天河也好奇地等待着，看看林寒会在这样的场合说出些什么话来。

"张大队、徐书记，各位领导、教练，我打扰大家开会了，对不起。可我真的有一个事情，想在这里问问领导们。"

林寒嘴里说着"大家"，眼睛却直直地瞪着陈天河。

"林寒，有什么重要的事情，非得现在说不可？等不到我们开会之后了？"张君说。

林寒摇摇头，目光从陈天河那儿，转向了张君，说道："张大队，我想知道，运动员为国争光，算不算重要的事情？"

"当然算啊。"

"那有人不让我为国争光，是不是咱们大队领导该管的事情？"

"林寒，你这话就不对了。我知道，你要说的是国青队的事。你等开完会后再来找我，我好好跟你聊一聊。"

张君说着，又看了一眼故意表现得无动于衷的陈天河。

陈天河依旧没有去管一管林寒的意思。

张君只好自己从座位上站了起来，走向林寒。

张君一边轻轻把她往门外推着，一边轻声劝说："林寒，听我的，你先回去。有什么想法，到时候我会认真听你说的。"

"我不！"林寒大声喊着，挣脱了张君推着她肩膀的手。

她一步绕开了挡在面前的张君，径直走到了会议室的中间。

"陈指导！"她对陈天河说，"我知道是你！就是你不让我去国青队的。我想有一个为国争光的机会，为什么不行？你就那么讨厌我吗？从你一接队，你就骂我、整我、打压我，就因为我是柯指导带出来的队员？"

"为国争光？"陈天河终于开口了。"为国争光。"他重复了一遍这个词，接着说道："林寒，我先问问你，'为国争光'这四个字，究竟是什么意思？"

"就是代表国家队参加世界大赛，取得好成绩！"

"这么简单？"

"要……拿到冠军，升国旗、奏国歌！"

"就这么简单？"

"简单？那还不算为国争光吗？"

听到林寒的反问，陈天河缓缓从座位上站了起来。

"林寒，你把'为国争光'这四个字想得太简单了吧！"他说着，走向林寒，"为国争光，不仅是要在比赛场上展现中国体育健儿的实力与能力。还包括，要在比赛场下展现中国体育健儿的风采。爱国、自信、团结、拼搏，不屈不挠的坚韧、胜不骄败不馁的意志作风……这些中华民族几千年来传承的优秀品质，都是中国运动员通过一次次世界大赛展现给全世界的。无论他们是不是登上了最高领奖台，哪怕经受了失利，他们也从来没有低下过头！这，才是一个合格的国家队队员为国争光的具体表现。拿了冠军，喜形于色，把过去的成绩天天挂在嘴边，觉得'天王老子我最大'。遇到挫折，不是坚强面对，而是自怨自艾、迁怒于人。林寒，你扪心自问，为国争光，你够格吗？"

整个会议室一片死寂。

有几位年轻的教练哪里见过这样剑拔弩张的场面，不由得暗暗吞了下口水。只觉得陈天河质问的不是林寒，而是他们似的。

"陈指导，"林寒却毫无退缩，迎着来到她面前的陈天河，说，"可能按照你的标准，我做得还不够。但我觉得，如果我有去国青队的机会，一定会为国家在世界大赛上拿到很多、很多的好成绩。如果你觉得我做得不好，我说得不对，我给你道歉。但，陈指导，我请你……请你把去国青队的机会还给我。我会在国青队好好训练、好好比赛，好好……改正我的问题……"

一刹那，陈天河似乎看到林寒眼中闪过的泪光。

差不多两年前，林寒在空无一人的训练场中，向着五星红旗鞠躬行礼的画面又浮现在陈天河的脑海中。他似乎觉得，林寒如果这一次能够去国青队，必然会像她说的，为国家拿到很多、很多好成绩。

这也是那天张君劝说过他的一个理由。

林寒的成绩，自然也是省体育局的成绩，是省体工大队的成绩，是省跆拳道队的成绩，是他陈天河的成绩……

但这样的念头，只是一闪而过。

就算林寒主动提到了"改正问题"，可她真正知道自己错在哪里了吗？真正发现自己的问题是什么了吗？

我不能把隐患和不合格的运动员输送到国字号队伍里去。陈天河的想法没变，他告诉自己，他此时还不能心软。现在心软，其实就是害了林寒。

张君走了过来："林寒，这件事到此为止。不建议国青队征调你，不是陈指导一个人说了算。这是体工大队领导班子集体作出的决定，也已经通过省体育局反馈给了国家体育总局和中国跆拳道协会。你还年轻，这样的机会未来还有很多。听我的，回去好好踏实训练，不断进步。将来，我们一定会替你争取，让你有机会早日去国青队、国家队，为国争光。"

林寒沉默着，看着面前的张君和陈天河。

一秒、两秒、三秒……

她突然从兜里摸出了一张叠得四四方方的纸。

她把纸展平，递到了陈天河面前。

"陈指导，这是我的离队申请。无论你接不接受，我都把它交到你这儿了。"

"哎呀，林寒，你这是干什么！"张君哪里会想到，林寒竟然会直截了当地拿出一张离队申请来。林寒的举动，让他措手不及了。

"林寒，当着这么多领导、教练的面，你不要闹了。"体工大队党委徐书记也看不下去了，在一旁说道。

"我不是闹，我真的……"

林寒的话还没说完，陈天河却从她手中拿过了那张离队申请，也打断了她的话。

"好！"陈天河说，"我接受你的离队申请，林寒你回去收拾东西吧。今天你就可以搬出宿舍，搬出体工大队。"

林寒一怔。

张君愣住了。

徐书记愣住了。

会场上的所有人，都愣住了。

"陈指导，"林寒说着，向陈天河鞠了一躬，"谢谢你，我走了。"

说完，林寒转身就向会议室门口走去。

"林寒！"陈天河突然又叫响了她的名字。

林寒转头看去。

"希望你不会对你今天的行为感到后悔。"陈天河平静地说。

林寒微微一笑，转身快步离开。

她经过了悠长的走廊，下楼的时候，她终于在寂静的楼梯间站住了。

她脸上的倔强微笑已经消失殆尽，她用头抵着墙，任凭泪水从脸上肆意滑落，无声地滴落在面前的地上。她却紧紧咬着嘴唇，不想让自己发出任何一声抽泣。

失去前往国青队的机会，的确是柯进在今天中午打电话告诉林寒的。

让林寒提前写好离队申请，去找体工大队领导和陈天河摊牌，也是柯进给林寒出的主意。

柯进说，她是扬江体工大队的"宝贝"，若是她提出离队，体工大队上上下下一定会紧张得要命，然后就是尽全力地挽留她。

到时候，无论她再提什么条件和要求，体工大队想必都会满足她。

可如果，万一体工大队接受了她的离队申请呢？

听到林寒的顾虑，柯进在电话里笑了。

"那不正好嘛！"柯进说，"那就趁这个机会，离开扬江跆拳道队！已经有好几个省市跆拳道队邀请我去执教了。到时候，你先回昊天道馆一边训练，一边自己调整调整，休息几天。等我确定了去哪里执教，你就跟着我一起过去。你要相信你的能力，林寒，你去哪儿都是重点队员，都是人家的宝！"

于是，林寒就按照柯进说的，写好了一纸离队申请。

然后，她闯进了体工大队的会议室摊牌。

再然后，"谈判"破裂，她扔出了离队申请。

虽说，陈天河收下离队申请，口头上批准她离队，也没有完全出乎她的意料。但真正到了要离开扬江跆拳道队的时候，林寒还是无法抑制住内心的强烈反应。

人非草木。

就算林寒早就拿定主意，头也不回地跟柯进走下去。可在扬江跆拳道队训练、生活了快两年的时间，她还是对这里的一切，都有了感情。

但更让她情绪难以平静的，是一种强烈的挫败感。

她终于被陈天河击败了，被他成功地"赶"出了扬江跆拳道队。

或者是说，她败给了自己，败给了没有勇气留下来面对陈天河的自己。

林寒抹了一把脸，快步走下了楼梯。

……

这个下午，主教练陈天河在体工大队开会，扬江跆拳道队的队员们就在各自级别教练的带领下，去力量房统一进行体能训练。

宋曦始终都没有在力量房看到林寒的身影。

问了李静，宋曦才知道，林寒中午就跟李静请了个假，说是要去体工大队处理点事情。

一下午的体能训练虽然枯燥、辛苦，但也让人感到充实。拖着酸楚的身子回到宿舍，宋曦却惊讶地发现，林寒床上的被褥已经被卷了起来。

而林寒的东西，也已经被人拿走了。

不会是宿舍进小偷了吧！

宋曦想着，一溜烟跑去宿舍管理处。

可宿管员却说，东西都是林寒在一个多小时前自己搬走的。

"我听她自己说，她离队了。"宿管员皱了皱眉，"小宋啊，你知道，林寒那臭脾气，我也不敢多问。唉，你们跆拳道队今年怎么搞出那么多的事情啊……"

宋曦完全没有听进宿管员絮絮叨叨地说着后面的话。

她呆呆地站在了原地。

第九章　夺冠

春暖花开，难得的周末午后。

从扬江跆拳道队放了周末假的郭昊宇，在运动员食堂吃过午饭，连家都没回，就直奔昊天跆拳道道馆而来。

昊天道馆是扬城市开办最早的跆拳道道馆，十几年的经营，道馆学员已是桃李满天下。但馆主郭建并没有过于扩张经营规模，他没有在当地开设更多分馆，而是把原本在老城区开设的道馆搬到了新城区 CBD 的一栋写字楼高层里。这里的环境更好，训练场空间更大。更重要的是，这样的道馆能够吸引很多在写字楼里工作的白领们，让他们愿意送自己的孩子来学习跆拳道。

郭昊宇一推开道馆的大门，就看到父亲郭建在认真擦拭着训练场门口的一排长椅。

这些长椅，都是给家长们坐着等待上跆拳道课的孩子们的。

"爸，下午会有很多学员家长来吗？你歇歇，我来吧。"

郭昊宇说着，就想去拿郭建手中的抹布。

郭建侧了侧身，向着训练场里努了努嘴。

"这点小事，不用你。"郭建说，"你去陪小寒练一会吧。她都盼着你回来好久了。"

隔着训练场的玻璃幕墙，郭昊宇看到林寒一个人在沙袋前认真地踢着。

在离开扬江跆拳道队的这段时间里，林寒按着柯进的安排，每天都来昊天道馆训练。作为林寒启蒙教练的道馆馆主郭建会帮着林寒拿一拿脚靶，带她进行一些技术训练。但毕竟在这样的业余道馆训练，不比在专业运动队里的训练系统、专业。所以每周末郭昊宇放假，就会回到道馆，陪林寒做做对抗练习，给她讲讲新技术。这也是林寒最期待的。

听父亲这么说，郭昊宇不再坚持。

他去更衣室换好道服，便走进了训练场。

训练场地靠屋里的一面是玻璃幕墙，而临街的另一面，都是落地的玻璃飘窗。透过飘窗，可以看到几乎半个扬城市的美景。几只沙袋恰好就挂在飘窗前面。

林寒踢着沙袋，就要背对着训练场的门口。早春午后灿烂的阳光，从飘窗中洒进来，把林寒整个笼罩在阳光中。

这让她的每一次提膝、转身、踢腿的动作，都显得很奇幻，也很光芒四射。至少，郭昊宇是这么觉得的。他甚至又想起了去年的青奥会。他没有能够前往青奥会跆拳道比赛现场，却也通过电视直播观看了女子49公斤以下级的决赛。在那场决赛里，面对西班牙选手，林寒的表现堪称完美。她用自己出众的身体素质和技术能力，最后一刻逆转了对手。

在那一场让郭昊宇手心直冒冷汗的比赛中，林寒如愿问鼎冠军。

以十五岁的年纪初登世界大赛就获得冠军，林寒的成就在国内跆拳道界堪称前无古人。那一刻，赛场所有的聚光灯都照亮了站在垫子正中的林寒。

她仰面长啸，双手高高举起，伸出的食指向所有人宣告——

我是冠军！

那时的林寒，就让电视机前的郭昊宇觉得她光芒四射、灿烂无比。

"哥！"

一声欢呼，惊醒了沉醉于回忆中的郭昊宇。

林寒终于从飘窗玻璃映出的倒影中，发现了郭昊宇。

"哥！你回来了！"林寒喊着，几步就跳到了郭昊宇面前。

"爸说，你等我好久了？"

"我今天中午很早就过来了。师父说，下午有另一个道馆的小朋友们来咱们这儿打友谊赛，所以咱们俩中午训练的时间要短一点了。"

林寒口中的"师父"，指的就是自己的启蒙教练郭建。

也正因为有了这个师父，所以林寒平时会喊柯进"柯指导"。

不过郭昊宇却不一样，他会喊柯进"师父"，而对同样算作他启蒙教练的父亲，永远是喊"爸"。

"哦，是这样啊。那咱们抓紧时间开始吧。"

说完，郭昊宇简单地热了热身，就和林寒双双穿戴好护具。他们用手机 APP 设置好了计时，一口气打了几个回合的实战对抗。发现林寒有些气喘吁吁了，郭昊宇停了下来。

"今天就到这儿吧，"郭昊宇把头盔往旁边顺手一扔，"强度别太大了，容易受伤。"

"哥，再来几局呗。"

"怎么，没踢过瘾？"郭昊宇笑着挺了挺胸口的护具，"那你再来踢我几腿，踢到过瘾为止。"

"光踢你有什么意思啊，不就跟踢沙袋差不多！"林寒嘟了嘟嘴，似乎有些扫兴。

"啊，这就不开心了？师父之前跟你也说了嘛，这段时间你要以休息、调整为主。等他去其他省市走马上任，你就有得练了。"

"哥，我怕我耽误这么多天训练，就落下了。"

"这才多长时间啊，就当放个假吧。"

"我好不容易盼着到周末，你能回来陪我一起练。"

"我这不是回来了嘛。"

"可你老是让着我。"

"我怎么让着你了？"郭昊宇说着，扑哧一声乐了。

林寒皱着眉看着他："我知道，你踢我的时候，都收着不少力气呢，对吧？"

"哪里收着不少力气？我用了……嗯，至少八九成的力度呢。"郭昊宇假意辩解着。

"要是在以前，我也就信了。可……"林寒说着，停住了。

但聪明的郭昊宇还是明白了。

扬江跆拳道队在春节后刚刚开始春训的那一天，陈天河为了给林寒一些教训，故意让林寒和王炎对练。而王炎的一记侧踢，竟然直接把林寒踢飞了出去。

"嘿，你是说王炎那一脚吧。"郭昊宇故作轻松地说，"他那叫没轻没重。跟女队员打对抗，哪能使那么大劲儿呢？把人踢伤了怎么办。"

"哥，该不会是……"

"不会什么？"

"该不会是，你的劲儿没王炎大吧？"

"我怎么会没他劲儿大！以往的队内对抗、实战，你也看过了。我赢了他几次？他又赢了我几回？"

"好了好了，哥，你最厉害，行了吧！所以……"林寒微笑着看着郭昊宇，"你陪我好好练练，要全力以赴哦。因为，我不知道我还要……自己一个人训练多久。我必须努力地把自己的状态保持好，等去了新的队伍，我更不能给柯指导丢人。现在，师父带我做一些技术训练，但他毕竟没办法陪我打对抗。我只有眼巴巴地等着每周末你放假回来，才能让你陪我做一些高质量的对抗训练。所以……哥，你多帮帮我呗。你不用担心我受伤，我也不怕受伤！"

林寒的眼神中充满了期盼、信任与依赖。

这种期盼、信任与依赖，让郭昊宇陷入了深深的矛盾之中。他明白，要强的林寒渴望他能够全力以赴地陪她训练。因为只有高质量和高强度的对抗，才能够让林寒保持好的状态，甚至获得一些技术能力上的提升。可高质量和高强度的对抗，也难免会带来一些或轻或重的运动损伤。尤其是在昊天道馆这种业余训练的场所，万一林寒不慎受伤，没有队医第一时间及时处理，就很麻烦了。

况且……郭昊宇知道，自己狠不下心来。面对林寒，他无法踢出王炎那样的一脚。哪怕，那一脚对林寒的成长是有好处，有帮助的。

但郭昊宇踢不出来。

如果对面站着的不是林寒，而是其他一个女队员，他都可以。但面对青梅竹马的林寒，他感觉自己不行。

"小寒，我一定好好帮你训练，"郭昊宇认真地说，"但我不是王炎那种风格。"

郭昊宇的话一语双关。

风格，既可以表示他是技术流打法，和王炎的力量、拼打型有所不同，也可以暗指他过于怜惜亲妹妹一般的林寒，不舍得像王炎那样的"外人"在训练中没有什么顾虑地跟她全力对抗。

但林寒，只领会了郭昊宇的第一层意思。

"哥，你的风格才是现代竞技跆拳道获胜的风格呢。王炎那种打法，早就过时了。有你陪我练，我有信心再拿一个冠军回来！"

郭昊宇也只能笑笑。他叹了口气，幽幽地说："小寒，拿冠军，拿世界冠军……究竟是怎样的感觉啊？"

林寒一撇嘴："怎么又说这个了。从去年到现在，你问过我这个问题不止四五次了吧！我拿青奥会冠军……"不知为何，林寒的脑海中猛然又响起了陈天河那振聋发聩的声音。

"拿了冠军，喜形于色，把过去的成绩天天挂在嘴边，觉得'天王老子我最大'。遇到挫折，不是坚强面对，而是自怨自艾、迁怒于人。林寒，你扪心自问，为国争光，你够格吗？"

林寒的眼神一下子黯淡了下来。

"哥，咱们不说这个了，好吗？过去的，就让它过去吧。咱们以后再也不提什么青奥会，什么冠军了，好不好！"看到郭昊宇的神情有些尴尬，林寒缓过神来，"哥，我相信你。你也有实力，将来去国家队参加世界大赛，拿到世界冠军！我们两个一起，加油！"

望着林寒重新露出笑容的脸庞，郭昊宇点了点头。

一阵欢快的声音从道馆大门口传了过来，打破了道馆的安静。

隔着训练场地的玻璃幕墙，林寒和郭昊宇望过去，只见一群八九岁的小孩子在家长们的带领下，走进了昊天道馆。

"咦，好像都不是咱们道馆的孩子啊。"林寒随口说。

"嗯，应该是来参加友谊赛的小朋友。"郭昊宇说，"你知道他们是哪个道馆的吗？"

"听说是……"林寒的话还未说完，她和郭昊宇就一齐愣住了。

跟在孩子和家长们身后，最后一个走进道馆大门的人，他们认得——

王炎，出乎意料地出现在他们眼前。

孩子们叽叽喳喳地换好道服，跑进了训练场。看到穿着道服站在那儿发呆的林寒和郭昊宇，孩子们很懂礼貌地向着他俩鞠了一躬。

"教练好！"孩子们稚嫩的声音很响亮。

"不！不！不！我们不是教练。"林寒尴尬地摆了摆手。

"你们虽说不是教练，但也应该跟孩子们回个礼嘛。"王炎说着，也走进了场地。

"孩子们，这两位是咱们省队的运动员。"王炎说着，先指了指郭昊宇，"他是扬江跆拳道队的队长，你们喊他'郭叔叔好'。"

"郭叔叔好！"孩子们按照王炎的话，异口同声地喊着，又向郭昊宇鞠了一躬。

郭昊宇继续呆住了，脸上还一阵红、一阵白的。

这是二十一岁的他有生以来第一次被人喊作"郭叔叔"，而且还是这么多孩子一起喊。

林寒不禁在一旁扑哧一声，笑了："王炎，你故意的吧？"

她知道，王炎肯定是故意恶作剧，让郭昊宇难堪，却又有苦说不出。

"哦，这位姐姐更了不起了！"王炎没有回答林寒的问话，却顺手指了指她，继续对孩子们说，"你们看，她的道服上还绣着五星红旗呢！她是去年青奥会的跆拳道冠军。你们得喊什么啊？得喊'冠军姐姐好'对不对？"

"姐姐的道服上真的有国旗啊！"

"哇，姐姐是青奥会冠军啊！"

"啊，姐姐好厉害啊！"

孩子们七嘴八舌惊叹着，立刻对林寒肃然起敬。

"来吧，敬礼！"王炎对孩子们发出指令。

"冠军姐姐好！"孩子们的声音，喊得比刚才更响亮、更整齐了。

林寒，却笑不出来了。

第十章　孩子们的战斗

"王炎，你别跟孩子们这么说我。"林寒轻声对王炎说。

她知道，王炎不喜欢郭昊宇，所以会用让孩子们喊他"郭叔叔"的恶作剧方式，来故意逗一逗郭昊宇。但王炎和她并没有太多的恩怨纠葛。

那天，王炎甚至在运动员餐厅仗义出手，帮着她和拳击队的人打架，一同受了重罚。为了表达自己对王炎的歉意，林寒一晚上没怎么睡，替王炎写好了三千字的检讨书。那真是一笔一划写在稿纸上的，写了厚厚的十页！王炎让孩子们喊她"冠军姐姐"的称呼，让林寒有些难受。她也一时半会想不明白，王炎为什么要这么做。

王炎也有些纳闷地看了林寒一眼，丝毫没有把林寒的话当作什么重要的事情。

"你本来不就是青奥会冠军嘛，"王炎随口说，"你不是每天都会把这个冠军挂在自己嘴上嘛。"王炎似乎在说一件自然而然的事情。但此刻，这样的话只会让林寒感到难过和委屈。

原来，在别的队友眼中，她常常引以为傲的事情，竟然是那么可笑和浅薄。

还没等林寒回应，郭昊宇却冷冷地问着王炎："对了，你还没说，你怎么会在这里。"

一个小朋友在一旁突然喊道："王教练，我们现在应该做些什么啊？"

王炎看着那个孩子："孟轩，你是队长，带着大家先绕着场地跑几圈。然后，围成一圈做准备活动。做哪些，都知道吧？"

孟轩点点头。

"还有，"王炎补充道，"我们是做客别人家的道馆。所以那些器械、装备，没有得到教练的允许不能乱动。你和其他队员也都说一下，让大家注意礼貌。"

"明白！"

孟轩说着，跑到其他小朋友那里，转述了王炎的要求。

然后，他带着孩子们跑了起来，还真的颇有一番"队长"的模样。

"你都看到了，"王炎转头对郭昊宇说，"我是弘武道馆的客座教练，今天是我带孩子来这里打友谊赛。反倒是你们两个……怎么会出现在这儿？"

"这是我家的道馆，"郭昊宇依旧冷冷地说，"周末放假，我回自家道馆没什么不可以吧。小寒她……这段时间在我家道馆训练，也没什么不可以吧。"

王炎笑了笑，便不再多问、多说。

似乎，他对郭昊宇和林寒也没有太大的兴趣。

这时候，昊天道馆的孩子们也陆续到来。郭建换上了教练道服，带领孩子们走进训练场。王炎作为弘武道馆的教练，恭敬地跟郭建行礼、介绍队员。

双方今天的对阵其实早已商量妥当，分别安排有四对男生和三对女生上场比赛。郭建帮着孩子们穿戴好护具，转头对林寒和郭昊宇说："今天的友谊赛，我做台上裁判。你们两个就给咱们道馆的孩子们当教练吧，给他们一些临场的技术指导。小宇，你负责男孩们，小寒，你负责女孩们。"

郭昊宇或许经历了不少这样的场面，但林寒却一下子兴奋起来。

她本就是个初出茅庐的小丫头，这一次竟然有机会给别人做教练，哪怕这个"教练"是客串的，哪怕对方还只是七八岁的小孩子，她也一下子觉得充满了干劲。

甚至刚刚心中的不快和阴霾，也全都被抛到了脑后。

第一对上垫子进行比赛的，就是两个女孩子。

弘武道馆的女孩，王炎喊她悦悦。她是一个蓝带选手。而昊天道馆应战的女孩小欣，林寒并不陌生。她也已经是蓝红带了，比对手高出半个等级。两个孩子走上训练场正中的垫子，有模有样地鞠躬。听着郭建的口令，孩子们展开了她们的"战斗"。

小孩子们，尤其是这种段位、级别还不是特别高的业余小选手之间进行的跆拳道比赛，看上去很热闹，也很好玩。她们你一腿、我一脚，踢得热火朝天。然而，在专业人士看来，孩子们的比赛也还只能是"看个热闹"。

由于还没有接受大量的系统性训练，孩子们的心智对技战术运用的理解还不够深刻和明晰。她们踢不出那么复杂的技术，也意识不到太多进攻的时机、距离，更很难抉择什么时候该出击，什么时候该防守反击。比如悦悦和小欣的这场比赛，两个人无非你上前横踢，踢我一腿，我横踢，还击一腿。然后，两个人跳一跳、转一转，再上前你横踢一腿，我还击一腿……

小欣的身高比悦悦高出一些，可小欣却并没有好好利用这方面的优势。反而在悦悦积极的进攻和一次次踢击下，小欣显得越来越被动。而在旁边看着的林寒，似乎比小欣还着急，她的嗓门也越来越大。

"小欣，多好的机会，你怎么不踢啊？"

"别上前那么多，撤回来再打！撤回来！唉，又浪费了一个好机会！"

"哎呀，你看没看到她要上步前腿横踢了啊？你可以转身后踢迎击啊！后踢迎击，你学过没有啊？"

"做几个假动作，然后抢上这一腿！先抢！你先抢！唉！"

林寒的声音在孩子们的欢呼声中有些格格不入。可无论她怎么喊，小欣的表现并没有太大的改观。

第一回合结束，小欣走到了场边。

林寒轻轻拍了拍小欣的头盔："我跟你说的那些，你听到了吗？"

林寒的话语中，掩饰不住几分责备之意。小欣一呆，下意识地点点头。

"听到了，就按照我说的去做啊。下一局你就这么打……"林寒强压住内心的焦躁，耐着性子跟小欣说了一大串她为小欣准备的战术，却丝毫没有理会小欣听懂了多少，又理解了多少。

小欣默默地点了点头。在跆拳道头盔透明的护脸下，小嘴巴瘪了瘪。她似乎想跟林寒说些什么，却又完全不敢说出口。

林寒当然没有注意到这些。第二回合比赛开始。

林寒满以为自己给小欣的技术指导能够帮助她在这一回合扭转被动。可没想到，小欣不仅一点都没有按照林寒教给她的战术布置去打，反而越发显得束手束脚，有些不知所措了。

第二个回合，就在小欣的茫然挨打和林寒的无奈嘶吼中结束了。小孩子的比赛只打两个回合。这一回合打完，郭建作为裁判，果断挥手判定青方选手悦悦获胜。

小欣跟对方教练王炎鞠躬之后，默默地走回到垫子另一边。

林寒虽然一肚子气，却还是帮着小欣卸下了护具，淡淡地说："去休息吧。"接下来，林寒的注意力就全部集中到下一场比赛之中。她完全没有顾得上看一眼，心情低落的小欣是如何一个人抱着膝，窝在一角，默默抹着眼泪的。

后面一场也是女孩子的比赛。最终两回合战罢，红方昊天道馆的子琳获胜。赢了比赛的子琳蹦蹦跳跳地回到林寒面前，还主动跟林寒来了一个大大的拥抱。

再往后就是男孩子们的比赛了，双方道馆的小选手们互有胜负。

很快，最后一场比赛就在弘武道馆的孟轩和郭毅之间打响了。郭毅其实是郭昊宇的侄子，郭毅的父亲是郭昊宇的堂哥。平日里，郭昊宇只要有机会就会亲自教郭毅很多技术，所以刚刚十一岁的郭毅不仅已经是红黑带选手，而且技术风格还特别像郭昊宇。

孟轩虽然只是一个红带选手，可上了场，却活脱脱又是一个"王炎"。孟轩的个子不是很高，他的踢击力量很足，敢于抢上拼打，一时半会儿让郭毅找不到应付的办法。第一回合结束，郭昊宇把郭毅叫到面前，摘下他的头盔，在他耳畔压低声音，耐心说了一番。果然，第二回合，郭毅开始通过腿法的控制和防守反击扭转了场面上的被动。他的技术优势也凸显了出来。

这一回合结束，倒是郭建，显得有些为难了。他看了看青方的孟轩，又看了看红方的郭毅。

"这一场，平局。"郭建给出了判定。

围坐在垫子四周的孩子们一齐喊起好来。看着孩子们在一旁牵拉、放松，或是跟着家长兴奋地讲述着自己上场比赛的感受，林寒一刹那间，恍然想起了自己小时候第一次参加比赛的情景。

然而，她的注意力也被小欣吸引了。

小欣此时已经换好了衣服，正在训练场玻璃幕墙外的长椅前，跟她的爸爸说着什么。小欣似乎有些委屈，不知是因为输了比赛还是怎样，脸上挂着泪痕。她的爸爸，一个三十多岁的男人蹲在女儿面前，一边微笑着劝慰着女儿，一边从兜里摸出纸巾，帮着女儿轻轻拭去泪痕。

"小姑娘挺伤心的。"

一个声音从林寒身后传来。她不用转头，就知道是王炎。

"唉，在场上不听教练的，输了就哭鼻子……这样的队员……"林寒的话还未说完，就听到王炎叹了一口气。

"这样的队员？这样的队员，还不是因为你今天的指导？"他说，"教练，不是像你那样当的。"

"嗯？我怎么了？王炎你什么意思？我的教练怎么当得不对了？我觉得我给她讲的战术没什么问题啊！是她自己，听了就跟没听似的，一点都不按照我说的去做，才让你的队员打得一点还手之力都没有。"

"她还是个小孩子，你的那些技术要领，她还做不到。"王炎说，"她也努力了，可她越是做不出来那样的技术动作，你就越吼她，她就会越着急……到后面，你没发现吗？小孩子的心态已经崩了，就怕做错什么你会吼她，她就什么动作都不敢做了。"

这时，小欣爸爸似乎察觉到林寒和王炎正透过玻璃幕墙看着他和女儿。小欣爸爸站起身，微笑着让小欣也转过身来。然后，他让小欣冲着玻璃幕墙后面的林寒和王炎认真鞠了一躬，以示对教练的感谢。

"你应该能体会到一些她老爸的不容易吧。"王炎喃喃地对林寒说，"女儿输了比赛，被教练吼到伤心落泪。老爸不仅没有责怪女儿，还要让她感谢教练的指导。林寒，老爸不是那么好当的，教练也不是那么好当的。一个好的教练，一个真正能够让运动员去喊他'师父'的教练，就更难当了。"

林寒点了点头。她突然升起一种冲动，很想绕过玻璃幕墙，去小欣那儿。然后，真诚地跟小欣和她爸爸说一声"对不起"。

可王炎却似乎洞穿了林寒的念头，悄悄拉住了林寒的道服袖子。

"别去。"

"啊？"

"现在，不要去。"

"为什么？"

"孩子的爸爸正在安慰她，也正在教她怎么样面对今天的挫折，不是吗？"

"面对……挫折？"

"怎么，你……没人教过你怎么面对挫折？"

王炎的话让林寒愣住了。

她，自从走上跆拳道赛场，赢家往往都是她。

即便她偶尔遭遇一场失利，作为教练的柯进也都会千方百计哄着她，哪里会认真教她怎么样面对挫折。

况且，她在比赛场上的确还没经历过什么让她难以忍受的挫折。

除了场下……陈天河出人意料地收下她那张离队申请的时候。

"对了，我今天晚上赶不上回去吃晚饭了，"王炎突然说，"林寒妹妹，上次你不是说要请我吃饭吗？那今天晚上，你请我吧。"

林寒点点头，转身看着正在不远处收拾着护具的郭昊宇。

"哥，晚上我们一起吃饭吧。我请王炎，还有你！"

还不等郭昊宇说话，王炎却突然大声说道："不行，郭昊宇不能去。"

林寒皱着眉看着王炎，冷冷地问："为什么他不能去？说要请你吃饭的人是我，请谁不请谁，我说了算！"

"林寒妹妹，你这样就显得特别没诚意。得了，不跟你个小丫头片子开玩笑了。你好好想想，郭昊宇他现在的身份吧。"王炎哼哼一笑，"他还是扬江跆拳道队的队长，两个多月之后要打全国锦标赛。出去胡吃海喝，是违反队规队纪的。你想让陈天河也给他开一张罚单吗？"

林寒突然明白了王炎的意思。

"对，小寒，我……不能陪你出去吃东西。"郭昊宇也点点头。

"那你怎么可以？"林寒纳闷地问王炎，"你不也是扬江跆拳道队的队员吗？"

"我……闲云野鹤一只，又没有比赛任务。"王炎自嘲地笑了笑，反问林寒，"再说了，我都有一个处分了，还怕再多一个吗？"

第十一章　双面

当林寒和王炎走出昊天道馆所在的写字楼，已是华灯初上时分。

周末的扬城市 CBD 区域，不似工作日时那样热闹。

一栋栋高耸且充满现代感的建筑物，干净的人行道，还有宽阔马路上偶尔驶过的几辆轿车，都让两人仿佛置身于一个国际化大都市，而不是扬城这样一个二线省会城市。

林寒在女孩子里是高个子，王炎的身高在同龄男孩子里很平常普通。两人身高本来就相差无几，林寒今天穿着一双厚底的潮流跑鞋，王炎穿着的则是千年不变的一双底子薄薄的帆布鞋。两人并肩走着，昂头挺胸的林寒看上去倒仿佛显得比松松垮垮的王炎还要高上一点。

于是，王炎不禁故意慢了半步，主动和林寒拉开了半个身子的距离。

"你测过骨龄吗？"王炎突然好奇地问道。

"在省里的体育科研所测过，按照预测结果，我的个子还应该能长一长呢。"

"那你别打 49 公斤以下级了。"

"怎么？"

"控制体重会越来越辛苦。"

"我不觉得辛苦。"

"平时什么好吃的都不能敞开吃，比赛之前水也不能多喝……你这身高，其实适合打 57 公斤以下级。打 67 公斤以下级都没问题，或者……"

林寒瞥了王炎一眼，幽幽地说："人家都说，女孩子的体重不能过百。我这样，挺好！"

"那话都是骗那种小女生的。"

"那在你们眼里，我是不是特别地'女汉子'？"林寒皱着眉头，瞅着王炎。

王炎心知自己说错了话，可他还是嘿嘿一笑，仿佛什么都没发生过。

"对了，你打算请我吃什么？"王炎问着，转移了话题。

"我本来都……不打算请你吃了。"林寒说，"可看在你那天仗义出手的份上，我不想在离开扬江跆拳道队时，还欠你太多人情。这样吧，想吃什么，你点！只要我手机账户里的钱还够……"

"我还以为你这妹妹是真讲究，没想到，你只是不想欠我人情。哼！不吃了，我回去了。"王炎说着，故意转身要走。

林寒却喊住了他："王炎，我不跟你开玩笑。其实，我挺感谢你的。还是一起吃个饭吧。等我离开这里，去了别的省市，这顿欠你的饭，就不知道什么时候能还上了。"

王炎挠了挠蓬乱的头发，想了想："大龙州海鲜……这个季节还没上新。小江南私房菜……据说量小，口味还偏甜，我不喜欢偏甜的食物。黄狮子自助……唉，天天在食堂吃自助都吃烦了。要不……"

说着，王炎指了指前面。

前面的路口转角处，有一个店面小小的蛋糕店。

"哈？"林寒愣住了。

"我想吃蛋糕了。"王炎说，"我又不用严控体重。"

林寒点了点头，突然，对王炎产生了一种莫名的感激。

王炎选择蛋糕店，绝对不是为了给林寒省钱这么简单。

从国家队到省市专业运动队，都严格限制运动员外出用餐。

外出用餐，万一误食有兴奋剂残留的肉类等食品，对于专业运动员是有极大风险的。

而蛋糕店里制作、销售的糕点和非酒精饮品，一般都不会存在兴奋剂安全的问题。王炎是从保护林寒的角度，才选择了去那家蛋糕店。毕竟，王炎刚刚才说过，他不喜欢口味偏甜的食物。

推开蛋糕店的门，一阵甜甜的糕点香气，混合着麦香和咖啡豆的香味袭来。伴着黄色的灯光，这个宁静的蛋糕店，有一种特别令人安心的感觉。

林寒一站到柜台前，就被透明橱柜里放着的各色花式蛋糕吸引住了。

"王炎，你想吃什么蛋糕？"

"请客买单的人决定。"

于是，林寒对店员指了指一个趴趴沙皮狗造型的巧克力蛋糕，又指了指一个小白兔造型的布丁蛋糕。

"你喝点什么？"

"你喜欢喝什么？"

"我要喝牛奶。"

"那给我咖啡吧，不加奶，不要糖，要加冰。"

说完，王炎挑了一张靠近玻璃橱窗的桌子坐下，望着外面的景物出了神。

很快，林寒端着餐盘走了过来。

"你的冰咖啡。"林寒说着，把咖啡递给王炎，"这是给你选的蛋糕。"

她又把那盘沙皮狗蛋糕放在王炎面前。

"这个……"

王炎看着那只栩栩如生的沙皮狗，愣住了。

"你不是属狗的嘛。"

林寒说着，拿起小勺子，在自己面前的那只兔子布丁蛋糕的屁股上轻轻拍了拍。兔子屁股颤巍巍地晃了晃，逗得林寒发出会心一笑。

"你怎么知道我是属狗的？"王炎问她。

"你比我哥大一岁，他属猪，你不就属狗咯。"林寒随口回答。

王炎明白，林寒口中的"哥"，就是比他小一岁的郭昊宇。

"那你是属兔子的吧？"王炎顺着林寒的思路，又问她。

林寒点点头。王炎嘿嘿笑着，把两盘蛋糕换了个方向。

林寒惊讶地看着他。

"你非得自己吃自己吗？"王炎开玩笑地说。

林寒皱了皱眉，一勺子下去，把沙皮狗蛋糕的屁股抠下了一大块，放进自己嘴里。王炎却不急着动那只小兔。他喝了一口冰咖啡，凉意直冲咽喉。

林寒吃了几口蛋糕，突然想到了一个今天一直萦绕在她脑子里的问题。

"王炎，你怎么会在弘武道馆兼职教练啊？"林寒说，"体工大队不是有规定，不允许运动员在外面兼职……"

"是柯指导让我去的。"王炎直截了当地回答，"他知道我缺钱，让我业余时间去那里帮帮忙。弘武道馆的馆主，是他的朋友。"

"嗯，柯指导人很好。"

听林寒这么说，王炎笑笑，又不说话了。

"你笑什么？"

"没什么。柯指导他对你和郭昊宇真的很好。"

"他对你们其他人不好吗？他不好的话，怎么愿意冒着违反规定的危险，帮你介绍兼职。"

"他做任何事，都有很明确的目的性。他让我业余时间多赚一点钱，自然也让我在其他方面损失了一些东西。"

"王炎，你把话说清楚。"

"我不想多说我的事情了。就先说郭昊宇吧，"王炎说，"他爸爸，也就是你师父，郭建师父虽然不显山不露水，但他在扬城市乃至扬江省跆拳道圈子里，都是举足轻重的人物。扬江是柯进的基本盘，他提拔郭昊宇，就是笼络了郭建师父，就等于稳住了自己的基本盘。"

"再说你吧。"王炎看着林寒，"你是柯进最宠爱、最重视的弟子，是因为你有潜力成为一个最优秀的跆拳道运动员。他把全部心血都花在培养你上，是因为你取得的每一项成就，都可以被视为是他的成绩。但为了培养你，他可以不管其他人怎样，他可以把整个扬江跆拳道队最优质的资源都投入到你身上。作为省队主教练，他应该对所有二十几个队员负责。可他呢，每天训练时，只会认真地带你一个，捎带着管管郭昊宇。说到这儿，其实我也挺替郭昊宇委屈的。但凡柯进把花在你身上的精力和时间稍微再多分给郭昊宇一点，他的水平一定会比现在还要提高一大块。可柯进很清楚，郭昊宇提高得再多，他也拿不到世界冠军、奥运冠军，但你不一样。你的未来，高到不可限量！"

林寒的脸色渐渐变得凝重。

"王炎，你这么说，是觉得我听了会很高兴吗？不，我想问你，你说这些话，是想挑拨我和我哥之间的关系，还是想挑拨我和柯指导之间的关系？"

"我挑拨你们干什么？"王炎不以为意地笑了，"我都是准备退役的人了。我只是在陈述一个事实，一个这两年我亲眼见到的事实。"

顿了顿，王炎突然幽幽地说："林寒，其实，我还知道一件事情。你有一个表舅妈，是省体育局办公室的袁主任。她曾经是陈天河陈指导的上级，对吧？柯指导他一直很注意维护'上层路线'的。再说，陈指导自从到了队里，就一直针对你。会不会也是因为你那位表舅妈当初和陈指导有矛盾，或是一直压着他升不上去，所以陈指导才把怨气都转移到你身上呢？"

王炎一边说着，一边眼看着林寒两只拳头越攥越紧。

"咚！"

林寒的拳头突然敲在了桌子上，震得桌上的杯子、碟子发出哗啦的声音，吓了蛋糕店的服务员一大跳。

"王炎……"林寒的声音有些颤抖，"你说这些话究竟是什么意思？你是觉得，我当初之所以能够被柯指导重视，是因为我有一个在体育局当领导的亲戚？还是你觉得，因为我有一个那样的亲戚，才会被陈天河打压、针对？王炎，我看错你了。我原本觉得你这人还不错，挺仗义，说话直来直去的。现在看来，你这人心里挺阴暗的！我觉得我跟你没什么可说的了。我最后只告诉你一句话，我能够进省队，能够参加青奥会，都是我自己努力付出的结果。我在训练场上吃过多少苦、流过多少汗，我自己最清楚！王炎，倒是你，你永远也达不到我这样的高度，拿不到我这样的成绩！"

说完，林寒腾地站起身来，走到柜台买单，然后推开蛋糕店的大门，头也不回地走了出去。

隔着玻璃橱窗，王炎看到林寒匆匆的背影消失在街角。

他低头，看着面前盘子里的兔子布丁蛋糕，学着刚刚林寒的样子，拿起勺子轻轻拍了下兔子的屁股。

果然颤巍巍地，显得很有弹性。

王炎笑了笑，端起面前的咖啡杯。

里面的冰块早已融化。

咖啡的味道也变得薄了许多。

……

等王炎回到体工大队运动员宿舍，已经不早了。

他敲了敲门，打开房门的郭昊宇一脸惊讶。

"给你，"王炎把手中的蛋糕盒子递到郭昊宇面前，"林寒让我带给你的。"

透过塑料盒子，郭昊宇看到，里面装了一块小猪造型的花式蛋糕。

王炎不等郭昊宇说什么，就转身离开了。

走到走廊尽头的教练值班室，他想了想，还是轻轻敲了门。

陈天河打开了门，看了看空无一人的走廊，他让王炎进了屋子。

"你今天见到林寒了？"

"见到了。"

"她的情况怎么样？"

"还行，看上去她这段时间没荒废训练，生活上也还挺自律的。"

"那些话，你跟她说了？"

"说了。"

"她什么反应？"

"她气死了，我觉得她当时就差撸起袖子直接揍我了。"

"她怎么说？"

"她说，她能进省队，能参加青奥会，都是她自己努力付出的结果。她在训练场上吃过多少苦、流过多少汗，她自己最清楚。"

"嗯。"

"她还说，我永远也达不到她那样的高度，拿不到她那样的成绩。"

"哈哈，王炎，那时候你是不是也特别想揍她一顿？"

"我不可能的。我永远不会对女孩子挥拳动粗。"

"对了，她只是说，她能参加青奥会，是她自己努力付出的结果？"

"对啊。"

"她竟然没提青奥会冠军这几个字？"

"没有。哦，对了。在道馆打友谊赛之前，我让小孩子们喊她'冠军姐姐'的时候，我觉得她不太高兴。"

"不高兴？"

"对，能看出来。"

"嗯，或许小丫头这段时间也自我反思了不少。"

"可能吧。"

"王炎，"陈天河拍了拍王炎的肩膀，"谢谢你今天帮我当了次'双面间谍'。柯进让你多注意扬江跆拳道队的情况，让你跟他通气。可你，却愿意帮我去了解林寒的状况。"

"陈指导，虽然我没什么动力去训练、比赛，但，是非曲直我懂。我愿意帮你，是因为我明白，你是为了扬江跆拳道队能够好起来。"王炎说，"其实，你也可以找机会心平气和地亲自和林寒聊聊。她……跟你想的，也不太一样。"

陈天河没再多说什么，只是对王炎笑了笑。

第十二章　冠军的滋味

林寒再一次在昊天道馆见到小欣，已经是三天之后了。

临近傍晚时分，郭建带着林寒做完最后一组脚靶训练，喊了停。

"好了，小寒。今天就练到这儿吧。你这一天两练，几乎没停歇地练了六七个小时，强度太大了。"

林寒跟郭建认认真真鞠了一躬，用道服袖子擦了擦自己额角的汗水，嘿嘿一笑。

"师父，我这不是看您的道馆不收我的钱，所以使着劲儿占您的便宜嘛。"

听着林寒的玩笑话，郭建也笑了。

"好了，收拾收拾回家吧，一会儿，晚上有训练课的小朋友们就陆续来了。"郭建也跟林寒开起玩笑，"你要不想走，我也不赶你，只是你晚上得帮我带一节小朋友的大课，给我抵学费。"

"师父，我……还当不好教练呢。"

"只是给小朋友们带训练嘛。"

"就算是给小朋友当教练，我……可能也还差得远呢。"

"哟，小寒这么谦虚啊……"

郭建话音未落，只听得道馆大门叮咚一响。果然，一个小小的身影走了进来。林寒认得，这个小女孩就是三天前在这儿输了比赛，又被她吼到黯然落泪的小欣。

"师父，我想跟小欣单独呆一会，可以吗？"

郭建点点头："好啊。小欣这个孩子很懂事，也很自立。你看，除了上次的友谊赛让她爸爸来看了。其实每次来上课，她都只让家长把她送到楼下，然后自己一个人上楼、进道馆、换道服、开始训练。她也很喜欢跆拳道，你跟她好好聊聊，给她加加油、鼓鼓劲！"说着，郭建走出了训练场。

小欣很快就换好了道服，走了进来。或许郭建跟她说了林寒在训练场等着她。看到林寒，小欣并不意外，但还是有些拘谨地跟林寒鞠了躬，问了好。

"小欣，其实姐姐上次也不好，不应该对你大喊大叫的。"林寒说，"姐姐很认真地给你道歉，好吗？"

"林寒姐姐，我知道你吼我，是因为我比赛打得很差劲。"小欣说，"我也很想赢，可是我没有青方那么厉害。"

"嘿，别那么说。比赛有赢有输，对方厉害，你就想办法好好训练，超过她们。"

林寒想了想，对小欣说："姐姐教你一个我的得意技。下一次你再碰到厉害的对手，就用姐姐的得意技打她们。好不好？"

一听林寒这么说，小欣眼中闪出光芒来，脑袋点得跟小鸡啄米似的。

林寒站起身来，走到沙袋前。面前的沙袋，在她眼中俨然幻化成了一个对手。

那是去年青奥会女子 49 公斤以下级决赛中，林寒的对手——西班牙姑娘胡安娜。

比赛还剩最后三秒，林寒落后胡安娜四分。

四分，不算少，但也绝不是无法跨越的鸿沟。

已经准备通过消极方式耗尽最后三秒时间的胡安娜，再一次被林寒逼到了垫子边缘。可还没等胡安娜把脚迈出垫子，林寒的进攻就疾风暴雨般打了出来。

前腿横踢。

胡安娜的护具胸口发出清晰的击打声。

记分牌上，林寒的得分上涨了两分。

比赛的时间却只消耗了一秒。

可就当胡安娜准备退后，不惜用出界来送林寒一分，并以此消耗掉最后两秒钟比赛时间的时候，她却完全没有料到，林寒的前腿竟然连落都没有落下，就衔接了一记下劈击头，径直向着胡安娜的头盔踢去……

前腿横踢，接前腿下劈击头，只要成功地有效施展，是可以在最短的时间里连得五分、逆转胜负的技术。

这，就是林寒引以为傲的得意技。

沙袋摇晃了起来，仿佛那时躲无可躲、一脸绝望的胡安娜。

林寒站稳了，扭头看着小欣："看明白了吗，小欣？不明白的话，也不用着急，来，我慢慢分解开，教你做。"

说着，林寒耐心地把整套动作一遍又一遍演示给小欣，又亲自举着头盔，带着小欣做了一遍、两遍、三遍。终于，小欣完成了这一套看似简单，但在实战中威力十足的进攻组合技术。

"谢谢姐姐！"小欣开心地喊着。

"好，一会儿还要上训练课呢，就不让你太累了。等下次吧，下次我见到你，要是看你把这套动作练得炉火纯青了，我就再教你新的招数。这些，可都是姐姐我在比赛场上打赢别人的得意技哦。"

林寒说着，看着小欣脸上洋溢的笑容，她也觉得自己开心了起来。

自从提交了离队申请，离开了扬江跆拳道队，林寒还从来没有像现在这样开心过。

"小寒，你还没走啊？"郭建突然在训练场门口喊她，"有人找你。好像是你省队的队友。"

找我？省队的队友？林寒纳闷地想着。

会是谁呢？知道她在昊天道馆训练的，除了她、郭昊宇，就只有王炎那个家伙了。想起王炎，林寒就始终忘不掉那一晚在蛋糕店，王炎对她说的那番话里有话的话。

那一次对话，也让她对王炎的好感，一下子变成了厌恶。

要是他还敢来……

林寒不禁下意识地攥紧了自己的拳头。

可还没当林寒问郭建究竟是不是王炎，透过训练场的玻璃幕墙，她就看到了宋曦的身影。

林寒快步走出训练场，果然，宋曦站在昊天道馆的门口，在等着她。

"你怎么来了？"林寒纳闷地问。

"哦，小寒，我是训练之后专门请了假来的。我问了郭昊宇，知道你每天都会在这里训练到傍晚。"

"那你……找我有事吗？"

"前几天，宿舍大扫除。我扫地的时候，从床下找到了这个。我知道，这是你很珍惜的东西。或许是你不小心丢在宿舍里了，所以，我……就给你送过来了。"宋曦说着，伸出手，递到林寒面前。

她摊开的手掌心中，是一枚奥运五环的精致徽章。

林寒的心猛然一阵跳动。

这枚徽章是国际奥委会主席、法国人雪莱先生亲手送给她的。

几个月前的青奥会跆拳道决赛颁奖仪式上，为林寒颁发冠军金牌的嘉宾正是雪莱。虽说青奥会参赛运动员的年龄限制都在十四岁到十八岁之间，但当时刚刚度过十五岁生日不久的林寒仍然是这一届青奥会跆拳道比赛中年龄最小的运动员。所以，雪莱对她的印象非常深刻。

他把金牌挂在了林寒的胸前，还轻轻拍了拍林寒稚嫩的小脸蛋。

"祝贺你！"雪莱用英语说。

"主席先生！"林寒却用流利的法语说，"谢谢您为我颁发金牌。这是我的第一枚世界大赛金牌，但我会继续努力，去实现在夏季奥运会上获得金牌的梦想！"

雪莱惊讶于林寒小小年纪就如此大方、得体，还会说法语！

其实，林寒的母亲是扬江大学的法语老师，聪明伶俐的林寒从小就掌握了法语和英语的一些简单对话。

同样是运动员出身的雪莱听林寒这么说，自然非常高兴。

他把自己西装领口别着的奥林匹克五环徽章摘了下来，别在林寒的道服领子上。

"我祝愿你梦想成真。"雪莱说，"如果你拿到了夏奥会跆拳道金牌，我还会亲自给你颁奖。"

"一言为定？"

"一言为定！"

……

在宿舍里，林寒原本把这枚徽章认认真真地摆在床头柜上，每天都用它时刻激励着自己不要忘记与雪莱的"约定"。但那天递交了离队申请后，林寒回到宿舍怒气冲冲地收拾行李，手忙脚乱之中，她却不慎把徽章掉落到床下而不自知。后来，林寒终于发现这枚宝贵的徽章丢失了，自然异常痛心。

她猜测或许是落在了宿舍，也委托郭昊宇想办法帮她寻找。可毕竟那里是女孩子们的宿舍，就算是队长郭昊宇，也不方便进入。

她不是没想过请宋曦帮着她找找。但也因为陈天河安排她给宋曦做陪练时，她表现得非常抗拒，甚至对宋曦很没礼貌。所以，林寒好几次拿着手机迟疑，也始终不好意思请宋曦帮她这个忙。没想到，宋曦真的在宿舍发现了这枚徽章，还专门请假给她送来。

林寒看着宋曦掌心的徽章，又看了看宋曦，心中百味杂陈，一时之间都不知道自己该做些什么，该说些什么。

宋曦拉起林寒的手，把徽章交到林寒手中："小寒，我知道这个徽章对你很珍贵，你发现它不见了一定会很着急。所以，对不起，我应该早一点把它拿给你的。只是这几天队里训练抓得很紧，晚上陈指导也安排了业务学习，很难请假……"

"曦姐，是我……对不起……"林寒攥着徽章，突然说。

宋曦一愣，连忙摆了摆手："哎，你有什么对不起我的啊。"

"之前，队里安排我给你当陪练，我冲你大吼大叫。陪你训练的时候，态度还不好。对不起，曦姐……我那时候心情不好。"

宋曦笑着轻轻拍拍林寒的身子。

"我知道，陈指导让你给我当陪练，你肯定很委屈，所以我也不怪你。按说，你的成绩比我好得多，就算陪练，也应该是我陪你，而不是你陪我。或许是……陈指导知道今年是我在队里的最后一年了，想给我一点比赛机会……"

林寒明白宋曦的话。她也早就听说，宋曦打算结束这个赛季之后，就退役下队。

"咦，你师父这家道馆的小朋友们真多啊。看着他们，又想起我当年一开始练跆拳道的时候了。"宋曦说着，信步走到训练场玻璃幕墙外的一张椅子上坐下，目不转睛地看着训练场里。

来训练的小朋友们开始热身了。林寒也挨着宋曦坐了下来。

"小寒，你小时候也是在这里训练吧？"

"是这家道馆。但，那时候还不在这里。"林寒说，"昊天道馆之前在老城区，离我家挺近的。以前的道馆地方不大，也没有现在这里装修得这么漂亮。我就跟哥……哦，跟郭昊宇两个人一起训练。"

"我家是红石的。"宋曦喃喃地回忆说，"红石是扬江省的一个小城市，经济也没有扬江的其他地市那么发达。我小时候是在市里的少体校训练的。我们教练很勤奋，但二十多年前，跆拳道刚刚在国内普及，训练理念不像现在这么科学，教练的训练手段和方式方法也谈不上多高明。所以我那时候也只能是笨笨地跟着苦练。你看，我的技术就比你们这些年轻队员要差得多。"

"曦姐，你别这么说。其实你训练很刻苦，柯指导当初也让我好好跟你学一学。"

林寒说完，又沉默了。

片刻，她叹了口气，把之前一直深埋在心底的话，问了出来："曦姐，队里的人是不是都……很讨厌我？是不是都觉得我总是把成绩挂在嘴边，太狂妄、太自大了？"

宋曦一怔，缓缓地说："大家不是讨厌你。小寒，两年前你刚进队，大家都觉得来了一个古灵精怪的小妹妹，也都很喜欢你啊。那时候我们就发现你很懂事，训练的时候肯吃苦，练完了还常常一个人整理训练场。只是后来……我们渐渐地开始羡慕你、甚至嫉妒你。因为，柯指导把所有的时间和精力，都花在你的身上，都不怎么管我们。等你拿了青奥会冠军回来，却仿佛把自己关在了一个壳子里。我们不想疏远你，但也没办法再接近你……真的对不起，小寒。"

林寒听着宋曦的话，抽了下鼻子。

她明白，宋曦说的都是实话，也是她和其他队友们最真实的想法。

林寒这两年在队里，也敏感地体会到了宋曦所说的那些。

大家对她的态度从一开始的欢迎、接纳，到后面慢慢变得疏离。

尤其是等到她拿了青奥会冠军归来，没什么人愿意跟她分享喜悦，却都对她投去了羡慕和嫉妒的目光。

她不是没有因此苦恼过，她找过柯进，跟他聊过这些苦恼。

可柯进却轻描淡写地说，那是正常的。就因为她取得了其他人都很难取得的佳绩，所以他们才会羡慕、嫉妒她。也只有有本事的人，才会被人羡慕、嫉妒，甚至是恨。柯进让林寒不要理会别人的态度和目光，只要坚信自己是最好的，是最棒的，认真跟他继续训练就好了。

所以就像宋曦说的，林寒选择把自己关进了一个封闭的壳子里。在那里，她再也接触不到别人的羡慕和嫉妒，但也关闭了和别的队友沟通、交流的渠道。

看着林寒愣住了，宋曦缓缓地说："小寒，作为老队员，其实我很不应该那样嫉妒你，但我也真的特别、特别羡慕你。"

林寒看着宋曦，嘴唇微微地动了动。

"或许你体会不到我……和大多数队友们的心情。"宋曦不等林寒说什么，就接着说，"虽然我们都是专业运动员，但能够站上最高领奖台的毕竟只有一个人，就像你。而我们大多数，只能是仰望着站在领奖台最高处的那个人。就拿我来说吧，从小学跆拳道、练跆拳道，从少体校到市队，哪怕进了省队，十几年来，我最好的成绩也不过是全国锦标赛第四名、全国冠军赛第五名。我从来没站上过领奖台，更别说拿到全国冠军。可你呢，小小年纪就获得青奥会冠军，甚至有梦想去拿夏季奥运会冠军。这些梦想，对我来说都是万里之外遥不可及的。小寒，拿到冠军的滋味，究竟是怎样的呢？其实我……也想体会一下。"

"曦姐……那种滋味……"林寒喃喃地，却说不下去了。

宋曦笑了。

"小寒，当陈指导说让我参加今年的全国锦标赛，还安排你给我做陪练，我挺高兴的。对，那一刻，是我自私了。我觉得，有你的帮助，我或许还真的能够在今年全国锦标赛上实现一次向最高领奖台冲击的梦想。这也应该是我最后一次机会了。不过，你还是走了……"

"曦姐，我……"

"小寒，我只是有点遗憾，丝毫没有怪你的意思。就像我一直觉得的那样，其实我应该是你的陪练，而不是让你牺牲自己的机会给我陪练。如果你有机会去更好地发展，我也会为你高兴的。真的！我也……期待能够看到你站上夏季奥运会的冠军领奖台，升国旗、奏国歌，为国争光！那也是我们所有中国跆拳道人的光荣。"

第十三章　今日复何日

扬江跆拳道队的训练场热闹非凡。

几块垫子上同时进行的各组男女队员的技术对抗，预示着当天上午的训练接近了尾声。

在靠近训练场深处的那块垫子上，郭昊宇和王炎正针锋相对地望着对方。

红色头盔下，郭昊宇的神情异常认真。

他知道，如果说现在他在整个扬江的跆拳道男子 58 公斤以下级中没有任何一个对手的话，也对，也不对。在扬江全省所有这个级别的男子选手之中，郭昊宇的技术能力和攻防均衡绝对是首屈一指的。

但他唯独对一个对手没有必胜的信心。

这个对手，就是面前戴着蓝色头盔的王炎。

论身高，王炎比他矮了许多。

论战术风格，王炎攻强守弱，短板明显。

论技术，王炎也没有从小就生长在昊天道馆的郭昊宇细腻。

平日里，属于扬江跆拳道队"边缘人物"的王炎性格上也散散漫漫、吊儿郎当。但在实战和对抗中，王炎的气场一下子就变了。

王炎的眼神会变得如同一头猛兽，充满了对狩猎的渴望。

王炎的呼吸也会变得深沉，深沉到让对手摸不清他究竟是在呼吸，还是故意在隐藏着自己的呼吸。

而让每一个对手都感到极度难受的，是王炎"疯狗"一般的拼打方式，和他出击的力量。

就连林寒，不是都被王炎一记看似随意而为的侧踢，踢飞了出去嘛。

和王炎对阵，郭昊宇会感到极大的压力，让他一丝一毫都不敢松懈。

可……他发现今天的王炎，有点和往常不一样了。

今天的王炎一走上垫子，就架子松散。

王炎频繁地做着小跳步和假动作，出击得并没有那么积极主动。

"呀！"郭昊宇大喝一声，上步踢出一组组合腿法。

王炎的护具发出一连串"咚咚咚"的击打声，他的反击开始了。

前腿横踢。

郭昊宇用右臂格挡化解了王炎的这一腿。可王炎的前腿并没有放下，反而高高地抬了起来。

郭昊宇一怔。

对郭昊宇而言，这是熟悉得不能再熟悉的一招，却也是陌生得不能再陌生的一招。

前腿横踢衔接下劈击头，这是他手把手教给林寒的腿法组合。

这一招被林寒使得炉火纯青，成为了林寒的得意技。她甚至凭借这一招，在青奥会决赛的最后时刻逆转对手摘得冠军。

所以，郭昊宇太熟悉这一招了。但他却从未见王炎使用过这一招。

对于王炎而言，他的组合腿法都是以力量为首要前提。而像前腿横踢衔接下劈这种上分"靓招"，反而是王炎嗤之以鼻看不上的招数。

然而王炎此刻竟然使出了这一招，真真正正地让郭昊宇猝不及防。

郭昊宇上身倾斜，抬起胳膊，努力护住自己的头。

但王炎的脚还是重重地扫过了他的头盔。

头盔被王炎踢得遮盖住了视线，郭昊宇不得不退后几步，摆摆手示意暂停。

他解开头盔下面的魔术扣，重新扶正、戴牢了头盔。这时，主教练陈天河也吹响了训练结束的哨声。

郭昊宇只好摘下了头盔，跟王炎两人相互鞠躬。

"你用我的招数来对付我。"郭昊宇突然说。

"是吗？"王炎嘿嘿一笑，"我不记得这招是你发明的。我看过小丫头在比赛里用过，效果还不错。我就拿来玩玩。"

郭昊宇知道，王炎口中的"小丫头"就是林寒。

"你说话能不能正经一点！"郭昊宇有些生气，"什么叫'拿来玩玩'？跆拳道的每一招每一式都是有意义的，也是充满哲理的。你这么说，是对跆拳道的不尊重……"

还没等他说完，王炎就摆了摆手："好了好了，郭大队长你说什么就是什么。你对跆拳道的领悟很牛。可我王炎，只是把它当作一碗饭。我到不了你那么高的境界，也不想到你那么高的境界。"王炎说着，转身就要走。

"喂！"郭昊宇喊住了王炎。

"还有什么事啊？"王炎一脸不耐烦。

"我问你，那天晚上的蛋糕，是你买的吗？你为什么告诉我说，是林寒让你带给我的？你是不是在玩恶作剧戏弄我？"

"你是十万个为什么吗？"王炎嘴角一扬，反问郭昊宇，"怎么，你问过小丫头，蛋糕那事儿了？"

看着郭昊宇一脸怒气的样子，王炎又笑了："郭昊宇，跟女孩子相处，不是每件事都非要问得清清楚楚、明明白白的。有的事情，弄得太清楚就没劲了。对，那蛋糕不是小丫头买的，是我买的。我告诉你说是她让我带给你的，就是不想因为小丫头那天只请了我一个人吃蛋糕，而让你感觉心里难受。好了，话我说明白了。拜拜！"

这一下，反而是郭昊宇愣住了。他站在垫子上，久久地回不过神来。

"队长、郭昊宇！陈指导要总结一下上午的训练情况。"张小清远远地喊着他，"你赶紧过来，整队吧。"

……

运动员食堂是整个扬江体工大队每天中午最热闹的地方。

王炎不愿跟别人同桌吃饭，于是故意拖得晚一点才去食堂。

他随手打了几样菜肴，找了一张没人的餐桌，独自默默地吃了起来。

一个人走了过来，站在了王炎的面前。

王炎抬头瞥了他一眼。

"你？"

"我。"

"怎么？要报复我？"

"炎哥，哪儿的话啊。"

这个人正是那一天在食堂把他暴揍了一顿的那个扬江拳击队的男生。

他叫韩宁。

韩宁拉过椅子，坐到王炎的对面。

"我不喜欢吃饭的时候，被别人打扰。"王炎说着，却并没有放下筷子。

"炎哥，我吃完饭了，就是一直在食堂等着你。"

"等我？等我干什么？"

"咱俩也算是不打不成交了。我想……求炎哥你一点事情。"

"什么事情，快说。"王炎说，"我就是不喜欢一边吃饭，一边聊天。"

韩宁不好意思地笑了笑。

"炎哥，你有林寒的微信吧？"

"嗯……嗯？"

"你能把她的微信推给我吗？"

"你要她微信干嘛？"王炎放下了筷子，"她不在队里了。"

"我听说了，她交了离队申请。所以这段时间我也没见到她。要不，我也不会问你要她的微信不是。"

"你还没说，你要她微信干嘛。"

"我就是想……"韩宁压低了声音，吞吞吐吐地说，"我就是想……想问问她去了哪儿？还有最近，她怎么样了。"

"你就是想问问她去了哪儿？最近怎么样？"

"嗯嗯！"

"那你去问郭昊宇好了。郭昊宇是她师哥，她这段时间也一直在郭昊宇家的道馆训练。"

"不是，炎哥，我……跟郭昊宇不熟。"

"咱俩熟？就因为你揍过我？"

"炎哥，那次……都是误会。你看，我后来也被队里处分了，也给你道过歉了。咱们能不能就……别再提那事儿了。"

"那行，不提了。"王炎说着，又拿起了筷子。

"那……林寒的微信……炎哥你……"韩宁说着，几乎已经是一种央求的语气了。

"你怎么喜欢上她的？"王炎突然单刀直入地问。

韩宁一愣，脸上腾地红了起来。

其实那天发生过食堂打架事件之后，王炎、林寒和韩宁三个人被关在体工大队保卫科的办公室里写检讨的时候，韩宁就开始注意起林寒了。

韩宁十八岁，比林寒年长一点点，也是到了情窦初开的年纪。

这个年纪的青年人，喜欢上对方可能没有理由，可能会一见钟情。所以在经历过激烈的冲突之后，安静下来的林寒突然让韩宁有了一个反差明显的深刻印象。

林寒高高挑挑的个子，本就五官明晰样貌清秀。尤其是她安静地趴在桌子上，眉头微蹙奋笔疾书的样子，一下子就让韩宁的心头充满了好感和一阵悸动。

他拿定了主意，要追林寒！

"炎哥，你……真厉害，什么都瞒不过你。"韩宁挠了挠头，笑着奉承王炎，"炎哥，你帮帮我吧。你就是我哥！我以后绝对不会忘了你的。整个扬江体工大队，以后谁要是敢跟你动手，我一定第一个上去……"

"你第一个上去干嘛？第一个上去帮我揍人？你还想打架？想被开除啊！你好歹也是全国青年赛的季军，你要是因为帮我打架被开除，拳击队的吴指导不得宰了我啊！"

看着韩宁无言以对，只是笨拙地笑着，王炎嚼着一块排骨，又说："我为什么要帮你呢？帮你这只拳击队的小笨猪来拱我们跆拳道队的小白菜？我怕不是个傻子吧！"

"炎哥，你这话就见外了。怎么说，咱们拳击队和跆拳道队也是一个大院里的，在一个食堂吃饭嘛。咱们是自家人啊！自家的猪，自家的白菜……"

"唔，自家的猪，拱自家的白菜？"

"自家的！炎哥！"

"可是我觉得……林寒这棵小白菜，就算是自家人，你也不一定拱得成。"

"啊？为什么？"

"我们跆拳道队管得严，队员可不能随随便便谈恋爱，影响训练。再说了，你今年多大了？"

"我……我18了。"

"18？也不算大嘛。林寒才16！你知道你这是什么行为吗？你这叫早恋，知道吧？要是在其他学校里，那是要严厉处分的！你追林寒？你要影响了她的训练，让我们陈指导知道了，不揍你才怪！"

"炎哥，我真的……很喜欢林寒。你放心，要是我……追到林寒，一定不会耽误她的训练，我会帮她……一起进步。"

韩宁说着，突然想起了什么："哎，林寒不是离队了吗？怎么陈指导还……"

"她啊，"王炎咽下最后一口饭，放下了筷子，"体工大队只要一天没有正式批准她的离队申请，她就一天不算正式离队。我猜，她或许很快就会回来。她的微信，我有，但你让我推给你，这不合适。你真心喜欢她，也有勇气追她的话，你就耐心等她回来，然后亲自跟她要吧。"说完，王炎站了起来。

他不再管又惊又喜、呆若木鸡的韩宁，径直走去自来水池旁，把用完的餐具洗刷干净，放进了餐厅一角的收集箱中。

"今天这是什么日子啊。"王炎自言自语道，"怎么一个个的，都跟林寒那个小丫头较上劲了呢。"

第十四章　Je t'aime

　　王炎把共享单车停在了扬江大学校门旁的单车停放区，自己晃到了大门口。

　　学校保安看了他一眼，似乎觉得王炎的年龄和形象还算符合扬江大学学生的标准，便问也没多问，就让王炎随着其他进门的学生们，径直走进了校园。

　　扬江大学历史悠久，满校园的樱花树更是扬城市当地的一个著名网红打卡圣地。

　　王炎一边走着，一边看着一对对校园情侣在盛开的樱花树下拍照，不禁放慢了脚步。

　　甜蜜，且浪漫。

　　但他兜里的电话，却不合时宜地响了起来。他打开一看，还是弘武道馆的张博轩打来的。

　　"王炎，你到了吗？"

　　"我已经进扬江大学的门了。"

　　"好啊好啊，那你知道那个教室怎么走吗？是叫什么'文华楼'的第一阶梯教室。说是从东门进学校，一直走，第二个路口拐一个弯就到了。"

　　"东门？"

　　"对啊，东门。怎么……你走错门了？"

　　"我想想啊。我可能从其他的大门进来了。"

　　"兄弟，你快一点啊。要不成，就找人问问。还有十来分钟就上课了，拜托、拜托。这一次就算是你帮我个大忙了，好不好？"

"唉，我来都来了，就会按照你说的做，放心吧。我这就找人问问路。"说完，王炎挂掉了电话。

此刻，已经是周五的傍晚了。下午训练结束之后，王炎突然接到了张博轩的电话。在电话里，张博轩火急火燎地请王炎"救急"。

原来，在弘武道馆上私教课的一个扬江大学的学生陆冰今天晚上要"翘课"帮女朋友过生日。可他的同学、室友和朋友恰好也都有事情，无法代他上课、点名。所以他没辙了，就只好托张博轩从外面帮他找一个年纪、样貌都差不多的靠谱男生来替他点名。

陆冰还许诺，如果这事儿办好了，他一定会多买几节私教课。

靠谱的男生……不就是王炎吗？张博轩第一个就想到了他。

然后，张博轩跟王炎承诺，到时候他一定让陆冰买王炎的私教课。王炎想了想，反正自己今天晚上没事，呆在宿舍玩手机，和去大学教室玩手机区别不大，还能顺带多赚几节私教课，于是便答应了张博轩。

教室在哪儿呢？

我刚刚进来的那个门，是西门还是西南门？从东门走的话，是那个方向。所以……要是我从西门走，是不是应该转到这个方向？

王炎一边自言自语地琢磨着，一边看着手机地图上茫然转动着的箭头，一时半会儿理不出个头绪。他决定，还是找个人问问吧。

"喂，同学你好，请问……"王炎对擦身而过的一个女孩子说。

可话未说完，看到女孩子的模样，他却愣住了。

这个女孩子他见过，正是上一次在弘武道馆和其他同学一起参加跆拳道体验课的陈晖。

"请问……文华楼怎么走……"王炎一边愣着，一边下意识地说完了后半句话。

"咦，你不是那个跆拳道馆的王教练吗？"陈晖反问，"你去文华楼做什么？"

"哦……我……我去找一个朋友。"

"这样啊，那你跟我走吧。"

"啊？不用……你不用那么客气，还带我过去。你只要指给我方向就可以了。"

陈晖莞尔一笑："我恰好也要去文华楼上课，顺路哦。"

王炎只好跟着陈晖，沿着洒满樱花的校园路上走着。

很快，文华楼就近在咫尺了。进了楼，王炎看到了"第一阶梯教室"的指示牌，却发现陈晖似乎也往第一阶梯教室走去。

不会那么巧吧！王炎想着。

却听陈晖问他："王教练，你找的朋友也在这边上课？他叫什么？或许我认得，可以帮你喊他出来。"

"其实我……"王炎说着，竟有些脸红了。他咽了下口水，不好意思地说："其实我是受朋友之托，来……"

"哈，我知道了，你是来替人家上课的！"陈晖笑了，瞪大了眼睛看着王炎，"如果我没猜错，是不是那个陆冰找你帮忙的？我下午就听他在图书馆念叨，要陪远道而来的女朋友过生日，所以晚上的选修课只好找人'代班'了。没想到，他辗辗转转找到了你！"

"啊，是啊，哈……他找到了我……哈哈，好巧啊……"王炎吞吞吐吐地打着哈哈。

被陈晖揭穿，他觉得自己更尴尬了。

"没事，陆冰和我是一个班的同学。这次，我会帮他保密。只不过……"陈晖打量了打量王炎，"你会法语吗？"

"啊……法语？"王炎惊呆了，"怎么上……这课还要会法语？我哪儿会法语啊，上学学的那一点点英语也只是问个路、买瓶水的三脚猫水平。"

"一会儿要上的就是法语课啊！是我们这学期选修的法语课。"陈晖说，"很多同学原本以为糊弄糊弄就得了，没想到这门法语课的老师特别特别较真。就算是选修课，她也会随堂点名、提问。否则，陆冰也不会火急火燎地到处找人来代他上课了。"

王炎惊呆了。

这个张博轩，办事太不靠谱了！怎么什么都没搞清楚就给我安排活儿！王炎想着，打起退堂鼓了。

"那不成的话……我还是走吧。"王炎苦笑着，准备逃走。

可这时，一位四十多岁的女老师远远走了过来。

"你们两位同学是来上法语课的吧。别在门口聊天了，快进教室找地方坐好，马上就开课了。"

听老师这么说，王炎站在教室门口，更是左右为难了。

"你也别太担心，老师不是每个人都提问的。"陈晖说，"阶梯教室很大，进了教室，我们找一个靠后的位子坐着，你就坐我旁边。万一要是老师提问到你，我会小声帮你提词的。"

王炎这才忐忑地跟着陈晖走进阶梯教室。

阶梯教室果然很大，但选修这门课的人不算很多，坐得稀稀拉拉的。

陈晖挑了一个中间靠后的位置，示意王炎跟她一起坐那儿。王炎看了看附近，都是和他年龄差不多的大学生。他们有的在翻着教材，有的也悄悄把手机藏在书桌下。尤其是坐在他后面一排的，还有一个人穿着件帽衫，把帽子罩在头上，趴在桌子上似乎都睡着了。

王炎这才稍稍放了点心，拘谨地坐在陈晖身旁。

"Le cours va commencer！（上课了！）"法语老师大声地说。

整个教室，一下子鸦雀无声。王炎发现，刚刚还在玩手机的学生已经乖乖把手机收了起来。

身旁的陈晖也从书包中拿出了一本又厚又大的课本和一本差不多同样厚重的笔记本，放在了桌子上。

"你的课本呢？"陈晖问两手空空的王炎，"对了，我也没看你背包。该不会……"

王炎只能苦笑了。

"对，没人跟我说要带什么课本，也没人给我课本。"

"没事，我们一起看吧。"陈晖说着，把自己面前的课本往王炎面前推了推。

"你给他看，他也看不懂。"一个不急不缓的声音从两人身后幽幽地传了来。

那是一个还有点稚气未脱的声音，王炎太熟悉了。

"林寒，你怎么会在这里？"他说着，一扭头。

刚刚还趴在桌子上看不清模样的那个人此刻坐了起来，宽大的连衫帽下，果然露出了林寒的脸庞。

"你不也在这儿吗？"林寒反问着王炎，又看了一眼陈晖，"陪你女朋友来上课？"

陈晖的脸色微微一红，王炎连忙解释："林寒，你跟我开玩笑没关系，别随便跟人家女同学开玩笑。我今天是来帮道馆一个学员替课的，这位同学曾经去我们道馆上过体验课，正好碰上了。"

"你还来替人家上课啊，业务蛮丰富的嘛。"林寒撇撇嘴，"一会儿下了课，是不是还要替别人去买蛋糕啊？"

"林寒，你真是狗咬吕洞宾，不识好人心！我那不是为了你跟郭昊宇……"

"我也没让你替我给我哥带蛋糕啊，你自作什么主张！"

王炎和林寒的对话听上去剑拔弩张的，陈晖坐在那儿也是越发尴尬。

法语老师似乎听到了教室后面的嘈杂声音，敲了敲黑板。

"后面的同学安静一下吧，开始点名！"

王炎和林寒都立刻停住了斗嘴。

伴随着法语老师念出的一个个名字，学生们清晰地答着到。

"陆冰。"法语老师喊道。

王炎还呆呆地坐着，陈晖赶紧碰了碰他的胳膊。

"啊……到！"王炎喊着，举起了手。

法语老师认真看了看他，朗声说："陆冰，原来刚刚就是你一直在那儿聊天说话吧。我再强调一下课堂纪律，念你这次是初犯，我只提醒你一下。不过，你的模样我记住了。下一次要是你再违反课堂纪律，或者缺席逃课的话，我就要扣你课堂分了。"

"哦……是……"王炎答应着，不以为意地坐了下来。

"你惨了，"林寒在王炎身后小声地说，"不对，是找你替他上课的那个陆冰惨了。"

"怎么了？"王炎开始紧张起来。

"我老妈记性可好了。"林寒嘿嘿一笑，颇有点幸灾乐祸，"等下一回上课，那个真的陆冰回来，被我老妈发现不是这次的你……你猜他的课堂分，会不会被一次性扣光了？"

"你……你老妈？"王炎和陈晖不约而同地轻声惊呼。

"嗯，我老妈，就是这位法语老师啊。"林寒冲着讲台顽皮地努了努嘴，"王炎，你不是很好奇我为什么也在这儿嘛。我训练完就来这儿，陪我妈上完课，再陪她一起回家。我的家，就在学校旁边的教师公寓。"

"我去！"王炎看了看林寒，又看了看陈晖。

"她说得对。"陈晖一脸难色，"我们法语刘老师特别认真，她说记住你了，那就是真的记住你了。搞不好你这可是不但没给陆冰帮上忙，反而还制造了一个大麻烦啊。"

"那……那怎么办？"王炎皱着眉头问。

"两个办法。一是这学期以后所有的法语选修课，都由你来替陆冰上。"陈晖说着，在王炎面前伸出了一只手指。

"开什么玩笑，我……我还得训练呢。"

"第二个办法，"陈晖说着，伸出了第二只手指，"你一会下课了，去跟老师坦白、道歉。我们法语刘老师对犯错的同学也有一个原则。如果是初犯，会诚恳承认错误的，第一次就会放过他。可如果被发现了还嘴硬不承认，然后一犯再犯，那就真的惨了……"

王炎忐忑地又看了一眼林寒。

林寒点了点头："这姐姐说得对。我小时候有一次犯错了又不承认，被我妈罚站了一个小时。"

"好吧，那我……"

可还没等王炎说完，刘老师又重重地敲了敲黑板。

"陆冰同学，请你起立。还有坐在你后面蹭课的那个小家伙，也起立！"

王炎和林寒面面相觑，却只好双双站了起来。

"你们俩别在下面聊得热火朝天了。来！精力充沛的话，就来朗读这几句诗句吧！"

刘老师用手中的教鞭指了指黑板。

上面都是她刚刚写下的几行法语诗句。

这对林寒完全没有难度。

她清了清嗓子，大大方方地念着：

"Je t'aime pour toutes les femmes que je n'ai pas connues
Je t'aime pour tous les temps où je n'ai pas vécu
Pour l'odeur du grand large et l'odeur du pain chaud
Pour la neige qui fond pour les premières fleurs
Pour les animaux purs que l'homme n'effraie pas"

林寒从小就接触法语，虽说还不能像语言专业的大学生一样掌握得那么熟练，但看着句子朗读，水平还是相当不错的。

她的声音清脆、悦耳，语感也很丰富。

一时之间，林寒的朗读竟让整个课堂的学生们都听愣了。

她念完了，笑嘻嘻地看着讲台上的妈妈，一脸求赞许的小得意。

等到妈妈点了点头，她才乖巧地坐了下去。

"发音还不错，只是情绪不够饱满。"刘老师说完，又看向王炎，"陆冰，人家来蹭课的小同学都念完了，该轮到你了。"

王炎点了点头，双手下意识地抓住了衣角。

人生二十多年，王炎也不是没经历过大场面，甚至在成百上千名观众面前打过比赛。平日里，他也总是一副玩世不恭、散散漫漫的模样。但此刻，他却觉得自己的心跳得很快，紧张得不知该把手放在哪里。

"你跟我念，我说一句，你就念一句。"林寒在后面悄悄伏低身子，突然对王炎说。

"你不会耍我吧？"王炎将信将疑。

"你爱信不信！"林寒撇了撇嘴。

王炎此刻，只能选择无条件信任林寒了。

"Je t'aime pour toutes les femmes que je n'ai pas connues"

林寒念得很慢，王炎也不得不照葫芦画瓢地模仿着。

可王炎似是而非的发音，逗得其他人一片窃笑。

念了两句，王炎还是念不下去了。他搔搔头，不好意思地看着刘老师。

"行，陆冰同学，句子念不顺，就念念词组吧。"刘老师说着，指了指黑板上的一个词组，"这个词组怎么念？"

"Je t'aime"林寒在后面给他提词。

"Je t'aime"王炎回答。

"这个词组是什么意思？"刘老师立刻追问。

一直趴着桌子躲在王炎身后的林寒，脸蛋突然一热。

"那个……林寒妹妹，你快告诉我，这词儿什么意思？"王炎侧着身子，着急地小声问林寒。

"我……爱你。"林寒含糊地嘟囔着。

"啊？"王炎完全没有听清。

"我爱你。"林寒小声，但清晰地又说了一遍。说完，她却一下子把脑袋后面本已摘下的连衫帽又兜了起来，罩住了自己。

第十五章　死不认错

法语课告一段落。

其他学生都收拾好了书本，三三两两走出阶梯教室。

陈晖看着王炎："你要不要这就去跟刘老师承认一下错误？"

王炎嘿嘿一笑："我有什么错误？"

"你答应替陆冰上课，本来就是一种错误。"

"那等那个……陆冰回来，让他自己找老师认错。"

"陆冰到时候肯定跑不掉了，可你……"陈晖直言不讳地说，"你答应帮陆冰的忙，但是搞砸了。要是就这样拍拍屁股走了，你也太不够意思了吧。"

王炎一脸无奈，沉默地看着陈晖。

"姐姐，他就这样一个人。"林寒在一旁插话。

"林寒，你不去找你老妈吗？"王炎对她说。

"是啊，你也一起啊！"林寒挑衅似地看着王炎。

"一起就一起！"王炎腾地站了起来，"你老妈又吃不了我。"说完，王炎就忐忑不忑地跟着林寒走向讲台。陈晖也紧紧跟在他们两个人的身后。

刘老师已经收拾好了讲台的东西，一抬头，就发现王炎和林寒走了过来。

"大……大姐。"王炎吞吞吐吐地对刘老师说。

"啊？"刘老师诧异于王炎对她的称呼。

"叫老师！"林寒提醒王炎。

"哦，对！老……老师！"王炎不好意思地尴尬笑着。

"这位……同学，如果我没记错的话，你应该是扬江跆拳道队的队员吧？是小寒的队友，对不对？怎么，退役来我们这儿上学了？"刘老师缓缓说着，却紧紧盯着王炎的眼睛。

王炎一怔，片刻，才点了点头，但又马上摇了摇头。

"我不是退役来这儿上学的，可是……老师，你怎么知道我是跆拳道队的？"

"小寒刚进队的时候，有一次我去省体工大队找她，在训练场门口看过一会你们训练。我依稀记得，你是其中的一个队员。"

"王炎，我就跟你说，我妈记性可好了。"林寒又在一旁插话。

"林寒，请你不要总是插嘴。"刘老师严肃地对林寒说。

林寒乖乖地点着头，悄悄吐了吐舌头。

"老师，你没记错，我是省跆拳道队的王炎。"

"王炎，你今天来替我们学校的学生上课，肯定其中是有隐情的。别的我也不多问了，请你转告那个陆冰同学，这是第一次初犯，希望他能够正确认识自己的错误。如果还有再犯，我绝对不会手下留情了。"

"好，我一定转告他。还有……"

王炎说着，整理了一下身上的衣服，立正站得笔直。然后，他依着跆拳道的礼仪，恭恭敬敬地给刘老师鞠了一躬，认真说道："老师，对不起，我错了！"

王炎的声音很洪亮，在空旷的阶梯教室中回响着。

刘老师看着王炎诚恳道歉，脸上的神情不再严肃，而是露出了微笑。

"老妈，对不起，我错了。我不该上课聊天、插嘴。"林寒说着，也学着王炎的样子，认真地对刘老师鞠躬行礼，大声喊着。

"刘老师，"陈晖走上前，"我是新闻传播系大三（1）班的班长，我叫陈晖。今天缺席的陆冰同学是我们班的。发生今天这样的事情，身为班长我也有责任，我代表1班，还有陆冰同学向刘老师诚恳道歉，也请刘老师原谅。"

刘老师点点头："班长，我接受你的道歉。这样，还是刚才我跟王炎说过的那些话，请你回去转告陆冰同学，新闻传播专业很快就要组织社会实习了，所以这学期剩下的法语选修课都安排在了晚上。还希望陆冰同学克服一下暂时的困难，以后不要再因为个人原因缺席了。"

说完，刘老师看了看陈晖、王炎，又看了看林寒："那就下课，各回各家吧。"

"好啊，老妈，我们回家！"林寒开心地喊着。

……

王炎跟在陈晖身旁，走出了阶梯教室。

此刻，夜色已深。

"你要回跆拳道队？"陈晖问。

"是啊，要回宿舍咯。"王炎随口说，"东门，是往这边走吧？"

"东门？你们跆拳道队不是在学校西边吗？"

"哦……对对对！是我糊涂了。我就是从西边的门进来的。"

"那我送你去西门吧。"

"啊……我自己走过去就好。走过一遍，我记得路了。"

"我宿舍也在那边，正好，顺路。"

"哦，顺路……嗬嗬，那好，顺路。"王炎说着，跟陈晖并肩走着。

"对了，你们跆拳道运动员……都是动不动地跟人鞠躬行礼？"

"哈哈，那是成为习惯了。"

"习惯？"

"嗯，从小，我们进道馆学的第一课，就是怎么穿好道服、系好腰带，怎么跟教练、长辈鞠躬行礼。有人说，跆拳道搞这些花里胡哨的没用。可是，跆拳道之所以被称为'道'，就是因为它讲究'以礼始，以礼终'。"

"可是上一次，我和同学们去道馆参加体验活动，你也没教给我们这些啊？"

"你们上一次参加体验活动的时间比较短，又没有人穿道服，我当然先教你们些好玩的、有趣的、实用的，想办法让你们对跆拳道产生兴趣，好……"王炎挠了挠头，有些不好意思地笑了，"好愿意来我们道馆买课、上课。"

"买你的课？"

"买道馆的课……哪个教练的，都行。"

"你真实在。"

"哈哈，我也……我其实……嗯，你说得对，我挺实在的。"

"你的课要多少钱？"

"啊？"

"我就是随便问问。"

"哦……按照道馆的定价，我的私教课每周一次，每月学费一千元。不过，买了私教课之后，道馆其他的大课就可以任选，随便上、随便玩。其实也挺……划算的。"

"嗯，那我考虑考虑。"

"啊？"

"我考虑考虑，然后给你答复。"

"啊……不不不！你误会了，我不是要向你推销我的私教课。"

陈晖扭头看着王炎笑了："我也不是因为你今天说的这些话，才一时冲动，要买你的私教课的。我对跆拳道有好感，也有些好奇，我想……想多了解了解这项运动。"

"哦，这样啊……那你……随时找我吧。我也跟道馆的张馆长商量一下，看看争取给你个优惠价，我们应该照顾女学员的积极性嘛。"

"嗯，那就多谢了。我扫你个微信吧。"

"来，扫！"

两人交换好了微信，陈晖又随口问："王炎，那个叫林寒的小姑娘，就是我们刘老师的女儿。她年纪那么小，也是你们跆拳道队的？"

"哦，林寒啊，算是吧。"

"怎么叫'算是'呢？"

"她啊，可不是一般人。你看她在她妈妈面前聪明可爱得一塌糊涂，可实际上她是个特别有个性，也特别有主意的小孩。因为队里的一些变动，她之前的教练柯指导走了。她不服气新来的主教练陈指导，觉得陈指导挤走了柯指导，还事事针对她。她就跟陈指导大吵了一架，还提出了要离队。所以，这段时间她一直没有在队里训练……"

"那你们陈指导就……让她离队了？"

"其实，陈指导并没有把她的离队申请提交上去，而是压在自己手上。我觉得吧，陈指导肯定也舍不得林寒这么好的苗子。或许，陈指导一直在等。等林寒能够真正意识到她自己的问题，等她能够'浪子回头'……"

"你们陈指导……听起来也挺厉害的嘛。"

"他刚来队里才一个来月，我跟他接触不多。我只觉得他做事也特别较真，对，跟你们那个法语老师有点像。但他更严肃，也没什么笑脸。大家反正是都挺怕他的，也挺琢磨不透他。"

"怎么琢磨不透？"

"我听说他之前是在省体育局办公室当副主任，好好的公务员，朝九晚五坐办公室多轻松啊。不知道他干嘛要来趟跆拳道队这摊浑水……又累，又很难……唉，这些事我就不跟你说了，也挺没劲的。"

"嗯，那你……那你在队里，加油吧。"

"我，加油？"王炎嘿嘿一笑，"我也还不知道能在队里呆多久呢。其实，我也想退役了。"

听着王炎的话，陈晖不禁愣住了。

……

在校园的另一个方向，林寒母女俩也并肩在路上走着。

"小寒，"刘老师突然问，"你有没有想过，接下来你要怎么办？你不能一直这样一个人在外面训练。"

"我今天又给柯指导打了个电话，他说，扬江省体育局还是一直没有批准我的离队申请。所以，他也暂时没办法帮我推进去其他省市进行运动员注册的事……"

"你真的愿意离开扬江吗？"

"老妈，扬江跆拳道队已经没有我的容身之处了。"

"可是妈妈一想到你要去别的地方，妈妈就舍不得你。要不然你干脆不要练跆拳道了，就此退役吧。然后就安心念书，到扬江大学附属中学上高中，接着考一个好大学。你的年纪还很合适，要是再大一点，连上学都耽误了。"

林寒没有立刻反驳妈妈的话，她低着头默默地走着，看着路上一片又一片凋零的樱花。

"老妈！"林寒叹了口气，"我不服气，也舍不得。"

"你不服气什么？舍不得什么？"

"我不服气，就这样离开跆拳道。我也舍不得跆拳道，舍不得那块让我有了那么多梦想的垫子。"

"我知道，你的梦想一直是为国家争光。可将来上了大学，你也有机会继续练跆拳道啊。你可以去参加大学生比赛，甚至世界大学生运动会。在大运会的赛场上升国旗、奏国歌，也是为国争光啊，孩子！"

"老妈，我的梦想是在奥运会上升国旗、奏国歌。那不一样！在和世界一流高手的较量中获得胜利，站上最高领奖台，才是'更快、更高、更强——更团结'的奥林匹克精神呢。"

"小寒，林寒！"刘老师接过她的话，缓缓地说，"想成为一流高手，需要经历的考验和磨难都是很多很多的。不过，任何人要想实现蜕变和进步，首先要正视自己，看看自己有哪些问题、哪些缺点。只有认识到自己的问题和缺点，才能去改正、提高。俗话说'人贵有自知之明'，能够坦然认识自己的错误，其实很难。"

林寒一下子明白了妈妈的话。

"老妈！"林寒说，"原来，你刚刚前面说的那些话，都是唬我的？你不会让我就这样轻易选择退役上学？你会继续支持我实现我的梦想？"

刘老师摸了摸林寒的头："你是妈妈的宝贝女儿，妈妈永远都是你的后盾，永远支持你去追寻、实现你的梦想。但……妈妈也真的舍不得你这么小就离妈妈远远的，一年到头见不到几面……"

"老妈，将来我进了国家队，不也是每年很多时间都要去集训、比赛，见不到面？"

"所以，妈妈很珍惜现在你在扬江的每一天，珍惜有女儿陪在我身旁的每一刻。"刘老师缓缓地说，"因为妈妈知道，你是有能力进国家队的。哪怕，你不是跟着柯指导训练，而是现在扬江跆拳道队的陈指导，也会帮助你实现你进入国家队的梦想。"

林寒突然瞪大了眼睛："老妈，你告诉我，是不是表舅妈跟你说了什么？省体育局迟迟不批我的离队申请，是不是因为……因为陈天河他其实不愿意让我走？"

"你表舅妈和陈指导是老同事了，她很熟悉他。你表舅妈跟我们说，陈指导是一个很正直、很有能力的人，省体育局一直很支持陈指导的工作。她也觉得，你能够在陈天河的指导下继续训练，将来的前途不可限量。所以……小寒，如果你希望实现你的梦想，你就应该回扬江跆拳道队，去真诚地跟陈指导道歉，请求他原谅你，让你归队。"

林寒沉默着、沉默着，突然，她停住了脚步。

"老妈，我会回去，但我不会跟陈指导道歉，死也不会！"林寒一字一句倔强地说，"我会请求他让我归队，但我不会请求他原谅我。我要证明给他看，我不需要他故意给我制造坎坷，所谓地去磨练我。我会自己磨练好我自己，我也有能力成为真正的一流高手！"

第十六章　选择

"林寒回来了？"

"林寒回来了！"

扬江跆拳道队的训练场，几乎所有队员都在窃窃私语着，看着一个人背着背包，出现在训练场门口的林寒。

"都停下来干什么？抓紧时间热身，今天的训练科目很紧凑！"陈天河对队员们大声喊着，却没有回头看一眼。

林寒静静地在门口脱下鞋，走上训练场，走到陈天河身后。

还没等她开口，陈天河却先说话了："我们这有规矩，不经教练允许，外人不能随便进训练场地。"

"陈指导，是我。"

陈天河这才转头看了林寒一眼。

"你？"

"是我，陈指导。"

"谁让你来的？"

"我刚才去过张大队办公室了。"

"他让你来的？"

"嗯。"

"让你来训练？"

"他让我来找你。"

"找我干嘛？"

"他说，我的离队申请一直都在你那里。"

"张大队想让我把你的离队申请交给他？"

"不是的。"

"那是怎样？"

"我想请陈指导把我的离队申请还给我。"

"还给你？"

"是，陈指导，我……我要留下来。"

"留下来？留在扬江跆拳道队？"

林寒点点头。

陈天河冷冷一笑："林寒，你还是这么不懂事啊！你以为这里是什么地方，你以为这里是你家？想来就来，想走就走？"

"陈指导，我是不懂事，我认错，也认罚。只要你让我留下来继续训练，你罚我做什么都行。"

"你认错？也认罚？"

"嗯。"

"认错，就要有认错的态度。"

林寒站得笔直，向陈天河的方向鞠了一躬。

但陈天河不知道，林寒眼中望着的，其实一直是远处墙壁上的那幅五星红旗。

"你不说点什么吗？"陈天河又问。

林寒咬了咬嘴唇："请陈指导批准我归队。"

"你不跟我道歉吗？"陈天河再一次问道。

林寒看着场地上的队友、教练，片刻，她的目光看向了陈天河。

"陈指导！"她大声说，"我之前的行为冲动、冒失。但我只是就事论事，没有在语言和行为上冒犯你的意思。所以，我认识到我的错误，但我不会跟你一个人道歉，我……要跟扬江跆拳道队的所有教练、队员道歉。大家，对不起！"

说完，林寒又冲着整个训练场鞠了一躬。

陈天河似乎对林寒的态度早有心理准备。

他冷静地听完林寒所说的每一句话，看着林寒做完每一个举动。

"你不跟我个人道歉，没关系。"陈天河平静地说，"你说过你认罚，对不对？"

林寒点了点头。

"那好，距离全国锦标赛第一站还剩下整整两个月时间。你暂时归队，仍旧给宋曦做陪练。记住，你这只是'暂时归队'，离队申请我现在不会还给你，我要给你提一个条件。如果，你能够在这两个月的时间里，做好宋曦的陪练，帮助她在全国锦标赛第一站上拿到冠军，我就让你正式归队。否则的话，你就正式离队。"

林寒愣住了。

"怎么，做不到吗？"陈天河接着说，"你林寒不是号称什么'跆拳道神童'，什么'天才少女'嘛，不是青奥会冠军嘛，总不会连帮助队友拿一个'小小的'全国锦标赛冠军的本事都没有吧？我们扬江跆拳道队不养闲人，没什么真本事为扬江争光的家伙，就给我走。"

整个训练场死寂一般。

每个人都心知肚明，全国锦标赛哪里只是一个"小小的"比赛？那是中国跆拳道一年一度的高水准全国大赛。尤其是第一站比赛，全国各省市代表队的一流好手都会云集其中。

想拿冠军谈何容易。

"陈指导！"郭昊宇突然喊着，走上前几步。

"陈指导，我愿意替林寒！"

"你？替林寒？怎么替？"

"我一定在这次全国锦标赛第一站上拿到冠军！"

"笑话，你拿到的冠军是你的，跟她有什么关系。"

看到郭昊宇哑口无言，宋曦举起了手："陈指导，您给林寒定这样一个指标，我觉得是有点不太公平。"

"怎么？宋曦，你这是对林寒没有信心，还是对你自己没有信心？"

听到陈天河这样问她，宋曦刹那间沉默了。

但她还是实话实说："陈指导，我知道您那样说，是对我好，是对扬江跆拳道队好，也是对……林寒好，是您给她的一种激励。可是，您知道，我的能力……可能还不足以在全国锦标赛上拿到冠军……"

"宋曦，"陈天河说，"身为一个运动员，如果连比赛都没开始打，就觉得自己没有能力去争冠军，缺少必胜的信念，那她也就没有必要走上赛场了。我这个条件是给林寒的，如果林寒接受了，那么好，你就有机会尽你的所能，帮助她留下来。如果林寒觉得这个条件太苛刻了，那么她也可以有她自己的选择。"

训练场，又是一片沉默与寂静。

"陈指导，我接受这个条件。"林寒说，"如果我做到了，帮助曦姐拿到全国锦标赛第一站冠军的话……"

"那我就让你正式归队，恢复一切训练、比赛待遇。"

"我觉得，那还不够！"林寒说。

"你还想要什么？"陈天河问。

"陈指导，到时候，我想请你在全队面前大声地说，'我陈天河看错了林寒'。可以吗，陈指导？"

"小寒，你对陈指导提这样的要求，有些过分了啊！"郭昊宇在一旁喊道。

"小寒，不要这样跟陈指导说话。"宋曦和李静也异口同声地劝着林寒。

可陈天河的脸上，竟然露出了笑。他向队员和教练们摆了摆手，示意他们不要说话。

"林寒，我可以跟你打这样一个赌。"陈天河认认真真地朗声说，"如果你能够帮助宋曦在两个月之后的全国锦标赛第一站比赛里站上最高领奖台，我陈天河不仅会当着整个扬江跆拳道队教练、队员的面，我还可以趁着全国锦标赛的机会，当着全国跆拳道工作者的面，说一句'林寒好样的，我陈天河看错了她，是我有眼无珠'，好吗？"

"一言为定？"

"一言为定！"

陈天河跟林寒说完，又看向了全体队员："还等什么呢，开始训练！两个月时间，时不我待！"

……

紧凑而高效的训练课，让时间过得飞快。

一个多月没有和大家一同训练的林寒，回到训练场上，也尽情释放着自己的兴奋劲，更是感觉眨眼就到了训练结束的时间。

双方摘下护具，宋曦关切地问林寒，有没有在刚刚对练的时候被她踢痛。

"曦姐，你就放心大胆地踢吧！"林寒嘻嘻一笑，"你要是踢得不够狠，我才是会恨你的！"

宋曦看着林寒一头短发都如同刚刚被水洗过一般，有些心疼，也有些感动。

"小寒，你愿意回来，我很高兴。你放心，我一定会拼了命去争这个全国锦标赛冠军的！"

"可是，曦姐，你不怕到时候真拿了冠军，陈天河下不来台？"林寒说着，嘴角扬了扬。似乎，她的眼前已经出现了陈天河站在全国锦标赛决赛的垫子上，当着全国所有跆拳道省市队教练、队员的面，承认林寒了不起，承认他看错了林寒。

"我觉得，陈指导是一个说一不二的人。"宋曦说，"小寒，我去争冠军，不是为了我自己，更不是为了陈指导能不能下得来台，我……我是为了你能留下来。所以，我觉得……我有了比之前二十多年运动生涯中任何时候都高昂的斗志。这种感觉，是我以前没有感受过的。小寒，我想我们能成功！"

"曦姐，要想拿全国锦标赛冠军，只靠她一个小丫头，就算你再有斗志，也挺难实现的。"王炎不知何时，走到了宋曦和林寒身旁。他插嘴说的话，不禁让林寒皱起眉头。

"王炎，你这话什么意思？"

"林寒妹妹，我是说，这两个月，你要是没找到正确的办法，就是累死累活，也没办法帮曦姐拿到冠军的。明白吗？"

"你说我不知道正确的办法？那曦姐也不知道吗？我们的级别教练李指导她也不知道吗？"

王炎看看林寒，又看看宋曦，摇了摇头："曦姐，或许你和李指导都知道一些，但，你们肯定不会全都知道。对吧！"

宋曦愣住了。

王炎笑了："不跟你们逗闷子了。就这么说吧，我，有取胜秘笈，你们要不要？"

"瞎扯吧，就你，有秘笈？"林寒毫不相信王炎的话。

王炎伸出手，里面是一只小巧的U盘。

"这是什么啊？"林寒说着，就要去拿。

可王炎一下子敏捷地收回了手。

"我先问你，懂不懂'知己知彼，百战百胜'的道理？"王炎问她。

"这有什么不知道的啊，这个道理谁都懂啊！"林寒回答。

"好！曦姐是位老队员了，她的风格、特点，甚至短板，你都清楚吗？"

林寒一下子被王炎问住了。进入扬江跆拳道队两年左右的时间，林寒始终跟着柯进训练，她的精力也一直放在钻研自己的技术上。说实话，即便是朝夕相处差不多两年的队友，她对宋曦的情况，也只能说是一知半解。

"还有，曦姐这个级别，就是你的级别，在全国锦标赛的主要对手都有哪些？哪些对手是曦姐能够轻松战胜的？哪些对手是曦姐能够努力争胜的？还有哪些对手是曦姐很难对付的？这些，你也不全都清楚吧。"

"那你……都清楚吗？"林寒嘴硬地反问王炎。

"我都清楚！"王炎脱口而出，让林寒和宋曦都震惊了。

"去年青奥会前后，你跟柯指导去比赛，不在队里。所以你不知道，张指导曾经安排我给曦姐当过一小段时间的陪练。曦姐，是这样吧？"

宋曦点点头："对，去年全国冠军赛之前，王炎陪我练过半个月的时间。"

王炎举起了那枚 U 盘。

"这里面，是曦姐最近两年的比赛视频，还有女子 49 公斤以下级里，她主要对手的比赛视频。还有，曦姐的技术动作分析，我也做成了文档和表格，都存在里面。林寒，如果你能够认真研究分析这些资料，然后模仿主要对手为曦姐提供陪练，帮她弥补好技术短板的话，你才有机会让曦姐登上全国锦标赛的最高领奖台。秘笈，就在这里。"

"王炎你够厉害的啊！这些资料，都是你整理的？"

宋曦惊喜地喊了起来。

王炎不置可否地微笑着，看着林寒。

"谢谢你，王炎。"林寒说着，就要去拿王炎手中的 U 盘。

"等等啊，"王炎却说，"你这样也太没诚意了。"

"那你要我怎么样，才叫有诚意啊？"

"我一直喊你'林寒妹妹'的，你连一声'哥'也不喊？"

林寒被王炎的要求气得笑了出来。

"嘿，有你这么脸大的嘛，追着人家喊你叫哥！还有，你以为我听不出来？你每次喊我'林寒妹妹'是诚心诚意的吗？你那就是为了逗我，觉得好玩罢了。"

"那你不叫我'哥'也行，反正这秘笈嘛……"王炎晃了晃 U 盘，但并没有放回到自己兜里，而是轻轻塞在了宋曦的手里，"我是给曦姐预备的，我希望曦姐能够在今年的比赛里取得好成绩。"

"谢谢你，王炎！"宋曦感动地说。

王炎点点头，转身就走。

"喂！"林寒突然轻声喊道。

王炎扭头看着她。

"谢谢你，炎哥。"林寒说。

她突然觉得，王炎也不是那么让她讨厌的人了。

第十七章　邂逅

"哦，对了！"王炎突然想起些什么，嘴角带着狡黠的笑，对林寒说："如果在体工大队院子里或是食堂里，反正甭管哪个地方吧，要是遇到有人找你要微信的话……林寒，一定先冷静，千万不要动手打人。"

"啊？"林寒看着王炎，摸不着头脑，"炎哥，你这话什么意思？谁要找我要微信？我怎么会打人？"

"反正你记住，不要动手，就对了！"王炎摆了摆手，"我去吃饭了，拜拜！"

说完，王炎潇洒地转身离开了训练场。

只留下了一脸懵的林寒，和同样完全不明就里的宋曦。

因为王炎这番话，从训练场到运动员食堂这短短几百米的路程，林寒一路都走得小心翼翼。

不过，就像以往任何一天一样，路上没有什么不同和怪异之处。只是偶尔有那天在体工大队办公会现场参会的教练经过，看到林寒又回来了，他们会下意识地一怔。但凡遇到这样的教练，或是体工大队领导，林寒都会停下脚步，向他们鞠躬问好，一如之前那样。

来到食堂，郭昊宇远远地就冲着林寒挥着手。

郭昊宇和另外一个男队员小翟已经占据了一个安静且距离取餐台不算远的四人餐桌。那儿算得上整个食堂用餐区的"黄金位置"了。林寒走了过去，放下背包，取了饭菜。

等到林寒端着餐盘返回餐桌时，小翟已经三口两口扒拉光自己的食物，端着餐具一溜烟地走了。

"他……吃得那么快啊！"林寒随口说着，坐在了郭昊宇对面。

"小翟最近迷上了一个手机游戏，趁着中午午休的时间回去练级呢。"郭昊宇说着，看了看林寒盘子中又素又少的饭菜，有些心疼她了。

"这段时间暂时不需要比赛，小寒，你别对自己太苛刻了。"

"我听说，女生到了我这个年纪，特别容易长体重。我还是平时控制好一点，管住嘴，免得到时候降体重更难受。"

"你现在每天陪宋曦训练，强度一点都不比以往自己训练的时候低。你别太累了，也要小心受伤。要是哪儿不舒服，千万别硬挺着，跟哥说。需要请假了，你不方便直接跟陈指导说的，也跟我说。我去帮你跟他请假。"

"我知道了，哥！我心中有数。"

林寒说着，只觉得一阵暖意密布了心间，不由得嘴角也带起微笑。

突然，一个人端着餐盘，站到了林寒和郭昊宇的餐桌旁。

林寒抬头一看，眉头微微皱了起来。

"你？"

"林寒，你……回来了？"

"啊？"

"我……我……之前好久都……没见到你。"韩宁吞吞吐吐地说。

韩宁从刚才一进食堂，就惊讶地发现林寒出现在了食堂中。这种惊喜不亚于天上掉下来个林妹妹一般。

韩宁想起那天王炎对他说的话，他鼓起勇气，来到林寒身边。

"你有什么事吗？"林寒放下筷子，纳闷又小心翼翼地问韩宁。

"林寒，我能……加你一个微信吗？"

"啊？"

要不是食堂的椅子和餐桌是一体构造的，林寒惊讶得差一点要抓着椅子一起蹦起来。

原来……王炎说的是这么一回事啊！

她想着，四处张望了一下。

王炎正坐在靠窗的一张空餐桌上，目不转睛地吃着盘中的食物。似乎，他丝毫没有注意到这边发生了什么。

林寒转头看向韩宁。

"你……你要我微信做什么嘛？"

"我想……有空的话，和你多聊聊。"韩宁说着，瞥了一眼林寒对面的郭昊宇。

郭昊宇正神情严肃地瞪着他。

林寒这才想起来，要跟郭昊宇介绍一下韩宁的来龙去脉。

"哦，哥，这个就是拳击队的韩宁。"林寒的顽皮性格又上来了，她笑嘻嘻地说，"就是他跟我，上一次在这儿打了一架。"

然后，她又对韩宁说："这是我哥，跆拳道队队长郭昊宇。"

"就你小子，敢伸手打我妹妹？"郭昊宇说着，眼神更犀利了。

"哥……那一次，都是……误会……"韩宁苦笑着说。

"哥，是误会。上次赶上我心情不好，所以遇事鲁莽了些，才和韩宁他争执起来。他要打我那一拳的时候，正好炎哥在旁边，是炎哥替我挡下了。韩宁没碰到我，他只是揍了炎哥一顿。"林寒说着，又看了一眼窗边的王炎。

"是……是！反正是我不对。当时我那一拳也是……习惯性动作了，也没意识到是冲着林寒打过去的。不过好在王炎哥给我拦下了……要不然，我会很后悔。"韩宁也继续吞吞吐吐地辩解着。

"那你现在就不后悔了？"林寒故意问韩宁。

"后悔！肯定后悔！但……也……也不后悔。"韩宁憨憨地笑了。

"怎么？"林寒纳闷地看着他。

"不打不成交嘛。要不是因为那次，我也不会认识你……哦，还有王炎哥。"

"韩宁，我跟我妹在这儿吃饭呢，你要是没别的事情，不要打扰我们，行吗？那边人也不多，也有空桌。"郭昊宇说着，有些不耐烦地指了指远处，示意韩宁不要在这儿继续纠缠了。

"我没……别的事。"韩宁有些尴尬地看着林寒，"就是……想问，我能不能加你微信？"

"加我微信倒不是不行，只是我平时不怎么在微信上聊天。再说……我们都在一个院子训练，每天抬头不见低头见的，有什么话不能当面说？"

"林寒，其实我……想跟你请教。"

"跟我？请教？"

"嗯，你毕竟是拿过……青奥会冠军的队员，我想问问你……平时怎么训练、提高的。"

林寒一怔，脸色渐渐凝重下来。

她深深叹了一口气，从兜里掏出手机，亮出自己的微信二维码。

"韩宁，你先扫码吧。以后找时间，我再跟你说。你先让我跟我哥把饭吃了，行吗？"

韩宁看出林寒不太开心，于是老老实实扫码加了林寒的微信，就端着餐盘走了。

"这家伙，莫名其妙。"

林寒用筷子扒拉着餐盘中剩下的几片菜叶。

"小寒，你别理他。"郭昊宇冷冷地说。

郭昊宇的态度，却一下子让林寒有了兴趣。以往郭昊宇待人接物总是彬彬有礼，即便对方有什么粗俗的语言、行为，郭昊宇也会心如止水地平静应对。可今天只是遇到了一个韩宁，郭昊宇就似乎把不高兴挂在了脸上。这种反常的表现，林寒还很少见到。

"哥，你怎么不高兴了？"

"我没不高兴啊。"

"你都挂脸上了。怎么？因为什么？"

"我一想到那个韩宁拖累你受罚，我就有点生气。"

"哈哈，哥，你是为了我才生气啊？"

郭昊宇看看林寒，脸色有些微微泛红。

"嗯，我以后不会再犯那样的错误了，不过……"林寒顿了顿，接着说，"我倒是觉得那个韩宁也不是坏人。反正他……"

"他看着老实巴交，其实心里鬼点子不少呢。"郭昊宇接过话来。

"怎么？哥，你看出他什么鬼点子了？"

"还说什么要跟你请教训练提高的方法，才要加你微信，哼，当我们是傻子嘛！"

"哥，那你说，他为啥还要加我微信？"

"他不是想……"

郭昊宇想了想，还是咽下了后半句话。

"他咋了，哥？"

"反正，你以后好好训练，少搭理他。"

林寒其实什么都明白，但她仍然乖乖地点着头。

"嗯，哥，我听你的。我好好训练，不会去想那些乱七八糟的事情。"

……

韩宁虽然没能和林寒多聊上几句，但他如愿加上了林寒的微信，心里还是挺高兴的。他端着餐盘，没走多远，就听王炎轻声喊着他。

韩宁走到王炎那张餐桌前，想起王炎曾说过不喜欢和别人同桌吃饭，所以韩宁迟疑着，一时半会也不敢坐下。

"坐这儿吃吧，"王炎说，"正好，我问你个事。你要到林寒微信了？"

"嗯嗯！"韩宁使劲点着头。

"她没问你，要加她微信干什么？"

"她问了啊。"

"你怎么说的？"

"我说，她拿过青奥会冠军，所以我加她微信，是想跟她请教怎么训练、怎么提高的。"

"你真是个傻小子！"

"啊？"

"你这叫'哪壶不开提哪壶'，你知道吗！"

"啊……怎么？"

"林寒被我们新任主教练好一顿敲打，都差点离队了，你又不是不知道。就是为了让她认识到，别一天到晚总把青奥会冠军的成绩挂在嘴边，要潜心训练、踏实做人。你倒好，一开口就是'青奥会冠军'。这不是揭她伤疤嘛！她没揍你，还给你微信？"

"我……王炎哥，这个我是真不知道。我只听人家说，林寒特别看重去年拿到的青奥会冠军，所以我……"

"嗯，这也不怪你。她一个月之前，的确就像你说的那样，很看重那个冠军头衔，也总拿它说事。但这一个月里，她经历了不少，也明白了许多道理。林寒是一个骄傲但聪明的运动员，只要她明白什么是对的，什么是错的，她一定会立刻改正。对，就比如说在这件事上，要是之前她那暴脾气，说不准又要踹你一脚了。"

"王炎哥，你说得对。我……以后还是得听你的。你多教教我……"

"啊？我教你？教你什么？教你追林寒？我可没这本事。你别找我！"

王炎说着，注意力却被窗外吸引住了。

运动员餐厅外的小空场上，一个穿着一身碎花连衣裙的女孩子迟疑地站在那儿，似乎在等人，又似乎在寻找些什么。

是她！

王炎想着，腾地站了起来。

"那个……韩宁，我不跟你聊了。我这边还有事。真的，你要追林寒，你就去追，这个事情，真不是别人能教你的。你自己好好领悟……加油！"

说完，王炎快步冲到水池前，胡乱清洗了餐具，往餐具收集箱中一扔，转身就跑了出去。连林寒在后面好奇地喊他，都没顾得上答应一句。

跑出了餐厅，陈晖还站在那儿。

"陈晖。"王炎喊着，两三步就跑到了她的面前。

"咦，你怎么在这儿？"陈晖纳闷地看着王炎。

"应该是我问你吧，哈哈。"

"哦对了，你就是扬江跆拳道队的队员，我差一点就忘了。对不起，我总想着你是道馆的教练'王指导'呢。"

"那你今天来这儿，肯定不是找我的吧？"

"嗯……算是，也不是。"

"怎么？"

"我这个月开始，到扬城日报社实习了。我们实习指导老师给我布置的第一项任务，就是来扬江体工大队深入采访一支运动队，写一篇生动的深度报道。所以，我今天过来，就是想去跟体工大队张大队长见个面，请他帮我安排到跆拳道队的相关采访。"

"你要采访的对象，就是我们跆拳道队啊？"

"嗯，我……还是对跆拳道队有兴趣。我还听说，你们跆拳道队有一个青奥会冠军？"

"哈哈，那你算找对人了。不过……青奥会冠军可不是那么容易采访的。"

"怎么？冠军架子很大？"

"不是架子大。"

"咦，青奥会冠军……总该不会是你吧？不对，应该不是！"

"那肯定不是啊，我今年都 22 了，早就超龄了，人家青奥会也不要我啊。"

"那你说，青奥会冠军怎么难采访？"

"青奥会冠军她……现在正处于'闭关修炼'期。所以，我们主教练应该也不会让她接受记者采访的吧。"

"哦，你要是这么说，那我就更感兴趣了。不行，我一定得请你们主教练同意，让我采访一下这个闭关修炼的青奥会冠军。"

"呐，在那儿呢，她来了。"王炎说着，冲着食堂大门努了努嘴。

陈晖望去，果然愣住了。

"她……她不是……"

"对，你想要采访的青奥会冠军，就是你们法语课刘老师的宝贝女儿，林寒小妹妹！"

第十八章　实习记者

扬江跆拳道队下午的训练刚刚开始，张君就带着陈晖走进了训练场。

"老陈啊，这就是我之前跟你提过的那位扬江日报社的实习记者。她叫陈晖，巧了，跟你一样，都姓陈。她这一次希望在咱们扬江跆拳道队深入采访一段时间，请你这位主教练，好好配合人家的工作啊。"

陈天河面色凝重地看着陈晖，没有主动问好，也没有伸出手来和陈晖握手，反而显出一副"你来做什么？"的态度。不太高兴的神情，也隐隐出现在陈天河的眉宇之中。

"张大队，咱们体工大队有那么多扬江省的优秀运动队。什么拳击队、游泳队、乒乓球队、羽毛球队、网球队，还有扬江女排、扬江男排，都在这边训练。要不，就请记者朋友去宣传宣传其他兄弟队伍的训练情况吧。我们跆拳道队成绩平平，没什么可宣传报道的。"

张君被陈天河的话噎了一个跟头。他愣住了，也不知该说些什么。

张君认识的陈天河不是这个样子。

以往的陈天河对队员管理严格，但对外人，无论是同辈、同行，还是资历、社会地位和他有差异的人，都会以礼相待、笑脸相迎。

尤其是在省体育局办公室担任副主任的两年多时间里，陈天河还一直分管宣传工作。和记者打交道已是家常便饭的他，又怎么会对一位衣着得体、文质彬彬的实习记者态度如此生硬呢？

张君有点摸不着头脑了。

"张大队、陈……指导，我是扬江日报的实习记者陈晖。我喜欢体育，也熟悉一些运动项目，但我对跆拳道很感兴趣。陈指导，是我向张大队申请来跆拳道队采访的。因为我觉得，咱们扬江跆拳道队在扬江各支运动队里面，是很有代表性的一支队伍。我听说这支队伍曾经有过辉煌的过去，但也经历过低谷。现在，这支队伍换了一位新任主教练，大家正在卧薪尝胆，希望能够打好翻身仗。我还听说，咱们队伍里有一位拿到过青奥会冠军的运动员，她甘心为其他老队员担任陪练……我想好好地了解这些故事，把咱们扬江跆拳道队的刻苦拼搏精神宣传出去、报道出去。"

张君高兴地点了点头："还是人家记者老师有水平。老陈，就这样定了啊，同意这位记者到跆拳道队采访，也是体工大队领导班子的意见……"

说着，张君凑近陈天河，压低了声音："人家还是个没毕业的大学生，老陈你别把人家孩子吓着了。"

人家孩子？陈天河想着，仔仔细细地端详着张君。

张君的眼神中没有丝毫的掩饰和做作。看起来，他确实还没认出来陈晖是谁。陈晖应该也并没有在张君面前自报家门。

陈天河这才"嗯"了一声。

"张大队，那行，我同意大队领导班子的意见。不过，这位记者的采访不能干扰我们队伍的正常训练，队员们还有两个月就要参加比赛了，时间非常宝贵。"

"没问题，陈指导！"还没等张君说话，陈晖就在一旁朗声说，"我绝对不会干扰队伍和您的工作。我会在旁边好好观察，在大家训练结束后再去进行采访……"

"还有一点，"陈天河打断了陈晖的话，"你不要去采访林寒，就是你听说的那个当陪练的青奥会冠军。"

"怎么？"陈晖一怔。

"首先，任何成绩和任何头衔都是过去式，现在站在这片训练场上的每一位运动员都只有一个共同的身份，那就是扬江跆拳道队的队员。其次，林寒作为全队最年轻的一位队员，她还有体工大队的处分在身。我认为她现在并不适合接受任何记者的采访，或是对她个人的宣传。"

"她有处分在身？这是怎么回事？"

陈晖惊讶地看了看正在认真做着准备活动的林寒，又惊讶地看了看陈天河。

"这其中的事情，有时间我会告诉你的。"

"那……陈指导，我采访您可以吗？"

"关于队伍的事情，你可以采访我。但关于我个人，我也不希望你来宣传报道我。"陈天河说着，指了指训练场上的张小清、徐彬、李静和队医刘大夫，接着对陈晖说："这些位级别教练、队医，他们每个人都兢兢业业地为了跆拳道事业在努力工作。你采访他们吧，他们的故事，比我有意思得多。"

"可是您是跨界教练啊！"陈晖脱口而出，"您带了那么久的扬江武术散打队，拿到了几乎所有全国比赛的冠军。现在却来跆拳道队担任主教练……我想，所有读者都会很好奇您是怎么想的，您为什么要这么做。"

陈晖的话，却让陈天河的脸色再一次凝重起来。

"我已经说过了，任何成绩和任何头衔都是过去式。这位记者，如果你想留在跆拳道队采访，你现在就可以按照你说的，去那边好好地观察，看看大家都是怎么训练的。训练结束之后，你希望采访谁，先和我打个招呼。当然，除了林寒之外的其他人，我都会让他们尽量配合你的采访，满足你正常的工作要求。"

陈晖看着陈天河，片刻，她点了点头，走到了训练场的一边，在垫子边席地而坐，安静地观看起队员们的训练来。

"老陈，你今天是吃了枪药了还是怎么着？"张君抱怨起陈天河，"人家虽说是一个实习记者，但毕竟也是报社派来深入队伍的。现在，愿意来基层深入体验生活的记者不多了。人家小姑娘年纪轻轻，看上去踏踏实实的，这多好啊。你怎么上来就给人家一顿怼，搞得你扬江跆拳道队好像……唉，我估计就是国家队也不会像你这样。"

"张大队，该说的，我都当着你和她的面说完了。该配合的，我会配合，但我也不希望她干扰到队伍的训练工作。"

张君点点头："老陈，我知道你新官上任，压力很大。记者来了跆拳道队，怎么开展工作，还是你说了算。我只求你，别对人家姑娘那么生硬，让人家对咱们体工大队，对咱们体育工作者有一个好印象。唉，对了，林寒那丫头这两天表现得怎么样？"

"你总算跟我说正事了。"提到林寒，陈天河的脸色舒展了些，"小丫头自从回来之后，感觉懂事了不少。我跟她打赌，如果她能够做好宋曦的陪练，帮宋曦拿到全国锦标赛第一站比赛的冠军，我就当着全国各省区市教练的面，承认她有本事，承认我看错了她。所以，她现在每堂课都恨不得使出一百二十分的本事来陪宋曦训练。"

"老陈，真有你的。你给她定的这个目标，真是戳到她心窝子里去了。啊，要是她实现不了这个目标呢？我知道，宋曦虽然是位各方面很不错的老队员，但她的实力，还不足以在全国比赛上稳获冠军吧？"

"林寒的离队申请，还在我办公室的抽屉里锁着呢。"

"呀，你可别弄假成真，到时候真把她赶走了。"张君不放心地瞅了瞅陈天河，压低了声音，"老陈，我还听说一件事。柯进准备去东川省跆拳道队担任主教练了？"

"他？我没关注过他的事。"

"林寒是他的心头宝，东川又是一个在体育事业上愿意投入的大省。你就不担心柯进到了东川，回头来挖咱们的墙角，想尽办法把林寒挖过去？"

"只有墙角的烂泥和碎砖，才能够被人挖走。"陈天河说，"真正的好石、好砖，柯进是挖不动的。"

"唉，你们这兄弟俩……要是都能在扬江齐心协力，该多好啊。"

"估计这辈子，不可能了。"陈天河幽幽地说。

看到张君无言地站在那儿，陈天河想起了一件事："对了，张大队，正好你在这儿。我晚上请个假，回趟乡下老家。老爷子今天八十大寿。"

……

陈晖在训练场旁一坐就是一个下午。

她没有找运动员或是教练员进行一对一的采访，只是默默地、认认真真地看着队伍的训练，还用小本子记录着她所看到的和她觉得有意思的。

王炎偶尔会走过来跟她打个招呼。

李静很细致耐心，不但给陈晖送了瓶矿泉水，还不知从哪里找了个厚实的坐垫给她。说是地上凉，女孩子席地而坐久了，对身体不好。

林寒在陈晖眼中，却和第一次见面时有了完全不同的印象。

在阶梯教室蹭课时的林寒，穿着宽大的连帽衫、牛仔裤，虽然个子高挑，却依然散发着少女的顽皮和可爱。

训练场上的林寒，一身洁白的道服虎虎生风，腰间束着的黑带，随着她的身形变换而在空中上下翻飞。

她伴着每一记踢击而发出的呐喊和咆哮，更是震人心魄。

"高手"，陈晖在笔记本上写下了这样两个字。夕阳的光，透过训练场明亮的玻璃窗照了进来。训练也终于告一段落。其他队员、教练收拾好装备就陆续离开了。很快，空旷的训练场只剩下陈晖和陈天河两个人了。

陈晖走向陈天河。

她没有了一开始见面提出采访要求时那种据理力争的气势，现在的她，却显得有些拘谨起来。

"爸……"陈晖轻声叫着陈天河。

陈天河看着陈晖："来采访之前，你怎么不告诉我一声？"

"上周，我给您打电话的时候，告诉过您，我要到扬江日报文体部实习的事情。"

"我是说，你今天来体工大队采访，还指名道姓地要来跆拳道队。怎么就不提前跟我说？"

"我怕您不让。"

"你也知道我不愿让你来跆拳道队。体工大队这么多运动队，你完全可以找一支成绩更好、更有亮点的队伍。"

"可是，我想来跆拳道队。我想看看，您是怎么工作的。"

"你没跟张大队说，你是我女儿？"

陈晖摇摇头："我没跟任何人说，您是我爸。甚至林寒的妈妈，我们法语陈老师也不知道，我爸爸是她女儿的教练。"

"我能看出来，张大队他没认出你来。你小时候见过他几面，这一晃也这么多年了，他认不出来长大的你，也正常。"陈天河说，"也算你聪明，没跟他说这件事。要不然，我是绝对不会让你留在跆拳道队这里采访的。"

看着陈晖怯怯地沉默着，陈天河的语气缓和了些："小晖，爸爸不是不支持你的实习工作。爸爸这边压力也很大，希望你能理解我。现在，扬江跆拳道队还不是宣传报道的时候。"

"爸，我是学新闻传播的。可能我不懂跆拳道，但我知道，新闻报道是什么。其实就像您说的那样，成绩和头衔代表不了什么。不能说没有取得好成绩，运动员和教练员就没有付出相应的努力和心血。我想把这些，人们平日里看不到的东西，都写给读者们看。这才是有价值、接地气的新闻报道啊。"

"小晖，就算你是我的女儿，你的这些冠冕堂皇的话，也说服不了我。"

"爸，那我说几件小事吧。我今天看到了，林寒摘下护臂的时候，她的右胳膊青了一大块！整堂训练课，她那胳膊不知道被队友踢了多少次，可她一声都没吭过。还有……"

陈天河愣住了："还有什么？"

"那几个男队员，把一支脚靶都踢断了。"

"哦……这个我也注意到了。"

"还有，那个年纪比您小一点的男教练……"

"徐彬？"

"对，是徐指导。他一下午的训练间隙，吃了七颗喉宝。按说，他本来可以不用那么大声提醒队员的。"

"七颗？他每吃一颗喉宝，你都数了？对，训练课扯着嗓子纠正队员们的每一个技术动作，就是他的风格。哪怕是慢性咽炎复发，他也改不了这习惯。"

"另外……"

"另外？"

"那位队医刘大夫，是不是最近崴脚了，还没有好彻底？我看他走路一瘸一拐的，却还跪在场地边，帮队员们冲泡运动饮料。"

"这一下午时间，你看到了这些？"

"爸，我看到了，也记下了。"

这一次，轮到陈天河沉默了。

片刻，他从兜里摸出了车钥匙，递到陈晖面前。

"小晖，你先去停车场，到车里等我吧。"他说，"我去办公室收拾一下东西，然后咱俩就去接你妈妈。我们一同回乡下老家，给爷爷过生日去。"

第十九章　兄弟

距离扬城市四十多公里的江下县新门镇柯家村，是陈天河的老家。

陈天河自己开车，载着妻子、女儿回到阔别已久的老家，一路上他的心情却很复杂。

他知道，无论以往怎么样回避，今天这个场合，柯进一定会到。

见了面，柯进会跟他说些什么？他又应该跟柯进说些什么？

他不是不知道，但他不愿去想。

五十多年前，作为当地大姓柯氏一族的长子长孙，陈天河就出生在这里。

他的父亲柯寿璋是村党支部支书，也是当地传统武术柯家拳的第十一代传承人。

陈天河出生不久，村里就发生了一件大事。

一户陈姓人家的独生子在部队服役期间，参与了一次抢险救灾行动。他救下了许多群众，自己却不幸牺牲，成为了烈士。

当时陈家只剩下这位军人刚刚新婚不久的妻子和年迈多病的老母亲。

老母失独，妻子失夫，陈家的悲痛遭遇，让全村人动容。

作为村干部，同时也是一位退役老兵的柯寿璋义无反顾站了出来。他不但担起了赡养烈士母亲的责任，还说服家人，把自己的儿子过继给陈家。这也正是为什么陈天河姓陈，却不姓柯的原因。

过了几年，柯家的第二个儿子柯进呱呱坠地。

小时候，陈天河和柯进两兄弟感情特别好，一起玩耍、一起成长。

柯寿璋在工作之余，也把柯家拳的武艺尽数传授给兄弟二人。

陈天河和柯进虽然是亲兄弟，但两个人在习武精进方面却不尽相同。

柯进非常聪明，什么招数都是一学就会。

陈天河却爱较真，一招一式非得把如何衔接、如何发力弄得清清楚楚，要慢慢体会其中的道理。

所以看上去，柯进学功夫的速度很快就超过了已经成为扬江武术队专业运动员的陈天河。后来，也顺利进入扬江青年武术队的柯进，在全国武术比赛中拿到了青少年组的冠军佳绩。得到了外界更多赞叹的柯进甚至觉得自己已经全方位地超过了大哥。

那年，陈天河二十一岁，柯进十六岁。恰好如此时的郭昊宇和林寒一般年纪。

终于，柯寿璋要按照老传统，正式确立柯家拳的第十二代传承人。

他专门挑了个好日子，邀请武林同侪和村民代表来到柯家宗祠。正当柯进觉得这个传承人非自己莫属之时，柯寿璋却当着所有人的面宣布，将把自己的衣钵传给陈天河。

柯进当时对父亲的决定非常震惊和意外。

他认为父亲是因为觉得把大儿子过继给了陈家，而心中有愧，才这样故意偏袒陈天河的。年少的柯进甚至说出了"陈天河姓陈，不姓柯"这样决绝、无情的话。可换来的结果，只能是被柯寿璋怒斥一顿。其实柯寿璋这些年看得很清楚。陈天河虽然学武慢，但他认真、扎实，也真正领悟到了武学之中的"道"之所在。只有明白了"道"，而不仅仅是招数，才能够成为真正合格的传承人。

接下来事情的发展，却越来越戏剧性了。

虽然在全国青少年比赛中，柯进的成绩很突出，但到了成年之后，柯进的问题和短板终于凸显出来。无论他再怎么努力，也始终未能在成年比赛中站上过最高领奖台。

在一次同室操戈的全国散打王争霸赛上，柯进被陈天河不慎踢断了肋骨，就此黯然退役。

然而很快，柯进却偶然间听说了北京要举办一个跆拳道裁判培训班。虽然"跆拳道"当时还是一个新鲜词，柯进仍然敏锐地察觉到了其中的机会。他向体工大队申请去参加了这个培训班，并就此进入了在中国还是新兴项目的跆拳道运动领域。随后的几年里，柯进在跆拳道界如鱼得水，身份也从裁判一跃成为教练。他借助柯家拳擅长腿法的优势，培养出了不少在国内比赛中特点鲜明的运动员。直至几年前，柯进挖掘出了各方面条件出众、潜力无限的林寒。他把林寒带到了青奥会冠军的最高领奖台，无疑也成就了他执教生涯的巅峰之作。

而陈天河却默默地坚守在武术散打领域。

在结束了专业运动员生涯后，陈天河在扬江武术散打队担任了一段时间的教练，又接受扬江体育局的任命，担任扬江武术散打队的主教练。虽然八年时间里，陈天河凭借着踏实诚恳的工作风格，带领扬江武术散打队斩获了一项又一项全国比赛的冠军，但武术散打毕竟不是奥林匹克运动项目，拿到再多冠军，在外界那儿始终是默默无闻。

事业成就上的巨大反差，也使得陈天河和柯进两兄弟之间的交流沟通越来越少，越发在公众场合形同陌路……

柯寿璋的八十大寿就在柯家的小院子里热热闹闹地办着。

全村的亲朋好友齐聚这里，甚至还有不少老朋友专程从扬江其他城市赶来为柯寿璋祝寿，让老人开心异常。

柯进果然赶在陈天河之前就来了。

他甚至撸起袖子，和几个远房表姐妹一同在厨房忙碌开，亲手烧菜、煮长寿面……柯家显得一片祥和。

吃饭时，柯进也是餐桌上的主角。

他一边说着老爷子爱听的祝寿词，一边张罗招呼着亲戚、朋友，整个一副家中主事人的样子。

倒显得真正的长子，不爱言谈的陈天河像个外人似的。

"大哥！"柯进突然端起酒杯，对陈天河说，"我敬你一杯！"

陈天河拿起面前的玻璃杯，里面是一杯橙汁。

"你喝一点酒吧，回去路上让嫂子或是小晖开车。"柯进劝着陈天河。

"明天还要训练，喝得一身酒气，不好。"陈天河简单地回答。

柯进便没有再劝，而是把自己的那杯白酒一饮而尽，意味深长地冲陈天河笑了笑。

这也成了两个人在吃饭期间的唯一一次交流。

夜色深沉，寿宴曲终人散。

喝得有些微醺的柯进终于再一次走到陈天河的身旁。

"大哥，有时间聊几句吗？"他轻声在陈天河耳畔说。

该来的，一定会来。

陈天河想着，微微一笑："有啊。"

"走吧，去二楼天台，那儿安静一些。"柯进说着，引着陈天河上了楼。

乡村的夜晚，寂静，且月朗星稀。

柯进指了指不远处，感叹："大哥，你还记得村东头那棵大树吗？就是我们小时候总去爬的那棵，好像已经没有了。"

"对，去年因为要拓宽村口的公路，所以被移走了。村里的车越来越多了，你也有很久没回来了吧！"

"你忘了？去年春节，我回来了。哦，对，春节那次，你是趁我走了，才回来的。哈哈，当时已经有消息说，你要接替我当省跆拳道队的主教练了。怎么，那时候你就怕和我见面？"

陈天河沉默不语。

"小寒……最近怎么样？"柯进突然问。

"你应该很清楚她的情况吧。"陈天河回答。

"我……前一段一直不在扬江。被你们赶走之后，我先去大西北自驾游了一圈，散散心。然后嘛，就是到处找工作。大哥，我也得吃饭啊不是？"

"林寒的训练很刻苦。队伍的情况也很好，重回正轨了。"

"哦，那就好！"柯进说着，扶着天台的栏杆，远远地眺望着夜色中的村庄、田地。

突然，他说："大哥，把小寒还给我吧。"

"什么？"

"我说，你把小寒还给我吧。"

"还给你？"

"她是我的队员，是我一手带大的，就像……"柯进顿了顿，"就像我的女儿一样！"

"那你这个当爸爸的，也太不合格了。"

"我怎么就不合格了？两年，只用了两年，我就让她这个连省比赛都只打过一次的小丫头，成为了青奥会冠军！"

"就因为这个冠军，她身上多少闪光点被你忽视了？又有多少臭毛病被你惯出来了？或许，你在跆拳道技术上和跆拳道教学上的确有一套，但在育人上，你差得很远！"

"育人？育什么人啊？大哥，你当你我是什么？我们不是老师，是教练。"

"教练，和老师是一样的。不仅要培养运动员，更重要的就是育人。运动员家长把孩子交给我们，是希望我们把他们培养成人……"

"你错了！"柯进打断了陈天河的话，"他们希望我们把他们的孩子培养成冠军！培养成全国冠军、洲际冠军、世界冠军！到时候，奖金、广告赞助，退役之后上名牌大学……这些才是家长们希望我们做到的。"

"可是，一个不具备完善人格的人，是永远不可能成才的。林寒在你手里，她拿到了青奥会冠军，未来，也许会拿到全国锦标赛冠军、全国冠军赛冠军，乃至全运会冠军、亚运会冠军，但她很难再上一步，去拿到世锦赛冠军，直至奥运会冠军。"

"那又怎么样？"柯进哼了一声，"还有不到三年就是全运会了，只要我能带她拿下全运会冠军，她的人生就有着落了。我柯进的下半辈子也就无忧了！奥运冠军……那肯定是光鲜亮丽的宏伟目标，但实现那个目标太难了，也太虚无缥缈了。我会告诉她，让她实际一些。对，就连你不是也常说，做人要脚踏实地嘛。"

"可是，她的梦想就是站上奥运会的最高领奖台，你不是不知道。"

"那是以后的事，以后再说。"柯进笑了笑，"大哥，反正你也不喜欢林寒这种有个性的运动员，干脆把她还给我，让我带她去东川跆拳道队。东川那边愿意投入，也愿意拿其他项目的优秀运动员来做交换。只要你点头，到时候扬江体工大队还不是你好、我好、大家好。当然，对林寒也好！"

"我不同意。"

"我不是现在、马上就要让你答应，你……回头考虑考虑。"

"我不会考虑的。"

"啊……"柯进脸上的笑容凝固了，"我算是看明白了。在外人眼里，你是一个淡泊名利的人。可这一次，我看出来了。"

"你看出什么来了？"

"你不愿意让林寒跟我走，是因为你也需要她。你需要她帮你拿好成绩，拿全运会冠军，对不对？你敢当着老天爷的面，说你不是因为这个目的，才不放林寒走的吗？"

陈天河却嘿嘿一笑："柯进，这么多年，你还是不能理解我所说的一切、所做的一切啊。"

"嗯？"

"我已经说过了，林寒的梦想就是站上奥运会的最高领奖台，去实现和国际奥委会主席雪莱的约定。这是她的梦想，更是她人生中最大的目标。既然那位口口声声说把她当作亲女儿一般对待的柯进教练认为这个梦想很虚无缥缈，这个目标也很难实现，那好，就由我这个'不喜欢她个性'的教练陈天河，来帮她去实现她的梦想和目标吧。柯进，我知道一个运动员有这样的梦想，是多么难得、多么宝贵的一件事。我愿意帮助林寒守护她的梦想，而不是去打碎她的梦想。"

在他们身后不远处的天台门口，准备上楼来喊陈天河回家的陈晖愣住了。

隔着虚掩的天台大门，她清清楚楚地听到了陈天河对柯进说的每一句话、每一个字。

她突然对身为陈天河的女儿，产生了一阵浓浓的幸福感。

她也从此刻暗暗下定了决心，一定要把陈天河、柯进和林寒的故事，想办法写出来……

第二十章　老陈

这一下午的训练课，陈晖就跪坐在垫子旁。

专业运动员们其实都是一群单纯、可爱的人。

当陈晖全身心地沉浸在扬江跆拳道队的训练氛围中，即便没有一个人知道，这位年轻的实习女记者其实是主教练陈天河的亲生女儿，但不知不觉地，大家也都渐渐地不拿她当作外人看待了。

她认认真真地看着林寒陪宋曦打了一个又一个的一分钟对抗。

跆拳道比赛是两分钟一回合，每场三回合。陈天河给林寒和宋曦安排的技术对抗，是每回合一分钟。可具体要打多少个回合，却要看宋曦是不是完成了训练计划中要求实现的目标。如果目标没有实现好，那么就一直练下去、打下去……

林寒和宋曦的这组对抗终于告一段落。陈晖也站起身来，舒展了一下有些僵硬的腰腿。

"陈晖，你不累吗？"王炎不知何时站在了她的身后，递过来一瓶可乐。

训练场除了矿泉水，就是刘大夫冲泡的运动饮料。陈晖明白，王炎给她的这瓶可乐，肯定是他从什么地方自己花钱买来的。

"你们一刻不停地训练，不是比我累多了。"陈晖拧开可乐，喝了一口，"谢谢啦，王炎，你这不会是专门给我买的吧？"

王炎嘿嘿一笑："你买了我的私教课，这个算作是……附加服务吧。"说着，他看了看四周，压低声音："对了，你可千万别跟陈指导说，我在外面道馆兼职的事情啊。"

陈晖会心地点点头："你是我的教练，我怎么能出卖自己教练呢。"

"你们俩在那儿嘟囔啥呢？"林寒突然叽叽喳喳地喊着，也凑了过来，"你们两个人神神秘秘的，在说什么好玩的呢？"林寒瞪着双眼睛瞅着王炎和陈晖。

"你是属兔子的吗？耳朵那么长？"王炎瞥了她一眼。

"对啊，我是属兔子的。炎哥你忘了吗？我还都记得呢，你是属狗的！沙皮狗，对吧？"林寒嘿嘿地坏笑着。

"陈晖坐那儿看训练，一下午都没动地方，我只是过来建议她活动活动。"王炎说着，却上下打量了林寒一番。

除了只是摘下头盔，林寒还穿着全副的护具。

"哎，林寒。你还穿着护具呢，要不，你让陈晖踢踢你？"

林寒故意一皱眉头："炎哥，你这话说的，怎么晖姐活动活动，就要踢我啊。"

王炎不以为意，陈晖却显得有些尴尬。

林寒不好意思地对陈晖笑了："晖姐，我是跟炎哥开玩笑的呢。嘿嘿，唬到你了吧……咦，这么说，你也练过跆拳道啊？你是从小就练吗？段位应该挺高的了吧？"

"哪里啊，我是最近才开始在业余时间学学、练练。"

"哦，这样啊。那你在哪家道馆练啊？"

陈晖看了一眼王炎，小心翼翼地回答："就是我们学校附近的一个小道馆，没什么名气的。"

"嗯，要不，你去我师父家的道馆练吧。我让师父给你打折。"

陈晖一怔，又看了一眼王炎，不知该怎么说才好。

林寒，我给你把腿打折算了！

王炎想着，给陈晖解围道："林寒，你别操心别人的事情了。昊天道馆离扬江大学太远了，陈晖只是课余练练，从学校到CBD那边，交通不是很方便的，路上会耽误太多时间的。"

"嘿，炎哥，晖姐又不是外人，我这也是关心她啊。你知道的，外面那些道馆鱼龙混杂的，有的也不教什么真东西，只靠考级、卖证赚钱。还有一些大言不惭号称专业教练的，其实也没什么真本事，就会变着法向人家推销私教课，学费还特别贵。我是怕晖姐被人骗了嘛。"林寒这番话，无意之间把王炎噎了一个跟头。

看着王炎想说却又什么都说不出来、憋得难受的模样，陈晖扑哧一声笑了："小寒，谢谢你关心我，还告诉我这么多道馆私教课教练的内幕。我都记住了。不过呢，我的教练还算是挺有真才实学的。这段时间，我跟他学了前踢、横踢和下劈的腿法，学到了不少东西呢。"

听陈晖这么说，王炎也附和着："听到了吧，陈晖的教练还是很专业的，林寒你不用担心了啊……"

林寒看了看王炎，又看了看陈晖，似乎洞悉了什么不得了的事情。

她脱口而出地喊了起来："嘿嘿，我猜到了。"

"啊？"王炎和陈晖面面相觑。

"离扬江大学近的道馆……就是炎哥你兼职的那家弘武道馆啊。一上来不是教品势太极八章入门，却教人家腿法，教人家怎么踢人的'野路子'教练……晖姐的私教教练，该不会就是炎哥你吧？"仅凭寥寥数语，就发现王炎是陈晖私教教练的事，林寒强大的逻辑分析和判断能力，惊得陈晖合不拢嘴。

"你改名吧，别叫林寒了，你干脆叫'名侦探柯寒'算了。"王炎叹了一口气，"怎么什么事都瞒不住你啊！唉，说到底，那次我就不该答应张博轩，替他带队员去昊天道馆打友谊赛，让你发现我兼职的事情。就算你猜对了吧，可你凭什么说我是'野路子'教练啊？陈晖她是大学生，不像小朋友那样，需要考级、升段。我教她跆拳道，除了可以强身健体，就是要实用一些，让她多掌握一点实战格斗技术。日常或是以后工作中万一遇到什么危险，她也可以保护自己。懂不懂？林寒，不是所有人都跟你似的，'天不怕地不怕、天王老子我最大'。"

"哼！我觉得，晖姐肯定有一个特别有本事的男朋友，可以好好保护她呢。"林寒眼睛一转，嘴硬地反驳。

"我……还没有男朋友……"陈晖连忙辩解着，脸颊却有些泛红了。

王炎却是一怔。

林寒赶忙转换了话题："哎，晖姐，要不……下次来队里，你也带道服来吧，来跟我们一起训练。我让我哥，就是队长郭昊宇，替你跟老陈申请一下，把你算作扬江跆拳道队的'编外队员'呗。嘻嘻……"

"老陈？"陈晖纳闷地看着林寒。

林寒冲着站在训练场一端的陈天河努了努嘴。

"哦，那个老陈啊……"陈晖会心一笑，"我都没反应过来。你们平时，都管他叫老陈吗？"

"我们没林寒这丫头那么没大没小的。"王炎说，"我们都喊陈指导的。"

"炎哥，我不是没大没小。你不觉得，喊陈指导'老陈'，挺亲切的吗？"

"你平时怎么喊郭昊宇他爸郭指导的？"

"师父啊，怎么了？"

"你平时怎么喊柯指导的？"

"柯指导就是柯指导啊，怎么了，炎哥？"

"那怎么到了陈指导这儿，就变成了'老陈'了呢？"

"炎哥，虽然我知道，陈指导可能不太喜欢我，我也还不太服气他。但他毕竟是扬江跆拳道队的主教练，管他叫'老陈'，我没有不尊重他的意思。"

"对啊，我也觉得'老陈'这个称呼，听上去挺亲切的。"陈晖也在一边说。

"陈晖，你不知道，我是故意逗逗她的。"王炎说，"要是在以往，林寒听我这么说，她一定会嘴硬，'老陈、老陈，我就叫他老陈，怎么着'。对吧，林寒？可是现在，她急赤白脸地跟我辩解，说她没有不尊重陈指导。林寒，你变了。我佩服你！"

陈晖和林寒听着王炎这番话，都愣住了。

"反正啊，"王炎接着说，"林寒你以后别喊着喊着，就把'炎哥'，喊成'老王'就行。"

林寒一撇嘴，还想说些什么，却听陈晖跟她说："小寒，等有时间，你可不可以跟我好好说说你跟你郭师父、柯指导，还有你跟老陈之间的那些故事？"

林寒无奈地说："晖姐，我是'戴罪之身'，老陈是不会让我接受你的采访的。"

"我不是说这一次。"陈晖说，"以后，有时间、有机会了，我想听你讲讲你和他们的故事，讲讲你的故事。"

林寒没说"好"，也没说"不好"，她微微一笑，使了个眼色："老陈他来了。"

陈天河果然已经走了过来。

"林寒、王炎，训练之后要赶紧拉伸、放松，免得受伤。"

"是，陈指导！"

林寒和王炎异口同声地说完，走去场地旁，放松、整理着。

陈天河看向了陈晖："小晖，你跟他们都混熟了？"

"好多队员、教练我都熟悉了。"

"多跟他们聊聊。他们身上的故事，比我丰富精彩。但……"

"我知道，您说过，先不要采访林寒，对吧？"

"你记得就好。"

"您怕她骄傲，是吗？"

"她太聪明了，所以，我只能用笨办法教育她。"

"可是，二叔……柯指导他……他对林寒的教导方式，真的完全错了吗？"

"柯进只教会了林寒怎样打人，没有好好教她怎样做人。"

"我却觉得林寒挺懂事的。她或许只是……在您面前太执拗了。"

"你是这么看吗？"

"我的看法可能没有您那么全面。"

"嗯，我以后也注意一下，从不同的侧面观察观察她。"

"对了，您喜欢'老陈'这个称呼吗？"

"老陈？他们不都这么喊我嘛。"

"您的同事、领导这么称呼您，可如果是队员呢？"

"队员？"

"比如……林寒……"

陈天河没有说话，他沉默地看了看正在压着腿的林寒。

"或许很多人觉得我较真、固执，但我不教条。如果队员们，任何一个队员都算上，觉得喊我'老陈'更亲切一些，那就随他们喊去。"

"爸……"陈晖突然压低了声音，"其实，我觉得你们两个有些方面挺像的。"

"嗯？我们两个？你是说我和谁？柯进？"

"不，我是说您和林寒。"

第二十一章　师出同门

弘武道馆。

王炎上下认真打量着面前的陈晖。

发现她的道服下摆还不太整齐，于是王炎走近陈晖，帮她轻轻整理好。

"这也是跆拳道精神中，'礼仪'的重要方面。"王炎解释着，"道服、腰带，要穿着、佩戴得整整齐齐。"

一切妥当，王炎走回到自己原本站着的位置。

"教练好！"陈晖正儿八经地喊着，向王炎鞠了个躬。

"跆拳道精神是什么？"王炎突然问着，"考验"着陈晖。

"礼仪、廉耻，忍耐、克己，百折不屈！"陈晖清晰地回答着，声音在不算大的道馆训练场中回荡。

"很好！"王炎大声地回应着。

说完，他自己微微一笑。

陈晖已经跟着他学了一个多月的跆拳道了。

在这一个多月里，王炎除了教给陈晖一些跆拳道礼仪和知识外，并没有像一些其他道馆那样，先教学员"品势"动作，而是直接上手教陈晖腿法。

也就像陈晖说的那样，在这短短的一个月里，她已经学会了跆拳道"九腿一拳"中的前踢、横踢和下劈这三项基本的腿法技术，甚至已经能够熟练地把它们运用起来。所以，今天的训练一开始，王炎带着陈晖做完热身活动，便拿出脚靶，帮陈晖继续磨练这几种腿法。

或许是因为有着从小进行武术训练的基础，陈晖虽然个子不高，四肢也算不上修长，可她的柔韧性和敏捷性还是相当不错。

王炎拿着脚靶，每一次脚靶的高度，都比前一次要略高。每一次亮靶的速度，也比前一次要稍快。这一次次的略高、稍快，积累起来，就是一大截的提高。

他嘴上不说，其实是在用这种方式不断地尝试寻找着陈晖的极限所在，再来帮助陈晖一次次地突破她自己的极限。而陈晖看上去文文静静，穿着宽大的道服，也有些弱不禁风的感觉，做起动作却相当地坚韧、要强。即便王炎的脚靶举起到她以往不曾踢到过的高度，她也从未抱怨，而是抿了抿嘴唇，尽自己的所能去尝试。

她很像一个人！

王炎拿着脚靶，突然走神了。

到底像谁呢？

王炎琢磨着，肯定是一个他相当熟悉的人。

想着、想着，王炎右手的脚靶不由自主地举到额前。

陈晖哪里知道王炎走神了。

刚刚踢过前腿侧踢的她，惊讶地发现王炎不但没有放下脚靶，却把脚靶举到了迎接下劈动作的位置。

他……这是要求我在侧踢之后连续做一个前腿下劈吗？陈晖想。

侧踢，接前腿下劈，虽然是一个简明的腿法技术组合，但对于初学者而言还是有着相当难度。

但既然王炎亮出了脚靶，陈晖就一定会去尝试。

"呀！"陈晖大声地吼着，还未完全落下的前腿再一次扬了起来。

稍稍一点点里合，陈晖的前腿下劈猛然落下。

伴随着她那身簇新的道服裤子布料划破空气的声音，"啪！"王炎手中的脚靶也发出了响亮的击打声。

王炎走神的念头，被这清脆的击打声拉了回来。

啊？

王炎望着自己手中的脚靶，还有稳稳站在面前的陈晖，他不禁愣住了。

林寒……他想，不，不是林寒！

但这分明是林寒的得意技——前腿横踢接下劈击头！

这是在实战比赛中有可能一招连得五分的大招。

更让王炎吃惊的是，陈晖这一记下劈，太像太像林寒了。

无论是充足的发力、恰到好处的抬腿角度，以及稍稍有一点点里合的进击线路，都与林寒别无二致。

这难道是刚刚学习跆拳道一个多月的初学者陈晖能够做得出来的动作吗？

看着发着呆的王炎，陈晖也有些纳闷了："王教练，我这个动作是不是做得哪里不对啊？"

"啊……不，这个动作，做得很好。真的很好。对了，陈晖，你看过林寒的比赛吗？"

听王炎这样问，陈晖摇摇头，反问："有什么特别的事情吗？"

"哦，没有。这个组合进攻技术，林寒喜欢用。她打得和你一样好。"

"啊？王教练，你说反了吧？"

"什么……我说反了？"

"你的意思是，我刚刚做的动作还不错，都快赶上林寒了，是吧？"陈晖笑了，"怎么可能说，林寒那么厉害的运动员，做出的动作和我这个初学者一样好啊！"

"哈哈，是……是，我想鼓励你一下，被你看穿了。"王炎狡辩着，笑了起来，"陈晖，你第一次来的时候，你们同学说你练过武术，是吧？"

"嗯。"

"我还听说过，扬城当地有一门传统武术叫柯家拳，里面有一招劈挂腿的招式，很厉害。我们扬城跆拳道队的前任主教练柯指导好像就是柯家拳的传人。这一招前腿横踢接前腿下劈的技术，也是柯指导手把手地教给林寒的……"

陈晖的心咯噔一下。

她担心，是不是只因这一腿，自己身上的那些秘密，就开始被王炎关注并怀疑起来了呢？

毕竟，外行看的是热闹，内行永远看的是门道。

"嘿，我还以为你要问什么呢。"陈晖脑子一转，说，"没错啊，我小时候学的是武术套路嘛。我们少年宫武术队的教练有一次请了柯家拳的第十一代传承人柯寿璋老师父来给我们上过课。老师父看我练得认真，也专门指点过我的动作。我当时按照他的指点，练了很长时间这招下劈腿呢。要是这么说的话，我也算在某种意义上，与林寒'师出同门'了吧。"

听着陈晖有条有理的解释，王炎完全相信了。

可他不知道，陈晖这些话却半真半假。

陈天河告诫过她，在下队采访期间，她绝对不能让队里的任何人发现，她是他的女儿。她也更不能让任何人知道，陈天河和柯进其实是异姓的亲兄弟！

所以，陈晖不得不说了一个谎。

她的劈挂腿并不是爷爷柯寿璋教的，也不是父亲陈天河教的，而是二叔柯进亲手教会她的。

那是在她十岁那年的暑假里，她要代表扬城市少年宫武术队参加全省的一次青少年武术套路比赛。虽然她的全套动作都很熟练，却总觉得自己哪里做得还不够尽善尽美。她想到了，是不是可以把柯家拳里面的劈挂腿动作串进自己的套路中去，可以让整套动作更漂亮、精彩，赢人眼球。

当时，刚刚接手扬江武术散打队主教练的父亲陈天河正好带队在外比赛。听到陈晖在打给他的电话中提出的想法，陈天河立刻给予否决。陈天河还严肃地告诉她，比赛套路对于任何人都是公平的，不要想着利用一些小技巧来获得额外的好处和加分。只要她认认真真，按照规矩去做，无论取得怎样的成绩，都是可以接受的。

可陈晖的想法，并没有因为父亲的否定就很快扭转过来。父亲不愿帮助自己，陈晖便坐着公交车，去乡下老家找爷爷请教。到了柯家村，没想到擅长针灸的爷爷柯寿璋也被临近县城的一个朋友请去做针灸治疗。挨了父亲一顿斥责，一个人回老家又扑了个空，陈晖无奈地独自坐在爷爷家门前，心情异常低落。

恰好柯进这一天也回老家来，一眼就看到陈晖闷闷不乐。就算柯进跟陈天河罅隙很深，倒是挺喜欢这个聪明可爱又乖巧的侄女儿。听了陈晖讲述的前因后果，于是整个闲暇的暑天下午，在充盈蝉鸣的小院子里，柯进不但帮着陈晖串联好了套路之中的动作，还把柯家拳里面的劈挂腿绝招尽数教给了她……

或许当时柯进的想法只有一个：你陈天河不是不教陈晖劈挂腿吗，那我就偏偏要教会她！但无论怎样，从这种意义上说，陈晖和林寒还真算得上是"师出同门"呢……

"对啊，这么说，中国传统武术和现代竞技武道之间，都是有很多共通的地方可以相互借鉴的。"王炎在一旁感叹地说。

"王炎，你小时候没学过武术？"

"没有，我小时候直接在我家楼下道馆学的跆拳道。"

"哦……我还想着，要是你也学过武术，可以帮我个忙呢。"

"嗯？什么忙啊？要是打个架什么的……"

"没有没有！我怎么会找你帮我打架！"

"哈哈，我开玩笑。之前，我帮林寒跟拳击队的韩宁打了一架，现在还背着处分呢。"

"你？帮林寒打架？"

"唉，小丫头当时因为原来一直带着她的柯指导走了，心里不痛快，在运动员餐厅跟拳击队的韩宁起了争执……嘿，别说她了，先说说你……你到底要我帮你什么啊？我没学过武术，就帮不了你吗？"

"是这样啊，"陈晖说，"你知道我是学新闻传播专业的。我们平时也有一个在新媒体平台上进行大众传播的课题，每个学生都要试着去做……"

发现王炎听得一头雾水，陈晖想了想，用大白话解释说："说白了，就是我在视频平台上开了一个直播号，时不时地做做直播。但我不是为了赚钱啊，算是我们专业课老师给我们布置的社会实践作业。"

"哦……"王炎半懂不懂地点点头，"然后呢，你接着说。"

"我在直播里，想给大家多讲讲中国武术的知识和好玩的事情，也是传播咱们中华传统文化嘛。可是我的粉丝一直都特别少，我想着你平时肯定也喜欢玩视频直播，你要是也学过武术，有空的话也可以来我直播间帮我一起做节目啊。你的性格那么风趣，长得又帅，有你和我一起聊武术的话，我觉得直播间的粉丝肯定会涨起来的。"

"嗯？我平时倒是偶尔也会在手机上刷刷视频直播，可……我还没做过主播呢。"

"是啊，而且你也不熟悉中国武术……没事，我再想别的办法吧。"陈晖说着，眼神有些黯然。

王炎心中突然有了些不忍。

"咦，要不……这么样，我想到一个办法。"他说。

"什么办法？"

"现在不是很流行什么跨界大战吗。找时间，我们搞一个中国武术对跆拳道的跨界大战。我想，一定会吸引很多粉丝来看的吧！"

"跨界大战？创意很好啊！"陈晖脱口而出，但想了想，又为难起来，"可是，要找谁来啊？"

　　"陈指导，他不是散打出身嘛。柯指导，跆拳道出身。他俩打上一场，肯定火遍扬江！"

　　王炎的语气平静，似乎在说一件平常得不能再平常的事情。

　　可陈晖却张大了嘴，丝毫不敢相信王炎是认真的。

　　"好了好了，我承认我又开玩笑了。"王炎无奈地笑笑，"他俩肯定不行。那就……我们两个吧。"

　　"可是我……我只会武术套路。再说，就算打，我也打不过你这个专业跆拳道运动员啊！"

　　"陈晖，你怎么这么较真啊。我们不用真刀真枪去打啊，面对面摆一摆姿势，耍一耍动作，顺便讲讲武术和跆拳道的故事，不就可以了嘛。"

　　"嗯，你这样说的话，我觉得可以尝试。"

　　"行，那我也试着配合配合你。你下次直播是什么时候？"

　　"啊，我今晚就有一次。"

　　"今晚？行，那在哪里直播？正好我今晚也有时间。"

　　"不行不行，今晚你还不能出现。"

　　"怎么？"

　　"我得准备准备，还得写一个直播脚本……"

　　"直播脚本？"

　　"对啊，直播脚本啊。你以为那些主播都是随心所欲地聊天吗？不是的。好的直播节目一定要准备好直播脚本……你给我一些时间，我准备好了，就找你啊。"

　　"行啊，随时听你的召唤。"王炎说着，摇了摇头，"陈晖，你又让我想起了另一个人。"

　　"什么人？"

　　"陈天河，陈指导。"

　　"啊？"

　　"你跟他挺像的，做事太较真。"

　　"我……我没发现。"陈晖按捺住心中的慌张。

　　"你看，你对陈指导的观察还不够细致。"王炎却不以为意，"对了，陈晖，你的直播间名字是什么？今晚有空，我先去摸摸底。"

"哦，欢迎欢迎！我的直播间名字是'功夫小熊猫'。"

"功夫小熊猫？"

"对啊，功夫小熊猫。"

原来，"功夫小熊猫"真的是你啊！嘿嘿，被我逮到了！

王炎想着，嘴角露出了一丝得意的笑。

第二十二章　功夫小熊猫

陈晖在学校做直播的地方，是跟辅导员专门申请的一间小小的自习室。

她支好手机、话筒、补光灯，换上一身中国风浓厚的武术衫裤，还戴上了一个小熊猫造型的口罩。

在网络上进行直播，对于陈晖来说还是有一点点害羞。所以在第一次直播时，她就随便找了一个这样的口罩戴着，遮住了口鼻，让网友们看不清真容。

但这也恰恰与她的网名不谋而合——功夫小熊猫。

其实，正是因为在第一次直播时戴了这样一个口罩，陈晖才想着把自己的网名改成"功夫小熊猫"的。

又一次直播开始了。

零零星星地，开始有一些网友陆续进入了直播间。

有些人是一晃而过，有些人也就纯粹看个热闹。还有一些人是专门来网上找乐子的，他们发现这个"功夫小熊猫"是一个女孩子，就胡乱起哄。说她穿着这么保守，是不是要让大家多刷些礼物，就会宽衣解带，变装性感小野猫……对于这些低俗的人，陈晖不去理会，依旧认认真真地跟大家讲着武术的故事、武术的传统文化，还有她从小习武的心得。

"风进入了功夫小熊猫的直播间"——系统把一个熟悉的名字打在了公屏上。

陈晖看到了，会心一笑。

似乎，风来了，她特别的开心。

似乎，她知道，风，一定会来。

叫风的这位网友，从她开始做第一次直播的时候就来到了她的直播间。好像风很喜欢搏击、格斗，但对中国传统武术没什么兴趣，甚至有些偏见。一开始，风在陈晖直播的时候和她针锋相对。风最坚持的一个观点就是：中国武术流于形式、疏于实战，已经落后于各类现代格斗技术。陈晖早先也没有这方面的准备，被风怼得哑口无言。

第一次直播之后，陈晖下定决心，要打好有准备的翻身仗。她一头钻进图书馆，查阅了各种史料和武术著作。准备充分的她在第二次直播时，果然再次遇到风。陈晖便把中国传统武术中的各种动作和武术思想如何实践、如何运用到技击实战之中，讲解得清清楚楚。那一次，最终哑口无言的人，变成了风。

往后的直播里，风十次会有七八次出现在陈晖的直播间。他也从对手和陌生人，变成了功夫小熊猫最忠实的粉丝和"老铁"。当然，时不时地风也还会提出跟陈晖截然不同的观点和看法。但他变得不再那么偏执，不会执拗地宣称中国传统武术只是中看不中用的花架子了。两个人后面的讨论往往也会集中在某一种技击技术怎么进化、怎么习练、怎么使用上。当然，两人的讨论也成为陈晖直播中最吸引网友的地方。

虽然观看陈晖直播的网友不多，但他们也会泾渭分明地分成两派。一派站主播功夫小熊猫，也就是陈晖。另一派，站风。

陈晖发现，风似乎挺精通格斗。

于是，陈晖的头脑里渐渐地描绘出了一个风的形象——

一个三十来岁的健身格斗爱好者，浓眉大眼、稀疏的胡茬，一身健硕的肌肉。说不定，还有许多文身……这种印象，是源于风对她说话时，虽然直言不讳，却有礼有节。甚至若是发现有人在直播间胡闹，比如起哄让功夫小熊猫换上性感服饰直播的，风就毫不留情地对他们一顿痛骂，直到把那些人赶出直播间才罢休。风的侠义，不仅让陈晖对他渐渐充满好感，甚至在每一次直播时，都会暗暗期待风的到来。

这一次，风，果然也来了。

"风，晚上好啊，"陈晖说，"今天你带来什么观点跟我讨论啊？"

"你是在扬江省吧？"风在公屏上打出这样一行字。

"对啊，我以前在直播里提到过。"

"那你知不知道扬江省民间有一门叫柯家拳的武术流派？"

看到风这么问，陈晖一怔。

他怎么会问到这个？

陈晖想着，小心翼翼地回答："我知道这个流派，我自己也学过一些。"

"如果……我想学柯家拳，可以去哪里找师父？"

留在直播间的网友人数不多，但大多都和风一样，是功夫小熊猫的粉丝。他们也都清楚，风原本是有点瞧不起传统武术的。今天，风竟然主动提出来要学柯家拳，这真仿佛像太阳从西边出来似的。大家都鼓噪起来，甚至有人开玩笑，让风拜功夫小熊猫为师。

隔着口罩，陈晖的脸色微微一红。

"我不行的，我只是会一点点皮毛。我听说柯家拳的传承人柯寿璋老师父就在扬城市下面的柯家村，他也在镇子里办了一个培训班。风，你要想学柯家拳，可以去那儿学。"

"小熊猫，柯家拳是什么样子的？你能不能给我们演示一下？"风却说。

陈晖想了想，看了看四周并不宽敞的自习室空间，有些为难。但她还是挪了挪四周的桌椅，备出了一块小小的空地。

"空间有限，我就不打全部套路了，只给大家简单演示几个动作。柯家拳呢，拳法和腿法结合得比较巧妙，而且腿法的技击效果还是很明显的……"陈晖一边解说着，一边挑了一组柯家拳中很有代表性的动作打了起来。

柯家拳起源于民间。柯家拳的前身，据说是明代在扬江当地居民与侵犯沿海的倭寇作战时，总结出来的一种杀敌的武术。随后的几百年时间里，习练柯家拳的仁人义士也屡屡投身于反抗外来侵略者的斗争之中。所以相对其他已经进入体育竞赛范畴的武术套路而言，柯家拳的实战性其实很强。

陈晖一边解说着，一边在逼仄的空间里做着演示。可毕竟武术动作讲究的是张弛有度，陈晖最后一记劈挂腿的招数施展出来时，没有留意自己的身子已经挨着课桌边缘很近很近了。

这一腿劈下来，只听得课桌哗啦啦一阵响，陈晖也惊呼一声，捂着脚踝蹲坐在了地上。

直播间里的粉丝们乱作一团。

有人没留意陈晖似乎伤到了脚踝，还直呼小熊猫这一招太帅了。

有看热闹的，就讥讽小熊猫的柯家拳一点都不厉害，连近在咫尺的桌子都躲不开，怎么与敌人战斗呢？

陈晖擦去因为疼痛和委屈而涌出眼角的几滴泪水，她努力站了起来，回到了镜头前。

"是我功夫生疏了，演示的时候也有些走神，没有看到障碍物。这和柯家拳本身厉不厉害没什么关系，请大家原谅。我也希望大家别因为我的这次失误，对武术产生什么误解。"陈晖努力辩解着，可还是有不少粉丝失望地退出了直播间。

直播，就在这一次意外中，告一段落。

手机响了起来，系统提示，有一条私信。

陈晖点开了私信信箱，发现这条私信竟然是风发给她的。

"你没事吧？"

"我没事。"

"你脚踝的伤，不严重吗？"

"你看到了？"

"当然看到了。"

"还好，只是皮肉伤。擦破了一点点皮而已，小意思。"

"你的直播间太小了，就不应该答应给我演示的。"

陈晖有些哭笑不得，她回应说："我这个直播间的粉丝很少，难得你是最忠实的粉丝，是老铁。老铁提要求，我怎么着也得满足一下吧。"

"笨蛋小熊猫！"

"怎么？"

"吓了我一跳。"

"那对不起了。"

"还是我说对不起吧。"

看到风发来的这一句话，陈晖会心一笑。

"对了，"风继续写道，"你要不下一次换个地方直播吧。我看你现在的环境，是在学校里吧？"

"嗯，我是学生，所以直播条件可能简陋一些。"

"既然你是以武术为主题的直播，不如找个武馆？"

"哪有那么多武馆啊，而且人家武馆也要上课教学的。"

"那就，找个类似的地方。比如健身工作室或是跆拳道馆？"

"那不也是一样，人家要经营的嘛。"

"你不试试怎么知道。去主动找找嘛，说不定哪个道馆也是愿意的。你去做的话，虽然不一定成功，但肯定有一定的机会成功。但如果连做都不去做，那你一定不会成功。"

风的话，一下子提醒了陈晖。她又想到了傍晚在弘武道馆上私教课时，王炎跟她建议的那些事情。

说不定可以呢！陈晖想着，觉得心里仿佛有了点底儿。

"谢谢你啊，风。"

"谢我做什么？"

"谢谢你的建议和鼓励。"

"你都喊我老铁了，老铁就不用客气。"

"我问你一件事啊。"

"什么事？"

"我知道，我这个直播间其实没什么意思，也没什么人气。可你为什么几乎每次都会来看我直播？"

"我喜欢你——"

"啊？"

"的直播风格。"

"你说的都什么跟什么啊！"

"你没发现，我上上句话没有加句号吗？"

"所以你在逗我？"

"你看，你不是挺开心的嘛。"

"那你说，我的直播风格怎么样？"

"傻傻的。"

"傻傻的？"

"对，傻傻的，还爱较真。"

"你这是夸我，还是贬我呢？"

"不是，我挺喜欢你这种直播风格的。比那些装嗲卖萌的女主播，看着真实，不做作。"

"可是你们这种看直播的大叔，不就是喜欢装嗲卖萌的女孩子吗？"

"我怎么就是大叔了？"

"听你说话的感觉，不就是大叔嘛。"

"小熊猫你太让我伤心了。"

"你还不承认？不承认的话，就开摄像头跟我连个麦，让我看看你究竟是不是大叔。"

"那你要不要先把口罩摘了？"

陈晖愣了。

片刻，她打出了两个字："不要。"

"那我也不跟你连麦。大家都保持一点神秘，不是挺好的嘛。"风很快也给出了回答。

陈晖又笑了，她想了想，接着写："行，那就说定了。如果将来什么时候时机合适，我摘下口罩，你也得展露你的真容给我看看。让我看看你究竟是三十多岁的大叔，还是四十多岁的大叔。"

一边写着，陈晖突然觉得，自己的心跳变快了许多。

"无聊。但是，行，我答应你。"

风回答完这行字，许久没有再发任何一条私信过来。

哼，连声再见都不说就溜走了。

陈晖想着，放下了手机。突然，她想起了些什么。她回头去翻了翻今天进入直播间的粉丝列表。

有新的粉丝，但不过是停留了片刻就走马灯般地离开了。留下来看她直播的，仍然是那些她熟悉的"老铁"。

王炎不是说好了会来我直播间的嘛！算了，或许他可能有事情要忙……

陈晖想着，退出了直播 APP。

突然，她觉得心底仿佛有了一丝丝失落。

第二十三章　磕到了

陈晖把她的想法跟王炎说了。

没想到王炎拍着胸口承诺，他一定会努力地说服弘武道馆的馆长张博轩，借用道馆训练场地，帮陈晖做直播。果然没用半天时间，王炎就告诉陈晖，场地的事情解决了。张博轩同意让他们在晚上等来练跆拳道的孩子们下课之后，无偿地使用道馆训练场。

陈晖开心极了。

她提前准备好所有的设备，傍晚的课程一结束，就蹬上一辆共享单车直奔弘武道馆而去。进了道馆大门，她就和张博轩打了个照面，陈晖连忙感谢起张博轩来。

"不用谢我，"张博轩摆了摆手，"是柯指导同意的。他说了，只要是你要用道馆的训练场，无论用多久都可以。"

"柯指导？哪个柯指导？"

陈晖虽然觉得自己猜得八九不离十，但还是小心翼翼地问着张博轩。

"咦，你不会不认识柯指导吧？就是原来扬江跆拳道队主教练柯进啊，他好像认识你呢。"

"啊，柯叔叔啊……你一说'柯指导'，我没有反应过来。我跟柯叔叔原来是……邻居。对，他认识我的。"

"我就说嘛，柯指导说起来，似乎对你很熟悉呢。"

"那你替我谢谢柯指导。"

"对了，柯指导还跟我说了，以后你来这里学跆拳道的私教费也不用给了。虽然他没有担任弘武道馆的馆长，但这家道馆有他的股份在里面。"

"啊！这样不太好吧。王炎他……"

"王炎的事你不用管，他在这里兼职的工资本来就是柯指导定的。柯指导的意思，他不敢不同意。"张博轩说着，向训练场瞥了一眼，"你快去吧，王炎等着你呢。"

陈晖这才去更衣室换好了自己直播时常穿的武术衫裤和软底鞋，走进了训练场。

王炎应该是刚刚结束了给孩子们上的一堂大课，道服上还有斑斑驳驳的汗水。看到陈晖穿着和往常不一样的衣服走了进来，王炎不禁一愣。然后他学着电视中武侠片的样子，向陈晖抱了抱拳："陈女侠，晚上好！"

陈晖也抱拳回了个礼，却说："王大侠，你抱拳抱错了。"

"咦？怎么错了？"

"咱们中国传统文化中的抱拳，都是左手抱右手的。在武学之中，也有一种意思，是以左手按住右拳，表明自己完全没有攻击对方的意图。"

"哦，是这样啊。对不起，对不起！"王炎说着，用正确的方式重新抱了抱拳。

"其实，我也觉得有事情对不起你。"陈晖说。

"什么？"

"张博轩说了，柯指导知道我要借场地的事情，也知道我在这里跟你学跆拳道，所以……不让道馆收我的学费了。"

"嗯，这事儿我知道。柯指导跟你很熟吧？你不早说！早说的话，我也不好意思收你的学费啊。"说着，王炎嘿嘿一笑，切入正题，"时间紧、任务重，那咱们就开始吧？"

陈晖点点头，在场地中支好了手机，戴上了自己标志性的小熊猫造型的口罩。透过手机镜头，陈晖发现王炎拘谨地站在那儿。她突然想起些什么，从包里翻出了一只口罩递给王炎。

"咦，我也要戴口罩吗？"王炎纳闷地接过口罩，仔细端详着。

口罩上面，印着一张大熊猫毛绒绒的嘴巴图案。

"只是一个建议和经验。"陈晖说，"我刚开始准备直播的时候，也挺紧张、放不开的。所以我戴着口罩，感觉就会好一些。我也建议，如果你感到紧张的话，不妨戴上口罩试试。另外，你的身份毕竟是扬江跆拳道队的现役队员，你们陈指导对队伍的管理挺严格，你……不会希望他认出你客串我的网上直播吧？"

"陈指导带队是严格，不过他肯定不会去看咱们这种网络直播的。"

王炎虽然如此说着，却还是乖乖地戴上了口罩。

手机屏幕里，一只身穿跆拳道道服、憨态可掬的大熊猫出现了，喜剧效果拉得满满。

"准备好了？"陈晖冲着王炎嘿嘿一笑。

"嗯！"王炎点点头。

陈晖点开了直播开始的按键。

"粉丝朋友们，各位老铁们。功夫小熊猫又跟大家见面了。这一次，我们来了一个新朋友，铛铛铛……铛！"

陈晖指了指身旁的王炎。

"旋风大熊猫，来跟粉丝和老铁们打个招呼吧！"

王炎按照刚刚陈晖纠正过他的抱拳动作，拘谨地抱了抱拳，还不忘按照跆拳道的礼仪，鞠了一躬。

"我怎么叫'旋风大熊猫'的？你也没提前跟我说啊。"他小声地在陈晖耳畔嘟囔着。

"我也是刚想出来的。总不能直说你的名字吧。"

陈晖轻声回应着，然后清了清嗓子："粉丝们，上一次我在直播里给大家演示了柯家拳的招式。这一次，我会请旋风大熊猫给大家演示一下跆拳道的功夫。因为跆拳道的腿法，有不少是可以和中国传统武术的腿法相互借鉴的。"

陈晖介绍完，王炎就开始演示起跆拳道的几种基础腿法。

亚洲各个国家和地区都有不同的带着当地浓厚文化特色的武术和武道。比如中国南拳北腿的各个流派，还有改良之后的散打、擒拿术。再比如韩国的跆拳道，日本的空手道、柔术和柔道。

当然，还有泰国的泰拳、菲律宾的棍术、印度尼西亚的班卡西拉等等。

但这些武术和武道之中，相通之处其实很多。

从某种意义上说，武术和武道，也是无国界的。

王炎一边演示，陈晖一边解说。

纵使两个人忙活得热火朝天，可直播间里的粉丝们仍然是不温不火。

一组演示结束之后，突然有个粉丝提出了问题："跆拳道和中国传统武术谁更厉害啊？"

这个问题一出现，倒是引起了粉丝们的一阵热议。

"这位老铁的问题很有意思，不过我们不能单纯地从招式上评价谁更厉害。武术和跆拳道，各有各的风格和长处嘛。"陈晖说着，看了看王炎。

粉丝们的这个问题，其实正中二人的下怀，也恰好是他俩计划之中的。

"要不，功夫小熊猫和旋风大熊猫分别用中国武术和韩国跆拳道较量一下，给我们看看！"粉丝的话，果然出现在了屏幕上。

陈晖又清了清嗓子："嗯嗯，既然大家都这么想看中国武术和韩国跆拳道的较量，那我就跟大熊猫给大家表演一下。话先说在前面，无论我们俩谁赢谁输，都并不表示我们所代表的武学流派谁优谁劣，我们这也是……"

"以武会友。"王炎在一旁帮腔。

"对，以武会友！"陈晖说着，和王炎站到了场地中间。

两人相视而立。

陈晖向王炎抱拳行礼。

王炎向陈晖鞠躬回礼。

"嗬！"

"呀！"

两人喊着，拉开了架势。

他们两个并不是实战交手，而是按照早先的策划，相互之间用柯家拳和跆拳道漂亮的技术动作，做着攻防演示。

你来我往中，两个年轻人的身形翻腾。

穿着武术衫裤的陈晖飘逸、洒脱，仙气十足。

穿着跆拳道战斗服的王炎飒利、硬朗，威风八面。

两人的攻防场面虽然也有着不少斧凿的痕迹，但在外行人看来，精彩是绝对精彩的。

到了两人演示的收尾阶段，陈晖设计了一组拳法进攻衔接高位扫踢的动作，王炎可以严密防守之后顺势摆个姿势收官。

陈晖给了王炎一个眼神，打出了几拳。

王炎抱好胳膊，退后一步，防住了这几拳。

陈晖跟上一步，腰间发力，就要抬腿高位扫踢。

可陈晖却忘记了，她此刻支撑脚的脚踝，就是在上一次直播时弄伤的那只。

陈晖抬腿扫踢，有暗伤的支撑脚一下子卸了力气，她的身子也瞬间失去了平衡，向后仰去。

眼看着陈晖就要摔倒，王炎眼疾手快，一个滑步冲到了陈晖的身旁。

他伸出胳膊，把陈晖稳稳地揽在了怀中。

陈晖为了保持平衡而抬起的手，却下意识地划过王炎的脸庞，勾断了王炎的口罩带子。

"你没事吧？"

王炎眼中满是关切的神情。

陈晖愣住了。

此刻，她的身子在王炎怀中仰着，双腿微曲。

王炎则是俯下身子，紧紧地揽着她的腰和背。

王炎的脸和陈晖的脸，近在咫尺。

这还是她这么大，第一次被男孩子以这种姿势抱在怀中。

她的脑子一片空白，不知该庆幸自己没有摔倒，还是该害羞被王炎抱着、瞅着。

时间仿佛凝固了。

几秒钟之后，陈晖才突然意识到什么。

"快，快放开我。还在直播呢。"她慌乱地轻声对王炎说。

王炎一下子回过神，扶起陈晖，慌张地松开了手。

陈晖赶忙跑到仍然在直播着的手机前。

果然，粉丝们全程见证了她不小心摔倒，却被王炎稳稳抱住的所有场面。

她的直播间已经闹翻了天。

"那个跆拳道小哥哥真帅啊！"

"小熊猫，他是你男朋友吗？叫什么名字啊？"

"小熊猫，你男朋友都露真容了，你也别藏着掖着了！"

"你们俩这是当众发狗粮啊！"

"对啊，这狗粮的甜度也太齁了吧！"

"磕到了磕到了，没想到我们也有在这个闷骚的直播间现场磕到野生CP的一天，哈哈哈哈哈……"

粉丝们一大串一大串的话，在屏幕上飞快地滚动着，丝毫没有停下来的意思。

陈晖一边让不慎暴露的王炎先离开直播镜头的范围，一边对网友们解释说："对不起大家了，刚刚是我又不小心失误了。那个小哥哥不是我男朋友，只是一个来参加直播的好朋友。求求大家，千万不要磕我们的CP啊！"

陈晖的解释不但毫无作用，反而适得其反。

屏幕上更是满屏整齐的弹幕飞过："在一起！在一起！在一起！在一起！"

陈晖无奈了，只能匆匆结束了这一次直播。

关上手机，她回头看了看王炎。

王炎却指了指陈晖的脚踝："你的脚……没事吧？"

陈晖刚想说没事，却发觉脚踝有些隐隐作痛。刚刚急于处理直播间的事情，她没有顾得上注意伤处。等到现在静下来，她发现自己的脚踝开始肿胀起来。

"你等着。"王炎说着，冲出训练场，很快就拿着一瓶药油跑了回来。他让陈晖坐下来，不等陈晖说些什么，就脱去她的鞋袜。然后，王炎在手心中倒了些药油，搓热了，开始给陈晖按摩起受伤的脚踝来。

片刻，陈晖小声地自言自语嘟囔着："女孩子的鞋袜，不好随便乱脱的。"

"啊？"

王炎抬起头，看着她，脸庞突然也染上了一抹红色。

第二十四章　技术有效

　　或许是王炎的药油起了大作用，陈晖第二天一早从宿舍醒来，就发现脚踝消肿了，也没有像她想象得那样疼痛。

　　距离这一段校外实习既定结束的时间越来越近，也距离扬江跆拳道队参加今年第一个大赛——全国跆拳道锦标赛第一站的日子越来越近。陈晖不想耽搁时间，早早地到了扬江体工大队的跆拳道训练场地。队员们已经结束了热身，开始分组进行技术训练。

　　陈天河这段时间一直在亲自抓着宋曦的训练。作为陪练的林寒，也在想方设法地模仿着国内各支省市代表队中，这一级别高手们的动作和特点，让宋曦可以"足不出户"就打遍"天下高手"。

　　知道陈晖来了，陈天河并没有为她而停下训练，甚至连招呼都没有跟陈晖打。陈晖知道，父亲只要是在工作中，是最不喜欢有人打扰的。于是，她和往常一样，走到训练场的旁边，选了一个可以清晰观察宋曦、林寒训练的位置，盘腿席地而坐，也开始她的"工作"。

　　"宋曦，你知道为什么之前的很多比赛，你虽然场面上并不处于劣势，却没有取得最终的胜利吗？"陈天河单刀直入地问宋曦。

　　"陈指导，我……能力不够。"

　　"不是能力不够，"陈天河说，"你的技术能力虽然在这个级别里还不算拔尖的，但和绝大多数选手相比，已经算是很不错的。就是说，你具备了较高的技术能力，不过……"陈天河说着，却瞥了一眼宋曦身旁的林寒。

"不过，你的技术有效性上，还差了不少。"

"技术……有效性？"宋曦有些纳闷地看着陈天河。

林寒听到这个词，也是一怔，但脸上迅速恢复了平静。

"现代竞技跆拳道是计分获胜的交手类项目。你的技术发挥能不能换来电子护具和裁判给予的准确计分，是取得比赛胜利的关键。其实不只是你，咱们队里有不少队员的问题和你差不多。最明显的，就是王炎。"

陈天河说着，抬手指了一下不远处正和郭昊宇打着技术对抗的王炎。

王炎是属于基本功扎实的运动员类型。他的每一记踢击发力很足，击打到对手身上，力道都很透。但在腿长、臂长的郭昊宇面前，王炎的进攻并不能每一次都达到满意的效果。因为郭昊宇的格挡、防守、反击和移动，抑制住了王炎的技术发挥。

说到王炎，陈天河破天荒地瞅了一眼正坐在场边在小本子上做着记录的陈晖。陈晖虽然走笔如飞，可依旧感受到了父亲犀利的目光。她一下子抬起头，看着陈天河。

"好了，还是说你……"陈天河的目光一瞥而过，重新集中到宋曦身上，"在最恰当的时机，运用最恰当的技术去得分，就是发挥了技术的有效性。否则，力量再大，动作再漂亮，得不了分，自然也就赢不下比赛。在这一点上，宋曦，你可以跟林寒多聊聊。她在技术发挥的有效性方面，其实做得很不错。"

林寒听到陈天河竟然罕见地表扬了她，她瞪大了眼睛，颇为意外。

"不过，林寒你的问题也很多。"陈天河说，"你的技术能力还不够，你太嫩了，还得好好地扎实训练。"

"是，陈指导，我好好扎实训练。"

林寒说着，偷偷撇了下嘴，语气中也透着几分不服气。

旁观者陈晖察觉到了，会意一笑，把这个小细节记到了自己的小本子上。

陈天河脸色平静如水："今天，林寒你要模仿的是秦薇。"

"嗯，我这些日子每天都看一遍秦薇的比赛。"林寒不以为然。

"你跟她打过吗？"陈天河问。

"没有。"

"你对她的印象是什么？"

"技术扎实、经验丰富。还有……技术发挥的有效性高。"

林寒贴切地用上了陈天河刚刚说过的那个词。

"你说得不错。那你这就准备一下，一会儿模仿秦薇跟宋曦实战。我看看，你模仿得怎么样。到时候，可别只会耍小聪明啊。"陈天河激将着林寒。

林寒转身，冲着正在场边看着她的陈晖吐吐舌头做个鬼脸，跑到旁边去穿护具了。很快，宋曦和林寒的实战开始了。实际上林寒的身高要比秦薇高出一些，于是她刻意拉近了一点点与宋曦之间的距离。在林寒从比赛录像里得出的直观印象中，秦薇的腿法组合并不花哨。于是，林寒也没有像以往那样，用眼花缭乱的腿法组合和一大串旋转踢击来攻击宋曦。

秦薇最擅长的就是佯攻诱敌深入，之后反击连续进攻。

林寒把这个特点模仿得惟妙惟肖，很快，宋曦就有点招架不住了。

不过，有一点林寒模仿得并不好。秦薇的预判能力超级强，她甚至可以在对手做出一个动作之前，就判断出对手接下来一组攻防的战略意图。可以说，对手还没有出招，秦薇就知道了对手的腿会踢到哪里，对手的身子会移动到哪里……对手的破绽，会出现在哪里！

这恰恰是二十五岁当打之年的秦薇，让年仅十六岁的林寒根本无法切实模仿出来的地方。

两人的年龄相差九岁，这意味着九年的实战和九年的大赛积累，就是踏踏实实的九年时间。

这种时间制造的鸿沟，就算是真正的天才也没有办法轻易地一步跨越。

更何况，秦薇本身也正是一个天才型选手。

亚运会冠军、世锦赛冠军、奥运会亚军，更遑论几乎从未旁落过的全国锦标赛冠军、全国冠军赛冠军和全运会冠军……

秦薇的外号"秦王"，由此而来。

秦王扫六合，虎视何雄哉！挥剑决浮云，诸侯尽西来……

在国内跆拳道女子 49 公斤以下级里，秦薇就是不败王者的存在。

在世界跆拳道女子 49 公斤以下级里，秦薇也是站在"金字塔"顶的顶尖高手之一。

与秦薇相比，林寒不过是在青少年选手中傲视一方的"雏鸟王者"罢了。

所以，陈天河没有吹毛求疵。

他只是默默地看着林寒，看着她尽其所能，在"皮毛"的层面上，把秦薇的打法模拟得有板有眼。虽然林寒很难领悟并模拟出秦薇打法上的精髓，但陈天河明白，这对林寒而言，已经是一个相当不容易的成果了。况且，整个扬江跆拳道队里，能够模拟秦薇的打法到这种程度的运动员，除了林寒或许也没有别人了。他看到了林寒的努力，也看到了林寒的能力和潜力。

在林寒咄咄逼人的进攻中，宋曦越来越吃力了。

陈天河看了一眼手中的秒表。

还有十秒。

"假动作！"他突然大声喊了起来。

宋曦心领神会。

她佯装上步。

可林寒并没有被她的假动作所迷惑。

待到宋曦换架，打出后腿横踢时，林寒的踢击却后发而先至了。

"咚！"宋曦的护胸发出了清晰的击打声。

如果是在真正的比赛里，她已是在比赛即将结束的最后关头，丢了宝贵的两分。

"停！"陈天河叫停了实战。

"陈指导，你都喊出来了，还算什么'假动作'啊。"林寒说着摘下头盔，得意地冲陈天河嘿嘿一笑。

陈天河反问林寒："如果宋曦没有按照我说的做假动作，而是真打了那一脚上步横踢，你怎么应对？"

林寒愣了。

她脑海中迅速回忆着刚刚最后的攻防。

她听到了陈天河大喊的"假动作"三个字，自己的精力就完完全全地集中在判断宋曦的假动作上了。正如陈天河所言，如果宋曦刚刚的上步不是佯攻，而是真的打出上步横踢，她林寒的反应肯定就慢了半拍。

"技术的有效，考验的就是你临场应变的能力。"陈天河对林寒说完，又转向了宋曦，"宋曦，假动作这块，你也趁着这些天多跟林寒交流一下。她做假动作的技巧和判断假动作的能力还是可圈可点的。和秦薇打，我们绝不能一板一眼，必须要用真真假假、虚虚实实相结合的攻防去迷惑她，让她难以摸清我们的真实战术企图。好了，上午的对练就到这吧，你们拉伸放松一下。"

说完，陈天河转身，去看其他组队员的训练情况了。

一上午被陈天河赞扬了两次的林寒显然心情大好。她脱去护具，蹦蹦跳跳地来到陈晖身旁。她一边牵拉着腿脚，一边神秘兮兮地问陈晖："晖姐，那个功夫小熊猫，是你吗？"

　　陈晖心头一紧，看着一脸好奇的林寒，明白事情远没有那么简单。

　　"什……什么功夫小熊猫啊？"

　　"今天早上，我一看手机，网上都翻了天了呢。"林寒说，"练武术的功夫小熊猫和练跆拳道的旋风大熊猫比武的视频，各个视频平台的点击率都超高！"

　　"啊？"

　　"最后炎哥的口罩不是掉了嘛，大家都认出他来了。那个叫功夫小熊猫的女生，我看着就特别像你。那就是你吧，晖姐？你俩那姿势，跟偶像剧似的，好甜蜜啊！"

　　"视频都……在哪些平台？"

　　"什么'小手''颤音''天天头条''企鹅网'……到处都是啊。"

　　听林寒这么说，陈晖赶紧掏出手机。早上她只顾得上洗漱、吃饭，然后赶来跆拳道队，根本没时间刷手机。

　　此刻，她用微微颤抖的手点开了林寒说的那些 APP。

　　果然，她和王炎昨晚的最后一段直播视频，不知被什么人录了下来，剪辑编辑之后，被冠以"功夫小熊猫 VS 旋风大熊猫现场发狗粮""功夫小姐姐和跆拳道小哥哥的甜蜜 CP"等等之类的标题，放到了各个视频平台上。

　　正如林寒所言，这些视频的点击率，真的超高！

　　看着成百上千乌泱泱的网友热议，陈晖不禁哭笑不得。平日，她那个为了完成新媒体传播实践而搞的直播没什么人关注，偏偏她因为失误而倒在王炎怀中的视频，却呈现出病毒式传播的疯狂效果。

　　这究竟是哪儿跟哪儿啊！

　　"晖姐，你跟炎哥这要成网红了啊！"林寒笑嘻嘻地问，"你们俩什么时候在一起的？这才认识一个多月吧，你俩发展得够快的呢。"

　　"我们没有在一起！"陈晖说着，腾地站了起来。

　　恰好，王炎也结束了和郭昊宇的对练。他望了过来，还笑着跟陈晖招了招手。

　　"还说不是？"林寒撇撇嘴，"你看炎哥他一训练完，就先跟你打招呼。晖姐，我祝你们俩幸福啊！"

"林寒，你……"陈晖一时语塞了。

王炎这时候也跑了过来。看样子，他也和陈晖一样，不知道他们俩已经在网上被炒得沸沸扬扬了。

"你的脚还疼吗？"

"我的脚不疼了，我现在头有些疼！"

陈晖说着，把手机递到王炎面前，给他看。王炎接过手机，看着他们俩的视频，扑哧一下笑了。

"我还以为什么呢，这不就……"

突然，一个声音从训练馆门口传了来："王炎，陈晖，你们两个过来一下。"

"坏了！"站在他俩旁边的林寒小声惊呼，"老陈是不是知道这事儿了！"

原来，喊王炎和陈晖过去的，正是陈天河。

第二十五章　父女

陈晖和王炎对视了一下。

原本遇事沉着冷静的陈晖，也掩饰不住神情中的慌乱。

王炎虽然努力地保持着平日里那副大大咧咧，什么事都不放在心上的模样，但他的嘴角还是微微地抽动了两下。

林寒收起刚刚那嬉笑的表情，认真地对两人说："炎哥、晖姐，你们要不就直接承认错误吧。老陈他虽然爱较真，但不是不讲道理的人。况且晖姐你又不是队里的人，跟老陈认个错，应该就没事了。"

"谢了，小寒，我会处理好的。"陈晖点点头，又对王炎说，"王炎，过一会你不要说话，责任都让我来担。"

"怎么能让你一个人担责任啊！"王炎脱口而出。

"本来叫你去配合做直播的就是我。再说，就像小寒说的，至少我不是队里人，陈指导他……就算骂我，也没什么。可你，不是还有处分在身上嘛。我不能让你再因为我而受罚了。"

听着陈晖这番话，林寒悄悄给她竖了个大拇指。

"走吧，陈指导等着呢。"陈晖说着，主动走向陈天河。

王炎也颇有些忐忑地跟了过去。

陈天河站在训练场门口，双手抱在胸前，似乎很耐心地等着他们。

"陈指导，我……"

陈晖刚说了几个字，王炎却一步抢在了她的身前："陈指导，你找我们是说那个事吗？"

"什么这个事、那个事的。"陈天河微微皱了皱眉，"你别挡着陈晖，这事，我得先跟她说。"

陈晖轻轻推了王炎一下，自己走到了前面。

"陈晖啊，我记得你说过，这次实习快要结束了，对吧？"陈天河平静地问道。

陈晖点点头，不知道陈天河葫芦里卖的什么药。

"你是不是要写一篇关于扬江跆拳道队的报道，作为这次实习的作业？"陈天河又问。

"是的，陈指导。我还跟您说过，合适的时候，我想采访您。"

陈天河指了指王炎："陈晖，王炎在队里时间不短了，也当过队长，很多情况可能比我还了解一些。我看你们两个人相互也挺熟悉了，年龄也差不多，共同语言会多一些。这样，今天中午王炎你找时间给陈晖介绍介绍这几年扬江跆拳道队的事情。陈晖，我就不接受你的采访了，我刚刚接手这支队伍没几天，也还处在熟悉队伍的过程之中。对了，很重要的一点……"

"是关于林寒？"

"对，还是那句老话，新闻报道里，不要提到太多她的事情。我希望你能在报道里多反映反映其他教练、运动员是怎么刻苦训练的。"

"我知道了，陈指导。"

陈天河说完，觉得陈晖似乎欲言又止，便问："怎么，还有事吗？"

"我……没事了。"

"没事就去吃饭吧，"陈天河说着，从兜里摸出自己的饭卡递给陈晖，"去运动员食堂，刷我的卡吧。正好我中午要出去一趟，有点事，不在食堂吃了。"

说完，陈天河转身径自离开了。

陈晖把带着陈天河身体余温的饭卡紧紧攥在手中。刚刚，陈晖原本准备跟陈天河坦白她和王炎的视频在网上被炒作的那些事情。可话未出口，却被王炎从后面轻轻拉了下她的衣角。她明白，王炎不想让她说这事。

"走啊，吃饭去。"王炎嘿嘿一笑，"陈指导这也是想请你考察一下我们的伙食吧。"

"你刚才为什么不让我说？"

"你傻啊，陈指导明摆着还不知道这事儿呢。"

"可他早晚会知道啊！"

"等他知道了，你或许也不在这里了，他就不可能跟你发火了。"

"那他会找你啊！"

"找我就找我呗，无论怎么罚，我都认了。其实吧，我知道，训练之余悄悄出去兼职本身也是违反队规的。多一条违规、少一条违规，意义没什么不同。要是他觉得我不适合留在队里，叫我走，我就走。反正……"

王炎停顿了几秒，缓缓地说："反正，我的能力也到头了，不能为这支队伍去争取什么荣誉了。"

"你不想继续当运动员了？你还很年轻啊！"

"年轻？有什么用。我知道自己的极限在哪里。人，贵有自知之明。"

"可我觉得，至少我看到的是，你每天训练都很拼命啊！"

"是，虽然我没有了去比赛场上争金夺银的宏伟目标，但我走上训练场时，我总是告诉自己，要认真。因为从训练场上得到的东西，永远都是我自己的，不是别人的……"

在食堂吃完饭，和王炎聊了一会，陈晖手机上收到了一条微信。

"你一会要回学校吧？我开车送你。我在停车场等你。"

陈晖放下手机。

"你也该午休了吧，我回学校去了。"陈晖站起身。

"我送你到门口吧。"王炎说。

"不用了，我自己走就好了。这大中午的，你不怕送我到门口，被别人拍下来放到网上？"

王炎嘴角翘了翘，泛起一丝无奈的笑。

"对了，你……还会来队里吗？"

"我这段实习结束了，还要回学校上课。可能……不会来了。"

王炎眼中露出了一丝失落，突然，他眼中闪出些光："我差一点忘了，你还有我的私教课要上。"

"你给我上私教课，又赚不到学费，我……我怕耽误你的时间。"其实，陈晖自从昨天听张博轩说，不让她再付私教费给弘武道馆，她就暗暗决定，以后不再找王炎上私教课了。

她知道王炎是因为家里经济情况不好，才冒着违反队规队纪的风险，在训练之余到道馆打工，兼职私人教练，赚一点钱补贴家用。她不想因为自己，耽误王炎的时间，浪费他的精力。

"你别说这样的话，"王炎脱口而出，"我们已经签了一年的私教课合同了。我想……我想让你好好了解了解……"

"了解什么？"

"了解跆拳道是一项怎样的运动。"

陈晖一怔，轻轻叹了口气，脸上露出了欣慰的微笑。

"王炎，你这个理由真的让我没办法反驳了。"

"那就说定了？"

"嗯，我会去的。还要你好好教我呢。谢谢王教练的指导！"

陈晖说着，顽皮地按照跆拳道礼仪，冲着王炎鞠了一躬。

……

陈晖来到体工大队的地下车库，陈天河果然已经在车里等着她了。

陈晖上了车，陈天河缓缓地把车开了出去。

"爸，您要去给我妈送东西吧？"

"嗯。"

"您不用专门送我回学校，我自己回去就好。您送我到学校，再折到妈妈单位，太耽误时间了。"

"没事，这段时间我一直在队里带训练，也没时间和你聊聊天。正好，趁着今天中午……"

陈晖一下子就听出了陈天河话里有话。

"爸，您看到网上的视频了！"

"嗯，看到了。"

"对不起，那……那是个意外。"

"我知道。我看得出来，你当时做动作扭到脚了。要不是王炎眼疾手快，你就仰面八叉摔到地上了。"

"爸，是我拖着王炎去帮我做直播节目的。那个直播是学校的传播学实践作业，以前一直效果不好……"

"这一下效果可好了吧。"

"爸……"

"这也挺好，你正好可以根据这个案例，好好研究一下。现在网络上的各种炒作太厉害了。"

"爸，王炎那边……您可不可以不要批评他？"

"不经过教练的允许，私自参加网络直播，批评是一定要批评的。"陈天河说，"不过，我可以不追究他的责任。"

"谢谢爸！"

"谢我做什么？"

"谢谢您放王炎一马。"

"哼，我要是不放过他，就凭他私自在外面兼职的事情，省队早就可以开除他了。"

"啊？爸，您知道他兼职私教的事情？"

陈天河没有说话，把车子开上了大路。

他这才缓缓说道："王炎的妈妈在他小时候患上严重的心脏病，休养了好多年，直到现在还没办法正常工作。所以他家里的经济有些困难。王炎是个孝顺孩子，就想着办法赚一点钱补贴家用。这样的路子，我要是给他堵上，就太不近人情了。"

"爸，我还以为您是一个较真的人！"

"我是较真。但较真，不代表冷血。对了，你是在弘武道馆上王炎的私教课吧？怎么想起来学跆拳道了？"

"我想多了解了解跆拳道……"

陈晖说着，却咽下了后半句话：爸，我也想多了解了解您！

这，其实才是陈晖尝试去习练跆拳道的真实目的。

"你的想法不错。"陈天河说，"利用业余时间了解一下跆拳道这项运动，也通过自己的方式推广一下跆拳道这个项目。你做的这些，我应该支持的。"

"爸，您真好！"

"需要多少私教课学费，以后直接从我这儿拿。"

"可是……弘武道馆的馆长说，二叔在道馆有股份，所以跟馆长打了招呼，不让他们收我的学费了。"

"这个柯进！"陈天河嘟囔着，"你别管他，每个月该给人家多少学费就交多少钱。他们要不收，你就说是我陈天河让他们收的。如果柯进有什么意见，就让他来找我好了。"

陈晖觉得，这本来是一件好事，却搞得跟掐架似的，也有些哭笑不得了。

不过，父亲不但不反对她跟王炎学跆拳道，还相当支持，倒是让陈晖感到意料之外的开心。

"小晖啊……"陈天河换了语气，"自从你上了大学，我对你的生活和学习都关心得不够，是爸爸不好。"

"爸，您别这么说。要这么说的话，我开个玩笑，我上中学那些年，您一直带着省散打队东奔西走，不也没怎么管我嘛，我还顺利考上扬江大学了呢。"

"是啊，我们这些做教练的，亏欠家人挺多的。"

"但是我跟妈妈都很支持您啊。"

陈天河又是一阵沉默。

"小晖，你和王炎认识多久了？"

"也就春节之后，我们系里学生会在弘武道馆组织了一次体验活动，我才第一次见到王炎。"

"你们发展很快啊。"

"爸！我不是……我……王炎也不是……"陈晖涨红着脸辩解着，语无伦次起来。

长这么大，陈晖不是没有过和男孩子之间的朦胧与小暧昧。以往，她都会把这些心事悄悄说给妈妈听。但这还是破天荒头一次，父亲陈天河开门见山地跟她谈起这样的话题，却还是一场误会。陈晖一下子明白了，陈天河之前的许多话，其实都是铺垫。

"你们两个还不是男女朋友？"陈天河微微皱了皱眉。

"爸！我们真不是！"陈晖大声否认着。

陈天河下意识地舒了一口气："好吧，那是我误会了。小晖，爸爸不是想过多干涉你感情方面的事。毕竟你也大了，爸爸相信你能处理好这些事情，爸爸只是关心你。"

陈晖想了想，突然顽皮地问："爸，假如说……我是说，假如啊，要是我和王炎在一起了，您是会同意，还是反对啊？"

女儿抛出了这样一个问题，不禁让陈天河踩了一脚刹车。

车子猛地一抖，熄了火。

好在中午路上车辆稀疏，没有影响到后面的车辆行驶。

陈天河转头看着陈晖："王炎为人不错，但他是不是各方面都达到了成为我陈天河女婿的标准，我还得继续观察观察他。"

"爸！我开玩笑呢！"陈晖说，"看把您吓的……"

第二十六章 “一轮游”

从扬城乘坐高铁不过两个小时，就抵达了澄州省的甬山市。今年的跆拳道全国锦标赛第一站比赛就在甬山奥体中心崭新的体育馆进行。

林寒跟着其他十几位参加第一站比赛的扬江跆拳道队队员、教练一同走进甬山奥体中心。久违的大赛氛围，让林寒兴奋得寒毛都一下子竖了起来。

全国锦标赛第一站，是这一年度第一项国内最重要的跆拳道比赛，各个省区市代表队的重点队员全都云集于此。

一走进运动员准备区，林寒就听到有人大声地喊着她的名字。林寒循着声音望去，一个和她年纪相仿、梳着马尾辫的女孩子却已经扑到了她的面前，一下子把她抱住了。

“小凌，你……长了好大的力气啊……”

林寒说着，努力地挣扎着，才从那个女孩子的怀抱中伸出了自己的胳膊。这让她可以反过手来，把周凌紧紧地抱住了。周凌是林寒去年在国青队时的队友。两人年龄相同、级别相同，也住在同一间宿舍。在备战青奥会的那段时间里，柯进专门安排周凌给林寒做陪练，两个姑娘之间也因此结下了亲如姐妹般的情愫。

“小寒，我就知道你会来！可是……我怎么没在运动员名单里见到你的名字啊？一定是组委会写漏了吧！”

林寒的脸上露出了一丝尴尬，反问：“小凌，你这次是打 49 公斤以下级的比赛，对吧？”

周凌点了点头。

"我们队里有一位姐姐是打这个级别的,所以……我这段时间是给她做陪练的。"林寒说,"这次比赛,也是她来打。"

周凌瞪大了眼睛:"不会吧,小寒,你们扬江跆拳道队在女子49公斤以下级里,还会有比你实力更强的队员吗?"

"这不是强不强的问题,是我……我要怎么证明自己的问题……"

说着,林寒简单地把自己这几个月经历的大起大落说给了周凌。

周凌目瞪口呆地听着,缓了好一会儿,才搞明白了事情的来龙去脉。

她拍了拍林寒的肩膀:"小寒,没事的,我知道你很棒,一定能度过这段难熬的日子。这一次比赛你不打主力也好,等今天我们这个级别的比赛都打完了,晚上我带你出去转转。别忘了,甬山可是我的'主场'啊!"

林寒还想说些什么,只听周凌的教练在不远处喊着周凌。周凌跑了过去,从教练手中接过一张纸,看了看,脸上的神情却一下子变了。

周凌攥着那张纸,又走回了过来。

"小寒,你们打49公斤以下级的队员,是不是叫宋曦?"

"对啊,是曦姐。"

周凌把那张攥得有点皱巴的纸递给林寒看。

那是今天进行的女子49公斤以下级的对阵表。

第一轮是三十二进十六的比赛。

第一场,就是由扬江跆拳道队的宋曦对阵澄州跆拳道队的周凌。

宋曦对周凌,偶然间也成为了这届全国锦标赛的揭幕战。

周凌无奈地笑了笑:"我真应该庆幸,扬江跆拳道队这一次派出的运动员不是你。要不然,我人生中第一次正式参加成年组的全国锦标赛,就是'一轮游'了。好了,不跟你聊了,我得去准备了。"

看着周凌快步走向运动员热身准备区,林寒又喊住了她。

"小凌,你要加油啊!"林寒喊,"我们曦姐也是很厉害的啊!"

"你放心,我会全力以赴的!"

没有比赛任务的运动员和教练员会在看台上专门为他们设置的观摩区观看比赛。林寒走上看台的时候,郭昊宇已经在身旁为她留出了一个座位。林寒走过去,坐在郭昊宇身边。

"曦姐第一场比赛的对手,是你那个国青队的小闺蜜吧?"郭昊宇问。

"嗯。"

"周凌的水平比你差了不少。可曦姐有你陪她练了这两个月，又提升了一大截呢。"

"周凌肯定也进步了。否则的话，澄州跆拳道队也不会让她作为这个级别的主力队员，参加全国锦标赛第一站的比赛。"

"怎么，你又想到自己不能打这一站比赛，所以遗憾了？"

"遗憾是肯定遗憾的，但……我也挺开心。"

"开心？"

"想想我也能帮助曦姐去努力实现她的梦想，也是一件值得开心的事情啊。"

"你不怨恨陈指导了？"

"怨恨老陈？哥，我知道老陈他不太喜欢我，我也不太喜欢他。可我也觉得他……对我还算不错了。"

"怎么？"

"别说咱们队了，其他省市的队伍来参加比赛，除了主力队员和主管教练，一般都不会让其他多余的人来。毕竟多带一个人，就多一个人吃住行的经费嘛。可老陈还是愿意带我这个陪练队员来参加全国锦标赛。我知道，老陈给我这个机会，也是想让我见见世面，感受感受全国锦标赛的氛围。所以……哥，我不太恨他了。"

林寒的话，让郭昊宇愣了。

小小的林寒，在经历了那些坎坷起落之后，竟然也一下子长大了！

郭昊宇想着，嘴角浮现出一丝微笑。

场地中的八角垫子上，宋曦和周凌的揭幕战，也如期打响。

全国锦标赛采取的规则和国际大赛接轨，都是三局两胜制。每一回合比赛根据运动员的有效得分来评判胜负。如果前两个回合双方平分秋色，那么就看第三回合双方的胜负。假若第三个回合仍旧打平，比赛进入加时。加时赛中，率先得到两分的运动员获胜。

也就是俗称的"金脚"！的确像林寒说的那样，周凌的进步相当明显。

第一回合一开场，周凌的主动进攻，就连续得到 4 分。

看台上，澄州跆拳道队的队友们爆发出了一阵阵热烈的欢呼。

宋曦却并不急躁，利用第一回合的前一分钟时间，她就摸清了周凌的进攻节奏。然后……

"漂亮!"郭昊宇的喊声在看台上响了起来。

宋曦在贴身近战时,一记漂亮的里合腿,左脚踢中了周凌的头盔。

电子记分牌上清晰地显示出了宋曦得到的 3 分。

"曦姐加油!扬江加油!"郭昊宇带领扬江跆拳道队的队员给宋曦加起油来。

林寒却迟疑着,喊不出来。郭昊宇扭头看了看林寒。他没有问林寒为什么不和他一起为宋曦加油,他也知道林寒其实既希望宋曦能够在这次全国锦标赛上高歌猛进,也不愿自己的好友周凌惨遭"一轮游"……

他明白林寒内心的纠结。

"呀!"

伴随着宋曦一声暴喝,她的转身后踢击中了周凌的护胸。

漂亮的一击,4 分进账!

第一回合比赛结束,宋曦以 7 比 4 逆转。

或许是第一回合的胜负转变,让周凌一时半会儿缓不过劲儿来。第二回合开战没有多久,宋曦又是一记成功的击头得分。

周凌的信心一下子降到了谷底。

林寒从看台座位上站了起来。

"小寒……"郭昊宇轻声喊着她。

"曦姐第一场打完,我……去祝贺一下她。也顺便看看曦姐有什么需要我帮忙的。"

林寒说着,快步离开了看台。这场比赛,她已经知道结局如何。所以,她更看不下去了。

等到她走到运动员热身准备区的时候,第一场比赛果然已经结束了。

三个回合之后,宋曦最终取得了 14 比 6 的明显优势。她赢了,成功地取得了开门红。可周凌,人生中的第一届成年组全国锦标赛,却遭遇了首轮即被淘汰。

单败淘汰制的比赛就是这么残酷!

运动员可能为一项比赛准备了几星期、几个月、一年,甚至几年,但很多人站在比赛场上的时间只有短短的几分钟而已。

可就算在比赛中一直高歌猛进又能怎样?

即便是四年一届的奥运会跆拳道比赛,世界顶尖高手的较量,从第一轮打到决赛，直至最后拿到冠军，也无非四五场比赛，区区半个多小时的净比赛时间。

十年寒窗无人问，一举成名天下知……

林寒在运动员出口处，等到的第一个人就是宋曦。宋曦一上来就给林寒一个拥抱。

林寒不知应该如何祝贺宋曦取得了第一场比赛的胜利，只好送出运动员之间最简单、最直白的鼓励："曦姐，加油！"

"这才是第一场，三十二进十六的比赛。要想拿到冠军，还有四场比赛要打。"陈天河在宋曦身后平静地说。

是说给宋曦听的，更像是说给林寒听的。

"加油！"宋曦轻声喊着，是对陈天河这番话的回应，更像是对林寒给她鼓励的回应。

宋曦回到运动员热身准备区，林寒又等到了从赛场走下来的周凌。

两人相视，片刻沉默。

"小寒，我'一轮游'了……"周凌自嘲地说，"不过，我不难过。"

虽然周凌说她不难过，但林寒已经眼尖地发现，周凌眼角挂着的一星泪痕。

"小凌……"

"因为，宋曦是你做陪练，陪出来的啊！你都那么厉害了，我打不过她，也是正常的。"

"哪里啊，小凌！其实这场比赛……你打得挺不错的了。你也比我强多了，至少……我还没资格打。"

两个姑娘望着对方，扑哧一声笑了起来。

"好了，小凌，别难过了。几个月之后，还有第二站全国锦标赛可以打呢。"

"嗯，我回去一定要好好训练，希望下一次全国锦标赛，我不会再'一轮游'了！"周凌说着，却问，"小寒，下一站全国锦标赛……你会参加吗？"

林寒愣住了。她不知道这个问题的答案。

按照惯例和常理，如果宋曦在这第一站全国锦标赛里获得了前四名的成绩，顺利拿到年底全国冠军赛的参赛资格，那么第二站比赛理所当然地应该由扬江跆拳道队同一级别的另一位选手去参加。

那就是林寒。

因为第二站全国锦标赛的前四名，也能够获得全国冠军赛的入场券。

但……林寒现在还不知道，就算有那样的机会，陈天河会不会让她去打。

如果陈天河只是单纯地想打压林寒，那么只要宋曦在第一站比赛没有能够夺得冠军，他就完全可以让宋曦继续参加第二站的比赛。

从规则上说，这并不矛盾。

"小凌，我……"林寒深深地吸了口气，坚定地说，"我一定会参加第二站比赛的！到时候，咱们两个在第二站全国锦标赛的决赛见！"

周凌点点头，又苦笑着摇了摇头。

"小寒，我没那么高的要求。"周凌说，"我就是期望，千万别在第二站比赛的第一轮就遇到你……"

第二十七章　劲敌

跆拳道比赛，每一个级别，从早到晚一天打完。

这种特有的赛制安排，对于任何一个运动员都是非常辛苦的。尤其像女子49公斤以下级，选手报名人数众多。如果不能占据种子位，那么如同宋曦这样的选手，就必须从第一轮的三十二强比赛打起。

单败淘汰。第一轮从三十二强晋级十六强。第二轮，是十六进八。第三轮，才是八进四。然后，是四强交锋的半决赛。

最终的两强，会师决赛，为冠军展开角逐……

这也意味着，如果宋曦想要站上最高领奖台，她必须在这一天之内连续参加五场比赛，战胜五个对手！

这，就是冠军需要经历的磨砺与考验！

宋曦第二个对手，是奉锦跆拳道队的刘怡然。刘怡然是一个二十岁出头的年轻选手，她的身高、特点和林寒都有几分相似。以往宋曦对阵这种身高腿长的选手办法不多，还曾经在去年的全国锦标赛上输给过刘怡然。不过经过林寒两个月陪练的"特训"，宋曦再次与刘怡然面对面地站在比赛垫子上，已经胸有成竹。

林寒没有回到看台的运动员观摩席。没人专门来赶她，她就混在候场运动员的人群中，趴在运动员通道的门边儿上，看着宋曦和刘怡然的较量。不再有纠结心情的林寒，也放开了嗓子，为宋曦的每一次踢击大喊着加油。

很快，比赛技术代表张璞来到了门口。张璞以前是国内资深的跆拳道裁判，在柯进参加裁判员培训班的时候，张璞就是他的老师。所以，柯进也让林寒见到张璞时，一定要把他当"师爷爷"一般恭敬对待。

"林寒！注意赛场秩序，不要喊那么大声。"

白发苍苍的张璞说完，似乎觉得自己对小丫头的语气有些过于严厉了。

看着怯生生的林寒，他语气缓和了些："小丫头，又不是你自己上场，这么兴奋干什么？"

林寒吐了吐舌头："张爷爷，曦姐这两个月，是我陪她练的啊。"

张璞一怔，随即会心地笑了："你这个小丫头啊，你的心情我能理解。加油，也注意小点声啊，不要干扰比赛。"

张璞说完，走回了技术台。

林寒重新集中精力于比赛之时，取胜了前两个回合，且始终在比分上压制着刘怡然的宋曦，已经在最后一个回合比赛里牢牢占据着 2 分的领先。

虽然 2 分并不算多大的分差，甚至一记成功的击打躯干就足以弭平这样的分差，但随着比赛时间一分一秒地流逝着，宋曦 2 分的领先优势，无形之中也开始不断地被放大、放大。

对手刘怡然也急躁了起来。

可宋曦的进攻依旧没有停顿。她并未像有些选手那样，在领先之后就保守起来。她依旧积极进攻。

横踢，转上步衔接高位横踢……宋曦利用着积极主动的进攻，作为自己最好的防守。

应接不暇的刘怡然不得不勉力地抬着腿，提高膝关节，阻挡着宋曦的进攻。

"啊！"

宋曦突然喊着，摔倒在地上。

她抱着自己的脚踝，神情痛苦。

刘怡然也弯着腰，捂住了自己的膝盖。

刘怡然提膝过高，阻碍宋曦进攻的时候，宋曦的脚不慎踢到了刘怡然的膝关节上，就导致了这样一个两败俱伤的结果。

裁判暂停了比赛。

扬江跆拳道队的队医刘大夫一溜烟地跑上了垫子，紧急地给宋曦检查、治疗。

奉锦跆拳道队的队医也几乎同时跑了过来，为刘怡然的膝盖喷着止痛喷雾。

除了队医手中的喷雾发出的噗噗声，整个竞技场此刻寂静无声。

林寒站在运动员通道门口，觉得自己的手心浸出了冰凉冰凉的汗珠。

就连下一场比赛候场的运动员，都围了过来，看着场内的突发状况。

"小妹妹，她们怎么受伤的？"一个人在林寒身后问。

声音很温柔，还带着几分关切。

"哦，青方防守时抬膝过高，红方进攻时撞到脚踝了。"林寒简明扼要地回答。

说完，林寒才意识到，问她话的那个声音很陌生，但很好听。

一扭头，那个人就站在她的后面。声音虽然陌生，但面容却一点都不陌生。

这两个多月以来，林寒已经无数次地在自己的电脑上看到过这个人的模样。这个人的样貌，几乎已经深深地刻在了林寒的脑海中。

她，就是秦薇。

女子 49 公斤以下级的王者。

"希望她们两个人都没事，一定要好好的。"

秦薇自言自语地说着，转身离开了运动员通道。

她完全没有留意到，林寒一副看着她欲言又止的表情。

望着秦薇的背影，林寒突然有一种前所未有的感觉。

这是多么温柔的一个人啊！

她想，在比赛中如同狮子一般傲视四方的王者，竟然在比赛场下是这样一个让人感受不到一丝一毫压力的人。如果不是她反反复复地在比赛录像中看到秦薇，只是在运动员通道中的一次偶然邂逅，她甚至会觉得秦薇不过是一个可亲的邻家姐姐……

这是一种怎样奇怪的邂逅和第一印象啊！

突然，看台上爆发出了一阵掌声，把林寒的思绪拉回到了现实之中。

两队的队医跑回了场边，宋曦和刘怡然重新站在了垫子上。

看起来，两个人都坚持着要继续完成剩下的比赛。

掌声，是大家送给这两位不言弃的选手的。

刘怡然向宋曦伸出了手，以示歉意。

宋曦轻轻握了握，表示接受了对方的歉意。

不过，裁判还是按照规则，判罚了刘怡然一分。

宋曦的优势，从 2 分，变成了 3 分。

比赛，还剩最后的八秒钟。

"八！"

"七！"

"六！"

看台上，扬江跆拳道队的队友们一同扯着嗓子，喊着倒计时。

林寒也把双手拢在嘴边，喊了起来："五！四！三！"

技术代表张璞正在技术台那里狠狠地瞪着林寒。

"二！一！"

林寒喊完最后一个数字，向张璞鞠了一躬，转身一溜烟地逃出了运动员通道。

宋曦成功淘汰了对手，跻身八强。

林寒身后的赛场中，广播员在大喇叭里广播起一则通知："根据组委会要求，大会重申赛场纪律。非参赛运动员，不得聚集在运动员通道。不允许在运动员通道大声喧哗、呐喊……"

陈天河陪着宋曦走出赛场。

看着宋曦和林寒击掌相庆，陈天河瞪了林寒一眼："刚刚广播里，说的是你吧？"

林寒不好意思地嘿嘿一笑："陈指导，我是不是进了组委会黑名单了？"

陈天河破天荒地没有大声斥责林寒，只是平静地说："要记住，时刻要守纪律。"

"是！"林寒却故意大声地回答着。

从眼睛的余光中，林寒发现张璞已经追到了运动员通道门口。

"哎呀，老陈啊，你们队里这个小丫头可太难缠了……"张璞说。

"对不起，张老师，给你添麻烦了。我刚刚已经批评过她了。是我带队无方，你消消气，要批评，就批评我吧。"陈天河故意站在了林寒前面，挡住了张璞，让他没办法面对面地呵斥林寒了。

张璞只好压住心中的不满："林寒，以后你可不能这样了！"

"我知道了，张爷爷。对不起，我不会这样了。"林寒道着歉，展现出从未有过的乖巧。

张璞气呼呼地走了。

宋曦拍了拍林寒的脑袋："小寒，你是真把张璞老师惹急眼了。要不是陈指导挡着，搞不好他能把你骂一个中午呢。"

林寒看看宋曦，又瞅了瞅一旁的陈天河。

她突然觉得，陈天河也并没有像她以往觉得的那么死较真了。

陈天河察觉到林寒盯着他看，他看了看林寒，没多说别的，只是说："走吧，回去吃饭。宋曦的四分之一决赛下午稍晚一点才开始。中午吃了饭，还能抓紧时间休息一下。"

"老……"林寒咽下了脱口而出的后一个"陈"字，立刻改了口，"陈指导，我想申请留在这儿……"

"留在这儿？"

"还有两场就到秦薇的比赛了，我想留下来看一看。"

"那你怎么吃中午饭？"

林寒嘿嘿傻笑着，她确实没想到这个问题。

"行，你在这儿看吧。"陈天河说，"一会儿我找人给你打包午饭带过来。"

"谢谢陈指导！"林寒开心地说。

"但是有一点，"陈天河补充道，"你给我老老实实地上看台看去。要是再让技术代表逮到你在场地下面乱喊乱叫，我可帮不了你。"

回到看台上，林寒很快等到了秦薇的比赛。

作为赛事的头号种子，晋阳跆拳道队的秦薇第一轮轮空。所以临近中午的这一场比赛，也是她今年全国锦标赛的第一次亮相。

秦薇的对手名不见经传，秦薇几乎毫无压力地在三个回合中占尽优势。坐在看台上的林寒，对秦薇的印象，又回到了看她比赛录像时那样。如果非用一个词来形容秦薇比赛给她的观感，那就应该是"霸气"。

秦薇比赛结束，林寒跑下了看台。她完全是无意识地，似乎很好奇秦薇在比赛之后会做些什么。

但当她真的来到运动员通道前，看到秦薇走出赛场，走回到热身准备区，林寒却迟疑了。她很想上前跟秦薇说点什么，却又想不出应该去跟秦薇说点什么。

林寒只好蹑手蹑脚地尾随着秦薇，走到了热身准备区。

秦薇没有跟她的教练或队友在一起，而是一个人在热身准备区的一角，一个相对空旷、安静的角落，跪坐在垫子上。她就那样端端正正地跪坐着，双手轻轻放在膝上，眼睛微微闭合，似乎在参禅入定一般。

林寒呆呆地远远看着秦薇，不敢走过去打扰到她。

那个角落有一扇玻璃窗。正午的阳光透过玻璃窗洒进来，洒在了秦薇的身上，但秦薇不为所动。坐如磐石。

不知过了多久，秦薇缓缓睁开双眼。她转过头，冲着远处呆立着的林寒笑了笑。

林寒似乎被解开了身上束缚着的咒语，这才敢动一动身子，走上前去。

"小妹妹，你在那儿看了我很久了吧。"秦薇说着，话语依旧温柔。

"对不起，薇姐，是我失礼了。"林寒说着，鞠了一躬。

"你叫什么名字？"

"我叫林寒。"

"哦，你就是林寒啊。"

"啊，你知道我？"

"很多人都说，你会成为我最大的对手。"

林寒慌忙地摆了摆手："薇姐，那都是别人乱说的。我……"

"你不想拿冠军吗？"

"啊？"

"作为运动员，没人是不想获得比赛冠军的。"

"可是这一次……我没报名参赛。"

"哦，以后，你会有机会的。"

"嗯，我……确实很想和你一起比赛。"

"想战胜我吧？"

"……"

"要想拿到全国冠军，你得战胜我才行。"

"……"

"看来，你还有问题要问我？"

"薇姐……你刚刚那是……在做什么？"

"哦，这是我的一个习惯。"

"习惯？"

"每一场比赛前后，我希望自己能够沉下心，认真琢磨一下即将上场的比赛，或是回忆一下刚刚打完的比赛中，我都犯了哪些错，有哪些做得不好的地方。"

"我看你想了很久……可是刚刚那一场比赛，我觉得，你已经做得很完美了。"

"林寒妹妹，没有任何一场比赛是会很完美的。认真找出自己做的任何一点点不理想的地方，我觉得是我必须要下的功夫……"

林寒若有所思地点点头。这时，她的手机不合时宜地响了起来。拿出一看，竟是陈天河打来的。她辞别秦薇，接起电话，陈天河要她到奥体中心体育馆的大门口来。

林寒一溜烟跑了出来，只见陈天河拎着一袋食物，正站在屋檐下等她。

林寒愣住了："陈指导，你这是……"

"我让大家中午抓紧时间休息一会，我自己没事溜达溜达，顺便把午饭给你捎带来了。秦薇的比赛看完了？你觉得她怎么样？"

"她赢得很轻松。我……"林寒顿了顿，叹了口气，感叹地说，"我觉得，她太厉害了。"

"嗯，找地方吃饭吧。趁热，别放凉了再吃坏肚子。"

陈天河不以为意地说着，把打包好的午餐递到了林寒手中。

第二十八章　能力叠加

下午三点多钟，宋曦迎来了自己的四分之一决赛。对手是她很熟悉的泰峰跆拳道队名将叶菲。

宋曦和叶菲两个人年纪相当。两人从出道之后，就在国内各项大赛中频频相遇，自然是知根知底。后来随着年纪的增长，叶菲渐渐淡出赛场，进入泰峰大学学习，成了一名经济学专业的大学生。不过泰峰大学近年来热火朝天地开展了"体教融合"试点，尝试和泰峰跆拳道队共建专业运动队。叶菲也就作为明星选手，再度披挂上阵，代表泰峰跆拳道队出战这一次的全国锦标赛。

宋曦这一场也是有准备之战。在这一两个月的备战里，林寒更是把叶菲赖以成名的反击后旋踢技术模仿得炉火纯青。

林寒的个子比叶菲高，腿也比叶菲长。所以，林寒在给宋曦陪练做对抗时，一旦施展出反击后旋踢，杀伤力和叶菲相比，只高不低。

一开始，宋曦跟林寒模拟实战，常常被林寒的反击后旋踢打得异常狼狈。最惨烈的一次，林寒一脚就把宋曦戴着的头盔上那条有点老化的魔术贴带子踢断了，头盔也远远地飞了出去。那时，宋曦摸着嗡嗡作响的脑袋，觉得自己真是"丢盔卸甲"啊！

然而，正是这种高质量、高强度的模拟对抗，让宋曦渐渐地对反击后旋踢这一招产生了"免疫"。

但这还不是最重要的。

宋曦和叶菲的第一回合比赛，迅速进入了白热化的阶段。

林寒在看台上目不转睛地盯着比赛场。她没有坐在郭昊宇专门为她留出的身旁空座，而是扑到第一排，扶着看台栏杆，探着身子使劲地瞅着场地之中。

她在看些什么呢？郭昊宇纳闷地想。

他不知道，林寒的注意力其实完全集中在叶菲身上。

叶菲的格斗势换了一个方向。

对，她换架了！

林寒想，接下来，叶菲就该……

叶菲的左肩抖了一下。

不着急，还有……林寒默默地想着。

叶菲的左肩，抖了第二下。

假动作来了！林寒想，她的眼神一下子聚集到叶菲的左腿上。

果然，叶菲的左腿抬了起来，转胯、弹出……

"曦姐，她来了！"

林寒身子探出了看台栏杆，咆哮着，声音大得在整个奥体中心体育馆中回响起来。

宋曦果然没有被叶菲这一记左腿横踢假动作诱骗。

在平日的演练中，她和林寒早已察觉到了叶菲的这一套习惯性的假动作和小动作。这是林寒在看了三遍叶菲的比赛录像之后发现的规律。

为了增加转身后旋踢的突然性，叶菲在这一招"得意技"之前，总爱附加一个前腿横踢的假动作。而她做出这个假动作前，也会自然不自然地有一整套的习惯性小动作。就像她的换架，然后抖两下肩部，让对手以为，她要急速启动进攻，借以诱骗对方抢先进攻。但叶菲不曾想，她的这些"套路"在宋曦和林寒面前，已经毫无秘密可言了。

叶菲的反击后旋踢，在一整套的假动作掩护下，原本会很突然，会打得对手措手不及。可如果对手对你每一步要做什么都已经了如指掌，你的速度就如同慢动作一般了。

宋曦完全没有理会叶菲的左腿横踢假动作，她稳稳地格挡住叶菲的反击后旋踢。然后，宋曦的反击干净利落，2分入账。

叶菲在一刹那有些愣住了。

运动生涯这么久以来，她这一招不知在多少跆拳道好手的头上斩获了分数。

而以前的宋曦，也几乎对她这一招没什么很好的应对办法。

可这一次的宋曦，似乎已经不是之前的宋曦了。她显得更有准备，更游刃有余。也更自信……

三回合结束，宋曦不出意外地顺利晋级四强。

按照这一次全国锦标赛的规程，获得各级别前四名的选手都将入围今年第四季度举行的全国冠军赛。同时，这次全国锦标赛也没有三、四名决赛。即便是获得第四名的选手也将能够站上领奖台，领取并列季军的铜牌。

宋曦，终于实现了在职业生涯末期站上全国大赛领奖台的目标。

但，她和林寒的目标并不仅仅局限于此。

"曦姐的下一场比赛，一定要赢！"林寒回到郭昊宇身旁的座位上，兴奋地说。

郭昊宇微微点点头。虽然，他不愿意打击林寒的热情，但还是直言不讳地说："曦姐下一场的难度，会很大、很大！"

"我知道，她半决赛的对手，就是这一场比赛的胜者嘛！"

林寒说着，指了指场地中。

宋曦和叶菲的这场比赛结束之后，下一场女子49公斤以下级的四分之一决赛随即展开。

而这一场比赛的胜者，就将是宋曦在半决赛的对手。

"你没有仔细研究对阵表吗？"郭昊宇轻声问。

林寒一怔。

的确，她光顾着看宋曦一场场连胜高歌猛进，的确没有分出心来认认真真地研究一下对阵表。

"这一场，是秦薇的比赛……"郭昊宇喃喃地说，"这就意味着，宋曦在半决赛很有可能会与秦薇狭路相逢。"

林寒瞬间明白了郭昊宇有些情绪低落的原因所在了。

她咧嘴笑了笑："无论对手是秦薇还是谁，我相信曦姐会赢的！"

四分之一决赛，对于秦薇而言只是小菜一碟，三回合她轻松获胜。一个多小时之后，她和宋曦将在半决赛中捉对厮杀。

当林寒来到运动员热身准备区，宋曦和陈天河已经等在那儿了。

稍稍休息之后的宋曦，显得斗志十足。

"陈指导，需要我做些什么？"林寒开门见山地问。

陈天河的回答同样简单明了："你来陪宋曦热热身，用秦薇擅长的那些技术动作。"

"嗯!"林寒说着,撸起了外套袖子。

虽然只是热身,并非穿着整齐护具的实战,但林寒和宋曦面对面亮出格斗势时,神情却都异常认真。她们两个都明白,一个多小时之后那场比赛意味着什么。

与秦薇的半决赛,与其说是半决赛,倒不如说是一场提前进行的决赛。如果宋曦能够战胜秦薇闯进决赛,无论决赛对手是谁,都不会有秦薇那么难对付。

但……林寒想的,真像她跟郭昊宇说的那样吗?

林寒先动了起来。她的脑海中不断地闪现着秦薇的技术动作。

那些技术动作,都是她在这两个月一遍遍从技术录像中看到的、琢磨的。但做着、做着,林寒却越来越忐忑起来。她惊讶地发现,无论自己模仿得多像,都只是秦薇的皮毛。

跆拳道的每一项攻防技术动作,都与力量、速度、准确和平衡这四大要素密不可分。可不管林寒能够做出怎样相似秦薇的技术动作,这四大要素之中,必然有其一或其二,与秦薇本人施展出来的有所差距。过去只是从技术录像中看,林寒还没有这么直观的印象。

但今天,当她真真正正地在现场用自己的双眼目睹了秦薇的比赛,尤其当她知道了秦薇在比赛之后会做些什么的时候,林寒才意识到,她和秦薇之间的差距到底有多大。

我……真的能够帮助曦姐战胜秦薇吗?她想着,对自己产生了怀疑。

仅凭宋曦的能力,能够战胜秦薇吗?

林寒觉得,就算是她自己上场,现在的她也必然无法战胜现在的秦薇。继续这样想着,林寒的额角不禁渗出了汗珠,动作也有了些微的变形。

陈天河当机立断,叫停了林寒和宋曦的热身。

"好了,休息一会,准备检录了。"陈天河对气喘吁吁的宋曦说。

宋曦走到一旁,坐下休息。

看着还发呆站着的林寒,陈天河低声问她:"你觉得宋曦下一场该怎么打?"

林寒惊讶地看着陈天河,却回答不上来了。

陈天河又问:"那如果换做是你,下一场,你会怎么打?"

"陈指导,我会豁出命去打!虽然……我豁出命也不一定能赢……"

"是，你的能力还不足以战胜秦薇。宋曦她，也一样。"

"那……"

"不过，你的能力加上宋曦的能力，就未必会比秦薇差了。"

"啊？"

"怎么，你不明白？"

"我……不太明白。比赛之中，怎么可能会让我的能力和宋曦的能力叠加到一起？"

陈天河沉默地看着林寒，片刻，他平静地说："或许下一场比赛结束，你就都明白了。"

……

林寒一边咀嚼着陈天河的话，一边慢慢走回了看台上。她没有再像上一场比赛时那样，亢奋地站在看台栏杆前，而是若有所思地回到了郭昊宇身旁。

她沉默地坐了下来。

整个看台都安静下来。

跆拳道全国锦标赛第一站，女子49公斤以下级半决赛的第一场比赛，由扬江跆拳道队的宋曦对阵晋阳跆拳道队的秦薇。

"小寒，你怎么……没有信心了？"郭昊宇轻声问林寒。

林寒喃喃地说："我的能力和曦姐的能力……怎么叠加在一起呢？"

"你说什么？能力叠加？"

"嗯，老陈跟我说，我的能力不足以战胜秦薇，曦姐也一样。但，如果我的能力和曦姐的能力叠加在一起，那就未必会比秦薇差了。"

"呵呵，陈指导这是给你出了一道脑筋急转弯的难题吧。跆拳道比赛场上，怎么样也不可能让一方派上两个运动员去打一个人啊。"

"是啊，所以……我搞不明白老陈说的意思。"

郭昊宇也沉默了。

突然，他似乎想起些什么。

"小寒，你听过这样一句话没有？"

"什么话？"

"集体项目靠个人，个人项目靠集体。"

"个人项目……靠集体？"

"嗯。"

林寒一下子瞪大了眼睛："啊，我明白老陈的意思是什么了！"

说着，她猛地从座位上站了起来，扯着嗓子喊着："曦姐加油！扬江加油！"

第一回合比赛，开始了。

第二十九章　对决

秦薇没有动。

宋曦也没有动。

一秒、两秒、三秒、四秒、五秒……

"进攻！"裁判不得不给出口令。

如果青红双方再不进攻，就会被罚分。

宋曦，先动了。

可宋曦的前腿上步横踢还没有完全做出来，秦薇的反击已经近在咫尺。

与其说秦薇的进攻是反击，倒更像是主动进攻。

可若说是主动进攻，秦薇抬腿的时机却是在宋曦之后。

秦薇的进攻后发而先至，不但给宋曦带来了很大的威胁，还完全封死了宋曦上步横踢的线路。

宋曦只好临阵变招，上步横踢虚晃一枪，随即开始无奈地被动防守。

双方只过了这一招，就让看台上的林寒看傻了。

她知道秦薇的实力很强，知道秦薇极其擅长对对手的预判。

但这种预判在瞬间就转化为行动，带来的是令对手感到无计可施的压力和窒息感。

秦薇的第一招反击也只是开始。连续反击进攻，由反击转为主动进攻。

秦薇的腿在眼花缭乱中如绽开的曼陀罗花。

繁华，且危险重重。

宋曦有些应接不暇了。

电子记分牌上，秦薇的分数啪啪地涨了起来。

2分、4分、6分……

直到宋曦好不容易拉开了秦薇的击打距离，才得以缓一口气。

但比分牌上，她已经以0比6落后了。

第一回合比赛，这才仅仅过去了四十多秒。

秦薇依旧不慌不忙，她看着面前戴着红色头盔的宋曦。

宋曦虽然成绩平平，但作为一名老将，秦薇对她并不陌生。这些年一系列的全国大赛，秦薇偶尔也会在十六进八或是八进四的比赛中与宋曦相遇。但她从未觉得，宋曦是一个难缠的对手。

宋曦的打法很传统，中规中矩。她的动作如教科书般标准，却不具备很强的冲击力。而以往秦薇所认识的宋曦，似乎也清晰地了解自身实力的局限。

宋曦会认真于每一场比赛，但输了就是输了，并不会因为失利而伤心欲绝，也不会因为努力避免失利，而倾尽自己的所有。

秦薇以往认识的宋曦就是这样，她只是一个平凡的运动员。可是今天，秦薇却发现，面前的宋曦好像有点不同了。

即便第一回合开局就遭遇了秦薇连续反击进攻的打击，可宋曦的眼神中，却依然充盈着一种渴望。

有趣的变化。秦薇想。

有趣的变化，会把一个平凡的对手变成有趣的对手。

这种变化又是从何而来呢？

她想起来，这场比赛之前，她路过运动员热身准备区，曾经不经意地偶然瞥了一眼。她发现，宋曦正在陪练队员的帮助下热身、准备比赛。

那个陪练队员竟然把秦薇的许多技术动作模仿得惟妙惟肖。

虽然，那只是模仿。

虽然，那只有皮毛。但，能够做到那样，已经很不容易了。

秦薇认得，给宋曦做陪练的，就是那个林寒。

这两年，秦薇无数次地听人提起过林寒的名字，她还专门从网上找过林寒在青奥会决赛上的比赛视频。

青少年跆拳道赛事，运动员的防护头盔上还多附加了一块透明的防护面罩，所以秦薇并没有通过视频来过多注意林寒的容貌。

她关注的，是林寒的技术动作。所以，她对于林寒的身段和技术，印象深刻。况且，很多人都说，未来在中国女子跆拳道 49 公斤以下级，能够对秦薇带来最大挑战和威胁的，就会是林寒。

甚至有人说，林寒有潜质成为下一个王者……

秦薇觉得，那些人的眼光不错。所以，帮助宋曦发生变化的人，就是林寒吗？

秦薇的嘴角微微泛起了笑意。

让我看看你们两个的能力叠加在一起，究竟有怎样的威力吧。

她想着，身形一晃，闪现在了宋曦的面前……

第一回合比赛，结束。

林寒窝在座位上，一时之间默不作声了。

2 比 8，宋曦暂时落后。

虽然这个比分只是第一回合的，却是场上两位选手真实实力的体现。

"曦姐已经打得很不错了，"郭昊宇看着一脸失落的林寒，轻声说，"毕竟对手是秦薇啊。"

"秦薇又……怎么了！"林寒嘴硬地嘟囔着，"秦薇也是人，只要是人，就不是不能被战胜的。"

"可是要想战胜现在的秦薇，别说宋曦一个人了，就算真的加上了你，也很难。"

"哥！要是换作你，就放弃了吗？"

"我？"郭昊宇愣了，"我会……认清现实。"

"怎么叫认清现实？"

"我会努力地拼一拼，然后……至少不会在明知对手无法战胜的情况下，把自己搞伤。"

"啊？你什么意思？"

"你没注意吗？曦姐的脚踝……似乎不太对劲……"

林寒不是没有留意到，宋曦从台上走下来，坐在椅子上休息时，陈天河半跪在她面前，一边帮她讲解技战术，一边为她按摩着脚踝。

林寒一开始还觉得，那不过是教练常规的做法。毕竟在回合间休息时，很多教练都会为队员按摩按摩关节，放松放松肌肉。可郭昊宇这么一说，她才认真地观察起来。

果然，随着陈天河按摩的力度和幅度，宋曦脸上的神情一阵阵地并不轻松。上午比赛中宋曦被刘怡然撞伤的脚踝，确实在这一场激烈的比赛中，正承受着更大的压力。林寒看到，陈天河似乎在问着宋曦什么话。上层看台距离运动员区域很远，林寒完全听不见。但宋曦摇了摇头，仿佛拒绝了陈天河的什么建议。

难道……林寒想，陈天河正在劝说宋曦放弃比赛，但被宋曦拒绝了？

回合间的休息时间转瞬即逝。

宋曦从椅子上站起来，活动了活动脚踝，向着陈天河鞠了一躬，走向体育馆正中的八角垫子。

秦薇已经站在那儿，等着她了。

等待裁判发出第二回合比赛开始口令的间隙，秦薇却突然问宋曦："宋曦，你的脚踝没事吧？"

宋曦摇摇头，没有回答，却露出了一丝无奈的微笑。

但，这丝微笑立刻化作了眼神中的坚定。

秦薇点点头，咬紧了口中的护齿。

她意识到，比赛越来越有趣，也将越来越难打了。

第二回合，开战！

又是一组暴风骤雨般的进攻，秦薇很快将比分扩大到了14比2。

就连看台上的林寒，似乎也被这巨大的分差憋住了。她觉得，她已看不到任何宋曦取胜的希望了。

可秦薇的节奏，却在此刻慢了下来。

"或许秦薇觉得，优势已经足够了。"郭昊宇喃喃地说，"毕竟，一会儿，她还有决赛要打。"

"曦姐！不要放弃啊！"林寒却扯着嗓子猛地喊了起来。

声音划破了寂静的体育馆，甚至引得坐在观摩席上的其他队教练和队员一阵哄笑。

他们都觉得，林寒此刻的喊话加油，显得那么幼稚和可笑。

这么巨大的比分劣势，面对着秦薇那样不可战胜的对手，就算宋曦再加油，又能如何呢？

然而，作为比赛场上的两位主角，宋曦和秦薇却都心弦一动。

她们听到了林寒的呐喊。

宋曦的进攻果然来了！

秦薇判断出了宋曦的腿法和路线，但她没想明白，为什么在林寒喊出了那样的话之后，宋曦仿佛立刻就充满了斗志。

然而，不仅仅是斗志。

宋曦的进攻节奏也快了起来，力量蓬勃而发。

记分牌上的分数变化了。

4 比 14、6 比 14……

宋曦的身子靠近了秦薇。

"咚！"

宋曦的直拳正正地打在了秦薇护胸上。

再得一分，7 比 14！

第二回合比赛，在这一秒告一段落。

宋曦竟然在第二回合最后的一点点时间里连得 5 分！

宋曦走回到教练区，一屁股坐在椅子上。

"宋曦，"陈天河问，"你发现该怎么应对秦薇预判的办法了吧？"

"是的，陈指导，我发现了。"宋曦说，"她对对手的预判，并不是基于对对手的原有印象和风格的分析。她是在通过判断我如何发力，来识别我接下来的动作。"

"第三回合，多用假动作，真实的假动作！就像……林寒教给你的那样去做。"陈天河说着，拍了拍宋曦的肩。宋曦扬起头，望向了看台上的运动员观摩区。

林寒在那儿冲着她使劲挥着手臂。

或许偌大的体育馆中，只有林寒和宋曦相信，她……不，是她们，还有机会！

"两个人的能力叠加到一起……"宋曦轻声地自言自语道。

第三回合，最后一个回合，最后两分钟。

宋曦透过头盔，望向对面的秦薇。

她不要再去想什么战术了。她脑海中任何一点对战术的念头，似乎都会被秦薇读到。

所以，就像陈天河说的那样。假动作，真实的假动作……

秦薇也看着宋曦。

似乎她的眼神能够穿透宋曦身上厚重的电子护具，穿透洁白如雪的战斗服，看清宋曦躯干上的每一丝肌肉与韧带的细微动作。

　　人，在运动时，绝非毫无迹象可循。

　　就像弹簧在弹起之前，先要被压缩。

　　就像箭羽在射出之前，弓弦先会被拉满。

　　对于这种迹象的捕捉，就是秦薇的天赋所在。

　　就算是假动作，它的发力也会与真实动作的发力有细微的不同。

　　但，如果把假动作做真……

　　秦薇敏锐地发现，宋曦的肩微微一动。

　　是蓄力满满的前腿横踢。

　　秦薇想着，做好了准备。

　　但她惊讶地发现，宋曦的前腿横踢却并未真正踢出。瞬间的转脚、转身。

　　宋曦真正的打击是紧密衔接着的转身后踢。

　　"啪！"

　　秦薇躲闪不及，宋曦 3 分入账。

　　10 比 14 ！

　　还有 4 分的分差，一分多钟的比赛时间。

　　比赛，变得越来越有趣了……

第三十章　赢家林寒

那还是林寒重归扬江跆拳道队不久之后的一个晚上。

在吃完晚饭之后，林寒拉着宋曦，悄悄回到了空无一人的训练场。

林寒神秘兮兮地对宋曦说，她发现了一个问题，是关于秦薇的。

林寒一边比划着，一边说，她通过仔细研究秦薇的比赛录像，发现秦薇的眼神，总是更多地集中于对手的上半身。

"我觉得，她是根据对手上半身的动作，来做出相应预判的。"林寒说出了她的结论。

宋曦将信将疑。虽然跆拳道九腿一拳，名字里还带着个"拳"字，但毕竟，现代竞技跆拳道的主流技术是腿法。仅仅通过观察对手上半身的变化，怎么样能准确预测到对手的腿法和身法呢？

"我一开始也不太明白，可是自己做了做，发现的确有那么些道理！"林寒解释着。

她说，跆拳道和其他交手类格斗项目有相通之处，比如腿部的发力，会在动力链的作用下，在上半身形成相应的连带反应。

而动作越是标准，发力越是充分的选手，这种连带反应就越是明显。而人的上半身动作幅度，相对腿部踢击的动作幅度虽然小，但快，如果能够从观察对手上半身的动作细节，反应到对手相应的腿部动作，那么就可以在对手做出动作之前，就形成正确的预判。

再加上秦薇本人顶尖的进攻速度和力度，使得她能够顺利地在对对手做出预判的时候，后发而先至。

当然，林寒最后说，这只是她从秦薇的比赛录像里观察到的。究竟是不是真的，她也拿不定主意。

"那么，如果你的判断是正确的，小寒，你觉得我们怎么样破解秦薇的预判？"

"说难不难……"林寒说，"上半身做出假动作，欺骗秦薇的预判。然后利用真正的腿法踢击，去打击得分。"

"但……"

"但这也有不小的难处。曦姐，就是要我们克服从小养成的习惯，努力避免施展腿法时，上半身出现的连带发力动作和习惯性的小动作。甚至……有时最好拧着来。"

"小寒，真的可以吗？"

"曦姐，你要是相信我，我们就试一试。"

"我相信你！"

"嗯！"

……

当宋曦利用假动作转身后踢一举得到 3 分之后，秦薇意识到了，眼前的这个对手，肯定已经不再是那个平凡的运动员了。

如果说秦薇的预判能力惊人，那么一半源于天赋，而另一半则源于她对这项运动的专注与精进。

从成为一名专业跆拳道运动员开始，秦薇就利用一切机会，如饥似渴地观摩着每一场她能现场观摩到的比赛，去钻研每一个对手的特长和特点。

渐渐地，她发现了规律所在。例如，高水平运动员在做前腿横踢时，前肩往往会发生细微地向前移动。

一开始，她只是觉得好玩。渐渐地，她明白了，这就是辨别预判对方要做前腿横踢的最佳时机！

随后，她结合着自己的技术动作，不断地总结着所有跆拳道运动员的发力，印证着自己的预判。比如要施展后腿横踢时，选手们的腰腹会带动肩部快速向前转动。

所以，只要她注意观察对手的肩、胸、腹部的动作，就会知道她们什么时候打出后腿横踢。再比如说，假如面对的是林寒那样的腿长选手所擅长施展的下劈"得意技"，秦薇就可以通过观察对手的头、肩、胸、髋等部位的准备姿势，来进行预判。等等，不一而足。

只要认真观察对手的上半身，就能预判到她要施展的腿法……这是一项多么奇妙有趣的事情，又是多么厉害的本事啊！

在随后的运动生涯中，秦薇不断地通过实践来磨练、提升这种预判的能力。虽说她的身高在这一级别中并没有什么优势，但凭借着这种出神入化般的预判和炉火纯青的技术发挥，秦薇名列世界顶尖跆拳道运动员的行列，成为了真正的王者。

可当今天面对宋曦，她竟然出错了！

不对！

秦薇迅速冷静下来。

不是她预判出了错，而是……宋曦成功欺骗了她的预判！

不，那一定不是宋曦。

秦薇猛然醒悟过来。

就凭宋曦，这么多年交手了也不止一次两次，她怎么可能在现在这个时候才识破她的预判秘诀呢？

不会的！

秦薇想，这绝不是宋曦一个人能够做到的。

她的脑海里浮现出了林寒的面容。

林寒在热身准备区第一次和她说话时，那一副小迷妹一般的神情，和那带着一点点狡黠的笑容。

秦薇心中无奈地笑了，肯定是林寒破解了她的预判秘诀。

所以，这就是能力的叠加吗？

林寒的头脑，加之宋曦的刻苦，就能让宋曦在比赛中接近秦薇的高度吗？

"啪！"

两人近身之中，宋曦的突然出拳，竟然又"偷"到了1分。

12比14。

分差只剩2分了。

宋曦的拳法，肯定不是林寒教的。

秦薇想着，撤步，突然拉开了与宋曦的距离。

2分的分差，一分多钟的比赛时间。

要想赢下比赛，秦薇可以有很多种选择。但对于宋曦来说，她唯有继续去拼。

可在秦薇的控制下，比赛节奏还是突然慢了下来。

时间，一秒一秒，在无声地流逝。

"进攻！"裁判在整场比赛里，第二次给出了这样的口令。

宋曦的前肩微微晃动着，她果然再次启动了。

还想用老招数吗？秦薇冷冷一笑。

宋曦的前腿横踢却力道十足地踢了过来。

秦薇不得不伸臂格挡下来。

这是真动作。秦薇想着，看了看老实厚道的宋曦。

对啊，以往的宋曦不是这样的。

把假动作做真，把真动作做假！这么多的鬼点子，想必都是古灵精怪的林寒告诉她的吧！

秦薇想着，嘴角又浮上了那丝微笑。

对啊，这样的比赛才有趣！

秦薇看着面前的宋曦，和宋曦身后隐隐浮现着的林寒的身影。

与两个人作战，有趣！

秦薇的反击突如其来。

连续反击，前腿横踢接第二记前腿横踢，再接后腿横踢，然后是……双飞！

秦薇没有用任何假动作，一腿接着一腿，暴风骤雨。

宋曦出人意料地挡下了秦薇这一组进攻的每一记踢击。

这，也是两个月以来，她跟林寒演练过一遍又一遍的。

就算林寒模拟不出秦薇连续反击踢击时的百分之百发力，但她至少可以模拟出秦薇的速度。在训练场上林寒暴风雨般的踢击下，宋曦针对秦薇连续进攻的防御能力，也得到了空前的强化。

比分牌没有发生变化，依旧是 2 分的分差。

可秦薇的目的还是达到了。

以一组接一组的强势进攻，迫使对手无法得到反击的机会。

进攻是最好的防守，这就是最简单的道理。

时间仍在流逝。

"还有五秒！"陈天河在教练席上大声喊了起来，提醒着宋曦，比赛即将结束。

2分，五秒，不是没有机会。

可这一次，宋曦的身子没有迅速启动。

她在等待。

等待一个合适的时机。

最后的时机。

"曦姐！"林寒腾地从座位上跳了起来。

宋曦的身子在半空中旋转，宽大的战斗服下摆飘摇，像一朵绽开在跆拳道比赛八角垫上的洁白牡丹花。

她的腿划出了一道同样优美的弧线。

弧线的终点，是秦薇的红色头盔。

"咚！"

宋曦重重地摔在垫子上，让看台上的运动员和教练员们发出了一阵惊呼。

这种舍身而为的破釜沉舟一击，往往被大家称作"舍身技"。

在宋曦摔倒的同时，她的旋风踢也踢中了秦薇。

按照规则，如果宋曦这一次旋风踢击头成功，将能够一举得到5分。

记分牌，果然被改写为17比14。

铁面无私的裁判按照规则，判罚摔倒在地的宋曦扣掉1分。

但即便这样，记分牌仍然变为17比15。

我……我赢了？宋曦呆住了。

秦薇的教练不慌不忙地走到场边，举起了手中的红色卡片，要求录像审议。

在场边的大屏幕上，一帧帧回放着的录像显示，宋曦的旋风踢的确击中了秦薇的头盔。

但，比赛时间已经在她的脚接触到秦薇头盔的前一刻，走到了尽头。

宋曦的舍身旋风踢5分无效。

记分牌上的分数，最终定格在了12比14。

比赛结束了。

宋曦重重地捶了下身下的垫子，却发觉自己的脚踝一阵钻心的疼痛。

在最后关头，她忘记了自己脚踝的伤，而发力腾身而起的旋风踢，让她的脚踝从隐痛，变成了刺痛。

宋曦咬着牙，想站起身来，突然，她看到面前伸来一只手。

那是秦薇的手。

宋曦拉着秦薇的手，站了起来。

在秦薇的搀扶下，她走到了八角垫子中。

宋曦摘下了蓝色头盔，对面的秦薇，也摘下了红色头盔。

"红方获胜！"裁判大声宣布，向着秦薇站着的方向扬起了手。

……

宋曦跛着脚，有些失落地走出运动员通道。

迎面而来的林寒抱住了她。

"小寒，对不起，我没能赢下这一场。"

"曦姐，你说什么呢！你知道吗，你太棒了！这一场比赛，你打得太牛了！"

林寒说着，帮宋曦擦去脸庞上交织着的泪水和汗水。

"曦姐，你已经能够站上领奖台了，还差一点战胜了秦薇。就差那么一点点，就差……一秒钟。"

林寒安慰着宋曦，却觉得自己的泪水差一点也要涌出来了。

"林寒。"一个声音从旁边传来。

林寒抬头看去，喊着她的，正是秦薇。

"帮助宋曦看穿我预判、欺骗我预判的人，就是你吧？"秦薇微笑着问。

林寒有些不好意思了。她咧了咧嘴，不知道该怎么回答，只好点了点头。

"所以，你和宋曦的能力叠加在一起，战胜了我。"

秦薇的话让林寒大吃一惊，她连忙说："这不算！我们没有……"

"可能规则上是判我赢了，但我觉得，我这一场是输给你们了。或许，你们应该是这一站全国锦标赛的冠军。"秦薇平静地说。

"薇姐！"林寒突然大声说，"下一次，如果有机会，曦姐她一定能战胜你！我们，一定能战胜你！"

"下一次比赛，无论我是与宋曦相遇，还是与你相遇，我都会加倍努力。"

秦薇说着，给了林寒一个赞许的目光。

……

一个小时之后，当天的全部比赛结束。

女子 49 公斤以下级决赛，毫无悬念地以秦薇的胜利而告终。

看着宋曦和其他获得奖牌的运动员在领奖台上合影，林寒的心中百味杂陈。

"林寒，你是不是想着，如果是你，能站在领奖台的哪一个位置上？"陈天河在一旁问她。

"老……陈指导，我……"

"林寒，这一段时间，你辛苦了。"

听着陈天河这句话，林寒震惊了。

她半张着嘴，目瞪口呆地看着陈天河，完全不相信这话是陈天河说出来的。

"虽然你没帮助宋曦拿到这一站比赛的冠军，但我还是要说，你是好样的！我看错了你，林寒。"

"陈……陈指导，你不是……在跟我开玩笑吧？"

"我是那种开玩笑的人吗？"

"那倒不是……"

说话间，宋曦也结束了颁奖仪式，陈天河冲她招了招手。

看着面前的宋曦和林寒，陈天河想了想，问道："有一件事情，我想现在就征求一下你们两个人的意见。"

"啊？"

"第二站全国锦标赛，还有一个半月就要打了。林寒，你认为我给你报名更合适，还是让宋曦去打？毕竟，拿到这一站冠军的秦薇不会参加第二站比赛了，如果宋曦去，凭她现在的状态，拿到冠军的希望还是很大的。宋曦，你觉得呢？我知道，你在运动生涯中，还从来没拿到过全国大赛的冠军。你想不想尝尝冠军的滋味？"

"陈指导，虽然我很想拿一次全国冠军，但我觉得……我应该把机会留给林寒。"宋曦脱口而出。

"林寒，你怎么想？"

陈天河说着，盯着林寒，似乎想透过她的大眼睛，看穿她的所有心思。

"陈指导，曦姐，我……"林寒迟疑着，终于说，"虽然我挺想打比赛的，但我……愿意让曦姐接着去打第二站。毕竟，我承诺过，要帮她拿到一个全国冠军的……"

陈天河眼睛中闪过一星光芒。

他点点头，平静地说："好，既然你们都提出了自己的想法，我就能做决定了。宋曦，接下来你回去好好训练吧。你要做好十月份全国冠军赛的备战，争取在全国冠军赛上再去冲一下冠军。然后，林寒，你的处分到今天就算到期了。第二站全国锦标赛，就是你去打吧。我想，你刚刚做出了一个正确的决定。"

看着林寒欢天喜地地跑去跟郭昊宇报喜，宋曦也感到很开心。

她想了想，轻声问陈天河："陈指导，您最后一句话说的是'你刚刚做出了一个正确的决定'，而不是'我做出了一个正确的决定'，对吧？"

陈天河点点头。

"那您的意思是，假如林寒当时……主动提出她自己要去打第二站比赛，您或许就不会让她去，是吗？"

陈天河没有说"是"，也没有说"不是"。

"这段时间，林寒真的成长了不少，也进步了许多。宋曦，作为一个老队员，我也希望你能继续帮助林寒，把你的那些优点和长处，还有经验和教训，都尽可能地教给她，让她再成长得快一些、更快一些。路，是她选的。你我作为队友和教练，都希望她能够在这条路上披荆斩棘，实现她的梦想。对吗？"陈天河反问道。

第三十一章　何所依

　　为期四天的跆拳道全国锦标赛第一站的所有比赛终于告一段落。陈天河和他的队员们登上了从甬山返回扬城的高铁列车。

　　这一次，扬江跆拳道队算是打了一个不错的翻身仗。

　　郭昊宇不负众望，在男子 58 公斤以下级获得冠军。宋曦摘下了女子 49 公斤以下级的并列铜牌。另外，还有三个队员拿到了各自级别的并列第五名，有望在接下来的第二站比赛里继续冲击今年全国冠军赛的参赛资格。

　　对于正式上任不到三个月的陈天河来说，他的"摸底考"算是成绩不错。

　　坐在"复兴号"列车的宽敞车厢中，陈天河终于有时间拿出手机看看新闻。打开"扬江新闻眼"的 APP，体育新闻一栏果然有了扬江跆拳道队参加这一次比赛的消息。他快速地浏览了一遍，这篇新闻稿件的作者不但着墨于郭昊宇拼下的冠军，还着重写到了宋曦面对劲敌秦薇，克服了脚踝的伤痛顽强作战，虽败犹荣。

　　陈天河对这篇新闻报道非常满意。

　　这篇新闻页面的下部，还有一个相关链接，似乎也是写扬江跆拳道队的报道。陈天河点开来，果然署名"实习生陈晖"的这篇稿子，就是不久前陈晖来扬江跆拳道队采访结束后，完成的实习作业。

　　这丫头，稿子写好了也不说给我看看。陈天河想着，仔仔细细地从头开始读起了女儿写的这篇报道。

可以看得出来，陈晖在队里潜心采访的十来天时间里非常用心，运动员生活、训练中许多生动的小细节都逃不出她的眼睛。尤其是林寒以陪练身份帮助宋曦备战大赛的那一段，陈晖在稿子里写到，两位选手在训练中每天开展着强度不逊于真实比赛的实战对抗。往往训练之后两人都筋疲力尽，甚至需要相互扶持着离开训练馆……

这一大段描写，不仅连陈天河读到都为之感动，宋曦和林寒的形象也几乎要从字里行间跃然而出。

不错！陈天河在心里暗暗给女儿点了个赞。

虽说，他也曾告诫陈晖不要过多报道林寒的情况，怕这小姑娘看到关于自己的新闻报道之后又开始骄傲。但现在，陈天河觉得，陈晖的稿子把林寒为队友所作出的努力和无私付出，写得很好。

而且，现在的林寒，或许也不会因为自己的事迹出现在新闻报道中，就像以往那样沾沾自喜了。

稿子是陈晖十多天精心采访的积累，写得挺长。

陈天河继续读着、读着，脸上的神情却忽然阴沉了下来。

"小晖，下课之后给我打个电话。"陈天河在微信上给陈晖留了个言，放下了手机。

他望着车窗外飞驰而过的山山水水，心中难以平静。

半个多小时过去了，陈晖的电话果然打了过来。

陈天河从座位上站起身，走到了车厢连接处无人的地方，这才接起了电话。

"爸，你们今天回扬城吗？妈也想问您，今天晚上您是不是不用值班，可以回家吃饭了？您要是回家的话，晚上我也不留在学校宿舍了。我回来陪您和我妈说说话。"

"我现在正在高铁上，下午到扬城之后，我先回体工大队，跟队员和教练们开一个总结会。晚上……我可能稍晚一点回去。你也回家的话，跟你妈先吃饭，不用等我。"

"爸……您找我是有什么其他的事情吧？"

"我看了你的那篇稿子。"

"啊……您觉得，我写得怎么样？"

"小晖，我当时千叮咛万嘱咐，要你别在稿子里写那么多我的事情。我刚接手这个队，很多工作还没来得及开展，很多人都看着我。你在稿子里把我写得那么高大上，其实对我不是一件好事！"

"爸……我明白您当时跟我提出的这个要求是什么意思。可我……去采访别的教练，他们总是说，陈指导这几个月为了队伍付出很多心血，他们跟陈指导相比，所做的事情无足挂齿。他们还都跟我说，要报道扬江跆拳道队教练团队的工作，写您一个人就可以了，因为您是主教练……"

"小晖，这里面的事情，其实没你想得那样简单。如果大家看了这篇稿子，又知道了你是我女儿，那别人会怎么想？是不是会想，我陈天河故意让女儿宣传拔高自己！"

"可是，爸……我觉得……人家那几位教练也不是这样的意思吧……"

"别人怎么想，我们控制不了，所以我们更需要做好自己的事情。小晖，你那篇稿子写好之后，怎么不先给我看看？"

"前天的时候，我已经在微信上把稿子发给您了。您回了我一个'好'字。我以为是您看过之后，已经认可了呢。"

陈晖说得没错。前天她写完稿子，就赶紧发给了陈天河。

陈天河当时正忙着准备比赛，只随手回了一个"好"字，就把这事放在了一边。他原本是打算有时间再认真看看稿子的，可没想到各种事情一忙起来，就完全忘记还有这么一回事了。

"小晖，稿子能让报社撤下来吗？"

"爸……稿子已经……见报了。"

"那……你问问报社的老师，可不可以把电子版从网上撤下来。"

"好吧，爸，我这就去问。"陈晖委屈地挂掉了电话。

虽然报社的新媒体编辑答应帮她撤稿，但整整一天，陈晖的心情都很差劲。她觉得自己这篇稿子写得虽然不能说尽善尽美，但她用心了，也非常认真。

她曾经希望父亲在读到这篇报道之后，能够给她一个赞。

可现实是，她非但没有得到想象中的那个赞，反而还被父亲训斥了一顿。似乎，她的稿子给父亲的工作添了许多的麻烦。

更何况，去让编辑撤稿，这对于稿件的作者而言，是多么耻辱的一件事情啊！但陈晖默默地承受了这些。

因为陈天河是她的父亲，而并不简简单单的是一个省跆拳道队的主教练。

晚上回到家，母亲已经准备好了丰盛的晚饭。

饭点到了，陈天河果然没有回来。

陈晖努力地装作开心轻松的样子，陪妈妈吃完了晚饭，还主动洗好了碗筷、收拾了厨房。然后，陈晖把自己关进了她的房间。

陈晖把手机支在书桌上，打开直播 APP。

到了今天晚上"功夫小熊猫"开始直播的时间了。

因为她和王炎互动的那次直播出现了事故，却阴差阳错在网上爆红，这些天"功夫小熊猫"的直播间人丁兴旺，热闹非凡。

不过陈晖今天没心情和大家说更多其他的话题，她甚至连武术服都没换，只是带上了小熊猫口罩，就出现在直播间。

"功夫小熊猫今天教我们什么功夫啊？"

粉丝的话，闪现在了公屏上。

"今天……我想和大家随便聊聊……"

"怎么了？功夫小熊猫今天好像没什么精神似的啊？"有人问。

"嗯……今天心情确实不太好。"她说。

另一个粉丝却说："那旋风大熊猫呢？他今天怎么没来啊？他不陪你一起上直播吗？"

"他啊……"陈晖随口说，"他也有自己的事情要忙吧。"

"他太钢铁直男了吧！女朋友心情不好，也不晓得来安慰安慰、哄一哄吗？"

"都说了，我不是他女朋友啊！"

陈晖皱着眉头，心知这种事情越是争辩，粉丝们越是兴奋。

这大概就是新媒体平台的一种氛围吧。

这时，手机突然响起提示音，直播平台有人私信她。是久违的"风"。

陈晖点开私信。

"小熊猫，你因为什么事情不开心啊？"

陈晖想了想，反问："那一次直播，你说好了要来，怎么却不来？"

"哪一次？"

"就是我和朋友互动，发生意外的那一次。"

"哦，那天我加班。"

陈晖沉默了。

"小熊猫，你还没告诉我，因为什么事情不开心。"

陈晖想了想，写道："我被我爸批评了。"

"不会吧，你看起来也不小了，怎么还会被你爸批评？你爸是老师吗？那么爱批评人？"

"他不是老师，但也差不多。"

"他因为什么事批评？"

"他觉得我有些事情做得不够好，没有按照他的意思来。"

"哦，你爸够强势的啊。"

"有一点吧。"

"可是，就算女儿没有按照他的想法把事情做好，也不需要批评吧。你爸也真狠得下心。要是有你这么一个可爱的女儿，我宠还来不及呢。"

"风，你暴露了！"

"我暴露了？暴露什么了？"

"你的语气，明明就是一个大叔。老实交代，你是不是也有女儿了？你女儿多大了？上中学还是上大学了？"

"你怎么非觉得我是一个大叔？你喜欢大叔类型的男人吗？"

"我觉得你是一个大叔，跟我喜欢什么类型的人有关系吗？不会吧……难道你觉得我喜欢你？"

"没有，我从来没觉得你会喜欢我。"

"嗯，还算你有自知之明。"

"唉，那你喜欢什么类型的男生？比如上一次的那个旋风大熊猫？"

"你怎么知道他的？你不是没看直播吗？"

"你那段视频在网上炒得很火啊！"

"这就叫好事不出门，坏事传千里吧。"

"这怎么能叫坏事呢？你的直播间也火了。你不是一直希望自己的直播能多一些粉丝嘛。"

"可是我不想因为这样的事情，让我的直播间火起来。"

"哈哈哈哈哈，反正火起来了。"

"那个旋风大熊猫，是我朋友，也是我的跆拳道教练。"

"哦，不是男朋友啊？"

"当然不是！"

"算了，不管他身份如何，也不影响你回答我的问题。他是你喜欢的类型吗？"

"你怎么这么八卦啊！"

"我有些好奇嘛。怎么说，我也是你的老铁。"

"他人挺好的，"陈晖写，"但我对他没有那样的感觉。"

"哦，原来是这样啊，我知道了。"

私信箱里出现完这一句，风就久久没有再发来新的私信。

第三十二章　沉疴

这个周末，在弘武道馆的训练场中，陈晖没有缺席王炎为她安排的跆拳道课。

初夏的扬城，气温直线上升。

虽然还没到开冷气的程度，可在室内进行跆拳道训练这样略显激烈的运动，陈晖的道服处处都是汗渍了。

陈晖进步很快，跆拳道"九腿一拳"的基本腿法她已经做得有模有样。甚至连旋风踢这种高级腿法，王炎也鼓励她多多尝试。

"你看了宋曦在全国锦标赛半决赛的视频了吧？"王炎说，"曦姐的旋风踢，在全队的女生里面那是最标准的，林寒都没得比。你要是有时间，回头可以一边看看视频，一边琢磨琢磨动作要领。"

陈晖点了点头。

王炎发现，这些天一聊到扬江跆拳道队，陈晖就似乎心事重重，又好像有些疲惫。以前的她，每次在训练场上踢腿、出拳、跳跃，都是特别的兴奋和开心。

"好了，陈晖，我们休息一会吧。"王炎说着，停下了训练。

陈晖走到了窗口，拿起窗台上放着的水瓶，拧开盖子，轻轻抿了一口。

她望着窗外的街道。

弘武道馆楼下的街道正在进行市政施工。路面被刨了开，刚刚填了土石，还没来得及做硬化。工人们忙碌着的身影让她不禁看得出了神。

"怎么了？外面有什么事情？"

王炎好奇地走过来，一边问着，一边也探头看向窗外。

"没什么，工人们正在施工。"

"是啊，这几天街道都走不了车了。"

"工人们都好辛苦啊。"

"嗯，这就是芸芸众生，普通人的生活吧。"王炎说，"如果不练跆拳道，或许我也和他们差不多，做着普普通通的工作。"

"也许你会上一个好大学，成为学者、高端人才、白领……"

"哈哈，我觉得很难。"王炎无奈地笑笑，"我小时候学习成绩不太好，我爸妈每天都在外面东奔西跑地工作，也没那么多时间管我。后来我妈她……"

看着王炎神情变得黯然，陈晖突然想起，父亲陈天河曾经跟她提到过，王炎的母亲因为生病，长时间不能正常工作。王炎家里的经济条件不太好。

陈晖觉得，她无意之间触动了王炎的伤心事，只好有些愧疚地安慰王炎："唉，不管怎么说，你小时候肯定过得很开心。我爸……也不是经常在家，可每一次回家，都会像过堂一样审问我的学习情况，查看我的作业本，比老师批改还严格。"

"哈，你这个'审问'两个字，用得太传神了。"王炎随口说，"不过，我觉得你爸那样做，还是因为关心你，他对你其实很好的。现在，你大了，他肯定不会这样了吧。"

"怎么不会！"陈晖脱口而出，"就连这一次我实习时写的稿子，他觉得不满意，都还会骂我……"

"原来……你就因为这事儿一直不高兴啊？"

"嗯……"

"嗨，你管他呢。人啊，上了年纪都会有一点点偏执。他觉得不好的，未必真的不好。你自己就写你想写的，你觉得写得好，就好了。"

"哈哈，我爸要是听到你这么说，非得暴跳如雷！"

看着陈晖的心情好了些，王炎嘴角带笑："好，休息时间结束了。咱们再来做一组旋风踢，加深一下印象。"

说着，他走回到场地中，举起了脚靶。

陈晖重新专注于练习。她的身子旋转着，努力地让发力踢腿和转身的衔接变得流畅。

一遍、两遍、三遍……在王炎的鼓励和赞许声中，陈晖的旋风踢越打越娴熟，越打越有飘逸和洒脱的味道在里面了。陈晖自己也很开心。运动，让她可以暂时抛开头脑中的烦心事。似乎那些潜伏在身心里的负能量，也可以伴随着汗水，被排出身体之外。

又是一组旋风踢动作练习结束。

陈晖刚想和王炎交流几句动作心得，却突然觉得自己的胸口一阵发紧，心脏猛然剧烈地跳动起来。似乎下一秒，心脏就要从胸腔中一跃而出！

冷汗，也顺着她的额角汩汩流下。

同样快速流逝着的，还有她躯体和四肢的力气。

从小到大，陈晖不知经历过多少次这样的感觉。它毫无规律，往往来得快，走得也快。

她努力地让自己冷静下来，甚至冲王炎笑了笑，不想让王炎发觉自己的异样。她迈开已经几乎没有任何力气的腿，向王炎的方向走了一步。

只有一步。

"王炎，你有吃的吗？"陈晖努力地说，"我血糖有些低……"

然后，陈晖就什么也不知道了。

王炎看着陈晖的身子柔软无力地倒了下去，就倒在他的面前，一下子慌了神。他扑上前去，仔细察看着陈晖的情况。无论他怎么焦急地大声呼唤，陈晖都没有任何回应。

"张博轩，打120！"王炎冲着在训练场门口探出头的张博轩咆哮起来。

张博轩看到眼前的情形，也吓了一大跳。他赶紧拨打了急救中心的电话。

"120急救车几分钟之后就到，这是……这是怎么了？"张博轩问。

"她晕倒之前，自己说是低血糖了。"

"低血糖会这么严重？"

"我也不知道啊！等急救车来，我送她去医院。你赶紧联系她的家人！"

"她的家人？我……我怎么知道她家人的联系方式啊！"

王炎从窗台上拿过陈晖的手机。

可陈晖设置了开机密码，而不是指纹。他无法解锁。

但王炎脑子一转："对了，你不是说柯指导认识她嘛！快，联系柯指导，让他通知陈晖的家人。"

"哦！对啊！王炎你小子脑子就是快！"

张博轩说着，手中的电话突然响了。

原来急救车已经开到了道馆附近，可因为市政施工，急救车一时无法从路口开过来。王炎顾不了那么多了，一下子把陈晖从地上抱了起来，在门口随便穿了一双拖鞋就冲出了道馆。

路上施工的工人看着王炎抱着陈晖，穿过坑坑洼洼的路面，无比地惊讶。

"你小心啊，这边碎石头多！"有工人提醒王炎。

提醒是善意的，可王炎脚上的一只拖鞋已经卡在碎石中。

他顾不得去捡，双手紧紧抱着陈晖，也没办法去捡。

王炎干脆也甩掉了另一只拖鞋，就这样，光着脚在铺着碎石和泥土的路面上飞奔，迅速穿过了几百米长的施工路段，把陈晖送上了等候在那里的急救车。救护车一路向着最近的医院疾驰而去。

好在经过随车医生的紧急治疗，急救车上的陈晖，渐渐恢复了意识。

她转过头看了看王炎："要不要叫救护车这么大的阵势啊。"陈晖故作轻松地说，"我只是血糖低了些。你给我找几块糖，或者给我买瓶'肥宅快乐水'就好了。"

王炎还没说话，一旁的女医生却说："小姑娘，你这要是一瓶'肥宅快乐水'就能治好的病，就不需要我们医生了。你这次低血糖晕厥其实很危险，要不是你男朋友及时把你送上急救车，我们第一时间给你治疗，再昏迷一会，说不好你的大脑就会严重缺氧。要是那样，伤害就是不可逆的了。"

说着，医生拿起了一只灌满了药水的注射器，看着王炎："打胳膊还是打屁股？"

"啊？"王炎愣住了。

"我问你，你是选择让我给你打胳膊还是打屁股？"

"大……大姐，您跟我开玩笑吗？"王炎跟医生指了指陈晖，"这针不是应该给病人打嘛。"

"谁跟你开玩笑了。这一针是破伤风针，给你打的！你自己看看你的脚！抱着女朋友，光着脚丫子在满是碎石、泥土的路上跑。破了这么多伤口，你不怕细菌感染吗？"

听着医生的话，陈晖看了看王炎伤痕斑驳的脚，一下子什么都明白了。

"打臀大肌的话，吸收效果更好一些。"医生说，"要不，你趴到那边，脱了裤子，我给你打屁股吧。"

王炎红着脸，使劲摇了摇头。他赶紧撸起了道服袖子，露出肌肉紧实的胳膊。

"大姐，求求您，真的别跟我开玩笑了。打胳膊就好，打胳膊就好。"

医生嘿嘿一笑，拍了拍王炎胳膊上的三角肌。

"行啊，小伙子肌肉真棒。你是运动员吗？"

"哦……算是吧。"王炎说着，扭过头，不敢看医生手里的注射器了。

陈晖努力伸出了手，轻轻地拉住了王炎的手。

王炎一怔。

"你……还害怕打针啊？"陈晖笑着问他。

虽然陈晖脸上还没有什么血色，但她白皙的脸庞上带着的温柔微笑，却一下子让王炎的心房也猛地跳动了几下。

"我……"王炎吞吞吐吐着，"我不怕……"

"对嘛，大小伙子了，还怕什么打针。"

医生说着，拔出了注射器。

针，就在不经意间打完了。

医院，也已经近在咫尺了。

……

陈晖在急诊病房睡下，王炎穿着护士为他找来的拖鞋，终于可以坐在病房外走廊中的长椅上，歇一口气了。

王炎刚刚是真的着急了。就在陈晖晕倒的那一刹那，他想起了他的母亲。

他的母亲有比较严重的心脏病。在王炎七八岁那年，母亲就是在家做家务时，心脏病发作，倒在了王炎的面前。

当时父亲在外面工作，家里只有他和母亲两个人。

虽然后来在邻居的帮助下，王炎的母亲被及时送到了医院，但当母亲倒下的那一刹那，年少的王炎所感受到的强烈的恐惧和无助感，却成为了他内心深处最深刻，也最悲伤的记忆。

哪怕是现在回忆起这些，依旧让他感到恐惧和无助。

他用双手捂住了自己的脸，痛苦地咬着嘴唇，含糊地发出了一声低沉的呻吟。透过指缝，他看到有人站在了他面前。

王炎抬起头，脑子嗡的一声，一下子从椅子上弹了起来。

"陈……陈指导？"

陈天河伸出手，按着他的肩，示意王炎坐下。

"陈晖在里面吧？"陈天河轻声问。

伴你上青云

"是……她刚刚睡下……"

"我听医生说了。王炎，谢谢你及时把陈晖送来医院。"

"陈指导，我……你……你和陈晖……"

陈天河点点头："对，我就是陈晖的爸爸。之前我不想跟你们说这事，不是想故意隐瞒什么，就是怕你们对她有什么特殊的看法。"

"陈指导，你这隐藏得可够深的。"王炎心情放松了许多，"你放心，陈晖没有太大的问题。医生做了全面检查之后，确诊只是低血糖引发的昏迷。陈晖说，这些日子她赶着做实习作业，吃饭有一顿没一顿的，又跑来道馆学跆拳道，所以就……这样了。也怪我，我要是早一点发现她身体不对劲的话，就不会让她这么累了。"

"她这个低血糖的毛病，小的时候就有。所以她练了一段时间武术之后，我就不让她坚持了。我知道，她跟你学了几个月跆拳道了，你教得不错。"

王炎挠了挠头发："我要是知道她是你女儿，说什么我也不敢班门弄斧。"

"她一开始也不是故意瞒着你。她想学一些跆拳道，是想跟我有些共同语言。"

"嗯，她倒是说过。她小的时候，你不常在家，所以你们两个人的交流不多。你对她也……"王炎笑了笑，"你对她也管得挺严的。"

"唉，是吧。作为父亲，我也得好好反思一下。"

透过病房的门，王炎看到陈晖还在静静地睡着。

"陈指导，那我……就先回去了。我的手机、衣服什么的，还丢在道馆呢。等陈晖醒了，你和她多聊聊，我就不打扰你们了。"

陈天河点点头。

看着王炎一瘸一拐走着的背影，陈天河突然轻声喊住了他。

陈天河走过去，从兜里拿出钱包，递给王炎一张钞票。

"陈指导，你这是干什么？"

"你不是没带手机嘛，那你怎么回道馆？拿着钱，去路边叫辆出租车。"

王炎不好意思地接过钞票，走了。

陈天河推开病房的门，走过来，悄悄地坐在陈晖的病床前。

陈晖睡得很香。

陈天河突然又想起了那天在车上，陈晖跟他开的那个玩笑。

"如果我和王炎在一起，您是会同意，还是会反对啊？"

陈晖其实很少跟他开玩笑的。

一定是因为，在陈晖眼中，他这个父亲太较真、太古板、太严肃了。

陈天河想着，轻轻叹了口气。

他伸出手，怜爱地轻轻为陈晖拨开挡在额前的一缕发丝。

第三十三章　露出真容

　　休养了几天，陈晖的身子很快恢复了正常。

　　暑假越来越近了，各项功课也繁忙起来，陈晖想了想，决定干脆找个机会把课余进行的网络直播实践停了算了。

　　这一天课程很少，傍晚课程结束，她没有回宿舍，而是回了家。

　　父亲陈天河今天依旧留在体工大队值班。陈晖和妈妈吃过晚饭，就一个人回到自己的房间。

　　今晚，是她和粉丝们约定好进行直播的日子。

　　她打算，就把今天作为结束和告别的日子。她戴好口罩，打开手机，登录直播平台。

　　粉丝们陆陆续续都来了。

　　但，陈晖期待的风，还没有来。她随意跟粉丝们聊了一会，临近直播结束的时候，风的名字终于闪现在了公屏之上。

　　陈晖做了一个深呼吸。

　　"各位粉丝、老铁们，我有一件事情想跟大家说。"她说，"过段日子我要开始期末复习，可能就没什么时间再来做直播了。感谢各位粉丝和老铁们这几个月里在我做直播的时候给我捧场。那句老话怎么说的来着……嗯，山水有相逢。总之……谢谢大家一直支持我功夫小熊猫。以后如果有机会，我会再继续传播好咱们中华武术的传统文化的……"

　　她的这些话说完，粉丝们就把一片惋惜打在了公屏上。

"小熊猫，你等考完期末试，就继续直播呗！"

"听你聊武术，挺有意思的。我都想试着去学学武术了呢！"

"你还没给我们看看你长什么样子呢，怎么就要跑掉了呢？"

说着，说着，粉丝们开始七手八脚地发起了弹幕。

"摘口罩！"

"摘口罩！"

"摘口罩！"

"摘口罩！"

……

陈晖无奈地笑了笑："我长得又不好看，带着口罩，正好可以遮住缺点啊。"

"小熊猫，你太谦虚了吧。只看你的眼睛，就知道你一定是个小美女啊。"有粉丝立刻说着。

又是一片"摘口罩"的弹幕从公屏上漫过。

陈晖想了想，既然要告别了，就不用再遮遮掩掩什么了。她缓缓地摘下了自己那个标志性的小熊猫口罩。

一刹那，公屏上什么字都没有了。

"真的让大家失望了吧……"陈晖不好意思地说。

"果然是美女啊！"

一条弹幕从公屏上划过。紧接着，一堆一堆称赞陈晖容貌的弹幕接踵而至。

"不会吧，我手机的美颜效果这么好吗？"陈晖红着脸嘟囔着。

"小熊猫，你说，那个大熊猫到底是不是你男朋友？"一个粉丝问。

"当然不是了！他……是我的跆拳道教练。"

"那好！既然你没有男朋友的话，我可就打算追你了！"那个粉丝立刻回应道。

"不会吧，大哥，你别开我的玩笑了。"陈晖连忙说。

这样的玩笑话，却越来越多地出现在公屏上。陈晖知道，虽然因为她和王炎那一次的直播，偶然在网络上火了一把，但她的直播间其实没有像其他网红主播做得那么有意思。所以留在她直播间的那些粉丝，都是真正对武术话题感兴趣的。

大家今天不遗余力地开着她的玩笑，其实没什么恶意，只不过是因为听到她要结束直播，感到遗憾罢了。

陈晖和网友们聊了一会，看了看时间，已经到了结束的时候了。

"各位老铁，咱们就到这儿了。很感谢大家这几个月对功夫小熊猫的支持和鼓励，我真的很谢谢大家。如果以后……我有时间重新开直播，还请大家多多捧场啊！"说完，陈晖读了几条粉丝们的弹幕，心中不禁泛出了一阵不舍和酸楚。

突然，风的私信又蹦了出来。

"小熊猫，你为什么要结束直播啊？"风开门见山地问。

"我说了啊，快期末考试了，我也没什么时间了。接下来，暑假我可能还要实习。下学期大四了，面临着就业或是考研的问题，我的压力很大，也觉得时间越来越不够用。所以就……结束了。"

"我还以为，是因为上次你和他的视频，在网上火起来了，让你有了压力，你才放弃直播了。"

"唉，我又不是网红。那段视频火了一阵子，不也没人理会了嘛。"

"和你聊了几个月的天，一下子没办法在网上见到你了，还感觉挺失落的呢。"

风的话，不禁让陈晖一怔。

她顽皮地写道："哈哈，是不是啊，老铁？咋的，跟我聊出感情来了？"

"'感情'这俩字我可不敢随便乱说。"

"对了，大叔，我问你一个事啊。"

"不要叫我大叔。"

"你又不让我看看，你是不是大叔，我只好把你当作大叔看待咯。"

"那你想问我什么事？"

"你从男人的角度帮我梳理梳理呗。"

"什么事，非得从男人的角度帮你梳理？"

"假如说，我是说假如啊。一个男生不顾自己受伤，去帮助一个有危险的女生……是不是表示，他喜欢她？"

风沉默了。

片刻，他的回答出现在了手机屏幕上。

"我觉得，还是要分情况吧。"

"什么情况？"

"如果那个男生特别讲义气，特别乐于助人的话，或许，在女生遇到危险的时候，他肯定会奋不顾身上前救助的。"

风的回答，让陈晖心头有点失落。

她想了想，接着问："如果换作不认识的人……也是那样吗？他也会奋不顾身地救助一个陌生人吗？"

风依旧没有马上回答。

停了一会儿，他写："如果那个女生明确表示对男生没有那种感觉，我觉得，男生无论做什么，肯定也不会多想。"

陈晖却立刻反应过来了。

"你是觉得，我说的是功大大熊猫和我？"

"不是吗？所谓的'我有一个朋友'，往往说的就是自己。"

这一次，轮到陈晖沉默了。

"你，果然是个大叔啊！"她写道，"说话丝毫不留情面。"

"我说了，我不是大叔。"

"不过，跟你聊天，其实挺有意思的。从你的话语里，我也想明白了不少道理，大叔。"

"我真的不是大叔。"

"大叔！大叔！大叔！"

"你要是这样，那我就下线了。"

"今天下线之后，你就找不到我跟你聊天了。"

风缓缓地打出了一条长长的省略号。

"对了，反正都要告别了，我也给大家看了我的模样，你也跟我连个麦，让我看看你这个大叔长得帅不帅吧。"陈晖突然说。

这句话，也是一直以来她想对风说的。

许久、许久，风没有回复。

陈晖轻轻叹了口气。

可当她正准备退出直播 APP 的时候，私信箱里，却突然发来了风的回应。

"好。"

只有一个字。

陈晖惊讶了。

有些憧憬，也有些小激动，从她的心底油然而生。

风是这几个月里和她在直播间聊得最好的粉丝。

就像她刚刚半开玩笑说的那样，两个人似乎都对彼此聊出了点复杂的感情。

此前，她虽然也和风相互开过让彼此暴露真面目的玩笑，但那只是玩笑。陈晖不好意思在风面前摘下口罩，自然也没有理由让风单方面展露容貌。

但今天，陈晖很想看看风究竟长什么样子。

因为她确确实实把今天的直播，当作了最后一次，当作了珍贵的告别。

手机上传来了连麦的提示。

陈晖突然一阵紧张，但她还是把手机支在了桌子上，自己坐得正了些。

她用微微颤抖的指尖点开了连麦的按钮。

一阵白色的光线晃过，风的脸庞，出现在了手机屏幕上。

陈晖刹那间觉得自己是不是点错了。

但立刻，她什么都明白了。

"王炎，你竟然扮作粉丝跟我聊了这么久？"她说。

王炎的笑容中，也带着些尴尬和紧张。

没错，王炎就是风。

风，就是王炎。

"我一开始不知道'功夫小熊猫'是你。我在网上随便逛直播间，发现了'功夫小熊猫'在聊武术、格斗之类的话题，主播还是一个可爱的女孩子。我就……挺感兴趣的……"王炎解释着。

"可是，你认识了我，又知道这个直播间是我的之后，为什么不告诉我，你就是风？你还以风的名义继续跟我聊天！"

"我只是觉得……这样挺好玩的。"

"你假装别人，来跟我聊着我和你的事，这很好玩吗？"陈晖说着，有些生气了。

她一想到，自己之前跟风说，她对王炎没感觉，又想起刚刚她还主动问风，是不是王炎不顾自己受伤去救助她，是因为王炎喜欢她……所有所有的这些事，都让陈晖难堪到可以用脚趾在地上抠出一套三室一厅了。

"别……你别生气。陈晖，对不起，我真的只是想跟你开个玩笑……"

"王炎，这种玩笑一点都不好笑！"

"陈晖，我不是那个意思。真的……我一直拿你当好朋友的。"

"对，王炎，我明白。你这人很讲义气，别说你拿我当好朋友了，就算你我只是素不相识的路人，你发现我晕倒了，也会见义勇为帮助我，对吧？说到底，是我把事情想复杂了。我本来也⋯⋯对你没其他的感觉和想法⋯⋯"

王炎脸上尴尬的笑容渐渐凝固。

"那一天看你晕倒，我真的很紧张也很害怕。"王炎认真地说，"我小时候，我妈妈在家里心脏病突发，倒在我面前。那时候家里只有我一个人，我吓傻了，什么都不敢做，白白浪费了十几分钟最宝贵的时间。好在后来邻居发现了这个意外情况，帮我把妈妈送到了医院。虽然我妈妈脱离了生命危险，但就因为是我耽搁了十几分钟抢救时间，妈妈的身体变得很差⋯⋯我很后悔，一辈子都很后悔。所以，看到你晕倒了，我什么都没想，只想着立刻、马上送你去医院⋯⋯"说完，王炎叹了口气，沉默了。

他这番话的意思是，在他心里，他把我和他深爱着的妈妈放在了同样重要的位置吗？陈晖想着，也呆住了。

隔着手机屏幕，两个人就这样沉默地看着对方，互相猜测着对方的内心，却都没有勇气，把心里所思所想，说给对方。

"哦，对不起，陈晖，我⋯⋯要下线了。宿舍到了熄灯的时间了。你爸⋯⋯陈指导他今天立了新队规，作息时间管得比以前严了许多。"

"好，你好好休息吧，明天还要训练呢。"

说着，陈晖向王炎摆了摆手。

"再见！"她说。

"再见⋯⋯"他说。

王炎下线了。

陈晖坐在椅子上，感到有些气馁和后悔。

我今天为什么非要让风露出真实的样貌呢？

我真是多此一举的笨蛋！

她想。

第三十四章　试着成为她

陈天河一如既往，训练之前站在所有队员和教练组成员面前。

"距离第二站全国锦标赛还有一个多月的时间，说长不长，说短不短。"陈天河说，"参加第二站全国锦标赛的人员名单，大家都有数了。已经获得全国冠军赛资格的队员不打第二站比赛，任务是做好全国冠军赛的备战。其他没有拿到资格的队员，都要做好第二站全国锦标赛的参赛准备。"

说完，陈天河瞥了一眼林寒，她已是满脸的跃跃欲试之情。陈天河渐渐可以体会到，为什么柯进那么喜欢林寒这个小丫头了。她无时无刻不心怀着对比赛的向往和憧憬。只要能够站上比赛场，她就会觉得无比开心。这是一个把比赛场视为自己的游乐场的一个小家伙啊。

作为运动员，尤其是高水平专业选手，渴求比赛的欲望，往往会成为推动他们不断快速进步、不断攀登高峰的原动力。

想到这些，陈天河突然目光一转。

"郭昊宇。"他点起队长的名字来。

"到！"郭昊宇大声地回答，望着主教练，等待陈天河的下一步指示。

"你是扬江跆拳道队在第一站全国锦标赛唯一获得冠军的队员，身为队长，你在比赛里敢打敢拼，起到了不错的表率作用，值得表扬。"

"谢谢陈指导！"

"所以接下来这段时间，你除了要做好自己的全国冠军赛备战训练，也要发扬好团结互助的精神，协助其他队友做好第二站全国锦标赛的训练工作。你这个级别第二站会有王炎参赛。你安排好自己的时间，和他多打打实战对抗。"

郭昊宇微微一怔，看了眼身旁的王炎。

王炎侧过脑袋，冲郭昊宇嘿嘿一笑："队长，辛苦了。"

陈天河的话虽然略显婉转，但意思还是很明确的。

他是要求郭昊宇在第二站全国锦标赛之前的这段时间，分出精力来为王炎担当一些陪练的工作。

"有问题吗？"陈天河又问。

"我没有问题。"郭昊宇回答，"如果王炎也没有问题的话。"

"谢谢陈指导，谢谢队长。我一定认真训练，争取在第二站全国锦标赛拿到好成绩。"王炎朗声说。

陈天河又一次看向了林寒，和她身旁的宋曦。

"宋曦，林寒，你们两个这段时间还是一起训练。"陈天河说，"宋曦，你要做好全国冠军赛的备战。"

"明白，陈指导，我也会好好陪小寒练好，让她争取……不，一定让她在第二站全国锦标赛拿到冠军。"宋曦说。

"宋曦，不要搞混主次。"陈天河说，"你的任务就是准备好全国冠军赛。林寒，你也要继续为宋曦做好陪练。"

林寒愣了："陈指导，那我怎么备战第二站全国锦标赛啊？"

"林寒，你是'天才少女'嘛，你的能力大家也都知道。"陈天河说，"你只要做好宋曦的陪练工作，去参加第二站全国锦标赛，拿到前四名的成绩，对你来说还不是轻而易举吗？"

陈天河的话让林寒完全无法反驳。

陈天河的安排其实也让宋曦大吃一惊，她看着一脸惊愕的林寒，心中实在有些不忍。

宋曦悄悄在林寒耳畔说："小寒，你放心，训练课上我可以多陪你练。"

"曦姐！"林寒却转头看着她，"我会按照陈指导的安排，继续给你当好陪练。"

停了停，林寒的脸上重新浮现出了一丝洒脱的笑意："我们不是说好了，要在全国冠军赛上战胜秦薇，拿到冠军嘛！现在，这已经是我最大的目标了！"

宋曦看着林寒眼神中充盈着的真诚光芒，心中暖暖，也觉得充满了干劲。她轻轻拉起林寒的手："小寒，我们一起加油！"

"嗯！加油！"林寒大声地回答，"打败秦薇！"

这四个字，在训练场中回荡。别的队友不禁捂着嘴，强忍着不要笑出声来。

宋曦使劲鼓了鼓勇气，还是没有跟着林寒喊出这句"打败秦薇"来。

上下午的训练课按部就班。陈天河依旧把更多的时间放在了林寒和宋曦这一组上。虽然在训练中，更多指导队员的话语，他还是让女子小级别的主管教练李静去说。但只要林寒和宋曦有什么技术动作问题，他会立刻叫停训练，当即指出问题，让两人改正。

与之前有些细微不同的是，陈天河这一次的注意力也更多集中在了林寒的身上。现在一天两堂训练课下来，他跟林寒说的话，不经意间似乎比以往几天时间里，说得都多。

林寒也很有意思。但凡陈天河说的事情，她自己想不明白，就会直言不讳地跟陈天河争论开。在旁人看来，甚至会误以为林寒时不时地就跟陈天河碎碎念、吵着嘴。可无论林寒的观点多么奇葩，让陈天河面色多么冷峻，他却始终耐心地给林寒讲道理，一点也没有因为林寒和他的争论而动怒。

在看似奇怪的训练氛围中，林寒和宋曦的训练效果，却一点点地提升了。

终于到了傍晚，一天的训练结束了。

林寒拉着宋曦往食堂跑去。却被郭昊宇喊住了。

"晚上吃完饭，你想不想加练一会？"郭昊宇问。

林寒看了看身旁的宋曦。郭昊宇也有些忐忑地给了宋曦一个眼神。

宋曦心领神会，对林寒摇着头："小寒，你跟昊宇加练吧。我这岁数真顶不住一天三练了。"

林寒嘿嘿一笑，冲着郭昊宇点点头。

三口两口吃完晚饭，林寒跑回训练馆，发现郭昊宇果然已经等在那里了。

"小寒，我就知道你会来。"郭昊宇高兴地说。

"哥，你好心陪我加练，我怎么敢辜负你的好意呢。"林寒说，"来吧，先热热身。"

看着林寒在垫子上做着准备活动，郭昊宇走了过来，挨着她，一起热身。

"小寒，其实我本来就想跟陈指导申请，这段时间陪你训练的。"

"唔？哥，你不用跟老陈申请要专门陪我啊。老陈不是还让你陪陪炎哥训练嘛。"

"王炎会需要我陪他练吗？哼……"郭昊宇不屑地哼了一声。

"其实炎哥他人不错的。"林寒说，"你别对他有那么多偏见。"

"小寒，你这话说反了吧。"郭昊宇说，"是他对我一直有偏见。觉得我抢了他重点队员的位置，抢了他队长的头衔……"

"他知道他打不赢你，也对队长这个虚名没那么执着。哥……"

"小寒，你想我陪你怎么练？"郭昊宇故意岔开王炎的话题，问林寒。

林寒站起身，想都没想："哥，你能不能模仿秦薇的打法？"

"秦薇？"郭昊宇皱皱眉头，"第二站全国锦标赛，秦薇不会参加的。"

"我知道她不会打，可是……如果我拿到全国冠军赛的资格，说不好就会碰到她。我想赢她！"

郭昊宇嘿嘿一笑。

"怎么？"林寒歪着头看着他，"你觉得我赢不了她？"

"小寒，不是哥打击你。我觉得，按照你现在的能力，想赢秦薇，挺难的。"

"我知道，哥！但是，我不服气，我要去争取实现这个目标！"

"嗯……"郭昊宇不置可否地笑着看着林寒。

"哥？"

"小寒，这次全国锦标赛第一站比赛的时候，我从头到尾都在看台上看了秦薇的比赛……"

"中午那场你没看！当时全队就我一个人留在体育馆里看了那场！"

"好好好，我不跟你较真。除了那一场，其他的几场秦薇的比赛我都仔仔细细地看了。你猜，我是为了谁？"

"你……早就准备帮我模仿秦薇的打法？"

"嗯！"

"哥，你太好了！"

林寒开心坏了，一拳轻轻打在郭昊宇的肩头。

郭昊宇夸张地揉着肩，装作被重拳打伤、直不起身子的样子。

这也是青梅竹马的林寒和郭昊宇之间习惯性的小游戏。

"好了，哥，不玩了！我等不及了，咱们开始吧！"

林寒说着，穿好护具，站到了垫子中间。

郭昊宇也收起顽皮的笑容，穿戴整齐，站在林寒的对面，摆好了格斗势。

"红方，进攻！"郭昊宇喊着。

"呀！"林寒咆哮着，发起了进攻……

晚上的时间始终过得如流水一般。

郭昊宇气喘吁吁地撤开了距离，冲林寒摆了摆手。

"好了好了，小寒你的体能怎么那么好啊！"

林寒停了下来，摘掉头盔。她的短发也似乎像经历了一场瓢泼大雨似的，被汗水粘在一起的头发粘结得一绺一绺的。

可她还是得意地笑了："怎么了，哥，你不会已经累了吧？"

郭昊宇摘下头盔，弯着腰喘了几口气，这才直起身来。

"累死我了！"他说，"咱们这一练，都快两个小时了呢……"

林寒脸上的笑容渐渐消失了。她突然明白了，郭昊宇的体能绝不可能比她这个小女孩还要差。都是因为，这个白天，上下午两堂训练课，郭昊宇既要完成自己的训练内容，也得按照陈天河的要求，帮助王炎做陪练。郭昊宇原本已经相当疲惫了，可为了她，竟然还主动提出来晚上帮她加练……

"哥……你累坏了吧……"林寒轻声说着，走过来，看着上气不接下气的郭昊宇。

郭昊宇抬起头，看着林寒眼中夹杂着关心、感激甚至有些愧疚的神情，突然也有点手足无措起来。

"唉，都怪那个王炎，陪他训练真耗体力。"郭昊宇随口说，"别看他平时吊儿郎当的，可一到训练，尤其是打对抗的时候，他小子跟你一样，拼了命似的。"

"哥，我们回去休息吧。你也不用……每天都陪我加练。"

"我一直记着柯指导的话呢，"郭昊宇温柔地说，"他临走前专门嘱咐我，要照顾好你。小寒，我是你哥！"

"我也不能为了我自己，把我哥累坏了啊！"

"你要真心疼哥，就……"

"就怎么？"

郭昊宇指了指自己的脸颊。

林寒纳闷地看着他。

"亲一个。"郭昊宇说。

"哥……"林寒瞪大了眼睛，"你是认真的？"

郭昊宇扑哧一声笑了："我跟你开玩笑呢。你要是心疼我，就让我陪你好好练上这几个月。等到了全国冠军赛，你去拿个好成绩回来，在所有人的面前证明你的实力和价值！"

"嗯，哥，我答应你。我一定会在全国冠军赛上打败秦薇！"

"小寒，打败秦薇……对你来说那么重要吗？"

"只有打败她，我才能拿到全国冠军，不是吗？"

"小寒，你想成为秦薇，对吧？"

"哥，你怎么……看出来的！"

"原本，你是让我模仿秦薇的打法。可打到最后，却是你……是你自己在模仿起秦薇来！你在全神贯注地学着她，预判着我的动作，封着我的路线……你都没有察觉到？"

"是不是因为我……之前帮宋曦陪练的时候，养成了这个习惯……"

"不，小寒！我能感觉得到，你特别特别想成为秦薇，想像她那样打比赛，睥睨所有的对手，成为一个王者……"

林寒沉默了。

郭昊宇的观察太细致入微了。

林寒其实真的是在无意识之中，开始模仿起秦薇的风格来。因为从第一站全国锦标赛归来之后，林寒就给自己定下一个目标——战胜秦薇。

怎么战胜秦薇？

首先，她要成为秦薇，才能战胜秦薇。

"哥！"

林寒突然轻声喊着，身子一晃，一个前滑步，出其不意地跳到郭昊宇的面前。

她踮起脚，在郭昊宇脸颊上轻轻地一吻。

接着，林寒就像小兔子一样跳开到了一边。

这一次，轮到郭昊宇呆呆地愣在那儿了。

第三十五章　国家队

体育人的时间，不是按照日历，而是按照赛历来走。

一项比赛结束，又一项比赛开始。

在总结上一项比赛和准备下一项比赛之间，时间总是如流水一般，悄然、无声，却易逝。

跆拳道全国锦标赛第二站比赛在南方的鹏城打响。

由于各队的一流好手几乎都已经在一个多月前的第一站全国锦标赛里获得了全国冠军赛的资格。所以来参加这一次第二站比赛的，往往都不是各个级别里面的重点队员。

林寒即便是初次登上成年全国大赛的赛场，可无论对手是谁，给她制造的麻烦和压力都不大。

比林寒的年纪只大了几个月的周凌绝对是在第一站比赛时一语成谶。

澄州跆拳道队的教练在第二站比赛确定对阵时，给周凌抽了一个"下下签"，让她不得不又一次在第一轮与扬江跆拳道队狭路相逢。

这一次，周凌的对手是林寒。

十六进八，林寒淘汰了这个国青队时的好闺蜜周凌。

八进四，林寒又战胜了东川跆拳道队的老将何晓梅。

何晓梅的年纪已经二十八岁了，比林寒大了整整一轮。

后继无人的东川跆拳道队原本希望她能够坚持到两年之后的全运会。可目前来看，年轻时也曾具备在国内赛场摘金夺银能力的何晓梅，如今实力下降得太明显了。

刚刚接手东川跆拳道队教鞭的柯进，在比赛中目不转睛地看着林寒的表现。尤其看到林寒的进步，他更是打定主意，要想尽一切办法，尽快把林寒"撬"到东川来。

等到半决赛时，林寒也是轻轻松松地把晋阳跆拳道队的年轻选手秦馨斩落马下。双方对阵之时，林寒就觉得二十岁的秦馨看上去有些面熟，却总也想不起在哪里见过她。

秦馨的技术挺扎实，但身高比林寒矮了不少。秦馨的力量有一定的优势，却在速度上，被林寒完全压制。

瞄准了决赛的林寒，在这场半决赛三个回合中有意控制着张弛有度的节奏。在前两个回合，林寒都是只保持着二三分的领先。直到第三个回合，林寒终于施展出一记漂亮的旋风踢，最终以 12 比 4 的大比分轻松获胜。

等到走下赛场，陈天河才告诉林寒，秦馨正是秦薇的堂妹。

林寒微微一怔，啪地一拍手掌："怪不得我觉得她面熟呢！陈指导，秦薇也来了吗？"

"我没注意到。"陈天河直截了当地说，"这个比赛，她没有理由来吧。"

"也是哦。"

林寒说着，不知为何，心中还是生出了一丝遗憾。

很快，夜色笼罩了鹏城体育馆。

全国跆拳道锦标赛第二站的女子 49 公斤以下级决赛，在扬江跆拳道队的林寒和奉锦跆拳道队的刘怡然之间打响。

林寒绝对想不到，距离她百来米远的看台之上，秦薇和国家队主教练刘伟正看着她。

"这个小家伙挺有意思的。"看着林寒在决赛中一开场就利用气势如虹的压迫式进攻，打得刘怡然连连后退，刘伟不禁笑着说。

"是啊，上一站比赛她还只是宋曦的陪练。这一站我有机会看了她的比赛，她的确像传言中说的那样，有点小天赋。"秦薇说。

"哦，我看她好像在模仿你的打法？"刘伟说着，指了指八角垫子上的林寒。

的确，比赛开始阶段的猛攻告一段落，林寒虽然进攻节奏慢了下来，却开始利用自己的观察力，去预判起刘怡然的进攻了。刘怡然的风格原本跟林寒有几分相似，但她的速度比林寒慢了不少，这也让林寒预判起来，显得更加游刃有余。

刘怡然不断尝试进攻，却被林寒不断地抢先封死她的路线。

而林寒也总能从刘怡然攻防之中巧妙地找到漏洞，并给予高效、连续的反击打击。刘怡然很快就产生了一种无能为力到几乎窒息的感觉。

看到这些，刘伟转过头，望了秦薇一眼。

秦薇嘴角微微翘着，也在津津有味地看着林寒的表演。

"刘指导，我有点记不清，她今年十八岁了？还是……更小一些？"秦薇突然轻声问道。

刘伟打开手中的秩序册，翻到扬江跆拳道队的那一页，找到了林寒的名字。

"林寒，11月18号出生。严格来说，她现在还不到十七周岁啊。"

"哦……"秦薇感叹着，"我像她这么大的时候，或许真没她打得好。"

"你别太谦虚了，秦薇。你十九岁的时候就拿到了全运会的冠军，那可是含金量最高的跆拳道全国冠军了。"

"刘指导，我在不到十七岁的时候，可做不到像她那样，能够预判对手的动作。"

"她那不是跟你'偷师'的嘛！"

"那可不是想'偷'，就'偷'得到的。她不但很聪明、爱琢磨，还有相应的高水平技术能力作为基础和支撑。否则，就算她能够预判出对手的动作，却没有办法去应对，也是没用的嘛。"

"你给她这么高的评价，你认为她能打赢你吗？"

"不能。"秦薇平静，但迅速地给出了回答，"如果她一直这样下去，她永远也赢不了我。"

"哦？为什么？"

"她模仿我实在模仿得太像了，但也太刻意了。其实，她越是模仿得像我，她就越不可能打赢我。因为这个世界上，最熟悉我长处，也最了解我弱点的人，就是我自己。"

"哦……秦薇，那你觉得，未来的国家队应该把她招进来吗？如果你在退役之后，中国跆拳道协会任命你来担任国家队这个级别的主管教练，你会选择要她吗？"

"刘指导，无论是谁担任未来的国家队教练，都应该用发展的眼光来选运动员。我觉得，未来的国家队，在女子49公斤以下级这个级别里，并不需要另一个秦薇，而是需要一个比秦薇还出色的运动员。您说，对吧？"

"那你有信心，亲手把她培养成一个比你还出色的运动员吗？"

秦薇望着刘伟充满期待的眼神，给了他一个坚定的微笑。

看台下的场地中，决赛第三回合已经接近尾声。

电子记分牌上，林寒的分数仍然在不断地上涨。

33比7。

35比7。

37比7！

若非半决赛和决赛不以分差优势判定胜负，可以说，林寒在这一场决赛里，只用了不到两个回合的时间，就彻彻底底取得了完胜。

她全面击溃了刘怡然。

裁判宣布林寒获胜，获得第二站全国锦标赛的女子49公斤以下级冠军。

秦薇长吁一口气，从座位上站了起来。

"走吧，刘指导，"她笑着对刘伟说，"我们找陈指导要人去。"

……

"憋"了小半年时间，第一次走上成年大赛的赛场，林寒就如愿站上最高领奖台。

即便只是一个全国锦标赛分站赛的冠军，这枚含金量并不是很足的金牌，还是让林寒异常开心。

她也不忘安慰安慰王炎。在今天一同进行的男子58公斤以下级的比赛里，王炎没有能够跻身四强，最终只获得了并列第五名。这也意味着他失去了参加11月份举行的全国冠军赛的资格。

不过王炎似乎对获得第几名，能不能去打全国冠军赛没有特别的执念。

林寒主动跑来安慰他，他反而开心地祝贺着林寒获得冠军，顺便又"讹"了林寒一顿美味的糕点，等着回扬城，让林寒兑现。

就当林寒欢天喜地地随着陈天河和王炎走出比赛场，她一眼就看到了等在运动员通道尽头的秦薇。

"薇……薇姐！"林寒愣住了。

"祝贺你，小寒。"秦薇说着，向林寒介绍着身旁的刘伟，"这位是国家队主教练刘伟老师，你认识吧？"

　　林寒对刘伟的名字有所耳闻，却没有见过面。听秦薇这样一介绍，林寒的小脑瓜立刻迅速运转了起来。

　　国家队主教练来了！他看了我的比赛，又专门来找我？难道说……

　　林寒想着，恭恭敬敬地立正，喊着"刘指导好"，对刘伟鞠了一躬。

　　刘伟先跟陈天河握手寒暄，然后转头看着林寒。

　　"林寒，我和秦薇在看台上看了一天的比赛。你的表现很不错，给我留下很深的印象。所以……"

　　所以，要让我进国家队？

　　林寒渴望地看着刘伟，像小狗望着主人手中的肉骨头一样，就差伸出舌头来。她心中无比期待，刘伟能说出"国家队"这三个字。

　　"所以，你要再接再厉啊！今年全国冠军赛，希望你能够有更好的表现。"刘伟说。

　　啊？刘指导这话是什么意思？这是要我进国家队，还是不要？还是说……如果我能在全国冠军赛拿到好成绩，就会让我进国家队？

　　林寒想着，一时间脑袋里装满了纷纷扰扰的念头。

　　刘伟哪里知道他的话让林寒陷入了疯狂的思索，他又看向了陈天河和林寒身后站着的王炎。

　　"小伙子，你是叫王炎，对吧？"刘伟说着，冲王炎招了招手。

　　王炎愣住了，迟疑了片刻，才点点头，走上前来。

　　"你打58公斤以下级？"

　　"是，刘指导。"

　　"今天拿了第五？"

　　王炎不好意思地笑了笑。

　　"你多大了？"

　　"我22了。"

　　"接下来，你有什么安排？"

　　王炎又愣了。看了看和他同样摸不清刘伟真实意图的陈天河，王炎摇了摇头。

　　"刘指导，我……没资格打全国冠军赛，就回去继续训练，一切都听我们陈指导的安排呗。"

　　刘伟点点头，平静地说："我想邀请你到国家队来。"

"啊？"

王炎瞪大了眼睛，一时半会没有理解刘伟这句话的意思。

林寒也愣住了。她甚至产生了错觉，刘伟说这句话的时候，不是面对着王炎，而是面对着她。

刘伟笑了，先对陈天河解释说："陈指导，其实我应该先跟您说的。不过队员在这里，我也想先征求一下王炎本人的意愿。是这样的，明年就是奥运会了，国家队备战到了关键时候，我们需要为国家队的重点队员寻找一些合适的陪练选手，帮助他们做好奥运会的备战。秦薇明年奥运会的主要对手来自欧美，我们经过这一段时间尤其是今天比赛的观察，觉得王炎的技术特点比较适合担任秦薇的陪练。恰好他今年也没有什么比赛任务了。您看，是不是可以让我们国家队借调王炎？当然，王炎本人的想法也非常重要。毕竟，担任陪练是一个很艰辛，却又没有更多回报的工作……小伙子很年轻，愿不愿意为国家队做出一些牺牲？"

大家这才明白了刘伟的意思。

陈天河点点头："刘指导，俗话说得好，全国上下一盘棋嘛。配合国家队做好奥运会的备战，是每一个体育工作者都应该尽的义务。国家队征调王炎，我本人，包括扬江跆拳道队都没有意见。王炎，你呢？愿不愿意去给秦薇做陪练？"

王炎看了看陈天河，看了看刘伟，看了看秦薇，甚至不忘看了看还呆呆站在一旁的林寒。

"陈指导、刘指导、薇姐！感谢国家队信任我，感谢刘指导和薇姐看得起我！帮助薇姐备战奥运会这个责任太重大了，我也不知道我的能力可不可以达到国家队陪练的要求。不过我一定会全力以赴，拼了命也要完成好这个任务！"

刘伟拍了拍王炎的肩膀："好样的，我就喜欢你这样的队员！那好，你回去做好准备吧，国家队的调令很快就会发到扬江体育局……"

说完，刘伟、秦薇跟陈天河简单寒暄几句，就要离开。

临走之前，秦薇专门把林寒拉到了一边。

"小寒，我看得出来，你有些失望。"秦薇温柔地说，"是因为刘指导没有选你进国家队吧。"

"薇姐，说不失望是假的。"林寒说着，不好意思地笑了，"不过我也明白，国家队现在到了备战奥运会的关键时候，是不会选新人入队的。所以，还是我想多了，嘿嘿。"

　　林寒的率真让秦薇对她的好感一下子又提升了许多。

　　她笑着摸摸林寒的脑袋："今天看了你的比赛，我觉得你未来的潜力非常大。好好努力，国家队将来会有你一席之地的。"

　　林寒点点头，想了想，突然问道："薇姐，在全国冠军赛上，我会遇到你吧？"

　　"那要看抽签对阵的情况了。"秦薇说，"不过看了今天的比赛，我也有些期待，能够在赛场上和你相遇呢。"

　　"到时候，你不要手下留情啊。"

　　"哈哈，我为什么要手下留情？"

　　"好，一言为定！"

　　"嗯，一言为定！"

第三十六章　离别

　　王炎看了看手机上的地图导航，确认了面前这栋平平无奇的单元住宅楼就是他的目的地。

　　这是一栋上世纪九十年代中后期修建的楼，六层，还没有电梯。他按照陈天河给的地址，走上顶楼。稍稍迟疑一些，他敲响了 601 的门。

　　"来了！"一个熟悉的声音从屋里传了来。

　　很快，门打开了。

　　看着穿着围裙、一手还拎着个锅铲的陈天河，王炎一怔，才想起来跟陈天河鞠躬问好。

　　"到家里就不用讲那么多规矩。"

　　陈天河把王炎让进屋子，招呼他随便坐，就回到厨房处理自己的拿手菜了。王炎把带来的水果放到客厅的茶几上。然后，他走到厨房门口，就闻到一阵扑鼻的香气。他好奇地看着陈天河熟练地爆锅、炝炒、焖烧……就像一个真正的厨师一样麻利。

　　"陈指导，平时都是你下厨做饭吗？"

　　"我下厨的时间少，平时也很少回来，是我老婆一个人采买、收拾、做菜。"陈天河说着，无奈地笑笑，"这不，今天总算是有时间了，我才赶紧让她歇歇。"

　　正说到这儿，陈天河的妻子于芳从房里走了出来。

　　看着跟她打招呼的王炎，于芳的脸上满是笑容。她让王炎别站在厨房门口闻油烟味，拉着他在客厅沙发上坐好，给王炎沏了满满一杯热茶，不慌不忙地坐在他对面，家长里短地聊了起来。似乎，于芳对王炎很感兴趣，把他的情况几乎事无巨细地问了个遍。

王炎有些局促，却还是恭恭敬敬地有问必答。

"对了，王炎，我听老陈说，你还没有女朋友，"于芳突然问，"怎么，还没遇到合适的吗？"

王炎一口茶险些喷出来，他连水带茶叶努力咽了下去，摇了摇头，却不敢多说什么。

这时候，大门打开了，陈晖背着双肩包站在了大门口。

"我回来了。"她说。

虽然时间临近秋天，但扬城市的气温在秋老虎的肆虐下依旧居高不下。陈晖今天穿着一条浅色的百褶裙，配了件基础款的白T恤，模样清清爽爽。

"王炎，你好，"陈晖跟王炎打着招呼，"好久不见了啊。"

看起来，她似乎已经知道，父亲陈天河今天邀请王炎来家里做客的事情。

"嗯，你好。陈晖，好久不见。"王炎也打着招呼，原本面对于芳已经相当局促的他，在陈晖面前就显得更加局促了。

"于芳，你来帮我个忙。"陈天河突然在厨房里喊着，"小晖，你陪客人聊一会，很快就可以吃饭了啊。"

于芳会意，大声答应着，走进厨房，还轻轻关上了厨房的大门。

客厅里就只剩王炎和陈晖两个人了。

"听说你要去国家队了？祝贺你啊。"陈晖坐到妈妈刚刚坐着的地方，对王炎说。

"嗯，陈指导已经把国家队的调令给我看过了。过完这个周末，我周一就要去国家队报到了。"

"这么急啊，"陈晖问，"国家队现在在哪里集训？"

"之前国家队是在晋阳的晋城和南粤的鹏城进行了两期集训，这两天国家队已经回到北京了，在北京体育大学的国家队训练基地集训。"

"那就是说，你要去北京了！真羡慕你啊！我就小时候去过北京，可这一晃已经十多年没再去过了呢。"

"等到国庆假期的时候，你要不要到北京去玩？"王炎突然问。

陈晖看了他一眼，轻声反问："怎么，你让我去北京，找你玩啊？"

王炎笑了笑。其实，自从陈晖结束网络直播，和王炎连麦，发现了他就是一直悄悄关注她直播的风的真相后，陈晖就没有再见过王炎。甚至连跆拳道私教课，陈晖都以期末复习忙的名义暂停了。王炎觉得，陈晖肯定是生他的气了。虽然有些失落，但他那段时间也忙着备战全国锦标赛第二站比赛，没有时间去找陈晖聊聊。没想到，在这个周五的晚上，他可以在陈天河的家里再一次见到陈晖。

"对不起，陈晖……"王炎轻声说。

"没事。"陈晖低着头，随口回答。发觉王炎又沉默起来，陈晖抬起头看着他。

"真的，没事。王炎，我当时虽然有点生气，但过了两天就没什么了。本来，在网上大家都是因为一点兴趣爱好聚到一起，轻轻松松地聊聊天。要是把相互之间的事情搞得复杂了，反而没什么意思了。你说是吧？"

王炎还没说什么，厨房的门就打开了。于芳开始往饭桌上端菜了。

陈天河家的饭桌不是很大，他今天准备了八个菜，把整个餐桌摆得满满当当。四个人围坐在餐桌四周，陈天河给大家一人斟了一杯红酒。

"本来王炎不应该喝酒的，但今天特殊。我们既是给他饯行，也是为他庆祝，就破个例吧。"

陈天河说着，举起酒杯，抿了一小口，就放了下来。

"王炎，去了国家队好好干。做陪练，虽说是幕后英雄，但也是能够不断提升自身能力的好机会。不只是跆拳道，咱们国家很多竞技体育项目，甚至国家队中，都有陪练选手最终成为教练员甚至主教练的先例。比如中国女排的功勋教练陈忠和，年轻时候就是一位陪练。只要自己肯努力，王炎，你一定也能有所成就。"

"陈指导，你放心。你的话我都记住了，我一定好好努力，不给咱们扬江跆拳道队丢人。"

"王炎这孩子看着就踏踏实实的，在国家队肯定没问题。来来来，别干坐着，吃菜啊王炎。"于芳说，"多吃点，我知道你们平时饭量都大。别拘束，当自己家一样！来，阿姨给你夹……"

王炎连忙道着谢，应接不暇地接着于芳夹过来的鸡、鸭、鱼、肉，很快，他的碗里就冒出尖来。

看王炎举着满满一大碗菜，陈晖赶紧给他解着围："妈，您让他自己来吧。"

陈天河见状，也不再多说有关国家队的事情，而是一边吃着，一边转而和王炎聊些轻松的话题。

日头偏西，天色渐暗，陈天河设的这场家宴，告一段落。

帮着收拾好餐桌，王炎还在想着什么时候告辞，却见陈天河和于芳已经双双换好外出的衣服，站在了门口。

"小晖，我跟你爸出去走走。王炎你别着急回去，刚吃完饭，歇一会。小晖，你陪王炎坐坐，你们年轻人肯定有很多共同语言，你俩多聊聊天啊。"

于芳说着，拉着陈天河走出了家门。

王炎尴尬地笑笑："那我也走……"

陈晖打断了他的话："没事，你再坐一会。你别多想，我爸跟我妈也很久没有机会一起出去遛遛弯，过一过二人世界了。"

"嗯，陈指导也不容易。自从接手我们这支不省心的队伍，几乎天天晚上都留在队里值班。"

"对了，你喝点什么？我们家也没什么饮料，茶叶倒是不少。"

"不喝了，不喝了。刚才伯母给我倒了很多茶，再喝下去我怕晚上回去睡不着了。"

"那你吃点水果……哦，这水果是你带来的吧。呵呵，我请你吃水果，是不是有点借花献佛的意思了。"

"陈晖……"

"嗯？"

"对不起。"

"都说了，没事了。"

"我不该那样的。"

"什么啊？"

"我不该隐瞒我是风的事情，还让你在不知情的情况下，说了那么多心里话。"

"唔……其实，跟风聊天，我挺开心的。"陈晖轻轻叹了口气，"在学校里面，因为我是半走读，和同宿舍的同学也没那么熟络，所以……能有一个聊得来的朋友，对我来说挺难得的。"

"就算以后我不以风的名字出现，我也愿意听你聊天。"

"哈哈，你想听我聊啥啊，说些家长里短？还是学校里面的事情？"

"什么都行啊！其实我……我在队里的朋友也不多……"

"嗯，能看出来，你喜欢独来独往。"

"其实我……也不总是喜欢独来独往。"

"哦，我知道那种感觉。"

"那么以后……我能不能还陪你聊天？"

陈晖默默地看着王炎。

"你等一下。"

她说着，转身去了自己房间。

很快，陈晖拿着一卷红色的线绳和一把小剪刀走了出来。

她坐在沙发上，扯出一截长度适合的红绳，开始编起什么东西来。

王炎好奇地望着陈晖。

时间一分钟一分钟的过去，一条手绳在陈晖手中渐渐成形了。

"王炎，你来。"

陈晖说着，让王炎伸出左手。

她把编好的红色手绳戴在王炎的左手手腕上，戴好、系紧，剪去多余的线头。

"我没准备别的礼物，这个手绳……是希望你能在国家队一展宏图。也别忘了……扬江跆拳道队的兄弟姐妹、教练，和……"

陈晖说着，还是没有说出她心里那个"我"字。

她又笑笑："我手笨，编得不好看。你要是觉得难看，或是不好意思戴，就剪了它。随你。"

"我会带着它去国家队，去北京！"王炎说，"我一定会努力，我也不会忘了大家，忘了……"

王炎还是把几乎要脱口而出的"你"字，咽了回去。

把王炎送到楼下，看着他渐渐远去的背影，陈晖心中突然感到几分不舍。

"王炎！"她突然喊着他的名字。

王炎转头看着她。

"到了北京，给我发微信。就算没有直播平台，我们也可以微信上聊天啊！"陈晖大声地说。

"好！"王炎笑了。

……

夜色渐渐深沉。

于芳和陈天河回来了。

久未有时间独处的两个人，终于能够一同散散步，享受着老夫老妻之间才有的简单乐趣和幸福。

一推开门，于芳就看到陈晖正一个人窝在沙发上津津有味地看着电视剧，她颇有些意外。

"怎么，王炎这就走了？你们俩没……没多坐坐？"

"嗯，他走了。也不早了啊，都快九点了。"陈晖微微皱了皱眉，"妈，您琢磨什么呢？您很期待，您闺女和一个大男生，孤男寡女两个人独处一室，然后发生些什么不可描述的事情吗？"

"臭丫头，胡说什么啊，跟妈开这种玩笑！"

陈晖嘿嘿一笑，继续看她的电视。

突然，陈晖大声说："爸、妈，王炎说了，等他回来，给你们带北京特产。"

"嗯，好！"陈天河简单地回应着，走回了自己的房间。

第三十七章　别去找他

王炎离开扬江跆拳道队去国家队担任秦薇的陪练队员，一晃已经快三个月了。扬江跆拳道队的其他队员都在积极地备战 11 月份举行的全国冠军赛，无一不感觉时间如白驹过隙。

终于，大赛的日子近在眼前。

举办这一届跆拳道全国冠军赛的城市是扬江省的梁溪市。从省会扬城到梁溪，不过两百公里出头。扬江跆拳道队作为东道主，自然第一个到达赛区，迎接其他兄弟省区市队伍的到来。

一到赛区，大家也都没闲着。

陈天河带着郭昊宇、宋曦、林寒几个参赛选手去了比赛场地踩点。

这一次比赛没有在传统的体育馆举行，而是与国际大赛接了轨。走进崭新的梁溪国际会展中心的 A 栋展厅，那儿已经被布置成了一个临时跆拳道赛场。虽然赛场和观众席都是临时搭建，然而专业赛事运营团队为这次全国冠军赛打造的惊艳舞美效果，以青红两色为主题的赛场氛围，甚至还有运动员出场时的追光灯，都让大家感觉新奇且充满了干劲。

主赛场外，借用另一个展厅布置的训练场地也异常开阔，足以容纳数百名运动员在这里热身、训练。陆续地，也有一些其他队的选手、教练来到这里。

扬江跆拳道队的队员们不敢浪费时间，就在陈天河的带领下，开始了全国冠军赛前的第一次，也是最后一次技术训练。

在第二站全国锦标赛上过五关斩六将如愿夺冠的林寒，在圈子里的小名气越来越高，甚至不知怎的传出了一个"小秦薇"的外号。

那也是因为她在那一次的比赛中，凭借着像极了秦薇预判对手的打法特点，一路压倒性获胜。在外人看来，戴上跆拳道头盔的林寒，除了个子比秦薇高一些，简直就是活脱脱的另一个秦薇。

这一次，不少教练、队员路过热身训练场，看到扬江跆拳道队在训练，都会指着林寒窃窃私语。有人甚至还要稍稍驻足，悄悄多看上林寒那么几眼。对于这些外界的关注，林寒不是没有注意到，但她这一次没有暗自窃喜。因为她明白了，其他人对她的关注，表示他们已经把她当作重要的对手来看待。而"小秦薇"的外号，更是意味着，她也开始被越来越多的人所重视，并进行着针对性地研究和准备了。

"陈指导，早上好啊！"有人大声招呼着，踱步走了过来。

是柯进，他披着一件东川跆拳道队的外套，依旧留着锃明瓦亮的光头。

"回来了？"陈天河开门见山地寒暄着。

柯进嘿嘿一笑："回来了。"

"这么早就带队员来训练？"

"你不也一样嘛。大哥！"柯进说着，摸了摸自己的光头，视线又望向了训练场中的林寒、郭昊宇。

他喃喃地说："我们东川跆拳道队和你们扬江跆拳道队不一样，我手底下没有能用的队员啊。"

"扬江有什么样的队员，你也很清楚。"

"哦，对了，我今天早上在自助餐厅，看到王炎跟晋阳跆拳道队的人在一起……怎么，他被挖过去了？"

"他应该是以国家队陪练的身份，陪秦薇备战这次全国冠军赛的。"

"啊，你这么说我就明白了。嘀，那小子可以啊……不对，大哥，你可以啊！带队没几天，就送了一个陪练到国家队。这算不算变相的一个'国手'呢？哈哈！"

"这跟我没什么关系。一个是王炎自己努力，另一个，也是国家队需要。"陈天河没有理会柯进的调侃，认真地说。

"对了，扬江体工大队这次给你什么任务指标了吗？"柯进问。

陈天河瞅了他一眼，没有回答。

"哈哈，大哥，我不问了。今天晚上，我约了几个梁溪的老朋友，还有其他省市队的几个好兄弟一起坐坐。你有时间的话，也一起来吧？唉，你别用这种眼神看我啊！怎么说，我也是你亲弟弟，我没那么小心眼。圈子里的资源，我愿意跟大哥你一起分享。打虎亲兄弟，上阵父子兵嘛……"

"谢谢了！不过，晚上我得带着宋曦、林寒和郭昊宇看看技术录像。明天第一个比赛日，他们三个就上场了。"

"这三个人啊，你让他们自己看录像，讨论讨论就行了。反正，宋曦和林寒肯定打不过秦薇……"

"你怎么知道宋曦和林寒就一定打不过秦薇？"

柯进一怔，咧着嘴嘿嘿一笑："行，我不跟你掰扯这些了。反正到时候我把聚会的时间和地址在微信上发给你。你要来，就来。不来，就算了。"

说着，柯进转身走了，嘴里还自言自语地嘟囔着："老顽固，真是没救了……"

上午的训练很快告一段落。

回到驻地酒店，早已饥肠辘辘的林寒等不及宋曦、郭昊宇，说了声"先去占座"，就自己一个人跑到了自助餐厅。

餐厅里已是人声鼎沸。

林寒小心翼翼地端着餐盘，环视四周，想着哪里有可以坐三四个人的位子。一转身，她却差一点和一个人撞到一起。

"对不起！对不起！"林寒赶忙道着歉。

"小寒！"那个人却喊着她的名字。

林寒瞪大了眼睛，认真地端详着面前这个人。

穿着一身国家队套服的王炎似乎有些瘦了，却不像之前在扬江跆拳道队时那样不修边幅。

此刻的他，精神十足，又惊又喜地看着林寒。

"炎哥！是你啊！"林寒惊呼，"穿着一身国家队的衣服，我差点都没认出你来！"

"嘿嘿，我大老远一眼就认出你来了。"王炎调侃着林寒，"你还是冒冒失失的。"

"哪有啊！我正找地方来着呢。没想到餐厅人这么多……咦，你有地方坐吗？要不要跟我们坐一起？哦……我忘了，你喜欢自己一个人坐着吃饭。不过，看样子，今天中午你应该不可能有一个人坐的位子了吧……"

林寒一边跟王炎碎碎念着，一边盯住了不远处的一张四人桌。原本坐在那一桌的几个其他省队的队员似乎已经吃完了。他们站起身走了，服务员也麻利地收拾着餐具。

"走吧，炎哥，跟我们坐吧！曦姐、昊宇哥，你和我，正好四个人！"

林寒说着，就准备去抢那张桌子。

可脚步还没迈出去，就看到一个人把餐盘放在了桌子上。

林寒一怔，先她一步占了这张桌子的，竟是秦薇。

秦薇察觉到了林寒的目光。

她抬头看看，笑着冲林寒和王炎招了招手："王炎、林寒，你们过来一起坐吧。"

"好啊，薇姐。"王炎说着，走了过去，放下了自己的餐盘，坐到了秦薇对面。

"咦，林寒，你怎么不过来坐？"

王炎看着还迟疑地站在那儿的林寒，说着，拍了拍身旁空着的一张椅子。

"哦……我……我还得给曦姐、昊宇哥他们占座呢。我就……不跟你们坐了。"林寒吞吞吐吐地说着，瞥到不远处又有一张四人桌空了下来，她赶紧跑过去，一屁股坐了下去。

她随手扒拉着餐盘里的食物，眼神却一直悄悄瞄着王炎和秦薇。

秦薇也随意披着件国家队外套，和王炎面对面坐着。他们两个一边吃、一边聊，似乎已经很熟络了。王炎不知说了什么，秦薇捂着嘴开心地笑了。

臭王炎，不是说自己不习惯和别人坐在一起吃饭嘛！

林寒想着，不知为何，有点想去和王炎、秦薇坐在一起了。

唉，人家是国家队的搭档，坐在一起也是正常。我去干嘛，当电灯泡吗？林寒又想，努力地打消着自己的念头。

秦薇似乎又察觉到了林寒的目光，她看了看林寒，又低头笑着跟王炎说了句什么。王炎放下筷子，扭头看了眼正像小猫一样偷看着他们的林寒。

他也笑了，站起身来，走到林寒面前。

"林寒，你老偷看我们干嘛。你又不是跟我们不熟，想来一起聊天，就过来坐嘛。你害怕什么？薇姐又不能吃了你。"听着王炎的话，林寒刚想站起来过去和他们一起坐，突然看到宋曦和郭昊宇远远地走了过来。

"哦……曦姐和昊宇哥来了。我……我还是和他们一起坐这儿吧。"

林寒说着，已经抬起的身子，又坐了下去。

宋曦跟王炎热络地寒暄着，还不忘跟坐在那边的秦薇打个招呼。

郭昊宇跟王炎点点头，脸色却有些冷清。

"行，那你们坐吧。"王炎说，"林寒，晚上有时间的话，你找我一下，我有话跟你说。"

看着王炎转身走了，林寒却百思不得其解。

他要找我说什么？

林寒纳闷地琢磨着，一时半会儿理不清头绪。

"嘿，王炎在国家队这几个月，看起来整个人的气质都变了！"宋曦在一旁感慨地说。

"还不是因为穿着国家队的衣服衬的。"郭昊宇随口说着。

宋曦看了郭昊宇一眼，嘿嘿笑了起来。

"曦姐，你笑什么？"郭昊宇纳闷地问。

"我觉得，昊宇你要是穿上那身国家队的套服，肯定也特别帅。"宋曦说，"是不是，小寒？"

林寒一个劲地点着头，似乎完全赞同宋曦的话。

郭昊宇脸色一红，埋下头默默地吃饭。

宋曦很快吃完了盘中的食物。她说了声"回去休息"，便留下郭昊宇和林寒两人，先走了。

"小寒，"郭昊宇突然问，"王炎他跟你说什么了？"

"唔？他就是跟我说，晚上让我找他一下。你不是在这儿听到了嘛。"

"不是，我看之前他在这里跟你说了好半天的话。"

"哦，他就是想让我过去跟他和秦薇一起坐。我说，我要给你和曦姐占座，所以就没去嘛。"

"嗯，这样啊。"郭昊宇点点头，"小寒，陈指导说晚上要带我们一起看技术录像，你晚上……别找王炎了。"

"哦……"林寒不以为意地答应着。

想了想，她突然把脑袋凑到郭昊宇跟前，眨了眨眼，笑嘻嘻地小声问他："哥，你不让我找王炎啊？"

郭昊宇一怔："不是说了嘛，咱们晚上要看技术录像，哪里有时间找他瞎聊。"

"嘿，炎哥又没说要跟我瞎聊。"

"反正你……先别找他。"

"行，我不找他瞎聊，行了吧。"林寒说着，嘟着嘴，夹起盘子中的一块肉，扔进嘴里狠狠嚼了起来。

"小寒，你生气了？"

"我没有。"

"你有。"

"我没有。"

"你生没生气，我会看不出来？"

林寒叹了口气："哥，如果你是以队长的身份，要求我今晚心无旁骛地看录像、业务学习、准备比赛，我完全服从你的管理。可如果你只是单纯不想让我去跟王炎聊天，我不理解。"

郭昊宇这还是第一次见到林寒如此认真严肃地跟他提出自己的意见，他愣住了。

"我……只是给你一个建议。毕竟……明天就要比赛了……我想陈指导他……也不会希望我们在比赛之前有什么……干扰。"郭昊宇努力辩解着。

"可炎哥他就算去了国家队，也是咱们扬江跆拳道队的一员，是我们的队友啊。他怎么可能干扰我的比赛啊？有事，他肯定会帮我的啊！"林寒的话脱口而出，声音也不禁大了一些。

甚至连不远处坐着的王炎和秦薇也听到了动静，望向了这边。

郭昊宇脸色一阵青，一阵红："小寒，你别激动。我……没别的意思。"

林寒点点头，又叹了口气。她觉得自己一点食欲也没有了，于是站起身来。

"我吃饱了，哥。我先回去了，你自己慢慢吃。"说完，林寒就准备离开。

王炎却走了过来。

"林寒，那个，如果队里晚上有事情，你就先忙你的吧。"王炎说着，又看了眼郭昊宇，朗声说，"林寒，其实是薇姐想让我今晚找时间把她的一些技术资料拿给你看看。同时，她也让我转告你，这次比赛，她希望你要好好加油，她很期待能在比赛里和你相遇！"

王炎的话，让林寒和郭昊宇都心底一震。

第三十八章 "小秦薇"

全国冠军赛，顾名思义，都是全国跆拳道成年选手中，各级别的翘楚才能参加的顶尖赛事。

按照这个赛季的规定，只有各级别获得两站全国锦标赛前四名的选手和中国跆拳道协会特别颁发的外卡选手，才可以得到全国冠军赛的入场券。

所以，全国冠军赛的门槛高、参赛人数少，场场都是高手之间的角逐。

自从在陈天河手中拿到对阵表，林寒就一直处在亢奋中。

这一次全国冠军赛女子49公斤以下级共有包括两名外卡选手在内的十名高手参赛。

秦薇和林寒作为两站全国锦标赛的冠军，首轮轮空。恰好，她俩也分别处在上下半区。

然而，林寒很快就发现，宋曦看着对阵表，面色越发凝重起来。

"曦姐，加油！这一次，你一定能战胜秦薇，登上最高领奖台。"她说话不过脑子地鼓励着宋曦。

宋曦的视线离开了对阵表，望着林寒，一脸苦涩。

"小寒，我们两个分在一个半区。"

"啊？我们两个……你跟我？"林寒愣住了，她重新认真审视着对阵表。

果然，刚刚她没有留意到，她和宋曦竟然都分在了下半区。

这意味着，如果两人都能够顺利突破前两轮，必然会在半决赛狭路相逢。

这也意味着，两个人中只有一个人，有机会进入决赛，去挑战王者——秦薇。

"曦姐，我……"林寒语塞了。

宋曦放下对阵表，笑了："要想站上最高领奖台，就要战胜每一个对手，做好迎战每一个对手的准备。小寒，我做好准备了！你，也要加油啊！"

"嗯……"林寒点点头。

其他女子49公斤以下级选手依次登场展开首轮的残酷角逐，林寒默默来到热身准备区。

陈天河要兼顾她和宋曦两个队员。第一轮，陈天河得带着宋曦上赛场。所以林寒的赛前热身，只有李静教练带着她做准备。

整个热身场地充盈着运动员踢击脚靶的声音和伴随着发力而呼喊着的咆哮声。热烈而紧张的氛围笼罩着热身场地。

其中，一阵清晰的击打声音穿透了所有的嘈杂，径直传进了林寒的耳朵里。清晰、准确，发力很透。

这意味着发出这种声音的选手，不仅技术高超，而且实力超群。

一定是秦薇！林寒想着，循着声音看了过去。

秦薇的热身和其他人截然不同。

作为对立面的陪练王炎，正穿着护具，迎接着秦薇的一次次击打，然后，迅速给予秦薇反击。那声声清晰的击打声，就是从王炎的护具上传来的。

"因为第一轮没有比赛，所以秦薇选择和陪练队员用接近实战的半对抗训练来做热身。这也就是她吧，要是别人的话，这个时候想着保存体能还来不及呢。"李静感慨道。

打完一组对抗，秦薇停歇下来。她发现林寒和李静在不远处看她训练，跟她们挥了挥手。

"呵呵，被人家发现我们偷看了。"李静不好意思地转过头，"小寒，我们也来热身吧。"

虽然林寒也有些想模仿秦薇的热身方式，让李静穿上护具跟她打几组对抗，但冷静下来之后，林寒也明白了李静刚刚那番看似自言自语的话中蕴含的深意。

作为第一次参加全国冠军赛这种成年国内顶级大赛的青少年选手，林寒应该踏踏实实地做好上场迎战一轮轮强劲对手的准备。她在赛前更需要保存好体能，保存好实力。于是，她老老实实地跟着李静做着常规的热身活动，舒展一下关节，踢一踢脚靶。

很快，陈天河带着宋曦回来了。

"赢了吧！"林寒扑上前去。

宋曦点点头，小心翼翼地转动着自己的左臂，微微皱着眉头，显得有点痛苦。

"怎么了，曦姐？"林寒关切地问。

"防守的时候，被对方重击踢到了。"宋曦说。

跆拳道比赛时，专业运动员的头部、小臂、小腿和脚上是穿戴有电子护具的，但胳膊上臂却只有一层薄薄的道服"保护"。刚刚在比赛里，宋曦正是在防守对方的一记势大力沉的里合踢击时，被劈到了防守头部的上臂部位。

"不要紧，我没事！"宋曦发现林寒和李静都在为她的伤而感到紧张时，她反过来安慰着林寒她们，"刘大夫已经帮我治疗过了，皮肉伤而已。"

宋曦坐到一边去喝水休息。

李静不禁悄悄感慨："老队员真是越来越不容易了。不仅要对抗年龄的增长所带来的技术能力的下降，还要和身体上不断积累的伤病作战。宋曦的每一次比赛，对手不仅仅是对面的运动员，还有她自己。"

"踢到曦姐的是哪一个家伙？"林寒咬咬牙，"下一场让我碰到了，一定给她踢飞了，帮曦姐报仇！"

"小傻子！"李静扑哧一声笑了，"那个队员不是已经被宋曦淘汰了嘛！"

于是，气鼓鼓的林寒只好把自己的怒气发泄在李静手中的脚靶上，并把这种越来越浓的战意，带到了自己的第一场比赛里。

来自南粤跆拳道队的杨阳是第一站全国锦标赛里和宋曦并列获得第三名的选手。二十四岁正处在当打之年的她，虽然个子不高，却秉承了南方选手那种小巧、快速、灵活的特点。尤其是杨阳的控腿能力相当出众，敏捷的连续前腿横踢往往让许多对手应接不暇。

林寒原本想的是步步为营、耐心应战，打好开局这一场比赛。然而走上八角垫子，发现对手竟然利用速度和控腿和自己打起"游击战"，林寒的兴趣一下子就被杨阳调动了起来。

"啪……啪啪！"杨阳的第一组进攻，就连续两腿命中林寒。

0 比 4。

记分牌上的比分迅速发生改变。

可暂时比分落后的林寒，嘴角却泛起了一丝狡黠的笑意。

这几腿是林寒故意卖出的破绽。

仅仅凭借送给杨阳的 4 分，林寒就摸清了杨阳的路数和真实实力。

即便进攻的准确度高、速度快，但杨阳的力量和远交近攻的能力，其实都不在初出茅庐的林寒之上。

"我，要开始认真起来了！"双方一错身的时候，林寒轻声嘟囔着。

"唔？"杨阳听到了林寒的轻声细语，却没弄清楚这古灵精怪的小姑娘到底想干啥。

林寒的神情严肃起来，聚精会神地盯紧了杨阳。

"啊……"杨阳的前腿将提未提之际，林寒的后腿上步横踢，就后发而先至。杨阳只能转攻为守了。

那套以预判对方为基础的打法，让林寒面对身高、腿长都不如自己的杨阳时，显得如鱼得水一般了。

即便杨阳的控腿能力再强，两人之间的距离和节奏，仍然被林寒牢牢地把握住。

而杨阳此后无论是进攻还是控制，似乎她的每一个动作都没有落在林寒的意料之外。杨阳开始觉得与林寒作战变得别扭起来。她不是没有看过林寒的比赛录像。但她与这种预判型选手作战的经验太匮乏了。

实际上，全国跆拳道界，在女子 49 公斤以下级这个级别里，能够对对手进行精准预判的，除了秦薇，也就只有林寒了。

第一回合剩下的时间里，林寒迅速从比分上完成了反超。

第二回合刚刚打了 1 分钟，林寒的迎击抢攻，就连得 5 分。

随后，一记漂亮的旋风踢击头，林寒还刻意保持了只有七八分的发力，但杨阳还是晕乎乎地再丢 5 分。

15 比 4。

第二回合比赛结束，无论是比分，还是场上的形势，林寒已经占尽了优势。

"林寒，不要松懈。"陈天河在局间休息时，所说的第一句话，并没有对林寒的表现给予表扬，而是这样提醒着她。

"不到比赛最后一刻，胜负就没有定论。不要给对手留下任何机会，记住了！"陈天河说着，拍了拍林寒的肩膀。

"嗯！"林寒大声说，"我不会给对手任何机会！"

"好！"陈天河说，"上！"

林寒从椅子上跳起来，戴好头盔，向陈天河鞠了一躬，转身跑上了垫子。

杨阳觉得自己的嘴唇有些发干。她面前的林寒，从年龄上看，似乎只不过是一个乳臭未干的黄毛丫头。

七岁，这是林寒和杨阳的年龄差。当杨阳七年前成为专业运动员的时候，林寒或许才刚穿上自己的道服不久。

但，此刻站在杨阳面前的林寒，绝不是一个比她差了七年功夫的黄毛丫头。

林寒的能力和她不到十七岁的年龄，丝毫不相符。

她是怎么做到的？杨阳纳闷地看着林寒。

"快进攻啊！"杨阳的教练在台下大声喊了起来。

第二回合，两分钟时间，11 分的分差。对于跆拳道选手而言，并不是不可能逾越的鸿沟。但林寒瘦削高挑的身材，却像一堵墙一样横亘在杨阳的面前。

或许只是一种巧合。杨阳的职业生涯中，只和秦薇有过三次交手。

第一次，是年龄相仿的两人在全国青年赛上。

第二次和第三次，是前些年在全国锦标赛和全国冠军赛上。

杨阳都败了，甚至是完败。

秦薇给她带来的那种无能为力的窒息感，让她印象深刻。

但面前的林寒，在今天，也给她带来了似曾相识的感觉。

在今年全国锦标赛第一站就获得了全国冠军赛资格的杨阳没有参加第二站的比赛。可她也听别的队友提到过，今年的全国锦标赛第二站比赛里，似乎冒出了一个"小秦薇"。

"小秦薇"，说的就是这个林寒吗？

她能够和秦薇相提并论？开玩笑的吧！

当时的杨对这些传言阳丝毫不以为意。但杨阳现在相信了队友们的话。

林寒就是"小秦薇"。

并不是因为林寒长得有多像秦薇。除了都留着短发，甚至从身高、体型、容貌上看，林寒和秦薇一点都不一样。但是，林寒能够善用自己的技术，像秦薇那样，封死了杨阳几乎所有的进攻机会。

这个恰好明天才会迎来自己十七周岁生日的小丫头，是怎么做到连秦薇都花了许多年时光才修炼出来的惊人技术能力的呢？

杨阳不知道，也想不明白。

但杨阳知道，别说两分钟了，就算再给自己二十分钟，她也不可能在这场比赛里战胜林寒。

她已没有任何翻盘的机会了。

裁判对着杨阳发出了两次"进攻"的指令，第二次指令之后，裁判按照消极比赛的规则，罚了她一分。

杨阳向裁判鞠了一躬，看着记分牌上的分数变成了16比4。

她突然出现了一种奇怪的念头，她盼望这场比赛……早一点结束。

看到对手已经毫无战意，林寒放松了下来。

"5、4、3、2、1……"

看台之上，扬江跆拳道队的队友们一如既往地为林寒喊起了倒计时。

林寒在裁判身旁站好，摘下头盔，等来了裁判宣布她成为这场比赛的胜利者。然后，她跑过来，跟杨阳握手致意。

"你……"杨阳看着林寒稚气未脱的脸，迟疑着。

"我？"林寒纳闷地看着杨阳，"我怎么了？"

"是我刚才有了错觉，还以为，和我比赛的是……秦薇……"杨阳喃喃地说。

第三十九章　侧踢

打完和杨阳的比赛，林寒连脸都来不及擦一下，就一溜烟地跑上了场边搭建的临时看台。

扬江跆拳道队主教练陈天河甚至连场地都没有离开。他只是从刚刚的青方坐席绕过八角垫子，来到正对着的红方坐席。因为接下来马上要进行的一场比赛，就是宋曦的四分之一决赛。其他没有比赛任务的扬江跆拳道队队员早已在看台上给宋曦造势扬威起来。

林寒一屁股坐在了郭昊宇身旁的一张空座位上。趁着自己的比赛还没开始，身为扬江跆拳道队队长的郭昊宇还是来到看台，带着其他队友给上一场比赛的林寒和这一场比赛的宋曦加油。

林寒转头一瞥，却看到了独自坐在不远处一个空旷区域的王炎。

林寒站起身。

"小寒，你干嘛去？"郭昊宇轻声喊着。他特别担心做事常常不按常理出牌的这个小师妹，再在这次全国冠军赛期间做出些什么惊世骇俗的事情。

"没事，我马上回来。"

林寒说着，穿过人群，快步走向王炎。

"炎哥！"她大声说，"你怎么坐这儿？"

"啊，这儿……视角清楚。"

林寒突然冲着王炎伸出了手："走！"

"啊？干什么？"

伴你上青云

"跟我们一起去给曦姐加油啊！"

王炎嘿嘿一笑："我在这里也可以给曦姐加油啊。"

林寒看着王炎穿着的国家队套服，似乎明白了些什么。

虽说秦薇这些位国家队现役国手此次在集训之余可以回到各自省队参加全国冠军赛，但他们的身份毕竟还是国手。

国家队奥运备战时间紧、任务重，为了保证国手们在全国冠军赛期间的训练质量，国家队教练组甚至安排了主要国手们的级别教练和陪练队员一同参赛，给他们提供训练保障。

而王炎此时的身份和角色，并非扬江跆拳道队的队员，也不是晋阳跆拳道队的选手，而是一位国家队陪练，是秦薇的陪练。

林寒收回了伸出的手。

"行，那你一会给曦姐加油时，声音大一些，跟着我们一起喊。"她说。

王炎笑着点点头。

林寒有点小失望地转身往回走。

可没走上两步，她突然停住了。

林寒转过身，又盯着王炎。

"怎么了，林寒？"王炎不解地说，"你这么瞪着我，真让我有点儿发毛。"

"喂，炎哥，我问你一件事。"

"什么事？快说吧，曦姐的比赛要开始了。"

"要是……我跟秦薇打，你……会给谁加油？"

"给你！"王炎想都不想，脱口而出。

"真的？"

"当然是真的。"

王炎的话，让林寒开心极了。可转念一想，她还是问："为什么？"

"我不需要给秦薇加油，因为你肯定赢不了。"王炎的回答同样干净利落。

林寒的表情立刻变得复杂起来。

王炎其实正全神贯注盯着场地中宋曦和她本场的对手、北京队名将张晓雯，突然，他察觉到林寒异样的目光。

他瞥了一眼林寒，看到了林寒气鼓鼓的样子。

"林寒，你生气了？"王炎嘿嘿一笑，"我说的是真话。昨天晚上给你的资料，你不是没看过吧。薇姐这几个月在国家队的实战，那真是绝了……虽说，别人现在都叫你'小秦薇'，但真正的薇姐现在的状态怎么样？你自己的能力又如何？这些，你应该心里比谁都有数。"

"我会全力以赴去迎战秦薇，即便我和她的差距还很大，但我绝对不会在比赛还没打之前，就觉得自己一定要输了。所以，炎哥，我希望你能真心实意为我的表现加油，而不是因为同情弱者，才给我加油的。"

林寒的话不禁让王炎愣住了。

"好！是我错了。"王炎说，"林寒，加油！你说过的，要全力以赴！"

林寒咬着嘴唇点了下头，转身跑回到扬江跆拳道队的队友那里。

"王炎和你……说了些什么？"郭昊宇问林寒。

林寒微微张了张嘴，想了想，抿着嘴笑了："哥，我没跟他说什么。快，看比赛吧！"

宋曦和张晓雯的比赛开始了。

北京队，是国内一支老牌跆拳道传统劲旅，从被后海的绿水、翠柳环绕着的什刹海体校中成长起来的张晓雯，更是其中的尖子选手。

在第一站全国锦标赛，张晓雯虽然决赛不敌秦薇，却也获得亚军的佳绩。

但凡有秦薇在，能够获得任何一次全国大赛女子 49 公斤以下级的亚军，对于该级别的国内跆拳道选手来说，胸前挂着的，已经是一枚含金量很高的银牌了。

可以说，这场比赛是宋曦面临的一大考验。

如果能够战胜张晓雯，意味着宋曦的实力真正攀升到了一个新的高度。

如果能够战胜张晓雯……

"嗬！"宋曦咆哮着，先出招了。

"曦姐加油！"林寒特有的犀利嗓音划破了赛场凝重的空气。

技术台前坐着的赛事技术代表张璞，不禁又苦了脸。

他觉得，从上一次比赛开始，或许一直到他从跆拳道技术官员这个职务上告老还乡，他都得忍受着林寒这杀伤力巨大的加油呐喊声吧。

头疼！他想。

感到有些头疼的，还有张晓雯。

此刻，电子记分牌上显示着，红方宋曦已经取得了 5 比 2 的领先。

张晓雯对宋曦刮目相看了。

虽说第一站全国锦标赛时，宋曦顺利获得并列第三名，站上了领奖台。但获得亚军的张晓雯其实并没有过多关注到宋曦的进步。她甚至暗暗觉得，宋曦能够获得第三名，不过是因为抽签运气好一些罢了。甚至在看到宋曦半决赛最后一刻险些凭借击头扳平比分，把秦薇迫至绝境时，张晓雯还觉得是秦薇状态起伏使然。

毕竟这么多年，她和宋曦交手次数不少，她觉得自己了解宋曦的特点，也了解宋曦的能力究竟几何。

但这次一上场，张晓雯就直观地发觉到了宋曦的改变和进步。

这一场比赛中的宋曦，与她以往印象中的宋曦判若两人。

巧合的是，第一站全国锦标赛半决赛，有过这种感觉的人，恰恰就是秦薇。

宋曦以往的风格是四平八稳，凭借扎实如教科书般的技术能力步步为营。既不会有太大的漏洞，也不会有超常的表现。但现在的宋曦，让人觉得她在比赛中更"豁得出"了。

她的进攻显得虎虎生威，关键时刻甚至不惜利用"舍身技"来和对手展开"狭路相逢勇者胜"般的对决。

年纪渐长、职业生涯临近末期的宋曦，竟然在今年的比赛中焕发出了从未有过的活力和冲劲，丝毫不逊色于那些当打之年的选手。

这就让张晓雯感到头疼了。张晓雯自己就是那种技术扎实、一板一眼风格的选手。

这种选手安身立命的关键，就是对技术的娴熟运用，对规则的深入掌握。哪一个动作有利于得分，哪一个动作是最适合施展的，都深深地刻画在了她自己的脑海里、肌肉里。

实战中，张晓雯这样的选手甚至不需要用脑，就可以凭借娴熟的肌肉记忆临场应变，施展出对应的技术来。

这是张晓雯之长，但同样也是宋曦之长。

可如果宋曦敢于主动打破自己的常规，走出自己习惯的舒适区，那种蜕变，就是张晓雯无法应对的了。打破常规，意味着宋曦未必会在张晓雯认为她应该出什么招数的时候，施展出什么招数。甚至张晓雯故意露出的破绽，也没有让宋曦"上钩"。

宋曦的打法上的进化与变化，让张晓雯显得毫无准备。

电子记分牌上的分差不断拉大。

第一回合结束，宋曦取得 12 比 2 的领先。

第二回合战至中段，宋曦的转身高位腿法连续击头建功，比分迅速达到了22 比 2。

张晓雯着急了。

按照规则，在全国冠军赛四分之一决赛中，是有分差优势判定胜负的。

就是说，如果任何一方在第二回合结束前，取得了 20 分以上的领先优势，那么裁判就可以在第二回合比赛结束时直接宣布领先的选手获胜，无需进行第三回合的较量。

此刻，张晓雯就如同被逼到了悬崖边缘。

然而胜负其实只是一个方面。毕竟任何一场跆拳道比赛都会产生最后的赢家和输家。

可是若因为被对手在两个回合里打出了 20 分以上的大分差而直接输掉比赛，对于任何一个高水平跆拳道选手而言，都是一种难堪和羞耻。

这种输掉比赛的方式，就是所谓的……完败吧。

还有不到 15 秒的时间。张晓雯知道，自己也必须豁出去了。

已经是这样的分差、这样的形势，还有什么豁不出去呢？但如果能够再得至少 1 分，起码她还有打第三回合的机会。即便第三回合她依旧无法扭转败局，只要能缩小分差，或许还能让比赛输得好看一点。

但……面对着咬牙切齿的张晓雯，宋曦并没有退缩。宋曦可选择的很多。躲一躲、让一让，避开对手的锋芒，耗尽最后的十几秒。裁判或许会判宋曦消极，甚至判她罚掉一分。就算这样，比赛被拖入决胜局，巨大的比分领先优势，也可以让宋曦在第三回合取胜。

但宋曦没有这样选择。

"呀……嘿！"宋曦咆哮着，猛烈地开始反击。

12 秒。

张晓雯的横踢得分。

22 比 4！

宋曦的反击侧踢得分。

24 比 4！

10 秒。

张晓雯扑上前去。

上步，横踢、横踢、横踢……

24 比 6。

24 比 8。

9 秒。

宋曦调整了一下距离，抢攻。

26 比 8。

7 秒、6 秒、5 秒……

张晓雯大吼一声，趁着近身的机会，直拳命中了宋曦的胸口。

26 比 9。

三秒，还有三秒！

张晓雯舒了一口气。

这一组攻防所取得的效果，让她感到满意了。

现在，轮到她想办法耗尽这一回合最后的时间。然后，去琢磨如何打好第三回合了。

宋曦压低了身体重心。

头盔中，宋曦冷峻而充满自信的眼神却没有任何的慌乱。

瞄准了张晓雯的位置，宋曦启动了。

她的后腿前移，前腿迅即抬起，身子如同钟摆一般，摆向了张晓雯。

"咦！"看台上的林寒愣住了。

前腿垫步侧踢……林寒想，这可是宋曦并不擅长的一种腿法。或许，宋曦只是想在第二回合结束前，再给张晓雯一点压力吧。林寒想。

可就在她这样想着的时候，张晓雯的身子却飞了出去。

第二回合比赛时间到。

28 比 9。电子记分牌上显示着。

但，这并不是最后的比分。

张晓雯的身子，此刻有一小半落在了八角垫子之外。

裁判判罚张晓雯出界，再罚一分。

29 比 9。

宋曦分差优势获胜！

林寒猛地扭头，望向正一个人独自坐在不远处的王炎。王炎在给胜利者宋曦鼓着掌。

林寒知道宋曦这一记威力十足的前腿垫步侧踢来源于哪里了。

她，被王炎一记前腿垫步侧踢踢飞出去的情形，又浮现在了脑海里。

当时，她飞出去的姿势，甚至和张晓雯飞出去的姿势一模一样……

在离开扬江跆拳道队去国家队报到之前的某一天，王炎专门找到宋曦，默默地陪她加练了一个晚上。

或许就是在那个晚上，王炎把自己的"得意技"——前腿垫步侧踢的技术要点教给了宋曦。

如何让一记看似普普通通的前腿垫步侧踢，具备把人踢飞的巨大威力……王炎全都毫无保留地告诉了宋曦，几乎是手把手地传授给了宋曦。

"曦姐，无论你在这次全国冠军赛上遇到哪个对手。是秦薇也好，是别人也好，甚至……是林寒也好，这一招，关键时刻一定会有用。"当时，王炎狡黠地对宋曦如是说……

发觉林寒在看着自己，王炎转过头来。

他笑了。

"下一场，你要加油啊！"林寒从王炎的口型中读出了这句话。

林寒举起了自己的小拳头，向着王炎挥了挥。

他们两个都知道。

下一场，她的对手，是宋曦。

第四十章　姐妹

来到热身准备区，宋曦望着面前站着的林寒，有些欲言又止。

林寒也沉默着，看着宋曦。

宋曦的梦想和目标，就是有朝一日登上全国大赛的最高领奖台，品尝一次冠军的滋味。林寒承诺过，要帮助宋曦实现这个梦想和目标。

而现在，横亘在宋曦前面的阻力，竟然就是林寒她自己。

林寒的目光转向了宋曦身旁的陈天河。

"陈指导，我……"林寒小声说着，"我有一个想法。"

"你说。"陈天河的声音很平静。

"我想……放弃下一场比赛。"

陈天河一怔，问她："这是你的决定吗？"

"是，陈指导，是我的决定。"

"你想好了吗？"

"我……想好了。"

"可以，我同意你的决定。我一会就让刘大夫准备一份运动员因伤弃权的申请报告，下午交给组委会……"陈天河依旧冷静地说着。

"不行！"宋曦却突然喊了起来，"我不同意！"

林寒转头看着宋曦："曦姐，你不要和我打半决赛了。你顺顺利利地去决赛，等着和秦薇的决战。下午午休之后，我再陪你练一会，我们这一次一定要打败秦薇！"

"林寒！"宋曦破天荒地吼着她的全名，"你这是什么意思？是可怜我，还是看不起我？"

林寒被宋曦震得说不出话来。

"宋曦，林寒这是好意，也是惯例。"李静在旁边劝解，"一般在这样的大赛关键场次，如果同一队的队员相遇，往往会'保送'一个人晋级下一轮。你是老队员，林寒是年轻队员。她这也是想让你别因为半决赛耗费太多体能和精力，能够以逸待劳迎战决赛对手嘛。"

"静姐，这个道理我懂！"宋曦却说，"可是，小寒……你怎么能轻易就放弃这么一场重要的比赛？我知道，你也一直期待着能在这次全国冠军赛上取得好成绩，证明自己不仅仅只是一个青少年冠军。而且……你也一直在等待一个挑战秦薇的机会，不是吗？你怎么可以因为我，而放弃呢？"

林寒吸了下鼻子，露出释然的笑容。

"曦姐，"她轻声说，"我真的不是看不起你，更不是可怜你。你说得对，我也特别希望能在这次全国冠军赛上努力拼出一个好成绩，和秦薇在决赛里掰掰手腕。但……我是年轻队员，我相信以后我一定还会有很多很多次机会打这样的比赛。可你……这次全国冠军赛是你的最后一次比赛了。我想把决赛的机会让给你！"

"小寒，比赛机会是拼出来的，而不是让出来的。你说得对，这可能是我最后一次比赛了，所以我特别特别珍惜今天每一次登上比赛场地的机会，特别特别享受站在八角垫子上畅快流汗的感觉。我想把自己毕生的积累都展现在这一次的比赛场上。小寒，就算比赛对手是你，是我一生的好姐妹，我也要去面对，去认真地和你较量。再说了，如果我不能战胜包括你在内的每一个对手，我也就不配谈什么进决赛挑战秦薇了。"

"曦姐……"林寒突然觉得鼻子酸酸的。

一生的好姐妹……

这几个字让林寒的心为之感动。

从今年落英缤纷的晚春时节重返扬江跆拳道队，直到初冬的寒风凛冽吹起，林寒在大半年的时间里，潜心做着宋曦的陪练。她帮助宋曦获得了参加全国冠军赛的机会，帮助宋曦第二次站在争夺决赛权的大门前。就像宋曦说的，她们是好姐妹。

为了一个共同的目标，两人会携手并肩。

哪怕这种携手并肩，是要针锋相对呢！

"陈指导，"林寒说，"我……想和曦姐打下午的半决赛。"

"好，我还要在这里准备郭昊宇的比赛，你们两个这就先回驻地吃饭去吧。然后好好午睡，下午抓紧时间来热身、备战。"陈天河简明扼要地给宋曦和林寒布置了接下来的各项安排事项。

他的话语依旧平静，似乎刚刚什么事情都没发生过一般。

回到酒店，林寒、宋曦按照陈天河安排的，抓紧时间吃了午饭。然后，同住一室的两个姑娘回到房间。消消食，林寒就钻进被窝，蒙头呼呼大睡起来。宋曦虽然一时半会儿还睡不着，但她还是体贴地拉上窗帘，关上房间的灯。她把手机调成静音，躺下刷刷手机，想着心事。

其实，自从前年柯进把不到十五岁的林寒带到扬江跆拳道队一线队来训练，就一直安排林寒和宋曦住在一个房间。

一个原因是她们两个都是同一级别的选手，住在一起，平时可以多交流交流训练和比赛的心得。另一个原因也是因为宋曦的年纪比林寒大了差不多十岁，柯进希望性格温和、细心的宋曦，能够像姐姐一样，在生活中多照顾照顾林寒。在随后的接近两年时间里，宋曦扮演好了这样一个姐姐的角色。即便林寒今年一开始因为柯进离职而大闹情绪，甚至一度因为陈天河安排她给宋曦担任陪练而迁怒于宋曦，宋曦都是小心翼翼地哄着林寒，默默承受林寒对她的冷眼。

当林寒提出离队申请，还真的搬出了宿舍时，宋曦望着宿舍里那张空荡荡的床，产生了依依不舍的伤感之情。好在，林寒在陈天河的变相激励下，重返扬江跆拳道队。

然后林寒给自己也给宋曦立下了一个宏伟的目标——帮宋曦登上全国冠军领奖台！

后来，这个目标还有了一个升级版——战胜王者秦薇，获得全国冠军。

大半年日复一日的训练里，林寒都以这样的目标来激发着自己的活力，在陪练中帮宋曦模拟着主要对手，尤其是秦薇的技术特点。

陪练队员和一般的训练队员还不太一样。作为主力队员的对立面，跆拳道陪练队员就必须承受着主力队员在实战和对抗训练中的全力击打。林寒的抗击打能力不算弱，但她体脂率低，而且青春年少的她本就皮肤细嫩、肤色白皙，所以每次对抗、实战下来，一脱护具，林寒身上都会出现青一块、紫一块的伤痕。

宋曦很心疼，林寒却一笑而过，从未因为陪练时产生的疼痛和伤痕而埋怨过宋曦一句。

"我们是好姐妹嘛！"林寒甚至会反过来这样开导着对她抱有歉意的宋曦。

就连陈天河在某次训练之后，都悄悄地在宋曦面前发出感叹，认为这样的林寒，未来一定会成才。

虽然陈天河从未当着林寒的面，说过这样的话。

想着、想着，宋曦轻轻地在床上翻了个身。恰好，林寒的脸也冲着这边。宋曦默默看着林寒。林寒睡得很香甜，甚至嘴角还微微泛着睡意。明天就是林寒的十七周岁生日。

即便已经十七周岁，林寒也不过只是一个处在孩子和成年人边际的花季少女。她的脸庞还有些未脱的稚气。但她身上充盈着新时代年轻人的朝气和活力，让每一个在她身旁的人，都能够被她的活力所感染，不自然地动起来，拔起腿和她一同向前奔跑着。

为了目标，抛开一切包袱地向前奔跑，让风迎面吹乱自己的头发……

年轻真好！

"我们……是好姐妹，永远都会是的！"宋曦默默地轻声喃喃念着，"好好睡吧，小寒。下午，我们半决赛见！"

……

全国冠军赛女子49公斤以下级半决赛第一场，来到了第三个回合。

比赛时间还有不到半分钟。

比分是27比21。

穿着红色头盔、护具的宋曦还落后青方林寒6分。

这是一场酣畅淋漓的对攻战，宋曦和林寒甚至把它当成了一场毫无胜负包袱的实战对抗。但林寒自始至终没有丝毫的松懈。

宋曦也一样。

漂亮的转身技、击头，连续腿法组合……两人在比赛中的技术动作引得看台上一阵阵爆发出掌声和叫好声。渐渐地，给两个人加油的甚至已经不仅仅是扬江跆拳道队的队友们了。在看台上观摩的其他各队队员、教练都沉浸其中。

这场比赛，也似乎成为了一次精彩的跆拳道技战术展示。

又是一组攻防。

林寒封住了宋曦远距离进攻的线路，宋曦冲了进来，发起近战攻击。

林寒的右臂稳稳地防住了宋曦对她胸腹部的横踢攻击。

紧接着，林寒的左腿反击发动起来。出众的柔韧性，并没有让林寒腿长的优势被缩短攻防距离的宋曦所成功抑制。

里合下劈。

林寒势大力沉的击头伴随着咆哮瞄准了宋曦的红色头盔。

宋曦抬起胳膊防守。

林寒突然回忆起，宋曦在今天前面的比赛中，这条胳膊曾经被对手踢伤过。林寒迟疑了。

就这一迟疑，她的身子被宋曦推了开来。

"小寒！"

宋曦咬着护齿，声音虽然有些含糊，但林寒听得一清二楚。

"你干嘛？迟疑什么？"宋曦皱着眉头看着林寒，"不要手软！"

"呼……"林寒呼了一口气，轻轻点了两下头。

她看到了宋曦坚毅的眼神。

她的眼神也不再迷茫。

"青方，进攻！"裁判大声给出指令。

"十、九、八……"

看台上，扬江跆拳道队的队友们一如既往地喊起倒计时来。

"呀……嘿！"

林寒身子一晃，交叉步抢上前去，右脚为轴一转，转身左腿后踢瞄向了宋曦的胸前。

宋曦微微侧过身子，几乎就在同一瞬间，她的前腿侧踢迎击也施展出来。

两个人的动作标准、舒展，时机和距离抓得精准。

蜂鸣器几乎同时发出了声音。

30 比 23。

计时钟也走到了尽头。

青方林寒获胜，率先跻身决赛。

第二场半决赛的选手紧接着就进入了赛场。

在运动员通道门口和林寒错身而过的刹那，秦薇突然停下了脚步。

"小寒！"秦薇出人意料地轻声喊了林寒一声。

林寒惊讶地看着秦薇。

"做得好。"秦薇说，"这一场比赛，你打得很精彩。"

林寒点点头。

"等着我。"秦薇说完，转身快步走向赛场。

宋曦拍了拍林寒的肩膀："秦薇终于等到了你。"

宋曦说着，突然伸出手掌，轻轻挤压着林寒因为比赛时精神亢奋而泛着潮红的脸蛋，直到林寒的鼻子和嘴挤得像一只小猪一般。

"曦姐……"林寒嘟囔着，惊讶地瞪着眼睛。

以往的宋曦，在她面前都是一个举止端庄得体的大姐姐形象。

这还是宋曦第一次这样顽皮地挤压着她的脸蛋。

宋曦笑了："小寒，把我的力量也给你。决赛时，你带着我的力量一起去作战吧！打败秦薇。"

林寒的眼睛中重新泛起了光芒。

"打败秦薇！"

她举起了自己的拳头。

第四十一章　目标

现场的灯光暗了下来。

几束追光灯的耀眼光线照射全场后，集中到了运动员通道的入场处。

"跆拳道全国冠军赛女子 49 公斤以下级决赛，青方运动员是来自扬江跆拳道队的小将林寒！"

伴随着现场主持的声音，全场的氛围灯变成了深沉的蓝色。

林寒穿着那身洁白如雪的道服和青方的蓝色护具，从运动员通道一路小跑进场。追光灯都差一点没有撵得上她的脚步。

"林寒今年只有十七岁，是去年青奥会跆拳道项目这一级别的冠军！这是她第一次参加全国冠军赛，就跻身决赛！也是全国冠军赛历史上最年轻的决赛选手，大家为她加油啊！"主持人喊道。

"小寒加油！"

看台上，宋曦带着所有扬江跆拳道队的队员、教练，为林寒助威呐喊。

下一场决赛就要紧随其后登场的郭昊宇默默站在运动员通道旁，也为林寒挥了挥拳头。

等待入场的秦薇扭头看向身旁的王炎："林寒不是才十六岁吗？"

"明天就是她十七周岁生日了。"王炎随口回答。

"我像她这么大的时候，还没有全国冠军赛这项比赛呢。"秦薇发自内心地感叹着，"年轻真是好啊！"

"红方运动员也是全国冠军赛的卫冕冠军，是亚运会冠军、世锦赛冠军，奥运会银牌得主！她就是来自晋阳跆拳道队的……"现场主持故意拉长了声音，吼道，"秦薇！"

看台上爆发出一阵震耳欲聋的掌声和欢呼声。

气氛灯光瞬间从深沉的蓝色变成热情澎湃的红色。

秦薇迈着稳稳的步子，走进赛场……

"王炎！"郭昊宇喊了一声。

"嗯？"

"你……怎么那么清楚地记得小寒的生日……是明天？"

王炎没有回答，只是嘿嘿一笑。他转身走出了运动员通道，向临时看台的运动员观摩区走去。

比赛区域中。

准备停当，林寒咬好护齿，跟主教练陈天河鞠了一躬，拎着头盔跑上八角垫。按照裁判的要求检查完电子护具，林寒戴上头盔。

秦薇向她伸出了手。

林寒握了握秦薇伸出的手。

林寒抬起头。

秦薇在微笑。

比赛即将开始。

林寒突然觉得，自己的心突然重重地跳了两下。

因为兴奋？

不，这绝不是兴奋，而是……紧张！

我怎么会紧张？林寒纳闷地想。

就连青奥会决赛那么重要的比赛之前，我都没有过任何的紧张。为什么在全国冠军赛的决赛时，我会紧张？林寒追问着自己。

她再一次看向对面不远处站好格斗势的秦薇。

在红色的头盔下，秦薇的神情已经变得肃穆。

秦薇的眼神如同盯紧猎物，随时准备扑上去的狮子！

林寒瞬间明白了，让她紧张的，是此时此刻笼罩在八角垫子上的氛围。

秦薇是狮子。或许在秦薇眼中，林寒连幼狮都算不上。

她只是一只小兔子……是狮子眼中的猎物！

"秦王骑虎游八极，剑光照空天自碧……"这种氛围来自秦薇。

这，就是王者杀伐果断的凛然之气吧。

决赛开战。

林寒晃了晃身子，没有动。原本陈天河给她制定的计划，是要在比赛开场后，先抢一组。作为试探，也作为给王者秦薇施加的一种压力，亮明的一种态度。

我年轻，我会全力以赴地冲击你！

然后，她可以再根据秦薇的应对方式，来选择合适的攻防节奏。

然而林寒却没有动。她是被秦薇的气势，一下子压得都不敢动了吗？

"进攻！"裁判给出了指令。

秦薇轻巧地上步，发动了第一次进攻。

秦薇先动，倒是仿佛给林寒"解冻"，她的脑子一下子飞速地运转了起来。

秦薇是要打横踢还是……

林寒想着，挡下了秦薇的第一记踢击。

然后，她会后撤吗？林寒又想，但我不能贸然跟进。

林寒反而稍稍拉开了一点与秦薇的距离。林寒的身高有优势，可以选择远距离作战。

秦薇果然没有后撤，而是积极地抢前进攻。

林寒提膝，防住了秦薇的第二次进攻。而林寒的反击也后发而先至。

"2比0。"

看台上爆发出一阵惊呼，仿佛林寒在开场先有两分进账的情形，出乎了观众的预料。

"好的！"陈天河在教练席上大声喊道。

林寒微微点了点头。或许是她对陈天河的回应，或许是她对自己的肯定。又或许，是她对秦薇的一种无声的表达："你出招，我接着！"

秦薇的眼神既深邃也透亮，仿佛完全没有看到林寒的点头一般。

这不是一种矛盾。

深邃，是她的功夫高深莫测，可以收放自如。

透亮，是她的心中毫无杂念，不会受外界任何的干扰。

高深莫测且毫无杂念，这样的顶尖高手，漏洞究竟在哪里呢？

我要细致、耐心，等待她的动作，等待她露出自己的漏洞。林寒默默地告诉自己。她的眼神，一分一秒也不敢从秦薇身上移开一丝一毫。她必须抓住秦薇身上的每一个细微的变化，在瞬间做出判断。

哪怕是秦薇的身子产生一丁点晃动，哪怕是秦薇的道服多出一小条折痕，哪怕是秦薇的黑带闪现任何飘移的迹象……

她要……林寒突然察觉到了秦薇的进攻意图。

防守，然后反击。林寒想，她瞬间作出的应对选择简单有效。

但……真的有效吗？秦薇的横踢呼啸而至。

林寒的格挡动作，早已等在了秦薇的进攻线路之上。可秦薇的踢击还是如期而至。

疼……林寒觉得自己差一点要飙出泪来。

她的胳膊，虽然挡住了秦薇的踢击得分，却挡不住秦薇那穿透性的力量。

这才是秦薇的真正进攻实力吗？这种穿透性的击打力度，跟林寒以往经受过的击打截然不同。

不，除了王炎在今年集训第一天给她的那一脚除外。

林寒的稍一迟疑，面临的却是秦薇暴风骤雨般的连续进攻追击。林寒只好被迫地移动、后撤。

裁判叫停了比赛。

林寒的一只脚已经踏出了八角垫子的边界。

出界，罚一分。

2比1。

电子记分牌的比分改写了。

"没关系，小寒，再来！"宋曦在看台上喊着。但林寒没有听到。她的脑子，还没有从秦薇刚刚那一阵组合进攻的风暴中缓过神来。

力度、速度、强度，都是林寒从未体会过的。她已经顾不上去发现秦薇的漏洞了。林寒突然觉得自己有些可笑了。

她不过是仅仅看了秦薇的比赛，去模仿秦薇的打法，模仿秦薇的预判，就妄言把打败秦薇作为目标。林寒突然觉得，自己对真正的秦薇究竟是什么样子的，其实一无所知。她只是模仿到秦薇的皮毛。她何德何能被别人冠以"小秦薇"的昵称？

若非口中带着护齿，林寒一定会把自己的嘴唇都咬出血痕来。甚至那一刹那，林寒都生出了放弃的念头。她还能预判秦薇的动作吗？

就算是能，秦薇的力量和击打能力，也会让她无法抵挡。就比如刚刚那一脚横踢。

如果秦薇照例再来一次，就算我判断出了秦薇的方向、动作，我还敢抬起胳膊去格挡一次吗？我的胳膊，再挨一脚，不会被秦薇踢断吗？

林寒不知道答案，但她对自己的实力，第一次产生了深深地怀疑。

"'活'下来……"林寒突然小声嘟囔着，声音小到甚至连自己都听不清。

"目标是……坚持打完这场三回合的比赛……"林寒自言自语说。

她的目标，已经完全发生了变化。接下来的比赛也就此毫无悬念了。

林寒要么是在被动挨打，要么就是慌张躲闪着。出界、消极，她被警告了一次又一次，只能用"落荒而逃"来形容她此刻的模样和心情。

最终，在第三回合开始不久，林寒就因为累计被罚掉 10 分，裁判宣布终止了比赛。

这是一种令人难堪的输掉比赛的方式。

或者从某种意义上说，林寒没有能够"活"着，打完这场决赛。

林寒摘下头盔，却长舒了一口气。

比赛结束了。她想。

秦薇走上前来，和她拥抱了一下。秦薇的动作很机械，脸上也没有了平日那温柔、可亲的笑容。看上去，秦薇对这场比赛对手林寒的表现也很不满意。

国家队主帅刘伟在看台的观摩席上坐着，他扭头瞥了身旁的柯进一眼。

虽然刘伟没有说话，但那眼神中蕴含的失望之情已经显而易见了。

"第一次和秦薇这样高水平的选手打，林寒她毕竟……还是个小孩，有这种表现，也不容易……"柯进努力地为林寒辩解。

"柯指导，先不提技术能力如何。林寒的心态自我调节能力，还远远达不到国家队的要求。你说得对，她还只是个小孩。"

"也是因为这半年……是陈天河没把她带好。要是我，一定不会让她变成这样……"

刘伟没再说什么，站起来拍拍柯进的胳膊，离开了看台。

柯进望着场地之中即将开始的男子 58 公斤以下级的决赛，沉默了。

走下赛场的林寒脑子一直是木然的。她以为陈天河或许会痛骂她一顿，但陈天河没有。他只是拍拍林寒的肩膀，说了声"辛苦了"。然后，陈天河留在教练席，指挥下一场郭昊宇出战的男子58公斤以下级决赛。

　　林寒默默地走上看台，找到扬江跆拳道队的队友们。虽然宋曦和大家都在安慰着林寒，但林寒始终沉默着。她坐在看台上，视线模糊着，完全无法聚焦到场上激烈进行着的男子58公斤以下级决赛。

　　直到身旁的队友们爆发出一阵欢呼声，林寒才回过神来。她看到，又一场决赛结束了。

　　郭昊宇摘下了头盔，畅快地挥拳。情不自禁时，郭昊宇在八角垫子正中来了一个凌空后空翻，展现出自己绝佳的核心力量和身体柔韧性。落地时，郭昊宇的双脚重重、稳稳地踩在八角垫上，发出了清晰的"咚"的一声。

　　这一声，宣告了郭昊宇战胜了对手，获得了人生中第一个全国冠军赛的冠军，成为了货真价实的全国冠军。

　　"走啊，小寒。"宋曦拉起林寒的手，"我们去领奖吧，顺便祝贺昊宇获得冠军。"

　　林寒点点头，跟着宋曦走下了看台。

第四十二章　表白

回到酒店，郭昊宇还按捺不住自己激动的情绪，直到他在电梯里遇到了柯进。

"昊宇，打得不错啊。"柯进一如以往，淡然地表扬着郭昊宇。

电梯里没有其他人了，郭昊宇严肃起来，跟柯进鞠了一躬。

"你这是……"柯进看着他。

"我能拿冠军，离不开师父你这么多年对我的培养。就算你离开了扬江，我也不会忘记。"

"我就知道你小子有情有义。"柯进拍了拍郭昊宇的肩膀，"你这个冠军拿得好，拿得恰到火候。"

"怎么？"

"我刚刚跟东川体育局的领导通完电话，他们答应我了。"

"啊！"

"回去之后，你等我的好消息吧。"

"师父，我……我……"

"怎么，你不想来东川，跟我一起打全运会了？"

"我想！那师妹她……"

"小寒……"柯进说着，深深叹了一口气，"她挺让我失望的。比赛输就输，很正常。谁也没想过她这小小年纪就能战胜秦薇。可她在决赛里输得一点心气都没有，毫无斗志，简直丢人。唉，我就算在东川体育局的领导们面前再说她的好话，人家也未必同意提供条件，让我把她和你一起挖来。哦，这些事你先不要跟小寒说。你自己做好准备吧，这段时间你就当什么事都不知道，什么事也没发生过。其他的事你一概都不要管，一门心思给我认认真真训练，把自己的能力积累得越厚实越好。听到了吗？"

郭昊宇点点头，又向柯进鞠了一躬。

柯进住的楼层到了，他走出了电梯。

梁溪当地的赛事组委会为东道主扬江跆拳道队在驻地酒店安排居住的楼层是更高层。这也是体育界一个约定俗成的规矩和心理暗示。

东道主住得最高，期待取得最好的成绩，站上最高的领奖台。

郭昊宇望着电梯显示屏上的数字不断攀升着，咀嚼回味着柯进的话。

他和林寒都是柯进一手带到扬江跆拳道队的，是柯进让他们成为优秀的专业跆拳道选手，而不是只在社会道馆里玩耍比拼的业余高手。不过，柯进在以往对待他和林寒的态度上，其实是有微妙区别和差异的。

林寒年幼，却有着极高的跆拳道运动天赋和灵性。在同龄人中，她个子高挑、四肢修长，柔韧性和爆发力都非常不错。所以，林寒被人们称作跆拳道"天才少女"，也被柯进视为能够在未来给他带来诸多崇高荣誉的"宝贝"。

郭昊宇的先天身体条件不错，训练很认真也很刻苦。出身于跆拳道运动世家的他，在国内赛场上初出茅庐就取得了不错的成绩。柯进甚至把王炎的扬江跆拳道队队长职务转授于郭昊宇，以示对郭昊宇的肯定与偏爱。但柯进对郭昊宇的重视程度，实际上并没有达到和林寒一个水平。

柯进知道，郭昊宇自己也明白。

中国的男子跆拳道的整体实力，在世界范围中还处在上升期。郭昊宇就算在国内比赛中能够拿到冠军，未来顺利进入国家队，也很难在世界大赛上实现世界冠军、奥运冠军那样的崇高荣誉。然而就因为这一次全国冠军赛，郭昊宇强势夺魁，林寒却以一种难堪的方式遭遇了惨败，使得柯进不得不把目光重新聚焦于郭昊宇。

毕竟，柯进现在是东川跆拳道队主教练。

若能够挖来郭昊宇，让他在全运会上代表东川获得冠军，柯进的任务目标就可以顺利实现了。

至于林寒……柯进或许已经没有办法，也不想在她身上浪费更多的精力了。

"叮！"

电梯轿厢微微一晃，停了下来，也把郭昊宇繁复的思绪拉回到现实。

电梯门打开。郭昊宇愣住了。

林寒正站在电梯口，双眼茫然地看着前方。

"小寒！"

"哦……哥……"

"你这是……"

"我……有点闷，想下楼透透气。"

"已经不早了。"

"我知道，我就在楼下小花园里……走走。我不会走远，也不会去其他地方。"

"外面起风了，有点冷。"

"我穿了棉服……"

"好，别太晚回来。"郭昊宇说，"陈指导让我们明天早点去比赛馆，活动活动，然后继续观摩比赛。"

"我知道了，哥。"林寒说着，走进电梯。

电梯门缓缓关上。郭昊宇没有往自己的房间走去。

他还站在电梯门口，面对着关闭的电梯门沉默了。他下意识地攥着拳头，想着，鼓励着自己。

终于，郭昊宇做出了决定。他伸出手，轻轻按下了电梯下行的按钮。很快，电梯上来，又下去。

酒店大堂的人已经很少了。

郭昊宇几步走出酒店大门。寒风袭来，他不禁打了个寒战。要不要回去……

郭昊宇有些动摇了。

不，他应该去找林寒，去安慰林寒，抚慰伤心难过的她，然后告诉她，他一直想对她说的话。郭昊宇觉得，这是他的一个机会，一个好机会。

此刻，脆弱的林寒应该更需要有人关怀她、保护她，把她抱在怀中……

郭昊宇环顾四周，酒店门前不远处的景观小花园中，那个熟悉的身影正坐在长椅上。郭昊宇走了过去。

"哥！"

林寒对郭昊宇的出现感到很意外。

"我反正也没什么事，可不可以陪你一起坐坐？"郭昊宇问。

林寒点点头，让郭昊宇坐在身旁。

片刻的沉寂。

"小寒……"

"嗯……"

"我知道你心里难受。"

"还……好了……"

"你别憋着，这里又没有外人。"

林寒看着郭昊宇，嘴唇微微抖了抖，嘴一瘪，咚地伏在了郭昊宇的肩头，呜呜地哭了起来。

郭昊宇没想到，林寒真的一下子就哭了出来。他看着林寒颤抖的身子，不知该说些什么，只好伸出胳膊，揽住林寒。

郭昊宇的手在林寒的背上轻轻拍着，就像小时候妈妈拍着他入睡那样。

郭昊宇觉得，至少，这能够帮助林寒舒缓一些激动的情绪。

果然，过了一会，林寒的呜咽声小了，身子也不再颤抖。她慢慢抬起头，看着郭昊宇棉服的肩头，已经有了一大块湿漉漉的泪痕。林寒知道，郭昊宇虽然是个大男孩，但他生性爱干净，他自己的衣服往往都是打理得整整齐齐、清清爽爽。

"哥……对不起……"她不好意思地说，"我把你的衣服都弄脏了……"

郭昊宇没有松开揽着林寒的胳膊。

"呵呵，没事的。"郭昊宇说，"小寒，你还记得你第一次代表道馆打比赛吗？你输了，也抱着我哭了。一把鼻涕一把泪的，当时我的道服肩头也湿了好大一块。嗒……位置跟这儿差不多呢。"

"哥！"

"哦？"

"你过来，就是想逗我哭的吗？"

"小寒，我想告诉你，对你来说，可能输掉比赛的情形很少见，像今天这样的惨败更是从未遭遇。但，输，是每一个从事竞技体育的人都会遇到的事情。没有人可以一辈子赢下去……"

"这些道理我都懂！"林寒说，"可是，哥，我今天输得太丢人了……"

"可能今天你输掉比赛的方式很尴尬，但那已经是过去的事了。小寒，这其实也是好事。很多人输，不知道为什么输。但既然你知道今天输得很惨，也输得丢人，那你就有改正的目标了，对吧？我知道，你一定能吸取这次的教训。你就是这样的人，小寒，你不服输，跟自己较劲，压力越大，前进的动力就越大。"

"我今天……真的被秦薇吓到了。吓得差一点连动都不敢动……"林寒说着，仿佛还心有余悸，"她的进攻力量、速度都太强了。别说预判什么的了。就算我预判到她的动作，我也完全防不住、挡不下，我根本抑制不了她！哥……你能体会到我说的那种感觉吗？"

"虽然没有你和秦薇对阵这么夸张，但我在刚进省队之后，打全国比赛时，也遇到过力量、速度都完全比不上的对手。我全场被动挨打，也被打得丢盔卸甲呢。"

"可是，哥，我记忆中，你很快不就适应了吗？"

"对。那次比赛回来之后，柯指导专门安排王炎跟我打了三个月的实战。那三个月里，我们俩几乎每一堂训练课后，都会打几个回合。"

"炎哥？柯指导让炎哥陪你打实战？"

"王炎那家伙，其实真挺厉害的。虽说他只比我大一岁，技术也有点糙，但他的力量很足，肌肉类型和发力都相当好。跟他实战了三个月，我就逐渐适应了那种成年选手间的高强度对抗。再上场，我觉得那些对手们，也不过如此。"

"就这么简单？"

"唉，说简单也简单，说不容易也不容易。不过，秦薇能够选择王炎去国家队给她当陪练，你想想，肯定有一定的道理。你觉得秦薇的力量很强了，可她到了奥运会，要遭遇的是更多力量、技术俱佳的世界顶尖高手。"

"哥！我明白你说的道理了。可是炎哥去国家队了，那你以后可不可以多陪我打打实战和对抗，让我快一些适应秦薇的力量、速度，帮我早一点追上她？"

郭昊宇心头一热，本想脱口而出"我愿意"，可他转瞬间想到了柯进刚才嘱咐过他的话——

"其他的事你一概都不要管，一门心思给我认认真真训练，把自己的能力积累得越厚实越好。"

郭昊宇迟疑了。他不想违背柯进的安排，更不愿欺骗林寒。况且，林寒还是那样地期待他，期待他能够帮助自己……郭昊宇轻轻点了下头，放下胳膊，站了起来。

"走，小寒，我们回酒店吧。这天也越来越冷了。你千万别感冒了。"

林寒以为郭昊宇答应了她，心情变得舒展些了。她从长椅上站了起来。

"我喜欢凛冽一点的天气。冷风吹过，我觉得自己的脑子就更清醒一些了。

嘿嘿，也难怪，谁让我是冬天里出生的呢。"林寒自言自语道。

"对啊，小寒！"郭昊宇突然想起来了，他拿出手机看了一眼，"今天是你的生日，我……"

"啊？"

郭昊宇把手机给林寒看，上面显示的时间，刚刚过了午夜0点。

"不会吧，都这么晚了？"林寒也吓了一跳，"快走吧，哥，回酒店去。要不，老陈明天该骂我们了。"

郭昊宇却一下子拉住林寒的手，把她拉近到自己面前。

"小寒……"郭昊宇轻声念着林寒的名字，看着她，却觉得自己的心仿佛要跳出身体一般。

"哥，你怎么了？"林寒一脸问号。

郭昊宇突然把嘴唇贴上了林寒的唇。

林寒的唇，柔软，但微凉。

说是吻，却更不如说只是轻轻一碰。

"哥……"林寒慌乱地轻声惊呼。

这是她人生中，得到的第一个男孩子的吻。

"小寒，我一直都很喜欢很喜欢你。"郭昊宇说，"做我女朋友吧，好吗？这还是我第一次吻女孩子，我把初吻……留给了你……"

林寒瞪大了眼睛看着郭昊宇。

时间一秒、一秒地过去。

郭昊宇又俯身上前，想再吻一下林寒。

林寒却突然把头轻轻转向一边。

郭昊宇愣住了。

"小寒……你……你不喜欢我？"他的声音有些颤抖，"我一直以为，我们是……青梅竹马，我们会在一起……"

"哥……"林寒不敢去看郭昊宇的眼睛，她垂下头，小声地喃喃说，"今天发生的事情太多了，我的脑子真的很乱，我不知道该怎么回答你。我也不是不喜欢你……只是……哥，你给我一些时间，让我好好想想，行吗？"

郭昊宇松开了拉住林寒的手。

林寒快步走向酒店，身影消失在郭昊宇的视线中。

"小寒，生日快乐。"他轻声自言自语道。

伴你上青云

第四十三章　红线

北京体育大学，位于北京的北四环旁。

校园内的国家训练基地综合训练馆，是一排恢弘的联排砖红色大楼。

这里，就是包括中国跆拳道队在内的多支国字号队伍日常集训的地方。

中国跆拳道队的训练馆很大。一走进大门，墙上挂着的五星红旗和一幅幅激励运动员奋勇拼搏、为国争光的标语，就让人心潮澎湃、斗志昂扬。

王炎穿着齐备的护具，身子跳动着，双手始终处在时刻准备进行格挡的位置上。他警觉地望着面前的秦薇。

松弛且紧张。

松弛的是一丝丝肌肉和韧带。因为只有让这些先松弛下来，才能迅捷地收缩、发力。

紧张的是每一根神经和思维。因为只有注意力做到高度紧张集中，他才能在电光火石中，对秦薇的动作做出应对。

秦薇的身影刹那间已经扑到了王炎面前。

"呀！"

秦薇标志性的咆哮紧随其后。还有她势大力沉的下劈！

王炎抬起左臂格挡，反击也几乎同时而起。

防守反击。

防守和反击，接受格斗类训练的初级者或许会觉得这是一个时间顺序。但对有经验的武道习练者而言，防守和反击只是一个理念上顺序。实际上最理想的行为模型，是在防守的同时，即对对手施以反击。应该说，防守反击，是防守并反击着。

秦薇护胸的肋部发出清晰的受力击打声。她被王炎的横踢击中了肋部有效部位。但秦薇并没有因此而有任何停顿或是后退。

向前、向前。

她的一组双飞踢，灵巧但不失迅猛。

秦薇连续的强有力追击，就是让林寒在全国冠军赛上一度被逼至险些崩溃的打法。面对让林寒都落荒而逃的连续进攻，王炎也不得不使出浑身解数，才从秦薇的暴风骤雨中勉强全身而退。

"停！"秦薇主动喊停了这一组对抗训练。

她弯下腰。面前的黄色垫子上，一根红色的线绳很显眼。

啊！

王炎心中一凛。还没等他说话，秦薇已经小心翼翼地捡起了这根红色线绳。她知道这根红色线绳来自哪里。它曾是王炎左手手腕上一直戴着的手绳。

无论王炎训练、吃饭、洗澡、睡觉，一时一刻都没有摘下过它。或许正因为这样，这根红色手绳在这几个月里不断地与道服袖口或是护臂边缘摩擦，经受着秦薇一次次地踢打。

最终，它还是没有承受得住秦薇刚刚的那一记威力不同寻常的下劈。

它断了。

"对不起，王炎……"秦薇的神情有些难过，她把红色手绳递给王炎。

王炎接过手绳，愣了片刻，还是笑着说了声："没事的，薇姐。"

然后，他走到一旁，把断掉的手绳认真地收进自己背包的小口袋里。

他走了回来。

"继续，薇姐。刚才那一组，打得漂亮！"王炎说着，继续摆好了格斗势。

"好！"秦薇点点头……

很快，下午的训练就在热烈的氛围中告一段落。

寒冬腊月，北京的天黑得早。当中国跆拳道队的训练结束时，北京体育大学校园之中早已是灯火通明。

从训练馆下楼的电梯里，秦薇看着王炎疲惫的模样，心中始终有些愧疚。

"真是对不起啊，王炎！我把你的手绳弄断了，"她说，"你天天戴着它，它肯定对你很重要。是女朋友送的吧？你也替我跟她好好道个歉……"

王炎看着秦薇，脸色一红。

"薇姐，这不能怪你，都是我平时太不小心。这个手绳是我的一个好朋友送的，我还没有……女朋友。"

"哦……是这样啊。"秦薇笑笑，问他，"后天就春节了，今年是奥运会年，备战很紧张。春节咱们只有两天假，大家都回不去家，所以队委会和跆拳道协会邀请了队员和教练家属来北京和咱们一起过年。你家人什么时候来北京？你肯定想家了吧？想不想你那个好朋友？"

"薇姐，我家里人……这一次不过来了。"

"哦？怎么了？"

"我妈妈身体不好，不方便出远门。我爸爸得留在家里照顾她。所以……"

"那……你看这样好吗？"秦薇说，"我爸妈和我未婚夫这个春节都会从老家过来。除了队里的集体活动，我也打算在放假那两天带家人逛逛北京城。你干脆跟我们一起吧，我请你吃烤鸭！"

"薇姐，你们一家子难得聚在一起，我就不凑热闹了吧。"王炎有些不好意思了，一边说着，一边跟着秦薇走出了电梯。

"你跟姐客气什么啊！你一来国家队，我就把你当弟弟看。你尽心尽力陪我训练，从来不喊累不怕苦，帮了我很大的忙，我真的很感激你。在我心里，咱们早就是一家人了。听姐的，过年跟我们一起！咱们好好利用那两天假期，吃好玩好！我是队长，也是你姐，这就说定了啊，你不准提出反对意见了！"

秦薇的话音未落，只听一楼大厅里有人喊着王炎的名字。

两人望过去，却都愣住了。

一楼大厅的休息区，一个女孩子正站在那儿，似乎已经等了很久。

王炎拔腿就跑了过去。

"陈晖，你……怎么来了！"他说着，上下打量着陈晖。

陈晖穿着一件米色的呢子大衣，虽然裹着一条羊绒围巾，小脸蛋还是冻得红扑扑的。显然，从未来过北方城市的她，对北京腊月寒冬的气温有些准备不足。

"那位是？"陈晖看向不远处的秦薇。

"秦薇，薇姐，咱们中国跆拳道队最棒的运动员，也是我们的队长！就是她，跟教练组建议让我进国家队，担任她的陪练。"

"哦，她就是传说中的秦薇啊！"陈晖轻呼。

秦薇已经走了过来。

"王炎，这就是你的那位'好朋友'吧！"秦薇说，"还不赶紧给姐介绍介绍？"

"薇姐，这是陈晖。"王炎说，"她爸爸是我的教练，陈天河指导。"

"哦，陈晖你是王炎的师妹啊！陈指导他身体都很好吧？回头，也麻烦你替我向他问好。"

"谢谢薇姐。其实……我也算不上什么'师妹'，您喊我小晖就行。"

"嗯，小晖，你什么时候到的？来了怎么不上楼去？一楼大厅还是挺凉的，楼上的训练馆暖和一些。对了，你住哪儿？要不，我一会儿跟刘指导说一下，看看国家队宿舍那边还有没有空房间可以安排一下……"秦薇连珠般地说着，真仿佛一个为弟弟妹妹操心安排着起居的大姐一般。

"薇姐，谢谢您。您不用担心我，我来之前已经订好了酒店。这次过来……只是来看看王炎……"

听陈晖这么说，秦薇突然意识到什么。

"哦、对、对。你们好好聊吧，我就不在这儿当'电灯泡'了。王炎，你好好照顾小晖啊。有什么事情需要我帮忙的，随时跟我说。对了，有时间你去找我一下。我看小晖穿得太薄了，一件大衣肯定挡不住北京的风。我正好有件没穿过的羽绒服，小晖的身材跟我差不多，你拿给小晖穿，千万别让人家姑娘着凉。"说完，秦薇快步离开，把时间留给了王炎和陈晖。

"你冷吧……"王炎说着，就想把自己身上的长棉衣脱下来，却被陈晖阻止住了。

"你脱了棉衣，里面穿得比我还少，哪儿受得了。"陈晖说，"我不冷，只是刚才坐在这儿一动不动，身子有点僵。"

"你来了好久了？"

"还好。下午两点多钟的高铁到了北京南站。我坐地铁从高铁站过来，没想到一个小时就到了这边。我先在附近订好的酒店办了入住，放下行李，就过来了。还好，没坐一会儿你们就出来了。"

"你也是，怎么不上楼去？训练馆那边比大厅里暖和多了。"

"你那儿是国家队的训练场，我……不好随便去打扰的。"

"对了，这次来北京，怎么也不提前跟我说？"

"我……想给你个'突然袭击'。"陈晖说着，露出了一些少见的顽皮微笑。

"突然袭击？"

"嗯！"陈晖想了想，说，"我听我爸提到，国家队冬训备战紧张，这一次你不能回扬城过年，你爸爸妈妈春节也不能到北京看你。所以我才……我才跟我爸说，想来陪你一起过个年。要不，别人都有家人陪，你一个人……多可怜啊。我爸和我妈很支持我，让我不用担心他们俩。我妈还说，她早就想和我爸好好过过二人世界了……哼，我看他们巴不得我春节不在家。还有啊，我爸也让我跟你说，'让王炎在国家队要好好表现，给咱们扬江跆拳道队争气'……"

陈晖惟妙惟肖地模仿着父亲陈天河的语气，王炎心里却感动得一塌糊涂。他知道，事情哪里像陈晖说得这么风趣，这么轻描淡写。

春节，是中国人一年之中最重要的一个传统节日。一家团圆，是春节永恒的主题。而陈晖竟然主动提出，要在春节远赴千里之外的北京去陪王炎过年，陈天河夫妻竟然也同意了陈晖的要求。

其中的一切、一切，王炎怎么会不明白！

但此时此刻，他一句话也说不出来，只能拼命地点着头。他很想上前把陈晖紧紧地抱在怀里，使劲地抱着她，永远都不放手。

可正在大门口踱着步的工作人员却清了清嗓子。

"各个队都结束训练了，我也要关大门了。要不，您二位换个地方聊？"

王炎这才缓过神来，跟负责管理出入的这位工作人员连声道歉，带着陈晖离开了训练馆大楼。

到了不远处的国家队宿舍楼下，王炎让陈晖稍坐。他自己一溜烟地上了楼，麻利地换好了衣服，又从秦薇那儿找了件崭新的国家队羽绒服大衣。

下了楼，王炎给陈晖披上衣服。果然像秦薇说的那样，衣服大小刚刚合适。

"你想吃点什么？"王炎轻声问。

"都行！"

"别都行啊……"

"你来定。你喜欢吃的，我肯定也喜欢。"

"小火锅？"

"行，走！"

陈晖跟着王炎走出北京体育大学北门。

那儿有一个小小的交叉路口，不少从中关村方向来的车子在北门外疾驰而过。陈晖并肩站在王炎左边，望着眼前的车来车往。

"陈晖，这边车多，小心啊。这个路口红灯时间挺长的，咱们稍稍等一会再过。"王炎说着，不知是有意还是无意，他轻轻拉起了陈晖的手。

王炎的手宽厚、温暖。

那种温暖的感觉，瞬间从手上传递到陈晖的心间。又从陈晖的心间，传递到了脸庞。陈晖觉得自己的脸，似乎有些微微发热了。

她低头看了眼王炎的手。

突然，她愣住了。王炎是用左手拉着她。

可王炎左手的手腕上，那根红色的手绳……却不见了。

那是王炎临行之前，她亲手编织，亲手给王炎系上的。

他解开了它？还是……剪断了它？陈晖胡思乱想着。

哦，也对！陈晖告诉自己，王炎都是国家队陪练选手了，每天像小孩子一般戴着根红手绳，的确会让人笑话吧……

就这样想着，陈晖却下意识地把自己的手从王炎的手中轻轻缩了回来。

"嗯？"王炎看着陈晖。

"走啊，红灯变绿灯了。"陈晖说着，微微一笑，把手揣进了自己羽绒服的兜里。

第四十四章　却道天凉

　　还有两天就是春节，平日在北京上地地区这边忙碌工作、学习的诸多外乡人和大学生们都早已启程回家。

　　原本热闹的火锅店，竟变得安静了许多。

　　王炎往陈晖面前的小火锅里夹了一大筷子肉，都快把锅子盖满了。

　　"你尝尝，北方的羊肉比咱们家乡那里的要肥嫩，膻味也没那么重。大冷天的，正好多吃点羊肉，身子才暖和。"

　　陈晖点点头，默默地看着肉片在水中起起伏伏。她想了又想，还是抬起头望着王炎。

　　"王炎，你那手绳……收起来了啊？"

　　王炎恍然大悟一般。

　　"呀，你不说，我都差一点忘记了。"他一边说着，一边拿过自己的双肩背包，"今天下午训练的时候，薇姐一记下劈击头，我抬手格挡的时候，手腕不小心被她的腿扫到，手绳不巧就断了……"王炎从背包最里侧的小口袋中，小心翼翼地摸出断开的手绳。

　　"我还想着下次回家见到你，再请你帮我修补上它。可没想到，一下训练课，你就站在我面前了。"

　　原来，是这样啊！陈晖想着，从王炎的手中接过断开的手绳，仔细端详着。

　　手绳上，磨痕累累。

　　手绳的断裂处，显然已经无法再想什么办法修补编连上了。

可是从这些痕迹中，陈晖看到的是王炎在国家队做陪练这段日子里下的功夫，吃的苦。

她心头有点酸酸的。

"王炎……"她轻声问，"你的手腕没事吧？"

王炎知道陈晖关心他，却不知道陈晖看着这条断了的手绳，在心底里有多么心疼他。

他只是嘿嘿一笑："没事没事，跆拳道选手，挨踢、挨打还不是正常的嘛。况且，我是陪练，自然要挨更多的打。不过……没事的。薇姐说到底也是一个女生，女孩子踢腿能有多大劲儿？你说是吧。"

"全国冠军赛结束，我抽时间也去队里看望过大家一回。我看到林寒了，她被秦薇打败之后，好一阵子没缓过来。她还跟我说，秦薇的踢击太凶猛了，完全不是她能想象的！你平时陪秦薇训练，一定也要注意自己的身子别受伤啊。"

王炎点点头："林寒她确实被秦薇打得差一点没了信心。但我知道，有你爸，有陈指导在，林寒没问题。嘿，别光顾着聊她了，你快吃啊，一会儿肉该煮老了。"

看着陈晖把手绳装进兜里，王炎提醒她："陈晖，这几天有时间的话，你别忘了帮我修补一下啊。"

"这个……没办法修补了。"

"啊？"

"只能重新编一条了。"

"嗯，那你……再给我编一条吧。"

陈晖却摇了摇头。这大大出乎了王炎的意料。

"为什么？"

"你每天要这样大强度训练，手腕上戴着条手绳也不方便。万一被护具什么的挂到，反而更容易受伤。所以，我不给你栓手绳了。"

听着陈晖的话，王炎原本神采奕奕的眼神有些黯淡。他有些失望，甚至有些自责。

王炎觉得，或许是自己太不小心，弄断了这条饱含着陈晖心意的手绳，让陈晖生了气，所以她才不愿意再给他编织一条新的。

"你别这样。"陈晖笑了，"等你这段时间国家队陪练工作结束吧。正好后年你二十四周岁，是本命年了。你要是喜欢，我等那时候再给你好好编一条结实些的红色手绳，好吗？"

王炎一怔，点了点头。他伸出手来。

"那你把这条断掉的……先还给我。"

"唔？都断掉了，你要它做什么？"

"我要留着它。看到它，我就想起你嘱咐我的那些话。你让我不能忘记大家，不能忘记你……"

陈晖心间一暖，从兜里掏出手绳，递给王炎。

"我只说，让你不能忘了扬江跆拳道队的兄弟姐妹和教练们，可没说不能忘了我。"

"你在心里说了。"王炎说，"我听到了。"

"哈！"陈晖惊喜地看着面前这个大男孩。

"况且……"王炎夹了一筷子青菜，一边嚼着，一边说，"你还有好多节我的私教课没上，我都记着呢，等我回去给你补啊！"

"我还以为你要赖账跑掉呢！"

"怎么会！我王炎是那种人吗？"

两个人一边吃着，一边说说笑笑，时间飞逝而去。

吃过晚饭，王炎担心陈晖一路劳累，就说送她回酒店。

虽然酒店距离这边还有一些距离，冬夜的北京也寒风习习，可陈晖说什么也不让王炎给她叫出租车，反而让王炎陪她散散步、走一走。

空旷的马路上，王炎陪着陈晖走着、走着。

"王炎，"陈晖问，"你想你爸妈吗？"

"怎么？"

"我才离开扬城半天多的时间，就有点想他们了。"陈晖自嘲地笑了，"我从来没自己一个人出过远门，我太没出息了，是吧。"

"我也想我爸妈，尤其是我妈……可是没办法，我们这个工作和身份就是这样。在省队时候还好，至少我就是扬城本地人，有时间就能回家看看。可那些家在外市的队友、教练，其实比我辛苦多了。"

"这个春节，虽然只有我们两个人一起过，但作为扬城的代表，你放心，我会好好陪你过节哒。"

陈晖用乡音说着诙谐轻松的话语，缓解着王炎的思乡之情，又笑着问他："这个春节假期，你有什么计划吗？"

"春节假期满打满算只有两天，要不我们逛街去吧。"

"不会吧，王炎，你太没追求了。"陈晖撇了撇嘴，"逛街有什么好玩的，我想去天安门、故宫！"

"好！我们去天安门、故宫！"

"还有天坛、颐和园、圆明园。对了，还有国家博物馆！唉，想去的地方太多了……啊……"

陈晖突然想起，王炎难得春节放假，反而被她拉着到处跑，会不会太累了？想到这儿，陈晖的声音轻了许多："要不，我们随便逛逛就好。你……趁着春节好好休息一下，不要太累了。"

"我不累啊！"

"怎么不累，我看你……都比在扬城的时候瘦了不少。"

"那是在国家队吃得更健康、更科学一些的原因吧……哈哈！我肌肉类型本来就好，吃不胖的。"

陈晖轻轻叹了一口气。

"怎么了？"王炎问。

"你是以陪练身份进的国家队，我爸和你看起来都很高兴。可我没想到，你和那些主力选手一样，都那么辛苦……"

"辛苦那是一定的。运动员嘛，不辛苦一些，就是偷懒耍滑了。"

"可偏偏你的辛苦……"

"陈晖，你是想说，将来到了奥运会，代表国家队走上赛场的人又不是我。这么辛苦，值得吗？是吧？"

"我不是那种自私没境界的人。可是，王炎，你是我的……好朋友，我看着你只能默默付出，我有点……不忍心。"

王炎的脚步慢了下来。

"是啊……"他抬头望了望天空上的一轮明月，喃喃地说，"还有半年就是奥运会了。奥运会之前，国家队会顺利出征，可到时候我只能一个人回到扬城。奥运会的时候，我也只能和普通观众一样，坐在电视机前，看着薇姐她们那些主力队员去比赛，去为国争光。要说心里没有一点难受和不平衡，那是假的。我也有梦想，每一个运动员都有的梦想，有朝一日穿上印有五星红旗和'中国'字样的战斗服去比赛，去力争站上最高领奖台。但我明白，以我的实力和能力，就算穷尽一生也已经无法实现那样的梦想了。所以，能够有机会来

伴你上青云

国家队担任陪练，也是我为国效力的一个方式和途径啊。从另一种形式上说，我走上奥运赛场的梦想，会由薇姐帮我去实现。等到薇姐在奥运会上升国旗、奏国歌的那一刻，我也会同样光荣、骄傲和自豪。虽然普通观众看不到，但我自己知道，国家队的每一个人都知道，那面国旗下，也洒着我们这些陪练队员的汗水、泪水和血……那时候，我付出的一切，就都值了。"

王炎的话，和他真诚且充满憧憬与梦想的清澈眼神，让陈晖深深地感动了。她突然从王炎的身上，想到了父亲陈天河。

陈天河的执教生涯是在扬江武术散打队开始的。虽然陈天河带领扬江武术散打队拿遍了全国冠军，但恰恰因为武术散打不是奥运会项目，和其他奥运项目相比，陈天河的这些冠军并未特别受到省里的重视。

他拿不到奥运争光项目的奖励、补助，评奖、评先进，往往也排在奥运项目的带队主教练后面……但陈天河从来没有因为这些而产生气馁，或是混日子。

他多少年如一日，认认真真地带出一批又一批的"武林高手"，始终兢兢业业、一丝不苟。

为什么？

陈晖不是没问过父亲这个问题。陈天河的回答很简单。

"不为什么。"他说，"就因为我是体育工作者。体育项目没有高低贵贱之分。竞技体育领域，奥运项目可以为国争光，武术散打可以传承传统文化，让历史悠久的中国武术蓬勃发展。还有那么多群众体育项目，热火朝天地开展起来，能让更多百姓群众强身健体，健康快乐地生活每一天……这都是体育的作用，是每一个体育工作者的成就。就算我们默默无闻，又有什么关系？"

"爸……"陈晖下意识地轻呼了一声。

"啊？"王炎诧异地看着陈晖。

"哈……"陈晖脸庞一红，"对不起，听你说的那些话，让我……我又想起我爸了。"

"不会吧……"王炎说，"我……我那些话说得……像陈指导一样老气横秋？"

"你说我爸老气？"

"不不不！我不是这个意思！"

"我酒店到了，"陈晖指了指路边的一栋楼，"我回房间就跟我爸说！"

王炎只能咧嘴笑笑。

273

陈晖突然小声问："那你送我到酒店楼下了，要不要……上去坐坐？"

王炎愣住了。

"哈……我跟你开玩笑的。"陈晖发现了王炎的尴尬，便说，"我房间乱得很，就不请你上去坐了。你也回去早点休息吧，明天不是还要训练嘛。"

王炎点点头。

"明天白天，你不用管我。你好好训练，我自己会坐地铁，在大北京四九城随心走走逛逛。明天晚上，如果你有空的话，再带我吃好吃的吧。"陈晖说。

王炎又点点头。

陈晖跟他挥了挥手，走进了酒店大门。

我真是个大傻瓜！大晚上冒冒失失地想让他来我房间……他会不会觉得我……我在……走上电梯，陈晖懊恼地想着，狠狠揉了揉自己的头发。

可是，我不是很想让王炎来我房间吗？

她想着，不禁出了神。

第四十五章 来兮归去

国家队的时间安排，一切都是以做好奥运会的备战为首要前提。

尤其是恰逢奥运之年的这个春节，全队在大年三十的除夕晚上聚了个餐，大年初一、初二放了两天假，让队员、教练和远道而来的家人们团聚。

而这，也已经算是国家队相当宽松的一个奥运年春节了。

大年初三上午，国家队就正式恢复了训练。

陪着秦薇打完一组对抗，王炎摘下头盔，汗水不断地从额角涌了出来。但王炎脸上的笑容却完全没有被疲惫所萦绕。那是一种发自内心的开心。

秦薇明白，王炎在这个春节的短暂假期里，肯定过得很充实也很快乐。这也让王炎在重新开始的训练中，能够迸发出更多的力量和激情。这种开心，是那个不远千里从扬城来的姑娘，给王炎带来的吧。

秦薇想着，不禁问他："这两天放假，你都带着人家姑娘去哪儿玩了？"

"哦，我们去逛了厂甸庙会，又去王府井、西单随便走了走。"王炎说，"陈晖特别想去天安门和故宫，所以我们大年初一一大早就去了。"

"多冷的天儿啊，你们去逛故宫！"秦薇一怔，"你照顾好人家姑娘了吧？对了，她是你们陈指导的女儿，叫陈……"

"她叫陈晖。"

"嗯，陈晖，名字像个可爱的男孩子。虽然她看上去文质彬彬的，一点都感觉不出她身上有那种娇气和做作，可又不跟林寒那个丫头似的，那么疯……"

听到秦薇主动谈起林寒，王炎想起来林寒托她转告秦薇的话。

"薇姐，其实林寒前几天也给我发微信，让我替她跟你好好道个歉。"

"林寒？让你替她跟我道歉？道什么歉啊？"

"她说，她已经认真反省了好几个月了。全国冠军赛决赛她没有打好，始终觉得愧对了你。她说，她下一次如果再有机会和你打比赛，一定不会犯那样的错了。她会……"

"她会怎么样？"

"她说，她会努力打败你。"

秦薇哈哈一笑。

"我知道，那小丫头打完冠军赛，就觉得我生她的气了。没错，当时我的确有些气。输掉比赛不可怕，也不丢人。可是，发现对手很强，就畏首畏尾、落荒而逃，吓得连拼劲都没了。还一天到晚把打败我挂在嘴边，哼，那样哪能行！"

说着，秦薇又轻轻叹了口气。

"不过，后来我也能理解，毕竟她才十六七岁，还是个小孩子。曾经太过于顺利的运动生涯和比赛经历，让她还需要接受更多的磨砺。"

秦薇看着王炎："回头，你跟她说，我不生她的气了，但我也不希望她像别人口中说的那样，成为一个'小秦薇'。她要想战胜秦薇，首先要成为的是她自己。还有，你把我的微信推给她，你告诉她，有什么想说的、想聊的，就直接给我发微信、打电话，不用再找你传话。我随时欢迎她来找我。"

王炎明白，秦薇真的是很喜欢林寒这个"后浪"，甚至把林寒视为自己的接班人。所以，她才会对林寒在冠军赛决赛上的糟糕表现感到失望。但她也绝不吝啬为林寒的成长，提出更多的建议和关心。

"好，薇姐。我回头就把你的这些话告诉她，也把你的微信推给她，让她找机会跟你好好聊聊。"

"嗯，林寒、陈晖……其实都是很不错的姑娘。我想，有机会我也都会和她们成为朋友的。"

"林寒就不说了，陈晖出生于武术世家，她小时候也跟我们陈指导练过一段时间的传统武术。后来因为身体不太好，就没再练下去。说起来，陈晖和咱们一样，也算是体育人呢。现在，陈晖是扬江大学的学生，还准备考北京名牌大学的研究生。她特别爱读书，也特别喜欢那些名胜古迹，来北京心心念念想的就是去故宫看看。所以，就算天再冷，我也得咬着牙陪她去一趟。哈哈……"

"你对陈晖了解得挺多的啊！"秦薇神秘地笑笑，压低了声音，"跟姐说实话，你们俩在一起多久了？"

"啊！薇姐，我们俩……"王炎脸庞一红，努力辩解着，"我们俩不是……还没……"

"她还不是你女朋友？"秦薇吃惊地追问。

王炎摇摇头。

"怎么可能！如果女孩子不是和男孩子在一起，怎么会一个人不远千里跑来看他，跟他一起过春节。就算她自己愿意，家里人也不会同意的。可既然你们陈指导都同意让她来陪你……"

秦薇说着，突然明白了些什么："王炎，问题应该出在你这里吧！"

"我？"

"对！你！一直没有跟人家姑娘表白，对不对？"

王炎愣住了。

"我……我始终觉得，我和陈晖还没……还没进展到那一步。所以我也怕……"

"你怕你表白了，她不接受？"

"嗯。"

"你不试试，不先走出那一步，不去捅破那层窗户纸，你怎么知道她接不接受你？"

"可我……"

"王炎，你听姐的！就趁着这一次她来看你，你一定要找机会跟她明明白白地说出你的想法。告诉她，你喜欢她，你爱她，你想和她在一起。我想，陈晖她一定也希望能够听到这些话。"

"嗯，我知道了，薇姐。"王炎说，"下次回扬城，见到她的时候，我一定当面跟她说。"

"怎么？她回去了？"

"她要坐下午的高铁回扬城了。"

"你怎么不让她多留几天？"

"陈晖说，这次春节来北京就是陪我过春节的。我的春节假期结束了，她就不多在北京停留了。我……也不愿陈指导和于芳阿姨太担心，毕竟我俩还……不算正式的男女朋友……"

"她下午几点的车？"

"三点多吧。"

"你得去送她！"

"薇姐，我不能去，下午还有训练……"

"你别管了，我一会去跟刘指导帮你请假。下午的项目是技术训练加体能，我可以请刘指导带我练。下午，我不需要你，可陈晖需要你！"

……

收拾好行李箱和背包，陈晖最后望了一眼住了短短几天的酒店房间。

她有点遗憾地轻轻咬着自己的嘴唇，关上了房门。

下楼来，陈晖一出电梯门，就发现王炎正坐在酒店大堂的沙发上等着她。

陈晖又惊又喜："你怎么来了？下午，你不是还有训练吗？"

"薇姐帮我跟教练组请了假，让我来送你。"

陈晖开心地点点头。

办完退房，王炎拖着陈晖的行李箱，走出了酒店大门。他刚想拿出手机叫出租车，却被陈晖拦住了。

"我们不要坐出租车，要花好多钱呢。"陈晖指了指不远处的地铁站，"你陪我坐地铁吧，时间完全来得及。我们还能……多聊会天。"

大年初三的北京城，还笼罩在春节的氛围中。平日里常常挤满通勤者的地铁十三号线和四号线，这时也蛮空旷、安静的。

陈晖和王炎身子挨着，坐在地铁车厢的长椅上。两个人似乎都有些什么想倾诉给对方，却也都还想不好是应该自己先开口，还是等待让对方先开口。

王炎想了想，决定说点什么。

"那个……"

"那庙会的糖葫芦……真好吃……"

陈晖几乎同时说了起来。

于是，两个人的话题便不约而同地转移到这两天他们逛街、流连于北京四九城的所见所闻上了。

很快，地铁就驶入了北京南站。两人下车，来到候车大厅。原本熙熙攘攘的北京南站，此刻也是旅客稀疏。

偌大的候车大厅里，除了时不时广播的检票信息，就安静得如同咖啡馆一般了。

"这次时间太短了……"王炎轻声感慨地说，"陈晖，下次来北京，我陪你好好逛逛。"

"下次放假，可能要等五一，或是暑假的时候了。"陈晖说，"可……说不定我要忙着准备研究生考试，你那时候……一定也很忙。"

"那就等你如愿考上北京名牌大学的研究生，要是我还能留在国家队当陪练……"

"国家队又不会一直在北京集训，再说了……"陈晖喃喃地说，"北京的研究生……又不是那么好考。"

"我相信你一定行的！"王炎脱口而出，"到时候你考来北京，就算我……就算我不能留在国家队，我也一定会来看你。那样的话，就是你带着我四处去逛逛、吃吃、玩玩咯。"

"借你吉言！王炎！"陈晖说，"我觉得，你也一定行的！有你的帮助，秦薇她……一定能在今年的奥运会上拿到金牌！到时候，你就是金牌陪练了。"

王炎不好意思地笑了。提到秦薇，王炎又想到她上午说的那些话。

他看着陈晖，陈晖也望着他。

陈晖的眼神中，的确闪烁着期待的光。期待他对她说些什么。

"陈晖……"

"嗯……"

"我……"

这时，陈晖兜里的手机却突然不合时宜地响了起来。

陈晖微微皱着眉头，掏出手机。是她的大学辅导员张老师打来的。陈晖示意王炎，她必须得先接这通电话。

王炎点点头。

"张老师好！您过年好！哦，我……不在扬城，不过下午我就回来了。什么，学校有事？"陈晖接着电话，走到了一旁。

时间一分一秒过去。

王炎等待着陈晖打完电话，他好把自己想说的，全都说给她听。

可辅导员张老师不知有什么重要事情，一直在电话里跟陈晖沟通。不知不觉间，陈晖要乘坐的这趟返回扬城的高铁，已经开始检票了。

陈晖终于打完了电话，跑了回来。

"嗯，检票了啊！那我……走了。"她对王炎说，"你还有什么……想跟我说的吗？"

"我……"王炎迟疑着，努力地平复着自己的心跳，在脑子里紧张地措辞。

可检票口的工作人员却喊了起来："还有乘坐某某次列车的旅客吗？马上停止检票了，没有上车的旅客请抓紧时间！"

陈晖看着微微涨红着脸，却说不出什么话来的王炎。

她轻轻叹了口气，笑了："那我先走了。王炎，还有什么话……你电话里跟我说吧。"

王炎点点头，看着陈晖走过检票口。

她检了票，跟他最后挥了挥手，身影缓缓消失在通向站台的扶梯口。

王炎掏出手机，打开微信。

"陈晖，我喜欢你！"他伴随着突突的心跳，说，"我们在一起吧！"

可是，说完，他按住手机屏幕的手指，却始终没有松开。

许久，他的手指滑向了屏幕左边，按在那个"取消语音发送"的按钮上。

刚刚说出的那句话，没有了。

然后，他又缓缓说："陈晖，一路平安。等到家了，给我发个微信，也替我向陈指导和于阿姨拜年、问好。"

这条语音发送成功之后，不一会儿，陈晖就回信了。

"谢谢你，王炎！我会把你的问候带给我爸、我妈。"陈晖说，"这个春节也是我度过的很难忘、很开心的一个。希望我们以后还能一起过春节，一起过好多好多个春节。"

希望我们以后还能一起过春节，过好多好多个春节……

王炎默默地把陈晖这句话在心里念了一遍又一遍，一遍又一遍。

会的，一定会的！他想。

第四十六章　抉择

春节过后不久，又一个春天如约来到扬城市。

扬江体工大队的跆拳道训练馆中，郭昊宇完成了自己的训练科目，又按照主教练陈天河的安排，陪林寒打了三个回合对抗。

几个月前的全国冠军赛决赛，以一种极其难看的方式输掉了比赛，林寒的自信受到极大的打击。而比赛之后，面临郭昊宇突如其来的表白，更是让林寒的思绪变得杂乱如麻。

相当长的一段时间里，林寒在训练中提不起热情。

无论是在训练场上还是场外，林寒见到郭昊宇都躲着走。实在躲不开，她才勉强支支吾吾地跟他打个招呼。

林寒的状态让郭昊宇感到心疼和愧疚。他甚至没有机会去安慰、鼓励一下林寒，只能看着她把自己关在一个透明的蛋壳里，努力地想办法"孵化"着自己。

如果"孵化"成功，林寒依旧会是一只一飞冲天的凤凰。

可如果"孵化"不成功……

好在，这段时间林寒似乎走出了失利的阴影。

他听林寒和女子小级别主管教练李静聊过，好像是秦薇主动给林寒打过电话，跟林寒在电话里聊了整整一个晚上。

是秦薇的鼓励和点拨，让林寒终于"破壳而出"。

林寒甚至对他也不再那么躲躲闪闪，至少回到了拿他当哥哥一样对待的时候。

打完三个回合对抗，林寒摘下头盔，似乎意犹未尽。

"哥，你的上段横踢，力气还可以再大一点。"林寒说，"我能感觉到，跟秦薇的击打效果，还是差了那么一点点。你使出了几分力啊？"

郭昊宇明白，自己和林寒打对抗、实战，往往只敢使出五六分的力道。毕竟这种你一拳我一腿的交手类项目，男孩子与女孩子之间的力量和抗击打能力，相差太大。如果拿捏不好，作为对立面的男生就很容易让女生受伤，甚至受很严重的伤。所以，郭昊宇每次跟林寒打对抗，都得"收"着来。

但他不想扫林寒的兴，还是善意地说："我已经使出了七八分的力气。小寒，是你的抗击打能力有了提高吧。"

"哥……你别手软。"林寒说，"你得往'死'里'揍'我，这样我下次遇到秦薇，才不会怕她……"

郭昊宇笑了笑。他本来想说"我怎么舍得"，可还没等他说出口，陈天河在不远处喊着林寒过去，似乎跟她说些什么。

郭昊宇咽下那句话。他发现陈天河和林寒一边说着，一边比划着技术动作，仿佛对于训练内容的热烈探讨一时半会儿还要持续下去。看看别的队友结束训练，陆续走出训练馆，郭昊宇突然觉得留在这儿索然无味了。郭昊宇也决定不再等林寒和陈天河说完话。他收好护具、装备，一个人默默走了。

吃完午饭，刚刚走出食堂小楼，郭昊宇的手机就响了起来。他拿起来一看，上面的联系人显示着熟悉的两个字。

师父。

郭昊宇环顾四周，一边接起电话，一边信步走到食堂旁边的一个小园子里。那儿寂静、无人。

"师父，你找我？"他问柯进。

"对，昊宇，你那边说话方便吗？"

"方便的，师父。我在食堂旁边一个没人的地方。"

"很好。你听我说，关于你的事情，我已经办得差不多了。东川体育局同意，用他们的羽毛球全国冠军黄宇来交换你。那个黄宇年纪大了，也一直在和东川羽毛球队的主教练闹矛盾。不过扬江羽毛球队的李蕊和黄宇曾在国家队搭档过混合双打，有希望在明年的全运会上拿到好成绩。所以东川体育局提出用黄宇交换你的建议也得到了扬江体育局主管领导原则上的同意。在他们看来，你还嫩，能不能在全运会上拿到冠军，还说不好……"

柯进的话，如同拨弄着油灯灯捻的尖利竹签，一下子戳进了郭昊宇的心脏，让郭昊宇心中的愤怒火苗腾地熊熊燃烧了起来。

原来，在扬江体育局领导看来，我还没能力确保在全运会上拿到冠军。所以，我只是一个……筹码，是全运会金牌交换的筹码！

郭昊宇想着，拿着手机的手指骨节咯咯作响。

"师父，陈天河、陈指导他……也同意了吗？"

"他？他或许还不知道这件事。对，这也是我想叮嘱你的。在陈天河没有主动找你说这事之前，你不能在任何人面前吐露口风。你还是认真在队里做好训练，等待最后的时间。"

"我明白，师父。不过，除了我，小寒这次能不能一起去东川？"

"小寒……"柯进说着，迟疑了。

片刻，柯进反问道："昊宇，你一直喜欢小寒，对吧？"

"是！师父！我……我很喜欢她，但……"

"怎么？"

郭昊宇似乎终于有了一个倾诉的对象。他想了想，对着柯进把自己如何跟林寒表白，却被林寒拒绝的事情，全都说了出来。

他唯独隐去了自己大胆亲吻林寒的那一段让他面红耳赤的剧情。

"呵呵……"柯进笑了，说，"昊宇，我没看错。我早就发现你喜欢小寒了。不过，你也别难过。我觉得，小寒拒绝你，也不一定是她不喜欢你。我了解她的个性，她很要强，喜欢的男生也一定是那种非常有本事、肯上进的。等你到了东川，跟着我好好练，咱们拿遍全国冠军，我再送你进国家队，去亚运会、世锦赛、奥运会上拿到好成绩。到时候，说不定不等你找她，小寒就会主动来找你的……"

柯进的话说得郭昊宇心潮澎湃了。但郭昊宇还是追问柯进，是不是可以趁这个机会，让林寒和他一起转投东川跆拳道队。

"昊宇，是这样的。扬江体育局也很精明，提出一对一交换的原则，就是黄宇一个人来，只能换你一个人去。再加上小寒在去年的全国冠军赛上不是没打好嘛，东川体育局那边暂时也不愿再多拿一个人出来换小寒。不过……没关系。小寒还年轻，等她这些年磨练磨练，在全国比赛上打出成绩，我们师徒两个也在东川站稳了脚跟，将来我在这边有了更大的话语权，总会有机会把小寒从扬江'挖'过来，让你们'小两口'团聚的。哈哈……"

出于对柯进的完全信任，郭昊宇默默地相信了柯进的许诺。

他跟柯进说，自己会做好准备。然后，他又随便在电话里跟柯进寒暄几句，便挂了电话。

环顾四周自己生活、训练了三四年的扬江体工大队院子，郭昊宇突然生出了一种奇怪的感觉。

他爱这里，也恨这里。

他想赶紧离开，却发现自己依然对这里恋恋不舍。

……

回到宿舍，郭昊宇一中午都没有合眼。下午训练时间到了，他浑浑噩噩地来到训练场，机械地做完了各项训练科目。傍晚时分，训练告一段落。郭昊宇收拾好东西准备离开，却被陈天河喊了过去。

怎么，他这么快就知道了？柯进不是说……郭昊宇心中忐忑，却还是努力装作什么事情都没发生似的，走了过去。

"郭昊宇，你不舒服吗？"陈天河关切地问，上下打量着郭昊宇。

"没有，陈指导。可能因为昨天晚上有点失眠，今天状态一般。"

"嗯，你注意调节好。"

"好的，陈指导。还有事情吗？"

"我有一件事，想听听你的意见。"

"陈指导，请说。"

"林寒去年全国冠军赛没打好，你觉得她的问题主要出在哪里？"

"小寒？哦，我觉得她还是太年轻了，大赛经验少。技术和抗击打能力都不如秦薇。不过……能够打进全国冠军赛的决赛，对她这个年纪的运动员来说，已经不容易了。"

"嗯，你说得对。她需要磨练，不仅是技术，还有对抗高手的能力，挨打的能力。所以……"

陈天河顿了顿，问郭昊宇："你愿意帮助林寒提高她的能力吗？"

"我愿意。"郭昊宇脱口而出。

"很好。所以，我想让你担任林寒的陪练。当然，你还有你自己的训练科目。只不过，你可能要把更多的精力投入到陪林寒训练上。"

"为……为什么是我？"郭昊宇问。

他突然想到了柯进的话："在他们看来，你还嫩，能不能在全运会上拿到

伴你上青云

冠军，还说不好……"

原来，就连陈天河都觉得，我很难在全运会上拿到冠军，所以……他要牺牲我，来扶助林寒的成长……

郭昊宇想着，眼神变得闪烁。陈天河盯着他，察觉到了他眼神中的变化。

不过，郭昊宇还是按耐住心中的火苗，努力用一种平静的语气又问了陈天河一遍："陈指导，为什么选择让我做林寒的陪练？是林寒……她跟你提出的要求吗？"

"理由很简单。"陈天河同样冷静地回答，"林寒需要从高质量的对抗中提高自身能力，而这种高质量对抗，男陪练所能提供的帮助是远超女陪练的。她是女子最小级别选手，安排男子最小级别选手做陪练自然是合适的。另外，你不仅仅是队长，也是和她青梅竹马一起成长的师哥，她甚至拿你当亲哥哥一样看待。你们相互之间很熟悉对方的打法和特点，你们的默契程度也很高，这些都会带来更好的训练效果。这几点理由，够充分了吧？"

"是林寒本人向你提出的要求吗？"郭昊宇却穷追不舍地问。

陈天河看着他，摇了摇头。

"这是我和教练组研究决定的。"他说。

"你们已经……决定了？"郭昊宇冷冷一笑，"陈指导，那你还说，要听我的意见？"

"我要听你的意见。因为，我希望这件事情是你能够发自内心地认同并去做好的。"

郭昊宇看着陈天河，许久，他说："陈指导，你给我几天时间考虑考虑。"

"可以。"陈天河说，"你回去吧。考虑好了，随时找我。"

郭昊宇向陈天河鞠了个躬，背上包往训练馆走去。

可刚刚走了两步，郭昊宇似乎想起些什么。他停下来，转头看着陈天河。

"陈指导！"他大声问，"你觉得，我明年全运会有戏吗？"

"明年全运会？"陈天河纳闷地看着郭昊宇。

他一时半会没想明白，郭昊宇为何在此时此刻，问出这样的问题。

"对！明年全运会……"郭昊宇追问，"你觉得我能拿到冠军吗？"

"如果你努力……"陈天河想了想，说，"你就能实现你的梦想。"

第四十七章　不是弃儿

又逢天高云淡的周末。

扬江大学校园里的樱花纷纷怒放着。

不仅仅是学生们，很多社会上的青年男女，也一如往年，穿着漂亮的衣服来到校园对外开放的公共区域拍照、打卡。

甚至不乏许多已经工作、结婚多年的人，带着妻子、孩子，趁着周末假期闲暇，走进这里，重温着自己青春年少时的浪漫时光。

陈晖却步履匆匆，无心赏花。

作为班长和学生会委员，陈晖在大三下学期的日常事务变得繁杂许多。虽然是周末，陈晖也要赶着去教师公寓，给辅导员老师送她需要的学生会活动资料。

等到从教师公寓出来，时间已经临近中午。陈晖这才有闲情轻舒了一口气，呼吸着混合着花香、草香的清新空气。

她掏出手机，看看时间，又看了看有没有人给她发微信、留言。微信上一片宁静，就连平日里热热闹闹的班级群都没人发言。甚至是她最希望看到的人，也没有给她留言、发微信。

距离奥运会越来越近了，王炎可能连周末都要陪秦薇进行强化训练吧。

陈晖有些小小的失落。但她告诉自己，王炎在加油，她也要加油！于是，陈晖把心思转到自己这儿来。

她决定，别在大好春光中独自流连，还是赶紧去食堂吃完午饭，回宿舍拿好书本，去图书馆继续温书，做好自己的复习。一切以考研大业为重。

是吃点酸辣粉好呢？还是来一碗盖浇饭……陈晖想着，加快了脚步。

可没走多远，她突然刹住了步子。

在教师公寓楼后的一个角落，两个熟悉的身影映入她的眼帘。

那两个她认识的人，正面对面站着，似乎在说些什么私密的话语。

陈晖迟疑了。

林寒和妈妈两人一同住在这栋教师公寓，陈晖是知道的。

可郭昊宇怎么也会来到这里？他莫非是专门来找林寒的？

陈晖想着，没有再往前走。如果她就这样走过去，两人一定会发现她。发现她的话，无论打不打招呼，大家都难免会有些尴尬。陈晖决定先等一等。

或许林寒和郭昊宇很快就会说完话。等他们离开，她就可以像没这回事似的，走过去了。

林寒和郭昊宇果然没有注意到，在不远处的树荫中，陈晖躲在了一棵樱花树下。郭昊宇的眼睛里，只有林寒。

"小寒，我要走了。"

"去哪里？"

"去东川，去师父那儿。"

林寒不解地看着郭昊宇。

"在这儿不好吗，哥？你的家就在扬城啊，你在扬江跆拳道队也已经拿到了全国冠军。你就非得……去柯指导那儿吗？"

"师父，他……他需要我。"

林寒瘪瘪嘴，知道郭昊宇的决定其实已经很难改变了。

郭昊宇不是那种见异思迁、毫无原则的人。他和她一样，都是柯进一手带大的得意弟子。

郭昊宇始终把柯进称为"师父"，而不是"教练"。

师父、师父……一日为师，终身为父。所以，郭昊宇转投柯进所在的东川跆拳道队，或许在外人看来是一种对扬江跆拳道队的"背叛"。但林寒能够理解郭昊宇的选择。甚至在去年这个时候，心心念念想"反"出扬江跆拳道队，义无反顾地去追随柯进的人，就是她自己啊！

但经过差不多一年的磨练和冷静思考，林寒的想法渐渐改变了。留下来，留在扬江跆拳道队的兄弟姐妹们中间，她可以和他们一同，向着目标前进……这让林寒渐渐打消了决然离开的念头。

况且她以为，她留下来，郭昊宇就更不会走了。可没想到，柯进还是没有停下挖墙脚的动作。但柯进这次，成功挖走的人是郭昊宇，而不是她。

　　"哥，你去了东川跆拳道队之后，要好好训练。明年……全运会，你……要加油啊。"林寒低声说，似乎，这就是她的临别赠言。

　　郭昊宇点点头，沉默地看着林寒。

　　"怎么……哥……"

　　"小寒……"

　　"嗯？"

　　"你真的不想……我……留下来？"

　　"我想！可是……你的决定，也是柯指导的决定，是改变不了的吧……我不是小孩子了，我……也知道你的梦想是什么。我不能像以前那样，撒娇要赖地跟你提无理要求，就比如……现在，求你留下来……"

　　"小寒……"郭昊宇的眼中突然又闪烁起一阵期待的光，"小寒！我……我想最后问你一句话。"

　　"什么话？"

　　"还是……那一句。"

　　"那一句……是哪一句？"

　　"你愿不愿意……和我在一起？"郭昊宇轻声说，"那时，你说你要考虑考虑。小寒，差不多四个月时间过去了，我等好久了。你现在，可以……给我一个答案吗？"

　　林寒微微张着嘴，欲言又止。

　　沉默了许久，她揉了揉自己的鼻子。

　　"哥……我……我还是没办法回答你。我……"

　　郭昊宇似乎早就料到林寒会有这样的反应，他竟然笑了，打断了林寒语无伦次的话。

　　"没关系的，小寒。你不想说，我也不为难你。我知道，你现在对我没什么感觉……也许恰恰就是因为我们从相识到现在，几乎天天都在一起训练。啊，或许，我们真的是应该分开一段时间。或许，相隔更遥远一点，我们两个会更容易看清彼此的心。那……我走了。我回去收拾一下东西，下周就不再去宿舍和训练场了。你也多保重，有事的话，记得给我打电话。"

　　郭昊宇说完，转身就要离开。可走了两步，他又突然停了下来。

"小寒……去了东川，我会继续努力让自己变得更好、更强。"他背对着林寒，却大声说，"到时候，我会再问你一次这个问题的。"

说完，郭昊宇大步流星地走远了，走得没有一丝迟疑。

只留下了林寒一个人呆呆地站在那儿。

一阵风吹过，无数樱花落英缤纷地洒了下来。粉白相间的花瓣飘在半空、落在地上，也悄悄掉在林寒的发梢和肩头。

"哥……你……你这说的都是……什么跟什么啊……"林寒喃喃地说着，露出了无可奈何的苦笑。

突然，一行泪水从她的眼中涌了出来，沿着白皙的脸庞，流进了她微微上翘的嘴角。

那味道，苦，且涩。

不远处的樱花树下，陈晖发现，林寒的身子似乎在微微颤抖。

片刻，林寒蹲了下去。她抱着膝盖，把头深深地埋在双臂中。

一阵呜咽轻轻地传进了陈晖的耳朵。

陈晖没有办法再在树下躲着了。她咬咬嘴唇，缓步走了过去。

"小寒……"她轻轻喊了她一声。

林寒抬起头，已经泪流满面。

陈晖扶起林寒。

"小寒，不哭……"她手足无措地劝着林寒，"是……郭昊宇他欺负你了吗？要不要……我去叫他回来？"

"陈晖姐……"林寒呜咽着，"你……你看到了……"

"我只看到你们在说话，我……没听到你们说了什么。"

"陈晖姐，我哥他……他不要我了！"

"啊？"

"他自己一个人去东川，去找柯指导了。我……我留不下他……"

"哦……郭昊宇要去东川跆拳道队的事情，我也听我爸说过。那是东川体育局和扬江体育局之间的事，并不是因为你，或是谁就能够左右的。郭昊宇他也是……人各有志吧。"

"不！陈晖姐，我刚刚……刚刚从……从我哥眼神里看出来了……"

"你看出什么来了？"

"要是我……我答应做他女朋友，他或许就……就会答应留下来……"林寒的眼泪还是扑簌簌地止不住，"可是我……我真的……真的从小就把他当作我的亲哥哥一样看待……我对他……对他一点那种感觉都没有，哪怕去年……他第一次亲吻我的时候……所以，我不能违着心答应……答应做他的女朋友。那样我……我就是欺骗了他啊……"

"傻丫头，你不要胡思乱想，郭昊宇他要走要留，说到底都是他自己的选择。真的跟你是不是答应他什么要求，没什么关系。"

"陈晖姐……"林寒扑到陈晖的怀里。

虽然林寒的身高比陈晖高出小半个头，可在陈晖怀里，她依旧委屈、伤心得像一个孩子。

"陈晖姐，我其实真的舍不得我哥走……可他还是走了。他都没有说一句他舍不得我……我觉得，我被他像一个弃儿那样就丢掉了……他不要我了……呜呜呜……我哥不要我了……"

"或许，他也有他的难处。"

"啊……我，我想起来了。陈指导让我哥他……为我当陪练。他……可能担心留在扬江跆拳道队，就没有时间去完成好自己的训练，会影响他去拿好成绩。我哥……很上进的。要是真的因为这个原因，我也可以不要他做我的陪练，让他自己专心训练，我自己跟着教练训练就好了……陈晖姐，要不你替我跟陈指导说说，请他别安排我哥当我的陪练了好吗？"

如果，郭昊宇连这一点事情，都不愿为你做出牺牲，小寒，你还能指望他会全心全意地去爱你吗？

陈晖这样想着，却始终没把这句话说出口。

哭得上气不接下气的林寒，后背剧烈地起伏着，让陈晖看着心疼不已。

她轻轻叹了口气，抚着林寒的背。

"小寒，"她劝道，"你要坚强一些。就算郭昊宇走了，还有那么多扬江跆拳道队的兄弟姐妹能够帮助你，都值得你去依靠和信赖。还有我爸，陈指导他也愿意帮助你去实现你的梦想。你要相信他们，相信大家。你不是弃儿，他们说什么都不会抛弃你的。"

林寒的呜咽声终于渐渐小了。

这时，陈晖的手机突然响了起来。她拿来看看，竟是王炎打来的。

她本不想这个时候接看王炎的视频通话，可转念一想，说不定还可以让王炎劝劝林寒。

于是，陈晖还是接看了视频通话。

"王炎，你的训练结束了？"陈晖平静地问，却故意把手机摄像头偏向了怀中的林寒一点点。

"上午的训练结束了，下午还有呢。我趁着午休抽空给你打个电话……咦，谁在你那里？"

"是小寒。"

"林寒？她怎么和你在一起？她怎么了？怎么像是哭了？"

林寒故意扭着头，抹了把脸。

"都是因为郭昊宇，他决定离开扬江跆拳道队，去东川跆拳道队了。"陈晖说。

"啊？队里发生了这么大的事儿，我都不知道。"

"小寒想挽留他，可是……留不住他。"

"唔，他还是被柯进挖走了，那个叛徒！"王炎说着，直来直去地问，"那林寒呢？林寒，你不会也要去东川找柯进吧？"

陈晖抢在林寒前面说："要是小寒也决定去东川，就不会因为郭昊宇的离开而伤心到落泪了。小寒甚至觉得，是郭昊宇怕耽误自己的训练，不愿意留下来为她当陪练，所以才离开的。这个孩子，也太单纯、太善良了。"

王炎的脸色变得凝重起来。

"陈晖，你能让林寒跟我说几句话吗？"

陈晖当然希望王炎也能和她一起劝劝林寒，听王炎这么说，她立刻把视频通话打开了免提功能，递到了林寒面前。

"林寒！"王炎猛然大声吼了起来，"你别那么没出息！"

陈晖吓了一跳，手机差点没拿稳掉到地上。

林寒也被王炎这一嗓子吼得愣住了，一股刚刚要涌出眼角的泪水，似乎都吓得缩了回去。

陈晖赶紧把手机收回来，责备地说："王炎，你干什么吼她啊，小寒正伤心难过呢。"

王炎点点头："我知道，你让我接着跟她说。"

虽然陈晖心中忐忑，但看着王炎一脸真诚，觉得他应该是有办法好好劝慰林寒的。而王炎的"当头棒喝"，或许会对林寒发挥出正面的作用。

所以，陈晖还是把手机再一次递到了林寒面前。

"林寒，我知道你跟郭昊宇青梅竹马。但，他不值得你为他哭。"王炎语重心长地说，"至于因为什么，我觉得你想得其实没错。郭昊宇认为给你当陪练会耽误他自己训练，会妨碍他的进步和提高。可是，既然他都这么想了，那么他还有什么理由值得你为他流泪？林寒，郭昊宇的去与留，是他自己内心的抉择。你要是为了这样一个混蛋伤心，为了这样一个混蛋哭得惊天动地，那……林寒，我会看不起你的。"

林寒吸了下鼻子，使劲揉着眼睛，突然也吼了起来："王炎！你才是混蛋！我用不着你看得起我！有本事，你回来跟我打啊！"

"哈哈！"王炎竟然朗声笑了起来，"这就对了嘛，林寒！我就想看到你这样吼出来。怎么样，是不是心里舒服了一点？"

看着满脸怒气的林寒，王炎的声音缓了下来："林寒，你不要伤心。我知道你的梦想是什么，大家也都知道的。那是郭昊宇这辈子都没办法飞上的天际。但我们大家，都愿意帮助你去实现这个梦想。好，郭昊宇他不是不愿意给你当陪练，拍拍屁股就走人了吗？可扬江跆拳道队还有我呢！你再等我几个月，奥运会之前，我就回扬江了。等我回来，我给你当陪练！我帮你打败秦薇，帮你拿到全国冠军，帮你打进国家队，直到站上奥运会的最高领奖台！"

王炎的话，让林寒又一次愣住了。

她看着屏幕那边的王炎，觉得鼻子又酸了。

一滴、一滴……滚烫的泪珠掉落在了手机屏幕上。

"炎哥……谢谢你！"林寒哽咽着说，"可是……我还是很想打你……"

"好啊！"王炎嘿嘿一笑，"你以为我这半年陪秦薇训练，都白练了吗？她的招数，我已经烂熟于胸了。我敢肯定，你现在连碰都不一定碰得到我！但……你得潜下心来耐心等我。等我回来，这些招数，我都会好好教给你的！"

第四十八章　奥运会

当夜色深沉，整个运动员宿舍楼寂静无声的时候，林寒轻轻打开了自己的宿舍大门。

她只把门拉开了一条可供她那瘦削的身子勉强进出的缝隙，就嗖地一下子钻了出来。她小心地关好门，蹑手蹑脚地穿过狭长的走廊。

走到楼梯门口的一间屋子前，她停了下来。

屋子里传来几声轻轻的咳嗽。林寒吓得屏住了呼吸。

这是主教练陈天河在队里值班休息的房间。咳嗽声之后，片刻，陈天河的屋子安静了，没有再发出任何声音。

林寒吞了下口水，长舒了一口气，猫着腰刚想继续往前走。

"啪。"陈天河房间的门打开了。林寒吓得差点一屁股坐在地上。

"这么晚不睡，你打算去哪儿？"

陈天河问着，语气却很平静，甚至都没带着一丝丝责备的意思。

仿佛，他早已洞穿了林寒心中的"小九九"。

林寒站直了，挠了挠头，不好意思地笑了。

"陈指导，我……想去找王炎。"

"找他做什么？"

"陈指导，这不……还有一会儿就到决赛了，我想……跟他一起看看。"

林寒口中的"决赛"，指的是奥运会跆拳道女子49公斤以下级决赛。

来自中国跆拳道队的秦薇将在决赛里对阵名不见经传的西班牙小将胡安娜。

"你自己房间不是也有电视可以看比赛嘛，怎么非得去找王炎一起看？"陈天河明知故问。

"陈指导，他给秦薇做了那么久的陪练，很熟悉秦薇的打法风格。而我……也和秦薇、胡安娜都交过手，我想……一边看比赛，一边听炎哥讲解秦薇的表现。这不也算是……"

"也算是业务学习？"

"对！业务学习……嘻嘻，就是这个词。"

陈天河往自己房间里偏了偏脑袋："那你进来吧！"

林寒一怔。

她这才发现，张小清、徐彬和李静几个级别教练都在陈天河房间围着电视机坐着。

还有王炎！他一脸坏笑地冲她勾了勾手指。

"这……"林寒突然明白了，她一步冲到了王炎面前。

"你钓我的鱼，是吧？"她说。

原来，林寒傍晚吃晚饭的时候，就跟王炎悄悄商量，能不能晚上和他一起观看这场奥运会跆拳道女子49公斤以下级决赛。她可以一边看比赛，一边让王炎结合与秦薇的陪练经历，给自己做做讲解，让她能好好研究一下秦薇的打法。

王炎想了想，答应了林寒。但是王炎告诉她，因为时差原因，决赛开始的时间很晚。她必须一个人悄悄地去他房间，一起看比赛。否则，要是让教练们知道了，那就是违反队规队纪了呢。

可是没想到，林寒按照王炎要求的，深更半夜蹑手蹑脚地溜出来，王炎却早已和教练们在陈天河房间、这个林寒去找他的必经之路上"埋伏"好了。

"王炎这不算是'钓鱼'，"陈天河关上了门，转身对林寒说，"他让你悄悄地，是怕你一兴奋，到处跟别的队员说，会引得更多的队员半夜不睡觉来看这场比赛。如果单从业务学习的角度，看直播还是看录像回放，意义其实都是一样的。"

"可……陈指导，这是决赛啊！"

"所以，小寒，我才破例让你和王炎，跟我们几个教练一起来看决赛的现场直播。好了，坐那儿吧，比赛马上就开始了。"

林寒故意没有坐在王炎旁边，而是挨着自己的主管教练李静坐下。

她还不忘冲着对面的王炎呲了呲自己的小虎牙，假装怒意未消。

大家围坐好，电视屏幕上，决赛双方运动员已经进场了。

"小寒，你觉得秦薇的把握大吗？"李静先绷不住劲了，问林寒。

"那是肯定大啊。"林寒一副胸有成竹的语气，"胡安娜虽然看着身高臂展有点优势，速度也还可以，但她的进攻软得不行，还老爱走神儿。薇姐的进攻力量她肯定吃不消！"

"胡安娜比你大两岁吧？"陈天河问。

"嗯，前年青奥会的时候，我十五岁，她十七岁。两年过去了，她今年应该十九岁了。"

"十九岁，还是一个年轻运动员呢。"陈天河想得似乎和林寒有些不一样，"秦薇今年二十六岁了，已经到了当打之年的末段了。"

"薇姐的体能没问题。"王炎知道陈天河的言下之意，他在一旁插话，"国家队很重视体能训练，每一次体能测试比武，她都能排在前三，比那些二十岁出头的队员成绩都要好。"

陈天河点点头，不再说话。

赛前双方运动员登场，照例，裁判要检查双方的电子护具是否灵敏。

秦薇手中拿着自己的红色头盔，先让胡安娜试踢了她的护胸、头盔。

显示屏上立即有了正确的显示。

轮到秦薇试踢，她轻松地提膝、抬腿、踢击……

明明踢中了胡安娜的护胸有效部位，可显示屏上却没有任何显示。

秦薇纳闷地看着裁判，似乎在说些什么。裁判看了看胡安娜的电子护具，摇摇头，示意秦薇使点劲。秦薇第二次试踢，似乎真的加大了不少力度。

伴随着清晰的击打声，显示屏上也有了秦薇踢中的信息。

裁判觉得没问题了，让双方做好最后的准备，比赛开始！

"你们看，胡安娜果然忌惮薇姐。"林寒轻声喊着。

正如林寒所说，胡安娜知道秦薇的进攻势大力沉，也知道秦薇擅长预判对手的动作。所以自从比赛开场，胡安娜一直在采取"敌不动、我不动"的策略，甚至连吃裁判两记消极警告，被罚掉 1 分。

可看着、看着，林寒却发觉比赛有些不对劲。明明秦薇做出了一套漂亮的组合腿法进攻，连续几下击打都应该算是清晰有效的进攻，可电子记分牌，却只给秦薇涨了 2 分！

中国跆拳道队主教练刘伟立刻提出申诉，认为计分出现偏差，要求录像审议。可录像审议之后，裁判宣布申诉无效，维持原有分数，还按照规则取消了刘伟这一回合的申诉资格。

好在随后的时间里，有些畏首畏尾的胡安娜也没有能够有效得分。第一回合结束，秦薇暂时以 3 比 0 领先。

"你跟这样的对手，在青奥会决赛上打满了三个回合，还靠最后一脚横踢接下劈击头才逆转获胜？"王炎指着电视屏幕上的胡安娜，问林寒。

林寒皱着眉头，似乎想反驳些什么，可瘪了瘪嘴，还是轻声说："嗯，我现在知道，我当时打得一点都不好。我其实没什么可骄傲自大的。"

林寒的回答出乎了王炎的意料。他本来只是想小小调侃一下林寒，活跃一下大家观赛时的紧张心情，可没想到林寒竟然说出这样一番话。要是时间回到一年前，就是打死她，林寒都不可能说出这样的话，不可能勇敢承认自己打得不好。

"林寒！"一直沉默着的陈天河却大声说，"你在青奥会决赛上打得其实挺不错的。这个西班牙选手当时比你大两岁，力量、速度和反应敏捷度都不比你差，还比你有经验一些。你看，才隔了两年时间，她就能参加夏季奥运会，还一路打进决赛。你也给我们好好努力，让我们在下一届奥运会上，也能围着电视，看到你的决赛。"

林寒愣住了。

她完全没想到，平日始终严肃、严格，甚至对她的表现有点严苛的陈天河，会当着所有教练组成员的面，这样给她鼓劲。

林寒咧嘴笑着，点点头，却问："陈指导，四年之后，大家就别看电视了。你能不能跟大家一起，去奥运会决赛的现场，给我加油啊？"

陈天河看着她，许久，认认真真地说出了一个字："能！"

就在林寒的思绪开始憧憬下一届奥运会的时候，秦薇的第二回合比赛却悄悄风云突变。

经过第一回合的试探和故意隐藏实力之后，胡安娜在第二回合向秦薇发起了猛攻。虽说秦薇凭借出色的预判和步伐移动，消弭了大部分胡安娜的进攻效果，可胡安娜一阵快似一阵的腿法连续抢攻，还是让电子记分牌的分数突突突地变化着。

从 0 比 3 落后，到 4 比 3 反超。

从 4 比 5 再落后，到 6 比 5、8 比 5 的连续上分……

第二回合结束后，暂时落后对手三分的人，变成了中国跆拳道队的红方选手秦薇。

"这怎么可能！"林寒脱口而出，"薇姐那么多腿漂亮的进攻，才长了 2 分？"她说完，看了看对面的王炎。

王炎眉头拧在一起，双手紧紧地攥着，盯着电视机一言不发。

"王炎，你说呢！"她喊。

"林寒，你我都亲身感受过薇姐那几腿的威力。"王炎说，"可我们不是电子护具……"

林寒的嘴唇微微抖了抖。

王炎一针见血的话，让她无言以对了。

第三回合对于秦薇来说，已是背水一战。但她并没有因为这是奥运会的决赛而失去方寸。

秦薇稳稳地站在八角垫子上，等待着对手、等待着机会。她依旧努力地施展着自己的技术，把自己毕生所学，在这个世界跆拳道殿堂的最高舞台上展现给全世界的观众。无论这种展现最终能否带来胜利，能否为她带来她为之奋斗了多少年、朝思暮想的奥运会金牌。

看着屏幕中秦薇的身影在八角垫子上纷飞，林寒的眼睛有些湿润了。

她似乎明白了秦薇此时此刻的想法。

做到自己能做到的最好。

做最好的自己。

能够获得什么，都已经不再重要。

时间一秒、一秒、一秒地流逝。陈天河房间中的六个人，都沉默着。

最终，比赛结束。

当裁判向蓝方选手胡安娜挥起手臂，宣布她获胜的时候，林寒腾地站了起来。她伸手，想去拿电视机遥控器，关上这令人伤心的画面。

可陈天河却伸出手阻止了她。

"林寒，你看看秦薇，"他指着电视机，"好好看看她。"

林寒透过模糊的视线，看到电视机屏幕上，秦薇摘下头盔，向着刘伟深深鞠了一躬。然后她回到八角垫子上，向着现场观众，向着电视转播镜头，深深地鞠了一躬。

秦薇挥着手，眼神中虽然带着遗憾，但脸上依旧挂着微笑。

她拼到了最后一刻，虽然没有拼下金牌，但她无愧于心。

"陈指导……"林寒用手背擦去险些落下的泪珠，"秦薇是真正的冠军。"

说完，林寒转过头，看着同样视线有些模糊的王炎。

"王炎！"她喊，"薇姐是真正的冠军！"

王炎点了点头。

"你答应我的！"林寒接着喊，"你要陪我打进国家队，陪我站上奥运会的最高领奖台！说话算话吗？"

"算！"王炎的回答脱口而出。

第四十九章　猴子

已经跑了 19 圈了。

王炎任凭汗水从额角滚滚涌出，顺着他棱角分明的脸颊肆意流淌，都不愿伸手去擦一下。

出汗的感觉太爽了。

虽说现在才刚刚早上六点多钟，扬江体工大队田径场东边，初秋的朝阳，已升得老高。王炎在这块标准的田径场跑道上畅快奔跑了 19 圈。

不，就在这一会儿，他已经完成了第 20 圈的长跑。

400 米一圈，20 圈就是 8 公里。

他刻意减慢了一点速度，却还没有停下来的意思。

晨跑，是他在国家队当陪练的这段时间养成的好习惯。刚到国家队的时候，他和在扬江跆拳道队时一样，准时起床、吃饭、睡觉。可他常常发现，当他下楼去食堂吃早点时，秦薇往往会大汗淋漓地从外面回来。

原来，秦薇每天都会晨跑一会儿。不多，六公里。秦薇说，这是她保持良好精神状态的最好方式。

晨跑已经成为了她的习惯，成为了她生活的一部分。无论未来她还是不是运动员，她都会把晨跑这个习惯保持下去。

后来王炎也努力地尝试早起，跟秦薇一起晨跑。渐渐地，王炎却越起越早、越跑越多。10 公里，是他给自己定下的晨跑目标。最后一两公里，他慢了下来。

一边跑着，王炎一边又回忆着昨晚发生的一切……

在陈天河的房间和大家一同看完秦薇的奥运会决赛，王炎看到秦薇最终站在第二名的亚军领奖台，从世界跆拳道联合会主席手中接过她人生中第二枚奥运会银牌。

那时，他的鼻头也有些发酸。

整个房间里的所有人，都没有比他更清楚，此时此刻电视屏幕另一边，大洋彼岸的秦薇会是怎样的心情。

四年前的奥运会，秦薇就是这个级别的亚军。当时初登奥运赛场的秦薇固然拼劲十足，却稍显经验不足。

四年之后的秦薇，正处当打之年的末段，无论经验、技术还是体能，都处于一个微妙的平衡点。况且她始终怀着一个目标：把四年前的银牌，换一个更亮眼的颜色！

为了这个目标，秦薇几乎在训练中拼上了自己的命！

然而四年之后，又是一枚银牌。

王炎看到，挂在秦薇胸口的那枚银牌晶莹闪亮，秦薇也很珍视地拿着这枚银牌端详了又端详。

可王炎特别想吼一声：这枚银牌配不上秦薇！

因为秦薇在这场奥运会决赛里，输给的，并不是对手胡安娜，也不是她自己。

秦薇是输给了……可是，又能怎样呢？

关上电视机，其他人都陆续回到自己的房间休息。

陈天河却把王炎一个人留了下来。一开始，王炎觉得陈天河可能想安慰一下他。因为王炎将面临一个很实际的问题，秦薇没有能够拿到奥运会金牌，作为陪练的王炎，也会遇到奖励降级的情况。

不过陈天河却跟王炎聊起了另一个话题。

"先把奥运会放一边，王炎，"他缓缓说，"中国跆拳道协会给扬江体工大队发来了确认函，鉴于你在国家队担任陪练时的辛勤付出，又因为国家队陪练工作而耽误了参加今年上半年的全国锦标赛。所以跆拳道协会将会给你发放一张今年全国冠军赛的参赛外卡。王炎，接下来你好好训练，准备三个月之后的全国冠军赛吧。备战时间还挺充足，有什么要求和想法，你直接跟我提。"

陈天河的话虽然说得轻描淡写般，但王炎却突然在心底生出了许多感动。这些感动一方面来自中国跆拳道协会。

这张全国冠军赛的外卡虽然不是什么天大的奖励，但毕竟是对他在国家队默默担任陪练工作的认可。

另一方面的感动就来自于陈天河。陈天河应该早就为王炎从国家队归来之后，想好了下一步。不过，王炎想了想，还是直言不讳地跟陈天河说出了自己心中琢磨了很久的那个念头。

"陈指导，这次全国冠军赛我不打了。"

"怎么？"陈天河大为吃惊。

全国冠军赛是除全运会之外，每年一届的全国跆拳道最高水平赛事。能够在全国冠军赛上获得好成绩，近了说，有奖金可拿。远了说，对运动员未来争取职级的提升、获得上好大学的资格，乃至退役之后的就业等等，都会带来很大助力。

虽说王炎的实力也挺难在全国冠军赛上稳获冠军，但经过这一段时间国家队的历练，让王炎的眼界和技术都有一定提高。如果他好好备战、好好发挥，在全国冠军赛上拿一块奖牌，还是很有希望的。但这样一件好事，王炎竟然轻而易举地拒绝了，难免让陈天河感到大为不解。

"王炎，你的理由是什么？"

"陈指导，我感谢中国跆拳道协会、扬江体工大队和你的好意。所以，我更不能辜负你们。"

"嗯？"

"我……从国家队回来之后就想了很久。我觉得我想好了。陈指导，我想继续当陪练，回扬江跆拳道队给林寒当专职的陪练。所以，我不去打全国冠军赛了，我也不会打后面的比赛了。我想……提交退役申请。"

"王炎，你的年龄还不大，今年才二十三周岁吧。你也可以一边打比赛，一边陪林寒训练啊。"

"我明白，陈指导。可如果那样的话，我的精力就不得不分到两边。甚至有可能陪练没陪好，自己的比赛也准备不好。"

"可是，王炎，你要知道，如果保留运动员身份，你日常还有训练津贴、补助等等。虽然不多，也聊胜于无。如果你退役下队，做林寒的专职陪练……实话实说，现在队里没有教练的正式编制，你只能以临时身份参与其中，时间可能还不会很短。你的经济损失会有多大……你考虑过吗？"

陈天河对王炎掏心掏肺的劝告，更让王炎感动了。

"陈指导，我考虑过这些了，我也明白你的意思。去年，你为了让老队员宋曦能够在退役前拿到全国大赛前三名的好成绩，去上好大学，不惜压制了林寒小半年，也让林寒误解了你小半年。现在，你又跟我说这些……真的，我们能遇到你这么一位愿意为每一个队员前途着想的好教练，是我们的福分。"王炎抿了抿嘴唇，接着说，"我知道，我的技术打法有些落后了，很难在全国大赛上拿到好成绩。所以这两年，我在扬江跆拳道队混了两年的日子，也没给这支队伍作出过什么贡献。可现在，我觉得我有做贡献的能力了。陈指导，明年就是全运会了，也是一个新的奥运周期。我愿意什么都不考虑，一心一意当好林寒的陪练。我想帮助她实现她的梦想，帮助她成为全中国、乃至全世界最出色的跆拳道运动员。帮助她为扬江跆拳道队争光，为中国跆拳道队争光……"

陈天河看着王炎的眼睛，一言不发。

许久，他反问道："这些，都是秦薇跟你说的吧？"

王炎愣住了。

……

第25圈！

他的脚步慢了下来，从跑变成了走，直至最后停了下来。

"呼……"他呼出了一口气，觉得心境异常地开阔。

从田径场回宿舍的路上，王炎经过跆拳道训练馆时，突然发现，训练馆大门的门锁被人打开了。

这么早，怎么可能有人进馆训练？王炎纳闷地想，不会是管理训练馆的高大爷昨天忘锁门了吧。

王炎走了过去。透过虚掩的门缝，他看到一个人正跪坐在训练场的八角垫上。

咦，是她啊！王炎更感兴趣了，他悄悄地把门拉开了一条缝，钻了进去。

清晨的阳光，透过训练场的大玻璃窗，洒在一片片的八角垫子上。还有一缕晨光照射在训练场半空挂着的五星红旗上，折射下来，晨光也变得红艳绚烂。

林寒就被这缕绚烂的晨光笼罩着。但她不为所动。

王炎望去，林寒微微闭着双眼，以一个极其端正的姿势跪坐着。仿佛已经入定一般。

王炎用最轻的动作脱去跑鞋，又用最轻的动作蹑手蹑脚走上垫子，走到林寒附近。虽说他一开始只是好奇，也想逗逗林寒。可看到林寒那么全神贯注认真静思冥想的样子，王炎立刻收起了玩闹的心思。他蹲在旁边，等待林寒从静思冥想中回转。

许久，林寒的眼皮动了动。她缓缓睁开了眼。一扭头，发现王炎蹲在旁边歪着脑袋看她，林寒还是吓了一跳。

"你你你……你什么时候进来的？"

"我看门开着，以为有小偷。"

"胡说，小偷怎么敢来体工大队！小偷还敢来跆拳道训练场，是活腻了吗！"

"那你在这儿干嘛呢？"

"我……我想一个人好好认真思考一下，不行吗？"

"行！唉，你怎么有训练场钥匙的？"

"高大爷给我的备用钥匙。"

"不会吧？他会把备用钥匙给你？"

看守场馆的高大爷退休之前是省柔道队的一位教练。

前些年高大爷退休了，但他很不舍得离开体工大队这个奋斗了一辈子的地方。他又不爱成天窝在家里，干脆跟体工大队领导申请，承担起大队院子里这些场馆的看门人工作。

高大爷大嗓门、爱喝酒，虽说人很爽朗，但个性也极为鲜明。如果是他看得上眼的人，在他跟前怎么都好。要是他看不上眼的人，那可是在他面前听不到一句好话，看不到一个好脸色。

当年柯进就是因为一些琐事，跟高大爷在跆拳道训练场门口吵了一架。结果，功夫还算不错的柯进竟被张大爷一招"大外刈"，吧唧一声撂倒在了垫子上。从此以后，柯进直到离开扬江跆拳道队，都没跟高大爷说上过一句话。

可林寒竟然能够从高大爷手中拿到跆拳道训练场的备用钥匙，那自然说明高大爷看得起这个小丫头。

看着王炎好奇的眼神，林寒眼睛转了转，笑嘻嘻地说："因为高大爷看我可爱呗！"

"好了，你老实交代吧。你一个人跑到训练场，偷偷单练多长时间了？"

林寒见什么都瞒不过王炎，不好意思地咧嘴笑着说："我也就来了不到半个小时吧……"

"不是今天，是总共。"

"哦……我……自从去年打完全国冠军赛，我觉得自己打得不好，所以有时间就会自己多练一会儿。老陈他……也知道的。"

"从明天开始，我陪你练。无论你想什么时候，都可以。"

"啊？"

"林寒！"

"炎哥……"

"你听说过你的新外号吗？"

"新外号？"

"猴子。"

"哦……我听过。"

"你很难过吧？"

"那不是废话嘛！我一个可爱的女孩子，得了这么一个外号，换成是你，你难过不？唉，我知道这个外号是什么意思！就是说，就算我上半年又拿了一次全国锦标赛冠军，可大家还是觉得那是在秦薇她们几个国家队重点队员都不在的情况下，我才捡漏拿到的。对吧？在他们看来，我就是那只'山中无老虎，猴子称大王'的猴子呗。"

"把这个'猴子'，当作你的新外号吧！"

"啊？炎哥，你也要这么埋汰我啊！"

"我不是埋汰你。"王炎认真地说，"林寒，这个外号，就应该是你的目标和动力啊。猴子怎么了，猴子不可爱吗？"

"喊……"

"再说了，我觉得'猴子'这个外号，比'小秦薇'要好。"

"啊？为什么？"

"不要想着当什么'小秦薇'。总想着成为秦薇，就永远不可能战胜秦薇。你要做最好的自己，林寒，你要做最好的林寒。只有成为最好的林寒，你才能战胜秦薇。"

望着林寒的眼睛，王炎补充道："这些话，是国家队临出征之前，薇姐让我一定找机会转告你的。她不好意思直接跟你说，怕你觉得她矫情。呵呵，想不到吧，她也有怕的事情……"

愣了几秒钟，林寒突然撇了撇嘴："哼！猴子就猴子！就算是猴子，我也要做那个大闹天宫的孙大圣！"

说完，林寒的嘴角露出了一丝狡黠的笑意。

第五十章　学长

秋意渐浓。

王炎每天陪着林寒训练，竟是比退役之前还要辛苦。他不但辞去了弘武跆拳道馆的兼职，甚至连约陈晖出来一起吃饭、逛街的时间都没有了。

还有不到两个月的时间，就是全国冠军赛了。王炎说，他必须得帮林寒那只"小猴子"去全国冠军赛上来一场"大闹天宫"！

陈晖的研究生考试复习恰好也到了关键时候，就算王炎有时间约她，其实她也没什么额外精力去赴约的。

就这样，两人分头都在全力以赴地为自己的事业、学业忙碌。不仅见面的机会少了，他们说话的机会，也少了。

陈晖抱着一大叠复习资料从图书馆大门口出来。在路的拐角处，她一下子和一个正一边看手机一边走着的男生撞了个满怀。

这人怎么光看手机，不看路啊！饶是脾气很好的陈晖，都有一点生气了。可是陈晖突然觉得，面前的这个人非常脸熟。

那个人也端详着陈晖。

"是你！"

刹那之间，两人不约而同地喊了出来。

江枫，是陈晖在扬江大学认识的第一个学生。

当年陈晖是自己一个人来扬江大学报到的。因为家就在本市，所以陈晖说什么也没有让爸爸妈妈来送她。在新生报到处，陈晖的那个硕大行李袋就被一个负责迎接新生的阳光帅气大男孩"抢"了过去，还一路帮她拎上了宿舍楼四楼，送到她的房间里。

后来陈晖才知道，这个大男孩叫江枫，是扬江大学的学生会会长，已经大四了。在陈晖短暂的大一学期里，江枫给了陈晖很多的关照，还帮助陈晖顺利竞选上了学生会干部。而陈晖在日复一日的相处中，也悄悄对江枫有了诸多暧昧和少女的幻想。

然而还没当她把自己的想法勇敢说出口，江枫已经本科毕业，还顺利考上了北京一所名牌大学的硕士研究生。后来，江枫继续到北京读研。陈晖虽然加了江枫的微信，也一直没有勇气主动联络江枫。两个人，就渐渐疏远，变成了"朋友圈"好友。

　　"听说你今年春节期间到了北京，不凑巧我那时候却回了老家过年，真是擦肩而过啊。"江枫说着，帮着陈晖捡起散落在地上的书本，递给了她。

　　"是啊，我那个朋友春节期间很忙，所以我也就没在北京多停留。"陈晖问，"学长，你这次怎么回来了？"

　　"我最近正在准备硕士研究生论文，你知道的，我的研究生是学术方面的，所以需要更多资料。有一本孤本，说是只有咱们扬江大学图书馆有收藏，我就回来求助母校咯。"

　　"那你……找到资料了没有？"

　　"这不，刚想进图书馆。在路上接到了导师发的一份文件。正看着呢，就……撞到你了。真是对不起啊。"

　　"学长，你道什么歉啊。"陈晖嘿嘿一笑，"跟我还这么客气。"

　　"对了，陈晖，我记得你问过我北京那所大学的情况。你是要考我们学校的研究生，是吧？"

　　"是啊，学长你还记得啊。"

　　"我不但记得了，我还把当年准备研究生考试时的一些复习笔记和备考资料都找了出来。趁这次回扬江大学的机会，我本来就想找时间把它们拿给你做复习参考，没想到今天就在这里遇到你了。"

　　陈晖又惊又喜。

　　毕竟，江枫跟她是同一个专业，她想考的硕士研究生正好也是江枫所在的那所北京名牌大学的同专业研究生。江枫愿意把当年自己考研复习时的"秘笈"无偿提供给她，自然让陈晖异常感动。

　　"你一会儿还要上课吧？那这样，我也正好晚上有时间。我晚上请你吃饭，顺便把笔记资料带给你。"

　　"学长，你要给我你的宝贵资料，我怎么还能让你请我吃饭？"陈晖说，"应该是我请你才对啊！"

　　"我是学长，说了我请，就我请。"江枫温柔一笑，"你去忙吧，晚上六点，我们学校大门口见。"

大三的课程很少。陈晖结束了下午的课程，在宿舍一边等待，一边心里突然有了一点忐忑。她不知道自己为什么会生出这样的忐忑之情。突然，她有点明白了。她拿出手机，给王炎发了一条微信。

"你在忙着吧？我有一件事跟你说。晚上，有一位我以前的学长从北京回来，想约我一起吃个饭叙旧，还会把他当年考研复习的资料带给我。你要是不反对的话，那晚上我就去见他了。有事你给我留言吧。"

她知道王炎现在可能正在陪林寒训练，不晓得他多久才能给她回信。

王炎会怎么想？如果王炎说，他不想她去跟江枫吃饭。那她还应不应该去？想到这些，她反而变得更忐忑了。

可是……

"叮！"手机响了。

王炎的回信竟然很快就来了。

"嗯，晚上多吃点。"

陈晖撇了撇嘴，甚至心底还带着点气。

我说跟别的男生去吃饭，你不但一点反对的意见都没有，还让我多吃点……王炎，你啥意思啊？陈晖想着，放下手机。

忐忑没有了，却似乎多了一丝失望。

"你那学长，帅吗？"王炎的第二条微信却接踵而至。

"哈？"陈晖小小地吃了一惊。

"要是有什么事，你随时打我电话！！"王炎的第三条微信发了来，后面还加了两个感叹号。

陈晖笑了。

"比你帅！"她写道，"但是没事。你又不是不知道我，我会功夫的。"

王炎没再多说什么，扔过来了一个功夫熊猫的表情包。

傍晚很快到了。走出学校大门口，陈晖远远就看到江枫站在一辆宝马车前面在等着她。

"学长，车不错啊！你这是从北京自驾回来的？"陈晖走过来问。

江枫上下打量了陈晖一番。陈晖只是穿着件普普通通的连衣裙，也没有浓妆艳抹，那股天然的气质，依旧是他印象中熟悉的陈晖。

"哪里啊，我这是专门租的车。"江枫说着，为陈晖拉开车门。

车子驶入夜色。

"我啊，这次不但要到扬江大学图书馆找资料，还要趁这个机会，到下面的一些乡镇做一些实地走访和考察，所以租一辆车开，方便一些。对了，陈晖，我虽然在这里读了四年大学，可我毕竟不是扬城本地人，当地方言，有些我不太听得懂。我知道你是本地人，你看，这些天如果有时间，你能不能陪我一起做一下走访考察？"

江枫的邀请不禁让陈晖一怔。她很想帮江枫这个忙，但突然间，她竟又想到了王炎。

"哦……学长……"陈晖小心翼翼地措辞，"我可能这几天……说不好辅导员会找我。所以……"

"啊，没关系的。你是学生会干部啊，除了准备考研，你还有不少事务上的事情，肯定很忙。那我自己去就好。实在听不懂的，我会录音下来。到时候你有空了，也帮我听一听，翻译翻译。"

江枫说着，已经把车子开到了目的地。这是扬江大学附近一家门面不大，却环境幽雅、很有特色的江南菜馆。

江枫早已提前订好了一个小包间。服务员引着他和陈晖，穿过幽静的小廊，来到包间。

"学长，还有其他朋友一起吗？"陈晖纳闷地问。

"没有别人，就我们两个。"江枫随口说着，开始点餐。

很快，一道道精美的菜品上桌，把一张不小的餐桌摆得满满当当。

"学长，点太多了，吃不完。"陈晖看着面前的美食，心里却不禁又生忐忑。

江枫拿过她面前的碗，贴心地给她盛了一碗汤。

看着陈晖小心翼翼地小口啜饮着面前的汤，江枫笑了。

"陈晖，有件事我一直想问你。"

"啊？学长……"

"你春节去北京看的那个朋友，是你男朋友吧？"

"他……"

"怎么，不好意思说？如果是的话，那我替你高兴啊。等我回北京，下次你再去找他，我请你们两个一起……"

"他已经不在北京了。"

"唔？怎么回事啊？"

陈晖就把王炎如何到国家队担任陪练，奥运会后国家队陪练解散，他又重返扬江跆拳道队担任林寒陪练的一系列事情，简明扼要地跟江枫说了一遍。

江枫听得津津有味。

"哦，原来你男朋友是个运动员，还是国家队的幕后英雄啊。佩服佩服！对了，他现在是在扬城，你今晚应该把他一起喊来，大家认识认识的。"

"学长，他晚上也在忙……其实……我们还没有算是在正式交往。"

"嗯？"江枫微微皱了皱眉，不解地看着陈晖。

"我们都还没有……跟对方表白。"

"哦，这样啊……"江枫嘴角翘了翘，"陈晖，你有些内向，我是知道的。可王炎也这么不主动，不太像一个运动员的性格啊。"

"他有的时候，其实挺胆小的。哈哈……"

江枫的话，让陈晖觉得他仿佛话里有话，于是她打了个哈哈，想绕过这个话题。

江枫轻轻叹了口气："胆小、犹豫，有时候是会让人错过很多宝贵的东西。这其实也是我后来才慢慢明白的事情。"

陈晖小口小口啜着碗里的汤，一边琢磨着江枫的话。她总觉得江枫的每一句话，都是和她有关。

"陈晖！"江枫突然轻声喊着她的名字。

"学长？"陈晖惊讶地看着江枫。

江枫的眼神很复杂。

"如果，王炎一直没有和你表白……"他说，"我……可不可以成为另一个竞争者？"

"什……什么……竞争者？"

"陈晖，我之前一直也后悔，为什么没能在毕业前……有勇气跟你说一句'我喜欢你'。直到我离开扬城，去了北京，我才知道我错过了很多。"

"学长……你这些话……"

"陈晖，你先听我说完。没错，从大一迎新那天，我看到你第一眼的时候，就喜欢上了你。整整一年的时间，我都在不断创造机会和你相处，我也一次次地想鼓起勇气跟你表白。但……我不敢，我不敢走出那一步。我怕走出那一步，万一你不同意，我们连朋友都没得做。"

陈晖愣住了。

大一那年，她其实也喜欢江枫，喜欢这个长相帅气、阳光，又有担当，让人很有安全感的学霸学长。她不是没有想过跟江枫表白，但她也从来没有勇气去做这件事。

她突然意识到，如果当时他们之中但凡有一个人稍微主动一点，是不是他们两个就真的在一起了。

但现在……

"学长……"陈晖努力平复了一下心情。

江枫似乎还想说什么，陈晖却打断了他："学长！我……感谢你说你喜欢我。你的话，让我真的挺开心的。"陈晖说，"不过……可能真的是……有些事错过了就错过了。遗憾……肯定遗憾。但……学长，我现在喜欢王炎。我也想……和他在一起。"

江枫点点头："我明白，你喜欢王炎。可是……我不能和他公平竞争一下吗？毕竟他……"

"学长，我懂你的意思。可……虽然王炎还没有跟我表白，我也没有跟他提过，我们却都明白对方心里在想些什么。我一直在等他。我相信，我也一定会等到他说那句话。学长，我……对不起，我不能让你成为一个竞争者。因为……这种竞争，对你对我，其实都不公平。"

说完，陈晖站起身，想走。

"陈晖！"

江枫轻声喊住了她。

"吃完饭再走吧。除了刚刚那些话，我们还有别的话题可以好好聊聊的。就像一个……好朋友那样，好吗？"

第五十一章 "大闹天宫"

花城体育中心门口的保安大手一挥，拦住了面前的这个女孩子。

他皱着眉，上上下下打量了她好几遍。

女孩子个子高挑，清新亮丽的容貌中，却带着几分不羁和几分稚气。

不过最让保安感到诧异的是，这个女孩子把自己的一头短发染成了金红色。就像……金丝猴的毛色。

她是谁？不良少女？还是……

被保安拦住的女孩子微微一怔，突然意识到什么。她嘿嘿一笑，转过身去，给保安看着她背的双肩背包。背包的提手上挂着她的跆拳道全国冠军赛运动员胸卡。

单位：扬江跆拳道队
姓名：林寒

"保安大叔，我是运动员啊，要进去比赛的。"林寒俏皮地跟保安说着。

保安仔细看了看胸卡上的照片，又看了看林寒的脸。照片中的林寒虽然还是一头黑发，但眉眼就是这副眉眼。确认了这个金发姑娘和照片上的人的确是同一个，他这才放下了手臂。

保安并不是唯一一个对林寒这副模样产生诧异和怀疑的人了。前天早上，整个扬江跆拳道队参加这一次全国冠军赛的运动员、教练员在体工大队院子里准备乘坐大巴去高铁站的时候，林寒的现身就让所有人惊掉了下巴。

她趁着前一天晚上陈天河给大家放假收拾行装的机会，跑出去拾掇了自己的发型。她让发型师把自己原本的短发剪得更短、更利落，也更像一个可爱的男孩子。然后，她大胆地让发型师调配出如同国宝滇金丝猴毛发颜色的染发剂，把自己的头发染成了令人惊讶的金红色。

看到林寒的奇异发色，她的级别教练李静小心翼翼地摸摸林寒的头发，说不出一个形容词。最终，李静只好说，林寒这样子，至少在高铁站人多的地方，很难和全队走丢了。

林寒本也做好了被陈天河臭骂一顿的准备。可令她意外的是，陈天河这次并没有勃然大怒，而是沉着脸丢下一句话："林寒，希望你不要后悔。"

后悔？后什么悔？林寒大为纳闷，却也不敢去问陈天河。

只有王炎似乎明白了林寒为什么在比赛之前这么闹腾的原因了。

猴子。这是个对任何人而言都带着深深恶意的外号。更何况是林寒这么一个样貌、身材都实属上乘的女孩子呢。所以，林寒故意把自己的头发染成了金丝猴一样的颜色，就是想在这次比赛中告诉所有那些在背后说她是猴子的人——

猴子，就猴子！就算说我是猴子，我也是一个一飞冲天、有本事大闹天宫的孙大圣！

……

林寒走进比赛馆副馆中的热身准备场地。

和往常一样，她所参加的女子 49 公斤以下级比赛是第一个比赛日的第一个级别。不过，作为全国锦标赛冠军，她得到了对阵表上的种子位，意味着她可以首轮轮空。

对阵表上，她身处上半区。

而秦薇身处下半区，也是下半区的种子选手。

如果一切顺利，她只需两场比赛，就可以和秦薇在决赛相遇。这是林寒期盼了几乎一整年的事情。

来到热身准备区，她第一眼就看到了秦薇。在一个安静的角落，秦薇一如以往，挺直着身子跪坐在垫子上，双眼微阖，似乎在静思冥思。这是她的习惯，其实现在也成了林寒的习惯。

林寒发现，赛前的静思冥想，能够让她的心沉静下来。哪怕什么都不去思考，也能让她在走上八角垫子面对不同对手时，有一个清醒的头脑和完整的思路。

一直跟在她身后的王炎懂她的心思。

"林寒，你要不要去跟薇姐打个招呼？"王炎轻声说，"毕竟，人家把自己的训练录像都给了你。你还是当面感谢她一下更好。"

"炎哥，我不是没想过这个。不过，这一次我觉得……我还是在比赛之后去见薇姐更合适一些。"说完，林寒脱去了厚外套，露出了自己的战斗服，准备开始热身。

"你什么时候……"王炎又一次惊讶地合不拢嘴了。

林寒知道他因为什么而惊讶。她抖抖肩，反问王炎："好看吗？"

她的战斗服衣袖上臂处，烫印着一只怒发冲冠的猴子卡通形象。那是林寒专门从网上淘来的热转印贴，自己用熨斗烫印在了这次比赛的战斗服上。

这时候，一个人在不远处喊了林寒的名字。林寒和王炎望过去，竟是国家队主教练刘伟。林寒和王炎跑了过去，恭恭敬敬地向刘伟鞠躬问好。

"要不是我之前听人说，你染了一个黄头发来参加这次比赛。我都没认出你来。"刘伟说着，看着林寒一头金发，眼神中微微带着些许的惊讶。

"嘿嘿，刘指导，他们不都说我是猴子嘛……"林寒毫无城府地大声说。

"刘指导，她这只是……调皮罢了。"王炎帮林寒圆着话。

"嗯，小猴子……哈哈，还是金丝猴，对吧。"刘伟嘿嘿一笑，压低了声音，"我当年打比赛的时候，外号就是猴子。"

林寒和王炎都愣住了。

刘伟拍拍林寒的肩膀："好好打，这次全国冠军赛让我看看你的本事！"

刘伟的鼓励似乎对林寒起到了很强的推动力。

巧不巧，她的第一场比赛对手又是同样进步幅度很大的好友、澄州跆拳道队的周凌！饶是林寒手下留情，三个回合之后，林寒还是以18比7的明显优势淘汰了这个好姐妹。好在，这次又遭遇了"一轮游"的周凌，失利之后没有抱着林寒抹眼泪，而只是撒娇发泄似地揉乱了林寒的那头金发。

下午时分，林寒迎来了半决赛的对手——去年曾在全国冠军赛不敌宋曦的北京跆拳道队名将张晓雯。

看台上，刘伟和中国跆拳道协会主席李家鸿看得津津有味。

经过了这几乎一整年的成长，林寒无论是技术、理念还是身体素质上都有了显著的提升。或许是因为秦薇时不时地会把自己的训练资料发给林寒学习，林寒对秦薇的风格打法，吃的是越来越透了。

如果说去年的比赛里，号称"小秦薇"的她，还只是模仿秦薇的皮毛。那今年被人戏谑为"猴子"的她，反而在这次全国冠军赛上成了一只大闹天宫的孙猴子……

林寒随心所欲地利用高超的预判能力掌控着比赛，抑制着对手的发挥。

无论是周凌还是张晓雯，面对林寒，都有了深深的无能为力感。更加令她俩头痛的是，因为吸取了去年全国冠军赛惨败给秦薇的教训，林寒在这一年里耗费了大量的时间去增强自己的肌肉力量、核心力量和抗击打能力。

马上就要十八岁的她，已经比十七岁时皮实多了。飘逸的战斗服下，她的小身板也不再单薄。

林寒，又长大了许多。她更抗打，也打得更吓人了。

"张晓雯啊……"李家鸿看着半决赛，不禁发出了一声感叹，"去年打不过扬江跆拳道队的宋曦，今年看来，她又要输给扬江跆拳道队的林寒了。"

刘伟嘿嘿一笑："宋曦和林寒这姐妹俩，从去年开始就让不少其他队的队员饮恨……不少人似乎得了'扬江恐惧症'似的。包括那些给林寒起外号'猴子'的人。其实，不都是被她打怕了，也嫉妒她的能力嘛。"

"说起来，还是陈天河带队之后，让整个扬江跆拳道队的风气和作风都为之焕然一新嘛。咱们跆拳道界应该多欢迎欢迎这样有本事、肯踏实工作的跨界教练，别总是讽刺人家不是跆拳道出身什么的。我看人家老陈就很懂训练、比赛，也很懂跆拳道。"

"是啊，老陈这个人，我以前就认识。虽然打交道不深，但我真的挺佩服他的。我也听说，他手下那几位级别教练一开始都不怎么服气他。可他，敢拿林寒'开刀'。后来怎么样？小丫头还不是越打越好！"

"老刘，你从国家队的角度，跟我好好说说。林寒这姑娘到底怎么样？能不能接过秦薇的接力棒？还有一年，秦薇打完全运会就要退役了。她虽然年纪不大，但伤病太重了。这次奥运会的含冤失利，也不知道对她的打击大不大……所以新的奥运周期，我们必须得在这个级别上选出好苗子。中国跆拳道队前进的步子，不能停滞下来啊！"

刘伟点点头："李主席，你也是老跆拳道人了，你看人比我准。我单单从业务的角度来看，林寒有很大的培养价值，也有很大的提升空间。不过，她还需要磨练。就比如……去年她以秦薇为目标，也偷偷模仿了秦薇的风格打法，在比赛中小有成果，就以为自己具备了挑战秦薇的能力。可在场上和秦薇一交手，发现自己和秦薇之间的巨大差距，她又一下子被吓住了。说实话，林寒的表现当时让我非常失望。这一次，她被人起了一个'猴子'的外号，就给自己染了一头黄毛，还在道服上印了只猴子。我能理解，年轻队员嘛，化气愤为力量，要在大家面前证明自己。可她这种幼稚的表现，也显得有些太沉不住气了。要是到了世界大赛上，被那些久经沙场的'老油条'们一挑衅就炸毛，那怎么能行！"

"所以，老陈前两天也专门找过我。"李家鸿点点头，显得很认同刘伟的看法，"他知道你有明年就想要林寒去国家队的想法。他也觉得，林寒是个难得的好苗子，有热血、有激情，最重要的是有一颗强烈的为国争光的心。他建议国家队能够在这个周期给林寒一些机会，但他也说，林寒还需要一点点时间。他希望国家队能够再'押'林寒一年，等全运会之后，根据她的表现再定。"

"要是我不理解老陈，还以为他是有私心，怕林寒明年去国家队影响她全运会备战呢。但我懂老陈的心思，也完全理解他的建议。好，明年我就再'押'这个小猴子一年。等全运会之后，让她和秦薇一起进队。"

"你真决定让秦薇作为这个级别的主管教练，亲自来带林寒？"

"嗯，我有信心，相信她们两个能够搭档好。不过，这个小团队里，还有一个人也是我想要的。"

"什么人？"

"一个好的陪练！要既熟悉秦薇，也熟悉林寒，还要有无私奉献的觉悟。"

"你有人选了？"

"我有了！"

"好，老刘、刘指导、刘总教练！过程完全由你来掌控，我在背后给你提供大力支持。然后，我们在四年后的奥运会上，一起打好翻身仗！"李家鸿说着，又问，"对了，我想知道你用什么理由'押'林寒一年？"

李家鸿这个问题，其实刘伟早已有了准备。他哈哈一笑，指了指八角垫子上正在庆祝半决赛获胜的林寒。

"理由，就是那头黄毛啊！随意染发，不符合国家队的队规队纪要求。"刘伟狡黠地说，"老陈说，他已经告诫过那丫头了，她会为她的那头黄毛后悔的。那这一次，我就让她知道后悔一下吧。"

第五十二章　边缘

　　几乎是整整一年前。

　　当时的林寒心气满满，一心觉得自己能够用自己的身高、技术和模仿得八九不离十的预判打法击败王者秦薇。

　　但就在自己的十七周岁生日前夜，林寒遭遇了运动生涯中的最惨痛失利。

　　那种失败，甚至比被对手击倒在地，还让她痛苦难堪。

　　一年之后，和秦薇再一次地并肩站在运动员通道，林寒的心境已然沉静许多。她明白，秦薇仍然，也必然是自己成长路上一个必须要迈过的坎。秦薇几乎像是一个"守门人"，把守在林寒从一个年轻跆拳道运动员通向成熟跆拳道高手的关隘。只有推开这个守门人，穿过这道关隘，林寒才能继续前进。

　　如果推不开这个守门人，穿不过这道关隘，林寒就只能掉头往回，甚至坠落谷底。

　　但这一次，她没有把"打败秦薇"挂在嘴边。她明白，如果自己这一整年在训练中洒下的汗水，在实战、比赛里挨的"毒打"没有白白付出，身旁的秦薇就不是一个不可能战胜的、让她战栗的对手……

　　想到这些，林寒做了一个深呼吸，让空气充满了自己的整个胸腔。

　　鼓起脸颊，憋住气……

　　她扭头看了一眼秦薇。

　　恰好秦薇也望向了她。

　　林寒鼓着脸颊、涨红小脸的模样，让秦薇扑哧一下轻声笑了出来。

林寒吐出嘴里的这口气，也嘿嘿一笑。

秦薇没说话，冲她点了点头。

林寒会意，也点了点头，用戴着露指拳套的手，轻轻锤了锤自己的下巴。

然后，伴随着现场主持人的播报，林寒率先跑向了赛场中央。

第二次交锋，开始了。

"小寒加油！"一声喊声在看台上传了来。

坐在看台观摩区的王炎扭头一看，是刚刚成功卫冕了男子58公斤以下级全国冠军赛冠军的郭昊宇。

不过此时郭昊宇身上披着的，已是东川跆拳道队的队服。

郭昊宇也和东川跆拳道队的队员们坐在了一起。

王炎原本准备在这场女子49公斤以下级决赛中保持中立的。虽然他不想喊出来，但他在心里一直默默地为林寒和秦薇两个人加着油。

但郭昊宇的喊声却仿佛触及了王炎心底的什么东西。

"林寒加油！"王炎突然咆哮起来。

他身旁，扬江跆拳道队的队友、教练们一怔，突然也明白了些什么。

"林寒加油！"他们一同咆哮着，声音远远盖过了不远处的郭昊宇。

郭昊宇转头望了望这边，愣住了。

八角垫子上，沉稳的红方选手秦薇没有先动。

青方选手林寒的脑海里反复出现的，是秦薇在今年奥运会决赛时，第一回合的情形。

先出招的胡安娜没有在第一回合捞到什么好处。

但林寒不是胡安娜。

几乎在裁判准备喊出"进攻"口令的刹那，林寒前滑步横踢已然打了出来。快，速度极快！

虽然前滑步横踢只是跆拳道实战中一项最基本的进攻技术，但有了速度的加成，这简单的一腿，也能具备强劲的威力。

秦薇判断到了林寒的进攻。

秦薇格挡、反击。

林寒的防守早已严密地做好了准备。

林寒也预判到了秦薇的防守反击。

"啪！"

"啪！"

两人的进攻都被对方带着护具的胳膊成功格挡防守下来。

进攻无效。

但是……秦薇隐隐感受到了手臂的疼痛。

去年，林寒那孩子的踢击还没有这么强！

秦薇切实感受到，这一整年，林寒的进步竟然大到如此的程度。她面前的这只小猴子，具备的速度和力量，都让她已经不能用去年的旧眼光来看待了。

这是不是也意味着，去年她的那些招数，已经无法对现在的林寒起到压倒性的优势了呢？秦薇没有再犹豫，这一次，她采取了主动进攻。

横踢，接上步横踢，再接连续双飞横踢。秦薇的组合腿法娴熟到几乎都不需要思考的地步。二十年的跆拳道运动生涯，十余年的世界顶尖大赛磨练，让秦薇的技术不仅仅牢记于心。

这种记忆，已经存储在她浑身上下的每一根神经里，每一束肌肉中。

这就是所谓的"肌肉记忆"。

林寒一边撤步，一边防守着秦薇的连续进攻。

疼，好疼！林寒咬着牙，承受着上肢防守秦薇踢击所带来的痛感。不过……跟王炎实战时带给林寒的痛楚相比，秦薇的踢击已经在林寒所能够承受的范围之内了。压力虽大，但她已不会感觉自己会"死"去。

现在，林寒的眼睛微微眯了起来。

她发现了秦薇横踢之后，落地的前脚脚趾指着的方向，有了些微的变化。

"咦！"林寒没有紧张，却是一阵窃喜。

大招，秦薇的大招要施展出来了！

果然，在这一组疾风骤雨般的横踢之后，秦薇衔接的是一记旋风踢高位击头。

《左传》有云：一鼓作气，再而衰，三而竭。

在连续横踢之后，若是寻常选手，发力和速度已经是强弩之末。

但秦薇不是。她的连续横踢只是铺垫。给予对手压力，迫使对手向后移动，直到退到八角垫子边缘，退到退无可退。

然后……旋风踢！

林寒真的如同一只小猴子一般，原本高挑的身子竟然灵活地一倾。

秦薇舒展的高踢腿从林寒的蓝色头盔之上扫了过去。就差一点，就能够扫到林寒的头盔了。

但……林寒的身子猛地重新挺立起来。

转胯、抬腿、弹踢！一气呵成。

趁着秦薇旋风踢立足不稳，林寒的反击已到面前。

中位侧踢腿！

秦薇竟然完全没有判断到，一只脚几乎已经踩到垫子边缘的林寒不仅能够避开她这必中一击，甚至还能够迅速给予还击。

而且，这还击……

林寒这一记势大力沉的侧踢正中秦薇护胸的胸口有效部位。秦薇的身子晃了晃，一屁股坐到了地上。

整个花城体育中心这一刻竟然鸦雀无声。

所有人都没有弄明白比赛场上究竟发生了什么。

强如王者的秦薇，施展出令人眼花缭乱的组合进攻技的秦薇，竟然被林寒一脚反击踢倒在了地上？

不可能，这完全不可能！

但……大家眼睁睁看着秦薇从地上爬起来，然后裁判冲了过来，因为秦薇的倒地，判罚了她1分。加上刚刚林寒的侧踢得2分，电子记分牌上，林寒的分数显示为3比0。

林寒领先了。

她的这几招，是跟谁学的？秦薇看着林寒想。

那一记应用在反击进攻中的侧踢，是源自王炎。秦薇明白，她也在实战中感受过王炎侧踢的威力。但林寒那灵巧地躲闪她旋风踢的方式，肯定不是王炎教的……

看台上，李家鸿也不解地看了一眼身旁的刘伟。

"林寒的躲闪，几乎是游走在了规则的边缘，胆子真够大的。"李家鸿说。

"对，而且身子倾斜躲闪之后，迅速归位，作出中位侧踢反击，对于运动员的核心力量要求极高。这小丫头，真不得了！"

"她跟谁学的呢？去年的全国冠军赛我也看了，她完全不会这些招数。"

"应该是陈天河教给她的吧。李主席，老陈当年可是全国散打冠军，也是散打金牌教头啊！"

不过，这一次，却连刘伟都猜错了。侧踢的确是王炎教给林寒的。这是王炎的得意技，对于腿长的林寒更是一项好用、实用的技术。

但那灵活地躲闪防守，却既不是王炎，也不是陈天河教的……

两个月前的一个晚上，王炎喊林寒去训练馆，说是要帮她"开小灶"加练。可林寒到了训练馆，却发现不仅仅是王炎和她两个人。

还有一个她熟悉，但没怎么打过交道的人。

"你？"林寒看着面前的韩宁，那是相当诧异。

"我今天找韩宁过来，就是想让他也帮帮你。"王炎解释道。

"他？帮我？炎哥，你不是开玩笑吧？"

看着韩宁一脸尴尬，王炎收起了脸上的笑容，认真地对林寒说："小寒，你去年输给秦薇，输在哪里？并不是输在你的进攻，而是输在你的防守。跆拳道的防守重在格挡，可秦薇的力量大到让你畏惧，让你痛苦得无法格挡的地步。那怎么办？"

"练抗击打呗！"

"对，所以这几个月我在实战里一点都没有手下留情地揍你，你也能体会到自己在抗击打方面的提高吧？"

林寒撇了撇嘴。的确，王炎从国家队归来成为林寒专职陪练的这段日子，每逢实战，王炎都像打了鸡血似的，逮着机会就对她是一顿猛踢猛打。

一开始，林寒真的被打蒙了。训练结束回去洗澡，看着身上到处都是淤青的伤痕，林寒一肚子火，也一肚子委屈。不过渐渐地，她明白了王炎的用意。

可是这一次，王炎为什么找来韩宁？

"炎哥，你是让韩宁用重拳来锻炼我抗击打吗？"林寒问。

"哈哈，那倒不是。因为跆拳道的拳法简单，没必要让韩宁这个扬江拳击队顶尖拳手出马。"

韩宁听王炎这么夸他，也有些不好意思地挠了挠头。

"炎哥，小寒，你们需要我干嘛，就告诉我。千万别客气。咱们拳击队和跆拳道队本来就是一家人，一家人嘛，嘿嘿。"

"嗯，我不跟你客气。"王炎说，"韩宁，今天找你来，是想你教教林寒怎么闪躲。"

"啊？"

韩宁和林寒一下子都愣住了。

"教……教她闪躲？"

"对啊，闪躲！"王炎说，"我刚才不是说了嘛，跆拳道实战中的防守，格挡为多，闪躲其实很少用，搞不好也会犯规。可拳击技术里，闪躲和移动、格挡并列，都是很重要的防守技术。有人说，拳击是'格斗之母'，是有道理的。我想让你教给林寒的，不是那种拳击实战中的闪躲技术，而是加深她闪躲的理念，提高她闪躲的反应速度。如果林寒在这一方面能够融会贯通，在关键的时候一定能够发挥出人意料的作用。所以……韩宁，你好好教，让林寒好好学。等今年全国冠军赛她拿了冠军回来，我们请你吃饭！"

……

这一次，被逼至垫子边缘的林寒，就是擦着规则的边缘，利用出人意料的闪躲，避开了秦薇志在必得的强势进攻，继而反击得手。

看台上的王炎，嘴角露出了一丝微笑。

但他很快就为秦薇担忧起来。

第五十二章 边缘

第五十三章　　胜负

比赛还在继续。

预判加闪躲，林寒的表现让秦薇感到了些许的吃力。

这么多年，她还极少从对手身上有过这样的感觉。

今年奥运会的第一轮，她就与四年前决赛中的老对手——英国选手惠灵顿再度相逢。她从惠灵顿身上感受到了吃力。虽然那只是奥运会的第一轮，但上届奥运会决赛的冠亚军提前对决，还是让双方倾尽了全力。谁都不想在奥运会这样的顶级赛事中，遭遇一轮游。

惠灵顿的风格不像胡安娜，她是真的有实力和娴熟至极的技术。即便惠灵顿已经而立之年，却依然给了秦薇强烈的压力。

这种压力源自于对胜利的渴望。

但秦薇同样拥有对胜利的渴望。

第一轮，两个都无比渴望奥运金牌的选手，注定有一个要先走。而那个人就是三次参加奥运会，曾获得一枚金牌、一枚银牌的惠灵顿。

惠灵顿廉颇老矣。

但秦薇也在那场比赛中耗费了大量的精力，连肘部的老伤都再次发作。谁都不知道，奥运会后面的三轮比赛，秦薇其实是带伤作战。但即便那样，大家也看得出来，这届奥运会最终的冠军、最高领奖台上的王者，应该是秦薇，而不是胡安娜。

此时此刻，看着眼前那张年轻的面孔，秦薇的吃力感油然而生。

即将迎来十八周岁生日的林寒平心而论还不是一个成熟的跆拳道顶尖高手。但她的天赋是一流的。这样的天赋，也造就了林寒在短短的一年时间里，就能够针对去年全国冠军赛上她自己暴露出的问题和短板，去想办法解决好。

当然，这也离不开王炎从国家队归来之后，全身心地陪着她训练。更离不开秦薇……是秦薇把自己在国家队这一年间，几乎所有的训练资料、心得和录像让王炎带给林寒去研究，去琢磨。

这一年，秦薇就像一个素未谋面的师父，在悄悄地教导着林寒。她指导林寒怎么样进步，怎么样提高，她甚至指导林寒怎么样……战胜自己。

现在，林寒具备战胜秦薇的能力了吗？

第二回合战至还有不到一分钟，电子记分牌仍然是3比0。

如果不看比赛，只看比分，很多人会觉得这是一场乏味枯燥的跆拳道比赛。但实际上，林寒和秦薇在已经过去的三分钟比赛时间里，不知进行了多少次针锋相对的较量，进行过多少轮电光石火一般的攻防转换。

除了林寒在被逼入绝境时，出人意料地防守反击进攻得到3分之外，双方激烈精彩的进攻也都被双方用着或稳固或扎实或灵活的防守所一一化解。

当然，还有双方都掌握的高超预判能力。

林寒感受到的压力也并不小。秦薇依旧是那个王者，并没有因为这一年的时光或是在奥运会决赛上的遗憾失利，而折损王者身上的荣光。她仍然很强。

每一记踢击，都让林寒感觉到自己的骨、肉、韧带在折断或撕裂的边缘。

但林寒能扛，甚至能躲。猴子，是那些人戏谑林寒的贬义外号。可林寒防守、闪躲之后的反击，却真的像猴子一样灵活、迅即。

况且，她清晰地知晓秦薇的每一次进攻动作会打到哪里，会达到怎样的击打效果。这些，都等同于是秦薇手把手亲自教给她的啊！

但，秦薇也曾经不止一次地告诉林寒，不要学她、不要学她。模仿秦薇的风格，学习秦薇的打法，最终林寒也只能成为一个"小秦薇"。

林寒必须成为她自己，一个最好的林寒。

一个最好的林寒，才有机会去战胜最好的秦薇。

现在，压力让林寒的胸口剧烈地起伏着。这一次和秦薇的决赛，就算林寒已不会产生去年那种濒死的窒息感，但强大的压力，仍然让她很难把呼吸随时调整得匀称。

这样不行！林寒想着，节奏却越来越快。她希望能够在这一回合结束前再拿几分。把领先优势扩大，才能够让她在最后一个回合里，拥有哪怕几秒钟可以顺畅呼吸的机会。

用速度，去击破秦薇的预判，这早已是她和陈天河、王炎形成的共识。

所以，她得快一些，更快一些！

一组连续横踢接下劈击头。这是林寒的得意技，也是她终结许多对手的必杀技。林寒的这一招，和别的选手横踢衔接下劈击头差异很大。

一般选手，会选择横踢之后，进攻腿落下后，重心转换，支撑腿顺势提膝弹起、下劈。力量足，但速度慢。毕竟这些技术环节中间，增加了一个重心调整的时间。

林寒的横踢接下劈击头，都是由一条腿来完成的。

速度很快，但也有漏洞。漏洞，就在她身子的另一侧。林寒始终觉得，自己的速度可以弥补自己一条腿横踢之后再衔接下劈时，技术转换瞬间暴露的漏洞。如果对方明知你的技术转换中有漏洞，但你能快到让对方即便看见也抓不到这漏洞，那漏洞不就不是漏洞了嘛。

她在秦薇面前施展出来这一招。她的得意技。

林寒的连续横踢被秦薇稳稳地防住。

林寒的最后一腿横踢踢完，本该落地的前腿却并未完全落下。甚至连脚尖点地的动作都没有完全做出。然后，她的前腿瞬间提了起来。舒展的柔韧性，让林寒的腿几乎与地面垂直。这样，下劈才能够被施加以最大的加速度。

林寒瞄准的就是秦薇的头盔。她志在必得。她甚至想好了后招——

假如秦薇选择硬扛下这一招下劈，林寒还可以顺势转身后踢。这一年来，她的腰腹核心力量增长很多，已经能够支撑她可以凌空做出这样复杂且出人意料的技术动作。

因为秦薇防守下劈时，她的胳膊一定是在头顶。这样一来，秦薇的胸前有效部位就会暴露出来。转身后踢，林寒也一定会摔倒。可如果转身后踢能够踢中秦薇，林寒会有4分入账，即便摔倒，被罚1分，林寒的比分还是会变成6比1。

揣着5分的领先优势进入最后一个回合，林寒可以满意了。

所以，衔接着得意技的，是一招舍身技！

一年前的全国锦标赛，宋曦面对秦薇不就使出了一招舍身技，险些终结了秦薇的连胜纪录嘛。

然而，林寒面前突然闪过一抹红色。紧接着，是一缕呼啸而来的风。

秦薇呢？

林寒的大眼睛眨了一下，她的视线茫然了。

秦薇竟然消失在了她的视线中。

这……不……可……能！

秦薇并没有消失，她的上身转了过去，压得极低。人的身体舒展开来就如同杠杆。

上身压低，腿自然就翘得高。

秦薇的身高、腿长都略逊林寒。所以，秦薇为了让自己的后摆击头能够打中林寒，必须把上身的高度尽量压低。

秦薇选择了一个破釜沉舟般的以攻对攻。她不去防守林寒的下劈，却以转身后摆去攻击林寒的头部！

这是林寒完全没有预判出来的对抗。当林寒意识到问题所在的时候，她的脑袋已经"嗡"地作响。

3比5！

秦薇有效转身技术击头成功，一举拿下5分。

第二回合结束，暂时落后的人，变成了林寒。

看台上，李家鸿和刘伟也看得津津有味。刘伟的手心甚至微微渗出了一点点汗珠。即将连任新一个奥运周期中国跆拳道队主教练的他，既全神贯注于秦薇，更全神贯注于林寒。

跆拳道不只是男孩子的运动，更不只是女孩子的运动。但长期以来，中国跆拳道队的突破口却是女子项目。这是因为与世界上其他国家和地区相比，自新中国成立以来，中国女性的社会地位始终很高。女孩子自由选择自己喜爱从事的事业，鲜有阻力，往往也会得到家人的尊重和理解。

体育领域也是一样。中国体育给予了女性平等发展的机会，甚至在某些运动项目中，中国女性运动员得到的支持和重视还要超过男性。这是中国社会七十多年来发展进步的象征和成果。

所以回到这个小小的跆拳道领域，刘伟和李家鸿一致认为，在下一届洛城奥运会上，中国跆拳道队打好翻身仗的突破口还在女子，还在49公斤以下级这个级别，还在……秦薇和林寒这对未来有可能成为的黄金搭档身上。

"这两个回合特别好看！"李家鸿突然发出感慨。

"李主席，我都给秦薇捏了一把汗。"刘伟直言不讳地说。

"也是因为，这一次的林寒敢打敢拼，所以激发出了秦薇不服输的劲头。好！"

"如果不是秦薇的伤实在太重了，我真想好好劝劝她，再多打一届奥运会。四年之后，她也不过三十岁，还有实力去追逐梦想。"

"我们也要尊重运动员自己的想法。喏，或许，秦薇自己也早就找好了接班人呢。"

"李主席也觉得，林寒能堪大用？"

"至少看到现在，我对林寒的印象变了。她既不是曾经柯进在我面前吹嘘得天花乱坠的所谓'天才少女'，也不是去年全国冠军赛决赛输得落荒而逃的林寒。我现在都有点喜欢上这个黄毛丫头了……哈哈，真是一个黄毛丫头啊。"

"马上开始的这第三回合，对于林寒和秦薇，都是一个挑战和考验。"刘伟更多地从技术层面分析着，"秦薇的体能下降了，不知道林寒会不会察觉到这一点。但林寒……也有些急躁了。秦薇肯定能发现这个问题。所以……"

"所以，有好戏看了！"

……

林寒走下八角垫子，走回到青方的教练区。

但她没有坐到椅子上，而是跪坐在陈天河面前的地上，微微闭起双眼。

林寒似乎在利用这回合间的一分钟短暂休息时间，让自己努力进入静思冥想。

陈天河虽然一怔，但他没有干涉林寒。他甚至把那些原本想趁回合间休息时布置给林寒的战术，一股脑地又吞回到了肚子里去。

就连队医刘大夫要上前给林寒递水，都被陈天河默默阻止了。

让她自己专心致志地想一想。陈天河无声的眼神中，传递着这样的信息。

回合间倒计时的秒表归零瞬间，林寒睁开了自己的眼。

那双眸子中，闪现出了对胜利的渴望。

"陈指导……我……"林寒似乎想为自己刚刚的行为解释什么，陈天河却拍拍她的肩膀，那是她给自己的战斗服上烫印了猴子图案的位置。

"走，去战斗吧。"陈天河简单地说。

林寒点点头，给陈天河鞠了一躬，戴好头盔，跑回了八角垫子上。

胜负，就在这最后一个回合了。

第五十四章　软肋

林寒在第三回合一开始的连续积极进攻，虽然都被秦薇预判，并成功防守下来，但秦薇防得并不轻松。

她的右臂，疼痛的感觉越来越明显了。

可为了防守林寒的高位踢击，秦薇也不得不继续使用着自己这条伤病累累的右臂，去完成一次次格挡。

又是一组攻防，电光火石间告一段落。

林寒进攻之后，主动撤出距离，警惕地保持着格斗势和双臂伸展的格挡姿态，准备迎接秦薇的反击。然而秦薇擅长的防守之后连续反击，却并没有如林寒意料之中的那样施展出来。秦薇的右臂贴得离身子紧了许多。她的嘴角也不由得微微抽动了几下。

这些极其细微的反应，都被林寒看在了眼里。

秦薇怎么了？她想。她突然望向了秦薇的右臂。

她想起来了！秦薇的右臂有伤，还是老伤。所以，秦薇右侧身子，就应该是林寒的攻击重点。

无论运动员多么强大、伟大，伤病往往会伴随着其运动生涯，甚至人生。

伤病也是他们必须去战胜的一个顽固的劲敌。

与此同时，伤病在竞技场上，往往也是运动员的软肋。

受伤之后，无论恢复得多么好，那些曾有过裂痕的肌肉、韧带和骨骼，永远不可能再像先天生长出来的那样完整、强韧了。而受伤那一刻的痛苦和震惊，也会在运动员的头脑中打下极其深刻的思维烙印。

所以，但凡一次严重的伤病，都是运动员运动生涯中的一道鸿沟。就算成功翻过鸿沟，他们也必然有一些东西永远地留在了沟的这边，或是落入了沟底。比如信心，比如状态，比如……健康。

秦薇右臂的伤，来自她二十岁时的一次比赛意外。

当她第一次走上世锦赛的舞台，名不见经传的对手施展出一个不规范动作，不小心在两人身体接触的时候，用膝盖顶断了秦薇的手臂。虽然对手被裁判判罚犯规，可秦薇断掉的手臂不可能完好如初。

秦薇经过了常人难以想象的康复过程，在全国最好的运动康复专家帮助下，仅仅用了半年的时间，就让自己从伤病中勇敢地走了出来。可是，骨头可以接上，伤处连带的韧带受损，却在随后的五六年时间里，始终让秦薇默默承受着痛苦和压力。

其实，她养成了那种多打预判、多打防守反击的风格，也和胳膊的伤病密不可分。她必须要在对手追着她伤病"软肋"穷追猛打之前，就遏制对手的进攻势头，建立起属于自己的领先优势。

林寒不是不知道秦薇的"软肋"在哪里。但她一开始并没有在比赛中有太复杂的想法。毕竟，对于跆拳道这种格斗交手类运动而言，攻击对手的薄弱之处，让对手尽可能快地丧失战斗力，本就是规则所允许，也是无可厚非的原则。但此刻，看到秦薇嘴角露出的那丝抽搐，林寒的心咯噔一下。

林寒也受过伤。

哪一个跆拳道运动员不曾受过伤呢？

所以，林寒知道那种感觉。

她本不应该迟疑，但她还是迟疑了。秦薇的"软肋"已经完完全全地呈现了出来，林寒她可以选择继续攻击。

或许只要再踢两腿，秦薇的右臂就连抬都抬不起来了。

可如果这样……林寒"唰"地转了个身，把格斗势调换了个方向，身子晃晃，作出了佯攻的样子。

秦薇果然警惕地把右臂贴得更紧了，却伸出了左臂护在身前，准备以一个比较别扭的姿势，防守林寒对她右侧的攻击。

但林寒只是佯攻。这一腿，并没有踢出去。

看台上，不知是谁发出了一声遗憾地呼喊。听起来，那一定是站在林寒一边的。

刘伟摸了摸自己的下巴，也轻轻"咦"了一声。

"林寒为什么没有打？"李家鸿问，"她是不是发现了什么？"

"她不但发现了秦薇体能下降的现象，也看出了秦薇体能下降的原因。"刘伟说，"秦薇的胳膊，有点顶不住了。"

"这对林寒来说，是一个好机会，可林寒为什么犹豫起来了？"

"林寒或许是在做一个抉择。"

"抉择什么？"

"她要抉择，是以一种胜之不武的方式战胜秦薇，还是……"

"胜之不武？那不算胜之不武吧？"

"可在林寒那丫头心中，或许，那就是胜之不武。"

"这么说，小丫头不但敢打敢拼，还很讲仁义。"

"那要看她怎么抉择了。"

刘伟虽然说得平平静静，但他知道，自己掌心的汗珠已经渗得越来越密。

他看穿了林寒的心思。的确，林寒在抉择，是不是通过继续攻击秦薇受伤的右臂一侧，来为自己的比赛打开一个突破口。

其实刘伟的心中也非常的复杂和矛盾。他不愿意秦薇的胳膊，因为这样一场比赛而老伤复发。

即便秦薇不会再以运动员的身份回到国家队，但作为搭档多年、相濡以沫的一对教练员和运动员，刘伟仍然很心疼秦薇，不愿她再遭受任何伤病所带来的痛苦。但他也不希望看到林寒在面对秦薇旧伤复发的情况下，迟疑着不敢下手。

赛场上只有对手。

虽然团结与互助也是一种体育精神，但如果到了国际大赛上，面对强大对手时迟疑了，甚至心慈手软，很有可能换回来的，是对自己的反噬。你可以在比赛之后去尽情安慰你的对手，在比赛场外，你也可以和你的对手成为亲密无间的好朋友。但只要你站在比赛场上，只要裁判没有喊停，只要比赛没有结束，你就必须要面对对手，去进攻、进攻、进攻！

无论，你的对手出现了什么样的状况。

如果说，秦薇的"软肋"是她那条有伤的胳膊，那林寒的"软肋"，是不是就是她的"仁义"？

不过，更让刘伟感到有些诧异的是，当林寒迟疑之时，她的教练陈天河竟然稳坐钓鱼台。陈天河并没有催促林寒赶快进攻，即便比赛剩下的时间越来越少，林寒还以两分落后。陈天河甚至连一个"快！"或是"上！"字都没喊过。

他就那样安静地坐在教练区看着，似乎只是一个旁观者，等待着林寒自己做出决定。因为，这场比赛其实任何人都是配角，是观众。

真正的主角，只有站在八角垫子上的青方选手林寒和红方选手秦薇。

林寒又换了格斗势的方向。一组组合进攻，她对秦薇的左侧发起了猛攻。

秦薇皱皱眉，不算轻松，但仍然安心地防住了林寒的这一组进攻。

3 比 5，林寒依旧落后。

比赛时间，还有 25 秒。

最后的 25 秒。

还有机会，我还有机会！林寒告诉自己。

她的眼睛紧紧盯住面前的秦薇。

就算只打她的左侧，我也有机会拿分。她想。

虽说还落后两分，可只要林寒成功地击中秦薇躯干有效部位一次，她就能拿到两分。

如果三个回合打平，林寒就能把比赛拖到加赛局。加赛局是"金局"，谁在加赛局先得两分，就能获胜。所以，虽然现在秦薇还领先着两分，但林寒并没有丧失主动权。

反而，林寒有选择的机会。

秦薇调整了自己的格斗势。她原本习惯性的是以右腿作为前腿，现在，她和诸多格斗选手一样，把左腿换到了前腿。这也意味着，秦薇踢击力度更大的左腿，看上去更难施展出威力了。

但……秦薇也明白，如果比赛被拖入加赛局，形势将会向着林寒转变。毕竟林寒更年轻，身体更健康，甚至……林寒的腿更长。所以，秦薇必须在护好自己软肋的同时，利用最后这十几秒的时间以攻为守！

她是不屑于像很多选手那样，在第三局局末领先时，通过消极逃避来结束比赛的。她也清楚，迎战林寒这样的对手，任何消极逃避都是没用的，甚至会给对手带来扳平乃至逆转比赛胜负的机会。所以她一定要进攻，进攻才是最好的防守。

秦薇猛地上步。林寒预判到了秦薇的上步。

没错，秦薇若以左腿为前腿发力踢击，会很容易被林寒防住，然后趁机反击。所以，秦薇必须通过上步来调整格斗势，以前腿变后腿，利用核心力量来爆发出强力一击。

踢开她！

林寒想着，也并没有保守地格挡，而是同样以后腿横踢作为迎击反击。

双方的腿踢在了各自的腿上，无功而返。

但林寒还有后招。伴随着后腿向前滑落，林寒顺势脚跟一转。就如同第二回合秦薇使出的那一招后摆。

身子旋转，拉近了双方的距离。身子旋转，加速了摆腿踢击的力量。

所以，后摆也常常被喜爱格斗腿法的人们赋予一个威风八面的名字——神龙摆尾。

虽然身子转到了前面，但林寒扭着头，眼神始终没有从秦薇的身上离开。

可是……她突然发现，虽然她的后摆是从左侧打向了秦薇的头盔，但或许是秦薇意识到林寒这一记后摆的力度太强，仅凭左臂格挡，很难防住。不得已，秦薇竟然抬起了右臂，和左臂一同，以拍击防守的方式，迎向了林寒那记挟着风、凌厉横扫而来的摆腿踢击。

危险！林寒心里猛地喊了起来。

但她已经无法，也来不及提醒秦薇。她明白，如果这一记后摆踢中了秦薇的双臂，秦薇的右胳膊搞不好就要承受非常严重的伤害。

她不能……林寒的脑子瞬间考虑了无数种可能。

时间，计时牌上的时间还有十秒多。

就算她这一次后摆没有击中秦薇，她也还有时间去抢一次进攻。

于是，林寒做出了对她而言，是这一次全国冠军赛上最重要的一个抉择。她自己努力弯曲着支撑腿的膝盖，让自己的重心被主动地人为打乱。这样，她的整个身子就会向前倾斜。势大力沉的后摆，也将从秦薇伸出的那对格挡手臂前划过。

秦薇……就不会受伤了。

林寒想着，却猛地发觉，自己的膝盖竟然在弯曲下来的刹那间发出一阵剧痛。紧接着，膝盖突然不听她的话了！

"林寒！"看台上，王炎咆哮一声，腾地站了起来。

他和全场千百名观众一同，惊讶地看着林寒摔倒在八角垫子上，发出了痛苦的呻吟。

和王炎一同站起来的，还有坐在不远处的郭昊宇。

就在林寒扑倒下来时，她却万万没想到，那种勉强做出的屈膝动作，却让她的膝盖发出"咔吧"一声脆响。

那阵剧烈的疼痛从自己的膝盖处迅速弥漫开来。

林寒右手抱着膝盖，左手用力地重重敲击着身下的垫子，似乎这样才能把自己的痛楚发泄出来，传导到地下。

刘大夫跑了上来，秦薇也已经跪倒在林寒面前，惊讶且伤心地看着林寒。

"林寒，你干嘛这么傻！"秦薇大声喊道。

林寒已经回答不出任何问题，只有眼泪止不住地流了下来……

第五十五章　病榻之侧

郭昊宇像疯了一样冲下了看台。

另一个人，却攀着看台的栏杆，直接从二层看台的运动员观摩席纵身而下，跳到了下面层层折叠的活动看台上。

紧接着，王炎又从活动看台一跃而下，冲向了八角垫子。

这也正是为何当郭昊宇冲进比赛内场时，发现王炎已经蹲在林寒面前了。

当值主裁判、扬江跆拳道队的主教练陈天河、队医刘大夫，还有王炎、郭昊宇和秦薇，甚至连技术代表张璞也从技术台快步走了过来。

六七个人把林寒围在了中间，每个人的脸上都挂着焦急而担忧的神情。

"小寒！你怎么这么傻！"秦薇喊道，眼泪险些涌了出来。

"林寒，你现在感觉怎样的？"刘大夫一边查看着林寒膝盖的伤势，一边询问着她自己的感受。

"林寒，不要害怕，我们都在这里！"陈天河安慰着林寒。

"林寒，你一定没事的！一定没事的！"王炎也喊着。

郭昊宇却咬紧了嘴唇，一个字也说不出来。他只觉得自己心中的痛，丝毫不比林寒膝盖的痛，来得更轻。

赛会急救医生拎着简易担架跑了过来。

"走，先去医院全面检查一下！"很有经验的张璞冷静地处置、安排着这个突发状况。

医生把担架放在垫子上，可林寒疼得连自己转身躺上担架的力气都没有了。

郭昊宇弯下腰，刚想伸出胳膊去抱林寒，却见他对面的王炎已经捷足先登。

王炎轻轻抱起林寒，把她放在担架上。

不知是因为疼痛让林寒的脑子有些混乱，还是在这突如其来的伤痛面前，林寒需要一个可以扶持她的人。林寒的右手虽然还在捂着自己的膝盖，左手却下意识地牢牢搂紧了王炎的脖子。

似乎，无论如何都不愿放开。

"林寒，你先松手，医生这样没办法抬担架了。"王炎轻声说。

林寒放开了左手，却仰起脸默默看着王炎。

泪水弥漫的脸上，林寒的眼神里没有了以往的傲娇、不羁和要强，此刻，她的眼中竟满是依赖和担忧。

王炎的心似乎一下子变得比糯米团子还要软。

他摸了摸林寒的额头："林寒，你别害怕，我陪你一起去医院！放心，没事的，我们只是去检查一下。刘大夫刚才判断过了，你的十字韧带应该没有断裂……"

林寒这才稍稍安心地点点头，躺在了担架上。

……

夜，深了。

医院的走廊上，陈天河和王炎坐在急诊病房外的椅子上，相视无言。

"叮咚……"

不远处的电梯门打开了，柯进和郭昊宇竟然走了出来。看到陈天河和王炎，柯进和郭昊宇的神情都有些复杂。

"昊宇，你先去看看林寒怎么样了。我跟陈指导有些话说。"柯进对郭昊宇吩咐。

"王炎，你也去看看林寒醒了没有。"陈天河也对王炎说。

郭昊宇和王炎对视一眼，双双走向病房的门。

就像几个小时前在赛场时那样，郭昊宇伸出的手还是慢了王炎一步。

王炎轻轻拉开了病房的门。

林寒已经醒了，她躺在病床上，一手挂着点滴，一手还拿着手机，看着朋友们给她发来的一段段问候她伤情的语音和微信。

看到王炎和郭昊宇走了进来，林寒先是一怔。她知道，王炎不但伴随她来了医院，还一直守在病房门口。可郭昊宇……

"我跟师父来看看你。"郭昊宇看到林寒的眼神，开门见山地解释道。

"啊，柯指导他也来了？"

"对，他正跟……陈指导聊点事情。"

这时候，走廊外似乎传来了一阵争吵的声音。即便病房门隔音不错，可大家还是听得八九不离十。

"还不都是因为你？你就应该让她去不断打击秦薇的薄弱处，而不是脚下留情……心慈手软，还打什么交手格斗比赛？"柯进吼着，"小寒那一脚要是踏踏实实地旋下去，别说她自己不会受伤，这个全国冠军赛冠军她都如愿拿下来了！可现在呢？现在呢？"

"柯进，林寒受伤，我很伤心。但我也很骄傲，我为她今天的表现骄傲。没错，作为主教练，她受伤，我有不可推卸的责任。因为这几个月，我给她布置的训练科目强度和量都很大，她还会主动加练。是我没有科学安排好她的训练，这是导致她受伤的最根本原因。但你要说林寒不应该对对手心慈手软……柯进，我不认同你的说法！"

"什么，你不认同我的说法？陈天河，我认识的你，可不是这样的。当年在全国散打王争霸赛上，你是怎么把我的肋骨踢断的？你那一脚可没有留情啊，都直接把我踢退役了！我的亲大哥，你不会都忘了吧！那时候的你，怎么不讲心慈手软、脚下留情了？你带扬江跆拳道队，至今也有一年半的时间了吧。你那股狠劲，怎么一点都没教给林寒？"

陈天河死死地盯着面前这个虽然异姓，却是同父同母的亲弟弟。

他看到了柯进挑衅的眼神。

但怒火，没有从陈天河的心底蔓延。他知道，柯进这发泄似的挑衅，是因为林寒的受伤。

虽然柯进为人很实际，也很精于算计，甚至为了自己带队拿到好成绩，而在挖走郭昊宇的同时，却不惜忍痛放弃了林寒。但柯进的心底，对于林寒这个他一手带大的孩子，还是有着深深师徒情谊的。

他挑衅陈天河、质问陈天河，还不是因为他觉得是陈天河没有教好林寒、带好林寒，才让林寒受伤的吗！

"柯进，枉你把林寒从小带大，从市队带到省队，再带到国青队，帮她登上青奥会的冠军领奖台。你真的连林寒是怎样一个孩子，都没有很好地看清楚吗？"

陈天河的反问，让柯进一怔。

"她……她……她是一个好孩子！我知道，她有前途，能拿世界冠军、奥运冠军……她……"柯进有些语塞了。

陈天河摇摇头："林寒是一个讲仁义、有追求的孩子。她渴望的，是堂堂正正拿到冠军，而不是不择手段地获胜。没错，她还很稚嫩、青涩，无论是比赛，还是为人处世。但因为她心中永远有着'仁义'这两个字，她的未来，就不可限量。柯进，你好好想想吧。如果不是因为她有仁有义，当时你被扬江体育局解职时，林寒也不会在体工大队豁出去地跟领导们大吵大闹。你以为你是利用了她的单纯幼稚？可实际上，你是利用了她的仁义！柯进，你太混蛋了。"

柯进愣住了。

这时候，值班医生终于忍不住，从一旁的办公室走了出来。

"你们两个人别吵吵了！大晚上的！这里是医院！"

柯进和陈天河都沉默了。

"我先走，你……替我问候一下小寒。"柯进说着，落寞地走向电梯。

陈天河微微张了张嘴，似乎还想说点什么，但他终于没有说出来，而是一屁股坐回到椅子上，出神了。

病房里，林寒、郭昊宇和王炎都听到了柯进和陈天河的对话。

他们三个人也都愣住了。

"昊宇哥……"林寒突然轻声说，"柯指导回去了，你也……回去吧。不早了，我挺好的，谢谢你们关心我。"

郭昊宇看着林寒，一肚子的话都说不出来。

林寒对他的称呼，从青梅竹马时的"哥"，变成了"昊宇哥"。

其实，这一次全国冠军赛，两人无论在酒店、餐厅还是赛场热身准备区偶遇时，林寒也会跟他打个招呼，称呼就已然变成了"昊宇哥"……

虽然只是多了两个字，多了他的名字。但"哥"和"昊宇哥"之间的差异与鸿沟，郭昊宇怎会体会不出来。

王炎听了林寒的话，会意地点点头："林寒，时间不早了，你也要好好休息了。我去外面陪陈指导再坐一会儿，有什么事，你随时喊我们。"

王炎的意思，其实是让郭昊宇跟他一起离开病房，不要妨碍林寒休息。

郭昊宇叹了口气，跟着王炎走了出去。他隔着病房门上的玻璃，又看了一眼林寒。他想再看一眼林寒的脸庞。可林寒恰好转了个头。

郭昊宇默默向着陈天河鞠了一躬，走向了电梯间。

病房中，林寒扯起半边枕头，贴紧了自己的脸。

她的泪水再一次涌了出来。

"林寒是一个讲仁义、有追求的孩子。"

"我为她今天的表现感到骄傲！"

陈天河的话，一句句地浮现在了林寒的脑海里。所以，林寒的泪，不是因为伤心，而是感到莫大的欣慰和感动。

柯进从来没有跟她说过这样的话。即便柯进也很认真地对待她的点滴进步和成长，很重视她在比赛场上取得的任何一场胜利和每一个冠军，柯进也会毫不吝惜给林寒送上许许多多的赞美之词……但柯进，从来没有跟她说过这样的话。

这一刹那，林寒甚至觉得，陈天河更像她的父亲。

病房门，再一次被人轻轻地推开。

林寒转过头来。秦薇站在了林寒的病床旁。

"薇姐！这么晚了，你还……"林寒努力地想从床上坐起来，秦薇轻轻地拍了拍她的身子，让她躺好。

"队里有一些事情，我刚忙完，才有时间过来看你。小寒，你……不恨我吧？"

"恨？"林寒瞪大了眼睛，"薇姐，你开什么玩笑。我怎么会恨你。哦，你以为我会觉得我受伤是因为你？不是的、不是的，薇姐你千万别那么想。我们陈指导说了，我这段时间训练不科学，是我受伤的主要原因。要怪也怪我自己，是我每天都拉着炎哥陪我打实战，有点贪多嚼不烂了……呵呵……"

林寒的话，让秦薇更是觉得有些心疼了。

"小寒，我明白，要不是你故意歪掉重心，不想踢到我受伤的胳膊，你自己的膝盖也不会受伤。所以我……我很谢谢你。"

"薇姐，不要这么说。你的伤，是因为打奥运会，因为要为国争光，才搞得那么严重。我要是趁人之危，还算一个习武之人吗？其实要说谢，也应该是我谢谢你才对。你让炎哥把你的训练资料给我，让炎哥把你的风格特点都告诉我，其实等于是……你把战胜你的办法都教给了我。否则，我也不会在这场决赛里……薇姐，你觉得，我这场决赛打得还好吧？"

"何止是还好？"秦薇笑了，"我觉得，你打得很棒。你已经不是那个别人嘴里的'小秦薇'了。你更不是'猴子'！你距离最好的林寒，就差一点点了。"

说着，秦薇从外套兜里摸出了一个东西。那是她今天获得的全国冠军赛女子49公斤以下级的金牌。

她把金牌的绶带展了开，趁着林寒还愣着没缓过神来的机会，把金牌轻轻挂在了林寒的脖子上。

"薇姐，这个……你……"

"小寒，我觉得你配得上它。"

看着林寒欲言又止的模样，秦薇说："小寒，你是有什么话要问我吗？"

林寒努力地给自己鼓起了些勇气，轻声说："薇姐，我一直有一些事情想问你。就是……今年奥运会的决赛，你……恨不恨胡安娜？恨不恨那些裁判？"

秦薇的脸色微微一变。今年的奥运会决赛，是秦薇心底永远的痛。

林寒大胆地问起这些，如同揭开了秦薇的伤疤。可秦薇想了想，还是直言不讳地说："我已经不恨他们了。"

"为……什么？要是我……肯定……"

"小寒，说不恨，是假的。奥运会跆拳道比赛结束后，我和刘指导偶然知道了，那些欧美裁判为了故意打压我，打压我们中国跆拳道队，在我和胡安娜的电子护具上做了手脚，让胡安娜的电子护具灵敏度下降，要承受更高的击打力量才能显示击中得分。那时，我们真的很愤怒，但也很无助，因为我们没有直接的证据……"秦薇喃喃地说，"可愤怒和无助到了极点，我却冷静下来，开始不断地反思和反省。我明白了，如果我的力量更大，能力更强，即便那些裁判给胡安娜的电子护具调到了更高的级别上，我也能够击打得分的话……他们不就没有机会实现他们的阴谋了嘛。所以，我觉得，问题还是在我自己。"

秦薇的话，让林寒愣住了。林寒刚刚没有把自己的话说完。她本想说，如果被裁判黑了的人是她，那么她一定会大闹奥运会，甚至不惜闹到国际奥委会，闹到国际体育仲裁法庭上去！

可秦薇的话，却让林寒心中猛然平静了下来。林寒觉得，就算今天在全国冠军赛的决赛里，她可以做到和秦薇平分秋色。但实际上，她和秦薇之间的差距，仍然很大、很大……

"薇姐，我明白你的意思了。作为运动员，我们只有让自己更强大，只有勇敢面对任何挑战，才能真正实现成功，是吧？"

秦薇点点头。秦薇也很开心，因为刚刚跟林寒说的那些话，她从未跟任何人说过。无论是国家队的恩师刘伟，还是其他亲朋好友。秦薇都没有把自己最真实的想法倾诉出来。但面对林寒，她说了，她倾诉了。倾诉之后，秦薇心中感到了异常的清明和畅快。

"小寒，时间不早了。看到你没事，我就放心了。你好好养伤，还有充足的时间。明年的全运会，希望我们还能够在决赛中相遇。不，我们一定能够在决赛中相遇！"

秦薇说着，和林寒告别，走向病房门口。

"薇姐！"林寒突然喊住了她。

"怎么？"秦薇不解地看着林寒。

"这枚全国冠军赛的金牌……"林寒珍爱地轻轻摩梭着秦薇赠给她的全国冠军赛金牌，却说，"我以后一定也会有很多枚、很多枚。等我拿到属于我的那一枚……薇姐，我会把它还给你的。"

秦薇笑了。

第五十六章　　前夜

扬江大学图书馆的考研专用自习室里。

陈晖合上习题集的最后一页，长长地舒了一口气。明天就是今年这次全国硕士研究生统一考试的时间了。这是她为之准备了一年的考试，也是她人生中一次极为重要的"比赛"！她觉得，自己准备好走上人生赛场了。

陈晖拿起一直保持着静音状态的手机，上面显示着十来条未读微信。

陈晖浏览翻看着。有学校和班级大群里同学们逗闷打趣的，有一同考研的同学发来和她聊备考情况的，有妈妈于芳问她晚上几点回家吃饭的。

还有……

"小晖，明天的考试要加油啊！"

他……记得我明天要参加考试？陈晖的心轻轻跳了一下，在手机上打出了这样一行字："谢谢学长，我会努力的！"

然后，她把这条不夹杂着任何明显情感的回信，发回给江枫。

看完所有的微信，陈晖的心底产生了一丝丝的小失落。其实，她最期盼看到的微信，并没有如期而至。她渴望得到他的祝福和鼓励，那一定会让她在明天的"赛场"上更加一往无前和信心百倍。

但，他的祝福和鼓励，还没有来。

陈晖知道，王炎这段时间很忙。一个多月前，林寒在全国冠军赛上不慎扭伤了膝盖。经过一个多月的治疗和恢复，林寒这些天才刚刚回到训练场上。

作为林寒的专职陪练，王炎也被主教练陈天河赋予了一项新的任务，看护好林寒进行康复训练，让她尽早投入到正常训练中去。毕竟，还有几天就将到来的新的一年，是全运会年。

四年一届的全运会，如同中国各省区市体育人的"奥运会"一般重要。

王炎很忙，陈晖也忙于考前的最后冲刺，所以这一个多月以来，两个人不仅没有见过面，甚至连煲电话的时间都少之又少。但陈晖理解，毕竟她的父亲陈天河也是一个这样的人，为了他的工作，她和母亲都牺牲了太多、太多。

把书本装进书包，陈晖刚想离开，手机却震动了两下。

难道是他……陈晖欣喜地拿起手机，出乎她的意料，发来微信的不是王炎，却是父亲陈天河。

"你妈妈说，晚上要在家里多准备些好吃的，给你考研壮行。你有时间的话，先来体工大队我这边，然后我开车，咱们一起回家。"陈天河说。

陈晖不太明白，为什么父亲连为什么都没说，就让她先去体工大队找他。

但陈晖突然想，她在体工大队或许还能见到王炎，于是心中一喜，给父亲回了微信："爸，我这就出发，您等着我。"

回完微信，陈晖开心地跑出了图书馆。她径直跑出校门口，叫了辆网约车，就直奔扬江体工大队而去。

傍晚的扬城，天灰蒙蒙的，看起来似乎要下雪。

车子穿过一个商业区，大街上，一对对的小情侣却不知从哪里都冒了出来，衣着光鲜、成双成对。

啊！明天就是 12 月 25 号了！陈晖突然想起来。

"司机大哥，"陈晖向网约车司机说，"前面的超市您能帮我站一脚吗？我去买一点东西，很快就回，可以吗？"

网约车司机也是一个年轻人，看着陈晖，嘿嘿一笑。

"小姐姐，你是要去给男朋友买圣诞节巧克力的吧？得嘞，你放心去买，我就在超市旁边的停车场等你。"说着，司机把车开到了超市。

陈晖一溜烟地跑进超市，很快，又一溜烟地跑了出来。

一上车，她就跟司机道了歉，还递给司机一块小小的巧克力作为感谢。

司机笑了。

"小姐姐，谁当了你的男朋友，那真是太幸福了。一般的女孩都等着男朋友送她们礼物，就算自己没准备什么，也有一大堆的理由可以推脱。能找到像你这么诚实、厚道的姑娘，那肯定是他的福气……"

司机的话，不禁让陈晖白皙的脸蛋微微泛红发热起来。

她掏出手机，想了又想，还是给王炎发了一条微信："你在哪儿呢？"

她没想着王炎能多快地回复，可没想到，不到几秒钟的时间，王炎竟然回复了。

"我刚吃完晚饭，一会准备去训练场，陪林寒加练一组。"

陈晖一怔，但还是回道："嗯，那你忙吧。"

陈晖回完这句话，王炎就没有再回复。

陈晖望着车窗外的灯红酒绿。

他……还是忘记了，我明天也要上"赛场"。陈晖想着，不由自主地又拿起了手机。她向上翻着聊天记录。

一个多月前的那一段对话，又出现在她眼前。她想了想，点开了那个聊天对话。上面，有一个视频。

全国冠军赛女子49公斤以下级决赛第三回合的最后几秒钟，林寒为了避开秦薇，扭伤了自己的膝盖，痛苦地倒在垫子上。扬江跆拳道队的陪练王炎从场外冲了过去，把林寒抱到了担架上，护送她去了医院。

这段从看台上拍摄的视频虽然清晰度不是特别好，但也能够清楚地看到，林寒即便痛苦万分，却还一手搂住王炎的脖子，久久不愿放开。

这段视频中，林寒的情绪表达……的确有点暧昧不清的味道。

视频，是郭昊宇发给陈晖的。

应该是郭昊宇从坐在看台上拍摄视频的其他运动员那儿专门要到的。

陈晖当时就问他，他发这段视频给她，究竟是什么意思。

郭昊宇却平静地说，他知道陈晖是陈天河的女儿，也知道她和王炎正在恋爱中。所以……郭昊宇希望陈晖注意一下，别让王炎和林寒走得太近。他甚至希望陈晖能找机会跟陈天河说说，干脆别再让王炎担任林寒的专职陪练了。万一……

当时，陈晖按捺住自己的情绪，回给郭昊宇一段话："郭昊宇，我谢谢你给我通风报信。但你不要忘记，两个人的相处，就是建立在相互信任的基础之上。我信任王炎，相信他不会做出任何对不起我的事情。林寒还是个孩子，我也请你不要用那么复杂的心思去无端揣测她。毕竟，她从小到大一直都拿你当亲哥哥看待，不是吗？还有，王炎担任林寒专职陪练的事情，是我爸爸陈天河和扬江跆拳道队教练组其他教练们共同商量决定的，王炎一定是最合适的陪练人选。所以，我更不会因为什么空穴来风的无聊事，就去干涉爸爸的工作。"

陈晖这段话发送过去，郭昊宇只回了四个字"我明白了"，便再无回音。

网约车上，再一次看过这段视频，还有她与郭昊宇的聊天记录之后，陈晖放下了手机。虽然，她义正词严地驳斥了郭昊宇，她也不曾有过任何不信任王炎的念头。可这段视频……会不会也是她这一个多月都没怎么主动跟王炎说话、见面的潜意识里的原因呢？

陈晖自己也想不明白，抱着怀里的书包微微出了神。

书包里，是她刚刚买好的一大盒巧克力。是给王炎的。

……

扬江跆拳道队的训练场，除了林寒和王炎，空无一人。

林寒认真地活动着自己的右侧膝盖。

一个多月前的全国冠军赛决赛，因为担心对手秦薇受伤的手臂被她踢坏，施展出最后致命一击的林寒不得不中途改变策略，通过破坏自身平衡的方式来勉强中断攻击。可这也导致了林寒自己的膝盖受力不均，膝部十字韧带受损。

好在回到扬城之后，秦薇和刘伟通过中国跆拳道协会，专门联系到北京的运动康复专家来给林寒进行了远程会诊，并制定了详细的治疗、康复计划。经过一个多月的积极治疗，林寒虽说还未完好如初，却已经可以简单地进行一些基础训练了。林寒自己也知道全运会年即将来临，时间一点都耽搁不来，所以这些天自己的状态稍有好转，就央求王炎陪她晚上加练。

王炎原本还想劝她安心养伤，可是他也知道，就凭林寒的性格，她哪里可以轻易放弃加练念头，安心养伤呢？在跟陈天河商量之后，王炎和陈天河一致觉得，如果放任林寒一个人偷偷跑到训练馆"瞎练"，风险更大。还不如有王炎陪着她、看着她，做些合理范围内的小力量训练和基础技术练习。于是，王炎放弃了晚上的休息时间，一心一意陪着林寒。与其说是陪练，现在的王炎，倒不如说是"陪护"了。

在王炎的陪护下，林寒做了一会力量练习，看着场地旁整整齐齐摆放着的脚靶，心里有些痒痒了。

"炎哥，你帮我拿脚靶呗！"林寒讨好似地看着王炎。

王炎摇摇头："刘大夫专门强调，你还没到踢脚靶的时候。"王炎说，"一般人，韧带受损之后都得恢复两三个月，你这才刚刚一个月多一点，急什么！"

"炎哥……"林寒拉长了声音，"我这也不是普通人啊，我是……"

"你是什么？齐天大圣孙悟空？得了，你那染的黄毛快褪色了啊，一半黄、一半黑的，多难看。下次你别染头发了，国家队可是有严格的队规队纪，染一头黄毛是进不去国家队的。"

林寒吐了吐舌头，换了话题："炎哥，就踢两下，让我找找脚感，行不？我从练跆拳道开始也有十来年了，还从来没有这么长时间不踢脚靶和沙袋的。我脚痒……"

"脚痒啊？我请你去洗脚啊？"王炎嘿嘿一笑。

林寒瞪大了眼睛瞅着王炎，突然二话不说抬起右腿，轻轻踢向了王炎的肋部。林寒这突如其来的一腿，王炎都差一点应接不暇。他下意识地抬手拍了一下林寒踢过来的右脚脚面。

"啪。"林寒突然脸上的神色一紧，一屁股坐在了垫子上。

王炎也吓坏了。

"林寒，你没事吧？是不是我拍得太重了？对不起啊，我……我这只是下意识的……"

林寒轻轻用手揉着自己的右膝。右膝韧带虽有些隐隐作痛，但……并没有感觉特别疼痛难忍。

"炎哥……不关你的事，是我自己作死……"林寒摇摇头，苦笑着，不忘劝慰惊慌的王炎。

"唉……炎哥，我真是应该听你和刘大夫的。我不踢脚靶了，这段时间我还是踏踏实实练小肌肉群吧……"林寒说着，瘪了瘪嘴，显然心有不甘，但又不得不认清现实。

"行了，今天别练了。你也不用太着急，时间还够用，毕竟全运会还有九个月。"

"可全运会预赛只有四个多月了啊！"

"全运会预赛共有两次，我觉得你就算只用一条腿，也能获得全运会资格。"

"可我想拿预赛第一名，跟薇姐再打一次！"

"你没必要每一次比赛都非得争个第一，非得追着秦薇打。"

"薇姐她说，这次全运会是她最后一次比赛了。我……我不想浪费每一次和她比赛的机会。"

王炎无奈地笑了："行，那你也得按照医生的建议，耐心康复。到了四月份的全运会预赛，争取健健康康地再跟薇姐打一场。"

王炎其实这是在林寒面前撒了一个善意的谎言。作为奥运会和世锦赛双料奖牌得主的秦薇，是不需要参加全运会预赛，就能够"直通"全运会正赛的。

还不太习惯于自己认真研究赛程赛制的林寒，显然没有意识到这一点。

看着林寒拖着受伤的膝盖从地上站起来，王炎还是有些心疼。

"来，把胳膊担我肩上，我扶你回去休息。"他说。

"不用吧，炎哥。"林寒嘿嘿一笑，"我还坚持得住。要是你扶着我走，让陈指导他们看到了，不定又吓一跳呢。"

"别管那么多，你那个膝盖能不受力就先别受力。我还是扶你一次吧，你就当……我是你的拐棍。"

看到王炎如此坚持，林寒心中一暖，轻轻搭着王炎的肩膀，一步步慢慢走向训练场的门口。

一抬眼，王炎和林寒都愣住了。

陈晖正站在门口，看着他俩。

第五十六章　前夜

345

第五十七章　明日赛场

"晖姐，你怎么来了？"林寒脱口而出，"你是来找炎哥的吧！"

"我来找我爸，和他一起回家吃晚饭，就顺路过来看看你们。怎么，小寒，你的膝盖还……"

"没什么，已经恢复得差不多了。"林寒说着，撇了撇嘴，"炎哥和吴宇哥可不一样，吴宇哥……我怎么踢他、打他，都没事。可换到炎哥这边，我不过是装装样子想踢他一脚，老天爷就给我个报应，哼！"

王炎倒是正儿八经地说："得了，没那么些乱七八糟的。你的膝盖一直在休养，还没恢复到能够顺畅发力的程度。非要做踢击的动作，可不是容易不对劲嘛。"

陈晖还没说话，兜里的手机又响了。

陈天河给她发了一条微信："小晖，你到体工大队了吧？刚刚陈大队突然有事找我商量。你找地方等我一会儿吧，估计要半个多小时。"

"得了，我爸有事要忙，让我等他一会儿。"陈晖看着王炎，说。

"那，陈晖你是要去陈指导的办公室等他，还是去教练值班室等？我送林寒回宿舍，就去找你。"

陈晖无奈地对王炎笑笑："宿舍那边人多，我就在训练场这边等你吧。"

林寒却机灵得很："炎哥，你不用送我，我慢慢走着回宿舍一点问题都没有。晖姐难得来一次，你多陪她说说话……"

"不行！"王炎脱口而出，"外面下雪了，你这腿脚不灵光的家伙，万一走在半路上，再滑一跤怎么办？"

"对啊，王炎，你还是稳稳当当把小寒送回去吧。我就在这儿等你，哪儿都不去。"陈晖说。

王炎点点头。看到林寒还想说些什么，王炎几乎是半扶半架着她走出了训练场。

整个训练场又变得无比静谧了。

陈晖突然从心底油然而生了一种冲动。

自从她小学五年级最后一次参加全市的传统武术套路比赛后，她就再也没有走上任何体育比赛的赛场。她放下书包，脱去长大衣外套，把头发拢了拢，信步走上了训练场中央的那块八角垫子。

她深深地吸了一口气，唰地亮出了格斗势……

咦，我怎么亮出的不是长拳套路预备式，或是柯家拳的起手式，反而是……跆拳道的格斗势？

陈晖想着，不好意思地笑了。也许，她琢磨，在这座扬江跆拳道队的训练场，在这块八角垫子上，不知不觉中聚集了教练员、运动员每一天刻苦训练、勇往直前的精神力量。这种精神力量在潜移默化之中形成了一个"正能量场"，让每一个站上来的人，都会感受到勇气和百折不挠的意志。

咳，我在这儿瞎想什么呢！

陈晖摇了摇头，放松了身子，不再去摆什么姿势，而是在垫子上随意走着。

这座训练场，她不算陌生。

去年晚春初夏之交，她作为实习记者，在这里"下队"深入采访了差不多一个月。那段时间里，她不仅和许多教练、队员成为了朋友，也从旁观者的视角，观察到了父亲陈天河的工作状态。的确，一开始她和妈妈于芳都很不理解陈天河为什么放弃了做得好好的省体育局办公室副主任的工作，答应体育局领导来接手这一支成绩平平、问题多多的运动队。

况且陈天河虽然也有国家级跆拳道教练员证书，但他毕竟是武术散打出身，对跆拳道项目的教学，会比那些科班出身的跆拳道教练做得还好吗？

但，那一个月的采访，让陈晖见识了不一样的陈天河。别的教练、运动员对陈天河的怀疑，从一开始的随波逐流，到渐渐理解。他们意识到，陈天河借鉴武术散打中的中国传统武道精神和理念，将它们融会贯通到竞技跆拳道的训练、实战中去的做法，能够发挥出真真切切的作用和功效。他们开始信任陈天河，也愿意沿着陈天河所指出的训练思路去训练、备战。

她还亲眼见到林寒这样桀骜不驯、潜力爆棚的"天才少女"，为了跟陈天河赌气，而甘当老队员宋曦的陪练。

可林寒却中了陈天河的"套路"。林寒在潜移默化中不断磨砺她自己的心性，从客串陪练运动员的特殊角度，养成了她自己的大局观。她也在技术能力上，实现了一步步的提升。

扬江跆拳道队的前任主帅柯进，把林寒视为女儿一般宠溺。但现在的林寒，哪怕陈天河还时常对她冷着脸指出问题和不足，哪怕训练时依旧严格到苛刻，可悄然之间，林寒却似乎对陈天河也有了严父一样的情感。

陈晖突然好奇地想，如果她的家里真有一个像林寒这样活泼可爱、坚韧不拔，又像假小子一般行走带风的小妹妹，妈妈于芳也该有多开心啊！

可……

"咦，陈晖，你怎么自己走上垫子了？"

王炎的声音，把陈晖纷纷扰扰的思绪喊了回来。

"是不是好久没运动了？"王炎问，"要不要……我给你拿脚靶，你来踢几脚？"

陈晖看看自己身上穿着的毛衣、仔裤，摇了摇头。

"不踢了，明天还要考试呢。"她说，"万一扭到关节、拉伤筋骨，就麻烦了。"

"陈晖，你是……专门来找我的吧？"王炎突然问。

"你……怎么这么说？"

"因为你来之前，问过我，我在干什么。"

"我是怕你在忙。"

"要是你提前说你会来，我就不让那个小丫头今天晚上加练了。"

"别！别因为我耽误了林寒训练。"

"不是耽误……她一天到晚心急火燎，有点急于求成了。"

"你也担心她的伤没好利落，又……"

"肯定担心啊，她是我的……"王炎顿了顿，看着陈晖，认真地说，"她是我陪练的选手啊。陈晖，你……"

陈晖避开了王炎的眼睛，从背包中拿出了那盒巧克力。

"这是……"王炎接过巧克力，有些纳闷。

"我不过什么洋节日的。可是……朋友们都在互相送这些东西做礼物，我也……想送你一份……"

"这个牌子的巧克力很贵的吧。"王炎说，"你没送给其他的朋友吧？"

陈晖皱了皱眉："当然没有！这么贵的，肯定只给你一个人……"

看着王炎狡黠的笑，陈晖明白了，王炎这是故意在逗着她说出来，这份巧克力是她专门为他准备的心意。

"好啦，我知道了，这是你专门买给我的。"王炎轻声说，"谢谢啦，陈晖。"

"你记得，要一个人吃。"陈晖叮嘱道。

"哦……你放心，队里那帮臭小子别想从我这儿拿到一块。"

"女孩子更不行了！"

"嗯，女孩子更不行。"

"林寒……也不可以给……"

"哦……好，林寒就是求我，我也不给……"

"说话算话？"

"说话算话！"

陈晖还想说些什么，手机却不合时宜地响了起来。

陈天河发来微信，告诉她，他和体工大队张君大队长的谈话已经结束，他现在回办公室等她。

"我得走了，我爸等我呢。"她穿好外套，背上背包，就往训练场门口走去。

"陈晖！"王炎突然喊住了她。

"怎么？还有事？"

王炎跑了过来，从外套兜里摸出来一个小小的东西，塞到陈晖手中。

那是一块小小的，黄表纸叠成的小纸片。

"我上个周末休息的时候，去城西青阳观为你求了一道符。希望你能够在明天的研究生考试时拿到好成绩。"王炎说，"这几天一直没时间给你，我原本还想今天晚上陪林寒练完，专门去找你一趟。没想到，你却来了。"

陈晖好奇地端详着手中的这个符。

王炎不好意思地笑了："我知道，陈晖，你不信这些。而且你学习那么棒，一定能考得很好的。这个……就算一个祝福，或者是……一种心理暗示吧。是我……"

"谢谢你，王炎！"陈晖没等王炎说完，就大声地说，"我明天一定会把它带在身上！"

话音未落，陈晖扑到了王炎的怀中。她伸出双臂，紧紧地抱住了王炎，把自己的脸埋在了王炎宽厚的胸膛中。

王炎愣住了。长这么大，他还是头一回被女孩子这样紧紧地抱着。他嗅到陈晖身上淡淡的少女香气，感受到陈晖的体温。他只觉得自己的心跳得无比强劲和快速，快到几乎如同在体能测试时冲击极限。

他的两条胳膊和两只手也不知该放在哪儿。许久，他才颤巍巍地把胳膊环到了陈晖的身后。不知从哪里生出来的一股勇气冲上王炎的心头，他也同样用力地，把陈晖紧紧抱住……抱住……

好一会，陈晖仰起脸，看着他，露出了开心且有些小委屈的神情。

"王炎，我还以为你把我明天要上'赛场'的事情忘了呢。"

"赛场？"

"对啊！这次研究生考试，对我来说，差不多相当于你们的全运会比赛吧！"

"哦，这样啊！那……我们一起来喊一句……"

"喊一句什么？"

"打败秦薇，力争冠军！"

"讨厌！我又不是林寒！"

"嘿嘿……那……还是要预祝你拿到'全国冠军'，至少……也要登上'领奖台'！"

"嗯，我……会努力的！所以，还是要谢谢你，王炎！"

"谢我干什么啊……"

"谢谢你记得我要去参加这次重要的考试啊！"

"你都说了，这次考试很重要，所以……我怎么可能忘记。"

王炎说着，看着陈晖，却缓缓低下头。

突然，他吻了下去。

陈晖瞪大了眼睛。

王炎突如其来的吻，大大超出了她的意料。她下意识地想躲，但在王炎怀中，她躲无可躲。

可是，这个吻，其实不正是她一直期待着的嘛！她终于闭上眼，开始享受着这个吻。她抱着王炎身子的胳膊，环得更紧了。

王炎抱着她的胳膊，比她还要紧。几十秒钟过去了，两人心有灵犀地放开胳膊，深深地喘了口气。

"王炎，你是第一次吻女孩子吗？"

"是啊……我……我快憋死了。"

"我也快让你抱得喘不过气来了！"

"下次……下次我会注意的……"

"你……"

这时，训练馆门口突然有人轻轻咳了一声。

陈晖和王炎触电一般地停住了一切动作和话语。

"小晖，你在这儿啊。走吧，我们回家。你妈妈该等着急了。"陈天河轻描淡写地说，"王炎，你要不要一起到家里吃个晚饭？"

"那个……陈指导，我……我吃过晚饭了。"王炎脑子一片空白，半天才憋出来这么一句话。

"好，那就下次吧。"陈天河说，"我们走，小晖。"

陈晖跟王炎用眼神道了个别，红着脸庞，随着陈天河走出了训练场。

陈天河开着车子，驶入夜色。

陈晖默默无语，一边回味着刚刚的那个吻，一边忐忑地想，她和王炎接吻的场面，是不是全都被父亲看到了。

她觉得自己的脸庞更热了。

突然，陈天河问："小晖，你送王炎的那盒巧克力是在哪个超市买的？"

"啊……"陈晖一阵慌乱，定了定神，装作什么事情都没发生过一般，"爸，那个巧克力好多超市都有卖的。"

"哦，前边有个大超市，我在路边停一下，你去帮我买一盒来。"

"啊？爸，您要……"

"我带回去，送给你妈妈。"

"哈！好的，爸！"

"你激动什么？我告诉你，那是专门给你妈妈的，你不准偷吃啊。"

"哦……知道了，爸。"

陈晖撅了撅嘴，可心底却感觉无比的幸福。

第五十八章　林寒的故事

马上就要春节了。

虽然备战全运会的时间紧、任务重，可主教练陈天河还是给扬江跆拳道队的队员、教练们安排了四天的春节假期。

他说，大家辛苦一整年，磨刀不误砍柴工。想在全运会上力争好成绩，来自日常的积累和努力，并不差春节那么一天、两天。

别的队员、教练听到放假安排，无不欢欣雀跃。可王炎却发现，林寒的眉宇间并没有往日听说放假时，那么开心兴奋。林寒反而微微皱了皱眉。

或许是林寒的身体素质太好，这些天，膝伤康复神速的她已经开始投入到技术练习。无论是为她执靶，还是穿上护具陪她演练对抗，王炎都能感受到林寒的力量正在恢复。但不知为何，今天的训练，她格外地刻苦，可似乎身心都有点泄劲。

很快，今天的训练告一段落。还没等王炎想好怎么问问林寒，为什么感觉她的情绪低落时，级别教练李静先走了过来。

"小寒，春节去哪儿玩啊？"李静问。

"李指导，我……就回家歇歇。睡几个懒觉，然后跑跑步、逛逛街。"

"怎么……春节的节目单这么单调啊？"

"嘿嘿。"林寒无奈地笑笑，似乎不想在这个话题上纠结。

李静也看出了林寒的心情不佳，她摸摸林寒的头："等我春节之后从老家回来，给你带你爱吃的年糕啊。"

"嗯！"林寒装作很开心的样子，"谢谢李指导！"

看着李静转身离去，林寒脸上的笑容又消失了。

"林寒，你的演技越来越好了。"王炎轻声说。

林寒瞥了他一眼，什么也没说，静静地收拾着自己的护具。

突然，林寒似乎想起了什么："炎哥，春节那几天……你可不可以陪我训练？"

"啊？"这句话无异于给王炎的当头一棒。这小丫头脑子是进水了吧？他想，好不容易放个假，她还要训练？这究竟是怎么了？

看着王炎讶异的神情，林寒苦笑着摇摇头："好了，炎哥，我……我跟你开玩笑的。你别当真。你好好……陪家人和晖姐过年吧。"

"不对，林寒，你有什么事瞒着大家，瞒着我。"王炎拉住林寒手中的背包，看着她闪烁的眼睛，"林寒，到底出什么事了？"

"其实也……没什么事。"

"你老实说，要不然，我让陈指导跟你说。"

"别，你别找老陈！"林寒撅了撅嘴，想了想，叹了口气，"其实也没什么，只是一想到这次春节，家里只有我一个人……我就高兴不起来。一下子也觉得，过年好无聊啊，还不如……训练呢。"

"怎么春节就你一个人？你妈妈呢？刘老师她……不陪你过年？"

"我妈去法国那边的一个学术机构做访问学者，一走都大半年了。"林寒说，"本来她也想回来陪我过年，可我舍不得她来回折腾，要坐好久的飞机，太辛苦了。而且春节假期说长不长，也就这么三四天的事，我就……没让她回来。"

"那你爸……"王炎这三个字没过脑子脱口而出，可刚刚说出口，他的心里就咯噔一下。

坏了！

他知道，这三个字对于林寒而言，简直糟糕透了。

林寒听到了这三个字，她愣住了。拿着装备和背包的手似乎微微抖了抖。几秒钟之后，林寒看向王炎，王炎的脸上满是难以言表的歉意。

"林寒，对不起！真的对不起！"他说。

反倒是林寒豁然地轻轻叹了口气："炎哥，没事，我知道你不是故意提起这个话题。"

停了片刻，林寒缓缓地说："炎哥，可能你也听说过一些事情。我爸爸，在我出生之前就去世了，所以……我只是在照片上见过他……"

原来，林寒的爸爸和妈妈是外语学院的大学同窗。两个人在大学校园中相遇、相识、相知，直到毕业之后走进婚姻殿堂。毕业后，林寒的妈妈担任了扬江大学的法语教师，爸爸去了一家大型国有企业工作。很快，两个人也有了爱的结晶。

在所有人眼中，这必将是一个幸福、美满的家庭。

然而，天有不测风云。林寒妈妈怀孕的那一年，林寒爸爸以翻译人员的身份跟随企业员工前往非洲参与一个援建项目。可没想到，在那边发生了意外事故，林寒的爸爸不幸遇难。噩耗传来，林寒妈妈悲痛欲绝。擦干眼泪，她还是为了腹中的孩子，选择了坚强面对。

在初冬时节，林寒妈妈顺利地生下了一个女儿。看着和丈夫的眉眼非常相像的女儿，她哭了。

那一天，天气很冷。她给她起名林寒，是为了能够永远记住和女儿相见的这一天。她生怕万一她组建了新的家庭，有了其他的子女，女儿会吃苦，会被别人忽视。所以她始终没有再嫁，而是一个人勇敢承担起了抚养林寒的重任。

林寒的爷爷奶奶、外公外婆都不在扬城生活，只有她和妈妈两个人相依为命，住在扬江大学教师公寓。身为遗腹子，林寒从小到大都没有见过爸爸，只能在一张一张照片中看着爸爸帅气、坚毅的形象，想象着爸爸说话的嗓音，想象着爸爸陪她玩耍的情景。

小时候，林寒就和其他老师家的男孩子们一起，在扬江大学操场上摸爬滚打。假小子一般的短发便于梳洗打理，也成了她最喜欢的发型。家里没有男子汉，反而让林寒从小就生出一种要为保护妈妈而冲在前面的天不怕地不怕的性格。

七岁那年，有一回周末，林寒吃腻了大学食堂，吵着想吃妈妈拿手的糖醋小排。拗不过她的妈妈，就趁着周末带她去菜市场买菜、买肉。有个卖菜的奸商素来缺斤少两，这一次被林寒妈妈发现之后，他不但不承认，还对林寒妈妈冷嘲热讽。哪想到，小小的林寒差一点掀了那人的菜摊，好不容易被妈妈拦下，她就拿着菜摊上的土豆、萝卜，把那奸商劈头盖脸砸了个痛快。

虽然很欣慰自己的女儿这么要强，但出身于书香世家的林寒妈妈也对林寒的性格培养产生了一点忧虑。后来，林寒妈妈听学校的体育教研组老师说，女孩子习练跆拳道不但可以强身健体，能学到保护自己的技能，更重要的是能够修身养性，懂得礼仪、规矩。林寒妈妈眼前一亮，她就把林寒送到了那位体育老师推荐的昊天跆拳道馆。从此，林寒就走上了跆拳道运动的道路……

听着林寒简单地诉说了自己的家庭和人生故事，王炎不禁对眼前这个小女孩产生一种敬佩之情。他第一次见到林寒，是在三年多前。

那时候林寒是时任扬江跆拳道队主教练柯进宠溺的爱徒。原本才十五岁的林寒是没有资格直接进入扬江跆拳道队一线队的，但在柯进的独宠下，林寒获得了和一线队员共同训练，吃一线队运动灶，享受一线队运动员待遇的特例。

那时候的扬江跆拳道队是柯进的一言堂。因为讨厌柯进，刚刚见到林寒时，说实话，王炎还有些恨乌及屋地讨厌这个小丫头。她似乎只听柯进一个人的话，只喜欢跟在郭昊宇屁股后面打转。

虽然，林寒对其他教练、队员也都算彬彬有礼，但王炎总觉得，这个小丫头从心底里，并没有看得起这些扬江跆拳道队的队员们。她总是说，有朝一日她是要进国家队，要去拿世界冠军、奥运会冠军的。仿佛扬江跆拳道队这个"浅池"，养不下她。直到她真的拿到了青奥会冠军归来，林寒更是成了扬江体工大队上上下下的宠儿。似乎，整个扬江体工大队未来的荣光，都要靠林寒去守护和捍卫。

她也因此变得更骄傲了。等到柯进因为带队无方而被解职，林寒更是大闹体工大队，甚至搞出离队风波。那时，王炎其实是抱着一种冷眼看热闹的吃瓜心态。他看不起那个骄纵自大样子的林寒。哪怕他在食堂"见义勇为"帮助林寒和拳击队的韩宁打了一仗，也只是因为气不过韩宁说他们跆拳道队的队员没礼貌，跆拳道是花拳绣腿而已。

然而，林寒在新任主帅陈天河面前吃了那么多的瘪，也在陈天河的激将下，重新归队担任宋曦的陪练，王炎发现，林寒竟然也在慢慢地改变。或者说，她在回归真实的自己。虽然还有不羁，虽然还是嘴硬，可林寒的目标也更明确了。她要奋斗，要前行，不会因为坎坷，而停止追求她人生目标的脚步。

林寒甚至愿意帮助队友宋曦实现梦想，而无私付出自己的汗水、努力，甚至是一身伤痛。他开始看得起林寒了。他发现，林寒给她自己设置了一个小目标：打败秦薇，成为新的王者。

王炎一开始只觉得林寒幼稚、可笑。但当林寒真正开始认认真真地为了实现这个目标努力的时候，王炎也不禁为她的全情投入所惊讶。他也很不理解，为什么秦薇明明知道林寒要挑战她，要以击败她为目标，还会把自己的训练录像、训练心得和资料让他转交给林寒。那无异于一位"武林宗师"把自己的秘笈，拱手送给敌人和对手啊！

他问过秦薇的真实想法。秦薇却说，中国跆拳道人的奋斗目标永远只有一个，那就是为国争光。而林寒，不仅有着强烈的为国争光的理想信念，也有为国争光的勇气和能力。所以，她应该帮助林寒去实现她想要实现的所有目标和梦想。

秦薇也希望王炎能够和她一同，帮助林寒实现她的目标和梦想。王炎还有些纳闷，秦薇是从哪里看出来林寒有为国争光的理想信念的，又从哪里看出她具备为国争光的勇气和能力的？但从去年林寒在全国冠军赛上意外受伤，直至今天林寒当着他的面，说出了她自己潜藏心底的故事之后，王炎突然明白了一切。

林寒对秦薇的有仁有义，对母亲的深深孝心，林寒的天不怕、地不怕，都是建立在她的真实品格之上的真实体现。而这些品格，足以让她在祖国需要她的时候，在需要她为国争光的时候，奋勇在前，不惜做出任何的牺牲。

"林寒！"王炎突然说，"这个春节，到我家来吧！"

"啊？"林寒瞪着大眼睛，不解地看着王炎。

"我是说，春节你别一个人窝在家里了。除夕你来我家，我跟我爸妈给你做好吃的，给你包饺子。我们一起过年，好吧？"王炎说。

"嗯！"林寒使劲点了点头。

她笑了，笑得特别开心。

第五十九章　除夕

除夕傍晚，王炎接到林寒的电话，一溜烟地下楼，走出小区。

远远地，他就看到瘦瘦高高的林寒背着一个双肩包，手中还拎着一大包水果、牛奶和营养品之类的礼物，站在路口四处张望。她似乎在猜测，王炎会从哪个方向出现。

王炎喊了林寒，快步跑了过去。

"不是跟你说了，我家在解放路和人民路交叉路口的西边。"王炎说着，从林寒手中接过那些礼物，"喊你来过年、吃饭，你带这么多东西干嘛。"

"又不都是给你的，"林寒撇了撇嘴，"是给伯伯、婶婶的。"

林寒跟在王炎身后走着，又嘟囔着："你只是说什么东边西边的，我从小就只知道上下左右，分不好什么东南西北……"

王炎转头看看林寒，嘿嘿一笑打趣她："原来，还有你不擅长的东西啊？"

林寒刚想辩驳什么，却发现路边偶尔出现的人，看着她的神情都有些怪怪的。直到王炎熟络地跟这些人打着招呼，林寒才知道，这些人都是王炎认识的邻居。

"呀！"突然，一个惊讶的声音喊了起来，"这不是……这不是跆拳道队的林寒吗？"

一个和王炎年纪差不多大的男生，正牵着一个女孩子的手，甜甜腻腻地走来。他看到林寒跟在王炎身后，似乎向着王炎家的方向走着，惊讶万分。

"咦，你不是游泳队的吴涛吗？"林寒突然想起了喊着她的男生的名字和身份。

"哟，你认得我啊？"吴涛点点头，跟身旁的女友介绍，"这是我女朋友珊珊，那位帅哥是我从小一起玩到大的王炎，省跆拳道队的。那位姑娘更是厉害啦，她叫林寒，也是我们省跆拳道队的。不过人家已经是青奥会冠军，两次全国冠军赛的亚军了呢。咦，怎么，林寒你来找王炎？呀，你俩不会是……"

看着吴涛一脸八卦的神情，林寒脸庞忽地笼罩上一抹微红。她刚想辩解，却听王炎说："吴涛你别瞎说了，林寒妈妈出差在外，这次春节家里就她一个人，所以我请她来我家一起过年。我家平时不也就我跟我爸、我妈三个人嘛，多一个人过年，也多几分热闹。对了，你晚上没事的话，也来我家玩呗。"

珊珊悄悄拉了拉吴涛的手，吴涛会意。

"不了，我跟珊珊出去转转，一会儿还要陪我爸妈去乡下爷爷家呢。乡下的风俗还是老传统，不都是半夜吃年夜饭嘛。那我就……不耽误你们了。"说着，他冲林寒神秘兮兮地笑笑，拉着女朋友走远了。

看着吴涛和女朋友远去的身影，林寒却似乎想到了什么。

"炎哥……"她小声说，"要不……我去你家坐坐，就……回去吧。"

"咦，你怎么了？"王炎疑惑地看着林寒，"说好了一起过年，吃年夜饭的，怎么坐坐就回去？再说了，你回家有那么多好吃的嘛！"

"扬江大学也有老师和学生过年不回家的，所以食堂有吃的。我就这样冒冒失失地去你家过年，会让别人误会的。要是晖姐知道了……她会不会生气啊……"林寒吞吞吐吐地说。

王炎一怔，他的确还没有把邀请林寒到家里过除夕这件事告诉陈晖。他倒不是想瞒着什么，只是他知道，陈晖除夕当天一定要陪着陈天河和于芳回柯家村老家过年。陈晖也知道，王炎在扬城也是陪着爸爸妈妈一同过年。所以，他自然而然地没有跟陈晖提到这事儿。

林寒说了，他才隐隐意识到，是不是应该提前告诉陈晖。可他又想，如果跟陈晖说了，陈天河也就一定知道林寒这个春节一个人在家的事情。说不定陈天河也会为林寒多添一些挂念和操心，过不好年。与其这样，不如让他来替陈天河照料一下林寒吧。

"没事，陈晖不是那种小肚鸡肠爱胡思乱想的人。"王炎嘿嘿一笑，"再说了，我跟我爸妈从一早就开始忙活，准备了一大桌子好吃的，肯定有你爱吃的。吃什么学校食堂啊，快走，尝尝我爸妈的手艺去！"

听王炎这么说，林寒才把那些担心全都抛到了脑后，开心地跟着他往家走去。

王炎的爸爸妈妈早就准备好了丰盛的年夜饭。看到林寒来了，相互嘘寒问暖一番，一大家子人就围坐在饭桌前，美美地吃上年夜饭。

林寒的样貌本就清秀可人，虽然有点假小子模样，却很乖巧懂事，更不像有的女孩子那样矫揉造作。王炎妈妈一下子就喜欢上了林寒，给她碗里夹了满满的鸡鸭鱼肉，似乎真把林寒当成了自家姑娘般宠爱。

吃过年夜饭，林寒帮着洗好碗筷，坐在沙发上，却有些手痒了。

她神秘兮兮地瞅了瞅王炎。

"炎哥，你……"她小声问，"准备鞭炮了没？"

王炎纳闷地看着林寒："怎么？你……想干嘛？"

"我们出去放鞭炮吧！"

"看电视不好吗？一会儿春晚就开始了。"

"我……每年过年都想放鞭炮，可我妈以前都不让，我只好偷着放。"林寒嘟嘟囔囔地说，"我还以为，今年终于有机会痛痛快快地放一回呢。"

说着，林寒悄悄瞥了一眼她放在沙发旁边的双肩包。

王炎突然意识到了些什么："林寒，你该不会……"

林寒嘿嘿一笑，拿过双肩包，拉开拉链给王炎看。

双肩包里，装着各色的鞭炮和烟花，琳琅满目，没有几十种，也差不多有十来种了。

"林寒，你这是怎么来的？"

"当然是我买的啊。"

"不是，我的意思是，你背着这一大包这些东西，怎么敢坐地铁、公交车的？"

"唉……炎哥，我可是很守规矩的！"林寒皱皱眉，"我是下了车，到你家附近这边，才找到一家卖烟花鞭炮的专营店买的。"

王炎这才长舒一口气。

"炎哥，我们一起去放鞭炮吧，好不好嘛……"

林寒看着王炎，那副充满期盼的小眼神，让王炎难以拒绝。

"爸、妈！"王炎跟爸爸妈妈打着招呼，"我陪林寒出去，在路边的空地儿上放一会鞭炮就回来。"

"啊？放鞭炮？"王炎爸爸愣住了，还以为自己听错了。

"爸，你别拿她当那种弱不禁风的小姑娘。"

"哦，那你们早点回来啊。我还准备了点心和……"王炎爸爸话未说完，却被王炎妈妈轻轻递了个眼色。

"让他跟林寒在外面好好玩一会，年轻人的事情，咱们别管。"王炎妈妈压低了声音，对丈夫说。

"不对啊，我想着去年专门跑到北京陪王炎过年的那个姑娘，不是叫陈……陈晖的吗，今年这个林寒……"

"唉，老王，你要相信咱儿子不是那种人。不管姑娘是姓陈还是姓林，我相信王炎他能够把握好分寸的。王炎之前不是也说了嘛，让咱们把林寒当自己家闺女对待。"

"儿媳妇总归不也是自己家闺女……"王炎爸爸小声嘟囔着，回到厨房切水果去了。

王炎和林寒哪里听得到王炎爸爸妈妈的窃窃私语。他俩下了楼，走到路边的一个空旷地。

林寒从背包里拿出一挂长长的红色鞭炮，挂在树枝上。她熟练地剥开鞭炮的包装纸，露出引线。然后，她又从背包里翻出一束线香，抽出一根，用准备好的打火机点燃，递到王炎面前。

"炎哥，你来点吧！"

王炎一愣："为啥我来点？不是你要放鞭炮的嘛！"

"大过年的，放一串鞭炮，驱驱前一年的晦气，新的一年更有福气啊！"林寒笑着说。

看着王炎迟迟不肯从她手中接过线香，林寒突然觉得自己发现了些什么。

"炎哥！"她似乎洞察了王炎了不得的秘密一般，"你该不会是……害怕放鞭炮吧？"

看着王炎不置可否的神情，林寒觉得自己猜对了。她刚想笑话王炎几句，王炎却突然喃喃地说："小时候，我也很喜欢放鞭炮，可自从我妈身体不好，我就再也没放过鞭炮。"

"为什么？"林寒纳闷地看着他。

"我妈心脏不好。那时候我还小，不懂事，也不理解为什么我爸突然间就不在春节时往家里买鞭炮了。有一年除夕，我在家里恶作剧，把从邻居家拿到的一只鞭炮点燃了，扔到自家门口，炸出很大的响声。结果我妈……整个春节假期都一直很不舒服。可她一点都没有怪我，还劝我爸不要揍我……后来我才

伴你上青云

明白，我恨我自己那时候太混蛋了。"

林寒这才明白了王炎不愿意放鞭炮，不是他胆小，而是……

"对不起，炎哥。我不知道是这样。我也不放了，我们回去吧。"

林寒说着，放下手中的线香，准备取下挂着的鞭炮。

"嘿，林寒，没事的！"王炎突然说，"你放你的，这边离我家有好一段距离呢，也吵不到我妈。再说了，就像你刚才说的，春节放出点动静来，驱驱晦气，迎来福气满满的新一年！"

林寒想了想，点点头。

"那……炎哥，"她真诚地说，"我们两个一起点燃这挂鞭炮吧。一来，预祝婶婶和伯伯在新的一年里，身体都健健康康的。二来，也祝我在今年的全运会上，能够……"

林寒本想习惯性地说出那句"战胜秦薇"，可话到嘴边，却变成了"争取好成绩"！

王炎笑了，接过林寒手中的线香，就去点那挂鞭炮。

一阵微风吹过，鞭炮的引线有些摇曳，王炎试了两下竟都没点燃。

林寒大大咧咧地拉起了王炎的手，两个人四只手握在一起，把线香稳稳伸向了引线。

"啪啪啪啪啪……"清脆的鞭炮声响了起来，林寒和王炎站在不远处，看着火树银花般的场景，心中都期待着刚刚许下的心愿能够在新的一年梦想成真。

很快，鞭炮燃尽。林寒刚想说什么，微风又迎面吹了过来。

或许是鞭炮燃烧后炸出了细微的碎屑，顺着微风吹到了林寒的脸上，一下子让她的眼睛睁不开了。

"林寒，怎么了？"

"左边的眼睛，迷眼了……"

"你别揉，我来看看！"说着，王炎走近林寒，"林寒你别动啊，我帮你翻开眼皮，看看是不是能把灰尘吹出去。"

"行不行啊，炎哥？"

"你可别说，这是我的绝活。小时候那帮小朋友但凡迷了眼的，都是我帮他们吹好的！"

"行，炎哥，你快帮我看看。好难受啊……"

王炎轻轻翻开林寒的左眼上眼睑，还没看到附着在眼睑内侧的灰尘，却发现林寒的身子在微微摇晃，躲闪着王炎吹来的气。

"林寒，你怎么怕成这样？"

"呵……我……我还没试过吹眼皮呢。"

"那你小时候迷眼了，你妈妈不给你吹啊？"

"我妈虽说上得了讲堂、下得了厨房，可这项技能……好像还真不会……"

"那你别紧张，很快就好。你这样一直晃啊躲的，我没办法看得准……"

"炎哥，我争取……争取不晃。"

"哈哈，你要是怕，就抓着我的衣服。唉，对了，别动！我看到那颗灰尘了，没错。你等着啊，我数三个数，一……"

林寒果然两只手轻轻拉住了王炎外套的两侧。

"二……"

或许是王炎的计数让她更紧张了，林寒下意识地攥紧了抓着王炎外套的双手……

"三……"

"哥！"伴随着林寒脱口而出的轻呼，王炎轻快地吹了一口气。

林寒的身子微微一倾，条件反射地闭上了眼睛。可当她再一次睁开了双眼，却发现王炎的脸，距离她的脸好近、好近。猛然间，一种奇怪的感觉，从林寒的心底油然而生。

这不是第一次有男孩子离她这么近了。

可哪怕是上一次郭昊宇面对面看着她，亲吻她，她都完全没有过这样的感觉。但这一次，不知为什么，她竟然生出了这样的感觉。

她赶紧松开手，身子往后退了一大步。林寒觉得，自己的身上似乎一下子渗出了一层细密的冷汗。

王炎不知道林寒在想些什么，还以为她仍是因为被吹眼皮而后怕。

"林寒，眼睛是不是已经没事了？"他说，"你看，就一下子的事，怕什么。"

"我……"林寒吞吞吐吐着，眨了眨眼，却发现自己的左眼果然已经恢复如常，没有了任何的异物感……

不远处的路口，一辆小汽车正在等红灯。

陈晖坐在后座上，不经意间往外一瞥。

怎么，路口那一男一女，似乎有些眼熟？她想着，路口的红灯已经变成了绿灯，父亲的车子已经启动了。

"爸！"她突然问，"这里是不是……离王炎的家挺近的？"

"对啊，应该就是附近了。"陈天河随口说，"怎么，你想他了？等我们晚上从爷爷家回城来，明天，你也替我去王炎家拜个年。"

"没……没有。嗯……拜年……好啊。"陈晖语无伦次地说着，还想往刚刚的方向张望，车子却已经驶得越来越远了。

第六十章　今夕是何年

陈晖从兜里摸出手机，攥在手里，心中却无比忐忑。

她很想给王炎打个电话。不，应该跟他视频通话。看看他是不是正在家里跟爸爸妈妈一起吃年夜饭、看春晚。而没有跟林寒……

陈晖第一次不相信自己的眼睛了。她觉得，刚刚在街口亲昵地搂抱在一起的那两个人，其实很像王炎和林寒。但她又想，虽说那个街口离王炎的家很近，可他和林寒却没有理由在这个时候出现在那里啊！况且……王炎不是那种人，也不会骗她。

她很想跟王炎视频通话，证明一下那两个人不是他和林寒。但……她觉得自己应该信任王炎。陈晖想，如果真的是林寒来找王炎，他一定不会不告诉她的。

陈晖攥着手机，思绪纷乱。这一切都被坐在副驾驶上的妈妈于芳透过后视镜看在眼里。

"小晖，你怎么了？心事重重的样子？"于芳关切地问，"还在想你那研究生考试吗？还有半个多月才能出成绩呢。今天大过年的，不用惦记着那些学习上的事。况且，你自己不是也觉得考得非常好，预判能够拿到高分吗，你还担心什么。对你的学习和考试成绩，妈妈一向都很有信心。"

陈晖无奈地笑笑。看来，妈妈丝毫没有洞悉女儿心底的所思所想。

"爸。"她突然问陈天河，"扬江跆拳道队里面，除了您、王炎和林寒，就没有留在扬城这边过年的人了吧？"

"嗯，对啊。整个扬江跆拳道队，土生土长的扬城人，就我、王炎和林寒。之前，还有个郭昊宇，不过他走了，被你二叔挖到东川去了……这你是知道的。"

"那林寒……"陈晖脱口而出，"有没有说过，她春节有什么安排？"

"那小丫头现在一门心思都在养伤和备战全运会上，也没跟我提过春节请假离开扬城去外面玩的事情。我估计春节，她应该跟她家人一起过吧。嗯？你怎么想起问她来了？"

"没什么，爸。"陈晖想了想，又问，"王炎他……当了陪练之后，对林寒的帮助大吗？"

陈天河虽然对女儿主动问起跆拳道队的事情也感到有些纳闷，但他还是认真回答。

"不能说大……"他顿了顿，说，"而是说，非常大！王炎的能力担任陪练是非常出色的，他又在国家队历练了大半年，把很多在国家队学到的训练理念和陪练技巧都带了回来。更难能可贵的是，他甘愿牺牲自己的个人利益，全心全意当林寒的陪练。有了他的帮助，我相信林寒一定能在今年的全运会上一飞冲天，实现蜕变。"

不明就里的于芳也在一旁插话："王炎上次来咱们家吃饭的时候，我就喜欢上这个小伙子了。长得挺帅，为人也实在。老陈你这么一说，我觉得这个年轻人真是不得了。对了，老陈，今年全运会打完，你想什么办法也得帮人家王炎把工作关系转正了啊。实在不行，你不还可以去找找省体育局办公室的袁主任嘛。怎么说，老袁她也是林寒的远房舅妈，王炎不也是为帮她们家的姑娘训练，才做出这么多个人牺牲的嘛。咱们小晖，可还等着王炎呢……"

陈天河最听不得这种让他托关系找门路的事情，可还没等他说话，陈晖却微微皱了皱眉。

"妈，说王炎的事儿呢，怎么又扯上我了！再说，我哪儿等着他了……"

母女俩还想掰扯些什么，车子已经驶下了环城公路，柯家村的老宅在夜色中依稀可见。

陈天河停下车子，却见柯进套着围裙从堂屋走了出来。

两人上一次见面，还是几个月前。那一次，陈天河和柯进在医院林寒的病房外大吵了一次。此刻两兄弟相见一笑，却还觉得有些尴尬。但柯进对大嫂于芳和侄女陈晖却是相当热情，连连招呼她们赶紧进屋，陪老爷子柯寿璋聊天。

于芳和陈天河哪里有时间聊天，他俩放下东西也赶紧跑到厨房忙碌。不一会儿，年夜饭的各式菜肴就陆续铺满了一大桌。和之前柯寿璋做寿时，十里八村的亲戚朋友齐聚一堂有所不同。除夕夜的年夜饭毕竟是家宴，也没请外人，除了老爷子柯寿璋，大儿子陈天河一家三口，就是从东川远道赶回来的小儿子柯进一个人。

五个人围坐在饭桌前，看着电视、吃着年夜饭、聊着天，虽然谈不上热闹，却也一家子其乐融融。

酒过三巡，柯进甚至主动跟陈天河聊起他接手东川跆拳道队这一年多来的感想和趣闻。陈天河也说了些扬江跆拳道队的闲事。没想到，一度针锋相对的兄弟俩，恍惚间竟似恢复了小时候那种亲密无间的亲情。

"大哥！"柯进最后向陈天河举起酒杯，"我这次出去了，才晓得，无论走到哪儿，还是家里好。不过，我不后悔。我也想跟你在今年的全运会上比试比试，看看究竟是你带着扬江跆拳道队能够一战成名，还是我柯进能在东川跆拳道队打好这一次翻身仗！"

陈天河微微一笑，也举起手中的茶杯，和柯进轻轻一碰："那就比试比试。"说完，陈天河把那杯茶水一饮而尽。柯进也一仰头，喝光了杯中的白酒。

吃完年夜饭，大家继续围坐在堂屋中聊天、看春晚。

陈晖心思始终纷纷扰扰。她完全看不进去电视，父亲、二叔和爷爷之间的那些话题，她也丝毫插不上嘴。

听着屋外此起彼伏的鞭炮声，看着窗外时而腾起的烟花，她跟妈妈说一声"去二楼天台看看烟花"，就一个人跑上了楼。

走到二楼天台，一股凛冽的风轻轻拂过陈晖的面庞。她又拿出手机。

王炎始终没有给她发微信或是打电话。

她想给王炎打个电话，但又拿不定主意。她放下手机，看着四周，出了神。

不知过了多久，天台的门被推了开。

陈晖一看，竟然是柯进一个人走了过来。

"怎么了小晖，大晚上的一个人跑来吹风。"柯进笑着问。

"没什么……二叔，我就……看看别人放烟花，挺好看的。呵呵……"陈晖尴尬地找着借口。

柯进走过来，靠在围栏上，长叹了一口气。突然，他问："你跟王炎在一起交往了吧？"

陈晖一怔，没有承认，却也没有否认。

"王炎那个臭小子，虽然看上去吊儿郎当，也有点不修边幅，不过人品还是蛮不错的。"柯进说，"可是你要去北京读研究生了吧？你们两个的事……你爸你妈没催你？"

陈晖脸上微微一红："二叔，你看你这话说得。我跟王炎还没到那一步呢。"

"哦……小晖，过了这个年，我记得你应该二十三了吧？王炎好像比你大一点，那就是二十四岁了。研究生需要念几年？两年还是三年？甭管几年了，等到你研究生毕业……你俩还真不算小了。别说你爸你妈心里头肯定着急，就是爷爷他嘴上不说，心里也急着想看到个四世同堂呢。咱们柯家啊，说实话，人丁不旺。爷爷他下头就我跟你爸两个儿子，你爸还被他送出去了。嘿，老爷子真是瞎仗义。再说我们下头呢，你爸就你一个闺女，我……呵呵，更惨，离婚了，孩子也不跟我了。你看，这大过年的，村里头别人都是一大家子团团圆圆，柯家就咱们五个人大眼瞪小眼，爷爷他心里肯定也不舒服。陈晖，你抓紧吧！柯家的下一代，就指着你了。"

柯进既诙谐又正经的一番话，却触动了陈晖的心。

"二叔，表弟他还好吧？"

"小胖？好着呢。这个春节，他跟他妈……你的前二婶，在国外玩得那叫一个爽……"

"二叔，你……没想过再……"

柯进一怔，他意识到陈晖不是戏谑，而是真的关心他，他嘿嘿一笑。

"小晖，说实话，我刚离婚那两年，也挺想赶紧再找一个的。可后来，一个是工作忙，再一个……我觉得每天去训练场带着孩子们训练，饿了往食堂一钻，困了在宿舍一睡，生活变得简单，反而没有太多的念头了。唉，话说回来，这些年，我还是把最多的时间和心血都花在林寒那个小丫头身上了。有时候我甚至会错觉，她就是我的闺女……嗯，没错，掰着手指头算算，我跟她在训练场上度过的时间，的确比我跟你表弟小胖在一起的时间只多不少。也难怪，小胖对我一直爱答不理的。我这个爸爸，做得也挺失败的。"

"那林寒她……二叔，我知道你没能把她挖去东川，她一开始也挺伤心的……"

"哈哈，小晖，这话你可别跟你爸说。"柯进笑着笑着，脸色暗淡了下来，"我明白，林寒那时候对我一定很失望，也会觉得我太功利了。林寒会以为，是我觉得她不争气、没前途，就抛弃了她。其实真不是那样的……唉，我当时也真的是没办法。作为一个外聘教练，我首要的任务，是帮东川跆拳道队能够立竿见影地把成绩提起来。让我慢慢培养年轻队员？人家没那个耐心。所以我……小晖，如果你下次见到林寒，能不能帮我跟她道个歉，就说……我对不住她。"

说着，柯进又咧嘴笑了："其实现在看看，林寒一门心思跟着你爸训练，也挺好。她学了很多东西，进步也很快，你爸也把她身上那些小毛刺都抹平捋净了。你爸说得其实没错，林寒是个很仁义的姑娘，只要她觉得谁对她好，她也一定死心塌地地对那个人好。"

柯进的话，却让陈晖的心里咯噔一下。

"小晖！"柯进又缓缓说道，"其实二叔也有事情想告诉你。当年我跟你前二婶……跟她交往、结婚的时候，你二叔我其实挺眼高手高的。仗着自己长得还不错，攀上了她那个喝过洋墨水的高科技人才。可是结婚之后，我才渐渐发现，我们两个人的交流越来越少，共同语言也越来越少。她在工作中遇到什么不顺心的事情，大多是些科研攻关的难题，我完全听不明白。我在带队中碰到什么难事儿，她也理解不了。所以，两个人的话就这样少了，感情也就越来越淡了。哪怕有了小胖，最后我们俩还是……所以二叔想劝你，如果你跟王炎交往下去，你们一定要多沟通，多交心。千万别像二叔这样……"

说着，柯进长叹一口气，缓步离开了天台，只留下陈晖一个人在天台发呆。

她又从兜里摸出了手机。这一次，她没有犹豫，而是打开微信，拨打了王炎的视频通话。

很快，王炎就接听了。

"陈晖，你在爷爷家啊？"他说，"怎么周围那么暗啊！"

"嗯，我在天台。我不想看电视，就来天台看周围的邻居们放烟花。咦，你怎么……也在外面？"她看到，王炎的脸上闪过一丝迟疑。

但王炎还是直言不讳地说："我刚刚送林寒回家去了。"

"今天除夕，她……和你在一起？"陈晖愣住了。

原来，刚才她看到的，真的就是王炎和林寒啊！

"哦，我没来得及告诉你，其实，我也怕陈指导知道了担心。"王炎说，"林寒她妈妈不巧在国外出差，只剩林寒自己一个人在扬城。我就喊她到我家，跟我爸爸妈妈一起过年。要不然，林寒多可怜啊，是吧。"

"哦……是啊，林寒……她这么小，就一个人过年，是挺……可怜的。"陈晖吞吞吐吐地说，却觉得自己的声音有些发颤。

王炎似乎察觉到了陈晖神情有些异样。

"陈晖，你……没事吧？"

"我没事……可能……天台有点冷。"陈晖努力平复着自己的心情。

"大冷天的，你别着凉啊，快回屋子里吧。你要想看烟花……哪天，我放给你看？"

"对了，你明天和叔叔婶婶都在家吧？我去给你们拜个年。"

"好啊！那我等着你！"王炎开心地说，"不，明天我一早先去你家，去给陈指导和于阿姨拜个年。然后，我接你来我家……"

"王炎……"陈晖突然脱口而出。

"怎么？"

"你还记得……去年春节在北京，我……说过……希望我们以后还能一起过春节，一起过好多好多个春节……"

"是啊，我记得呢！"

"我……"突然，一阵噼里啪啦的鞭炮声从王炎身后不远处响了起来，把他吓了一跳。

一群小孩子正在路边兴奋地放起了一大串鞭炮。嘈杂的鞭炮声，让王炎完全没有听清陈晖说出的那几个字。

"喂？陈晖，你说什么？这边太吵了，我没听清。"

陈晖嘴巴张了张，始终没有把刚刚说出来的"我爱你"那三个字，再说一遍。

"没事。"她说，"明天，我在家里等你来。"

说完，她和王炎道别，放下了手机。

一朵灿烂的烟花，在不远处的夜空绽放开来。

盛大，但转瞬即逝。

那短暂的灿烂光芒照耀下，陈晖的脸上，却露出了无奈又有些苦涩的笑容。

第六十一章　资格

春节过后，春暖花开。

在鹭岛市人民体育馆举行的全运会资格赛第一站比赛如期而至。

全运会资格赛的较量很残酷。作为四年一届的国内最高级别综合性体育大赛，在全国运动会上取得佳绩，是多少中国运动员为之不懈奋斗的目标。

为了能让更多的运动员有机会在全运会的赛场上一决高下，每次全运会正式开赛前的预赛，决定着全运会的参赛资格，也是参加者众多。比如平日的跆拳道女子 49 公斤以下级比赛，即便是全国锦标赛级别，最多也不过 32 名运动员报名参赛。可到了这次全运会预赛第一站，仍有多达 40 多位选手报名。

按照抽签，40 多名选手分为上下两个半区的各 20 多人。

第一轮，上下半区就要淘汰掉接近一半的选手。然后才产生预赛的二十四强。

第二轮，二十四强选手捉对厮杀，胜者进入本次赛事的十二强。

在这两轮被淘汰掉的三十多个运动员，也就无缘全运会正赛阶段的比赛。这也意味着她们要么开始为四年之后的下一届全运会努力备战，要么……渐渐淡出赛场，去寻找人生其他的方向。

随后的预赛仍然是单败淘汰，经过多轮的角逐，直到决出第一二名的名次。

即便这一次全运会预赛只取名次，不排冠亚季军，不发金银铜牌，但高水平的运动员仍然不仅仅是以获得全运会资格为目的。预赛能够获得前四名，将决定她们在全运会正赛阶段的种子排位。好的种子排位，对于在全运会正赛上走得更远，是能够带来助力的。

作为近两年国内比赛成绩最好的八名运动员之一，林寒无须经过抽签，就以种子身份直接进入这一次全运会预赛第一站比赛的第二轮角逐。这意味着，只要她以逸待劳，取胜一场，就可以获得全运会的入场券。至少对她而言，这是一个相当轻松的任务。但林寒却早就给自己定下了一个目标，她要力争在这一次全运会预赛中走到最后，在最终第一二名的名次争夺战中再战秦薇！

但她的老毛病又犯了。她没有仔细研究自己的对阵表。当她从王炎手中拿过预赛对阵表时，她才终于意识到，秦薇不需要参加全运会的预赛。

林寒叹了口气，看着王炎，幽幽地说："炎哥，你早就知道，对吗？"

"我这不是……想让你保持一点前进的动力嘛。"

"嗯，我觉得我没什么干劲了。"

"你没干劲，还一个劲地在这儿蹦来蹦去？"

林寒咧嘴笑笑："炎哥，就算薇姐不打，我也要争一下第一名试试。"

"嗯！"王炎说，"我在看台上给你加油！"

这一次预赛的第二轮，也是林寒的第一场比赛，她的对手是她熟悉的奉锦跆拳道队选手刘怡然。

虽然坐在看台上，王炎还是觉得自己的手心微微渗出汗珠。

刘怡然本不应该成为林寒前进的阻碍，她的绝对实力与林寒相比是有明显差距的。但这毕竟是林寒在去年全国冠军赛决赛受伤之后的第一场国内正式比赛，又关系到全运会正赛的资格归属。林寒的状态究竟恢复到怎样？她会不会受到场内场外各种因素的干扰？王炎很难预料。

不过，刘怡然似乎在面对林寒的时候有些心虚了。这两年，刘怡然恰好与扬江跆拳道队的宋曦和林寒都有过不止一次的交手。屡战屡败的遭遇，在刘怡然心底的最深处，留下了很糟糕的印记。

况且去年全国冠军赛的决赛，她是在现场看的。原本在她眼中是神一般存在的秦薇，林寒居然可以在决赛中与其平分秋色，才最终惜败。尤其是决赛最后，林寒为了避免秦薇受伤，不惜扭伤了自己的膝盖十字韧带。

那一幕简直让刘怡然大为震撼，也不知不觉在刘怡然的心中，埋下了一颗敬畏林寒的种子。

现在，这颗种子恰到好处地生根发芽了。

第一回合，刘怡然除了开场试探性地完成了几腿主动进攻之外，几乎都是以一个敬而远之的态度面对着林寒。第二回合，毫无压力的林寒无论怎么进攻，都没有遇到刘怡然的顽强抵抗。刘怡然缩手缩脚的表现，甚至连林寒都感到大为诧异。这可是全运会预赛啊！

第三回合，奉锦跆拳道队主教练把嗓子都已经喊哑了，但刘怡然的表现仍然没有起色。她的进攻被林寒成功预判，她的防守也只是摆摆样子。

最终三个回合战罢，即便林寒还只是收着些力气和技术来打，仍然以17比4轻松获胜，顺利完成了自己的第一个小目标——拿到全运会正赛入场券。

但林寒没有时间做太多调整。参赛运动员人数多，比赛轮次安排紧密。根据赛程表，林寒下一场比赛还有不到一个小时就要开始了。

"卢杨？"林寒看着更新后的对阵表，纳闷地在脑海中思索着这个名字。

"东川跆拳道队的老队员胡晓梅也退役了，这个卢杨是东川跆拳道队今年新选拔上来的年轻队员，年纪和你差不多，都是十八周岁。"陈天河看出林寒的心事，主动为她介绍着对手的情况。

"东川……啊，是柯指导的队员！"

"没错。虽然我们对她都挺陌生，不过，林寒你不用太担心。这个卢杨去年还只是参加了全国青年锦标赛，她没有什么成年比赛的经验。你只要做好自己的，战胜她应该没问题。"

林寒点点头，突然被一阵刺耳的咆哮吸引了注意力。在运动员热身准备区里，柯进正带着一个和她年纪相仿、身材也很高挑、腿脚修长的姑娘在做着热身。

那个姑娘束着一根马尾辫，随着身子的上下起伏而在脑后甩着、飞着。

柯进在给那个姑娘拿着脚靶，而每踢一脚柯进手中的脚靶，那个姑娘都会毫不掩饰地发出一声咆哮。

似乎，她踢的并不是脚靶。

而是她的对手，是林寒！

那就是卢杨吧？林寒想着，却对陈天河微微一笑。

"陈指导，我想过去静想一会，可以吗？"她问。

"好，你自己调整一下。然后，我陪你做热身。"

林寒径直朝着柯进和卢杨的方向走去。

柯进和卢杨都停了下来，卢杨更是瞪大了眼睛瞄着林寒。

林寒什么也没说，除了冲柯进无声地鞠了一躬，她连步子都没有停。她从那两个人的面前走过，走到窗前一处安静、空旷的地方，稳稳地跪坐在了垫子上。

她闭上眼，凝神静气。

卢杨的咆哮声又起来了。似乎，比刚刚还要喊得响亮……

一个小时后，林寒和卢杨在八角垫子上狭路相逢了。

主裁判检查完两人的护具后，林寒主动伸出了手。

卢杨"啪"地拍了下林寒的手。与其说是她与林寒击掌示意，倒不如说是充满恨意地拍打。

林寒纳闷地看着卢杨。她恨我？

林寒想，为什么啊？我这还是第一次见到她，还从来没有跟她打过比赛呢！不管了！林寒想，无论对手怎样虚张声势，她做好自己就可以了。

林寒摆好了格斗势。

第一回合，开始。林寒耐心地观察着卢杨。虽说，她已不再刻意去模仿秦薇的风格和打法，但从秦薇那儿学习到的如何预判对手，已经成为林寒自己的风格和长处。

卢杨的身子动了。前腿横踢，接上步和高位横踢……林寒瞬间做出判断。果然，卢杨的前腿横踢挟着风而来。

但林寒早就有了应对。卢杨的横踢被林寒轻巧躲闪，无功而返。当她顺势上步之后，却发现林寒早已抵近，让她失去了高位横踢的距离。

"小心她的反击！"柯进的喊声炸响。

但就在柯进话音未落之时，林寒的反击横踢已经精准地击中了卢杨的护胸。然而，这还没完。当横踢的前腿刚刚落地，林寒猛地一拳，再次打中了卢杨的护胸正中。

3 比 0。

一脚一拳，林寒先声夺人。

韩宁，我谢谢你啊！林寒想着，嘴角露出了一丝畅快的笑。早先在林寒养伤康复期间，王炎没少把扬江拳击队的韩宁喊过来。

王炎知道韩宁对林寒有好感，便借此让韩宁把拳击中的直拳拳法如何科学发力，如何快速出击，如何精准命中目标等等技术要领毫无保留地教给了林寒。所以与其他女子跆拳道运动员相比，经过了韩宁的拳法"特训"之后，林寒出拳的威力已经大大提升。

跆拳道虽说"九腿一拳"，拳法不是主要的攻击方式，可在运动员实战中，当对方抵近，直拳出击不但能够起到突施冷箭的作用，也是防守对方突然袭击的好办法。

第一回合，很快结束了。虽然风格凶悍的卢杨在第二回合展开猛扑，但正如陈天河所言，她的比赛经验还没办法与林寒相提并论。

看上去，林寒只要正常发挥，应该问题不大。

可是……林寒看到了卢杨的漏洞。迎击反击。林寒的右腿横踢瞄准了卢杨的漏洞。

卢杨的反应还算敏捷，她伸出胳膊格挡住林寒的踢击。

唔？当林寒的腿，被卢杨格挡下来之后，林寒突然觉得自己的右膝感觉不对。

她愣住了。是疼？不，没那么明显。

是……使不上力？不，似乎也没那么明显。

那到底是……说不出来，可，就是不对劲啊！

林寒的脑子突然一团乱麻。

"小心！"陈天河喊着，腾地从教练区的椅子上跳了起来。

卢杨的 360 度高位旋风踢，瞄准了林寒的头盔。

"砰！"林寒觉得脑袋一阵发懵。

但她还是努力地站住了身子。可记分牌上的数字已经变成了 3 比 5。

卢杨嗷地喊了一嗓子，瞪着林寒。

"我要打败你！"她咬着护齿，还不忘大声说，"林寒，我会打败你！"

第六十二章　我要打败你

"我要打败你！林寒，我会打败你！"

刚刚卢杨的高位旋风踢，击头势大力沉，林寒的脑子还嗡嗡地发懵。

让她耳膜轰鸣的，还有卢杨肆意地咆哮。她突然觉得卢杨的话似曾相识。

等等，这不是林寒她自己这些年每次提到秦薇，都会挂在嘴边的话吗？

"打败秦薇！""秦薇，我要打败你！"林寒有点想笑，但她笑不出来。

比赛还在继续。林寒正了正自己的头盔。注意力却仍旧不自觉地转移到了自己的右膝。

自己的膝盖，到底有没有事？她问自己。

之前无论是医学专家们的会诊，还是王炎陪同她在训练中打了几场实战，不是感觉一点问题都没有了吗？难道医生的诊断出现了偏差？难道王炎陪她打实战的时候脚下留情，顾忌着她的伤势而没有全力以赴？

一连串的怀疑出现在了林寒的脑海中。林寒就这样一边胡思乱想，一边应付着对手卢杨的猛攻。第二回合比赛打完，场上的比分仍然是 3 比 5，林寒暂时落后。

林寒走回教练区，陈天河让她坐了下来。

陈天河试探性地碰了碰林寒的右膝。

林寒如同触电一般地缩了下腿。

"怎么？膝伤的部位有反应？"陈天河也紧张起来。

"说……说不好……"林寒支支吾吾地。

"怎么说不好呢？到底感觉是怎样？"陈天河追问，"是疼还是什么感觉？林寒，感觉不对劲的话，千万别勉强。咱们已经拿到全运会资格了，这次参赛的第一个目的也达到了。"

"我没事……陈指导。"林寒没有底气地回答，"我能打。"

陈天河看着林寒有点散乱的眼神，心中的忧虑没有丝毫缓解。他示意队医刘大夫过来为林寒简单检查一下。

刘大夫认认真真地查看了林寒的膝盖，却对陈天河摇了摇头。

"应该没有问题的。"刘大夫说着，也有点纳闷和紧张。

但刘大夫的话，还是让陈天河悬着的心稍微放下来一点。他拍了拍林寒的肩，鼓励她打好第三回合。

再一次走上八角垫子，林寒努力让自己的精力从右膝回到比赛，回到对手身上。林寒又看到卢杨眼中的恨意。

两分的落后，并非决定胜负的鸿沟。但对于名不见经传的卢杨，能够在面对名将林寒时，直到最后一个回合还保持着两分的领先，这不仅极大地刺激了她的获胜欲望和信心，也更加坚定了她的念头——

击败林寒！让林寒输得体无完肤！

这种恨意来自卢杨的心底。

前一年，柯进自从接手东川跆拳道队主教练之后就在布局，也遴选了不少有潜质的年轻选手。但在女子 49 公斤以下级和男子 58 公斤以下级这两个级别中，柯进始终没有动作。因为他心心念念的是把林寒和郭昊宇两个得意弟子从扬江跆拳道队挖来，直接为他所用。

不过想法和现实出现了偏差。虽然郭昊宇成功转投东川跆拳道队，也在当年的全国冠军赛上成功卫冕，成为东川跆拳道队在全运会上冲击金牌的有力人选。但林寒在连续两届全国冠军赛上都不敌秦薇，第一次输得落荒而逃，第二次虽是惜败却也不慎受伤。这让东川体育局干脆地驳回了柯进继续挖林寒墙角的计划。

不得已，柯进只能从东川跆拳道青年队选来了卢杨，填补老将何晓梅退役所留下的女子 49 公斤以下级空缺。这大半年，柯进也很用心培养着卢杨，甚至吸取了他在培养林寒时犯过的诸如宠溺过度这样的教训。所以，他会以林寒那样的高标准来要求卢杨，甚至把林寒树为卢杨对标的对象。

可他这一次，却没有给予卢杨像林寒一样父女般的温情疼爱。更因柯进对林寒的喜爱常常无意识地溢于言表，更难免加深了卢杨对林寒的嫉妒感。潜移默化之中，卢杨渐渐对从未谋面的林寒产生了恨意，也把击败林寒，甚至让林寒输得难堪作为了自己藏在心底的目标。

所以，这一次全运会预赛的狭路相逢，让卢杨充满了斗志。

我要击败你！前两个回合战罢，卢杨觉得林寒不过如此。但她也察觉出，林寒似乎在比赛中有些走神。她不知道林寒的注意力被膝部不适所牵扯，还道是林寒没把她这个对手放在眼里。

卢杨的怒火腾地烧得更高了。

第三回合，她还要得更多的分，要让林寒输得更难堪，甚至……她产生了一个念头，她要找机会击倒林寒！

这绝不是某种意义上的击倒，而就是字面上的击倒。她要让林寒在她如雷霆闪电般的暴击下，倒在垫子上爬不起来，永远都爬不起来！

卢杨咆哮着，如同猛虎扑食一般地冲向林寒。

卢杨来势汹汹，反而让林寒的注意力重新集中到比赛里了。

她努力沉着地面对着猛攻而来的卢杨。

防守、闪躲……反击。

防守、闪躲……反击。

林寒和卢杨的分数都在涨。甚至一度，林寒的得分还反超了卢杨。

一记干净利落的右腿侧踢迎击，林寒把卢杨一脚踢出去了好几米。

大圣不发威，你还真把我当小猴子吗？她想。

12 比 10！林寒领先两分。

可就在这一脚踢出去的刹那。林寒的右腿软绵绵地垂了下来。

她呆呆地看着自己的右膝……说不出怎样的不对劲。但就是感觉……不对劲！

林寒向裁判伸出手，示意比赛暂停。队医刘大夫跑上了八角垫子，一边仔细地询问林寒的情况，一边翻开了她的道裤裤脚，紧张地查看着她的膝盖。

"韧带疼吗？"

"半月板卡住了吗？"

"还是……"

无论刘大夫怎样问，林寒都只是茫然地摇摇头。

"都不是？那是怎样？"

"我觉得……"林寒喃喃地说,"我的膝盖使不上劲,一点劲都使不出来……"

刘大夫极度震惊地看了看林寒的膝盖,又看了看她的脸。

林寒的神情同样不知所措。在他看来,林寒的膝盖仍然一点问题都没有!

陈天河走到技术台,简单地和技术代表说了情况。接着,裁判宣布扬江跆拳道队的林寒弃权,比赛结束。

卢杨如愿成为胜者,晋级下一轮。

林寒搭着刘大夫的肩膀缓缓走下八角垫子,走出运动员通道。

在热身准备区,王炎和其他扬江跆拳道队的队友、教练都已经冲了过来。

"林寒,你的膝盖怎么了?咱们赶紧去医院吧,我去找赛会医生要救护车……"王炎紧张得不知所云。

林寒摆了摆手:"炎哥,没那么……严重。"

"那究竟是怎么了?"王炎焦急地追问着,他抬头看了看陈天河和队医刘大夫。

陈天河和刘大夫也都是一脸的茫然和忧虑。

这时候,柯进轻轻推开围成一圈的人群,凑了过来。

"小寒,你的膝盖……"柯进欲言又止,林寒却明白他想说些什么。

柯进应该以为,是卢杨咄咄逼人的强攻,让林寒的膝伤在高强度对抗中反复发作了。

"柯指导,跟你们队的卢杨没关系,是我自己……没搞好。"林寒说着,从人缝中看到了走下赛场的卢杨。

卢杨拎着手中的头盔,站在外围不远处。没有人过去祝贺她晋级下一轮,她的脸上也丝毫没有实现了战胜林寒这一小目标之后的喜悦和开心。

难道……柯指导骂了她?就因为我?林寒想着,望向柯进。

"柯指导……"她说,"你不要责备卢杨,好吗?我的膝盖,真的和她一点关系都没有。这场比赛,她打得很干净、利落。你应该表扬她,鼓励她下一场再接再厉。"

柯进一怔,呆住了。林寒说话的声音不小,站在外围的卢杨似乎也隐隐约约听到了几句。

卢杨也愣住了,就连手中的头盔没拿稳掉落在地上,都不自知。

……

鹭岛宾馆的房间里，陈天河踱着步。

女子小级别的主管教练李静、队医刘大夫和王炎三个人或坐或站，一齐望着陈天河，却都没有说话。

沉默片刻，还是刘大夫起了话头。

"鹭岛当地医院的核磁共振显示，林寒的膝盖没有出现任何伤病，没有丝毫旧伤复发的迹象。甚至……"刘大夫顿了顿，接着说，"甚至连一点肿胀、积水都没有。可以说，她的膝盖完全健康！林寒的身体素质和恢复能力，看来还是相当出色的。"

"可是她在今天比赛中的样子……"李静接过话来，"却像出了挺重的伤病似的。王炎，你平时陪她训练、实战，遇到过这样问题吗？"

王炎摇摇头："自从林寒度过康复期，专家会诊认为康复情况良好，可以恢复正常训练以来，这两个月我也无时无刻不在特别关注她的训练强度。虽说她偶尔也会自己揉揉膝盖，但我每次问她，她都说没事，而且没有任何明显疼痛的感觉。包括今天我陪她去医院做核磁共振的路上也反复问她，她还是说膝盖不疼，但使不上劲。我也挺奇怪为什么会这样，我自己没受过那么严重的伤，没体会过她说的那种感觉……"

陈天河突然转过身，看着大家："那我来说说我的看法。"

他皱着眉头说："其实，柯进傍晚的时候也找我聊过。他的判断是，林寒的伤病可能真的没有她自己或是我们想象得那样轻……"

陈天河的话，让刘大夫、李静和王炎大惊失色。

"但……"陈天河接着说，"这个伤病或许不是出在林寒的膝盖上，而是……"

陈天河说着，用手指了指自己的太阳穴。

"陈指导，你的意思是说，林寒的大脑……"李静吓得脱口而出。

"不是的，李指导你误会陈指导的意思了。"王炎赶紧劝慰李静，"陈指导的意思应该是，林寒的问题出在思想上和意识上。"

"对！"陈天河点点头，"王炎说得对。简单来说，林寒得的是'心病'。"

李静捂住自己的胸口，平复着刚刚剧烈跳动的心。

"可是，林寒去年的膝伤说小不小，说大也不大。韧带撕裂了点口子，也是运动员比较常见的伤病。应该不至于给林寒留下那么大的心理阴影吧？"刘大夫说道，"大家都觉得，她的性格很要强，不会那么脆弱，经不起打击。"

"按理说是不会的。但……这种心理状况对于年轻运动员来说，也是有可能存在的。尤其是像林寒这样正处在从青少年走向成年的过程中，又从未经历过重大伤病的选手来说，一次关键比赛中受伤的痛苦体验，或许会在她们的意识中刻下很深的一道印记。"陈天河说。

"那怎么办？带她去看心理医生？"李静问刘大夫。

"从医学上说，这是一个解决办法。但一般的心理医生是不是懂体育，能否对症下药给林寒做好治疗，我说不好……"刘大夫摇了摇头。

陈天河看向王炎："王炎，你有什么想法？"

"我同意刘大夫说的，心病还得心医来治，可是我也担心普通的心理医生是不是能够找准林寒的心结所在。其实就比如像我，没受过林寒那样的伤，也很难对她的受伤感同身受。"

陈天河点点头，也认可王炎的说法。

四个人，又沉默了……

突然，陈天河望向窗外的眼神猛地一收。

"我有一个想法……"他转身，看着面前的三个人，"我觉得，可以试试！"

第六十三章　彷徨

当王炎陪着林寒在鹭岛迎来全运会预赛第一站比赛的时候，陈晖也正在北京，为人生中另一场关系巨大的"比赛"而拼搏着。

硕士研究生全国统一考试，陈晖果然不负众望考出了一个高分。所以在这个春天，她如愿收到了前往北京，到她报考的那个心仪的名牌大学参加复试的机会。

为了准备好这次复试，陈晖早早地就动身了。

恰好在那个名牌大学读研究生的学长江枫不但帮陈晖在学校里面的交流中心订好了住宿，还开着自己的车子去北京南站接了陈晖过来。这些天，江枫一有空就帮着陈晖准备复试资料，还把自己当年复试时的经验、方法一股脑地传授给了陈晖，不断给她鼓劲、打气。

江枫的一片苦心没有白费。这些扎实的准备，让陈晖在最终的复试中表现得相当出色。

老教授虽然努力地保持着平静，可当陈晖结束复试鞠躬告辞时，老教授的脸上还是露出了几分"我劝天公重抖擞，不拘一格降人才"的欣慰笑容。

陈晖当天晚上就迫不及待地想跟王炎分享自己在这场"比赛"中大获全胜的喜讯。可王炎无论是微信还是电话，竟都没有接通。

等到江枫带陈晖去吃了北京烤鸭，为她庆功之后，回到大学交流中心客房已经很晚了，王炎才回拨了陈晖的电话。

陈晖兴奋地告诉王炎，自己在复试中的表现多么多么好，可王炎却出乎陈晖意料地平静，似乎听到这个消息并没有让他感到多么兴奋。这让陈晖察觉出了一丝异样。

"王炎，怎么……你……不开心？"她小心翼翼地问他。

"不是，陈晖。我今天忙了一晚上，有点累了。一会儿还要去陈指导房间跟教练们商量事情……我现在脑子稍稍有点乱。"王炎说着，的确显得相当疲惫。

"怎么了？"陈晖追问，"是今天的比赛出了什么大事吗？"

"也不能算是什么大事，就是林寒她……"

"林寒怎么了？难道她的膝盖……"

"不，虽然是因为膝盖有事，可是好在她没受伤。"

"到底是怎么回事？怎么叫膝盖有事，可是没受伤？"

王炎就把今天比赛中发生的事情都讲给了陈晖。直到傍晚他陪着林寒专门去鹭岛当地的医院做了核磁共振的检查，刚才出了结果，他又带着林寒返回酒店驻地，还没来得及吃晚饭。这一整天，王炎几乎一刻就没闲着。

"你累了就……早点休息……"陈晖轻声说。

"嗯……累倒是还好，就是……唉，我还是挺担心林寒的。那小丫头……"

"小寒她……"陈晖说出这三个字，却说不下去了。她的心里突然涌上一阵说不出的滋味。

王炎心情不好，是因为林寒在比赛中出现了意外。可她在复试中"过关斩将"大获成功，却还不能让王炎的心情变得好一些吗？林寒在王炎心中的分量，难道已经超过了她？

虽说，陈晖和王炎还没有相互直白地表白过，但两个人拉手、拥抱、亲吻，一起逛街，一起约会，甚至连前一年的春节都是两个人一起度过……无论是王炎还是她，或许都觉得他们之间已经不需要表白这种形式了吧。

可是……或许是我想多了吧……

陈晖想着，努力平复了一下自己的心情。

"王炎……"她的声音些微有点发颤，"小寒应该没什么问题，你放心好了。我……相信她和你，都不会有什么问题的。"

王炎"嗯"了一声。显然，他的心里还在琢磨着林寒的"心病"，对陈晖的一语双关竟完全没有反应过来。

听到王炎只是嗯了一声，陈晖顿时觉得，继续和王炎对话下去，已经索然无味了。于是，她寥寥地和他告别，挂掉了电话。

这一晚上，陈晖睡得不踏实。她辗转反侧，不知过了多久才在恍惚中睡着了。可很快，手机闹钟就响了起来。

之前她知道扬江跆拳道队也是今天结束比赛，从鹭岛返回扬城。为了能够早一点见到王炎，她专门订了今天一早的高铁返程。她起床洗漱，收拾好行李退房。说要送她去北京南站的江枫，早已把车子停在交流中心门口了。

车子在清晨的北京城由北向南疾驰。江枫并不知道昨晚和王炎的那一通电话让陈晖一晚上都没睡个好觉。从后视镜看到陈晖满脸的疲劳，江枫还打趣她为什么非得订这么早的高铁回家，留在北京多玩几天不好吗。

说话间，陈晖的手机突然响了。是王炎发来的微信。他告诉她，他们也正在去鹭岛高铁站的路上。

陈晖想了想，还是拨通了王炎的语音通话。

"喂，陈晖，你也这么早就起床了啊？"

王炎说着，语气轻松，似乎他的心情与昨晚相比好了许多。

"嗯，我也订的一早的高铁票。听起来，你的心情不错？"

"是啊……昨晚跟陈指导他们聊了一会。陈指导好像有办法解决林寒的'心病'了，我们打算回去就想办法试试看。对了，你等回来之后，见到林寒，先不要跟她说……"

林寒，又是林寒。

陈晖想，原来王炎这一大早显得很轻松、兴奋，还高兴地给她发微信，也是因为林寒啊！

"我……知道了。王炎，你们……"陈晖想了想，说，"今天晚上，我要是有时间，去队里找你们，也看看小寒……都好久没见你们了。"

"好啊！我们下午就到扬城了。那就晚上见！"

"晚上见。"说完，陈晖挂掉了电话。她轻轻叹了一口气，茫然地看着车窗外的景色。

"小晖……"江枫突然说，"你男朋友知道你这次复试考得不错，一定也很开心吧？"

"唔……他……他这段时间也挺忙，我昨晚只是简单跟他说了几句。"陈晖心情复杂地回答。

江枫沉默了片刻，又说："小晖，来北京报到之前还有几个月时间。这几个月，无论你多忙，还是他多忙，你都应该多花些时间跟你男朋友好好谈谈。"

"学长，你……"

"小晖，你别多心，我没别的意思。我就是建议你一定要跟男朋友多沟通好，你们两个也都要有准备。毕竟，你来北京读书，和他拉开了距离，而且不是一两个月的时间。接下来的两年甚至更长的时间里，你们两个异地……难免会遇到很多情况和困难。再比如，研究生毕业之后，你会不会继续在北京读更高的学位？或者如果未来在北京有很好的工作机会，你会不会留下来，在北京工作、生活？这些都是你需要和他共同面对的。我也见过系里有一些同学，就是因为长时间异地出现了感情问题。你们都不是高中生那样青涩的小孩子了，但也还不是夫妻那般已经拥有坚固的共同生活基础的人。所以我想提醒你，一定要和他多沟通，相互信任、相互理解，不要各啬自己的电话费和手机流量……"

陈晖明白江枫对她的这番话是善意的提醒和劝告。她本想说，她和王炎一定没有问题，即便是异地……可话还未说出口，她却愣住了。

我们两个，真的完全没有问题吗？她默默地问自己。

……

回到扬江体工大队的宿舍，王炎才觉得自己心情真正放松了些。他想到陈天河为解决林寒的"心病"所提出的办法，自己都觉得有点跃跃欲试了。他又想到，陈晖一会要来队里看他，心里就更高兴了。

自从春节见过一面之后，陈晖一直在忙碌着准备研究生考试复试，他也一直在帮着林寒备战着全运会资格赛。忙碌之中，时光如梭，他和陈晖见面的机会就很少了。

今天一早，陈晖主动提出要来队里，他自然很期待。

况且昨晚陈晖告诉他，研究生复试非常顺利成功，但他被林寒突如其来的情况扰乱了心绪，一时都没顾得上在电话里好好陪陈晖高兴高兴。王炎心里也觉得有点对不起陈晖。他拿定主意，今晚见到陈晖，他一定要好好帮她庆祝一番。

看看手机，时间已经指向了晚上 7 点。陈晖什么时候来啊？他刚打算给陈晖发个微信问问，却透过虚掩的房门，发现林寒一个人下了楼。这个时间，小丫头她要去干嘛？刚刚看她吃过晚饭了……啊！她不会是要……

想到这些，王炎顾不上给陈晖发微信了。揣着手机，王炎也快步走出宿舍。下了楼，王炎眼看着林寒走到训练场门口，用高大爷给她的备用钥匙打开训练场的门，一闪身走了进去。

王炎皱皱眉，也跟了过去。一走进训练场，王炎就发现林寒站在沙袋面前发着呆。她似乎很想去踢几腿那个沙袋，却又似乎不敢使劲。

彷徨，而且犹豫。

"不是都说了，让你好好休息几天的吗！"王炎朗声说，"你怎么这么不听话，又跑来训练场干嘛？要是这样，我得让高大爷把你的备用钥匙收回去了啊！"

林寒转过身子，看着王炎。王炎的心却咯噔一下。

林寒哭了。

没有声音，却泪流满面。

王炎快步走过去，看着她，轻声地问："怎么了，说你两句就哭了？"

"不是……不是……炎哥。不是因为你说我……"林寒摇摇头，哽咽着，"我觉得好害怕……害怕我的腿……我不知道它到底出什么问题了……我不知道我还能不能恢复状态，去打比赛了……"

王炎轻轻叹了口气，抬起手，抹了抹林寒脸颊的泪水。

"林寒，你要相信医生。我们在鹭岛医院已经做过很仔细的检查了，你的膝盖没有大的问题。"王炎说，"小问题嘛……或许是有的，毕竟你受伤之后恢复的时间还不长。不过，陈指导不是也说了，他有办法！你先好好踏实休息几天，这个周末，我们一起去柯家村，请柯老爷子帮你看腿。你不信其他人，难道还不相信陈指导吗？柯老爷子可是陈指导……哦，对，还有柯指导，是他们两个人的爸爸啊！他算是你的祖师爷呢！"

林寒点了点头，还是有些委屈地说："炎哥，你不知道……昨天在比赛场上，我有多害怕。我突然就觉得，我的膝盖一点力气都使不出来了……那种感觉太可怕了……"

"无论遇到什么，你都不要怕。都说了，你不是一个人。你还有我，还有陈指导，还有整个扬江跆拳道队呢。我们不会把你一个人丢在那里的，永远都不会！"

王炎的话一下子触及到了林寒心底最柔软的地方。

她看着王炎，咬了咬嘴唇："炎哥，你说的，你不能丢下我，你不能忘了啊。"

"我不能忘，也不会忘。"王炎说，"我还答应过你，要帮你打败秦薇，打进国家队呢。"

"那你……跟我拉勾！"

林寒用手背擦去脸上的泪痕，伸出右手，孩子气地翘起小拇指："一百年不许变！"

王炎也翘起小指，勾住林寒的小拇指。

"你怎么跟个小孩子似的……好啦好啦，拉勾就拉勾。"王炎说，"一百年不许变。好，不准哭了啊，眼睛都哭肿了……"

"嗯，我不哭了……"

林寒说着，脸上重新露出了些许的欣慰笑容。

林寒的笑容，被陈晖隔着训练场的玻璃窗看得一清二楚。刚刚，陈晖如约来到体工大队。她本想到了宿舍楼下再给王炎打电话的。可走过跆拳道训练场，她瞥见训练场竟还亮着灯。她心里一动，走了过去。

透过玻璃窗，陈晖果然看到王炎陪着林寒站在训练场的一端，正说着什么。她看到王炎伸手擦去林寒脸上的泪痕。她看到林寒伸出小指，似乎要跟王炎拉勾。她看到王炎也伸出了手，和林寒拉勾。她看到林寒笑了。她看到王炎也笑了。

虽然，她听不到王炎和林寒究竟在训练场里说了什么。但她明白，林寒的破涕为笑，是因为有了王炎……

陈晖觉得似乎有人在背后注视着她。她转过身，发现陈天河果然正站在不远处，安静地望着她。

"小晖，你来了。"

"嗯，爸……我回来了。"

"听你妈妈说，你的研究生复试考得很棒。"

"是……挺顺利的。"

"祝贺你啊。"

"谢谢您，爸。"

"你是来找王炎的？"

"嗯……"

"他在里边吧，那你怎么不进去跟他说说话？"

"爸，我……想问您一个问题。"

"怎么？问我？什么问题？"

"对林寒来说……王炎是不是非常重要？林寒是不是……离不开王炎？"

陈天河沉默了。片刻，他看着女儿，缓缓说道："小晖，或许是我当初的安排有些欠考虑，我跟你道歉。我承认，王炎对林寒来说，的确是一个非常重要的人。林寒她……或许也已经离不开王炎了。但……小晖，我觉得你应该有信心，因为我知道，王炎对你……始终没变过，也不会变。王炎是个好孩子，一个有责任心的好孩子……"

"爸，我知道了。"

"你去吧，跟王炎好好聊聊。"

"不。"陈晖想了想，说，"爸……今天，我不去见他了。看到您，我就很开心了。"

第六十四章　老爷爷

"新门镇到了、新门镇到了，有在新门镇下车的乘客抓紧时间下车了！"

大巴司机的几声嚷嚷，惊醒了靠在大巴车窗上打盹的林寒。她一激灵，跳了起来，抓起身旁的背包冲下了车。

下了车，林寒就有些摸不着头脑了。

"大婶，你好，我跟你打听个地方啊。"她问身旁路过的一个中年妇女，"请问柯家村怎么走？"

"柯家村啊……"女人说，"你是去找柯寿璋老大爷的吧？"

"咦，大婶，你怎么知道的啊？"

"你们这些城里来的，一下车就打听柯家村，十有八九是去找他治病、练武的。"

"嗯嗯嗯，我就是找他……看病的。"

女人纳闷地上下打量了一番林寒。

这个年纪轻轻的高个子短发姑娘，从大巴车上跳下来时身形矫健，眼睛也是闪闪发亮，丝毫看不出有什么病的模样。但女人还是耐心地给林寒指着路："你从大巴车站往南一直走，经过三个石桥和两个路口，在第三个路口往西走。再过两个路口和一个石桥往南，就到了。"

"先往南，经过三个石桥和两个路口，在第三个路口往西，再过两个路口和一个石桥，还是往南……"

林寒默默念着，刚想问"南"在哪里，却发现女人早已走远了。

大婶，你要跟我说上下左右还好，说东南西北……真是要了我的亲命了……林寒想着，苦笑着，她抬头看了看天。她想起来小学时在学校学过的知识，想看看太阳，辨别一下东南西北。可天边的云层变得越来越厚，别说是太阳无影无踪，看样子似乎随时都有可能下起一阵疾风骤雨来。她得抓紧时间，赶快找到柯寿璋的家了。

林寒今天出门，简直要多不顺就有多不顺。陈天河这个周末要带林寒和王炎去老家找柯寿璋为林寒看腿。原本说好他开车去接两人，可没想到，一大早那辆老车就趴窝在了路边。

陈天河不得不原地等待拖车，让王炎带着林寒先到柯家村等他。

他把柯家村的定位发送给王炎和林寒，让他们俩先去长途大巴站坐大巴到新门镇，然后步行十几分钟就可以到柯家村了。到了大巴站，因为新门镇距离扬城市区只有四十多公里，两地往来频繁，所以大巴是采取了市郊公交的形式发车。

心急火燎的林寒又不小心上错了车，需要从半路下车再转车，一气之下她干脆让王炎别等她了。反正每个人有手机导航，也有定位，就分头行动。

他们三人兵分"三路"，奔向柯家村。

不过林寒还是高估了自己对于方向的判断。不，说实话，林寒几乎等于半个路痴。尤其是到了乡下这边，问路时，人家说的都是东南西北，更是直接让林寒懵了圈。

她打开手机看着地图，上面的导航小三角也是滴溜溜地转个不停，不知抽了什么风。林寒这才体会到，什么叫做寸步难行了。

第一时间，她想到了王炎，赶忙拨通了王炎的手机。

"炎哥，我到镇子里了，你到哪儿了？"

"嘿，我这辆大巴车开到半路，发动机也开锅了。现在我们一大帮子人站在路边等下一辆车过来呢。"

"啊，你也这么惨啊？"林寒目瞪口呆，"陈指导定的这个是啥日子啊，是不是咱们根本就不应该今天出门啊！"

"唉，不过也有句话，叫'好事多磨'嘛。我听司机说，下一班车已经开出站了，估计半个小时就能开到我们这里。你要不就在镇子里等等我，等我到了，跟你一起去柯爷爷家。"

"等车就要半个小时啊，再开过来那不得一个小时！陈指导说了，从新门镇下车，步行十来分钟就到柯家村了。要不我找找路，就先……"

"林寒，你不是分不清东南西北嘛。你还是别乱跑了，等我到了，咱们一起走。"

王炎的话却让林寒不服输的脾气一下子上来了。

"哼，炎哥你小看我。别说什么不分东南西北，就算手机导航不灵光，我还有一张嘴呢。我不等你了，我直接去柯家村。我一定是咱们三个人里面第一个到的！咱们柯家村见吧！"说完，林寒挂掉手机，气鼓鼓地判断好了大致方向，大步流星地走了过去。

"三座石桥，两个路口……"林寒一边走着，一边默默回忆着刚才问路得来的路标，又拿着手机地图对照，似乎方向是对的，又似乎不那么对。

江南水乡、水网密集。

小河、小沟之上，有的地方就随意搭着两根粗大的水泥管构件算作是桥。这不禁让几乎从没来过乡下的林寒，更是一头雾水。

这个……到底算一座石桥，还是不算啊？她皱着眉琢磨着，渐渐脚步慢了下来。

走着走着，一道闪电划破阴霾的天空，紧接着是一声炸雷在田野中轰响。还没等林寒反应过来，瓢泼大雨就倾泻而下。林寒赶紧躲到了路边的一棵树下。

"喂，小姑娘，这里不能站！"突然，一个声音在不远处大喊了起来。

林寒呆呆地看着那人。一个白发苍苍的老者，推着一辆半新不旧的自行车，冒着雨一路小跑而来，边跑还边喊着她。

"啊？"林寒纳闷地看着老人，不明白他为什么这么说。

难道这树……有什么古怪？

林寒还想着，就见老人已经跑到了她的身旁，一把拉住了她的手腕。

老人的手劲很大，这更让林寒惊讶了。

"跟我走！"老人只说了这一句，就把林寒拉进了雨中。

"你拉我去哪儿啊？"林寒问。

"前边有一个土地庙，去那里避一下雨。"

雨太大了，雷声也一阵紧似一阵。

不明就里的林寒只好跟着老人跑了一百多米，躲到了一个小土地庙里。只淋了百多米的雨，林寒的衣服就已经全都湿透了。

"老爷爷，刚才那里……为什么不能避雨啊？"林寒这才有机会问他。

"小姑娘，雷雨天很少出门吧？"老人看看林寒。

"嗯。"

"打雷的时候，不能躲在大树下面。危险，容易招雷，知道吗？"

林寒瞪大了眼睛。她这才想起来，这些安全知识她其实以前也在学校学过，可今天一慌张，竟然把这些常识都忘得一干二净。看到老人的身上也湿透了，雨水顺着老人的胡子一缕缕地落下，林寒从背包里摸出一包纸巾，递给老人。

"老爷爷，你擦擦脸吧。"

老人看了看林寒，看了看林寒的纸巾，嘿嘿一笑，抽出一张，擦了擦脸。

林寒看着老人的脸庞，似乎有些面熟。可她使劲想也想不出，以前在哪里见过这位老人。

"轰！"一个炸雷似乎在距离土地庙很近的地方炸响了。

林寒一个哆嗦，跟着老人从土地庙门口望去。就像老人说的那样，她刚刚慌不择路避雨的那棵大树，竟然真的被雷击中了！硕大的树冠被雷劈成了两半，一些枝叶散发着燃烧过的焦味，被风吹了过来，直刺林寒的鼻子。

林寒的嘴都惊讶得合不拢了。她完全不敢想象，如果没有遇到这位老人，如果自己还一直站在树下，那么现在的她……估计就不用考虑去打全运会了。一种死里逃生般的侥幸瞬间袭上了林寒的心头，她的鼻头一酸。

"老爷爷……"林寒转过头感激地看着老人，差一点飙出泪来，"多亏你救了我！"

这时，老人兜里的手机响了起来。老人接起电话，手机的音量很高，里面的声音连林寒都听得一清二楚。

"爸，孩子们到家了吗？"

"我没看到他们啊。我这边早上去给邻村的人针灸，正往家赶，路上就下起大雨。"

"哦，他们两个应该也差不多了快到了。我们三个人，今天路上都遇到了很多情况，可能前后脚会晚一点到。爸，家里的雨是不是也很大？你还是自己骑自行车吗？你在路上要注意安全啊！"

"我这边很好，你赶路也要小心。"说完，老人挂掉了电话，却发现林寒瞪着大大的眼睛看着他，嘴巴从刚才就没合拢过。

"老爷爷，这个……"林寒指着老人手中的电话，"说话的人……"

"哦，是我大儿子给我打来的。"老人看着林寒，"怎么，有什么问题？"

"老爷爷，你大儿子……是不是姓陈？"

"嗯？对啊，你怎么知道？"

"老爷爷，你……是不是姓柯？"

"对啊，我是柯寿璋。你是……"

"爷爷，我是林寒啊！"

"哦，你就是天河和小进都说起过的那个林寒啊。"老人眯着眼睛笑了起来。

土地庙外的雨来得急，去得也快。林寒陪着柯寿璋走出土地庙的时候，雨已经完全停了。

林寒刚想跟柯寿璋继续往前走的时候，却听到身后有人喊她。一转头，她看到王炎手里拎着一把湿漉漉的折叠伞，一边喊着她的名字，一边跑了过来。

林寒喊了王炎，迎了上去。似乎见到可以诉说委屈的亲人一般，林寒瘪了瘪嘴，带着哭腔："炎哥，你怎么才来啊。刚才……我差一点让雷劈了呢！"

"怎么？你让雷劈了！"王炎大为震惊。

他紧张地仔仔细细看了看林寒上下左右，发现她除了被雨水淋得落汤鸡一般，倒不像有什么被雷劈过的痕迹。

"我是说差一点啊……"林寒嘟囔着。

"你……最近没干什么没良心的缺德事吧？"王炎将信将疑地瞅着她，不禁往旁边撤开一步。

"你坏啊！我怎么会干缺德事！"林寒脱口而出，想抬腿踢他，却似乎想起了自己的膝伤，于是叹了口气，默默地站住了。

王炎发现，柯寿璋正笑吟吟地站在一旁看着他俩说笑。

"这位爷爷是？"王炎问林寒。

于是，林寒给王炎和柯寿璋相互做了介绍。

"对了，炎哥，你怎么会带伞的？"林寒说着，注意力转移到了王炎手中的折叠伞上。

"今天天气预报，扬城全市会有雷阵雨。你出门都不看天气预报吗？"王炎好奇地反问林寒。

林寒撅了撅嘴，不想回答。俩人跟着柯寿璋来到了柯家村的老宅。

柯寿璋让林寒去洗个热水澡，还拿了件女孩子的连衣裙，让林寒换下身上的湿衣。

看着林寒纳闷的神情，柯寿璋说，这衣服是他孙女的。

柯爷爷的孙女……那不就是陈晖吗？林寒想着，看着手中的裙子。

陈天河和陈晖都很孝顺，他们担心柯寿璋老人一个人生活会孤独，所以每逢寒暑假或是小长假，陈晖没事就会来到乡下老家住上一段时间陪陪爷爷。

她有的衣服干脆就放在老宅，省得带来带去。

陈晖虽然没有林寒那么高挑，但林寒身子更加瘦削，换上陈晖的连衣裙，除了裙摆略短一些，倒没什么不太合身的地方。

林寒小时候常常跟着男孩子一起摸爬滚打，等到她的年龄稍稍大了些，大量的时间却都是留给了跆拳道训练场。她很少穿裙装，此刻换上裙子，还稍稍有些不太习惯。等林寒抬眼一看坐在旁边的王炎，发现王炎似乎看着她有些出神，林寒的脸庞更是一红。

"炎哥……这是晖姐的裙子。我穿着……没有晖姐好看吧……"

"不，挺好看的。"王炎强调了一下，"真的，挺好看的。"

"炎哥，你是不是……想晖姐了？"

"啊，我……"王炎愣了愣，这一下，轮到他脸红了。

这几天，他的确很少跟陈晖联络。倒不如说，是陈晖这些天很少主动跟他联络。尤其是他和扬江跆拳道队刚从鹭岛结束比赛返回扬城市那一天，陈晖也恰好从北京返程。

一早还说好，陈晖晚上会去体工大队找他。可等到很晚，王炎也没见到陈晖的身影。他打陈晖电话，陈晖只是说，因为临时有事，不去了。

此刻，穿着连衣裙的林寒，的确让王炎想起了陈晖。林寒身上的这条连衣裙，王炎认得。两年前，陈晖以报社实习记者身份第一次来到扬江跆拳道队采访时，穿的就是这条小碎花的连衣裙。

恍惚间，王炎看着这条裙子，不禁出了神。

就像林寒察觉出的那样，他想陈晖了。

第六十五章　金针没有菇

老宅门外又传来了脚步声。

王炎和林寒望去，陈天河左右手各拎着一只硕大的购物袋走了进来。袋子里装着满满的蔬菜、水果和鸡鸭鱼肉。

陈天河看到林寒的第一眼，也愣住了。虽说，无论从形体上还是外貌上，林寒和陈晖都没有太多相似之处，可穿着陈晖连衣裙的林寒，在那么一瞬间，还是差一点让陈天河喊出一声"闺女"来。

顽皮的林寒见陈天河看着她也发了呆，不免童心大作。

"爸……"林寒突然喊了一声。

"唉！"陈天河也下意识地答应了一声。

看着林寒笑嘻嘻地瞅着他，陈天河才反应过来，他掉进林寒给他挖的坑里了。

王炎轻轻拍了下林寒的后脑勺："还不赶紧帮陈指导拿东西。"

他抢上前接过陈天河手中的一只购物袋，林寒也跑过来，拿过另一只。

"放哪儿啊？"她笑嘻嘻地问陈天河，"爸？"

"林寒，别跟陈指导开玩笑了。"王炎在一旁说。

"哦，王炎、林寒，你们把食材放旁边就好。"陈天河这才缓过些神，说，"我一会拿到厨房给你们做晚饭吃，你们不要管了。林寒，让柯爷爷给你看看腿伤吧。"

柯寿璋早已站在客厅的月门那儿，把陈天河、王炎和林寒的对话听得一清二楚。

"天河，小寒那样喊你也没错。"柯寿璋笑着说，"刚才回家的路上，她就说要我认她做干孙女了。"

陈天河惊讶地看着林寒。

"要不是爷爷……陈指导你和炎哥这会儿估计就要在 ICU 看我了。"

林寒又委屈巴拉地把自己差一点被雷击中的事情说了一遍。

陈天河听得是又好气、又好笑。

"雷雨天绝对不能在大树下避雨，这种事情你都不记得了？"陈天河语气虽然严肃，可眼神中还是充满了关怀，"没伤到就好，林寒，以后你得多长长记性。还有，你跟爷爷说要当他干孙女的事情，你是认真的吗？这么大的事情，你提前跟我汇报了吗？"

林寒瞪大眼睛看着陈天河。她觉得陈指导似乎说得一本正经，但那些话听上去却分明是玩笑话。她竟不知该如何应答了。

还是柯寿璋给林寒解了围。

"天河，这是在家里，又不是在队里。怎么，小寒认我做干爷爷，还得你这个主教练批准？行了，这里我说了算。以后就让小寒喊我爷爷，喊你……干爹不好听，就喊你'爸'。对了，还有柯进。小寒，柯进他以后就是你二叔了，知道了吧？"

林寒笑嘻嘻地点点头，看着陈天河，一脸得意。

陈天河冷着脸，从王炎和林寒手中拿过他采买的食材往厨房走去。可一转身，陈天河的嘴角还是浮现出了一丝开心的微笑。

陈天河在厨房忙活起来。客厅里，柯寿璋让林寒坐在椅子上，给林寒仔细地检查着她曾经受伤的右膝。柯寿璋并不是传统的医生，但他通晓中医医术，尤其是针灸。作为柯家拳的前任传承人，柯寿璋对各类跌打损伤是有诊疗心得的。尤其是他年轻时在部队当兵期间，还利用业余时间认真学习了针灸医术。等到他退役回到乡村老家，遇到有四里八乡的乡亲有点什么小小的头疼脑热，还都会利用针灸帮他们缓解病痛。

这一来二去，柯寿璋在当地也有了一点点小名气。不过无论是他自己还是陈天河、柯进都知道，他绝非人们口中的"神医"。之所以陈天河这一次把林寒带来让柯寿璋诊治，还把柯寿璋包装成"神医"，也都是期待林寒的"心病"能够由柯寿璋这位"心医"来为她治疗。

"小寒啊，你这个膝盖……"柯寿璋说着，皱了皱眉头。

"怎么，爷爷，我的膝盖……伤还没好吧？"林寒紧张起来。

"你是不是在踢腿的时候，会有一点隐隐作痛？"

"嗯嗯！"林寒点点头。

"如果稍微累一点，就会觉得腿上一点力气都发不出来？"

"嗯嗯嗯！"林寒更是一个劲地点着小脑袋。

柯寿璋看了看她，又看了看她身后站着的王炎。

柯寿璋清了清嗓子："小寒啊，根据我这么多年的经验，你这个膝盖，虽然有问题……"

"啊？爷爷，真的有问题啊！"林寒有些着急了，"可是我去那些大医院做了核磁共振那些全套的检查，都说我的膝盖没问题……"

"嗯，也许西医和中医，包括我们这些习武之人，对伤病的认知角度不太一样吧……"柯寿璋含糊地解释着，"不过，你不用担心。小寒，我给你做几次针灸，相信等到全运会之前，你的伤一定能够痊愈。"

"真的吗？爷爷！"

"真的！"

看着林寒的眼睛中似乎发出了光，王炎觉得，给林寒治"心病"这事儿，或许成功了……

其实，在鹭岛那一晚，陈天河就想出了这样一个办法。

有的运动员在伤病明明已经康复之后，心理上和潜意识中却还会保留受伤时的阴影。无论医生怎么说，他们往往都会对受伤的位置格外敏感，觉得自己的伤永远有隐患，甚至幻想出一些未愈的症状来……既然大医院详细的科学检测都说明林寒的膝盖没有任何问题，那么她所察觉到的症状，所表现出的反应，或许就是这样一种"心病"。

怎么给林寒治"心病"呢？

首先，不能说她的膝盖完全没问题。而是要先认同她自己的感受，承认她的膝盖没有大问题但还是存在一些小问题的。然后，要给她找一个"神医"。

更要让她完全相信，"神医"是有特殊的办法和特效的手段，能够为她治好膝盖的。这样，林寒的"心病"才有可能通过这样一场设计好的"治疗"，最终实现完全治愈。

于是，陈天河想到了通晓针灸，又一生习武的父亲柯寿璋。柯寿璋听陈天河说了这些事情，一口答应配合他们为林寒治"心病"。这才有了他们几人今天这一次坎坷如经历了"九九八十一难"的柯家村之行……

看着林寒充满期待的眼神，柯寿璋嘿嘿一笑。他拿起身旁那个早就准备好的布包，展开来，里面是一支支泛着金色光芒的中医针灸针。

"金针……菇？"林寒倒吸了一口凉气。

"金针，没有菇。"柯寿璋从中拈起一根，认真地做好消毒，瞄着她腿上的穴位，"小寒，爷爷现在要帮你针灸治疗了，你不要怕啊。"

"爷爷，我不怕。只要能治好伤，我什么都不……哎哟……"林寒虽然嘴上说着不怕，还是把脑袋扭向一边，不敢看柯寿璋在她腿上扎针、运针。

王炎刚想劝慰林寒，却看她可怜巴巴地仰头望着他："炎哥，我能抓着你的胳膊吗？"

"你不是天不怕、地不怕吗？"

王炎说着，还是抬起胳膊，送到林寒面前。

"爷爷这针着实有点长，我不是怕，就是看着有点……心慌……"

林寒说着，抓住了王炎的胳膊，心里就觉得安稳了许多。她把脑袋靠在王炎的胳膊上，却不由得走神。

不知过了多久，柯寿璋喊了声"好了"，才把林寒从走神中唤了回来。

她看看自己的腿。上面刚刚密密麻麻扎着的金针，此时都已经被柯寿璋取下。

膝盖更是一点异样都没有。

"你试着活动活动，看看是不是感觉关节更轻松一些了？"柯寿璋故意引导着林寒。

林寒试探地揉揉膝盖。

咦！她觉得，自己的膝盖果然没有之前那样滞涩的感觉了。她轻轻地跳了跳，做了做滑步的动作。

哦……她似乎感觉右腿已经恢复到受伤之前那样灵活了。

"我……踢个腿试试？"她跃跃欲试地看看柯寿璋，又看看王炎。还没等王炎说话，林寒就在他面前高高地弹起了右腿。

前踢……

"你别！"王炎突然吼了一声。他猛地扭过头，似乎不敢看着林寒，脸庞却一阵泛红。

"怎么了炎哥？"林寒诧异地看着王炎。

王炎指了指她："你个傻丫头，你穿着裙子呢，不是道服！"

"啊啊啊啊啊啊啊！"

林寒赶紧捂住自己的裙摆。她这才意识到，为什么王炎会不敢看她，王炎的脸庞还会红得跟小苹果似的……

她的脸，也发烧一般地热了起来。

吃完晚饭，陈天河三人就留宿在老宅。

第二天是周日，陈天河也希望充分利用好这个周末的时间，再让柯寿璋给林寒做做针灸。虽然这是治"心病"，不过中医针灸疗法，还是能够让林寒疲劳的腿部肌肉和神经很好地放松下来。其实这也正是为什么林寒在针灸之后会觉得右腿更加轻松、灵活的原因之一。

另外，陈天河也希望柯寿璋能够把柯家拳中的一些武道理念传授给林寒。他始终觉得，中华传统武术中的精华，对于格斗类运动员的能力提升、突破技术和意识瓶颈，会带来很大的帮助。

天色渐沉，陈天河上楼时发现，通往二楼天台的门虚掩着。他好奇地推开，发现王炎正趴在二楼天台的栏杆旁出神地望着夜色中的田野发呆。

陈天河走了过去。

"这个天台，是小晖最喜欢的地方。"他对王炎说，"她也像你一样，喜欢看着田野发呆。"

"陈指导，陈晖她……要去北京念研究生了吧。"

"是啊，那个大学是她心心念念的地方。能够去那儿念研究生，也是她的梦想。"

"她……什么时候去北京？"

"怎么？"陈天河纳闷地看着王炎，"你们两个……没聊过这些话题？"

"还没……"王炎有些不好意思了，"这段时间她准备研究生复试，挺忙的，我就没……过多打扰她。等到全运会资格赛回来，陈晖说要来队里看看，却没有来……然后这一周，咱们训练又忙起来了，我就……"

陈天河知道，王炎的忙是真忙。陈晖虽说结束了研究生复试，却临近大学毕业，身为班干部的她每天也有一大堆的事情在忙碌。

陈天河叹了口气，又想起女儿那天站在训练场外问过他的话……

"对林寒来说……王炎是不是非常重要？林寒是不是……离不开王炎？"

"王炎啊……"陈天河看着王炎，"你和陈晖……以后这两年见面的机会可能不多，你要好好珍惜啊。"

"陈指导，我……"

"我明白，你们两个的感情都是真挚的。所以当知道你们两个在交往的时候，我和她妈妈也都很欣慰。"

"陈指导，其实我……做得不好，也没时间多照顾照顾陈晖……"

"不要这么说，你已经帮了我很大的忙了。我也要谢谢你，王炎。"

陈天河的话，让王炎愣住了。

"陈指导，你这话说得……其实应该是我谢谢你才对。是你给我机会让我去国家队历练，也给我机会让我留在队里，给林寒当陪练。我也体会到了，虽然作为运动员，我已没有机会去实现我的梦想，但作为陪练，看着秦薇能够在奥运会赛场上争金夺银地为国争光，看到林寒每一天都有进步，我也真的很开心、很开心。"

"是啊……"陈天河感慨，"林寒她也……越来越离不开你了。"

王炎又愣住了。

"王炎，你肯定也知道林寒的身世了。"陈天河说，"她从小没有父亲，所以看上去她很坚强，会为了保护母亲而冲在前面，但她其实一直都很渴望能够有给她安全感，可以让她放心依靠的人在身旁保护她、陪伴她。她始终喊她的启蒙教练郭建'师父'，她把郭昊宇当亲哥哥一般对待，当初，她是那么无条件地信任柯进……其实都是希望能够从他们那里得到那种安全感。但，他们给不了她那么多。现在……王炎，小丫头很依赖你，也很信任你……这种依赖和信任的边界……其实挺容易模糊的。"

"陈指导，我……我不是你想的那样！"王炎脱口而出地争辩道。他刹那就明白了陈天河跟他说这些话的意思所在。

"王炎，我明白你是哪一种人。我也相信你，对陈晖的感情始终是专一不变的。有时间的话，你跟陈晖再好好聊聊，当面聊聊，不要打电话。"陈天河说完，拍了拍王炎的肩膀。

第六十六章　　试炼

第二天，柯寿璋一早就给林寒做了针灸治疗。

吃过早饭，听说柯寿璋要教她几招柯家拳里的招数，林寒更是跃跃欲试了。

陈天河递给林寒一套质地柔软的传统武术衫裤。

这是陈天河专门去村里一个朋友家找来的，恰好那个朋友家也有一个身材和林寒相近的女孩子，参加过柯寿璋在村文体中心办的武术兴趣班。现在，那个女孩子去外省上大学，这身武术服就不需要了。听陈天河说要借给林寒穿，那家朋友就干脆把它送给了陈天河。陈天河让林寒换好这身行头，学武时就不会再有走光的危险了。

林寒雀跃着跑回屋子里，又飞快地跑回来，已然换好了衣衫裤子。这身衫裤虽然版型宽松，但衬得身材高挑的林寒格外飒爽干练。

站在老宅屋后的小院子里，林寒活动着身子，就有邻居跟柯寿璋打招呼，问他这是哪里招来的小徒弟，长得这么清秀漂亮。

"这也是我孙女。"柯寿璋直截了当地回答。

听着老人和邻居的对话，一种喜悦和开心，却充盈上了林寒的心头。她一扭头，发现王炎看着她似乎又出神了。林寒有点尴尬地转过了身，不敢和王炎对视。

她却不知道，王炎此刻想的还是陈晖。

当年陈晖在网络视频直播平台上开了一个"功夫小熊猫"的账号，王炎也化身为网友"风"，在网上与陈晖互动。他清晰地记得，陈晖穿着的那身武术衫裤，和林寒身上的这身极其相似。

这小丫头！他叹了口气。

昨天，她穿了陈晖的连衣裙，今天又穿了和陈晖一模一样的武术服……她这简直是无时无刻不让他想着陈晖，对吧？

王炎不是不知道，昨天林寒的衣服被雨水浇透了，那身连衣裙是柯寿璋找来给林寒应急的，今天的这身武术服则是陈天河拿来给她学武穿的。可如此的巧合，却让王炎的心绪始终无法很好地平静下来。

他刚想拿出手机，给陈晖发个微信，问问她什么时候不忙，两个人见个面。可还没等他点亮手机屏幕，就听柯寿璋在一旁喊他："王炎，别蹲在一边玩手机了。你也来！"

"啊？我？"王炎一怔。

"对，你也来！"柯寿璋冲他招了招手。

王炎只好把手机放到一边，快步走了过去。

"柯家拳虽有套路，却更加重视技击。这是因为，柯家拳是咱们这里的老祖宗们几百年前与倭寇作战时习练的武术……"柯寿璋简要地介绍着柯家拳的来龙去脉。

那些故事，其实王炎以前就听陈晖讲过。现在，他一边认认真真地听着柯寿璋再讲一遍，一边脑海中却不禁又浮现出陈晖当初给他讲述柯家拳时的样子来。那时候的陈晖，眼睛中神采奕奕，似乎无比的自豪。

她……

"王炎。"柯寿璋突然喊着他的名字，"你走神了？"

王炎知道，什么都瞒不过柯寿璋的眼睛。他坦白了："柯爷爷，对不起，我走神了。我想起了一个……朋友，她以前也跟我讲过柯家拳的一些故事。"

"炎哥，你是又想晖姐了吧！"林寒在一边插嘴。

王炎瞪了她一眼。

还不是因为你又穿得那么像陈晖！他想。

林寒哪里知道王炎所思所想。她只是以为王炎被她揭穿了想法而无言以对。她呲着小虎牙嘿嘿一笑，得意的神情，在王炎看来，却恰恰又神似当初讲述柯家拳时的陈晖了。

柯寿璋听到王炎和林寒的话，微微一怔，却没有生气。他看看王炎，又把视线集中到林寒身上，望向了林寒的膝盖。

"爷爷，我的膝盖感觉很好。"林寒脱口而出。

柯寿璋点点头："那我们就正式开始。"

"爷爷，练柯家拳，一开始也要扎马步吧？"林寒问。

"唔？谁告诉你练柯家拳一定要扎马步？"

"我小时候看过他们那些武术班的小孩，每天就在那里扎马步。扎得不好，教练就会批评他们，踢他们的屁股……"

柯寿璋笑着摇摇头。

"扎马步是基本功。教练踢他们屁股，也不是体罚，而是检验他们下盘是不是扎得稳。对你们这些已经是专业运动员的人来说，就算要尝试习练传统武术，也没必要从扎马步开始了。再说，我要教你们的，是柯家拳的道，而不是一招一式。"

"道？"

"对，道！"

"跆拳道也有'道'……"

"小寒，任何一种武术，都有它的道理在。那就是'道'。"

"那……爷爷，柯家拳的'道'，是什么？"

"小寒，你试着来攻击我。"

林寒点点头，面对柯寿璋站好格斗势。

柯寿璋却只是简单地前后脚一错，抬起双臂，立掌于胸前。

爷爷这个架子好随意啊……林寒将信将疑地想，他能接住我的踢击吗？

林寒打算简单打一腿前腿横踢，作为试探。她拿定主意，眼珠一转，刚想发力做前腿横踢的动作，可眼前一道身影晃动。

她的右肋，竟然被柯寿璋的脚尖点中。

可柯寿璋还是保持在与她一人之远的距离，似乎动都没有动过。

"这……"林寒纳闷地看着柯寿璋。

"没看清楚？再来。"

林寒认真起来，这一次，她故意站了一个右脚在前的反架格斗势。她要上步换架，虚晃一枪，然后试试用自己今天感觉良好的右腿，踢一记出乎意料的后腿横踢。

可……刚想上步……她的身子还没转过来，柯寿璋的脚尖已经点到了她的小腹前。

林寒知道，如果这是真正的实战，如果她不后退，柯寿璋的这一脚，足以让她仰面摔个重重的屁墩儿。

林寒第一招要打前腿横踢，柯寿璋的脚就踢到了她防守薄弱的身子右侧。

她第二招要上步换架进攻，柯寿璋的脚却踢到了她的身前，让她的格斗架换无可换……

两次进攻，都是在招式将出未出之际就被柯寿璋的以攻为守所化解，林寒不服输的劲头猛地油然而生。

那不过只是巧合罢了！她想。

"爷爷……我再试试！"她说。

"好。"柯寿璋平静地答应。

林寒打起了一百二十分的精神头，她站架不再松垮，而是微微压低了重心。她的表情也凝重起来，只有一双闪亮的眸子，紧紧盯住面前的柯寿璋。看上去，她这一次出击，要全力以赴了。可仍旧还没等林寒的招数施展出来，柯寿璋的身形已然"飘"到了她的面前。

柯寿璋这一次没有用腿，他快如闪电的拳头出击，拳峰停在了林寒肋间一寸远的地方。

林寒只觉得浑身发冷。

她明白，如果柯寿璋全力以赴打出这一拳，别说她现在没有佩戴任何护具，就算是戴着厚实的跆拳道护胸，她也一定会肚子里翻江倒海，说不定，刚刚吃过的早饭都会一股脑吐出来。

"爷爷……"她喃喃地喊着。

可直到柯寿璋撤开步子，收起了拳架，林寒才站直了身子。她看着柯寿璋，似乎柯寿璋就像深不可测的大海。看似平静无奇，但每一个浪打来，都蕴含着难以想象的巨大力量。

"爷爷，你是怎么做到……当我的招数还没有使出来的时候，就……能够知道我要做什么的？"林寒声音颤抖着说出了自己的疑问。

柯寿璋的功夫，其实也是建立在对对手的预判上。但与秦薇和林寒所掌握的预判不同。她们在实战和比赛中能够预判对手的招数，然后提前做好防守和截击，让对手的进攻无功而返。之后，她们可以通过快速的反击，来反客为主，打对手一个出其不意。

但柯寿璋不仅对林寒的招数预判得更快、更准，还能全面地通过主动攻击林寒出招时的漏洞和薄弱之处，实现以攻为守、化守为攻。

这就是……截击，是柯家拳的"道"！

"小寒，王炎！"柯寿璋对他俩说，"人的任何行为，都是有迹象可循的。简而言之，就是心动、眼动、身动。你有了出招的念头，计划好了出什么招数，你的心，自然就先动了。出招时，你的目光会看向你的目标，无论什么样的高手，使出什么样熟练得不能再熟练的招数，都是一样。除非，你的对手是一个盲人。最后，才是你的身动。"

"所以……"林寒恍然大悟，她看了看王炎，又看了看柯寿璋，"我之前从秦薇那里学到的预判对手的本事，都只是提前判断了对手的身动而已。"

"能够做到预判身动，就已经很不容易了。可因为时机的关系，预判身动之后，最多只能凭借速度和经验，去做被动的防守，主动截击少之又少。"柯寿璋说，"如果能够从对手的心动和眼动中看出对手的招数，就可以在对手出招之前，阻截住对手的进攻，而绝非以防守去承受对手的进攻。毕竟，柯家拳最早的对手，都是战场上手拿钢刀的倭寇和侵略者，不是擂台上以礼相待的武者。瞬息之间，就是你死我活。所以柯家拳的道，不仅是制胜之道，也是生存之道。"

"这些……柯指导怎么从来没跟我和郭昊宇讲过……"林寒诧异了。

"小进他啊，还没等我教给他这些真正的'道'，他就不再把柯家拳放在眼里了。"柯寿璋无奈地说。

林寒和王炎相视无语。

"小寒，你有兴趣学这些'道'吗？"柯寿璋却问。

"有！爷爷，只要你愿意教我，我一定认认真真地学！"

"那王炎你呢？"

"我？"

"怎么，你不想学？"

"我也想学……可是……柯爷爷，我这是不是有些名不正言不顺……"

"怎么，你还有顾虑？我听天河说，你是小寒的专职陪练？"

"是，柯爷爷。"

"那你更得学了。"柯寿璋说，"只有你也学会了，才能陪小寒练好。"

王炎使劲点点头："好，柯爷爷！我一定好好学！"

"不要叫爷爷。"柯寿璋突然说。

"啊？"王炎愣了。

"叫师父。"

"师……师父？"

"你不是说，学柯家拳担心名不正言不顺嘛。"柯寿璋微微一笑，"那我就收你做关门弟子好了。以后，柯家拳的现任掌门陈天河就是你大师兄了，柯进那个家伙，勉强算是你二师兄。还有，让陈晖和林寒都喊你师叔吧。"

"啊？"

王炎和林寒一下子都愣住了。他俩谁都没想到，鹤发童颜，看上去一本正经的柯寿璋，竟然也有爱开玩笑的童真一面。

第六十七章　伤

从那之后，几乎每个周末，林寒都会让王炎陪着她去柯家村。

林寒一边请柯寿璋为她针灸疗伤，一边认真学习、领悟着柯家拳的"道"。

渐渐地，林寒觉得自己膝盖的"伤势"恢复得越来越好。她也能把柯家拳的"道"与跆拳道的"道"相结合，在实战中运用得像模像样起来。

然而王炎的周末时间被林寒所"强占"，陈晖也忙着完成自己的毕业论文，两个人在这两个月里一次约会都没有，只能偶尔打个电话、连个视频。

陈天河曾嘱咐过让王炎找时间和陈晖当面聊聊心事，王炎也始终没有机会去约陈晖。这不禁也成了王炎的一块"心病"。

其实，陈晖也很想能够有时间见上王炎一面，好好把她心底的所有顾虑都跟王炎说说。她希望王炎能够说，他愿意等她，等到她从北京学成归来……

但陈晖的毕业论文导师非常严格，没有给陈晖更多的课余时间去约会。她更是给陈晖提了要求，既然陈晖已经以优异的成绩被北京的名牌大学录取为硕士研究生，她的本科毕业论文设计，就必须在所有同学中是出类拔萃的！

陈晖理解导师对她的殷殷期望和一片苦心，导师不是对她苛刻，而是希望她能够在学业上有更高的成就。所以陈晖也不得不耐下心来，把急需精心经营的感情暂时抛到了脑后。然后她按照导师的要求，把自己的毕业论文一遍又一遍地改得精益求精。

就在这样的匆匆忙碌中，扬城的天气越来越炎热。

夏日在即，全运会越来越近，陈晖离开扬城的时间，也越来越近了。

伴你上青云

这天下午，陈晖在图书馆又改完了一遍论文。她刚刚用电子邮件把论文发给导师，手机就响了起来。是父亲陈天河打给她的电话。

"爸，怎么了？"她有些好奇地问。

按照陈天河的工作规律，一般这个时间，扬江跆拳道队的下午训练还没有结束，他怎么会打来电话呢？

"小晖，你晚上还忙吗？"陈天河问她，声音平静，听不出来有什么异样。

陈晖反而紧张起来。因为她了解陈天河，越是发生了什么事，陈天河越是会表现得异常冷静。对于陈天河而言，过分的冷静，就是异常。

"我这边还好，刚刚把论文交给了导师。爸……您那边是有什么事情吗？"陈晖试探地反问他。

"如果你晚上有时间，就赶过来一趟，到体工大队宿舍来。王炎他……受伤了。"

"啊？王炎受伤了？怎么伤的？伤到哪里了？严不严重？"陈晖惊呆了，一连串的问句有些语无伦次了。

原来，今天下午队里安排了实战对抗。

林寒自己觉得伤势恢复得不错，主动提出要王炎陪她打一场三回合的实战。王炎的职责所在就是陪练，林寒跃跃欲试，王炎自然要满足她的要求。恰好在陈天河的计划中，林寒膝盖的"心病"恢复得差不多了，也到了该给她适当增加训练强度和模拟实战的时候。于是，陈天河亲自掐表，王炎和林寒穿戴整齐，站到了八角垫子上。

一开始，林寒似乎还有所顾虑。但几组进攻打下来，林寒察觉不出自己的膝盖有丝毫异样的反应，于是她大着胆子，像受伤前那样放开手脚施展起技术来。

前两个回合打完，王炎一直收着力量与林寒对抗，他的身体比他自己打实战时还要累。因为那种明知自己有十分力，却必须时刻注意不能全力以赴，只能使出六七分力气的感觉，其实并不舒服。这对于陪练队员的精神，也会带来更多的疲劳。

所以打到第三回合，王炎的呼吸有点乱了。

林寒紧紧盯着王炎的眼睛。她的脑海中还回忆着柯寿璋教给她如何判断对手"心动、眼动、身动"的办法。

咦？林寒一怔，她放下了格斗势。

"炎哥，你怎么了？"

"我没怎么啊？"王炎纳闷地瞅着林寒。因为他一直全身心地关注于和林寒的见招拆招上，他自己都没留意到自己身体上所产生的疲劳感觉。

"我能看得出来，炎哥，你累了！"

"我……我累了？"王炎嘿嘿一笑，"我怎么没觉得我累了！"

陈天河掐着秒表，在一旁插话："你们两个，还打不打了？要是不打，就让下一组的人上。"

"陈指导，我没问题，就看林寒的。"王炎说。

林寒有点担忧地看了看王炎，觉得他还是充满干劲的样子，于是稍稍放下点心，以为自己刚才可能真的只是看走了眼。

"陈指导，我也没问题。这个回合还剩下多少时间？"林寒问陈天河。

陈天河看了看秒表："还有不到一分钟了。你们都没问题的话，那就把这一分钟打完吧。全运会越来越近了，每一堂训练课都很宝贵，时间不能浪费。"

"好！"林寒和王炎异口同声地说着，面对面重新站好了格斗势。

王炎知道，林寒这段时间研究柯家拳的"道"几乎到了疯魔的程度。但俗话说得好，"不疯魔不成活"。假如林寒把那些理念真正融会贯通好，她战胜秦薇，站上全运会的最高领奖台，就真的不只是一个美好的梦想了。

所以，他要帮她不断精进，给她想方设法制造麻烦和压力。王炎决定，做一个假动作，然后打一组复杂的技术组合，最后衔接上一击旋风踢击头，好好考验一下林寒如何应对。但当王炎看向林寒时，王炎却感受到了之前从未感受过的压力。

林寒头盔下射出的炯炯目光，似乎真的如同孙大圣的火眼金睛。无论是他想做假动作，还是真动作，林寒都会把他的一举一动，毫无遗漏地洞悉着。

王炎咬紧了口中的护齿。

"呀！"他咆哮一声。

"砰！"他惊讶地发现，自己的身子竟然腾空而起。

就在王炎咆哮声刚刚响起的刹那，林寒的一记垫步前腿侧踢正正地命中了王炎护胸的左侧，那是肋骨的位置。

王炎飞了出去，然后重重地摔在了垫子外。那一瞬间，他的回忆一下子拨到了两年多之前。

就在陈天河第一天到队里，他让王炎和林寒"比试"一下。结果王炎施展了自己的得意技——垫步侧踢，把当时那个自觉得已经无敌于扬江跆拳道队的孤傲小林寒，一脚踢飞了出去。

那个场面，和今天的场面如出一辙。

只不过，施展侧踢的人变成了林寒。被踢飞出去的人，成了王炎。

王炎突然觉得很开心。

两年多的时间，林寒已经可以把他踢得飞起。林寒的垫步侧踢，甚至快到他看都看不清如何施展的地步。

直到开心混合着肋部的剧痛，真真切切地传导到王炎的大脑中，王炎这才情不自禁地发出了一声惨痛的呻吟。

林寒赶紧跑上前，想去看看王炎的情况。

"林寒，你别动他！"队医刘大夫经验老道，劝阻林寒去脱王炎的护胸，"他有可能是肋骨骨折了！不要动，免得骨头错位！"

刘大夫的话吓得林寒赶紧缩回了手。

"不会吧，炎哥，你别吓我啊。我觉得这一脚我没怎么用力啊！"林寒说着，都带出了哭腔。

虽然林寒自己觉得没怎么用力的一记垫步侧踢，却由于她日复一日的刻苦训练所带来肌肉力量的大幅度提升，又加之她极高启动速度所带来的势能加成，这一脚侧踢的力度，竟已经丝毫不逊色于王炎这个高水平男子选手了。

王炎努力挤出了一些笑容。

"我……觉得……可能不至于骨折……虽然挺疼的……"

陈天河赶紧让围观的队员、教练找担架，大家七手八脚把王炎送到体工大队一墙之隔的省体育医院去。

等到拍了 X 光片，陈天河才告诉林寒，王炎肋骨好在没有折断，只是有一根出现了不太明显的细微裂纹。林寒这才松了一口气，跟着大家把王炎送回宿舍休息……

在电话里听了陈天河讲述事情的经过，陈晖哪里等得到晚上。陈天河挂掉电话之后，陈晖就跟老师请了个假，说家里有事，叫了一辆出租车就奔向体工大队。

等到了王炎的宿舍门外，陈晖就见一大帮子跆拳道队的队员和教练都围在那儿。看到陈晖来了，大家知趣地散了开，给陈晖留出了时间。

只有林寒垂着头，站在王炎的床头，怯怯地看着陈晖。

林寒的眼角……有泪水？陈晖一怔，却突然有一阵异样的滋味涌上了心间。

"林寒……"她极力地控制着自己的情绪，寻找着合适的词语，说，"王炎的伤，是因为你吧？"

"晖姐，对不起！"林寒小声说，"是我没控制住侧踢的力道，才……才伤到了炎哥……"

"林寒！"陈晖不由自主地说话声音变大了，"你怎么能这样啊？王炎他是你的陪练不假，可他……也是人啊！"

林寒愣住了。她看得出来，陈晖生她的气了，而且是非常生气。虽然她和陈晖相识不过也就这一两年，但平日里陈晖都是说话轻柔、温文尔雅的模样。

陈晖的脾气也很好，以往无论林寒怎么跟她打闹撒娇，她都不会生气，都是笑意吟吟地对她。可今天出现在她面前的陈晖，有些让她不认识了似的。

"晖姐……我……"林寒低下头，不敢看陈晖的眼睛。

"陈晖，你别这么说她。"王炎在一旁劝道。

"王炎，你让我把话说完。"陈晖却说。

"林寒，在队里大家都宠着你，呵护着你，包括王炎也是，毫无保留地为了你去付出他的心血和汗水。"陈晖咬了咬牙，接着说，"可……陪练也会疼、也会受伤。所以请你在训练的时候，也能去考虑考虑他的感受，不要把他当作沙袋或是人形靶，去玩了命地踢他、打他！"

"陈晖！"王炎脱口而出。

"晖姐，你……你错怪我了。我没有……玩了命地去踢、去打炎哥……"林寒委屈地说，"我也……给曦姐当过半年多的陪练，我知道陪练队员成天被主力队员打，有多疼、多辛苦……所以我……"林寒说着，用手背搓了下自己泛酸的鼻子。

既是因为心疼王炎受伤，也是因为自己被陈晖所误会，林寒只觉得心中的哀伤和委屈，如沉重的幕布，把她完全覆盖，让她透不过气来，也说不出话。

她只好向着陈晖深深鞠了一躬。

"晖姐，对不起……我知道炎哥受伤，你比他还要难受。要是骂我能……让你舒服一些，你就尽管骂我好了。无论你怎么骂我，我都不会……"

"林寒，这里没有你的事，你回去休息吧，明天还要训练呢。"王炎在一旁说，"顺便帮我关一下门，我有话要跟陈晖说。"

林寒看了看王炎，又看了看陈晖。

"你走吧！"陈晖侧过头，似乎不愿多看林寒一眼。

林寒默默点点头，退出了门外，轻轻关上了门。

"陈晖，你别这样说她。"王炎轻声说，"林寒她已经很自责了。"

"她……平日里打对抗、打实战，不都是那样没轻没重、没心没肺嘛！"陈晖说。

"怎么，你心疼我啊？"王炎问。

陈晖看着他，嘴唇颤了颤，还是点了下头。

王炎笑了，拍拍床边，示意陈晖坐下。

"是陈指导让你来看我？"

"他那个冷静的语气，吓到我了。我还以为你……至少断了几根肋骨呢！"

"哈哈，怎么会。林寒她……"

王炎突然看到陈晖的眼神变得犀利了，他叹了口气，还是说下去："林寒真的不是你想的那样。还有啊，以前你不是挺喜欢她的嘛，你也没少宠她，怎么感觉……今天你一见到她，就变得……"

"变得怎么样？"

"变得咄咄逼人了。"

"我没有。"

"你自己不觉得？"

"王炎，那你有没有觉得，你对林寒的看法和态度，也和以前不一样了？"

"没有啊？怎么不一样了？我一直都那样看她，把她当作一个小丫头啊……"

"你自己不觉得？"陈晖突然以彼之道还施彼身的问话，让王炎无语了。

王炎想到了陈天河那晚在老宅天台上对他说的话。

"现在……王炎，小丫头很依赖你，也很信任你……这种依赖和信任的边界……其实挺容易模糊的……"陈天河那天如是说。

王炎愣住了。难道，我真的模糊了那个绝对不能迈过的边界？

不！我没有！

王炎咽了下口水，对陈晖轻声说："陈晖，这几个月其实我一直想找机会当面跟你聊聊。可是我们都很忙，没想到今天见面却是这样。"

王炎本意是说，两人这段时间始终忙于工作和学业，只因他受伤，才有的这次见面机会。

可陈晖却误会了，以为王炎还在责怪她刚刚呵斥了林寒。

林寒！又是林寒！还是林寒！

她看着王炎，一时间，宿舍死寂。

陈晖叹了口气，从床边站了起来。

"好了，王炎，知道你的伤没什么大事，我就放心了。"

"怎么，你要走？"王炎伸出手，想去拉住陈晖的手。

可肋间的疼痛，还是让王炎伸手的速度慢了一些。

他的指尖，终究错过了陈晖的指尖。

"这是你的宿舍，我……总不能留在这里。"

"现在才……八点多……"

"导师刚才给我发了邮件，让我早点回去，继续修改毕业论文。"陈晖撒了个谎。

"哦……这样啊……"王炎信以为真地点点头，"我这起身有点慢，你等我起来，送你到大门口吧。你……回学校路上注意安全。"

他都没……没试着劝我多留一会？陈晖看着王炎，想着。

"呵……王炎，你有伤在身就不要勉强起来送我了。你也好好休息，好好养伤。等我……忙完了这段时间，再来看你。有什么话，我们下次再聊吧。"

说完，陈晖推开门，走了出去。

看着没有关紧的门缝，听着陈晖的脚步声由大变小，王炎呆住了。

第六十八章　我的路

今年，扬城的夏末异常闷热。

王炎一走进训练馆，竟然发现林寒不在！

他诧异非常，去跟陈天河询问，这才知道，林寒昨天已经动身去了柯家村。

原来，扬江跆拳道队的全运会备战到了最关键的时候，林寒竟然主动跟陈天河提出，她是不是可以去柯家村单独训练一周时间。

"陈指导，我想自己去跟爷爷好好修炼几天。"

看着林寒执着的眼神，陈天河想了想，竟同意了。

虽然王炎的肋伤很快就好了起来，可林寒自那次之后，似乎刻意地开始跟王炎保持起距离来。

即便是穿着护具和王炎对抗，林寒也不敢像原先那样拼劲十足了。

两个人之间的陪练关系，无形之中变得有些磕磕绊绊起来。

陈天河默默地看着这一切。

他似乎明白这些事情是怎么发生，又为什么发生。

他有办法去结束这一切。其实很简单，只要给林寒换个人陪练就好了。但他没有这么做，也不能这么做。

就算他这样做了，林寒、王炎和陈晖三个人还能像以往那样在一起开心地说说笑笑、打打闹闹吗？

不可能。所以，解开三个人之间的心结和羁绊，需要他们自己。

虽说现在是备战全运会的关键时候，但如果林寒去乡下能够暂时抛开那些纷纷扰扰，能够安静下来，对她也是一个好事。

于是，陈天河当时就同意了林寒的请求……

"王炎，这些天你可以跟别的队员一同训练，也可以回去继续休养，一切安排都由你自己掌握。"陈天河说。

"陈指导，那我……"王炎却问，"可不可以也去柯家村？"

"你也要去？"

"我……毕竟是林寒的陪练……"

……

陈天河默默地看着王炎。王炎明白陈天河沉默的意义。

"陈指导……"王炎说，"我爱陈晖。但……"

陈天河的瞳孔猛地收缩。

"王炎！"他突然压低了声音，"如果我告诉你，我有机会送你去北京，去首都体育学院念书……你想不想去？"

王炎突然呆住了。

"陈指导，我爱陈晖，但……我不能就这样抛下林寒。"王炎颤抖着声音说，"郭昊宇已经辜负了她一次，如果我再抛下她去北京读书，林寒就……真的太可怜了。陈指导，我很感激你愿意为我安排去北京上学的事情。但我觉得，我的年纪还不算大，晚个两三年上学，将来还有机会。可林寒需要有人帮助她，这两三年的时间，对她的成长太关键了。我答应过林寒，和她拉过勾，我要做好她的陪练，陪她练成真正的全国冠军，陪她打败秦薇，陪她练进国家队，练到奥运会，站上奥运会的最高领奖台上，去实现她的梦想……"

陈天河明白了王炎的一片赤诚，但陈天河的心底却格外地百味杂陈了。

"柯家村，你想去，随时可以去，毕竟你是老爷子亲口承认的关门弟子。我刚刚也说过，这几天的工作安排由你自己掌握。但，王炎！你要记住，你的路是你选的，你就要走好它。无论是林寒……还是陈晖，你都不能辜负她们。否则……我对你不客气！"

王炎立正站好，向着陈天河深深鞠了一躬。

然后，他转身快步离开了训练场。

……

柯家村老宅。

这是林寒来到这里的第二天。

一大早，她推开二楼卧室的窗户，一阵混合着泥土和植物香气的清新空气扑面而来，让她的心情一下子舒畅起来。

"小寒，准备下来吃早饭了。"柯寿璋站在屋前的空地上喊着她。

"我来啦，爷爷！"林寒答应着，快步跑下了楼。

客厅的餐桌，竟然摆了四副碗筷和四碗粥。

"爷爷，还有两个人？"

"嗯，他们在路上了，马上就到。"

林寒脑子一转："谁啊？"

"是你认识的，一会见面就知道了。"

难不成是……陈指导和炎哥？还是……陈指导和晖姐？总不会是……炎哥和晖姐？林寒胡思乱想着，一辆小汽车已经沿着村里的水泥板路缓缓开来。

车子径直开到老宅门前的空地上，才停了下来。

这一下，林寒真的愣住了。

车门打开，郭昊宇拎着一只硕大的行李包，从车里钻了出来。

"小寒？"

"昊宇哥？"

"你怎么在这里？"林寒和郭昊宇不约而同地惊呼道。

柯进也走出驾驶位，熄火、锁车。

"小寒，我听大哥说了，你在这里跟着爷爷学柯家拳有一段时间了啊。"柯进问，"你的膝盖已经全都好了吧？怎么样，爷爷的针灸很灵吧！"

林寒点点头，却纳闷地看着柯进和郭昊宇。

"柯指导……你们这是？"

"全运会很快了，我也送昊宇来跟爷爷'特训'。怎么，不欢迎我们？"柯进笑着反问。

林寒使劲摇摇头。

"好了，过来吃早饭，粥都快凉了。"柯寿璋在屋子里喊着。

"走，小寒、昊宇，进屋吃饭去。"

柯进似乎主人般地招呼着林寒，一如当年他带着这两个孩子在全国各地的赛场上"南征北战"时那样。

坐在餐桌前，郭昊宇端着碗，时不时地偷偷看着桌子对面的林寒。自从他离开扬江跆拳道队，就只有在几次比赛期间见过林寒。平日，两个人几乎也没打过什么电话、发过什么微信。两人为数不多的互动不过是相互在朋友圈里点个赞或是评论几句。所以郭昊宇来柯家村之前，其实就很期待能够在这里见到林寒。

如果两个人天天见面，即便对方有什么变化，也会很难察觉。但如果两个人很少有机会见面，一次相遇，就会连对方身上最细微的改变，都看得一清二楚。此时，郭昊宇细心地发现林寒变了。

虽然林寒身上还留着一点点残存的稚气，但在她那假小子般的短发之下，林寒的眉目、鼻梁、嘴唇都愈发地清新秀丽。

十八岁的林寒，如果花时间认真打理一下自己的容貌，一定是一个美少女。郭昊宇的心，就像他第一次跟林寒表白时那样，开始怦怦跳个不停。

可林寒似乎不知在想些什么，完全没有注意到郭昊宇看她的眼神。她的眉毛微微一扬，似乎从走神中回了来，呼噜噜地喝完了一碗粥。

"爷爷，我吃完了。我先去洗碗，然后我换好衣服，就去后院做准备！"林寒说着，拎着自己的空碗跑去了厨房。

柯进看着林寒的背影，嘿嘿一笑。

"昊宇，别愣着了，你也别客气，就当这是自己家。"柯进对郭昊宇说，"赶紧吃，吃完了，你也去我房间换训练服。然后到后院，跟爷爷好好学几招。"

郭昊宇听到这话，也赶紧学着林寒的模样，呼噜噜地把一大碗温粥吞到肚里，跑去洗碗、换衣服了。

穿过老宅后门，郭昊宇来到小院子里，发现林寒穿着那身武术服正在压腿。

"小寒，你怎么穿的这一身？"

"不然呢？"林寒纳闷地反问。

她看着郭昊宇，他也没穿跆拳道道服，而是一身普普通通的运动服。

"反正，咱俩都不像跆拳道选手了！哈哈哈！"林寒随口说道。

"对了，我听师父说，你把王炎踢伤了？"郭昊宇接着问。

林寒眉头一皱："柯指导的消息很灵通嘛。"

"是陈指导告诉师父的。"

"陈指导他……现在竟然什么事都跟柯指导说！"

"他们毕竟是亲兄弟，有什么矛盾是时间化解不了的？毕竟血浓于水啊。其实，陈指导也知道，柯指导虽然在东川，也一直很关心你的情况。我也……"

"昊宇哥……"

"我也很关心你的情况……"

"嗯，谢谢你。"

"小寒，这次全运会，我要努力去拿冠军！"

"嗯，加油啊，昊宇哥！"

"如果我拿了冠军……"

"怎么？"

"你会不会……"

郭昊宇原本想问林寒，"如果我拿了冠军，你会不会考虑和我交往？"但话到嘴边，他却改了口。"小寒，如果我拿了全运会冠军，你会不会跟我一起庆祝？"

林寒笑了，不置可否地看着郭昊宇。他们两个青梅竹马长大，她又怎么会看不透郭昊宇的小心思呢？

"昊宇哥，我没想过那么多。"林寒一语双关地说，"我现在只想好好努力备战，我也想在全运会上去争一争冠军……"

郭昊宇轻轻叹了一口气："小寒，那我们一起加油。"

"嗯，一起加油。"

"对了，你怎么把王炎踢伤的？"

"昊宇哥，你非要哪壶不开提哪壶吗？"

"我只是好奇……"郭昊宇真诚地说，"在我印象里，王炎皮糙肉厚，那么抗打，怎么会被你一个女孩子踢断了肋骨的？"

"没断，只是骨裂而已。或许是……寸劲吧。"

"可陈指导跟师父说，是断了……"

林寒还想争辩，却突然明白了些什么。

王炎或许真的是骨折了！而为了不让她这个始作俑者担心、内疚，陈天河和王炎一起骗了她，只是说王炎的伤是轻微的骨裂！

怪不得前些天她跟王炎恢复对抗训练时，王炎的胳膊时时刻刻护在自己的右肋。她还觉得王炎怎么变得胆小怕疼起来，缩手缩脚的。

林寒想，原来他……伤得那么重，却还愿意陪她训练！

林寒突然觉得自己的鼻子又有些发酸。

真讨厌！她跟自己说，以前的自己哪里会时不时地就伤感、落泪？以前愫天怼地的自己，是多么没心没肺啊！

可现在，是因为自己长大了吗？

正是由于自己长大了，她才会发现，原来有那么多人关心她、爱护她，真诚且无私地帮助着她……

就像王炎。

"啊！"林寒仰着头咆哮了一声，吓了郭昊宇一跳。

晴朗的夏日早晨，天空中浮着一朵洁白如雪的云，在微风的吹拂下缓慢地飘着、飘着。

　　　　好风凭借力，送我上青云……

看着那片云，林寒突然想起了这样两句诗。

"昊宇哥！"她突然朗声对郭昊宇说，"我要谢谢你！"

"谢……我？"郭昊宇纳闷地看着林寒。

"谢谢你，从小到大一直关心我、爱护着我，道馆里别的小屁孩欺负我，都是你帮着我。等到我长大了，进了专业队，又是你挺身在前，把我当亲妹妹一样对待。所以，昊宇哥，我其实亏欠你挺多的。"

林寒顿了顿，接着说："其实……你离开扬江跆拳道队，离开我的那一天，我挺恨你的。我甚至觉得，我是那么信任你、依赖你，可你却因为自己的原因，自私地抛弃了我……"

"小寒，我没有！我不是……"郭昊宇辩解道。

"昊宇哥，我后来明白了，你离开我，其实也是给了我一个重新选择的机会。"林寒豁达地说，"我可以不再依赖别人给我铺平道路，而是去自己选择一条属于自己的路，去昂首挺胸走好自己的这条路。"

"小寒，我只是……"

"昊宇哥，我明白你的心。你也愿意一辈子都对我好，保护我、照顾我，是吧？但我不能一辈子都躲在你的身后，靠你保护、靠你照顾。我现在……已经能够照顾好我自己了。"

"小寒……"

"昊宇哥，我期待看到你在全运会上夺冠，到时候我一定会去和你一起庆祝的。"林寒看着郭昊宇，"所以，我们一辈子都是好兄妹，好朋友……对吧？"

郭昊宇直到此刻才真正明白了。

什么叫距离产生美，什么叫当他变强了，就会让林寒喜欢上他……

那只是他的一厢情愿，林寒却不是那样的庸脂俗粉。

当他一年多前，在扬江大学校园内的漫天樱花下转身离开的那一刻，他就已经完完全全地错过了林寒，永远地错过了林寒。

他的生命中，注定可以有一个妹妹林寒，可以有一个好朋友林寒。

却终究不可能拥有一个和他相濡以沫、白头到老的林寒。

放手的人，不就是他自己吗？

第六十九章　对战

上午的"特训"结束，郭昊宇已经显得有些疲惫了。

柯寿璋慷慨而毫无保留地把观察对方"心动、眼动、身动"的方法，以及如何在对方招数未出之前就进行截击、以攻为守的这些理念和柯家拳的"道"，都教给了郭昊宇。

可郭昊宇的天资没有林寒那么聪慧，就算理念上领会了个七八成，实际运用下来，却仍有些左支右绌。

柯寿璋让林寒和郭昊宇对练验证。

十次有九次，林寒主动进攻时，都会相当顺利地击中郭昊宇上身的有效部位，点到为止。可换作郭昊宇进攻时，几乎他身子还没有出现明显移动，林寒就能判断出他想做些什么了。

郭昊宇在大为惊讶之余，终于明白，为什么王炎会在和林寒的实战训练中受伤了。如果换做是他和林寒真刀真枪地进行一场实战对抗，或许他连受伤的机会都没有，就已经被林寒"揍"得体无完肤了。现在的林寒，和他以往认知中的几乎完全不同。她的速度和敏捷依旧是长处。长处变得更长。

她的短板原本是攻击的力量。可现在她的力量别说在女子选手中是首屈一指的，即便与他这种小级别男子选手较量，林寒都不处下风。这些年林寒对国内跆拳道界"一姐"秦薇的学习、模仿，加之从柯家拳中借鉴的中华传统武术理念，都如同一根能够将她的技术"点石成金"的"金手指"。

更何况，林寒原本就是璞玉，绝非顽石一块。

在这样的情形下，就算郭昊宇的体能储备再充沛，他的精神上所承受的压力，也让他觉得相当疲惫。林寒却显得越发挥洒自如，自信满满。她丝毫没有在与郭昊宇的针锋相对中出现过迟疑、胆怯。

以前，郭昊宇在扬江跆拳道队陪林寒打过对抗和实战。在来到东川跆拳道队后，郭昊宇也偶尔被柯进喊去，在训练中给小将卢杨客串一下"对立面"。无论是以前的林寒还是现在的卢杨，面对郭昊宇这个男选手时，即便郭昊宇收着四五成的力气，她们仍然会感受到很大的压迫感。那是因为男子选手和女子选手天然上的差异使然。

然而现在的林寒，却丝毫没有把郭昊宇的压迫感放在心上，甚至反而能够让郭昊宇感到压力重重。是因为王炎吗？郭昊宇想。

他明白了。正因为有王炎为林寒担任了一年多的陪练，现在的林寒已经完全适应了和男选手之间的针锋相对、见招拆招。她怎么能不变强呢！

想到这些，郭昊宇心底却腾得燃起了一股无名火。他吼了一声，进攻！他无视了林寒对他技术动作的预判和对他的进攻施以点到为止的截击。仿佛在他的眼中，林寒的面容已经变得模糊。站在他面前和他对练的人，就是王炎……

"呀！"郭昊宇一记势大力沉的横踢猛地打向了林寒。林寒哪里知道郭昊宇刚刚的所思所想。她惊呆了，也无法用截击的技术去阻碍郭昊宇这拼命般的进攻。她只好为难地抬起胳膊护住脑袋，准备去硬抗郭昊宇的横踢了。

"啪！"刚刚一直在旁边看着他们两个人对练的柯寿璋，几乎在瞬间插到了郭昊宇和林寒中间。柯寿璋双手看似轻巧的一拍，顺势化解了郭昊宇的重击。

郭昊宇一个踉跄，站稳了身子。他这才清醒了过来。

他面前站着的柯寿璋神情依旧平静，可被柯寿璋护在身后的林寒，眼神中却饱含着不解、惊讶和……一丝畏惧。

"昊宇哥……你……"

"小寒，我……"

林寒似乎想问他为什么，可没有问得出口。或许林寒也意识到了些什么。

郭昊宇似乎想解释些什么。可他也完全不知该从何解释起。

"好了，你们看起来都挺累了。上午就练到这儿吧，休息休息，准备吃午饭吧。"柯寿璋说着，转身离开了小院。

林寒看着郭昊宇，咬了咬嘴唇，回了房间。直到柯寿璋喊着开饭，林寒才在客厅里露面。

就当柯寿璋、柯进、林寒和郭昊宇坐在桌前准备吃饭时，老宅的门被敲响了。

柯寿璋准备去开门，林寒却抢先站了起来。她走上几步，打开了大门，一下子却呆住了。

"炎哥！"她诧异地看着风尘仆仆赶来的王炎。

"嗯，我来了。"王炎说着走进大门。

"爷爷好……咦，柯指导、郭昊宇？"王炎说着，脸上和郭昊宇一样都露出了惊讶的神情。

反而是柯进似乎毫不在意王炎的到来。

"王炎，来得早不如来得巧。自己去厨房拿一副碗筷，坐下来一起吃饭。"柯进说。

王炎笑了笑，把背包随手放下，果真按照柯进说的，跑去厨房拿了碗筷过来。柯家日常吃饭的饭桌是一张不算大的八仙桌，四个人各坐一边，宽敞松快。他来了，必须得和四人其中一人挤坐在一边。

王炎一时半会儿想不好，自己可以坐在哪里了。和柯寿璋或是柯进挤在一起坐，显然并不合适。和郭昊宇一起坐，王炎自己也不乐意。

那就只有……

"炎哥，坐我旁边吧。"林寒看出来王炎的迟疑，主动地招呼王炎。

王炎扯过一把凳子，稳稳地肩并肩坐在了林寒身旁。

郭昊宇的心里却不是滋味。

"王炎，你怎么来了？"他问。

"嘿嘿，我还没问你怎么来了，你倒先来问我了。"王炎夹了口菜，说，"我是林寒的陪练，就应该陪她训练。这有什么不对的？"

"你的肋骨长好了？"郭昊宇又问。郭昊宇的这句话，让林寒的筷子微微一抖。

"没问题，多谢关心。"王炎却说，"怎么，郭昊宇你也是来跟爷爷'特训'的？"

"对啊，怎么，你能来，我就不能来？"郭昊宇的话渐渐咄咄逼人起来。

"爷爷的妙招，都教给你了？"王炎又问。

"教了，怎么？"

"那你以后见到我，不能喊我的名字了。"王炎说着，狡黠地笑了。他笑得很开心，却让郭昊宇心里有点发毛。

"我怎么就不能喊你的名字了？"他问。

"你得喊我师叔。"王炎说。

郭昊宇瞪大了眼睛瞅着王炎："柯爷爷和师父都在这儿，王炎你开玩笑也要分场合！"

王炎不说话了，他瞥了一眼柯进，低头吞了一大口米饭，仔细咀嚼着，吃得很香。

"那个，昊宇。王炎跟你开的玩笑……其实也不是完全没有道理。"柯进说，"你柯爷爷他……已经收王炎做关门弟子了。如果非要按照江湖规矩排个辈分，王炎让你喊他一声'师叔'，也是没错的。"

王炎扑哧一笑，抬头看着一脸惊愕的郭昊宇。王炎之前还丝毫没把柯寿璋说要收他做关门弟子的事情放在心上，以为老人家不过是童心未泯，跟他这个年轻人逗闷子罢了。可现在看着郭昊宇苦不堪言吃瘪的样子，王炎只想找机会好好谢谢柯寿璋，给老人家磕几个头、敬一杯茶，把这个关门弟子的拜师礼认认真真地行了。

"二师兄说得对。"王炎说，"昊宇，以后如果在外面，我不强求你喊我什么。如果在老宅这样的家里聚会，你见到我，喊我一声师叔，我还是很开心的。"

林寒此时却夹起一块红烧肉，轻轻放在王炎的碗里。

"炎哥，吃饭吧。"林寒说，"吃饭不聊天，这也是爷爷的规矩。"

王炎这才注意到，他跟郭昊宇夹枪带棒地掰扯了半天，身为主人的柯寿璋却始终默默无语。食不语，是从小练武的柯寿璋养成的好习惯。

王炎乖乖低下头，认真吃起饭来。

郭昊宇也恨恨地扒拉着饭菜入口。

吃完了这顿略显尴尬中午饭，郭昊宇抓住机会拦在了王炎面前。

"小寒一个人在这里特训，练得好好的。你怎么非要过来凑个热闹？"他对王炎说。

"我本来就来去自由，"王炎瞅瞅郭昊宇，"况且，刚刚我已经说了，我是林寒的陪练。她在哪里训练，我都不应该缺席，我也绝对不会抛开她不管。"

郭昊宇的眼神一下子充满了怨气。他清楚，王炎这番话的意思指的是什么。

"王炎，我和小寒之间的事，轮不到你来指手画脚。"郭昊宇说，"你一路追着小寒过来，就不怕陈晖怎么想吗？"

"我和陈晖之间的事，也轮不到郭昊宇你来指手画脚。"王炎立刻把郭昊宇刚刚的话几乎原封不动地还给了他。

"王炎，咱们两个应该做个了结了。"郭昊宇说。

"行啊，怎么了结？"王炎问。

郭昊宇看了看，柯寿璋、柯进和林寒都不在客厅，他低声说："过一会，等他们都去午休了，你跟我到屋后的小院子里，我们好好打一场。"

"就这？"

"就这！"

"我可没带护具来。"

"我也没带护具！"

看着郭昊宇眼神中流露出的狠劲，王炎嘴角翘了翘。

"好啊，一个小时之后，小院子里见！"他说。

……

躺在床上的王炎，心里默默地数着时间。

到点了。他想着，翻身下了床。

王炎轻轻推开房门，他住的屋子对面，就是林寒的房间。

那里，原本是柯寿璋专门在老宅给陈晖留的卧室。林寒来了，他就让这位干孙女住。而恰好王炎的这间，也是以往陈天河住的。

他不想扰到林寒午休，蹑手蹑脚地关门，下楼，穿过老宅后门来到小院子里。

郭昊宇已经等在那里了。

"王炎，你来晚了。"

"是你来早了。一个小时，刚刚好。"

"别废话了，来吧。"

"怎么打？"

"没有规则，打到一个人趴下认输为止。"

"那你来吧。"

王炎摆好了格斗势。

郭昊宇眼睛眯了起来。

唰！

他快速地抢上前去，正踢，瞄准了王炎的胸口。

郭昊宇丝毫不怕王炎。无论是小时候参加扬城市的各项青少年比赛，还是两人前后脚进入扬江跆拳道队，郭昊宇和王炎都没少打过。

在扬城市青少年比赛中，王炎比他大一岁，胜率自然高一点。可到了扬江跆拳道队之后，郭昊宇的技术能力在柯进的悉心调教下突飞猛进，打法稍显传统的王炎在和郭昊宇的队内对抗、实战中，渐渐地就落了下风。

看着郭昊宇咄咄逼人的进攻，王炎心知肚明。郭昊宇要求的，已经绝非一场简单的实战对抗了。甚至连真刀真枪的比赛都不是。这就是一场泄私愤的约架。

郭昊宇恨他，所以要把他打趴下。因为郭昊宇现在把林寒决绝地离开他的原因，归结于王炎的存在。

王炎挡下了郭昊宇的这一腿，却没有像寻常的跆拳道选手那样，撤出距离准备反击。王炎身子一矮，勾拳出击。

郭昊宇愣住了。王炎的拳法不是跆拳道选手所使用的"九腿一拳"中那唯一的一种直拳进攻。

勾拳，那是拳击和散打的近战拳法。是……陈天河教给他的吧！郭昊宇一下子明白了。

其实郭昊宇不知道，王炎的直、摆、勾拳拳法，虽然得到过陈天河的指点，但陈天河也并不会让王炎在训练中练习太多和跆拳道实战无关的技术。实际上王炎在和扬江拳击队的韩宁不打不成交后，对格斗深感兴趣的他悄悄地跟韩宁学了好一阵的拳击技术。无论直拳、摆拳还是勾拳，他都已经打得像模像样了呢！

王炎的这一记勾拳，击中了郭昊宇的腹部。那里非常柔软，也密布神经。

郭昊宇的身子晃了晃，险些把胃里的食物都吐了出来。

王炎一击命中，却没有乘胜追击。他反而主动撤开距离，耐心地看着郭昊宇，等着郭昊宇缓过劲来。

王炎的待人以宽，却让郭昊宇的怒意更甚。但他明白，和王炎近战，他一点便宜也占不到了。于是郭昊宇施展出一组连续的腿法踢击，要把这场架拉回到他熟悉的方式中来。

王炎毕竟也是久经战阵，他冷静地以柯寿璋传授的截击理念去应对郭昊宇越来越疯狂的进攻。可王炎也不是林寒，他对截击理念的掌握虽然略胜郭昊宇一筹，还达不到林寒那么运用自如的程度。

不经意间，王炎也被郭昊宇的横踢踢中了身子。他刚刚伤愈的右肋，又传来了阵阵隐痛。

郭昊宇察觉出王炎神情中的异样。王炎放低抱架，右臂贴紧肋骨的小动作，也被郭昊宇敏锐地捕捉到。此时的郭昊宇已经被怒意控制了理智，哪里还会对王炎手下留情。

又是连续的进攻，郭昊宇狠狠地瞄准了王炎的身子右侧踢去。

一腿、一腿，又接一腿……这种没有任何护具保护和阻隔的肢体打击，对人的杀伤力，是超出想象的。

王炎有点吃不消了，却不认输。他咬紧牙关，脖子上的血管，青筋尽显。

郭昊宇总算停了下来。

"王炎！"他不屑地问，"你已经不行了吧？"

"谁说我不行的？"

"那好……"郭昊宇后腿蓄力，一个上步横踢。

即便王炎判断出了郭昊宇的动作，即便他的胳膊已经稳稳护在肋间。但王炎明白，郭昊宇这一脚踢来，他的肋骨或许又要承受一次断裂的痛苦了。

"昊宇哥，你快停下来！炎哥他受伤的肋骨就是右边！"

一声惊呼，小院子旁那棵树上的几只麻雀扑棱棱地四散而逃。那个身影飞一般冲了过来，挡在了王炎的身侧。

王炎惊呆了。

郭昊宇也惊呆了。但他那蓄满了全身力气的一腿，已经收无可收。

"咚！"

郭昊宇这一腿结结实实地踢在了林寒的背上。

林寒只觉得眼前发黑，胸口七荤八素。她一个趔趄，险些摔倒在地上。好在王炎眼疾手快，一把将她搂在了怀里。

"林寒，你冲过来干什么？"王炎对她吼道。

"炎哥……"林寒咳了几声，望着他，苦笑着说，"你的肋骨已经被我弄断过一次……它不能再伤了。"

王炎的嘴角抽了抽。

"郭昊宇！"王炎咆哮着，他扬起头，眼睛里充盈的满是怒火。

即便刚刚郭昊宇不断挑衅，不断重击他还未痊愈的肋骨，王炎都没有显得这样出离地愤怒。但现在……

"林寒要是伤了，我弄死你！"王炎吼道。

郭昊宇身上一激灵。他也想冲上前去察看林寒的情况，但他的脚仿佛被王炎愤怒的眼神死死钉在了地上。他那些想解释、想道歉的话语，也被王炎吓得一个字都说不出来。

"王炎……"突然，一个声音从老宅的后门传了来。

三个人不约而同地望过去，也不约而同地全都齐刷刷地愣住了。

陈晖站在那儿，惊讶地看着眼前发生的这一幕。她听到了王炎的怒吼，也看到了林寒被王炎心疼地抱在怀里的样子……

第七十章　放手终是长情

老宅一楼。

柯寿璋和柯进透过窗玻璃望着小院子里的情景，也是万分惊讶。

"王炎那个臭小子，本来在和小晖交往，可他竟然这样……"柯进说着，撸起袖子，似乎随时准备冲出去教训王炎。

"小进，你不要插手。"柯寿璋缓缓地说，"年轻人的事情，哪里有那么多是非曲直可以说得一清二楚？既然是年轻人的事，就让他们自己去学着好好处理吧。"

……

小院子里。

林寒挣扎着从王炎的臂弯中站了起来。

"晖姐，我……我是不小心……"她慌了，说话磕磕巴巴。

"林寒，我看到了。你为了护着王炎不被郭昊宇踢伤肋骨，才冲过去的。"陈晖平静地说。

郭昊宇也张了张嘴，刚想解释些什么，看到陈晖的眼神，却一个字也说不出来了。陈晖的眼神看上去很平静，却似乎蕴含着一股即将爆发的能量。

这种能量，无论是郭昊宇、林寒，还是呆呆站在那儿的王炎，都感受到了极大的压力。

午后宁静的小院，宁静得令人窒息。

陈晖转身，走回到老宅。听着脚步声，她似乎是上了二楼。

林寒看了眼王炎："炎哥，你快去找晖姐说清楚啊！"

王炎这才回过神，三两步跑进了老宅。

"小寒……你……"郭昊宇走到林寒身旁，轻声地说，"你……没事吧？"

"我没事，皮糙肉厚！"林寒冷冷地说。

"你在生我的气。"

"没有。"

"你有。"

林寒仰着头瞅着郭昊宇："昊宇哥，我以为，今天早上我已经跟你说得很清楚了。"她说，"可是你还不明白……"

"小寒……"

"昊宇哥，你要是恨我，你怎么踢我、怎么打我都行。但你要是伤害我的亲人、我的朋友，我们两个就连朋友都没得做了。"

"……"

郭昊宇沉默地看着林寒，垂下的手有些微微颤抖。

老宅二楼，陈晖一推开房门，就闻到了一阵熟悉的气息。

那是林寒的味道。

她微微皱了皱眉。爷爷果然让她住了我的屋子！她想。

还没等陈晖拉开衣柜，王炎就已经走了进来。

"陈晖……我……"

"哦，没事的。你……继续去陪林寒训练吧。"陈晖依旧淡淡地说，"我就是回来收拾一下我以前留在老宅的衣服，有的或许可以带到北京去。"

说着，陈晖开始从衣柜中翻找、整理着衣物。

王炎就站在一边，无言地看着她。他很想走近陈晖。他也有一肚子的话想跟陈晖说，但陈晖手上的动作不停，他也不知该从何说起。

片刻，还是陈晖突然停了下来。

"对了，王炎。"她扭头看着王炎，"我忘了告诉你。我……明天中午的高铁就去北京了。"

"这么快？明天就走？"王炎惊讶地问。

"对，就是明天。我后天就要去学校报到了。王炎，马上就要九月份了。你们的全运会不是也快了吗？你一点时间概念都没有了吗？"

"我……"王炎感慨于时光如梭。

他不是不知道今夕是何年。但他的脑海中，只知道还有二十多天，全运会就要打响了。所以，留给他陪着林寒做好全运会前最后冲刺备战的时间很紧迫。可他没有意识到，距离陈晖远行的时间也这么的近了。

"我……我去送你……"

"你去陪林寒训练吧，不用送我。"

王炎走近陈晖。

"我去送你。"他执拗地说。

陈晖轻轻叹了口气："那你一会送我去镇上的大巴站好了。我们一路走过去，还能在路上聊聊天。"

王炎点了点头。

其实，陈晖这些天都在打理临行前的事情。今天上午总算有了时间，她跑到扬江体工大队，想在走之前再找王炎好好聊聊。可走进跆拳道训练场，她却找不见王炎的身影。林寒也不在训练场。

她听父亲陈天河说，王炎赶去柯家村陪林寒"特训"去了。于是陈晖坐上大巴就直奔柯家村。到了老宅，原本准备了许许多多的心里话想跟王炎说的她，却不经意间看到了郭昊宇和王炎约架，林寒冲过去保护王炎却不慎挨踢，王炎抱住林寒，冲着郭昊宇咆哮的一幕、一幕。

陈晖突然觉得，她或许没有什么可跟王炎说的了。或许她应该做的，只剩下安静地离开。她收拾好最后一件要带走的衣服，装进背包，下了楼。

陈晖跟爷爷柯寿璋和二叔柯进告别。

柯进还坚持想开车送陈晖回城。可柯寿璋却劝住了他，说就让王炎陪着陈晖去镇子的大巴站，挺好。

都走到了老宅大门口，陈晖似乎突然想起些什么。她转身，返回到屋后的小院。

林寒和郭昊宇都还默默地留在小院子里。陈晖走到林寒面前，拉起林寒的手。

那双手正微微发凉。

"小寒……"陈晖低着头，喃喃地说，"其实……我想跟你说一句'对不起'的。"

"晖姐？"

"那天在体工大队宿舍，我不该吼你的。对不起……当时我知道王炎受伤，有些着急了。"

"晖姐……你……别……别这么说。"

"小寒，我明天就离开扬城，去北京上学了。或许……没机会去现场看你的全运会比赛。所以，我提前给你加油。你一定要在全运会上拿到冠军啊！"

说着，陈晖抬起头，看着林寒。

林寒的眼中又噙上了泪水。

"小寒，替我……照顾好王炎，好好爱他。"陈晖突然伏在林寒耳畔，轻声得不能再轻声地说。

"晖姐？"林寒惊讶地看着陈晖，仿佛没有听清陈晖的话，也不敢相信陈晖刚刚对她说了什么。

可陈晖已转头看向了郭昊宇。

"郭昊宇，"她说，"虽然说实话我挺不喜欢你的，不过……我也提前祝你能在二叔的带领下，在全运会上拿到好成绩。"

说完，陈晖放下林寒的手，转身快步离开了。

从柯家村老宅到新门镇的路程不远。陈晖离开老宅之后，一开始走得很快很快。可渐渐地，她的脚步慢了下来。直到新门镇中心街道上的商铺和楼房看得越来越清楚，陈晖的脚步也变得很慢、很慢。

"王炎……"她突然对身旁同样默默前行的王炎说，"有些话……本来我不想说了。但一路上我想了想，还是说清楚得好。"

"陈晖……"

"王炎，"她说，"我们分手吧。"

王炎停住了脚步。

"分手？"

"对，分手。"陈晖平静地说，"我们谁都没跟谁主动表白过，就这样在一起一年多了。不过……我觉得，到了分手的时候，还是应该把分手说得清楚些的好。"

"为什么要提……分手？就因为你要离开扬城，去北京上学？陈晖，我不怕异地恋。我能等，我也愿意等你！"

"不是这个原因。"陈晖摇了摇头，"王炎，你觉得，你跟林寒之间……究竟是怎样一种情感？"

"林寒？那个小丫头？"王炎皱着眉，"她是队员，我是陪练，就这么简单，能有怎样的情感？陈晖，你是不是有什么事情误会我和她！"

"不是误会，王炎。在去年全国冠军赛决赛，在今年春节除夕的那个傍晚，在她刚刚开始恢复训练的时候，还有今天……王炎……其实发生在你和林寒之间的每一个状况，我都看到了。"

"陈晖，那些事真的都是误会。你听我给你解释……"

"王炎，不要解释，也不需要解释。我明白你，你自己始终觉得，你对林寒只是爱护、关心，林寒对你也只是信任、依赖。你从没想过你会爱上林寒，林寒也从没想过会爱上你，对吧？"

"对啊！陈晖，我……爱的人始终是你，也始终只有你啊！"

"可是，王炎，你仔细想想。你和林寒愿意无条件地信任着彼此，为保护对方、成全对方，不惜牺牲自己。那不是爱，还能是什么？王炎，其实你和林寒都在欺骗着你们自己，你们都不敢相信，你们内心之中，是深爱着彼此的！"

陈晖的话，让王炎哑口无言。他想反驳陈晖，却很难。

一直以来，他都深深地爱着陈晖，从未想过会爱上别人。

可就像陈晖直指他心中那样，他对林寒所做的一切，他愿意为林寒所做的一切，不就是爱吗？

"陈晖，我爱你！我不要你离开我。我这就跟陈指导说，全运会打完，我就离开扬江跆拳道队，不会再给林寒做陪练了。我也去北京！北京的跆拳道馆很多的，我去找一家道馆当个教练。一边工作，一边还能陪着你……"

"王炎，你别说孩子气的话了。"陈晖叹了口气，"你留下来挺好。你有能力帮助林寒实现她的梦想，实现为国争光的理想。林寒……她离不开你。况且，她已经被郭昊宇辜负过一次，如果你也离她而去，她多可怜啊！"

陈晖的话，竟然和王炎对陈天河说过的话如出一辙！

想了想，陈晖又说："其实，我也挺对不住你的。"

"陈晖……"

"我承认，我脑子不太够用。所以我一忙起学习的事，就没那么多精力去好好谈恋爱，好好经营我们之间的感情。我们在一起的这一年多以来，我始终都在忙着为自己准备研究生考试，准备毕业论文……都没抽出时间陪你约更多的会，陪你逛更长的街，陪你吃好多好吃的……对不起，我也不是一个称职的好女朋友。王炎，真的，我想想就觉得我其实也挺自私的。呵……对了，许诺过在你本命年帮你重新编一条手绳的事情……我都没顾得上兑现。对不起……
真的对不起……"

"陈晖，你别这么说。和你在一起，我真的很开心，也很幸福。你去北京
陪我过年那一次，是我人生中过得最快乐的一个春节。我一辈子都忘不了。你
答应过我，以后……还要陪我过更多的春节，不是吗？"

说着，王炎拉住了陈晖的手。他不想放手，也不想陈晖放手。

陈晖看着王炎，咬了咬嘴唇，似乎在思考着什么。

她，就算是分手，其实也始终深深地爱着他。

他把陈晖紧紧地搂在怀中，在她耳畔说："不，陈晖，我不想分手。"

"你……不想？"

"我不想！我只希望你能毫无负担地开开心心去北京念书，然后回来找我。
我会一直等着你，一直等着你……"

"时间……会很长的。王炎，硕士研究生毕业之后，或许我还会尝试考考
博士。也许我有机会在北京找到一份好的工作……王炎，放手吧，不要等我，
那会耽误你自己的。"

"我不！"他把陈晖抱得更紧。

"王炎，放手……也是一种长情啊……"陈晖喃喃地说。

王炎愣住了。

第七十一章　传承

春风得意马蹄疾，一日看尽长安花。

这个秋日，又一届万众瞩目的全国运动会，在古都长安打响。

承办这一届全运会跆拳道赛事的长安工业大学体育馆中，座无虚席的看台之上，现场观众爆发出的加油声此起彼伏。

这样的热烈氛围，会激发起久经沙场的跆拳道老将们的斗志和激情。却也能让从未感受过如此氛围的年轻跆拳道选手们，感到既兴奋又紧张。

四年的等待和磨砺，终于等到这一刻。走上八角垫子，那里就是他们的舞台了……

运动员通道中，东川跆拳道队的卢杨深深吸了一口气。她用眼睛的余光瞟了瞟身旁的扬江跆拳道队选手林寒。

这是全运会女子49公斤以下级的第二轮。她和林寒说巧不巧地在这一轮狭路相逢，将争夺一个进入八强的资格。

半年前的全运会资格赛第一站，卢杨就遇到了这个对手。她知道，和她年纪相仿的林寒实力很强。而且，一度、曾经是她的教练柯进的爱徒。自从柯进把卢杨从东川青年队选到一队，林寒就成为柯进指给她的追击目标。柯进会用对待林寒的标准去要求卢杨，甚至时常在训练中会拿林寒来比较卢杨。

卢杨做得好，柯进会表扬她："做得像林寒一样棒！"

卢杨做得不好，柯进会批评她："怎么都没有林寒一半做得好？"

林寒、林寒、林寒！怎么样都绕不开林寒的名字！

这太让卢杨火大了。

林寒……卢杨牢牢地把这个名字刻在了自己的心底，把林寒当作了"一生之敌"。但她不知道，柯进的目的却达到了。他就是希望用这些手段来激励卢杨，让卢杨以真正的高手作为奋斗和追赶的目标。

这样，她才能更有动力去前进，不是吗？

现在，林寒这个"一生之敌"又来到了自己的身边。

卢杨暗暗攥紧了拳头。她灼热的目光和浑身上下散发出的杀气，让林寒转头看了看她。

林寒的脸上竟是微笑。

卢杨愣了。

她……在冲我笑？她想。

而更让卢杨不解的是，明明林寒知道她把她当作最想战胜的对手，却依旧笑得真诚，那笑容中丝毫没有任何不屑或是挑衅。

这是为什么？

"一会的比赛，加油啊。"林寒突然对卢杨说。

"啊？"

"一会的比赛，我们都要加油啊！"林寒又说。

卢杨下意识地点点头。

站在卢杨身后的东川跆拳道队主教练柯进，看着林寒的教练陈天河，他也无法心静如水。身为异姓亲兄弟的两个人，从少年时就开始相互竞争。

柯进始终自视甚高。但他没有得到柯寿璋认可，成为柯家拳的传承人。

在全国散打王争霸赛上，他被陈天河一脚踢断肋骨，不得不结束了短暂的运动员生涯。当他转投跆拳道项目，成为一流跆拳道教练，甚至培养出林寒这样在青奥会上为国争光的翘楚，柯进以为自己终于"战胜"了陈天河时……

他却被扬江体育局解了职。接替他位置的人，恰恰就是陈天河。

这三年来，柯进挖过陈天河的墙角，他成功地挖走了郭昊宇，但却没有成功地挖走林寒。可最终，他发现他最珍爱的这个弟子林寒在陈天河的调教下，竟然洗尽铅华，蜕变成了一个真正的高手。

他明白了，在这场与大哥之间进行了长达三十多年的角逐中，他并没有任何的优势可言。因为，从一开始，他的"招数"就全错了。

"大哥……"他轻声喊了陈天河一句。

陈天河看看他，点了点头。

"等打完全运会，一起回去看看老爷子吧。"柯进说。

"好。"陈天河平静地回答。

"到时候，谁都别开车。"柯进说，"陪老爷子好好喝一杯咱俩的庆功酒。"

"好！"陈天河说着，嘴角浮现出一丝微笑。

……

红方林寒，对阵青方卢杨的比赛开始了。

卢杨的目光，集中在了林寒的右膝。

上半年的那一次比赛，林寒正是因为右膝的状况而因伤退赛，让卢杨在两人第一次交锋时就实现了她"战胜林寒"的目标。可是，那一次的"胜利"对于卢杨而言，绝非"胜利"。

时隔半年，卢杨终于迎来了第二次对决。而这一场，将是她证明自己能够战胜林寒的又一个机会。她看向林寒的右膝，心中有些拿捏不准。

柯进赛前告诉过她，不要因为林寒右膝曾经受过伤，就把那儿作为主攻方向。因为林寒的膝伤，已经完全康复了。

卢杨却将信将疑。她觉得，柯进或许是存了保护林寒的心思，才这么说的。所以她还要试一试。她要攻击林寒的左侧，让林寒的重心转移到右腿上去。

卢杨想着，换了格斗势的方向。可……林寒对她的换势，似乎早有准备。

"啪！"就在卢杨换了格斗势，双脚却还未站稳的时候，林寒的前腿横踢已经快如闪电地出击，击中了卢杨的右肋有效部位。

2分！

这只是……巧合吧？卢杨想。她知道，林寒有预判对手进攻的能力。

但她也仔细研究过林寒的技术录像，以往林寒在预判之后，会采取相应的防守准备。可那是防守，并不是进攻啊！

一定是巧合，只是巧合！卢杨想，再来。

她不相信林寒还能够打出这样的截击进攻。她换回了常规的格斗势，再度出击……

"啪！啪！"

"呀……嘿！"

伴随着清晰的击打声和林寒的咆哮，电子记分牌上瞬间又增加了5分。

在卢杨的组合腿法还完全没有施展出来的时候，林寒却瞅准了她的空当，施展出了自己的得意技。

前腿横踢接下劈击头。

林寒每一腿都得分了。第一回合比赛开始还不到半分钟，林寒就取得了7比0的强势领先！

卢杨正了正自己被林寒下劈踢歪了的头盔，按照裁判的指令重新站好格斗势。她明白了，林寒的打法并不是巧合。

林寒不但能够判断出卢杨想做些什么，甚至在卢杨的动作刚刚做了一半的时候，就打出了针锋相对的截击进攻。

卢杨的动作做到一半，没有调整的余地和空间，恰好是林寒施展截击的最佳时机。就如同泼出去的水，从盆子飞向空中的那一刻，已经覆水难收。

卢杨突然意识到，柯进对她说过的每一句话，其实都没有任何的私心杂念。

他告诉她，林寒的膝盖已经痊愈。

他还告诉她，不要去揣摩林寒的想法，一定要坚定地把自己的技术动作做扎实，要"以我为主"去打这场与林寒的比赛。

因为……现在的林寒几乎能够看穿卢杨所有的想法。

既然迟疑和不迟疑的效果是一样的，那就不如坚定地去做好自己。

卢杨总算明白了。

"呀！"她咆哮了一声，冲了上前……

十分钟之后，比赛结束了。

林寒摘下头盔，平静地听着裁判宣布，她，这个红方选手获胜。

走下八角垫子，林寒看到卢杨低着头，快步走过混合采访区。

全运会的比赛毕竟万众瞩目，和全国锦标赛、全国冠军赛不同。每一场比赛结束之后，运动员都需要经过混合采访区，去"迎战"长枪短炮的媒体记者们。

作为止步十六强且名不见经传的年轻选手，卢杨的失利似乎让记者们觉得是再正常不过的事情。

除了来自东川当地的媒体，没有更多的记者把镜头和录音笔对准卢杨。

但大名鼎鼎的林寒却被记者们团团围住。

"林寒，大家都知道你的膝盖在去年全国冠军赛上意外受伤，今年的全运会资格赛时又有反复。但这一场比赛，似乎你的伤已经完全没问题了。请问你是怎样在最短的时间里把状态恢复得这么好的？"

"我的状态恢复得好吗？哈哈……我觉得一般般啦。"林寒说着，神情认真起来，"要说我的伤势恢复，除了省里的医疗专家们为我精心治疗，还有很大一部分是我柯爷爷的功劳。他会针灸，手法可厉害了呢！"

"你这次全运会的目标还是打败秦薇吗？"

"啊……薇姐啊！薇姐超级棒的，我还从来没有在任何比赛中赢过她。如果我们能够在这次全运会上相遇，我会……"

说到这儿，林寒停顿了片刻。她知道，记者们最想听到什么。

他们都想听她亲口说出那四个字，那四个这两三年来差不多每每挂在她嘴边的四个字。

打败秦薇……

但林寒狡黠地笑了，她没有说出这四个字。

"我会在比赛里全力以赴！"她说。

"最后一个问题，你怎么评价你这一场比赛的对手？"

林寒一怔。她面前的话筒上，挂着东川电视台的台标。

她一扭头，看到卢杨正一个人站在混合采访区一角。

刚刚接受完寥寥一两个记者采访的卢杨，本来想离开混合采访区。但她一定也听到了东川电视台记者向林寒提出的这个问题。

所以，她迟疑地站在了那里。她很想知道，林寒这个"一生之敌"会怎么评价她在这一场比赛中的表现。

林寒会奚落她？会讥讽她？还是会笑她不自量力？

在刚刚以 4 比 19 的大比分输掉比赛的那一刹那，卢杨就意识到，她和林寒之间的差距到底有多大了。如果不是林寒在第三回合腿下留情，两个人的分差其实还会更大。

卢杨叹了口气，"打败林寒"这个口号，对她来说还真是幼稚！

"卢杨她……"林寒想了想，真诚地说，"她这一场比赛打得不太理想，或许在技战术上都被我抑制住了。但我不觉得她的能力就只是这样。半年前的全运会资格赛我就和她打过。和那时候相比，我能感受得到，她的进步速度很快，进步的幅度也很大。我也是年轻运动员，是有深刻的体会的，这种进步背后，她是要付出多么艰辛的努力和无数的汗水去进行刻苦训练。还有卢杨的教练，东川跆拳道队的柯指导是很敬业的，他一定也为卢杨的进步付出了很多、很多的心血。我相信卢杨未来一定能成为很优秀的跆拳道选手，我也很期待在下一次比赛中，能够和更出色的卢杨对战！"

"林寒，谢谢你！你说得太好了！"东川电视台的记者不禁感慨，"我们都知道，只有运动员才最理解运动员……"

听到表扬，林寒的脸庞微微一热。

她转头看去，却发现卢杨揉了揉发酸的鼻子，跑出了混采区。

第七十二章　决赛

体育馆外的天色，渐渐暗了下来。

要入夜了。

在运动员热身准备区，林寒静静地跪坐在垫子上，身子挺得笔直，双眼微闭。

重要场次之前静思冥想一会儿，已经成了林寒的一个习惯。

这个时候，无论任何人，甚至是主教练陈天河也不会去打扰她。

可是……静思中的林寒，心弦似乎被拨动了一般。

冥冥之中，她感受到了身旁有人正在看着她。

好熟悉的气息，亲切，却又充满压迫感。

她睁开眼睛。

"薇姐……"她轻声喊着。

秦薇站在她身旁不远处，看着林寒已经有一段时间了。

林寒的这个静思冥想的习惯，其实也正是秦薇的习惯。

林寒在偷偷模仿秦薇打法的时候，甚至连这个也悄悄学了去。

"我刚刚也在静思，却……静不下来。"秦薇说。

"薇姐……怎么？"

"都是因为你。"

"我？"

"你今天所有的比赛场次，我都看过了。"秦薇说，"林寒，你让我惊讶。"

"啊？"

"你的速度、力量，你的风格，还有你的进步，让我觉得压力真的好大、好大。"

"薇姐……"

"我现在不知道有什么办法能够打赢你了。"

"……"

看着林寒惊诧的眼神，秦薇走过来，摸了摸林寒的头。

"我曾经想象过，哪一场比赛会是我的最后一战？我的最后一战会遇到怎样的对手？我和我的对手之间能够打出一场怎样的比赛……现在，我觉得，这场最后一战要超出我的想象了。"

"薇姐，你说……这是你最后一场比赛？"

"嗯，打完这场和你的全运会决赛，我就正式退役了。"

"啊？"

"所以，林寒，我能跟你提一个要求吗？"

"什么……要求？"

"一会的决赛，你要全力以赴，绝对不要保留任何的实力。让我见识见识，现在的你……究竟有多强！"

"薇姐……"林寒似乎有满腹的衷肠想对秦薇说，可是她却什么话都说不出口。

她只能点点头："我会的，一定会的！"

秦薇笑着捏了捏林寒的脸蛋，转身走向自己的活动区。

一个小时后，全运会跆拳道女子49公斤以下级决赛，在红方秦薇和青方林寒之间打响了。

秦薇稳稳地站好格斗势。她的双腿有节奏地弹着，双脚脚跟微微离地。

只有这样，才能快速地移动，做出反应。

以往的秦薇不是这样。这些年的国内赛场，她所邂逅过的对手，都没有她反应机敏，没有她速度更快、力量更强。

所以秦薇只需要预判好对手的动作，就可以采取相应的对策，或防守或移动，然后施加一连串强劲、高效的反击。

她可以张弛有度，不需要这么小心谨慎地面对对手。

直至林寒的横空出世。

从林寒给扬江跆拳道队老将宋曦做陪练开始，她就在模仿秦薇的预判打法。结果，让秦薇在全国锦标赛与宋曦交手时，第一次感受到了对手带来的压力。

等到她与林寒亲自交锋。虽然第一次林寒输得落荒而逃。可第二次……去年的全国冠军赛决赛，仅仅相隔一年时间，林寒在技术能力上就已经触及到了秦薇的高度。

秦薇知道，若非林寒大义凛然，宁可牺牲自己的膝盖和胜利，也要避免让秦薇旧伤复发。其实，她就已经输了。

这是第二次。秦薇突然觉得这种比赛的感觉久违了。虽然她是全运会卫冕冠军，她是这个级别国内的不败王者，但在现在的林寒面前，她似乎成了一个挑战者。

她要去挑战一个全新的林寒，一个让她必须小心翼翼的对手。

或是一个……新的王者。

林寒主动出击了。

这并不是陈天河和她商量过的战术思路，可林寒始终记得决赛前秦薇向她提出的要求，全力以赴打一场毫无保留的漂亮比赛。

秦薇判断出了林寒的组合腿法，稳稳地防住了林寒的第一波攻势。可秦薇刚想撤出距离反击，却发现林寒丝毫没有停止的意思。林寒倏地拉近了双方的距离。

前手直拳出击。

林寒的拳头，重重地命中了秦薇护胸正面。

1比0！

林寒用了跆拳道规则所允许的最简单的进攻技术，先声夺人。

现场观众爆发出了一阵兴奋的欢呼。

看台上，扬江拳击队的韩宁也大声叫起好来。

由于赛程安排，这次全运会拳击项目的比赛今天下午已经全部打完了。

获得一枚宝贵银牌的韩宁，回全运村换了衣服，就跑来跆拳道赛场，给不打不成交的林寒做后援。

"嘿！"他兴奋且有些得意地看着身旁坐着的王炎，"炎哥，这手直拳，我教得好吧？你看那秦薇，都被小寒打得身子晃动了。"

王炎嘿嘿一笑："嗯，林寒这全运会决赛得的第一分，就记在你的头上了。

等一会儿她赢了秦薇，我去帮你跟陈指导讨奖励。"

跟韩宁说完，王炎又转头看了看身旁另一侧。

林寒的妈妈刘老师正坐在王炎的右边。她目不转睛地盯着赛场中的八角垫子，放在膝上的双手攥得紧紧的。

"阿姨，您别紧张。"王炎劝慰她，"您看，这才开场不一会儿，林寒已经8比2领先了。现在，秦薇没有什么有效的办法应对林寒。只要林寒正常发挥……"

"王炎……"刘老师颤抖着声音打断了他的话，"你说，小寒的膝盖不会出问题吧？"

王炎还没回答，就听坐在他们身后一排的柯进嘿嘿一笑。

"刘大姐，你就放一百个心吧。小寒的膝盖要是没好利落，那时候能一脚就把王炎的肋骨踢折了吗？"柯进说。

"王炎，让你受苦了。"刘老师看着王炎说。她的眼神中既是欣慰，也带着愧疚。

"阿姨，我们做陪练的，挨踢、挨打还不是家常便饭？林寒认真刻苦努力训练，她打我的劲儿越足、越猛，提高越快，我才越高兴啊。为了林寒能顺利拿到这次全运会金牌，别说一根肋骨，再让我断两根，我也愿意！"

刘老师点点头，却不禁下意识地轻轻挽住了王炎的胳膊……

八角垫子上，激烈的决赛进入了最后一个回合。

第一个回合，林寒一度取得8比2的强势领先。

但永不言弃的秦薇却在第二个回合展开了反击。

15比17，第二个回合以这样的比分结束。

秦薇把分差追到了只差两分。

而面对劲敌，秦薇还能在一个回合豪取13分的分数，她的表现也让所有人惊讶。

这不是因为对手林寒发挥有多么不好，也不是因为林寒脚下留了情。被逼至背水一战的秦薇，在逆境中终于激发出了自己运动生涯中最强劲的斗志和潜力。

连续的追击，势如破竹的双飞踢击，乃至打出精彩的"三飞""四飞"连击……秦薇令人眼花缭乱的进攻，让观众看得瞠目结舌。

这完全不像职业生涯末期的老将，而依旧是那个全盛时期的秦薇，是王者！

第二回合战罢，秦薇和林寒都已经进入到了真正的忘我境地。

最后一个回合。竞争，到了白热化的程度。

但高强度竞技带来的多巴胺分泌，让秦薇和林寒都体会到了前所未有的畅快和开心。

　　"呀！"她们两个看着对方，竟不约而同地爆发出咆哮和呐喊。

　　林寒转身后摆。

　　她以此封住了秦薇试图施展的上步横踢。

　　秦薇换了格斗势的方向，垫步侧踢，打向林寒侧肋的空当。

　　进攻有效！17 平！

　　两个人回到了起点。

　　电子记分牌上的时间在一分一秒流逝。

　　"还有 30 秒！"陈天河在教练区喊道。

　　林寒做了一个深呼吸。

　　她慢了下来。

　　她看着秦薇。

　　她和秦薇都知道，现在，到了真正的决战时刻。

　　秦薇，也在盯着她。

　　双方身形交换，又是两组你来我往地交手过后，比分牌变成了 21 平。

　　还有 10 秒、9 秒、8 秒……

　　如果没有在三个回合中结束战斗，林寒和秦薇就将进入更加残酷的一脚定胜负的加时赛。

　　双方的眼神碰撞在了一起。

　　林寒察觉出，秦薇并没有要满足于在三个回合战平，然后进入加时赛的意图。

　　她还要尝试最后一次进攻！林寒想。

　　心动、眼动……她从秦薇的眼睛中读出了秦薇的念头。

　　那么接下来就是……

　　林寒的身子一晃，似乎马上就要冲过来抢在秦薇启动之前实施截击。

　　秦薇的眼睛闪过了一道光。

　　林寒……还是太年轻了。

　　秦薇想，林寒终于没有按耐住最后的时机，却把机会留给了她。

　　秦薇不会浪费这样的机会，她的侧踢如电光石火般施展出来。

　　可……林寒哪里去了？

　　秦薇愣了。

林寒的身子竟然高高跃起。

她飞在空中？双脚离地……对于任何一个格斗类项目而言，这都是相当不合理且容易造成反噬的技术动作。

但……似乎此刻的天空，才是林寒的极限所在。

林寒修长的右腿在空中高高抬起。借着身子腾空的势头，林寒的这一记腾空下劈既重又快，到了让秦薇躲无可躲、防不胜防的程度。

秦薇只看到林寒的身子被赛场上空的灯光所包裹，仿佛无数灿烂的光芒都是从林寒的身上所发散出来。

我输了！秦薇猛然间豁然开朗了。

可……输给这样一个对手，又有什么遗憾呢？秦薇的嘴角突然泛出了笑意。

21 比 24。

电子记分牌上分数改写的瞬间，比赛时钟也走到了最后。

没错，就像秦薇说的，这一场决赛或许会超出她的想象。

因为她从来没有想过，自己职业生涯的最后一战，会以被对手施展出罕见的凌空下劈击头得分而告终。

她摘下头盔，看着愣在八角垫子中间的林寒。

林寒竟然没有像其他获得全运会冠军的运动员那样情绪激动。

她只是呆呆地站在那儿，仿佛全场观众爆发出的欢呼和掌声都与她无关。

她甚至都没有听到，裁判让她站在规则要求的位置上，等待宣布比赛结果的口令。

秦薇走了过去，给了林寒一个拥抱。

"小寒，结束了。恭喜你！"秦薇说，"我也要谢谢你，给了我这样一场精彩的告别赛。"

"我……"林寒喃喃地说，"我……赢了？"

"你赢了。打败我，你做到了。"秦薇笑着说。

虽然秦薇觉得，无论全运会决赛是胜是负，当迎来告别赛场的那一刻，她绝不会哭。但她此刻的笑容中，还是带上了闪闪的泪光。

第七十三章　过往皆为序章

三年后的洛城。

在洛城奥运会跆拳道比赛场馆——洛城海湾会展中心的运动员热身准备区，林寒正跪坐在垫子上。

今天，她静思冥想的时间比以往更长了些。不是因为她即将走上的是奥运会跆拳道女子 49 公斤以下级决赛的赛场。而是因为，过去的五六年里，她经历了太多太多让她难以忘记的事情。

还有那些事情和那些人，甚至在她刚刚闭上眼睛开始冥想时，就一股脑地冲了出来，浮现在她的眼前。

一开始，她在柯进教练的带领下，拿到了青奥会冠军。

她和国际奥委会主席雪莱先生在青奥会颁奖仪式上订下了一个约定。如果她能够在夏季奥运会的跆拳道比赛中夺魁，雪莱还要亲自给她颁奖。

刚刚的奥运会半决赛取胜之后，林寒就远远望见了坐在看台贵宾席上给她鼓掌的雪莱……

然后，她的职业生涯却急转直下。恩师柯进被省体育局解职，新任主教练陈天河拒绝同意国家青年队对她的征调。愤怒的她甚至幼稚且冲动地提出了离队申请。然而，她哪里知道，这其实都是陈天河对她的磨练与考验。走投无路的她赌气归队，答应担任老队员宋曦的陪练，却让她体会到了陪练选手的不易。

她也从陪练宋曦的过程中，认识了中国跆拳道的王者秦薇。她开始模仿秦薇的打法，把战胜秦薇当作她登上成年选手赛场后的第一个目标。

接下来的两年半时间里，为了实现这个目标，她经历过惨败，经受过伤痛，赢得过赞扬，也承受过人们的冷嘲热讽……

最终，她在全运会决赛中实现了这个目标。

对！三年前的全运会决赛时的一幕幕，她仍旧历历在目。

她记得，决赛颁奖仪式后，秦薇和国家队主帅刘伟找到了她……

"林寒，首先恭喜你获得全运会冠军。"刘伟说，"另外，我想听一下你的想法。"

"我的想法？"林寒的眼珠一转。聪明如她，怎能不明白刘伟这句话的意思。

"刘指导，你是要选我进国家队吗？"

"洛城奥运会还有三年就要举行了，国家队从下个月开始就要进行新周期的第一期冬训。秦薇退役之后，这个级别要进行新老交替。作为新科全运会冠军，你的确进入了国家队教练组的视线。不过我想知道，你有决心准备好在国家队吃苦了吗？"

"我有！"林寒脱口而出。

"那好。我还要跟你强调一下，国家队不同于地方队，有严格的队规队纪。你，不准给我染头发！"看来，刘伟对之前林寒那一头染成金色的黄毛仍然耿耿于怀。

"是！"林寒嘿嘿一笑，"刘指导，我以后绝不染发了。"

说完，林寒想了想，突然用一种期盼的眼神看着刘伟。

"刘指导，我能……提一个小小的请求吗？"

"小小的请求？"

"嗯，小小的。"

"什么请求，你说。"

"可不可以让炎哥也一起到国家队，给我当陪练啊？"

"炎哥？那个炎哥？"

"就是王炎啊。刘指导，上一次奥运会之前，他到过国家队，给薇姐当了大半年的陪练啊。"

"哦，王炎啊！我记得他。怎么，你也要让他给你当陪练？"

"在扬江跆拳道队这两年，就是炎哥一直陪着我练，我才提高这么快的。我觉得，要是他能到国家队继续给我当陪练，我的水平一定还会有很大提高……"

刘伟的脸色一下子沉了下来。

"林寒，我早就听说你不是一个循规蹈矩的队员。今天，我算是见识到了。"刘伟故意说，"我在国家队当了这么多年教练，还头一回见到有运动员敢跟国家队提条件的！"

"不！不！不！刘指导，你误会了……我只是……只是……从提高训练的角度……"

看着林寒紧张得不行，刘伟哈哈一笑。

"林寒，你别害怕。我是跟你开个玩笑。王炎我一直记得他，年轻人非常踏实、勤恳，也愿意吃苦。他是一个兢兢业业、合格的国家队陪练选手。"刘伟看了一眼旁边的秦薇，说，"不过，选什么样的队员进入国家队，我说了算。给队员配什么样的陪练，我们不但要听取队员们自己的意见，也要由分管的级别教练来定。秦指导，你说呢？"

"啊？"林寒一怔，望向秦薇。

"对，秦薇从明年开始正式进入中国跆拳道队教练组，分管女子小级别。林寒，你想让王炎来国家队给你当陪练，就不问问你主管教练秦指导的意见吗？"刘伟说。

"秦……指导……"林寒喃喃地说，似乎对这个称呼还有些陌生。

"小寒，你还是像以前那样喊我薇姐吧。"秦薇笑了，"至于王炎到国家队担任陪练……"她望着林寒充满期待的眼神，关子也卖不下去了。

"我原则上同意林寒的建议。"秦薇说。

……

洛城。

看到林寒跪坐在垫子上出了神，身为她国家队主管教练的秦薇走了过来。

"小寒，是不是想了很多？"她轻声地问。

林寒点了点头。

"没关系，这毕竟是你人生中的第一场奥运会决赛，想得多了也正常。我第一次打奥运会的时候，和你一样。"

"薇姐，我好像把这些年经历过的事情，都像过电影一般想了一遍。"

"哦……"

"我要谢谢刘指导和你，陈指导、柯指导、炎哥……对了，还有柯爷爷。是你们所有人的帮助和陪伴，才让我能够最终站到这个奥运会决赛场上来的。"

"小寒，你能这么说，我很开心。走吧，要上场了。"

"嗯！"

林寒一下子从垫子上跳了起来。

她的耳畔似乎听到了不远处的奥运赛场内，观众爆发出的欢呼和掌声。

她知道，妈妈正在观众席的看台上期待着她的登场。

她知道，承诺过要到现场看她打奥运会决赛、给她加油的陈天河，也在那儿期待着亲眼见证她升国旗、奏国歌的一刻。

还有那个她最爱的人，也是最爱她的人。

那个从扬江跆拳道队一路陪伴她到国家队，日复一日地被她踢、挨她打，始终为她默默做着陪练的王炎……

他们都期待着一场精彩的奥运会决赛！

"薇姐，我准备好了！走！"

秦薇拍了拍林寒的肩，扶在她耳畔轻声说："去！打赢胡安娜，把四年前我弄丢的那块金牌，给我们拿回来！"

（完）